J.S. BREUKELAAR

ALETHEIA

Traduction de JEAN-YVES COTTÉ

Les Éditions du 38

ALETHEIA

ISBN : 978-2-37453-858-7
Toulouse, mai 2021

Illustration de couverture : © Ben BALDWIN
Couverture : Anne-Eléonor OLIVIER
Maquette : Ameline RENAULT

Pour Michaël

AVANT

L'île du Nez est une mucosité glaciaire expulsée par le lac Funes, à huit kilomètres au nord de la ville. La plupart des gens que l'on interroge jurent qu'elle a toujours été là – d'abord cimetière iroquois, puis fosse commune, léproserie, orphelinat ou décharge de produits toxiques à la grande époque de la construction du canal Érié –, mais personne ne sait précisément quand et comment elle est devenue la propriété de la famille Zabriskie. Une partie de poker qui aurait mal tourné selon certains ; pour d'autres un service rendu ou un intérêt versé pour honorer une dette phénoménale – on évoque même une malédiction. Au fil du temps, affaissement du sol et baisse du niveau de l'eau l'ont entourée presque tout entière de courants toujours traîtres ; le microclimat du lac, entre autres anomalies environnementales propres à la région, fait que l'île est la plupart du temps invisible et à peu près inaccessible. Bien entendu, puisqu'il s'agit d'une propriété privée, personne n'y a mis les pieds depuis des décennies.

Ou, dans le cas contraire, nul ne s'en souvient.

mais c'était Archy qui avait fini par l'avoir, à la loyale – même si son frère Grif avait décidé de ne pas en rester là.

— On ne la ramène pas avec nous, dit Grif. Et puis d'abord, c'est quoi ce nom de Bryce pour une fille ?

— Bryce avec un « y », répond Archy.

— Avec un « y » ou pas, je m'en fous. Tu ne sais pas d'où elle vient.

— Elle vient de Little Ridge, comme nous.

— Alors pourquoi on ne l'a jamais vue quand elle y était ?

Grif mord son cigare et en crache le bout en direction de Bryce qui, assise toute seule sur le quai, règle ses lignes de pêche. Rien qu'une tache sombre et floue se détachant sur le ciel blanc de Pennsylvanie.

— Elle est plus jeune que nous, reprend Archy.

— Trop jeune.

C'était peut-être ça. Ou alors, la finesse de sa taille alliée à ses cheveux coupés très courts – comme un garçon –, sans oublier qu'il lui manquait un œil. Ou peut-être que Bryce-avec-un-y savait bel et bien quelque chose sur Frankie et sur la nouvelle drogue qu'il concoctait tout seul sur l'île du Nez, une coke dont l'existence même avait toujours été mise en doute à ce qu'en savait Thettie. Peut-être que sa connaissance approfondie des criques et des courants leur permettrait d'aller sur l'île. Quoi qu'il en soit, tout comme Grif, Thettie l'avait détestée d'emblée.

— Elle a été là-bas, elle, avait déclaré Doc.

Il avait rapporté à Thettie ce que la fille lui avait dit au sujet du port étroit et profond qui s'étirait sous un haut promontoire en forme de narine, et du nouveau laboratoire de Frankie, *a priori* aménagé dans l'une des anciennes cabanes d'ingénieur.

Ainsi, après dix ans loin de Little Ridge, ils allaient y retourner, et si Thettie avait eu des doutes sur ce que ce « retour » signifiait, elle les avait gardés pour elle.

— Passons l'éponge, avait dit Doc. Oublions et pardonnons.

— Les Harpur ne font ni l'un ni l'autre, avait marmonné Grif dans sa barbe. Et s'il était l'un des nôtres, il le saurait.

*

Le jour pointe quand ils abordent enfin le rivage de Little Ridge. Leur retour s'effectue dans la même formation navale que leur fuite :

PREMIÈRE PARTIE

1. Arrivée

Quand le vieux Zabriskie tomba malade et que, sans en souffler mot à personne, il offrit son manoir – avec son île privée – au premier venu qui lui brûlerait la cervelle, ce fut Frankie Harpur qui répondit à l'appel. C'est ainsi que Frankie Harpur, ancien combattant souffrant de stress post-traumatique, se retrouva châtelain du jour au lendemain.

Il fallut cinq ans pour que Thettie Harpur apprenne que la chance avait souri à son cousin Frankie. À ce moment-là, les Harpur avaient bien sûr quitté la ville, et elle avait appris la nouvelle par une borgnesse prénommée Bryce – dont le canot pneumatique avait pris une balle à un peu plus d'un kilomètre en amont – que Doc avait découverte portée par le courant, sur le dos, clignant de son œil valide entrouvert. De retour au *Landing*, un hameau abandonné au bord de la Susquehanna, où les Harpur s'étaient exilés depuis une dizaine d'années, Doc avait déclaré que le visage de la fille lui était vaguement familier. Pour autant que Thettie avait pu en juger, elle n'était qu'un vulgaire rat d'eau[1], mais Doc avait eu raison, comme toujours. Il s'était avéré que la gamine connaissait Frankie, ou prétendait le connaître, et elle avait même affirmé avoir été sur l'île – Doc avait donc décidé de la garder. Depuis, les fils Harpur étaient tombés sous son charme,

1. Terme d'argot australien (*water rat*) qui désigne une femme qui traîne autour des ports, des fleuves et des rivières, et vend des faveurs sexuelles aux marins de passage, en particulier aux membres des équipages des navires de charge.

Grif perd l'équilibre sur les pierres immergées ; du sang coule de son nez sur son cigare détrempé.

— C'est quoi ce nom de Bryce pour une fille, d'abord ?

— Le nom de ma nana, pas de la tienne, point barre.

— C'est un nom de mec, ducon.

— Pas avec un « y ».

Archy, le fils biologique de Thettie, est le plus rapide des deux, mais Grif, un géant orphelin de mère, lui décoche un violent coup de poing. Archy chancelle, perd son emprise, et Grif se rapproche, n'étant plus séparé de son frère que par l'épaisseur de son cigare humide.

— Et c'est toi qui dois l'épeler à sa place. Pour info, la plupart des gens n'ont besoin de personne pour dire comment s'écrit leur putain de nom, ducon.

Frankie disait qu'elle et ses fils étaient un monstre à trois têtes, comme Cerbère, le chien de l'enfer. Un frisson parcourt la nuque de Thettie. Elle scrute la brume pour apercevoir l'île. *Frankie ?*

Le brouillard s'accompagne d'un air glacial qui lui brûle les bronches. À la puanteur familière des algues en décomposition, à l'effluve vivifiant des pins, Thettie sait qu'elle est de retour chez elle. Elle tousse et allume une cigarette pour couvrir l'odeur qu'elle mourait d'envie de retrouver depuis bientôt dix ans. Elle était jeune alors. *Respire*. Qu'est-elle désormais ?

La capuche d'Archy tombe sur ses beaux yeux et il bondit. Grif l'esquive, se jette sur lui, et tous deux continuent de se battre avec force grognements et ahanements. La brume auréole leurs longs cheveux, et l'eau ruisselle de leurs Thermolactyls crasseux. Quittant le chalutier qui tangue, Thettie grimpe sur la jetée. À ses yeux, la vérité est un démon paré de dentelles. Que Doc ait pu tirer ou non quelque chose de la fille en la repêchant, en la ranimant et en la ramenant au *Landing*, il n'en demeure pas moins qu'aucun d'entre eux ne sait d'où elle vient.

Archy va devoir se débarrasser d'elle.

— Débarrasse-toi d'elle. (Grif grogne et tente de se relever d'un coup de reins. Il a acquis la capacité de lire les pensées de Thettie en la suivant partout depuis ses dix ans, comme attaché à une laisse invisible.) Elle n'est pas des…

— On a besoin d'elle. (Les doigts d'Archy se resserrent autour du cou de Grif.) Doc a dit qu'elle sait où se trouve Frankie. Elle sait comment aller sur l'île.

Doc en tête sur le pont de son voilier acheté sur Craiglist[2] – mais cette fois il est flanqué de deux prisonniers en liberté conditionnelle qu'il a embauchés après avoir appris que Frankie a installé un système de sécurité sophistiqué ; Grif juste derrière, sur son précieux Lund ; Thettie avec Archy et le rat d'eau sur le vieux Black Crown qui appartient à la famille depuis des années. Le reste du clan – tantes, cousins et petits amis des deux sexes – ferme la marche. Tous en ont tellement par-dessus la tête de se nourrir de maskinongés et autres poissons d'eau douce qu'ils ne parlent que pizzas, burgers, frites et tex-mex. Et comment, s'ils en ont l'occasion, ils se taperont non pas une, mais deux glaces McFlurry Oreo.

Les étoiles ont commencé à pâlir au-dessus du lac, et Archy et Grif se battent déjà dans l'eau peu profonde. Thettie s'appuie au bastingage du Black Crown, épuisée par les braillements et les démêlés incessants de ses fils depuis qu'ils ont remonté la rivière, franchi la frontière de l'État et plus encore. Leur querelle, une voix hors-champ onirique sur près de cinq cents kilomètres de rivières bordées de joncs et de bidonvilles au bord de l'eau, de bars à tapas qui rivalisent les uns avec les autres, de parcs de bureaux, de camps de vacances, de tabernacles mormons rutilants, de familles chinoises pêchant au large des murs de soutènement, et de fausses pompes à eau à l'ancienne.

Malgré son épuisement, son cœur palpite comme un poisson. Thettie ne sait pas à quoi s'attendre après s'être tenue si longtemps à l'écart de Little Ridge, mais elle n'a pas prévu d'avoir la sensation d'y être… une étrangère. Elle est incapable de regarder ce qui reste de leur hameau aux abords de la ville ni les toits élégants du village que nimbe encore la nuit. Elle s'efforce plutôt de repérer l'île dans la brume, se demandant si la fille a raison et que Frankie s'y trouve toujours. Car le problème n'est pas seulement d'avoir pris la fuite. Et le problème n'est pas seulement d'avoir abandonné Frankie à une mort certaine. Il n'a jamais été question de revenir.

— Tu dis quoi, ducon ?

Archy pousse Grif.

— Elle ne reste pas.

Grif le repousse.

Frankie disait qu'il ne faut jamais dire jamais.

---

2. Site Internet américain qui propose des petites annonces et des forums de discussion sur différents sujets ; plus ou moins l'équivalent du Bon Coin.

Grif, jaillissant à la surface, prononce les mots que Thettie n'osait pas dire.

— Personne ne sait comment aller sur l'île.

Les yeux d'Archy brillent telles des planètes, les pupilles envahies de sphères d'un bleu étincelant.

— Bryce dit que Frankie y est, trouduc. Il y est !

— Ouais, mais comment...

La fin de sa phrase se perd en gargouillis tandis qu'Archy le maintient au sol pour ne pas saisir une occasion qu'il vaut mieux dédaigner. Le bras gigantesque de Grif frappe la surface de l'eau, les tatouages sur les énormes jointures de ses doigts bondissant comme autant de taches colorées.

Thettie regarde de l'autre côté du lac, mais l'île du Nez – partie d'une quelconque propriété d'un père fondateur qui, selon Doc qui le tient de Bryce, appartient désormais à Frankie – est enveloppée dans le temps et Frankie avec elle. L'accent irlandais de Doc s'élève brusquement et sans prévenir derrière elle, comme s'il se tenait en embuscade, ses rangers à semelle en caoutchouc n'y étant pas pour rien.

— J'envoie quelqu'un nous trouver des cabanes à louer, ma fille. Tu vas en ville faire les courses.

Elle acquiesce d'un signe de tête et s'avance d'un pas sur le rivage, mais il lui agrippe le poignet d'une main de fer. D'un hochement de tête, il envoie ses deux sbires mettre un terme à la bagarre qui se déroule dans l'eau et à laquelle se sont joints bon nombre de fils, neveux et frères Harpur. Les bateaux ont baratté l'eau en une crème jaunâtre ; la brume résonne du sinistre déclic familier de briquets Bic et Zippo invisibles. Le dernier éclat de la ceinture d'Orion s'accroche aux gouttelettes rosâtres qui giclent de la belle chevelure d'Archy. L'aube tarde à se lever au-dessus de la crête orientale.

— Pas ce à quoi je m'attendais, dit Thettie. Ce silence.

— C'est un peu tôt pour un comité d'accueil, crache Doc de sa bouche à moitié paralysée.

Il l'attire à lui, le moignon de son index effleurant l'intérieur de son poignet. L'impitoyable picotement du parfum des pruches dans sa gorge la fait déglutir avec peine.

— On en aura un bien assez tôt, dit Thettie en se raidissant sous son étreinte.

— Tu rentres à la maison, ma fille. Ça fait du bien ?

— Fait froid, dit-elle en échappant à son emprise. À peine en octobre. Je vais m'occuper du petit déjeuner. Les magasins ne vont pas tarder à ouvrir.

Des lumières se sont mises à clignoter le long de la rive. Thettie descend de la jetée et grimace en sentant ses baskets mouillées frotter au niveau des chevilles, ses pas crissent sur les pierres comme un ongle raclant un tableau noir. Ses genoux se dérobent sans pour autant la lâcher, et elle a soudain envie de faire pipi, mais elle se retient. Elle se redresse puis s'efforce de ne pas tout ressasser, tout ce qui s'est perdu en chemin entre ici et le *Landing* et vice-versa. Elle entend derrière elle Archy et Grif se soumettre au sermon de Doc et laisser tomber leur querelle pour lui emboîter le pas. Elle fait un effort pour demeurer impassible et ne pas se retourner, s'éloignant à grandes enjambées pour indiquer qu'ils ne sont pas en cause. Pas cette fois.

Sa vue souffre du manque de sommeil et des flocons noirs semblables à des cendres dansent à la périphérie de ses yeux. Elle grelotte dans le vieux pull-over d'Archy. Entre le lac et le bois se dresse une rangée de cabanes en rondins dotées de panneaux solaires derrière laquelle s'étend une ligne clairsemée de mobil-homes bon marché pour les retraités et les pêcheurs, les infirmes et les vagabonds, qui reviennent chaque année ou ne partent jamais. Un visage surgit à la fenêtre d'un grand mobil-home et Thettie frissonne. Ce visage, que masque un foulard ou un voile, la suit et elle entend résonner une guitare désaccordée. Elle connaît ces accords ! Elle s'éloigne rapidement et tout aussi promptement regarde derrière elle – sans pouvoir s'en empêcher –, mais le visage a disparu et la musique s'est arrêtée.

La nouvelle du retour des Harpur s'est déjà répandue et un petit attroupement de curieux et de policiers commence à se former sur le parking. Thettie sent leurs regards posés sur elle. Elle ébouriffe ses cheveux et défait le dernier bouton de son pull-over. La crête derrière le village masque le lever du soleil et brouille les contours du monde renaissant. Des phares descendent Main Street tels des yeux sans visage. De nouvelles odeurs flottent dans l'air. Le parfum inhabituel du café moulu d'une machine à expresso là où se tenait autrefois la pharmacie, du romarin dans le pain fraîchement cuit d'une nouvelle boulangerie à l'extrémité du pâté de maisons.

Merde alors !

Ils sont partis depuis dix ans et une ville oubliée en bordure d'un lac s'est métamorphosée en une fantasmagorie futuriste.

Son corps se souvient, avant que son esprit ne le lui rappelle, d'éviter une crevasse cunéiforme qui a disparu du trottoir. Quand elle enjambe l'endroit où elle est certaine qu'il y avait un trou, de fines lignes commencent à étoiler le mica pourtant récent. Elle se fige. Sous ses pieds, de petites fissures s'élargissent à vue d'œil, comme si quelque chose essayait de faire surface. À cet endroit – elle est sûre que c'est bien là –, il y avait une profonde crevasse dont Cassie et Frankie disaient toujours qu'elle ressemblait à une bouche géante. Elle était juste là, Thettie en est convaincue. La crevasse, qui avait profondément entaillé le sol, était envahie de mauvaises herbes et pleine de morceaux d'asphalte semblables à des dents cassées – et l'un d'entre eux y tombait toujours, soit accidentellement, soit à dessein. Elle pouvait vous faire perdre l'équilibre et ruiner la plus spectaculaire des roues arrière, cette vieille bouche en ciment avec ses dents cassées qui se riait de leur douleur. Thettie retient son souffle, comme si elle marchait sur un terrain glissant plutôt que sur quinze centimètres d'asphalte flambant neuf. *Ne fais pas de mouvements brusques.* Quand, trempée de sueur, elle finit par ne plus sentir ni voir les fissures du trottoir s'agrandir toujours plus, elle s'éloigne prudemment.

Oui, ses fils ont eu raison de ne pas la suivre. Cette fois, cela ne regarde qu'elle.

Elle passe devant l'ancienne poste et le bâtiment où l'on imprimait *L'aube*. À la place, il y a désormais un magasin de souvenirs et une galerie remplie de peintures représentant le lac.

De l'art à Little Ridge… vraiment ? Elle se dirige vers le *Village Inn*, en essayant de calmer son cœur qui bat la chamade. Autrefois rappel miteux des beaux jours de la Wells Fargo, cette ancienne auberge était devenue trop chère à entretenir et l'université Sullivan, qui en était propriétaire, n'avait plus eu les moyens de la remettre en état. Thettie n'avait mis les pieds qu'une seule fois dans cet endroit sombre et moisi avant sa fermeture. À présent, cette même auberge lui fait face, impeccablement repeinte à l'image d'un château Disney. Balcons ornés de blanches colonnes, volets verts à tous les étages. Des jardinières de lys et de delphiniums sont disposées de part et d'autre d'un drapeau flapi. Un portier sirote discrètement, dans un gobelet recyclable, un café fraîchement moulu dont le parfum titille les papilles de Thettie.

Certes, l'odeur du lac est toujours aussi entêtante que celle d'une chaussette mouillée. Avec sa manche, elle essuie une goutte qui coule de son nez. Le lac est bien là. Elle l'aperçoit derrière les pelouses verdoyantes de l'auberge, se dépliant sous la brume telle une feuille de papier d'aluminium brûlé. Le clocher de l'université carillonne l'heure matinale. 7 h 30.

De part et d'autre de Main Street, des manoirs de style georgien et révolutionnaire magnifiquement restaurés semblent comme endormis tout en l'observant approcher au travers de fenêtres biseautées, hermétiques à toute notion de deuxième chance pour d'autres qu'eux-mêmes. Si bien que Thettie se sent outrageusement vieille, même si elle n'a que (grosso modo) quarante-deux ans – ce que paraît d'ailleurs démentir son pâle reflet dans les vitres épaisses du *Little Ridge Market*.

Elle ne s'était pas attendue à ce que le magasin soit déjà ouvert. C'était une simple ruse pour se débarrasser de Doc, de faire le point seule avant de reprendre le clan en main. Dans ses souvenirs le magasin était un IGA[3] – un supermarché de campagne hors de prix, proposant un choix limité et aux horaires aléatoires. Alors même qu'elle s'approche de la nouvelle devanture en verre biseauté et qu'elle pose la main sur la porte – repeinte dans un vert qui semble plus authentique que Little Ridge ne le fut jamais –, celle-ci s'ouvre. En jaillit un homme mince d'une trentaine d'années, un sac de courses dans une main et écrivant un texto de l'autre. Le téléphone, les victuailles et le sac à main de Thettie se retrouvent pêle-mêle sur le trottoir. D'après ce qu'elle peut en juger, ses cigarettes écrasées, ses bons d'achat, ses tampons et son maquillage gisent parmi des barquettes de viande hachée rouge-rosée. La viande luit sur la pâleur du trottoir comme si elle venait d'être découpée.

— Appâts ou barbecue ? demande-t-elle, tout en laissant l'inconnu s'excuser et lui ramasser ses affaires.

Cassie disait qu'il faut laisser les hommes croire qu'on aime qu'ils soient à vos genoux, même si celui-ci paraît un peu jeune. Thettie se demande ce que l'on peut bien faire de tant de viande hachée. Mieux vaut ne pas chercher à savoir – c'est Frankie qui le lui a appris. *Les*

---

3. IGA ou *Independent Grocers Alliance* (Groupement *des épiciers indépendants*). Chaîne américaine de supermarchés franchisés, présente dans plusieurs pays (principalement aux États-Unis, au Canada et en Australie) et desservie par 37 fournisseurs indépendants.

gens de la ville ne sont pas comme nous, disait-il. *Qui savait ce qu'ils voulaient, ou pourquoi ?*

— Ni l'un ni l'autre, répond l'homme en se redressant et en lui tendant son sac à main. La viande est pour Vernon.

Il a de la peinture sur les doigts, qui effleurent les siens, et un sourire qui semble plus vieux que le reste de sa personne.

— Quel âge a Vernon ?

— Presque trente ans.

Thettie lève les yeux vers les siens, indistincts derrière des lunettes sales. Non, sans doute pas si jeune que ça, et certainement pas un citadin. Pas le petit sourire suffisant habituel des gens de la ville. Pas un fermier non plus. L'inconnu est loin de chez lui. Elle détourne le regard. De la peinture sur ses vêtements aussi.

— Votre colocataire ?

— Si l'on veut. (Il remonte ses lunettes, recule timidement sans la quitter des yeux et marche sur une barquette de viande.) À l'état sauvage, bien sûr, avec beaucoup de chance il aurait pu vivre jusqu'à vingt ans.

L'inconnu semble jouer à un jeu qu'il ne maîtrise que trop bien et dont il s'est lassé. Un accent du désert fait traîner ses voyelles.

— Qu'est-ce que c'est, pour l'amour de Dieu ? Un lynx ? Un blaireau ? Mon cousin Frankie avait un raton laveur qui s'appelait Rocky et essayait toujours de se taper le chat.

Thettie fouille dans son sac à la recherche d'une cigarette.

— Vernon est un monstre de Gila[4].

D'une main tremblante, elle porte la *Parliament* à ses lèvres. L'homme suit le moindre de ses gestes.

— C'est quoi ça ?

Sauf qu'elle le sait.

— C'est un lézard. Un gros.

Ça, elle le sait aussi.

— Ils ne mangent pas des souris ou des trucs du genre ?

Elle s'efforce d'ignorer le frisson de terreur qui l'a parcourue en entendant le mot « lézard ». Le filet de sueur qui coule le long de ses côtes se fige presque sous le regard rassurant de l'étranger.

---

4. Une espèce de sauriens venimeux ; un lézard lent, d'aspect massif, pouvant atteindre 60 cm. C'est l'un des deux seuls lézards venimeux connus d'Amérique du Nord.

— Mon copain nuisible est allé en désintox.

Il lui décoche un léger sourire en coin, puisque le jeu est terminé et qu'il en sort gagnant malgré lui.

— Je croyais qu'ils mangeaient genre deux fois par an. *Respire.*

— Oui, et c'est une de ces fois-là.

— La viande hachée a l'air bizarre. (Des poches de sang ont commencé à se concentrer sur les bords des barquettes en polystyrène éparpillées sur le trottoir.) Mais ça n'engage que moi.

— Il n'en raffole pas pour tout dire.

— Essayez la pizza. *Respire.* C'est bon pour tout, à ce que dit mon cousin Frankie.

— Le type au raton laveur, dit-il en hochant la tête. Merci. Je vais tenter le coup.

Ils regardent d'un air gêné les barquettes de viande hachée tombées à terre et imbibées d'un sang luisant.

— Il est gros comment ? demande-t-elle. (Il la regarde en clignant des yeux.) Votre lézard. Gros comment ?

Il rougit légèrement, comme s'il avait remarqué la façon dont elle le regarde, et double la mise.

— Plutôt gros.

Elle joue le tout pour le tout.

— Gros ou petit. Ils me rendent malade, sans plaisanter. Urticaire et dyspnée. Ma seule peur.

— Vous avez de la chance, dit-il. De n'en avoir qu'une seule.

Fracas et hurlements s'élèvent du rivage. À l'heure du déjeuner, tout Little Ridge saura que ces ploucs de Harpur sont revenus en ville dans leurs bateaux pourris, et que les gars se tirent la bourre pour une chatte avant même d'avoir amarré.

— On est de retour, dit-elle en soufflant la fumée. Enfermez vos filles.

— C'est un peu tard, non ? (Il ne s'écarte pas pour éviter la fumée, mais son sourire s'est effacé.) Vos maisons ont toutes disparu.

Il n'a pas besoin de le lui dire. D'après les quelques informations qui leur sont parvenues au *Landing* avant l'arrivée de Bryce, elle sait que Parcs et Jardins s'est pointé peu après leur départ dix ans plus tôt. Leurs maisons flottantes et leurs taudis ancestraux en bordure de la rivière ont été rasés, et leur expropriation proclamée pour empêcher le cas de figure présent : le retour des Harpur, toujours prêts à tirer sur tout ce qui bouge et à se lancer dans une vendetta.

— Sauf qu'on est là. (L'endroit ressemble à un parc à thèmes avec ses façades factices et ses parfums trompeurs. Peut-être bien que le type au lézard a raison. Ou pas.) Il n'est jamais trop tard.

Elle écrase sa cigarette sur le mica flambant neuf et le bouscule pour entrer dans le magasin.

*

Quand Thettie regagne le camping, l'ambiance est calme mais tendue. Le soleil, qui s'est levé au-dessus de la cime des pruches, lance des clins d'œil humides au lac dépouillé de son voile brumeux et aussi terne qu'une vieille pièce de cinq cents. L'agence de location est toujours fermée, mais quelques femmes ont allumé le barbecue pour les enfants. Un relent de cannabis et de café s'échappe des bateaux. Le petit attroupement rassemblé sur le camping a grossi et le pick-up du shérif est désormais garé près des autres véhicules. Doc a dû avoir des mots avec lui, des mots que Thettie devine sans peine. Après tout, peut-être que le type au lézard a raison. Peut-être qu'il est trop tard pour les Harpur. Peut-être que leur temps est révolu.

Mais quel choix ont-ils ? Le problème ne se limite pas au fait qu'ils ont brûlé les ponts comme d'autres brûlent le café – quoiqu'il y ait un peu de ça. Au cours de ces terribles années d'exil au *Landing*, Thettie s'est réveillée trempée de sueur, incapable de respirer tant lui pesait sur la poitrine le poids de ce qu'elle avait fait. La culpabilité de savoir que pour assurer la sécurité de ses fils, il lui en avait coûté autant qu'elle y avait gagné. Peut-être davantage.

Avant même qu'ils ne quittent Little Ridge, Frankie avait prévenu que leur date de péremption était dépassée. *N'envoie jamais demander pour qui sonne le glas* avait-il dit au son des cloches de l'université. *C'est pour toi qu'il sonne*[5]. Il avait ajouté qu'il devait y avoir de la place pour de vieux clans comme le leur dans cette nouvelle Amérique, sauf si l'idée qu'on se fait d'une nouvelle Amérique est un abri souterrain planqué en Géorgie. *Les gens de Little Ridge ont besoin de nous. Nous sommes leur dernier rempart.* à cette époque, Thettie ne prêtait guère attention aux inquiétudes de Frankie. Elle avait ses propres problèmes à gérer, en premier lieu survivre. Mais elle n'aurait jamais imaginé que

5. Extrait du poème de John Donne : *Aucun homme n'est une île.*

le prix à payer inclue de devoir abandonner son propre sang. Et a-t-elle vraiment survécu – intacte ?

Les cloches sonnent l'heure, mais le carillon n'est plus le même. Frankie la reconnaîtra-t-il ? Se rappellera-t-il son nom ?

Archy est assis sur le pont du chalutier, la tête entre les mains. De l'encre noire luit sur un de ses bras – un lapin aux oreilles tombantes, un bouddha avec une dent aiguisée, un arbre jumelé. Ses doigts sont hérissés de bagues en argent. Elle touche celle qu'il porte au pouce, un cadeau de Grif, usée par toutes les fois où Archy l'a coupée avant de la ressouder.

— Bryce et moi, on pourrait se séparer, dit-il.

— C'est peut-être une bonne chose, répond Thettie. Ce qui arrive sur la rivière reste sur la rivière. Quand j'étais jeune, on montait tous dans le Zodiac de Frankie, on descendait jusqu'à Bucksport et on traînait à la pizzeria qui se trouvait près d'une casse. Il y avait un mécanicien, aux jeans si serrés…

— Tais-toi, m'man. (Les yeux bleu foncé d'Archy lancent des éclairs.) S'il n'y avait pas eu Bryce, on n'aurait jamais su pour Frankie. Un peu de respect.

— Chut.

Elle lui donne un petit coup avec un gobelet de café en papier. De la vapeur s'élève dans le froid inhabituel d'octobre, et les yeux d'Archy – quand il la regarde – sont pareils aux siens. Bleus comme l'acier et tout aussi durs. Un coquard commence à se dessiner.

— Grif est allé trop loin. Juré. Je me suis dit, voilà ma chance. Noie-le. Bam.

— C'est ton frère. Si tu le perds, tu perds tout. *Comme j'ai perdu Frankie*, songe-t-elle.

— Ce n'est pas mon frère. C'est mon cousin.

— Comme Frankie et moi. Y a que les liens du sang qui comptent.

Archy a hérité son air grave et ses épais cheveux blonds comme les blés, même s'ils ont pris la couleur du tabac avec des mèches rouille. Son jean est encore trempé et il s'efforce de ne pas grelotter. Il déploie ses énormes mains et elle cherche ses cigarettes.

— Il surveille tes arrières, c'est tout, tente-t-elle. Demain, tout sera oublié. Et d'abord, c'est quoi ce nom de Bryce pour une fille ?

— Tais-toi, m'man, d'accord ? Tais-toi.

Elle l'observe allumer la cigarette dans le creux formé par ses deux énormes mains. Il lui rend le paquet. De la fumée monte en volutes de ses lèvres, autour de sa fine moustache et de son nez délicat.

— Que veux-tu que je fasse ? demande-t-elle.

— Qu'est-ce qui te fait croire que je veux que tu fasses quelque chose ?

Il se lève péniblement et, prenant soin de ne pas renverser son café, lui ouvre la petite porte de la cabine. Thettie sort. Elle s'arrête pour jeter un œil d'abord sur les badauds assemblés sur le rivage puis sur son propre clan. Nièces et cousins aux yeux bleu électrique dans leurs jeans déchirés, mourant d'ennui et l'air rebelle sur la jetée où ils traînent par deux ou trois. Tantes dans des chaises longues sur les ponts bringuebalants, perdues dans leurs rêves d'Oxycodone. La voix de Grif lui parvient ; il organise une expédition pour aller pêcher pour le déjeuner. *Bien*, songe-t-elle en se retrouvant dans l'obscurité, *parce que le Little Ridge Market a été dévalisé de tous ses steaks hachés.*

2. Vernon

Vernon est dans son terrarium, aussi figé qu'une statue.

Lee finit d'essuyer ses pinceaux avec un chiffon, les pose sur la table, puis traverse son atelier jusqu'au réfrigérateur. Il l'ouvre, sort de sa boîte une part de pizza froide, et le referme. Il mâche consciencieusement, sans quitter des yeux le Gila qui ignore ostensiblement le steak haché en forme de souris qu'il a déposé là un peu plus tôt. Aujourd'hui, il a l'impression que la peau rayée de noir de Vernon tire davantage sur l'abricot que sur le rose, et qu'elle pend légèrement. Dans son œil noir brille une unique lueur perdue dans le vague.

Ce qu'il a dit à cette femme, cette Harpur, devant le magasin est vrai. Vernon n'est jamais au mieux de sa forme en septembre. Cette année toutefois c'est pire que d'habitude, et Lee aimerait le ramener au Nouveau-Mexique pour qu'il y meure. Tout en mâchonnant la pizza, il s'efforce de comprendre pourquoi il a parlé de Vernon à cette inconnue. Il se rappelle la peau blanche visible par son col entrouvert, lumineuse dans le petit jour, parsemée de taches de rousseur comme autant d'étoiles.

— Accroche-toi, dit Lee à Vernon, la bouche pleine de pizza. L'année prochaine, promis.

Un marchand d'art d'Ilium organise une grande exposition vers Noël, avec Lee et d'autres artistes locaux. « Artistes locaux », un terme qu'il exècre. Un terme qui évoque des chevalets dans des lieux improbables et des mères de famille munies de châssis. Lee mord dans une olive. Des acheteurs et des blogueurs ont été invités de Buffalo, Jersey City et New York. Lee est en tête d'affiche. On lui a déjà promis une place en première page de la brochure pour ses paysages de lac. Il se rappelle la façon dont les lèvres de cette femme ont tremblé quand il lui a dit qu'il était peut-être trop tard pour les Harpur, et il se demande combien de temps encore il pourra lui aussi s'appuyer uniquement sur le lac pour trouver l'inspiration – depuis le temps qu'il en explore les secrets et les mensonges.

Il doit achever son tableau. Le lac après un orage d'été. La foudre zèbre l'horizon. Sur la droite, accolée au bord du cadre, se trouve l'île du Nez. Ou les îles, si l'on compte un bloc rocheux de moindre importance, presque immergé, dressé tel le poing d'un homme en train de se noyer.

Vernon darde le bout de sa langue, et la lumière bleue de son œil, celui rivé sur la part de pizza de Lee, étincelle brièvement avant de s'éteindre. Ce bleu est plus pâle que celui des yeux de l'inconnue et, en pensant à elle, Lee sent une chaleur intense se diffuser dans son dos.

Il lui faut juste deux ou trois ventes avantageuses et il pourra s'offrir ce vieux break remis en état pour rentrer à Albuquerque, du moins est-ce son excuse pour cette année. Vernon et lui pourraient y être au printemps, quand les mesquites sont couverts de fleurs jaunes, particulièrement allergisantes – une souffrance de petit garçon oubliée avec tant d'autres.

— Bon. Ça va aller, dit-il à voix haute. C'est quoi cette odeur ?

La nuit précédente, il a rêvé qu'il buvait. Il n'avait plus fait ce rêve depuis des mois, peut-être même davantage. Un rêve dans lequel il est tellement bourré qu'il n'a pas pu retrouver sa chambre d'hôtel et a frappé à plusieurs reprises à la porte de la chambre voisine pour exiger qu'on le laisse entrer. C'est toujours le même rêve. Mais Lee est sobre depuis cinq ans, aussi Vernon se contente-t-il de détourner son énorme tête et la température de l'atelier baisse légèrement.

Lee l'a aménagé dans une serre délabrée construite par le propriétaire précédent. Sa maison se trouve à cinquante mètres, un peu plus haut sur la colline, mais ni Vernon ni lui n'y mettent plus les pieds. L'atelier leur offre tout ce dont ils ont besoin. Un canapé pour dormir, une cafetière et une cheminée – et le Gila en apprécie la luminosité.

Quand Lee a fini la pizza froide, il en jette la croûte dans le terrarium.

— Tiens, mon grand. J'ai entendu dire que ça guérissait tout.

Il s'essuie les mains sur le pantalon de jogging maculé de peinture – il a grimacé en le voyant se refléter dans les yeux de cette femme, dont le jean était propre et dont les cheveux sentaient la pomme malgré le nuage de fumée de cigarette qu'elle lui a soufflé au visage. Il est tombé sur elle au moment précis où son téléphone lui signalait qu'il avait reçu un texto disant *Ils sont de RETOUR !* et quand il a levé la tête, elle était là. Avec des yeux de la même couleur que le lac, rivés sur sa viande répandue à terre. Des yeux froids et bleus, presque durs comme l'acier.

De retour à l'atelier, Lee s'est avéré incapable de se sortir de l'esprit ce bleu déconcertant, une nuance qu'il n'a jamais vue dans un tube de peinture ni dans la nature.

*

Lee enlève son pantalon de jogging et farfouille sur le canapé à la recherche d'un jean et de la ceinture en cuir que sa femme lui a achetée à Seneca Village, non loin de Henksville. Le texto qu'il a reçu quand il a heurté l'inconnue émanait de Sam Habib, son ancien directeur de thèse. Lee a quitté le Nouveau-Mexique pour le suivre dans l'Est, où il a pris un postdoc et aidé à la mise en place du nouveau laboratoire de recherche sur la mémoire de l'université Sullivan, une université d'arts libéraux sur le déclin dans la ville reculée de Little Ridge.

Il doit à Habib la majeure partie de ce qu'il sait sur les Harpur, le reste il l'a glané sur Internet. Le clan affirme descendre de l'union illégale de soldats révolutionnaires avec des Iroquoises. Méprisé par les deux camps et privé, pour ses péchés, de ses prises de guerre, le clan a prospéré en marge de la société, comme toutes les communautés rurales de parias. Les Harpur ont vécu de la pêche et de la chasse – sans oublier leurs ignames et leur non moins célèbre alcool de contrebande frelaté –, plus divers remèdes et potions, vendant le tout sur les marchés fermiers et, plus récemment, en ligne. La main sur le cœur, une des étudiantes en art de Lee a juré que le baume de jouvence *Shine* de Sarey Harpur est miraculeux.

Alors, pourquoi sont-ils de retour ?

La femme devant le magasin semblait sur le qui-vive. Elle n'est pas jeune, mais elle n'est pas vieille pour autant, et elle a de la poigne. Sous son air affectueux, sa mine était grave. Sa main tremblait légèrement en tenant sa cigarette, mais l'âge n'y est pour rien et Lee ne pense pas qu'elle se drogue – ses doigts sont fermes mais fins (il n'y a pas vu d'alliance) et ses ongles légèrement incurvés ne sont pas vernis. Elle l'a regardé comme s'il représentait un avenir encore possible.

Le clan a fait fortune pendant la prohibition, avant de décliner par la suite. Les Harpur se sont reconvertis dans les pièces de rechange pour motos et bateaux – davantage ferrailleurs que mécaniciens – coupant de la métamphétamine sur des tables délabrées et passant le moût dans des radiateurs de voiture. Au fil des ans, ils se sont dispersés, jusqu'à ce qu'une descente de police mette fin à leurs petites combines merdiques et que toute la famille – du moins ce qu'il en restait – se volatilise. Mais comme Habib aime à le dire non sans malice : *Ce n'est pas la chute qui compte, c'est ce que l'on en fait.* Or le clan a quitté l'État, laissant un ancien combattant prénommé Frankie porter le chapeau. Quand ce dernier est sorti de prison, sa rage est devenue un élément du décor du village. En montant et descendant Main Street, cet original brisé bredouillait à qui voulait bien l'écouter, et surtout à ceux qui ne le voulaient pas, son désir de se venger de la famille qui l'avait trahi.

Lee se verse un café d'une cafetière barbouillée de peinture, plus pour gagner du temps que parce qu'il n'a pas son content de caféine. Il sort le boire sur le seuil de l'atelier, en regardant le lac. Le terrain descend en pente douce jusqu'à une plage rocailleuse, au-delà d'un vieil érable où une corde effilochée pendait à des branches noires, le siège en bois disloqué et tordu au-dessus d'un nœud de la taille d'un poing. Un souvenir d'été demeure dans l'immobilité du feuillage, et le bruissement des verges d'or s'élève du rivage, comme un appel.

On trouve encore un noyau de pêche ou de prune ossifié entre les racines du verger indigène qui se dresse entre sa propriété et celle d'à côté – une demeure de vingt-six pièces qui a appartenu à Eli Zabriskie. Habib a expliqué à Lee que les Zabriskie avaient été des industriels qui possédaient de part et d'autre du canal de nombreuses usines, désormais converties en sites touristiques ou en squats en ruine pour les vagabonds et les fugueurs. Le vieux Zabriskie, quant à lui, avait fait fortune dans les sous-vêtements pour dame, mais sa marotte, un soutien-gorge de grossesse avec un composant rafraîchissant dans les bonnets, avait presque conduit son père à la faillite. Des oies cacardent en le survolant. Qu'a donc dit cette femme quand elle l'a bousculé pour passer ?

Il n'est jamais trop tard.

Lee prend sa veste accrochée au crochet fixé à la porte et descend au lac.

Son canoë est retourné et attaché à un arbre à côté d'une table de pique-nique, patinée par le soleil et les intempéries, qui semble surgir de la rive rocailleuse. L'eau ondule jusqu'à l'horizon. Au nord s'étend un promontoire peu élevé, et la plupart des gens de Little Ridge peuvent montrer du doigt la légère irrégularité située juste de l'autre côté. Là où Frankie Harpur s'est tiré dans le Zray Avenger[6] de Zabriskie de ses années de débauche, et d'où il n'est jamais revenu.

Lee est depuis longtemps obsédé par l'île, une obsession qui n'a aucun rapport avec Frankie. Mais aujourd'hui, sa silhouette indistincte disparaît derrière le visage de l'inconnue, ses yeux blessés et son air grave. Il pose sa tasse vide sur la table de pique-nique et se tourne vers le port du village, au sud. Si on sait par où passer, il est possible de parcourir à pied sans se mouiller les deux kilomètres qui séparent la plage de Lee de la ville. Lee sait par où passer.

Il contourne les mares peu profondes remplies d'eau saumâtre, passe devant des bosquets de joncs de la taille d'un homme et se baisse sous des branches nues. Dans quelques mois, toute la rive – mares, pierres, branches, roseaux – sera recouverte d'une couche de glace scintillante et résonnera du goutte-à-goutte incessant de l'hiver.

Il arrive au port du village, en longe les mâts, puis poursuit sa route vers le sud jusqu'à une jetée plus petite, rongée par la pourriture, qui surgit du lac tel un doigt accusateur. Il y grimpe, et le lac soupire et clapote à ses pieds. Une foule d'autochtones, dont le shérif et son adjoint, est rassemblée sur le parking du camping. Des Harpur en sweats à capuche et vestes de chasse se pressent devant l'agence de location. Des filles en mini-jupes en jean traînent des valises Disney dans des mobil-homes bon marché derrière les cabanes flambant neuves sur le rivage. Dominant les jet-skis qui dansent sur l'eau et les bateaux de plaisance, les hors-bord et les pontons mornes et miteux, Lee remarque un grand voilier d'un ancien modèle Sundeck, hérissé de cannes à pêche, qui remorque une petite barge chargée de vélos, de batteries, de pneus, de blocs-moteur, de barils d'essence et de câbles enroulés. En s'approchant, il distingue des caméras de surveillance sur le pont et respire l'odeur du cannabis en train de se consumer. Un obèse se dandine du côté du gouvernail. Il est énorme, porte un débardeur crasseux sous une chemise ouverte ; ses cheveux sont courts et bouclés, sa barbe broussailleuse. Ceint d'un tatouage irrégulier de fils barbelés, son cou se termine en un pli de graisse autour des oreilles. Il y a dans ce tatouage comme une sauvagerie indéfinissable. L'obèse balance sur son épaule un sac de sport Steelers dézippé, et Lee aperçoit un pistolet à sa ceinture.

---

6. Bateau gonflable.

De l'eau du lac éclabousse les lunettes de Lee. Il les retire pour les nettoyer avec le pan graisseux de la chemise qu'il porte pour peindre. Quand il les remet, le géant au pistolet est flou et déformé. Lee frissonne des pieds à la tête. Quand la buée sur ses lunettes s'estompe, il constate que le tatouage de prisonnier de l'obèse couvre sans pour autant le cacher un collier de tissu cicatriciel strié qui lui fait le tour du cou.

Lee se retourne vers le camping. Une petite fête bruyante semble se dérouler sur l'aire de pique-nique, et l'odeur du poisson grillé trempé dans de la farine de maïs lui rappelle qu'il n'a rien mangé d'autre qu'une demi-part de pizza froide. Il scrute le camping à la recherche de l'inconnue, se sentant aussi coupable qu'un adolescent. Il aperçoit une silhouette solitaire près des jeunes arbres qui bordent le parking – un individu, homme ou femme, enveloppé dans une doudoune bombée avec un chapeau, peut-être un bonnet. Lee plisse les yeux derrière ses lunettes maculées. La silhouette s'immobilise, mais semble se rétrécir devant ses yeux, perdant à la fois en hauteur et en largeur, aussi élancée que les jeunes arbres noirs qui s'élèvent autour d'elle, tels les barreaux d'une cage. Lee cille, les yeux brûlés par le fixateur, les huiles et la poussière du charbon de bois. En entendant un soupir humain derrière lui, il pivote, glissant presque sur la jetée, mais il n'y a personne. Quand il se retourne vers les arbres, la silhouette a disparu.

Un Lund cabossé rugit sur le lac et déverse un groupe d'hommes à moitié soûls vêtus de sweats à capuche et de jeans Levis Goodwill, qui brandissent des cannes à pêche et des seaux en plastique pleins à ras bord. Lee s'approche du bord de la jetée, mais s'ils le voient, ils font comme s'il n'était pas là.

Un homme seul portant un sweat à capuche reste près du hors-bord, lance une ligne et, d'après le panache de fumée qui s'élève, savoure tranquillement un cigare. Sans prendre le temps de réfléchir, Lee s'avance lentement sur les lattes de bois. Il ne se retourne qu'une seule fois, et la rive lui paraît plus éloignée qu'elle ne le devrait ; une sombre créature émerge de l'eau qui lèche les planches usées par les éléments, puis glisse dans l'ombre de ses pieds avant de plonger et de disparaître.

Lee approche de l'extrémité de la jetée. Il voit désormais que l'homme porte un perfecto sur son sweat à capuche. Un cigare totémique se consume entre ses doigts tatoués. Le halo de fumée plane au-dessus de sa tête comme si son propre nuage l'auréolait.

— Salut, lance Lee.

N'obtenant pas de réponse, il recommence.

Au pied de l'homme, une boîte de pêche est recouverte d'autocollants et de logos de streetwear. Des canettes cabossées de Keystone flottent dans une glacière de polystyrène.

— Ça mord ?

L'homme se retourne enfin et retire l'oreillette de son casque. Sa capuche noire projette des ombres sur son visage décharné et hagard. Ses yeux sont du même bleu acier que ceux de la femme du *Little Ridge Market*, et la bouche de Lee devient sèche.

— Pas encore.

Le type approche la trentaine, bien qu'il fasse plus âgé, et c'est un géant, de deux bons mètres de haut et d'un mètre de carrure. Ses joues contusionnées portent les marques d'une bagarre récente et une ride précoce sépare ses épais sourcils. Le soleil a passé son zénith. La ligne de pêche dessine un gribouillis argenté sur le noir bleuté du lac.

— Je m'appelle Lee Montour. J'habite à l'autre bout de la ville.

— Grif Harpur.

— Bon retour parmi nous, dit Lee.

— Certains nous font bon accueil. (Grif tourne la tête vers la foule hostile.) Ils n'en ont pas moins rasé toutes nos maisons.

Ses mains sont énormes, et des lettres baroques tatouées ornent ses doigts – noires sur une main, rouge sang sur l'autre.

— Ils pensaient peut-être que vous ne reviendriez pas.

— On était là les premiers. Il y a des chutes qui portent notre nom.

— Les chutes Harpur sont à sec. Je pense que vous n'y trouverez plus qu'un filet d'eau.

— Toujours sur la carte, aux dernières nouvelles.

Le lac lèche les planches sous les pieds de Lee. Le cuir strié qui rembourre les épaules du perfecto ressemble aux mortelles spalières du Moyen Âge.

— Faites gaffe où vous mettez les pieds. (Plus Grif parle et moins le grognement où se mêlent cigare et whisky dans sa voix semble probant.) L'eau est plus profonde qu'il n'y paraît.

— Eh bien, en fait, personne n'en connaît la profondeur exacte, commence Lee (Grif est déjà retourné à sa ligne de pêche.) Le socle mouvant de ces lacs glaciaires fait qu'il est difficile de la mesurer avec précision.

— Y aurait un monstre là-dessous. La bière est dans la glacière.

Lee plonge la main dans la glace à demi fondue et repousse une canette de Keystone. Grif en attrape une sans tourner la tête. Dans la lumière diffuse, Lee distingue deux des lettres rouges tatouées sur ses doigts : F et A.

— Vous en avez déjà entendu parler ?

— De quoi ?

Lee regarde fixement les bières dans la glacière, son cœur bat la chamade.

— De ce qu'il y a là-dessous. (Il porte la canette à sa bouche et en vide la moitié.) M'man a toujours dit que ça avait plus peur de nous que l'inverse.

Un faucon tournoie haut dans le ciel, poussant des cris perçants. Grif se balance d'avant en arrière dans ses bottes de géant.

— Je suppose que c'est elle que vous cherchez, reprend-il.

Lee se sent rougir jusqu'aux oreilles. Grif vide le reste de sa bière, réduit la canette à la grosseur d'une balle de golf et la laisse tomber à ses pieds.

— Vous là feriez sortir du lit pour jouer au docteur ? demande-t-il, sa voix retrouvant son grognement de salle de bar. Je savais que vous n'étiez pas là pour parler poissons. Tôt ou tard, il y a toujours un gars de la ville qui vient pour m'man. On la voit au magasin ou par la vitre de sa voiture, et on ne peut plus s'empêcher de penser à elle. Prenez un numéro, mec.

Les bières baignent lascivement dans leur jus glacé. Lee n'a pas bu d'alcool depuis cinq ans. L'écho des cris perçants du faucon leur parvient de nouveau en un *falsetto* décroissant.

— Vous êtes son fils ?

— Elle m'a recueilli quand j'avais dix ans. C'est son fils biologique qui m'a fait ça.

Il pivote et baisse sa capuche en grognant pour que Lee puisse voir l'ecchymose rouge vif sur son cou.

Derrière lui, la ligne de pêche tressaille et se met à trembler sur fond de gigantesques nuages de pluie, comme si elle cherchait quelque chose.

— Ça a beaucoup changé ici depuis votre départ, dit Lee.

— Sans blague.

Brusquement, la vapeur au nord se dissipe pour révéler un affleurement en forme de narine avec ses poils de nez en broussaille et les ruines d'un phare accroché à la roche – jadis indispensable pour signaler aux bateaux les dangereuses anfractuosités creusées par l'eau aspirée dans les grottes qui criblent la paroi rocheuse en contrebas.

— J'ai remarqué qu'il y avait de nouveaux pylônes de signalisation, dit Grif.

— Le shérif Boyle les a installés après que Frankie… après que votre cousin a hérité de la propriété.

— Vous avez déjà été là-bas ?

— À côté, répond Lee. Vous ?

Grif secoue la tête et pointe son cigare dont le bout rougeoie sur le ciel framboise.

— On s'en approche avec un bateau assez gros, on met à l'eau un canot pneumatique au nord du détroit où le courant est faible, on prend suffisamment de vitesse et je parie qu'on a assez d'élan pour y arriver.

— Vous voulez essayer ?

Grif Harpur fait signe qu'il veut une autre bière, et Lee lui en lance une.

— Vous ne buvez pas ?

— Plus maintenant, dit Lee.

— Marié ?

— Plus maintenant.

— Une copine ? Un copain ?

— J'ai un monstre de Gila qui s'appelle Vernon, si ça compte.

— Chacun son truc, dit Grif avec le rire grave et mélodieux qui convient à un géant. Certains d'entre nous donnent une fête de retour dimanche soir, à la taverne près de l'Interstate[7]. M'man y sera, si Vernon peut se passer de vous.

Lee montre du doigt la ligne qui se tend. Mais quand Grif la rembobine, l'appât a disparu, tout comme son sourire, et le rire qui résonne alors est aussi froid et vide que ses yeux.

---

7. Une Interstate, est une autoroute (voire une grand-route par endroits) qui relie un ou plusieurs États.

3. Gros Lot

La nana est sexy, une vraie bombe. Digne de ses fils, Thettie doit bien l'admettre.

— Elle ne peut pas rester, Arch.

Archy est assis à la table pliante dans un coin de la cuisine, face à sa mère. Son large dos se voûte tel un point d'interrogation. Des larmes s'accrochent à ses cils noirs, et ses yeux bleu acier suivent la fille du réchaud à gaz à l'évier avant de revenir se poser sur la plaque de mélaminé qu'il a façonnée pour servir de plan de travail. Le visage de Thettie souffre du manque de sommeil et ses paupières sont sèches. Elle s'efforce d'épouser le doux tangage du bateau, en vain. Sous la table, ses jambes sont tendues. Elle essaie de se concentrer sur la fille qui semble ne rien porter d'autre qu'une des chemises d'Archy, et un bandeau.

— Doc veut qu'elle reste, proteste Archy, pour nous guider jusqu'à l'île.

— Et Grif ? demande Thettie. Il n'en a jamais rien eu à cirer de ce que veut Doc, et toi non plus.

— Grif sait que dalle. J'aurais dû le noyer quand j'en ai eu la chance.

C'est donc ça, une chance ? à moitié noyé sous un ciel couleur ciment frais, le monde entier réduit aux mains de deux frères autour de leurs cous respectifs ? Impossible de dire où finit l'un et où commence l'autre. Où est la chance là-dedans ? Où est le choix ? Mais d'un autre côté, elle n'a jamais été très douée pour saisir les chances qui se sont présentées à elle, sauf après coup.

— C'est notre chance, Arch, dit-elle avec un empressement qui le fait tressaillir. Revenir pour Frankie.

— Si on le trouve.

— On n'a pas besoin de son aide.

— Ce n'est pas à toi d'en décider. Il est de mon sang, à moi aussi.

La fille fait cliqueter le réchaud dans le plus simple appareil, comme si elle n'avait rien entendu. Peut-être est-ce le cas. Archy fait tourner lentement son mug de café dans son énorme main, les bagues en argent à ses doigts aimantant toute la lumière.

— Tu t'es fait mal au dos dans la bagarre ?

— Un peu.

En bordure de son champ de vision, un flash des fesses de la fille devant le réchaud.

Thettie soupire plus fort que nécessaire. Est-ce le signe qu'elle prend de l'âge ? C'est vrai – plus on devient invisible, plus on a l'impression de devoir se manifester. Non. Elle n'est pas si vieille. Pas autant que tante Sarey, dont les soupirs font fuir les corbeaux.

Mais Archy a raison. On ne se sent plus chez soi, pas sans Frankie. Peut-être est-ce la raison pour laquelle ses fils se sont jetés l'un sur l'autre ce matin. Peut-être est-ce inévitable. Parce qu'ils sont là, et que la seule chose qui leur rappelle la maison est cette lutte, cette inimitié qui les définit et les unit par le sang, qui se nourrit sans cesse de leurs baises, de leurs disputes, de leurs braillements et de leurs coups bas grossiers. Car si ce n'est pas ça, alors quoi d'autre ? Où sont-ils chez eux sinon dans le sang de leurs âmes errantes ?

— Ça a pas mal changé ici, dit Thettie. Je dois l'admettre.

— Facile de s'en rendre compte, après dix ans et une frontière d'État entre le départ et le retour, dit Archy. Toujours la même odeur.

— Tu avais douze ans.

Thettie secoue son paquet pour en tirer une cigarette.

— Presque treize. Et Grif en avait seize.

L'île est le dernier endroit où l'on peut trouver refuge, avait dit Frankie. Sur ce lac de merde avec ses rives hostiles, ses eaux surexploitées et ses déplorables addictions, là et nulle part ailleurs.

— Tu as un peu de cette crème MiraKil pour le pied de Frankie ?

Elle souffle de la fumée à plusieurs reprises pour cacher un brusque afflux de larmes. Archy pose alors sa main sur la sienne, ses tatouages dévalant son avant-bras dans la lumière vacillante.

— Tu as bien fait, m'man. Frankie n'aurait pas voulu qu'il en aille autrement. Ç'aurait été la fin du monde si tu étais restée. Tu aurais plongé pour complicité, et Grif et moi, au lieu de s'occuper de toi, on aurait été en famille d'accueil à changer les piles du gode d'une femme à barbe confite en dévotion.

— Le mien se recharge par une prise USB, alors pas touche.

La glace est rompue. Archy s'esclaffe un peu trop fort, mais Bryce les ignore. Dans la lumière aqueuse, sa peau paraît translucide. Un frisson parcourt alors Thettie, la laissant trempée de sueur. Elle a dû attraper quelque chose sur la rivière.

— Mais Doc ? Peut-être que c'est notre chance, m'man. Récupérer Frankie sur l'île et se tirer.

— Tais-toi, dit-elle en tournant les yeux vers la fille.

— Bryce est d'accord. Elle sait pour Doc.

Thettie a un mouvement de recul.

— Qu'est-ce qu'elle sait ? Que Frankie l'a laissé entrer, mais que c'est moi qui lui ai permis de prendre le contrôle de notre famille ? Que tout est ma faute ?

— Tu as fait ce que tu avais à faire, m'man.

Sur l'omoplate de la fille, un petit muscle se contracte tandis qu'elle trempe le poisson dans la farine. Elle reste dos à eux. Thettie se mord les lèvres jusqu'au sang et se penche vers son fils.

— Je n'ai pas fait ce que j'avais à faire. J'ai fait ce que je voulais faire. Et tu n'as pas à raconter notre histoire à la première chatte venue. Hé, toi ! Bryce avec un « y ». (Elle retire sa main de celle de son fils.) Tu viens d'où, au fait ? Où est ta famille ? Qu'est-ce qui est arrivé à ton œil ?

Et cela suffit pour que le fossé se creuse de nouveau entre eux, Thettie criant d'un côté du précipice, son fils s'éloignant de l'autre.

Un coucher de soleil rougeâtre entre par la fenêtre haute et étroite de la cabine et, telle une main, se pose sur la peau légèrement meurtrie de la fille. C'était le gros lot celle-là. Quel homme n'aime pas une marchandise un brin endommagée ? Son travail à moitié fait, il peut porter ses blessures comme étant les siennes – mieux que les siennes, parce qu'une blessure d'origine inconnue ne guérit jamais.

Et un œil en moins ne saurait jamais ce qu'il manque.

— Aucun d'entre nous ne serait là sans Doc, dit Thettie le plus posément possible. Doc nous a sauvés et c'est ma faute.

— Ça n'a pas été une partie de plaisir pour toi, je sais. Aussi, tournons la page, m'man. D'accord ? Trouvons Frankie et foutons le camp. Elle peut nous aider si tu la laisses rester.

— Et si Grif se barre ? Ce sera ta faute.

La bouche d'Archy se met à trembler et il presse ses mains sur ses tempes.

— Je veux juste que ça s'arrête.

— Je m'en vais, les interrompt Bryce sans prévenir ni prendre la peine de se retourner. J'allais te le dire après le petit déjeuner, Archy. C'est mieux comme ça. (Il baisse les yeux et la fille poursuit.) Sans rancune. Je partirai dès que le temps sera dégagé.

La fille se retourne avec la chemise de son fils grande ouverte sur ses petits seins hauts, et Thettie se rend compte qu'Archy paraît un brin embarrassé entre elles deux, sa mère et sa copine nue – à tous égards – devant le réchaud.

— Tu as tiré le gros lot cette fois.

Le visage de Thettie est brûlant.

Il lui apparaît que la fille a besoin de se raser en bas et elle est quelque peu surprise qu'Archy ne le lui ait pas demandé. Il a la réputation d'être attentif à l'hygiène intime et à l'apparence. Il aime que ses copines soient propres et soignées. Thettie, en proie au mal de mer, ravale un hoquet de dégoût à la vue du sombre buisson qui entoure la fente brun roux. Sans le vouloir, elle se rappelle l'état dans lequel on a trouvé la fille ce jour-là, avec de l'eau qui lui dégoulinait du visage, de ses seins et de ses cuisses de garçon, allant de pair avec ses pieds d'enfant. Peu importe qu'elle ait affirmé avoir dix-huit ans – elle pourrait avoir dix ans de moins avec la vie qu'elle mène, une véritable idiote. Elle sait à peine lire et écrire. Tout cela importe peu. Ce qui compte, Thettie le comprend à présent, c'est la façon dont elle a mis le grappin sur Archy et apaisé sa rage.

— M'man. (La voix d'Archy est rauque, son regard farouche.) Elle connaît le lac. Elle connaît Frankie.

Thettie frissonne devant la maturité avec laquelle s'exprime désormais son fils, mais elle en sait assez pour comprendre qu'elle a déjà perdu la partie. Quoi qu'elle ait pu dire à son fils, ou écouté, l'occasion – comme tant d'autres dans sa vie – est gâchée.

— Bien. Elle peut rester, dit-elle. Aide-nous à trouver Frankie, Bryce-avec-un-y, et tu peux rester. Pour le moment. Trouve-toi un mobil-home. C'est pour moi. (Des larmes s'accrochent aux cils d'Archy et il secoue la tête, mais aucun son ne sort de sa bouche.) Trouver Frankie par tous les moyens. Vivant ou mort. Marché conclu ?

Mais Archy s'est déjà tourné vers Bryce tel un véritable assoiffé. La cabine est pleine de l'odeur de poisson frit, de café et l'odeur de la fille. Les pupilles d'Archy ressemblent à des atolls sur une mer bleue – et Thettie est incapable de le regarder ainsi. Elle jette sa cigarette dans le café de la borgnesse et se lève.

Bryce s'approche de la table, une assiette avec des œufs dans une main et la cafetière dans l'autre, ventre galbé et mamelons durcis.

— Faut te raser la chatte, dit Thettie, et elle claque la porte en quittant la cabine.

4. Viande

Le dimanche n'était pas un bon jour pour Lee.

Le morceau de pizza qu'il a mis dans le terrarium de Vernon a disparu, contrairement au petit pâté de viande hachée en forme de souris, qui a séché et viré au gris. Une mouche volette au-dessus du terrarium, essayant d'atteindre la viande, et les yeux couleur obsidienne du Gila l'ignorent tristement. Le réfrigérateur de Lee est rempli de barquettes de viande hachée, le petit congélateur en contient une autre demi-douzaine.

— Qu'est-ce que je vais faire de toute cette viande ? demande Lee.

Mais Vernon ne répond pas.

Lee sorti attrape son téléphone et affiche le numéro de Sam Habib. Celui-ci saura peut-être ce dont souffre Vernon et, dans tout Little Ridge, sera le seul à s'en soucier. Le Gila n'en est pas à sa première grève de la faim – le mal du pays, selon Habib – mais jamais à ce point-là.

Lee a cependant une autre raison d'aller voir Habib aujourd'hui. Depuis qu'il a pris sa retraite, le professeur s'intéresse de façon presque obsessionnelle aux affaires locales – tout, du football junior aux maisons hantées en passant par les souches de cannabis génétiquement modifiées et l'histoire des Haudenosaunee[8], absolument tout le fascine pareillement. *Ils sont de retour*, a texté Habib, et soudain Lee veut en savoir le plus possible sur ce retour du clan prodigue – tout ce qui pourrait expliquer ce feu bleu glacé dans les yeux de l'inconnue, la blancheur des articulations des doigts de ses belles mains, le rire tourmenté de son fils adoptif, et la raison pour laquelle il ne peut pas s'empêcher d'y penser.

---

8. Les Haudenosaunee, ou « peuple des maisons longues », communément appelés « Iroquois ».

Il lève les yeux de l'écran. À travers les verres tachés de ses lunettes, des lacs s'étalent à perte de vue. Des lacs sur le fauteuil, sur le téléviseur qu'il allume rarement. Des lacs empilés sur les étagères, et des miniatures du lac posées en vrac sur un gros camion Tonka jaune sous le bureau. Le lac s'impose à lui et envahit cet îlot de lumière, le cernant de toutes parts. Il prend la tasse à moitié pleine de café froid qui se trouve sur le bureau et la jette sur la toile placée sur le chevalet. Le café dégouline sur le ciel, creuse des ornières fangeuses sur l'œil d'un bleu pur du lac. Lee prend un chiffon et essuie la toile, s'efforçant de respirer calmement malgré l'angoisse qui l'étreint. Une salissure macule encore le tableau telle une tache de sang.

Vernon l'observe de son terrarium, un univers morne de sable de Jardiland et de mesquite en pot, pourvu d'un composant chauffant et d'un réservoir rempli d'eau.

Le laboratoire de recherche sur la mémoire d'Habib a fermé près de six ans plus tôt. Ils ont tous perdu leur travail et leur bourse. Le technicien du laboratoire a pleuré en sacrifiant les souris cannibales, les rats diabétiques et les pigeons cancéreux, mais restait à régler la question de savoir quoi faire d'un monstre de Gila génétiquement modifié, âgé de trente ans, dont le venin contient une enzyme qui ouvrira la porte d'accès aux secrets de la mémoire.

Entretenir un terrarium pour reptile n'est pas bon marché. Les zoos du coin ne voulaient pas d'un Gila – les dragons de Komodo sont plus glamour –, et renvoyer par avion Vernon à l'université du Nouveau-Mexique dépassait le budget du projet défunt. Ce n'est pas en enseignant la peinture dans une petite pièce au-dessus de la bibliothèque du village et en occupant un emploi occasionnel de professeur-remplaçant de biologie au lycée de Little Ridge que Lee serait en mesure de rentrer de sitôt au pays avec Vernon.

Le Gila avance doucement une énorme griffe, incurve son corps épais vers la faible lumière qui entre par la fenêtre.

Après la fermeture du laboratoire, Lee avait consacré presque la totalité du week-end du Memorial Day à l'installation d'un terrarium pour Vernon dans sa serre réaménagée. Il n'aurait pas pu le faire sans l'aide réticente du technicien, Jason DeGroot, dont le ressentiment à son égard – parce qu'il avait réclamé le Gila – s'était manifesté par un reniflement glaireux et un hochement nerveux de sa tête aux cheveux blonds décolorés. Les DeGroot – qui affirmaient avoir eu des ancêtres à bord du *Halve Maen*, le navire utilisé par Hudson pour explorer la côte Est – savaient comment exprimer leur rancune. Même après le départ de Jason, l'odeur immonde de son trench-coat et de ses dents cariées avait persisté malgré le musc légèrement intestinal du Gila.

Le locataire précédent de la maison de Lee enseignait les lettres classiques à l'université. À l'orée du bois d'épicéas et de noyers noirs derrière l'atelier, il y a un petit cimetière où des enfants ont enterré leurs animaux de compagnie. Des croix brisées faites de petites branches et des stèles en schiste argileux portent des noms décolorés, écrits en pattes de mouche – Zeus, Aphrodite, Hector, Helen. À ces tristes parcelles, Lee a ajouté les noms de trois pigeons souffrant de démence avancée et de deux rats de laboratoire mâles (Truc 1 et Truc 2) atteints du syndrome de Korsakoff.

Ce n'était la faute de personne si l'hospice animalier de Lee avait été l'antichambre de la mort. Les animaux avaient déjà apporté leur contribution à la science. Lee, ou Jason, ou n'importe lequel d'entre eux, ne pouvaient pas faire plus que leur offrir confort et dignité, quelques semaines supplémentaires à vivre – deux ou trois mois maximum. Il arrivait parfois que les animaux se rétablissent et vivent pour endurer davantage de labyrinthes d'expérimentation aquatique, de lésions de l'hippocampe ou d'électrodes neuronales. Lee ne savait plus ce qui était le pire.

Vernon lui avait offert une seconde chance. Comme lui, le Gila a fait le voyage vers l'Est, quittant le territoire navajo pour le pays iroquois, et Lee ne l'abandonnerait jamais. Si l'exposition à Ilium avait du succès, ils pourraient retourner dans des contrées plus chaudes. Dans sa tête, Lee avait déjà fabriqué un terrarium de voyage pour l'attacher à l'arrière du break.

— On doit partir d'ici, dit Lee. Tant que c'est encore possible.

Il envoie un texto à Habib disant que Vernon est malade et qu'il sera chez lui dans une demi-heure.

Depuis le scandale, le professeur ne quitte son chalet en bordure du lac qu'en de rares occasions, mais il entraîne l'équipe de football junior, où on l'a surnommé – sans grande originalité – l'assassin souriant. Avant de venir dans l'Est pour diriger son propre laboratoire à Little Ridge, Sam Habib était à la tête de l'école du Département des neurosciences comportementales de l'université du Nouveau-Mexique, où Lee l'avait rencontré alors qu'il était étudiant de troisième cycle. Lors d'une fraîche nuit d'été en territoire navajo, non loin d'Albuquerque, au volant de sa Prius le professeur avait roulé sur Vernon puis l'avait ramené à Lee, qui se trouvait faire son doctorat sur la répartition, l'habitat et le comportement du *heloderma suspectum* – ou monstre de Gila. Habib avait déjà travaillé sur le venin d'araignée et de reptile, mais de nouvelles recherches suggéraient que l'helotide, un peptide présent dans le venin du Gila, était d'une efficacité inégalée pour améliorer la mémoire et apprendre toutes sortes de choses, des drosophiles aux rats Fischer. Vernon avait des glandes salivaires exceptionnellement grosses.

La grand-mère de Lee était morte dans un service de démence sénile du Presbytarian Hospital, persuadée d'organiser des parties de poker avec Bill Clinton sur une plateforme de forage au large de l'île Kodiak. Habib n'avait pas eu de mal à convaincre le jeune homme de changer de domaine d'étude, de troquer la biologie pour les neurosciences. Le professeur était devenu son directeur de thèse, et un père de substitution pour remplacer celui que Lee s'était vu assigner par erreur. Quand Habib avait quitté l'université du Nouveau-Mexique pour venir dans l'Est et diriger son propre laboratoire en partenariat avec Tantra Pharmaceuticals, il était logique que Lee l'accompagne. Ce que nul n'avait pu anticiper, c'était que Tantra s'écroulerait à l'occasion d'un scandale et entraînerait le laboratoire dans sa chute.

Lee plonge la main dans le terrarium et, avec du papier absorbant, ramasse la souris en viande hachée. L'étoile blanche dans l'œil de Vernon se dilate et brille d'une froide intensité.

— Je lui passerai le bonjour de ta part, dit Lee. Promis.

Il dépose soigneusement une part entière de pizza froide dans le terrarium. Silhouette incongrue dont la peau rose rayée de noir se détache sur un arrière-plan d'immenses lacs argentés, Vernon bouge sa tête effilée et avance doucement ses griffes étincelantes en direction de la pizza. Il referme ses mâchoires sur la croûte et arrache le reste. Lee prend son Polaroïd et immortalise la scène. Il attend que Vernon ait terminé tout en caressant du doigt la peau tachetée de son vieil ami. La rigidité insolite du corps du Gila, comme s'il n'était ni vivant ni mort, le fait toujours frissonner.

— Je serai de retour pour le film. Comme d'habitude.

C'était la seule fois où Lee regardait la télévision. Pizza, bière et film, Vernon et lui. Comme tous les dimanches. Il allait ajouter qu'il le promettait, mais quelque chose le retint.

Cinq ans. Et le dimanche est toujours aussi dur. Celui-là est un peu différent. C'est peut-être le goût de Vernon pour la pizza, conjugué au retour inattendu des Harpur. L'espoir trompeur dans le tintement de leurs bateaux crasseux.

Lee quitte l'atelier et passe devant une balançoire métallique rouillée à côté de sa maison inhabitée. Un bois sombre s'étend jusqu'au cap. Dans ce bois se dressent les ruines d'une ancienne école – qui sert désormais de cachette pour les enfants, de squat pour les vagabonds, de repaire pour les drogués. Il sort le break en marche arrière du garage, vérifie l'heure au tableau de bord – presque quatre heures. Il a le temps d'aller voir Habib et de revenir mettre une couche supplémentaire de fixateur sur le tableau avant de regarder Netflix. Il descend doucement l'allée escarpée jusqu'à Main Street. Il traverse le village et prend vers le sud en passant devant la pompe à eau, désormais striée de vert-de-gris, et d'autres reliques exhumées d'un passé enfoui. Une élève de son cours de peinture lève les yeux des feuilles qu'elle ratisse, agrippant son sac à main de façon anachronique. À l'extérieur du village, les silos succèdent aux silos sous l'immensité blanche du ciel.

Lee ralentit en passant devant un chemin de terre où se dresse un panneau calciné qui indique la direction de la rivière Triangle. Il entend une voiture s'arrêter derrière lui, mais quand il jette un coup d'œil dans le rétroviseur il y voit les yeux de l'inconnue. Il cille et ils disparaissent, la route est déserte dans les deux sens.

La mère de Lee recueillait les chats siamois abandonnés et il avait toujours été convaincu qu'elle les aimait plus que lui. Ils envahissaient la maisonnette avec cour en lisière du territoire amérindien, dans une rue où il n'avait ni compagnons de jeu ni voisins à qui parler. Les chats, sensibles à son ressentiment, le regardaient en clignant de leurs yeux strabiques par-dessus leur museau aplati, mais filaient derrière sa mère en une vague bondissante et miaulante, crachant dans sa direction par-dessus leurs épaules, jusqu'à ce qu'il renonce et parte se terrer dans sa chambre.

Quand Habib avait employé ce détraqué de Jason DeGroot, Lee avait ressenti un accès de panique, cette même certitude d'être mis à l'écart pour quelque chose de bien plus exotique. Même si les Harpur et les DeGroot étaient des ennemis de toujours, Jason n'hésitait jamais à passer des alliances à sa convenance, une souplesse dont le professeur tirait profit sans le moindre scrupule. Mais pour Lee les choses ne s'arrêtaient pas là, et plus le jeune homme avait étalé sa générosité de vaurien plus il l'avait détesté.

Un jour, peu après son arrivée à Little Ridge, Lee s'était rendu dans l'ancien hameau Harpur. C'était l'une des nombreuses fois où Jason s'était absenté sans motif. Habib l'y avait envoyé chercher en urgence de la métamphétamine pour son projet sur la mémoire – *Souris sous amphétamines* – chez le dealer de Jason, Frankie Harpur, une relation qui prospérait à l'insu des deux familles rivales. Lee était revenu avec la meth et une vilaine morsure au bras – un des chiens de Frankie – et il n'y était jamais retourné.

Il accélère après le chemin de terre et reste sur la grand-route jusqu'à l'allée de gravier sonore, une nouvelle mesure de sécurité suite au scandale du laboratoire. Un hors-bord tourne lentement sur le lac, reflétant une explosion froide et silencieuse de lumière.

Le professeur Habib est un homme petit mais énergique de soixante-neuf ans, poitrine haute et ventre plat. Ses yeux sont couleur marron expresso, ses cils outrageusement recourbés. De 1967 à 1972 à Rashidieh, il a vendu des renseignements ainsi que des antibiotiques au marché noir, vu la mort tomber du ciel quand un raid aérien israélien a enseveli son père, son oncle et trois de ses cousins sous les décombres d'un pâté de maisons. Il a dit à Lee qu'un homme ne pouvait vivre sans recourir soit à la science soit au Tout-Puissant, que c'était tout bonnement impossible, mais en même temps il aime plaisanter.

Autour d'un café biologique pure origine préparé avec de l'eau filtrée dans le bureau même du professeur, qui donne sur le lac, et séparé de son mentor par un secrétaire italien en noyer, Lee lui parle de Vernon. Habib s'assoit et croise ses bras musclés sur sa poitrine.

— Tu peux lui donner des vitamines. Il a dans doute besoin de soleil. De chair fraîche.

Il avait la voix rauque, toujours virile, d'un vétéran des conférences TED[9] et des amphithéâtres de l'*Ivy League*[10].

— Mon fournisseur s'est évanoui dans la nature.

— Prends un cookie. Ils sont sans gluten. Et la viande hachée ?

— Il n'en veut pas.

---

9. Les conférences TED sont une série de conférences organisées au niveau international par la fondation à but non lucratif nord-américaine *The Sapling Foundation*. Elle a pour but, selon son slogan, « de diffuser des idées qui en valent la peine ».

10. Les huit universités privées du Nord-Est des États-Unis, qui comptent parmi les plus anciennes et les plus prestigieuses du pays.

— Tu as fait des pâtés en forme de souris ?

Le professeur fait une coupe en forme de cœur avec ses deux mains.

— Il semble avoir pris goût à la pizza. Ce sont peut-être les nitrates.

— Ça dure depuis combien de temps ? Cette histoire de pizza.

— D'aujourd'hui. Certes, il a déjà délaissé sa nourriture, mais jamais pour autre chose.

Habib se lève pour ajuster légèrement le réglage d'un télescope sur trépied d'aspect incroyablement fragile et pointé sur le lac. Il porte sa tenue d'entraîneur de football avec des collants de contention sous un short en satin. Quand il s'excuse pour aller faire du café, Lee se lève et s'approche du télescope. Il est fait d'un bois doré, probablement du chêne, et est maintenu par de délicates pièces et chaînes en cuivre. Le lac est à présent aussi sombre qu'une ecchymose entourée d'un feuillage d'un rouge criard. Nimbée d'une brume nacrée, l'île, avec son phare en ruine semblable à une écharde osseuse, est à peine visible à l'œil nu.

Lee enlève ses lunettes, se penche devant l'oculaire du télescope et recule comme s'il avait été mordu. Il se demande si la lentille l'a coupé, ou peut-être l'oculaire en cuivre a-t-il éraflé sa cornée. De son œil indemne, il voit que l'île s'est de nouveau retirée derrière son voile de vapeur, que le ciel indigo s'est teinté de jaune. Au bruissement du short en soie du professeur, Lee se retourne, une main posée sur son œil et le cœur battant.

— Tu espionnes quelqu'un ? demande Habib.

— Je crois que je me suis cogné l'œil à la lentille.

— J'espère que non. C'est une vraie saloperie à recalibrer.

— Je ne sais pas si c'est moi, mais je ne vois pas l'île.

Le professeur dépose prudemment le café de Lee sur son secrétaire, du côté de ce dernier.

— Laisse-moi voir, dit-il.

Lee s'excuse pour aller aux toilettes, la main toujours posée sur son œil blessé. Il n'a pas beaucoup fait l'amour dernièrement, pas depuis qu'il s'est laissé plaquer une nouvelle fois par Sunny Weeks, présidente de l'Association pour le progrès de Little Ridge. L'urine coule lentement dans la cuvette et il se rappelle que quelques années plus tôt Habib se plaignait de son « jet ». Quand il a terminé, il essuie avec sa manche la sueur sur son front puis essaie, en vain, de chasser en cillant le vilain nœud de vaisseaux sanguins qui a éclaté dans le coin de son œil après qu'il a regardé dans le télescope.

Debout devant le télescope, Habib lui lance un regard perplexe par-dessus son épaule.

— C'est toi, dit-il d'un ton très professoral en désignant la lentille avec sa tasse de café. Je la vois parfaitement.

Lee s'affale dans le fauteuil de bibliothèque que Habib a réussi à chaparder avec Dieu sait quoi d'autre quand le laboratoire a fermé. Le professeur le regarde un moment, paraît vouloir dire quelque chose, mais se ravise.

— Vernon vivra. Mais ce n'est pas pour ça que tu es ici, n'est-ce pas, mon ami ?

Quand Lee secoue la tête, Habib agite un doigt arthritique vers lui et montre la flottille arrimée à la jetée, au nord.

— Je le savais. Le retour des réprouvés. Aussi surprenant qu'inévitable.

— Tu n'aurais pas un collyre ?

Habib pose sa tasse.

— Tu as rencontré l'une d'eux. N'est-ce pas ? (Il quitte la pièce avant de revenir quelques instants plus tard.) Ta mère ne t'a pas dit de ne pas parler aux étrangers, Lee ? Ah, la jolie…

Il pose un flacon de collyre jamais ouvert devant Lee.

— Ils sont tous beaux à ma connaissance, dit Lee en pensant au grand Grif avec son armure en cuir et son rire léger.

Il se penche en arrière et verse quelques gouttes dans son œil irrité. Les gouttes le brûlent tel de l'acide.

— Exact. Mais j'imagine que c'est celle avec le nom grec que tu as croisé… Thétis ? Ça fait des années que je ne t'ai pas vu marcher d'un pas aussi léger.

Sous la haute fenêtre à double vitrage, la flottille se balance sans un bruit comme un troupeau de gibier d'eau épuisé et désorienté. Il ne rime à rien de demander à Habib comment il sait qu'il a croisé cette femme, et Lee regarde le télescope incliné avec répugnance. Cligner des yeux lui fait mal.

— J'ai rencontré deux d'entre eux, pour répondre à ta question. J'ai aussi rencontré son fils. Vendredi, le jour de leur arrivée. Tu ne devais pas être derrière ta petite longue-vue à ce moment-là.

Habib hausse les sourcils, dessinant une unique parabole de chair.

— Archy Harpur ? Eh bien, ce n'était qu'un enfant quand ils sont partis.

Lee savoure ce rare moment où il sait quelque chose que son mentor ignore.

— Grif. C'est son beau-fils. Ou son fils adoptif, ou un truc comme ça.

— Ah oui ! Elle l'a recueilli quand le père du gamin, un cousin germain sans doute, est allé en prison et n'en est jamais sorti.

La pièce surchauffée est jusqu'à présent le seul indice qu'Habib se fait vieux, et Lee commence à transpirer.

— D'accord, j'abandonne, dit-il. Pourquoi sont-ils revenus, à ton avis ?

Le professeur vient se placer dos à la fenêtre.

— Frankie Harpur. L'homme qu'ils ont laissé derrière eux. Je pense qu'ils sont revenus pour lui.

— Pourquoi ? Pourquoi maintenant ?

Habib passe les mains dans ses cheveux argentés, les faisant se dresser comme de la tôle. Lee se redemande, avec un zeste d'amour, combien de fois ce farfelu a testé sur lui-même les effets de la salive de Vernon sur la mémoire.

— Il y a toujours eu des rumeurs sur Frankie et elle. Le truc habituel entre cousins.

— Ils sont cousins ?

Habib boit son café à petites gorgées en prenant délibérément tout son temps, comme quand il sabotait les réunions du comité des subventions, les comités consultatifs des étudiants, les réunions du conseil d'administration, les interviews via Zoom.

— Que penses-tu de ce café ? Je lui trouve un drôle de goût. Éthiopien pure origine. Je crois que je suis un homme de mélanges finalement.

— Je me rappelle comment Frankie se comportait en ville après sa sortie de prison, dit Lee. Parlant à la fois au professeur et à personne.

— Cette danse gênante à la lisière des choses.

Sur ce, Habib redevient pensif, baissant le masque pour révéler le véritable mentor, l'homme sérieux qui a convaincu Lee de le suivre au bout du monde.

— Personne ne sait exactement comment Frankie en est venu à s'entendre si bien avec Zabriskie. Ils se sont tous les deux battus pour leur pays et ils ont perdu. C'est déjà ça.

— Quoi ? dit Lee. Zabriskie a fait le Vietnam ?

Habib hoche la tête.

— Le Moyen-Orient pour Frankie, bien entendu. Ou peut-être parce que notre père fondateur a eu pitié de la brebis égarée avec ses blessures de guerre et son avenir gâché.

— Je me rappelle comment Frankie racontait à qui voulait l'entendre sur Main Street comment la guerre d'un homme ne se déroule jamais en un seul endroit…

— Une main saluant le drapeau sur le toit du *Village Inn*, l'autre sur ses couilles avec une maîtrise accomplie pour ne pas perdre l'équilibre sur son pied gangrené, complète Habib. Peu importe ce qui s'est passé entre les âmes de ce duo mal assorti, ça a suffi pour que Zabriskie fasse confiance au caporal Frances George Washington Harpur pour l'expédier dans l'au-delà.

— Et pour que Frankie croie que la lettre d'adieu et le testament du vieux seraient dûment certifiés, authentifiés et déclarés conformes, dit Lee qui se rappelle à présent certaines rumeurs. Pourquoi les siens l'ont-ils laissé derrière eux d'abord ?

La plupart des gens de la ville, Lee compris, avaient même oublié que l'homme qui rôdait sur Main Street dans sa Pontiac rouillée, avec à l'arrière ses chiens et ses ratons laveurs et enveloppé de cette puanteur qui émanait de ses blessures où qu'il aille, était un Harpur.

— Ça s'est passé avant mon arrivée, et avant la tienne. En 2004, probablement. Il y a eu une descente au labo de drogue des Harpur derrière le hameau, à la ravine. Juste quelques produits chimiques et un réchaud dans un ancien conteneur maritime. Des rumeurs de coup monté. Une fuite, que sais-je encore. Quoi qu'il en soit, tout le monde a réussi à s'échapper sauf Frankie, à cause de sa jambe blessée. Il a porté le chapeau, purgé cinq années relativement faciles sans balancer, puis il a bénéficié d'une libération conditionnelle anticipée au titre de héros de guerre.

Lee retire une feuille de sa chaussure, l'écrase dans la paume de sa main, puis la jette dans la poubelle.

— J'aurais été plus surpris que Boyle ait foiré une descente à l'occasion d'une petite opération merdique si je n'avais pas su de quoi étaient capables les édiles de Little Ridge.

— Bien sûr. Désolé. Bien entendu, des rumeurs de coup monté ont circulé. Être à la solde d'un empire local de cannabis hydroponique peut se révéler étonnamment utile pour la carrière d'un shérif.

(Le soleil transforme en auréole la chevelure argentée d'Habib.) Pour chaque ampoule de meth, ou chaque sachet d'Oxycodone, produit par les Harpur, il y a une tonne de cannabis en train de sécher sous les terres à luzerne vallonnées des DeGroot, et aucune opération de police ne s'en est jamais approché.

— Le cul du diable. (Lee verse quelques gouttes dans son œil irrité, et cligne des paupières pour faire disparaître ses larmes.) C'est comme ça qu'on l'appelle dans les rues mal famées de Little Ridge.

Habib hausse ostensiblement les épaules.

— Donc pour être réélu, tout ce que Boyle avait à faire c'était de mettre un terme au trafic de meth des Harpur, faire place nette pour les DeGroot. Pauvre Frankie.

— Tu l'aurais senti approcher.

— Et entendu, aussi. L'éternelle lamentation de la vinasse. Des restes d'éclats d'obus afghans remontant lentement du talon.

— Un abcès cérébral, non diagnostiqué ?

— Ne me parle pas de toutes les saloperies qu'ils mettent dans ces engins explosifs, Lee. Pièces de rotor, clous, excréments. Sous-dural, aussi, peut-être, à en juger par la puanteur.

Lee se rappelle que Frankie, après sa libération conditionnelle, a vécu avec une vieille tante dans ce qu'il reste du hameau des Harpur en bordure de la rivière Triangle. Forcé de regarder les laquais du gouvernement faire disparaître leurs maisons flottantes, laissant les planches et les châssis des fenêtres dériver jusqu'à l'embouchure de la rivière puis sur le lac avant d'être engloutis comme tout le reste dans le froid infini. Abandonné et malade, Frankie mettait à profit ses incursions occasionnelles en ville pour maugréer d'obscènes paroles de vengeance et ses intentions hostiles à qui voulait l'entendre. En faisant craquer ses articulations. La morve formant une croûte sur sa lèvre. Et cette puanteur.

— Il avait arrêté de cuire de la meth, reprit Habib. En partie parce que les gosses préféraient d'autres drogues. Des drogues intelligentes…

— Les nootropiques ?

Le professeur hoche la tête et ses cheveux ondulent.

— Oui, et aussi le fait qu'avec sa tante il a relancé l'entreprise familiale des baumes et des pommades, tant pour essayer de guérir sa propre infection que pour avoir un moyen de subsistance.

Lee se remémore la fois où il s'est aventuré à la ravine Triangle pour récupérer de la meth : des rideaux sales en dentelle voletant aux fenêtres d'un mobil-home, de jeunes arbres poussant déjà sur les parcelles où s'élevaient autrefois leurs maisons.

— Vous êtes devenus amis ?

Lee éprouve les affres familières de la jalousie.

— Je ne suis pas sûr qu'on puisse appeler ça de l'amitié. Quelque chose entre confrères improbables et adversaires plausibles, je suppose. Peu après sa libération, il s'est inscrit à des cours du soir pour rafraîchir ses connaissances en chimie. Il venait en ville faire les courses, la vieille Pontiac infestée de bestioles, et il me parlait peptides et enzymes, sautillait sur place et postillonnait des équations. *Les drogues intelligentes*, m'a-t-il dit dans un moment de lucidité, *c'est l'avenir.*

Le collyre semble avoir fait plus de mal que de bien. Lee distingue à peine son mentor dans la pièce peu à peu gagnée par l'obscurité. Il se lève et se rend à la fenêtre, cherchant le lac comme pour s'assurer qu'il est toujours là. De plus, il a encore envie de faire pipi, mais il ne tient pas à se retrouver confronté à la faiblesse de son jet. Il n'a même pas quarante ans. Trop tôt pour rencontrer ce genre de problème.

— Il t'a déjà posé des questions sur l'helotide ? (Habib passe le doigt sur le bord de son ordinateur portable et ne répond pas.) Sans blague ? Tu lui as donné des prélèvements ?

— Invraisemblable. Plausible ?

Le sourire du professeur est si doux qu'on a envie de le lui arracher et de le garder pour les mauvais jours.

— Nom de Dieu, Sam ! On faisait des recherches sur la mémoire ! Frankie cherche à se défoncer.

— Du pareil au même. D'ailleurs, j'avais pris ma retraite – pas de labo, rien. Frankie en avait un dont il disposait gratuitement au centre universitaire…

— Et en échange, il… quoi ? Te communiquait ses « découvertes » ?

— Pendant un temps, répond Habib posément. Et puis plus rien. Plus rien après être parti sur l'île.

— Qu'il a obtenue en faisant gicler le cerveau d'un homme sur les murs. N'oublie pas.

— Ça m'a toujours remonté le moral. (Habib boit un peu d'eau à une gourde.) Au cours de la période difficile qui a suivi la fermeture du labo, le simple fait de savoir que Frankie et le vieux Zabriskie avaient ruiné le velours d'Utrecht me mettait du baume au cœur.

Lee est extrêmement contrarié.

— Revenons-en à Frankie. Et à sa cousine.

Habib s'essuie la bouche.

— Ce pauvre Frankie n'a jamais été exposé à d'autres menaces que lui-même. Il s'automutilait. Il s'était automutilé une douzaine de fois en un seul week-end. On le voyait tous les jours puis il disparaissait tout un mois, et il revenait couvert de blessures, certaines infectées, boitant davantage et puant comme une charogne. Mais rien ne l'affectait autant que la trahison. Ta Thettie Harpur, et son meilleur ami.

— Ma Thettie Harpur ? Attends… elle ne semble pas du genre à…

— S'enfuir avec le meilleur ami de quelqu'un ? Les gens sont comme l'île, Lee. On ne voit d'eux que la surface. Il se fait appeler Doc Murphy. Un toubib que Frankie a rencontré en Afghanistan. Murphy a atterri ici et il est devenu un membre de la famille – il a sauvé la vie de Frankie pendant la guerre, ou un truc du genre. Puis il y a eu la descente. À cause de ses blessures, Frankie ne pouvait pas s'enfuir avec les autres. C'était un boulet. Murphy a pris la tête de la famille après ça.

Soudain, Lee se rappelle les yeux clairs et la gravité de cette femme, Thettie.

— Tu es sûr que la date de péremption de ce collyre n'est pas dépassée ? ça fait un mal de chien.

Habib se penche, fouille dans un des tiroirs de son bureau, en sort une boîte non entamée d'antibiotiques et la lui lance.

À l'extérieur, les nuages se dissipent et un rayon de soleil rougeâtre vient caresser l'unique cadre que le professeur a sur son bureau. Deux hommes assis sur un canapé, tournés l'un vers l'autre, et une femme qui entre dans la pièce, face à l'objectif, mais sans le voir. Les cheveux de la femme lui tombent sur une épaule et un garçonnet s'avance vers elle de la direction opposée. Quatre vies qui se réduisent désormais à un instantané. Une existence disparue en un battement de cil.

— Bon, d'accord. Frankie a survécu. Avoir la jouissance d'un manoir de style fédéral de vingt-six pièces, complété d'une rotonde de style georgien et d'une île privée, ça doit aider à oublier.

— Il a tout perdu, Lee. Sa famille, son gagne-pain, sa santé. Impossible d'oublier. Tu pourrais, toi ?

L'œil de Lee le brûle et sa vessie l'élance, et il sent que cette histoire le rattrape. Frankie Harpur a habité à côté de lui pendant un certain temps. Ses chiens chiant sur les pelouses vallonnées, sa Pontiac rugissant en empruntant l'allée pavée. Incapable de suivre sa famille en Pennsylvanie à cause de son handicap, et refusant de les faire revenir à cause des conspirateurs qui n'attendaient que cela.

Habib se lève et pose les mains sur ses hanches, s'étire d'un côté puis de l'autre, noir fantôme près de la silhouette prédatrice du télescope.

— Quand Frankie était encore cohérent la plupart du temps, il disait que sa blessure la plus douloureuse était que Doc avait légalement adopté ses fils à elle, en plus. Frankie disait qu'il adorait ces garçons comme s'ils étaient les siens, se reprochant d'avoir failli les noyer quand ils étaient petits. Il m'a dit que c'était pour ça qu'elle avait laissé faire Doc.

— Ça n'a aucun sens. Pourquoi l'aurait-elle abandonné ? Pourquoi ne pas l'avoir envoyé chercher ?

Mais Habib ne répond pas, peut-être parce que Lee ne demande rien. À la place, il regarde sa montre et dit devoir aller à l'entraînement. Il prend le collyre et les antibiotiques et les glisse dans la poche de la veste de Lee.

— Frankie aimait se tenir près du port du village, là où le trottoir était crevassé et où les enfants faisaient des roues arrière en vélo et en skateboard avant que les nazis du progrès ne fassent un lifting à Little Ridge. Il se tenait là, à cheval sur la crevasse dans la pierre, un sourire de fou éclairant son visage. Tu te rappelles ? Et il disait qu'elle lui avait promis de revenir le chercher, un jour.

Ils se tournent tous les deux vers la fenêtre et montrent du doigt l'endroit où l'île a une fois encore disparu dans la brume, et où Frankie disait qu'il attendrait Thettie. Toujours.

*

Le volant semble être en coton dans les mains de Lee. Le break quittant de lui-même, semble-t-il, la grand-route pour prendre le chemin de terre qui mène à la ravine Triangle et à l'ancien hameau Harpur. Les contours du jour ont commencé à s'estomper et il est difficile d'évaluer si la voiture peut traverser les mauvaises herbes et les ronces qui ont depuis longtemps envahi le chemin. Lee descend prudemment la pente violacée. Les moustiques envahissent l'habitacle. Une cabane se matérialise, du persil de vache poussant près d'une barrière. Lee sent la rivière, mais il ne la voit pas. D'autres bâtiments et un mobil-home. Finalement, le ruban vert mat de l'eau apparaît en contrebas, ainsi que quelques cabanes désaffectées, les amarrages et les quais sans les maisons flottantes et les péniches dans lesquels les Harpur ont vécu pendant des générations.

Lee descend de voiture. Des rideaux en dentelle retombent à une fenêtre du mobil-home en bordure du chemin de terre. Juste à côté, des enclos pour animaux. Une truie solitaire fouille le sol. Des ratons laveurs tirent un sac en plastique dans la boue, et un mastiff albinos – jusque-là près des roues d'un Ford F-150 – s'avance vers lui, menaçant.

Lee fait un pas en arrière, et entend un déclic caractéristique.

— Je pense que vous vous êtes trompé d'endroit.

Il se retourne lentement pour se retrouver face à une femme d'un âge avancé, armée d'un fusil Mossberg pointé sur son cœur. À cause de cela et de la façon dont les babines pâles du chien sont retroussées sur des dents jaunes cannelées, Lee est également d'avis que oui, il s'est probablement égaré.

5. Flingues

Boum, boum, boum. Thettie se tient au bord du lac et en écoute les flatuosités. Elle a besoin de se vider la tête avant de voir Frankie. Le soleil couchant ensanglante l'eau entre ses orteils. Le camping les mettra dehors dans un mois – la saison se termine à Halloween – et la direction ne demande qu'à se débarrasser au plus vite des Harpur.

En fait, le clan se compose de plusieurs familles unies par les liens du sang ou du mariage – Thettie elle-même est alliée aux Tully, aux McCormack et aux Webb, qui, comme elle, descendent en droite ligne de John Washington, grand-père de George. John W. était un riche planteur esclavagiste que les Iroquois surnommaient *Conotocaurious*, soit « destructeur de villages ». Des années plus tard, George W. a reçu le même surnom en raison des villages iroquois qu'il avait rasés lors de la révolution. Frankie disait que Thettie et les siens devaient leur existence aux armes accumulées de part et d'autre, et que la frontière était extrêmement mince entre le pire et le mauvais.

Thettie allume une cigarette et enroule ses orteils autour des galets polis dans l'eau pourpre. Elle essaie de réfléchir, mais les flatuosités du lac la déconcentrent. *Boum, boum.* On les appelle également des coups de canon, et en ce dimanche après-midi, on dirait vraiment une canonnade. Il n'y a pas beaucoup de différence, mais pour Thettie ce bruit résonne comme la Winchester de Frankie, la .303 magnifiquement remise en état que Sarey lui a achetée avec l'argent de la vente des baumes. Elle ferme les yeux et le coucher de soleil inonde l'intérieur de ses paupières telle une veine coulant à flots.

Plus vite ils retrouveront Frankie sur l'île du Nez et fileront, mieux ce sera. Elle se fiche de savoir où aller. En Californie, peut-être. Mais c'était le rêve de Cassie, pas le sien. Depuis qu'elle a abandonné Frankie, Thettie n'a pas vraiment osé nourrir de rêves.

Boum, boum, boum.

Doc a imaginé un monde de canons fantomatiques, mais elle sait qu'il ne s'agit là que des flatuosités du lac. Des grottes sous-marines s'effondrent. Du biogaz emprisonné, ou les monstres du lac lâchant des pets, ou Frankie tirant des cartouches – avant on pouvait acheter des produits estampillés « Monstre du lac » au drugstore de Mack, devenu *La Cuisine de Maxine*. Avant que les présentoirs de magazines pornographiques ne cèdent la place aux bocaux de marmelade biologique qui se balancent dans la vitrine, suspendus à leurs rubans ondulés. Elle l'a remarqué à son arrivée, parmi tous les autres changements survenus à Little Ridge. Son arrivée – deux jours plus tôt, vendredi, le jour où elle est tombée sur le beau gosse à la viande hachée. *Boum.*

Des algues indistinctes lui effleurent les chevilles, véloces et sombres comme des bactéries. En scrutant l'eau, elle songe que ce sont peut-être des bancs de vairons. En se penchant en avant pour essayer d'en recueillir un dans ses mains, elle perd l'équilibre et recule. Ce n'est ni une algue ni un poisson. C'est aussi visqueux qu'une nappe de pétrole, mais c'est indistinct, comme si quelque chose était venu s'interposer entre cette chose et le soleil. Huileux, aussi. Et vivant. La chose se tortille le long de son doigt puis de son poignet, aussi doit-elle secouer son bras pour s'en débarrasser et la balancer dans le lac.

Boum, boum.

— Des explosions, dit un accent irlandais derrière elle.

Thettie fait volte-face en éclaboussant autour d'elle, mais ne voit personne. Sa poitrine se serre. Les pâles flèches lumineuses du soleil couchant se reflètent au travers des arbres, et entre ces derniers émerge une forme noire à contre-jour, un non-espace. Pendant un instant, Thettie jurerait que quelque chose est en train de brûler, mais Doc traîne toujours dans son sillage une odeur de chair brûlée. Sans doute ses cicatrices.

— Tu m'as fait peur, dit-elle à la forme.

Thettie n'a pas peur de Doc, mais inutile qu'il le sache.

— Boum, dit Doc.

Elle ne perd jamais de vue qu'il y a quelque chose qui ne va pas chez Doc Murphy, un esprit quelque peu dérangé, mais sans aucun rapport avec la guerre, avec ses brûlures. Cependant, tandis qu'il quitte l'ombre des arbres pour la douce lumière du rivage, il paraît simplement aussi épuisé que les autres. Il flageole un moment sur ses jambes tel un taureau vieillissant. Les poils de Thettie se dressent à son approche – comme ceux des chiens de Sarey. Elle sent ses orteils s'agripper aux pierres du lac. Lutter pour ne pas montrer sa répulsion.

— Des explosions, répète-t-il en pointant son fusil en direction de l'île.

S'il se lève tous les jours à quatre heures du matin, il semble pourtant ne jamais dormir. Combien de fois s'est-elle levée en pleine nuit pour le trouver assis au bord du lit en train de l'observer ?

— Des explosions.

— On les appelait des pets quand on était petits, dit Thettie en secouant son paquet pour en tirer une cigarette. Bien sûr, Grif a dit à Archy que c'était le monstre du lac qui faisait surface pour manger les petits garçons. Il lui a flanqué une peur bleue.

Doc se penche et, à la flamme du Zippo qu'il lui tend, elle voit qu'il arbore son air professionnel. Il est donc déterminé à faire souffrir quelqu'un, mais pas elle. Doc n'est pas un monstre. Il est juste avide, et au fil du temps cette avidité l'a empli tout entier, chassant tout le reste.

— Tu crois que Frankie sait qu'on est là ? demande-t-elle.

Doc se tourne pour regarder ce qu'elle regarde. L'île.

Doc et Frankie se sont rencontrés en Afghanistan en 2001, et ils sont devenus frères d'armes en mélangeant leur sang en patrouillant à l'aube dans la province de Bagram. *Boum.* Doc était le toubib de la compagnie – avec un faux diplôme pour en attester.

Frankie avait raconté à Thettie, et à qui voulait l'entendre, que c'était pour elle que Doc l'avait sauvé. Il l'avait sorti d'une école en feu parce qu'il avait vu une photographie d'elle sur son ordinateur – Doc disait toujours que cette photographie avait été un signal, qu'elle lui avait fait comprendre qu'il y avait quelque chose de spécial entre Frankie et Thettie. Aussi quand Doc avait rappliqué à la ravine Triangle un an plus tard – 2002 ou 2003 –, auréolé de ses cicatrices de sauveur, Frankie s'était attendu à ce que tous, et notamment Thettie, l'accueillent en héros. Le messie descendu sur Terre. Aucune importance si la blessure de Frankie ne guérissait pas et si les éclats d'obus se frayaient progressivement un passage de son pied à son cerveau via son cœur – il était en vie et c'est tout ce qui comptait. Il avait été sauvé.

— Tu parles d'un sauveur, avait murmuré Sarey entre ses dents.

Doc avait sauvé Frankie et cela changeait tout – de la même façon que tout changerait pour elle si Beyoncé en faisait son assistante et lui versait un salaire. Cela engendrait une telle reconnaissance qu'une partie de soi se perdait dans le rétroviseur. Cette gratitude, ce sentiment d'avoir été sauvé de ce que l'on a de pire en soi, vous transformait en quelqu'un d'autre et l'on projetait tout ce qui restait de soi sur cette autre personne. Voilà ce que Frankie avait offert à Doc.

Doc avait accepté l'offrande, car tout sauveur doit recevoir son dû.

Sarey s'était contentée de dire que Frankie était la pute de Doc. Après quoi, Frankie avait déménagé. Il dormait dans sa voiture, ou par terre dans la remise où Doc et lui cuisaient leurs drogues. Thettie avait essayé de convaincre Sarey de retirer ce qu'elle avait dit, mais certaines paroles, une fois prononcées, ne peuvent être effacées.

Doc ceci, Doc cela. Eh bien, c'était vrai. Thettie n'aurait pas agi différemment avec Beyoncé. Oui, Queen B. Non, Queen B. sauf que Doc n'était pas Beyoncé. C'était un autodidacte que Thettie ne pouvait pas comprendre. Sarey disait qu'il était né d'une semence éjaculée. Comme un des Titans dont Frankie lui parlait sans cesse – progéniture qui avait mangé ses parents dysfonctionnels pour s'économiser une thérapie. Voilà ce qu'était Doc. D'ailleurs, il marchait et parlait tel un Titan, comme si le simple fait de regarder fixement quelque chose suffisait à se l'approprier.

Doc était un maître de la manipulation, un magouilleur à la puissance *n*, affirmait Frankie, ses yeux bleus énamourés. En d'autres termes, Doc avait négocié une alliance avec les DeGroot et s'était débarrassé du shérif Boyle. Si Doc était l'éminence grise, Frankie était le roi du mélange, plaisantaient-ils entre eux. Bienvenue dans l'équipe de choc. Frankie cuisinait et Doc distribuait, principalement aux forces armées par l'intermédiaire de Fort Drum, par l'intermédiaire d'un réseau secret et complexe de relations. *Lisse comme de la vase*, disait Sarey, crachant un gros glaviot par terre avec un « floc » propre à disperser les corbeaux.

— Je ne serais pas là sans Doc, insistait Frankie, comme si c'était une bonne chose.

Mais Frankie se sous-estimait, même alors. Car c'était un sacré chimiste.

Le problème était ce que Doc attendait de Thettie. Comme il l'avait prévu avant même de quitter Bagram. Dès le départ, elle lui avait déclaré qu'elle n'était pas ce genre de fille. Qu'elle avait du mal à s'engager et tout ça – que ce qu'il voyait n'était pas ce qu'il aurait.

— Je ne veux jamais uniquement ce que je vois, avait-il répondu en la prenant dans ses bras avides. Pourquoi s'imposer des limites ?

Boum. Doc ne lui faisait pas peur, mais son intelligence et sa volonté lui donnaient froid dans le dos. Elle serait complice si elle restait, et une fugitive si elle revenait, disait Doc. Et il avait raison. En grande partie. Et puis un jour, ses fils avaient failli se noyer, et Doc n'avait jamais cessé de le lui rappeler.

— J'ai sorti de mes propres mains les garçons de l'eau maintes et maintes fois, disait-il.

— Tu les as secourus une fois, le corrigeait-elle.

Mais Doc était assez intelligent pour savoir que Thettie revivait sans cesse l'accident dans sa tête.

— Il suffit d'une fois, rétorquait Doc.

Le fait étant qu'il n'avait pas élevé ces garçons – en insistant sur *élevé* – comme s'ils étaient les siens, on les lui avait seulement confiés. Aussi était-elle restée à l'écart – du shérif, des fédéraux et de Frankie. Et chaque année, elle avait dépéri un peu plus. Tel un véritable Titan, Doc l'avait dévorée, jusqu'à ce qu'il ne reste plus grand-chose d'elle.

*

— Tu crois que Frankie voudra nous voir ? demande-t-elle. Tu crois qu'il voudra voir l'un de nous ?

— C'est là que tu entres en jeu, répond Doc dans un battement de ses paupières dépourvues de cils.

— Je n'ai jamais abandonné la partie.

— Tu es la clé pour arriver jusqu'à lui. J'ai scrupuleusement tenu ma parole de te faire revenir ici.

Encore un mensonge, mais Thettie sait qu'il faut que Doc reste concentré. Ne pas perdre de vue la situation dans son ensemble.

— Dix ans, mais soit. On est de retour.

— J'ai entendu dire que tu t'étais déjà déniché un nouvel admirateur secret. Un artiste avec un goût étrange pour les animaux domestiques.

— J'affronte mes peurs.

Elle a soudain la bouche sèche. Pas à l'idée du lézard de Lee, mais en pensant que cette fois Doc s'est fait un devoir de le découvrir – elle a eu son lot d'admirateurs secrets, ce qui n'a jamais cessé de le hanter.

— Revenons-en à Frankie, reprend-elle. En quoi suis-je la clé ?

Quelque chose traverse les yeux gris de Doc de la même façon que de la neige sale et fondue glisse sur un pare-brise.

— Il pardonnera. Quand tu lui auras dit que c'est moi qui t'ai fait revenir comme j'avais dit que je le ferais s'il se tenait tranquille, il sera prêt à tourner la page. Comme nous tous.

Un autre ver noir et indistinct effleure son pied. Elle saisit la main mutilée de Doc, essaie de l'éloigner du lac, mais il ne bouge pas.

— Frankie n'est pas une balance, Doc. Mais les filles me parlent. Il a installé un système de sécurité sophistiqué sur l'île, voilà ce qu'elles m'ont dit. Des mines et des chiens, Doc. De gros chiens.

— Nom d'une pipe, ma fille, fais pas la maline. Comment un sale petit cul comme le tien peut-il toujours la ramener ?

Selon Archy, la seule chose que Doc haïsse davantage que les chiens, c'est le fait qu'il les haïsse.

Elle s'arc-boute, souriant légèrement, en pensant – peut-être même en espérant – qu'il va la frapper pour avoir essayé de retourner contre lui sa propre peur. Mais cela voudrait dire qu'il admet en avoir une. Cela reviendrait à la nommer (les chiens), ce dont il ne sera jamais capable puisqu'un Titan ne craint rien tant que la peur elle-même. Il ne la frappe pas. Il se contente de prendre la cigarette qu'elle tient entre ses doigts et d'en souffler la fumée par ses narines brûlées.

— Désolée, Doc. Ne t'en prends pas à moi. Mes filles sont mes yeux et mes oreilles.

— Tu crois que je suis là pour parler de ces garces ?

Ces insultes sont rassurantes. Comme les coups, mais sans les bleus. Cela veut dire qu'il se ressaisit après s'être défoulé. Car derrière les manigances, les liquidations et les secrets intraçables, c'est ce qui lui échappe qui pousse Doc à continuer. La perspective parfaite, comme l'appelait Frankie, la situation dans son ensemble – jusqu'à ce que lui-même la perde de vue. Doc montre le lac de son index amputé.

— Chemin forestier, dit-il. La môme m'a dit ce que Frankie fabrique là-bas. Un mélange tueur.

— Bryce ? Sur l'île ? C'est ce qu'elle t'a dit ?

Thettie essaie de se souvenir de ce coude sur la rivière où Doc a trouvé la fille aux prises avec son canot pneumatique crevé. Thettie a demandé à Grif de l'amener sur les lieux, pour trouver des traces des braconniers qui ont prétendument tiré sur la gamine. L'eau n'avait même pas un mètre de profondeur.

— Tu la crois ? reprend-elle.

— Oui. Totalement, répond-il les yeux rivés sur un point invisible derrière Thettie.

— Doc, Frankie pourrait ne même pas s'y trouver.

Sauf qu'elle sait qu'il est sur l'île.

— Il nous envoie un avertissement. (Doc avance le menton vers le lac. Son accent irlandais s'élève tel un mugissement rauque de ses cordes vocales que le feu a flétries.) C'est ce que tu fais, Frankie, pas vrai ? Tu testes les mines. Tu nous envoies un message. Surprise, surprise, ce n'est pas le lac qui pète !

Thettie écoute, mais elle n'entend plus désormais que le clapotis et le tintement des bateaux, et les bruits sourds des Harpur qui s'apprêtent à terminer leur journée.

— Quel genre de mélange tueur ?

— Comme de la DMT, mais sans cuisson. Non d'un chien, ma fille, je le sens dans mes os. Un jour nouveau, une aube nouvelle.

Il bombe le torse, ses rangers font presque le grand écart sur les pierres.

— S'il a des gardes du corps, comment on va faire ?

Telle une langue noire, l'eau du lac vient lui lécher le talon et elle recule pour se mettre hors d'atteinte, ce qui la rapproche de Doc.

— On va faire la fête.

L'odeur chimique de son parfum et celle de lessive sur ses vêtements – il a été à la laverie automatique – piquent les yeux de Thettie. Il sort une liasse de billets et la fourre dans la ceinture de son jean, le moignon de son doigt s'insinuant dans sa culotte, et ses orteils nus se retrouvent coincés contre ses rangers.

— La vieille taverne au bord de l'Interstate, poursuit-il. Dis aux autres que c'est ma tournée. Rameute du monde pour que les gens du coin sachent qu'on est de retour, et ça arrivera aux oreilles de Frankie. Attire-le. Tu es la seule qui puisse le faire.

Thettie s'efforce de garder son calme.

— Ne me dis pas que cet endroit est toujours ouvert ?

— Va savoir ? Peut-être que ton admirateur secret y sera.

Sur ce, il s'en va, ses rangers crissant sur les pierres jusqu'à ce que le silence retombe, sans même les canons du lac. Juste les battements impurs de son cœur.

6. Way Out

Lee remonte en voiture, plus vraiment d'humeur pour une pizza à Henksville, mais pas prêt pour autant à laisser mourir de faim le monstre de Gila, ni à renoncer à Netflix. Il se rappelle néanmoins deux choses : le *Way Out* vend aussi des pizzas – et il pourra en acheter une à emporter – et Grif Harpur a parlé d'une fête de retour. *Elle* y sera peut-être. Il n'a pas poursuivi une femme de ses assiduités depuis l'université. Délibérément.

Il s'arrête sur le petit parking de terre et de gravier devant le *Way Out Tavern*, au bord de l'Interstate, où l'ambiance – grâce aux Harpur – est à la fête.

Lee n'a pas mis les pieds dans un bar depuis cinq ans. Il en a rêvé. Il est resté devant. En ville, il a tourné et tourné en voiture autour des bars à vin et des clubs en sous-sol. À la campagne, il a fait de même autour des bars-salons des Motel 6 et des clubs d'étudiants. Dans certains de ses souvenirs, les bars sont des salles en arcades tendues de velours, parfumés de lourds secrets, qui résonnent du tintement harmonieux des glaçons. Dans d'autres, il est seul à midi dans une salle à l'étage qui sent la dentelle noire, les chaussures marron, et où, comme un œil, le fond des verres est injecté de sang.

Lee a l'impression de rentrer au bercail. La clientèle au bar est dense et goguenarde. Il a amplement le temps de changer d'avis. Il n'en fait rien. Il commande une bière et un shot de Grants. Il se tourne pour examiner la foule, clairement scindée en deux avec les Harpur d'un côté.

Ces derniers sont bruyants mais peu nombreux. Ils sont quinze ou vingt, mais ils chahutent et aspirent l'air de la pièce à grandes goulées. Les gens du coin ne peuvent leur opposer qu'une sinistre quiétude – notamment les DeGroot, barons longilignes et carnassiers de la drogue et leurs fils alignés contre un mur, qui observent la scène en attendant que quelqu'un fasse un faux pas.

Mais cela n'arrive pas. Car ce soir les Harpur sont à la fête, surtout les femmes. Elles déploient leur savoir-faire. Elles savent quand laisser libre cours aux animosités et comment calmer le jeu, et ce soir pas question de faire des vagues. Elles se faufilent dans la foule dans leurs robes à bretelles, leurs vestes et bottines en jean, leurs bras malingres et leurs tailles fines héritées de semaines à crever de faim sur la rivière. Elles savent s'y prendre pour se faire payer des verres, faire jouer le juke-box et entretenir les conversations. Les pizzas sont exécrables, mais elles n'en mangent pas moins. Il n'y a pas de piste de danse, mais ça ne les empêche pas de danser. L'espace entre le bar principal et les tables de billard fourmille de hanches fines et d'épaules nues. Et si leur chair est plus ferme, ou leurs regards plus appuyés que ceux des filles de ferme ou des quelques étudiantes venues s'encanailler, il n'y a pas que ça. Il y a leur façon de bouger avec une grâce exotique, porteuse d'une promesse aussi incertaine qu'irrésistible. Un ailleurs à moitié conscient et totalement désiré.

Lee scrute la foule à la recherche de Thettie Harpur. Il se dit qu'il partira dès qu'il l'aura vue et saluée. Il se dit qu'il veut simplement s'excuser de l'avoir percutée devant le magasin, obsédé par Vernon. Son pouls s'accélère en songeant à tout ce qu'il est possible de dire à une telle femme, et son sang s'échauffe sous l'effet de l'alcool. C'est alors qu'il entend quelqu'un l'appeler.

C'est l'homme qu'il a rencontré sur le quai, Grif Harpur, qui lui fait signe du dehors, sous les guirlandes d'ampoules suspendues aux sycomores.

Lee commande une autre bière et sort.

— On a replongé, l'homme au lézard ?

— Je pensais me promener un moment dans le coin. Profiter de la vue.

Grif porte un Levis presque propre et le même perfecto que la fois précédente. L'odeur du lac lui colle à la peau, comme à celle de ses compagnons. Ils sont grands et étrangement pâles, avec des cheveux ternes de toutes les couleurs, hirsutes ou tombant sur les épaules. Malgré la fumée, Lee aperçoit des lames nordiques gainées de cuir, l'acier froid des révolvers bon marché, les sombres matraques en peau et pierres du lac. Ils parlent des défenses de bateaux qu'ils ont réparées, des truites qu'ils ont attrapées ou des filles qu'ils ont laissées derrière eux. Ils boivent, fument et restent entre eux, fébriles et mortellement dangereux, satisfaits de laisser le difficile travail d'espionnage à leurs femmes, car pour les hommes, la pêche aux informations relève d'un autre type d'échange.

Grif lui passe un joint et Lee tire dessus avant de le faire circuler à son tour, posant ses yeux en feu sur le kaléidoscope de lumières qui brouille le feuillage automnal. Grif ne parle pas de sa mère et Lee ne pose aucune question. Il termine sa bière et se répète une fois de plus qu'il est temps de partir. Après cinq ans de sobriété, il a l'impression que le seul effet du cannabis combiné à celui de l'alcool lui donne envie de pisser. Les portes des toilettes s'ouvrent et se ferment, et dans chacune circule un flux continu d'hommes et de femmes, qui y entrent mains dans les poches et en sortent en reniflant. Lee est prêt à parier qu'on n'a pas vu autant de femmes de moins de cinquante ans et sans la moindre fausse dent au *Way Out* depuis que la contrebande d'alcool a pris fin. Étudiantes et citadines fréquentent principalement le *Pump*, un boui-boui du village, le *Lakeview*, le *Village Inn* pour les rencards, ou s'aventurent jusqu'à Ilium. Le *Way Out Tavern* n'est pas pour les gens de la ville, mais pour les péquenauds et les ouvriers, les camionneurs et les représentants de commerce. Les dévoyés, les rebuts de la société et autres laissés-pour-compte. Tous très nombreux, travaillés au corps ce soir-là par les femmes Harpur. Travaillés au corps pour offrir à boire et faire jouer le juke-box, pour colporter les rumeurs, les spéculations et les ouï-dire. Pour dire pourquoi leurs anciennes maisons ont été démolies, et par qui.

Et surtout parler de Frankie. De l'endroit où il a bien pu aller, avec ses blessures et sa rancune. Savoir qui est avec lui, et qui est contre lui.

Et l'île ? Quelqu'un y a-t-il mis les pieds ? Frankie a-t-il réellement posé des mines ? Où se trouvent les chiens ou les hommes qui montent la garde ? Qui sont ces hommes ?

Lee sent le sol se dérober sous lui, et l'odeur de parfum qui flotte dans l'air lui fait verser quelques larmes. Les yeux des filles Harpur sont d'un bleu océanique, mais leur rire est chaleureux, légèrement guttural avec une chanson au bord des lèvres. Elles rient entre elles et avec les ouvriers agricoles et les barons de la drogue, en se faufilant entre eux telles des chattes, avec force parfums bon marché et ronronnements obscènes. Leurs papiers sont aussi faux que leurs blousons Columbia, mais elles savent se servir d'une queue de billard et d'une fermeture à glissière Levis, dire des obscénités moins dans l'intention de débiter un tissu de mensonges que d'attraper dans leur nasse une once de vérité.

Tout autour de lui, Lee voit les gens du coin se gratter la tête en essayant de se rappeler la dernière fois où ils ont vu Frankie.

Il entend un livreur de pizza s'efforcer de décrire à l'une d'elles la splendeur du vieux manoir dont Frankie a hérité. Mais le livreur de pizza est incapable de dire à la fille si c'est Frankie qui lui a ouvert la porte ou quelqu'un d'autre. Des pompiers père et fils font l'article des fils-pièges et des mines que Frankie est censé avoir disposés tout autour de l'île. La fille écoute, l'œil étincelant et le soutien-gorge pigeonnant – essayant de démêler un pur évangile d'un sac de nœuds. Jusqu'à ce que Lee se demande si la vérité, quand et si on finit par la découvrir, n'est pas une piètre compensation des années perdues à la traquer.

Un jeune homme entre. Il ressemble tellement à Thettie que Lee se demande s'il s'agit de son frère. La même jolie bouche, la même chevelure hirsute, la même ossature délicate. Des bagues en argent aux doigts.

Lee le suit d'un pas mal assuré dans la salle de billard, mais ce qu'il voit l'arrête net, cloué sur place. Une fille joue au billard. Ses cheveux sont coupés en brosse comme ceux d'un garçon et elle n'a qu'un œil. Elle porte un rouge à lèvres rouge et son bandeau, plus sinistre que celui d'un pirate, semble absorber toute la lumière. Elle a la peau aussi pâle que celle des Harpur, mais avec la fraîcheur et la légère impureté d'un pétale ou d'un os. Son œil valide, aux lourdes paupières, s'étrécit tandis qu'elle se penche pour tirer. Un pull noir et sale volette autour de sa taille étroite, et elle porte un jean imprimé camouflage passé de mode. Ses pieds, nus dans des sandales malgré la saison, sont aussi menus et harmonieux que ceux d'une enfant.

Lee sent quelque chose de froid envahir ses entrailles et l'atmosphère de la pièce change brusquement. Le plus jeune des Harpur a disparu, mais Grif est entré, un cigare éteint dans sa grande bouche, le regard rivé sur le reflet de la borgnesse dans le miroir du bar. D'autres hommes le rejoignent, pâles et nerveux derrière leurs cigarettes roulées. Ils s'adossent au mur, mal à l'aise, et leurs regards vont de Grif à la fille.

— Prenez un numéro, dit une voix familière derrière lui.

La voix est belle.

— Elle est trop jeune pour moi, répond Lee sans se retourner.

— Conneries, rétorque Thettie. Les hommes ne se conduisent en gentleman que lorsqu'ils y sont obligés.

Elle s'approche de lui. Elle porte un pull blanc sans manches qui met en valeur sa silhouette, et une jupe moulante avec des bottines noires. Son rouge à lèvres chatoie. Telles des pépites d'or ses taches de rousseur rehaussent ses pommettes saillantes. Il lui demande s'il peut lui offrir un verre et revient avec deux bières. Il dit qu'il a croisé l'un de ses fils, Grif, et elle précise qu'il n'est pas son fils, mais que c'est tout comme. Son propre fils, Archy, est dans les parages, en train de bouder parce que la borgnesse l'a largué.

— C'est votre fils ?

— Pour mes péchés, répond Thettie en ne plaisantant qu'à moitié. Il ne l'a encore jamais pris aussi mal.

— C'est la première fois que ça fait le plus mal.

— La deuxième fois fait un mal de chien, pourtant. (Sur ce, elle éclate d'un rire chaleureux, piquant, qui lui réchauffe le cœur.) Thettie Harpur.

— Lee Montour.

— Je sais.

Une serveuse s'approche et ils commandent deux autres bières.

Lee demande combien de temps les Harpur vont rester.

— On a un truc à régler sur l'île. Vous y êtes déjà allé ?

Lee regarde le borgnesse.

— Presque.

— Eh bien, Frankie y est allé, lui. C'est mon cousin.

— Je sais.

Thettie penche la tête vers lui.

— Vous l'avez vu ?

Lee s'apprête à expliquer qu'il a écumé le lac dans le vieux canoë de Frankie et que chaque fois qu'il s'est approché de l'île, un courant, un grain – quelque chose – lui a fait faire demi-tour. Mais Thettie détourne les yeux et il se retourne pour voir entrer Jason DeGroot.

— Qui c'est ? demande-t-elle.

Quand Lee le lui dit, elle blêmit, renonce à poser la question qui lui brûle les lèvres, et ses yeux cristallins s'adoucissent.

— Il a l'air malade. Qu'est-ce qu'il a ?

— Trouble de la personnalité borderline, répond Lee. Peut-être liée à la consommation exagérée de la culture familiale…

— Le cul du diable, dit-elle en souriant tristement.

— Tempérée par du Xanax et des amphétamines. Que votre cousin Frankie aurait fourni fut un temps. Après son départ pour l'île, je crois qu'il a manqué à Jason.

— Comme ça, on est deux, réplique-t-elle.

Lee comprend ce que les gens voient dans la faculté d'adaptation hors-norme de Jason DeGroot : le refus d'être catalogué. Le trench-coat, un sac à dos bourré de livres de Borges, des mèches de cheveux tombant sur ses yeux bleus en une double crête orange vif – telle une chimère, disait Habib. Un rêve impossible.

— Enfin bref, dit Thettie. Dès qu'on aura ce qu'on est venus chercher, on partira. Ici, ce n'est plus ce que c'était. Et ils ont détruit nos maisons. Donc voilà.

Jason aperçoit Lee et en reste bouche bée. Il remonte son sac à dos et insère plusieurs pièces dans le juke-box.

— Vous devez remercier l'Association pour le progrès d'avoir donné un nouveau visage à Little Ridge. Sunny Weeks en est la présidente, mais elle bénéficie de l'appui de l'université. Du gagnant-gagnant, c'est comme ça que tous voient les choses.

— Tout le monde y gagne sauf ceux dont on a démoli les maisons, réplique-t-elle.

Grif arrive à ce moment-là, salue Lee d'un signe de tête, et Thettie lui demande s'il a vu Archy. Il dit qu'il est dans le coin, est-ce qu'elle veut qu'il aille le chercher ? Et elle répond, en haussant les épaules, qu'il vaut mieux le laisser tranquille. Grif tend la main et d'un geste doux écarte une mèche de cheveux du visage de sa mère, ce qui la fait frissonner, puis il s'éloigne crânement en lançant un coup d'œil salace à Lee.

— Qu'est-ce que vous peignez ? demande-t-elle d'une voix douce et chaude.

— Essentiellement le lac. Et l'île.

— Pas les gens ?

Lee secoue la tête.

— Je peins Vernon. Si ça compte.

Il sort son téléphone.

— Votre monstre ? (Quand il veut lui montrer une photographie, elle repousse sa main.) Je ne suis pas fan, dit-elle. Vous vous rappelez ?

Un bref courant d'air froid s'insinue tandis que quelqu'un ouvre la porte. Le visage de Thettie se ferme et Lee se retourne. Un homme se tient sur le seuil, son visage rasé de près donne l'impression qu'il en a coupé les ongles qui en sortaient. Un coin de sa bouche est comme soudé par un lambeau de chair de couleur puce. Sous son pardessus, ses puissantes épaules se préparent à affronter un ennemi invisible.

Des rangers montantes parées à l'impact. Le personnel du bar a l'air accablé. Certains le saluent ; d'autres chassent leurs larmes. L'inconnu est flanqué de deux autres créatures : l'homme à la barbe broussailleuse et aux cicatrices autour du cou que Lee a vu sur le bateau, et un type plus petit, l'œil humide, le visage couvert de tatouages, fébrile comme un boxeur épuisé.

— Doc Murphy, entend-il quelqu'un murmurer. Le héros de guerre.

Et quand Lee se retourne et voit le masque désormais figé sur le visage de Thettie, il comprend que cela doit être vrai.

Les DeGroot adossés au mur se figent, mais aucun n'esquisse le moindre geste. Nul ne se met sur le chemin de Doc Murphy qui va s'asseoir à une table, où son garde du corps appelle une serveuse. Et alors c'est comme si un rayon laser venait de dessiner un triangle dont les sommets pointent leur table, les DeGroot adossés au mur près de la porte, et Jason qui seul dans son coin joue au flipper derrière la table de billard.

De ses belles mains, Thettie secoue son paquet pour en tirer une cigarette et invite Lee à l'accompagner à l'extérieur. En se balançant légèrement sous le sycomore rehaussé de guirlandes électriques, elle lui demande s'il a d'autres plaisirs que de peindre son lézard. La cour a commencé à se vider, seules quelques ombres noires murmurent çà et là. Les étoiles dégringolent entre les nuages.

— Je peins le lac, aussi, dit-il. Surtout.

— Depuis combien de temps vous êtes là ?

Elle lui passe sa cigarette, mais il secoue la tête.

Il lui répond dix ans, depuis qu'il a suivi Habib au laboratoire.

— Habib ?

— Mon directeur de thèse. On a monté un labo ici.

— Pour étudier quoi ?

— Les réseaux neuronaux de la mémoire. Leur fonctionnement dans le cerveau. Habib était alors une sorte de grand ponte dans ce domaine. En lice pour le Nobel, best-seller du *New York Times*…

— Juste quand je suis partie, dit Thettie en remuant un pied puis l'autre. J'aurais peut-être dû rester.

— Je suppose que c'est ce qui me fait peur, aussi, dit-il. Comme dans la chanson des Clash.

— Frankie, ma cousine Cassie et moi… on avait chacun notre groupe préféré. Celui de Frankie c'était les Stranglers. Cassie c'était

Patti Smith. Tout Patti. Moi c'était les Clash. *Should I stay or should I go* ? (Elle sourit tristement.) J'ai oublié le reste.

— *If I go there will be trouble, if I stay it will be double.*[11]

La bouche de Thettie tremble, et elle semble lutter pour se ressaisir.

— Donc, vos tableaux. Ce sont vos tickets pour partir d'ici ?

— Ce sont mes tickets pour ailleurs.

— Ailleurs, c'est bien.

Elle parcourt la foule du regard. Pour voir, peut-être, si le héros de guerre est toujours là. Sa chevelure couleur de blé capte les ampoules colorées du sycomore. Dans l'ombre, quelques autochtones fraient avec des filles Harpur dans les recoins de la cour. Doc Murphy sort, entouré d'un cercle d'admirateurs de brutes locales, ses voyelles traînantes résonnant dans la cour. Aucun DeGroot ne l'accompagne, hormis Jason, captivé, comme s'il avait fait un bond dans le passé et revivait les premiers jours au laboratoire, quand Sam entrait dans la pièce – comme si le soleil venait de se lever. Les sbires de Doc Murphy se tiennent face à l'attroupement.

— Vous voulez une pizza ? demande Lee.

— Je tuerais pour en manger une, répond doucement Thettie.

Ils rentrent et s'assoient sur le rebord d'une table de billard. Elle entrelace ses doigts avec les siens. Des danseurs s'accrochent les uns aux autres près du juke-box. Quelques cultivateurs de luzerne sont toujours près du mur. Ils parlent formation des réservistes ou énumèrent les rendements des cultures d'une voix tonitruante – piliers de bar au regard rivé sur les bagarres de fin de soirée.

— Dites-moi, pourquoi ce lézard ?

Le juke-box couvre leur voix, un riff de clavier dont Lee a gardé le souvenir de ses années d'université. Il se penche plus près pour ne pas avoir à crier. Ses cheveux paraissent rêches contre ses lèvres, comme la crinière d'un poulain.

— Vernon est venu à Little Ridge avec nous, du Nouveau-Mexique. Il travaillait au labo avec nous.

Elle attend.

— Et ?

Et Vernon attend tout seul dans l'atelier de Lee, loin de chez lui, à côté du cimetière d'animaux et du lac insondable.

---

11. Dois-je rester ou dois-je partir ? Si je pars ça va barder/Si je reste ce sera pire.

— Et on a découvert que le venin du monstre de Gila possède un peptide qui peut donner accès à des voies neuronales dont on ignorait l'existence.

— Les gens peuvent en prendre ?

— On n'a jamais eu la chance de le découvrir.

à ce moment-là, elle prend ses mains froides dans les siennes, qui sont chaudes.

— Et cette pizza, dit-elle.

Lee se lève pour commander, mais la cuisine est fermée. Avery lui dit qu'il peut dénicher quelques cacahuètes. Lee se dirige vers les toilettes. En chemin, il voit à travers une fenêtre qui donne sur le parking que Jason DeGroot et les gardes du corps de Doc Murphy se sont éloignés pour parler derrière le pick-up de Jason.

Lee pisse à côté d'un DeGroot au souffle court, sans doute un des oncles de Jason, ou peut-être son père. Lee se penche vers le miroir pour examiner son œil. Le nid rougeâtre de vaisseaux éclatés a viré au blême. Le DeGroot sort des toilettes sans se laver les mains. Lee aura quarante ans la veille de Noël. Il s'asperge le visage et nettoie ses lunettes. Il a de la peinture sur la chemise en velours côtelé qu'il a achetée chez Sears pour les boutons, des disques lisses en dégradé avec trois trous taraudés gravés dans l'intérieur de l'un d'eux. Ils sont faits dans un ivoire végétal breveté à Rochester, dans l'État de New York. Chaque bouton est différent des autres, pour faire croire qu'ils ont été sculptés dans de l'os.

Quand il rejoint Thettie, elle se passe les doigts dans les cheveux comme si elle peignait des ombres, et se fraie un chemin vers le distributeur et un paquet d'oignons frits.

— Vous êtes marié ?

— Plus.

— Des enfants ?

— Plus.

Le sourire grave de Thettie se fige en le regardant.

Lee a oublié de rentrer sa chemise. Les deux boutons du bas sont ouverts, l'un suspendu à un fil. Il le presse contre le velours côtelé, et le maintient là entre son pouce et son index.

— Mon fils avait sept ans quand il a été kidnappé, mais on n'a jamais retrouvé son corps. Ma femme s'est suicidée l'année suivante.

Thettie s'immobilise, un oignon frit devant la bouche.

— Laissez-moi deviner, dit-elle. C'était un dimanche.

Elle remet l'oignon frit dans son paquet, puis commande deux bières. C'est la dernière tournée. Le bar est vide, les chaises sur les tables. L'âcreté du désinfectant recouvre l'odeur de cigarette et de bière renversée, et la seule lumière qui éclaire encore est celle d'un soleil de minuit au-dessus d'une des tables de billard. On n'entend plus qu'Avery comptant la recette.

Lee caresse la main fine de Thettie, mais il s'avère incapable de croiser son regard quand il lui demande de venir voir ses gravures.

— Vernon est dans un terrarium, précise-t-il. Il ne peut pas en sortir.

— Ça fait du monde, lui dit-elle, du moins quand il s'agit de lézards venimeux.

Aussi préfère-t-elle le ramener dans sa cabane nichée sous un pin, avec à un bout une chambre qui donne sur le lac. Et quand il rentre enfin chez lui à l'aube, le dimanche s'est enfui, tout comme Vernon.

7. Lac

Le doigt jaune de l'aube effleure la fenêtre de la cabane, et Thettie s'y dérobe.

Ses parents étaient peut-être cousins germains, voire frère et demi-sœur. Elle n'a jamais su quel « oncle » était son véritable père. Son oncle Ellis avait les mains baladeuses, chaque fois qu'il pensait que la mère de Thettie ne regardait pas. Et puis un jour sa mère a versé dans son gruau une poudre bien particulière, et un de ses testicules a gonflé comme un melon et n'a fait qu'une bouchée de son inséparable jumeau. Thettie entend la petite amie d'oncle Ellis hurler de lui ôter de la vue sa bourse géante sous peine de le quitter, ce qu'elle a fait quand même. *Les hommes sont aveugles*, lui répétait sa mère. L'astuce est de trouver la parade, d'exploiter leur faiblesse pour faire ce que l'on veut sans qu'ils s'en aperçoivent.

— Vous avez vraiment de la chance de m'avoir, aimait à leur dire Doc.

Chaque homme a une faiblesse et Doc ne fait pas exception à la règle, mais Thettie ne l'a pas encore trouvée. Donc, en attendant, *oui Doc*, répond-elle. Ils ont de la chance de l'avoir. Il veille à ce qu'elle ne l'oublie pas.

Doc n'est pas un monstre, pas à proprement parler, et c'est peut-être ça le problème. Au moins avec la créature qui a enlevé l'enfant de Lee, on sait qu'on a affaire à un véritable monstre qui finira par vous dessécher l'âme.

En parlant de monstres, Lee semble pressé de rentrer retrouver son lézard, et Thettie, souriant en son for intérieur, entend son break quitter le parking. Elle aimerait simplement s'allonger là et attendre son retour. Espérer son retour.

Ce que ce monstre a fait au fils de Lee. Aux yeux de Thettie, c'est ce qui différencie les monstres des hommes qui, même s'ils se veulent monstrueux, ne sont jamais que des hommes. Les hommes comme Doc veulent conquérir le monde plutôt que d'en créer et en diriger un bien à eux. Les hommes comme Doc manquent de créativité. Ils préfèrent laisser leurs victimes intactes, tels des trophées que l'on accroche au mur. Ou des scalps. C'est un chasseur bien différent qui découpe sa proie en petits morceaux pour que personne ne puisse la retrouver, ce n'est rien d'autre que son petit secret de monstre. Dans le monde réel, les hommes préfèrent s'attribuer le mérite de leurs crimes. Et la meilleure façon de le faire c'est d'avoir un cadavre dont on peut se vanter. Un cadavre entier, pas en morceaux.

Pauvre Lee.

Son parfum imprègne encore l'oreiller, et elle le serre contre sa poitrine. Le peu qu'il lui a confié l'a dégoûtée. Des morceaux du corps de son fils se trouvent toujours quelque part dans le lac, un néant qui le cloue sur place tel un papillon sur une planche. Elle se rappelle que Doc a sorti ses enfants du lac, les sauvant d'un autre genre de monstre – une mère –, et ce faisant il l'a clouée de façon très différente. Mais un clou n'est jamais qu'un clou.

Doc lui disait de le regarder, de lui dire ce qu'elle voyait.

Mais il est impossible de voir un homme derrière un masque de monstre, avait-elle découvert, surtout qu'on ne sait pas s'il s'agit d'un masque.

Il avait fallu beaucoup d'explications pour faire comprendre aux garçons, qui étaient encore petits, pourquoi oncle Frankie ne pouvait pas venir avec eux en Pennsylvanie. Ce n'était pas qu'il ne le voulait pas. C'était parce qu'il était malade, avait-elle dit, mais il les rejoindrait quand il irait mieux. Sauf que ce n'était pas Frankie qui devait aller mieux, c'était elle.

Elle guette le bruit des Harpur qui s'éveillent, mais le camping est silencieux ; la lumière qui passe par la fenêtre est toujours hésitante, le jour toujours indécis.

— À bientôt, a dit Lee.

Il doit aller voir Vernon, puis il sera de retour.

En réalité, Frankie n'est pas un oncle, plutôt un cousin éloigné. Non que cela l'empêchât d'être pour Archy et Grif le père qu'ils ne connaîtront jamais, mais pour les Harpur un vrai père relève de l'abstraction. Le père d'Archy est un émigré qui travaillait dans une exploitation laitière à Forge Grove, au fin fond de l'État. *Moitié mexicain, moitié grec*, disait-il. Thettie ne l'a jamais revu. Mais Arch a en lui le goût de l'élevage, un don avec les créatures à quatre pattes. Il a parlé de devenir vétérinaire ; il peut dompter tout ce qui mange : chats, serpents, chevaux, chiens. Un jour, jaloux de l'attention que sa mère prodiguait à ce taiseux de Grif qu'il considérait comme un intrus, Archy était rentré à la maison avec un chapeau rempli de scinques qui s'y étaient agglutinés pour une raison inconnue. Thettie les lui avait fait jeter dans le lac depuis le porche. Il lui avait obéi, puis il avait fugué pendant trois jours. C'est Grif qui l'avait retrouvé le long de la voie ferrée recouverte de feuilles, à mi-chemin du Canada. Archy avait dit qu'il allait rejoindre son père. Grif l'avait ramené à la rivière Triangle, s'était écarté pour laisser Thettie prendre son fils fugueur dans ses bras, jusqu'à ce qu'elle l'attire à elle, lui aussi, et qu'il finisse par se laisser entraîner dans leur étreinte à trois têtes – à partir de ce moment-là, Thettie avait pu sentir les cœurs de ses fils battre la chamade contre le sien.

Thettie croit entendre un bruit de pas à l'extérieur et se demande si c'est Lee qui revient comme il l'a promis. Elle balance ses jambes hors du petit lit et allume une cigarette. Sa cabane est à l'écart du camping proprement dit, isolée sur une petite élévation parallèle à la lisière des arbres. De la fenêtre fouettée par le vent au-dessus du lit, on a une vue imprenable sur l'île, presque visible à travers la brume. Le plus grand affleurement rocheux fend l'eau telle la gueule effilée d'une bête préhistorique. Derrière lui, le plus petit, qui affleure à la surface de l'eau noire, ressemble à une crête, ou à la pointe d'une queue.

Elle attend que l'on frappe à la porte, en vain.

Comme elle l'a dit à Lee, Frankie est la seule personne qu'elle connaît à jamais avoir mis les pieds sur l'île, du moins à l'en croire. Il a réussi à se frayer un chemin à travers les bourrasques et les caprices du lac qui font office de champ de force, disait-il. Les myrtilles qui poussent là-bas sont les plus juteuses qu'il ait jamais goûtées. Et les plus douces. Tante Sarey lui a hurlé dessus pour s'être rendu sur l'île, mais aussi pour avoir mangé tout ce qui pousse en un lieu abandonné de Dieu, contaminé par la lèpre, les radiations et tout le reste. Ce soir-là, quand Frankie est sorti en douce pour aller retrouver Thettie et Cassie aux chutes Harpur et tout leur raconter, ses yeux brillaient d'une lueur légèrement radioactive. *Poser les pieds sur l'île*, a-t-il dit, *c'est comme une drogue, comme de l'héroïne. Se faufiler dans son canot pneumatique par le trou d'une aiguille pour accoster. Vrai de vrai*, a-t-il insisté en dessinant du plat chatoyant de la main un arc dans l'obscurité. Sans fard.

— Conneries ! s'est exclamé Cassie avant de prendre sa guitare et de commencer à jouer les accords de *Space Monkey.*

Frankie n'a plus jamais reparlé de l'île.

Pardonne-moi, Frankie. J'ai toujours dit que je reviendrais et me voilà.

Le lac est d'un bleu ecchymose. Le soleil hésite au sommet de la crête, comme s'il avait peur de s'élever davantage. Mais soudain, il monte dans le ciel et la lumière jaune du matin éclaire le lac jusqu'à l'île, et les canons résonnent, *boum, boum, boum*, et l'île plonge sous la surface une fois encore. Thettie laisse échapper sa cigarette. Le froid la saisit aux jambes. Par la fenêtre, elle voit que quelque chose serpente sur le lac en direction du rivage, une ombre noire, aplatie, qui se déploie au fil de l'eau, s'effilant en rouleaux sombres qui semblent flotter tout en ondulant.

Thettie en a la chair de poule. Elle se rappelle la substance huileuse, ou l'herbe inconnue, qui la veille est restée collée à son poignet. Elle éprouve une sorte de malaise et décide de sortir prendre l'air. C'est Cassie qui souffrait de nausées, pas elle. Elle chausse ses baskets et décroche de son clou le vieux caban d'Archy. Elle ouvre la porte de la cabane puis traverse le camping endormi en direction de la ligne des marées. Quand elle arrive au bord du lac, la créature rampante a disparu et ne restent que l'eau agitée et une odeur indéfinissable au fond de sa gorge – vaguement infecte, mais aussi métallique. Elle forme une visière avec ses mains et scrute le lac à la recherche de la créature qu'elle a vue glisser sur l'eau. Elle cherche les traces de son passage. À cet endroit, la surface est d'un bleu plus pâle qu'ailleurs, mouchetée d'une écume noire qui se disperse. L'écume s'arrête à cinq cents mètres de la jetée, là où la rivière Triangle se jette dans un bassin profond du lac, là où ses fils ont failli se noyer il y a si longtemps, avant que Doc ne les sauve.

Satisfaite de voir que le lac est de nouveau désert, elle se retourne pour regagner sa cabane quand, du coin de l'œil, elle aperçoit Bryce, comme si la fille venait d'apparaître par magie. Allongée sur le ventre, elle pêche à l'extrémité de la jetée et agite une ligne à main. Tandis que Thettie l'observe, la ligne se tend et elle enfonce ses poings dans les poches de son manteau et sent que ses pieds se mettent à bouger sans qu'elle puisse les en empêcher. Bryce tire sur la ligne en essayant de se relever. La ligne se tend en sens contraire et la fille doit se raccrocher au bord tout en tenant la ligne d'une main, et enrouler ses jambes autour du poteau tel un singe de l'espace.

Thettie se fige. Encore un coup sec et voilà.

C'est un bébé. Thettie met la main devant sa bouche et crie entre ses doigts, sans pouvoir s'arrêter. La fille se lève et fait se balancer sa prise au bout de sa ligne. Une matière visqueuse noire dégouline du petit corps. L'hameçon dans un œil. Thettie se met à courir sur la jetée, glissant à cause de ses baskets, mais sans cesser de crier. Elle se précipite derrière Bryce, qui se tourne et sourit, ses petites dents carnivores dans le trou noir de sa bouche et son bandeau de travers, relevant ses cheveux courts en une touffe clownesque. Elle crie quelque chose à Thettie, qui ne comprend pas ce qu'elle lui dit avant d'arriver près d'elle.

— C'est un poupon.

Des algues du lac ondoient dans un œil ; dans l'orbite évidée de l'autre, l'hameçon est accroché.

— Oh, mon Dieu, parvient à articuler Thettie. Il a même un zizi.

Le petit pénis en caoutchouc est niché dans le scrotum gonflé, à moitié déchiré par un quelconque pervers. La bouche reptilienne est gorgée de détritus issus du lac.

Thettie serre les dents de rage.

— ça doit être la chose la plus horrible que j'aie jamais vue.

Mais il n'y a pas que le poupon, il y a les outrages subis. La moitié de sa tête chauve a été griffée et un morceau de sa minuscule poitrine a été arraché. Elle est enduite de la même substance que celle qui a imprégné la peau de Thettie la veille.

Thettie regarde le pâle chenal d'eau mouchetée de noir qui mène à l'île, et elle sent de la rage monter en elle, de la rage envers la borgnesse, de la rage envers Little Ridge et ses faux espoirs, de la rage envers Doc. Et même envers Frankie, d'être un laissé-pour-compte. Une part d'elle-même pourrait facilement rejeter à l'eau le poupon et la fille, les voir couler, voir tout cela disparaître.

À la place, elle se contente de dire :

— Pour l'amour de Dieu, remets-le à l'eau.

Thettie se retourne et ne voit donc pas l'hameçon sortir de l'orbite vide, mais elle trouve son paquet de cigarettes, qu'elle a dû laisser tomber en chemin.

*

— Tu as vraiment de la chance de m'avoir, aimait à lui dire Doc par les nuits sans étoiles au *Landing*, allongé à ses côtés sur son bateau tout en lui allumant une cigarette.

Il ne lui faisait pas peur. *Ce sont ses outils qui font un homme*, lançait-il malicieusement, comme un sarcasme. Quand il allait voir les filles, y compris Thettie, il avait toujours avec lui une trousse médicale. Il sortait ses gants en caoutchouc et son speculum. Son scalpel, aussi.

— Faut avoir peur, disait-elle aux filles. Faut avoir très peur.

Thettie n'avait pas peur. Mais elle détestait cette façon qu'il avait d'effrayer les filles, de les lui renvoyer en pleurs plus d'une fois. Ça la rendait folle de rage. Parce que c'étaient ses filles. Elle aimait ses fils sans compter, mais les filles Harpur, les Webb et les Tully, ses nièces, ses petites cousines, ses filleules et parfois ses amantes, étaient les filles qu'elle n'avait jamais eues. C'étaient les femmes qu'elle ne serait jamais, les sœurs pour lesquelles elle se battrait jusqu'à la mort.

Thettie hausse les épaules en regagnant la rive. Ce rat d'eau de borgnesse ne sera jamais l'une d'elles.

Le lac semble débarrassé de la bave noire – l'eau est aussi transparente que du verre. Son paquet de cigarettes flotte sur l'eau peu profonde, et Thettie descend pour le récupérer tant qu'il est encore à sa portée. Elle se redresse, le secoue pour en sortir une cigarette, qu'elle réussit même à allumer, pendant que ses baskets blanches paraissent plus grandes et se réfractent sous l'eau. Elle a de jolis pieds, et de bonnes chevilles. Tout en s'efforçant de retrouver son calme, elle ferme les yeux et imagine ses chevilles enroulées autour du beau cul de Lee. Il est plus vieux qu'il n'en a l'air, plus gentil aussi. Et sa rage s'évanouit.

8. Photocopieuse

Les affiches sortent de la photocopieuse. Vernon y est représenté en couleur, rondes narines noires et yeux globuleux sur tête noire, un morceau de croûte de pizza suspendu à ses lèvres fermées.

DISPARU.

Quand Lee regagne son atelier en rentrant de chez Thettie, le terrarium de Vernon est vide. Aucune trace de lutte à part les stèles renversées dans le cimetière d'animaux derrière la maison. Rien d'autre ne semble avoir disparu.

Lee et sa femme avaient toujours prévu de déménager quand leur fils serait plus grand, quand le cottage sur le campus deviendrait trop petit pour eux trois. Aussi, quand une maison en bordure du lac était devenue vacante au début du semestre en 2005, peu après leur arrivée à Little Ridge, ils avaient sauté sur l'occasion. La cour descendait en pente douce jusqu'au rivage, avec une balançoire suspendue à un grand érable à sucre. Ils faisaient tous les trois de longues promenades dans les bois derrière la maison, au cœur duquel se dressaient les ruines de l'école-transformée-en-orphelinat. Dans une clairière, la famille précédente s'était débarrassée d'un conteneur maritime en bois qui avait transporté leurs biens depuis Athènes, en Grèce. Lee et sa femme l'avaient aménagé pour que leur fils puisse y jouer. Lee avait découpé à la scie des trous carrés pour les fenêtres et aidé son fils à fixer avec des punaises des morceaux de tissus aux châssis de fortune pour en faire des rideaux.

La femme de Lee avait dit en plaisantant que l'ensemble ressemblait vaguement à un mobil-home et que c'était là l'occasion d'apprendre comment vivaient les autres gens.

Ils avaient fait des barbecues sur le rivage, grillé des steaks hachés et des guimauves sur un bâton et mangé à la petite table en bois, seuls tous les trois. Ils étaient sortis sur le lac avec le vieux canoë bleu de Frankie Harpur ; ils avaient plongé et pêché. Quand ils vivaient au Nouveau-Mexique, sa femme disait que le lac était la seule chose qui lui manquait. Depuis son retour, pourtant, le fait d'habiter si près du lac avec son petit garçon l'avait inquiétée. Elle avait insisté pour qu'il porte un gilet de sauvetage et avait vu d'un mauvais œil la façon dont l'eau semblait se figer au crépuscule, prendre une teinte violette et gonfler comme une prune trop mûre. Mais Lee lui avait rappelé que leur fils avait presque huit ans, et qu'il était déjà, comme sa mère, un nageur intrépide.

La maison se trouvait à l'extrême nord de la ville, où les dernières habitations cédaient la place au promontoire boisé. Au sud, ils avaient eu Eli Zabriskie pour voisin, jusqu'à ce que Frankie lui explose la cervelle à travers un vitrail John Lafarge représentant la déesse de l'aurore sur son char. Après quoi, Frankie Harpur et ses chiens avaient vécu là un moment – source supplémentaire d'inquiétude pour la femme de Lee – avant de délaisser le manoir pour s'installer sur l'île. Un jour, le vieux canoë bleu était venu s'échouer sur la plage de Lee.

À maintes reprises, Lee avait essayé de le lui ramener.

De l'autre côté de leur maison, à moitié cachée dans les bois, se dressait l'école Peachtree, un bâtiment en ruine, paradis des fêtards pour Halloween, des élèves qui séchaient les cours et des squatteurs. Mais Sunny Weeks, présidente de l'Association pour le progrès, avait d'autres projets. Elle voulait aménager un musée du jouet vintage dans le manoir Zabriskie et un centre d'activités dans l'école. Cela faisait partie de son plan de rénovation, affirmait-elle, et ce serait elle, Sunny Weeks, qui en serait l'artisan.

De l'autre côté de la grand-route, la station-service occupait un coin désolé, et au-delà, plus rien. À moins de prendre en compte une petite ferme à bardeaux de l'autre côté de Main Street, en retrait et totalement isolée dans un champ. Cette ferme avait appartenu à Bud Wallace, ancien combattant et radio amateur un peu cinglé qui, à l'occasion, portait des sous-vêtements féminins, mais n'était pas, à en croire le shérif Boyle, un voleur d'enfants.

La photocopieuse s'arrête. Un voyant rouge s'allume sur le côté. Lee retire le bac à papier, y glisse une autre rame, et la machine repart.

« Voleur d'enfants » est un terme terrible et Lee préfère qu'on ne l'utilise pas. Si le mal a un nom, s'il est possible de le spécifier et de le cataloguer en fonction de ses caractéristiques, comme un peptide ou une protéine, alors c'est une question de hiérarchie, ce qui implique qu'un mal est plus pur – plus authentique – qu'un autre.

Mauvais, maléfique, diabolique.

Ce qui veut dire que, sous certaines formes, le mal désigne plus ou moins le Mal – le Mal incarné – alors que sous d'autres formes il n'en est qu'une vague approximation. Mais ensuite, il faut se demander : le mal est-il meilleur ou pire plus il s'éloigne du Mal – du Mal incarné ? Et sous sa forme la plus pure, est-il plus pardonnable ou plus odieux ?

Un bruit fantomatique résonne au loin et fait s'entrechoquer les pinceaux qu'il garde dans un bocal. Pourtant, le ciel est dégagé et ce n'est pas le tonnerre.

Les fusils des Sénécas[12].

Les pets du lac comme les avait appelés Thettie quand ils s'étaient retrouvés dans la petite cabane, où ils avaient dormi l'un contre l'autre comme s'ils appartenaient à une espèce en voie d'extinction. Elle avait allumé une bougie dans un bougeoir en bois que, à l'en croire, son cousin Frankie avait sculpté pour elle. La flamme projetait des vagues de lumière sur les murs et au plafond, comme dans la cabine d'un bateau. Il n'y avait pas de rideaux aux fenêtres, et une tabatière était enchâssée dans le toit, au-dessus du lit.

Lee avait parcouru beaucoup de chemin avant d'atterrir à Little Ridge, mais Habib disait que ce n'était qu'une question de perspective.

— On peut diviser la distance en deux, puis de nouveau en deux, et ainsi de suite, sans jamais parvenir à destination, avait dit Habib. Ainsi, en termes de distance, il est difficile de dire s'il est question de provenance ou d'aboutissement.

Lee lève les yeux de la photocopieuse en entendant la voix d'Habib, mais ce n'est que son imagination – une source coutumière de réconfort malgré tout. Le professeur avait raison. Lee avait rencontré sa femme alors qu'elle préparait un master de biochimie à l'université du Nouveau-Mexique. Mais, étrange concours de circonstances, il se trouvait qu'elle

12. Peuple amérindien d'Amérique du Nord, membre de la Confédération iroquoise. Alliés des Britanniques lors de la guerre d'indépendance américaine puis de la guerre anglo-américaine de 1812-1815.

était originaire du comté de Sullivan. Ils s'étaient mariés chez Habib dans les contreforts d'Albuquerque, et quand le professeur avait demandé à Lee de l'accompagner dans l'Est, ici même à l'université Sullivan, le jeune homme avait été surpris de voir sa femme s'y opposer.

— Je croyais que tu avais le mal du pays, avait-il dit. Je croyais que le lac te manquait.

Elle avait haussé les épaules.

— Le lac me manque, avait-elle répondu. Mais je ne suis pas certaine de vouloir retourner là-bas. Il y fait froid. Les hivers sont éprouvants. Je ne sais pas, Lee. Tu ne pourras jamais revenir ici.

Ils s'étaient disputés, ce qui n'était pas dans leurs habitudes. Lee avait dit qu'elle n'était pas raisonnable, que c'était pour lui une chance unique de jouer véritablement un rôle. De résoudre les mystères de la mémoire, dans un laboratoire dédié – seul avec Sam Habib. Elle l'avait accusé de lui préférer son mentor, de faire passer sa carrière avant leur fils. Lee était parti furieux. Elle s'était excusée. Il s'était excusé. Elle avait fini par accepter.

Ils avaient trouvé une bonne école pour leur fils à Little Ridge. Sa femme avait pris contact avec des biochimistes de l'université Cordell. Mais Lee n'avait vu que le laboratoire. Travailler avec son grand ami, le professeur Habib – son héros, un père pour lui, un oncle pour son fils. Ils avaient dîné ensemble deux fois par semaine. Habib avait été présenté aux parents de la femme de Lee, et à sa grand-mère dont elle avait hérité le goût des sciences. Habib avait joué au Scrabble avec la vieille dame ; il avait appris au fils de Lee à jouer au football, l'avait aidé à construire une mangeoire à oiseaux. Habib, qui allait percer les mystères de la mémoire. Habib, qui allait vaincre les troubles de la mémoire, assurément le mal absolu, si tant est que l'on puisse appliquer ce terme à un dieu qui oubliait sans cesse ce qu'il avait dans son cœur.

Le terrarium de Vernon est aussi morne qu'une tombe.

Le laboratoire des reptiles avait fait partie intégrante de l'aventure commune à l'université Sullivan – soutenu par l'argent de Sunny Weeks –, à l'université Cordell et à Tantra Pharmaceuticals. Peu après son inauguration, Sami Habib avait commencé à extraire de la salive de Vernon un nouveau peptide appelé helokinestatin-5. Ils l'avaient appelé helotide (brevet en cours d'homologation).

Qui peut bien avoir pris Vernon dans son terrarium, et pourquoi ? Lee ne croit pas que le Gila se soit enfui comme il l'a déjà fait à deux reprises. D'une part, il n'y a pas de traces de sable sur le sol. D'autre part, les stèles dans le cimetière d'animaux ont été renversées. Lee n'est pas détective, les dégâts ne sont pas aussi importants que si, mettons, une bande de chasseurs de fantômes ivres était passée par là en se rendant à l'école en ruine. Non, cela donnait l'impression d'être l'œuvre d'un intrus et d'un seul, d'un individu qui savait sans doute ce qu'il ou elle faisait.

Tout en réfléchissant à cela, Lee rejoint le cimetière d'animaux. Il s'agenouille à côté d'une stèle renversée composée de deux bâtonnets de bois où est inscrit « Truc 1 ». Il essaie de la refixer dans le sol, creusant un trou avec un doigt jusqu'à effleurer les restes boueux du rat de laboratoire. Il sursaute comme si quelque chose l'avait piqué. Un os pâle brille dans le petit trou tout frais – sans doute une côte ou une vertèbre. Lee ne creuse pas davantage. Il se relève, enlève la terre qui colle à ses genoux, et rentre retrouver le grincement de la photocopieuse.

En laboratoire et lors d'essais précliniques, l'helotide avait facilité de façon spectaculaire l'apprentissage chez les rats. Des preuves solides suggéraient qu'elle favorisait la neuro-amélioration et la neuroprotection en agissant sur des voies d'accès encore inconnues dans l'hippocampe – une crête étroite (deux chez l'humain et d'autres mammifères) située dans le lobe temporal médian du cerveau. L'helotide avait manifestement pour effet d'ouvrir de nouvelles voies neuronales dans l'hippocampe du rat en activant (en théorie) des gènes qui produisaient des protéines permettant aux souvenirs d'être enregistrés.

Grâce au salaire à six chiffres que lui avait versé Tantra Pharmaceuticals, Habib avait pu s'acheter un bateau, même s'il détestait l'eau, et un chalet moderne au bord de l'eau, sur la rive méridionale du lac. Dans un premier temps, Lee et sa petite famille avaient habité le campus avant d'acheter la maison de leurs rêves sur la rive septentrionale.

Au moment où son fils avait disparu, Lee supervisait la remise en état par Jason DeGroot du labyrinthe aquatique Morris. Lee entraînait des rats Sprague-Dawley à emprunter ce labyrinthe, en leur administrant de l'helotide par voix nasale et en enregistrant leurs résultats spectaculaires. Après ingestion du peptide, les rats parvenaient en deux fois moins de temps à la plateforme immergée sous la surface d'une eau laiteuse. Bien entendu, il y avait déjà eu des preuves concluantes avec des souris ayant reçu un choc électrique sous les pattes, dans des chambres de conditionnement opérant, et des drosophiles qui acquéraient une mémoire photographique après avoir ingéré de l'helotide, mais les travaux de Lee sur les rats étaient décisifs. Sa carrière semblait assurée. Le secret était essentiel, bien sûr, à cause de la compétition – la course pour résoudre les mystères de la mémoire était tout aussi permanente que brutale – mais l'éloignement de l'université Sullivan offrait la couverture idéale. Pendant cinq ans, Little Ridge avait été le centre de l'univers – tout ce dont Lee avait besoin était enfin rassemblé au même endroit. Si ce n'était pas cela, être chez soi, alors qu'est-ce que c'était ? Les rares jours où il se rappelait le désert, quand la sèche amertume de la sauge se mêlait à l'humide âcreté des pruches, il se disait qu'il pourrait toujours repartir.

Les avis de recherche ont l'air bien et Lee s'en félicite. Si le seul lézard venimeux d'Amérique du Nord a une chance de paraître mignon, alors Vernon a tout bon, photographié avec la croûte de pizza entre ses lèvres aux écailles noires. Exception faite de ses griffes démesurées qui brillent telles des tarentules camouflées.

C'était le terme « voleur d'enfants » qui paralyse Lee, ou plutôt le fait fuir, surtout le dimanche, et il essaie de ne pas y penser. Il se met à chercher qui peut bien les avoir vus ensemble, lui et Thettie, en déduisant que l'atelier serait vide et Vernon sans protection.

Comme il avait laissé son fils sans protection.

Thettie n'avait pas particulièrement souhaité en parler, ce qui n'était probablement pas plus mal. À l'époque où le fils de Lee avait disparu, en octobre 2005, les Harpur étaient partis ou sur le point de le faire – aussi n'y avait-il aucune raison de parler avec elle du niveau auquel se situait le vol d'enfant sur l'échelle du mal. Comparé, par exemple, à la disparition d'une grand-mère ou à une prise d'otages, autant d'abominations qui alimentaient sur une série exponentielle commençant par DISPARU et se terminant par MORT. Et qu'est-ce qui se passait quand, en chemin, la série DISPARU croisait d'autres séries, comme VIOL ou TORTURE ? Au final, la mort n'était-elle que la mort, peu importaient les souffrances endurées en cours de route ?

Les morts se souviennent-ils ?

Lee n'a pas beaucoup dormi. Sa peau frissonne encore des caresses de Thettie, chaque terminaison nerveuse délicieusement embrasée, sa queue dressée tel un mât. Une gueule de bois carabinée en prime.

Il se verse un autre café et plisse les yeux pour regarder à travers les vitres sales le lac nimbé de brume. Le café aggrave son mal de tête. La photocopieuse s'active, crachant méchamment des Vernon.

Et si, une fois qu'on était porté disparu, mais avant de mourir, on vous démembrait au point de n'avoir plus rien d'humain ? Sur quels souvenirs s'appuyer pour renaître sous une forme précise dans l'autre monde ? Rien ne tracasse Lee davantage. L'image de son fils errant seul, informe, ou piégé sous une forme indéfinissable.

C'est là le pire de tous les maux. Vraiment ? Le mal ne peut-il qu'empirer, ou atteint-il un état d'achèvement ? Lee ne sait pas et, il y a fort à parier, le mal non plus. N'est-ce pas là le but ? Le mal, comme le lac, est affamé et même en son point le plus profond, cinq cents mètres, il peut toujours se creuser davantage. Une grotte sous-marine peut s'effondrer, ou un geyser souterrain exploser. Le dernier glacier continental s'en est assuré. S'accrochant à la vie, ses griffes glacées ouvrent à la surface de la Terre une blessure qui ne guérit pas. Creusant toujours plus profondément, jusqu'à atteindre un point où ce n'est plus une blessure, plus une déformation, mais l'essence même de toute forme.

Lee décide de placarder les avis de recherche dans le village. Le plus tôt serait le mieux. Peut-être qu'un gosse (un des Harpur – ses fils à elle ?) a voulu faire une blague ou toucher une récompense. Il ne va pas se raser avant d'aller placarder les avis de recherche. Lee frissonne, soudain frigorifié. Il ne va pas se brosser les dents, ni s'enlever de la bouche le goût de Thettie, mais il va prendre une douche, avant tout pour se réchauffer.

Pendant que la photocopieuse débite les avis de recherche, Lee sort de l'atelier et passe devant la balançoire rouillée, comme dans un rêve figé, en direction de la maison qu'il n'habite plus. Le froid monte du bois sombre et le pénètre jusqu'aux os. Il y a une chance pour que Vernon ait pu ramper jusque-là en quête de chaleur, de compagnie, ou par peur. Lee n'a jamais encore découché ; il n'a jamais laissé Vernon tout seul. Il a dû faire un froid glacial dans l'atelier.

Il ouvre la porte d'entrée de la petite maison où il a vécu, très brièvement, avec les siens. Un parfum de famille – maillots de bain mouillés et gaufres grillées – flotte dans l'air, piégé. Toutefois, il fait encore plus froid à l'intérieur de la maison, depuis longtemps fermée, qu'à l'extérieur. Le froid suinte des murs, tel un rêve échappant au filet de la conscience. Une petite voix lui souffle que c'est la gueule de bois – l'alcool fait baisser la température corporelle. Une petite voix lui souffle que c'est le choc de la disparition de Vernon. Une petite voix lui souffle que c'est la culpabilité.

Le couloir ne lui a jamais paru si étroit, si long. Lee retient son souffle. Il soulève des particules de poussière endormies en se dirigeant vers la chambre de son fils. Il pousse la porte et se tient sur le seuil. Une couverture Spiderman est pliée au pied du lit ; la lampe « système-solaire » de son fils semble figée pour l'éternité. Une pile de livres d'images, avec au sommet *Bonsoir, Lune*[13].

Lee recule en levant les mains comme dans un hold-up. Il se retourne, titube tel un automate dans le vestibule et bute sur une branche égarée sur le paillasson. Il retient son souffle en regagnant son atelier. Il attrape son café tiède, qu'il recrache. *Respire.* De la buée s'échappe de ses narines et de sa bouche. Il remplit un pulvérisateur de concentré de phéromones qu'il a récupéré au laboratoire. Dehors, il vaporise abondamment les buissons et les fleurs jusqu'à la rive. Il s'enfonce ensuite dans les ronces noires et les feuilles cramoisies avant de traverser le bois jusqu'au repaire de son fils et d'en asperger les environs, là aussi. Au cas où. Il trace ensuite un sentier de musc de lézard à travers le verger stérile qui borde la propriété, et sur l'allée qui mène au porche couvert de mousse de Zabriskie.

Après que Frankie Harpie eut explosé « par compassion » la tête de Zabriskie et hérité de la propriété, il avait vécu là pendant un temps, avec pour seuls compagnons son chien et ceux du défunt. Bud Wallace, l'opérateur radio qui habitait la ferme et avec qui Frankie avait participé à l'opération *Liberté immuable*, lui avait rendu visite une ou deux fois pour le ravitailler – médicaments et denrées non périssables, papier toilette et planches, barils d'eau et de produits chimiques. De son atelier, Lee avait vu Frankie charger le Zodiac de Zabriskie, partir sur le lac et s'absenter chaque fois plus longtemps, jusqu'au jour où il était parti pour ne plus revenir. Où qu'il puisse être.

Lee frappe à la porte du manoir, mais, bien entendu, personne ne répond. Il frappe une deuxième fois, crie à une ou deux reprises, d'une voix engourdie et fêlée. Il marche jusqu'à la rotonde près du rivage, où Vernon s'est réfugié une première fois. Il se laisse tomber sur l'un des bancs et lève la tête en direction d'un nid de guêpes abandonné. Il essaie de deviner à quel moment, au cours de la nuit passée avec Thettie, l'intrus s'est introduit dans l'atelier et a volé le lézard, et pourquoi. Il essaie

---

13. *Bonsoir, Lune* (*Goodnight, Moon*), de Margaret Wise Brown, illustrations de Clement Hurd. Paris, L'école des Loisirs, 1981.

de ne pas penser à Vernon seul et frigorifié dans le coffre d'une voiture, voire pire. Il demandera à Thettie. C'est ça. Il lui demandera, sans détour, si le responsable de cette effraction est quelqu'un qu'elle connaît, un des Harpur – y compris ses fils. Elle comprendra. Ne sera pas vexée. Il quitte la rotonde, se fraie un passage à coups de pied à travers les tas de feuilles mortes et tressaille en heurtant une branche de pêcher pourrie qui se désagrège sous le choc. En approchant de l'atelier, il entend retentir le signal d'alerte de la photocopieuse. Il n'y a plus de papier.

La question est de savoir si l'on peut hiérarchiser le mal.

Ou peut-être faut-il s'en remettre à une autorité supérieure, à une gradation préexistante ou arbitraire. Aux Oscars du Mal, par exemple, l'Oscar du meilleur voleur d'enfants serait-il interchangeable avec l'Oscar du plus mauvais voleur d'enfants ? Le vol d'enfants concourrait-il dans une catégorie différente du viol, à l'image de la comédie musicale et du film dramatique, et y aurait-il des sous-catégories avec traits d'union, comme Oscar du viol-par-une-personne-connue-de-la-victime, ou du meilleur agresseur-sexuel-d'enfants ? S'il existait un Oscar d'honneur du Mal, lui donnerait-on le nom d'Adolf Hitler, de Pol Pot ou de Saddam Hussein ? Et quand le ou la gagnante monterait sur scène pour dresser avec exaltation la liste de ses influences démoniaques – souvenirs émus de baby-sitters qui enfermaient les enfants dans des placards, de prêtres qui les agressaient sexuellement, de régimes qui détruisaient tout espoir et de guerres qui anéantissaient des vies entières – est-ce que l'idole levée triomphalement serait une offrande aux dieux ou à leurs démons ? Qu'est-ce que cela changerait ?

Lee insère dans son rasoir mécanique une lame flambant neuve, les bords coupables comme le péché.

Parce que l'innocence n'est qu'une illusion, une façon de se trouver ou de se perdre dans la trame, question de point de vue. Et le mal le sait. C'est sa raison d'être. Il se voit et connaît son nom, et sait qu'il est forme et fonction. C'est tout et rien de plus, un solipsisme collectif, plus rien en quoi croire. L'innocence commence tout en bas avant de se nourrir de la consommation exponentielle d'elle-même, la série interminable du Mal, aussi loin que l'imagination puisse porter, et que la langue du monde puisse parler.

Aussi Lee préfère-t-il penser à l'homme qui a enlevé, abusé et photographié son enfant, qui a caché le corps démembré-oublié là où le soleil ne brille jamais, et dont des enquêtes ultérieures ont révélé qu'en fin de compte c'est Bud Wallace qui était la Créature, et non un ouvrier agricole au cerveau embrumé par le cannabis – relâché par la suite. Comme le propre terrier du Mal. Comme étant incapable de séparer l'idée de soi de sa forme originelle. Aucune marge de manœuvre. Il peut cacher ses victimes, mais il ne peut pas se cacher de ce qu'il se sait être. Bud Wallace aimait porter un string rose pelucheux qui dépassait de son jean, et quand Lee l'avait rencontré à la station-service dans les semaines qui avaient suivi l'enlèvement de son fils, qui était toujours en vie, Bud avait demandé des nouvelles du garçon qu'il détenait ligoté dans la cave de sa ferme. Un jour, il avait même cuisiné des lasagnes aux épinards pour Lee et sa femme.

Ils avaient mangé les lasagnes, s'en étaient régalés pendant une semaine – les épinards de son propre jardin, avait affirmé Bud. Au-dessus de la cave où leur fils agonisait.

Quand les flics avaient enfin attrapé Bud Wallace, ce n'était pas parce qu'ils avaient trouvé le corps de l'enfant de Lee, mais celui d'un autre enfant, dans un autre État. Wallace avait été inculpé de ce meurtre-là. Mais les autorités avaient pu épingler Bud Wallace pour l'enlèvement et le meurtre de l'enfant de Lee, en s'appuyant sur les photographies et autres preuves qu'ils avaient trouvées dans la cave de la ferme de l'autre côté de la grand-route.

La femme de Lee avait refusé de croire les clichés. Avait refusé d'en croire ses propres yeux quand elle les avait vus. Elle avait ricané de façon incontrôlable au bureau de police d'Ilium, et il avait fallu la faire admettre dans le service psychiatrique de l'hôpital universitaire où on lui avait administré un sédatif.

Bud Wallace avait été transféré dans une prison tenue secrète. La femme de Lee avait dit à qui voulait l'entendre qu'elle le retrouverait et le tuerait. Sans aucun doute. Ce serait un petit meurtre, un meurtre insignifiant, un meurtre conscient de son pouvoir et qui n'en avait donc aucun. Elle le ferait.

Fervente catholique, elle avait murmuré des prières pour la libération conditionnelle de Bud. Elle le trouverait, l'obligerait à la regarder trancher sa queue centimètre par centimètre. Elle la jetterait aux poissons jusqu'à ce qu'il lui dise où il avait caché son enfant. Elle le ferait. Ou elle afficherait un rictus de lubricité avant de clouer ses testicules au fond de son kayak et de le précipiter en enfer. Elle le ferait.

En attendant, elle avait ratissé le lac à la recherche de son enfant mort. Et quand elle n'était pas revenue par un beau matin d'octobre, un an après l'enlèvement, le piège s'était refermé sur Lee. Il demeure figé sur place tel un insecte prisonnier de l'ambre. Car, bien que le corps de sa femme se soit échoué et repose désormais dans le caveau familial à Henksville, cinq ans plus tard jour pour jour, les parties démembrées et dispersées de leur enfant n'ont toujours pas été retrouvées.

Lee ramasse et empile les avis de recherche. Il a besoin de parler à Thettie, car elle seule a peut-être la réponse. Il se savonne le visage en vitesse devant le miroir à côté des toilettes. Alors qu'il s'est rasé à moitié, il s'interrompt. Sous le masque de ses yeux, un côté de son visage est blanc de mousse. Sur l'autre, du sang coule en rigoles dendritiques rouge vif. Il tend une main vers le miroir pour essuyer son propre reflet. Il a besoin de penser le mal comme mortel parce que Bud Wallace avait besoin de croire que lui-même ne l'était pas. La question n'est pas, pour citer le poète[14], que *l'esprit est à soi-même sa propre demeure ; il peut faire en soi un Ciel de l'Enfer, un Enfer du Ciel*, mais plutôt de savoir de qui arrivera en premier.

---

14. John Milton, *Le Paradis perdu.*

9. Fugueur

— Il ne m'a pas touchée, dit Bryce. Pas un cheveu.

Thettie frissonne dans la mi-journée spectrale. Des feuilles froissées pourpres et jaunes tournoient contre les treillis des vérandas, dont un certain nombre semble se moquer des préceptes de la célèbre Association pour le progrès de Little Ridge dont Thettie a tant entendu parler. Elle allait à la pharmacie pour y acheter du bicarbonate de soude quand elle est tombée sur Bryce en train de lire un avis de recherche placardé sur un poteau électrique.

— Tu t'es trouvé un mobil-home ? On dirait que tu as dormi sur un canapé.

— Grif m'a permis de rester chez lui la nuit dernière, mais maintenant j'ai mon propre mobil-home, comme tu me l'as dit. Un petit tout au fond. Il ne m'a pas touchée.

Il y a eu quatre bagarres la nuit précédente. Deux entre les Harpur et des gens de la ville au sujet des femmes, une entre les Harpur et un autochtone qu'ils ont accusé d'avoir tailladé les canots pneumatiques, une autre encore entre les potes d'Archy et ceux de Grif pour une raison ou pour une autre quand les hommes en viennent à se chercher querelle pour des broutilles. Une épidémie de diarrhée s'est déclarée au camping après que quelques gamins ont jeté une crotte de chien sur le gril du barbecue. L'atmosphère dans le camp est trop tendue pour que Thettie elle-même puisse crever l'abcès. Il y a ceux qui veulent rester, désireux ou curieux de voir si l'on peut retrouver Frankie, et s'il y a quelque chose à y gagner. Et il y a ceux qui sont prêts à partir, qui craignent d'avoir bien plus à perdre qu'à gagner en restant. Thettie ne sait plus quel parti prendre.

— Disparu, dit Bryce en montrant l'affiche d'un doigt de bébé sale.

Elle est si jeune.

Thettie prend aussitôt conscience de ses grandes mains osseuses. Des mains qui ont fait des choses que le cœur préférerait oublier. Ses ongles portent encore la trace de la substance noirâtre qui se trouvait dans le lac le matin même.

Bryce est vêtue d'une épaisse parka un peu petite pour elle, et elle sent le chien mouillé. Thettie s'efforce de se rappeler la raison de son hostilité envers celle, qui a été, à en juger à son œil manquant – et Thettie se fait une règle de ne pas porter de jugement – en des lieux que Dieu préférerait oublier.

En se retournant pour voir l'avis de recherche, parce qu'en fin de compte il le faut bien, Thettie voit le mot « DISPARU » écrit en majuscules et, en dessous, la photographie d'un lézard à la peau rose rayée de noir, de près de soixante centimètres de long, en train de manger ce qui ressemble à un morceau de pizza. Il s'agit sans doute du compagnon de Lee, Vernon, et cela explique pourquoi il n'est pas revenu la voir.

— Ça dit quoi ? demande-t-elle à la fille. Lis-le-moi.

— Avis de recherche, ânonne Bryce en suivant les mots de ses doigts abîmés. Il y a une liste.

— Et ?

— Un, lit-elle d'une voix hésitante. Monstre de Gila… disparu… euh quelque chose… quelque chose… Vernon. Deux…

— Idiote, maugrée Thettie assez fort pour être entendue. Je vais le lire moi-même.

Elle plisse les yeux sur la photographie du lézard et dit à voix haute :

— Âgé et ayant besoin de médicaments. Trois. Morsure venimeuse. Quatre. N'attaque généralement pas les humains…

— Généralement ? dit Bryce. Qu'est-ce que ça veut dire ?

— Cinq. Ne pas toucher. Ne pas faire de mal. Six. Poser une boîte en carton ou quelque chose de similaire sur le lézard pour l'immobiliser, et appeler immédiatement ce numéro. Sept. Récompense pour toute information/aide menant au retour de Vernon…

— C'est quoi ça ? demande Bryce en montrant du doigt un symbole.

— Des dollars. Beaucoup. Huit. Ne pas poser de question.

Est-ce que ce sont les griffes, ou le sourire, qui font transpirer Thettie à grosses gouttes ? La peau tachetée est d'un rose incroyable, le corps rayé d'étranges bandes noires formant un motif qui rappelle les maillons d'une chaîne. Sa tête noire et son large museau sont aussi effilés que ceux d'un python. L'œil qui fait face à l'appareil photo est à la fois brillant et éteint.

— Il a dû s'échapper pendant qu'il était au bar, dit Thettie.

Quelque chose la démange dans la gorge et elle déglutit. Ses tempes se mettent à battre, et elle se rappelle qu'elle n'a pas beaucoup dormi. Elle allume une cigarette pour se donner une contenance.

— Je n'ai pas facilement la frousse, mais ces trucs-là me foutent les jetons. (Toujours tournée vers l'avis de recherche, la fille ne dit rien.) Où est passé tout le monde ?

Main Street s'est vidée et a pris l'aspect d'une photographie sépia, ou d'une peinture de calendrier d'antan, représentant une ville oubliée des dieux eux-mêmes.

*

Après la scène du lac, Thettie regagne son mobil-home pour essayer de dormir. Elle renonce à faire disparaître le noir de ses mains et retourne se coucher, les draps sont encore tièdes de ses étreintes avec Lee. Une bougie, brûlée jusqu'à la mèche, crépite encore dans la sphère filigranée que Frankie a achetée pour Cassie à la brocante de Henksville des années plus tôt. Sa cousine la lui a donnée, ou Thettie l'a prise, quand elle est partie pour ne plus revenir. Thettie s'endort le regard fixé sur la mèche vacillante et rêve d'une femme aperçue par la fenêtre avec un hameçon dans l'œil. Une main maintient ouvert le rideau, et dans son rêve cette main se transforme en une langue géante qui lèche la vitre jusqu'à la peindre en noir.

Thettie se réveille quand Grif ouvre violemment la porte. Il débarque, le teint rougi et les cheveux en bataille d'être sorti sur le lac – la morsure glaciale qui entre avec lui la fait frissonner. Il dépose trois-quatre truites sur le plan de travail et lui dit qu'il va l'aider à transporter ses affaires dans le mobil-home de Doc. Il porte des mitaines qui cachent les lettres tatouées en rouge et noir.

— Depuis quand ? demande-t-elle en ramenant la couette sur son cou.

— Depuis que c'est la volonté de Doc et, pour une fois, lui et moi on est d'accord, m'man. Cette cabane est trop froide, et trop isolée. Et la serrure ne fonctionne plus.

— Et alors ? dit-elle.

— Il vaut mieux pour toi que tu sois entre quatre murs avec une serrure qui fonctionne, près de moi et d'Archy. Les gens du coin s'impatientent, m'man. Mieux vaut ne pas prendre de risques.

Il ramasse son peignoir au bord du lit et le lui lance.

— On ne restera pas assez longtemps pour que ces gens nous approchent de trop près. (Elle attrape son peignoir et l'enfile par la tête.) J'aime bien cette cabane. Elle a une tabatière.

Grif regarde la plaque crasseuse en Plexiglas fixée dans un trou carré découpé dans le plafond.

— Sacrée tabatière ! Tu as entendu les pets du lac ? (La fumée de son cigare fait disparaître ce qu'il reste de l'odeur de son amant.) On est juste au-dessus.

Thettie s'assoit sur le lit, enveloppée dans son peignoir, et la langue noire de son rêve s'efface. Elle demande s'ils ont été loin et Grif lui répond à mi-chemin de l'île, avant que le temps ne se lève et que le bateau ne se retrouve enveloppé d'un épais brouillard. Il secoue la tête et sourit, mais le pli qui lui barre le front ne s'efface pas.

— On s'est dit que l'île était droit devant, mais la visibilité était nulle. On a allumé les feux de brouillard, mais le courant nous a entraînés et on s'est retrouvés à plus d'un mille, presque à Tinkers Glen. On a descendu quelques bières et puis le brouillard s'est levé.

Thettie frissonne. La cabane est glaciale, et sous le vent la surface du lac ondule en de petits pics menaçants.

— Pas vu beaucoup d'octobres comme celui-là en Pennsylvanie, dit-elle. Ils ne me manquaient pas.

Sauf que, ça aussi, c'est un mensonge.

— Avant que le brouillard ne se lève, on a entendu des chiens, dit Grif. Un max de clébards. Qui aboyaient et hurlaient comme des dingues. Comme si la brume montrait les crocs et donnait de la voix. Et quelque chose nous a tiré dessus, dans l'eau devant nous.

— Vous avez riposté ?

Grif ôte ses gants et passe ses doigts tatoués dans ses cheveux. Thettie aperçoit la lettre « S ».

— Et si on avait touché Frankie ? Nan, on n'a pas répondu.

Thettie attrape ses cigarettes.

— Archy était avec vous ?

Le sourire de Grif se crispe.

— Juste moi et deux de mes gars. Archy s'est désisté.

— Que va faire Doc ?

— Essayer de son côté, j'imagine. Quand le temps le permettra.

— Tu iras avec lui ?

— D'accord.

— Archy, aussi. Je ne veux pas que Doc parte à la recherche de Frankie accompagné de ses deux seuls gardes du corps psychopathes.

Grif passe son cigare de l'autre côté de sa bouche et renifle.

— Archy n'a plus besoin de moi pour veiller sur lui, m'man. Je crois qu'il l'a parfaitement fait comprendre.

*

Grif a quatre ans de plus qu'Archy, cinq kilos de plus et deux bons centimètres de moins – soit un mètre quatre-vingt-quinze. Grif est un Tully. Il avait presque dix ans quand il est devenu son fils, Archy en avait alors six. Thettie quitte sa maison flottante pour s'installer dans une maisonnette en bordure de la rivière où elle se sent plus en sécurité avec deux petits garçons et aucun homme à proprement parler. Grif arrive dans la première avec une jambe cassée, et dans la seconde avec un bras cassé – il a encore un plâtre crasseux d'un vert fluo au bras gauche. Il ne parle pas, ne s'assoit pas. Il s'adosse, son vieux walkman sur les oreilles, unique vestige qu'il a conservé d'une vie dont il ne peut pas parler et qui fait qu'il n'a rien à dire. Thettie le laisse faire, espérant qu'Archy saura gagner sa confiance.

L'année suivante, Grif est arrivé en 2002 ou peut-être en 2003, deux événements se produisent. Frankie va chercher Doc Murphy, son frère d'armes, à la gare routière Greyhound de Tinkers Glen, et Archy – sujet aux accidents depuis toujours – glisse sur un rocher tandis qu'ils sont en train de cueillir des herbes aux chutes Harpur et s'entaille la jambe du genou jusqu'à l'aine, se sectionnant l'artère fémorale. Thettie ne se rappelle pratiquement rien de cette sombre journée, elle se revoit seulement courir dans un tunnel lumineux portant Archy dans les bras, le haut du corps ensanglanté jusqu'aux genoux. Elle avait laissé Grif dans sa chambre, son walkman sur les oreilles, mais il en sort en l'entendant hurler – son regard embrassant le garrot qu'elle a improvisé avec son soutien-gorge autour de la jambe d'Archy – alors que Sarey a déjà fait la moitié du chemin en pick-up pour la prendre au passage. Quand Archy revient à la maison avec dix points de suture à sa jambe enveloppée d'un bandage d'un blanc immaculé, Grif y dessine au feutre vert un monstre tricéphale. Après cela, il ne les perdra plus jamais de vue.

*

— Je ne veux pas déménager. J'aime bien être ici.

Le lac emplit la grande fenêtre carrée. Dans la cabane, la texture de l'air est comme de la gaze, tissée de souvenirs.

— Ça ne dépend pas de moi, dit Grif. C'est toi qui as décidé que Doc était le chef.

Elle serre les doigts si fort autour du bord de la couverture que ses jointures blanchissent.

— Tout est ma faute ?

Grif plisse le nez au-dessus de son cigare devant l'odeur persistante du sexe de Lee.

— Je vais te laisser rassembler tes affaires, m'man. Faut que je pionce.

— J'entends jouer de la guitare quelque part. Est-ce que quelqu'un chante ?

Grif se passe les mains dans les cheveux, répandant de la cendre au passage, ce qui les fait se dresser sur sa tête.

— M'man, bon sang. Je n'entends rien.

— On dirait la chanson que Frankie et Cassie jouaient dans le temps. *Space* quelque chose.

Comment pourrait-elle oublier ?

— M'man, il y a une baignoire là-bas. Ça va te plaire. Tu pourras te reposer après le voyage.

— Grif ? dit-elle en étirant les bras au-dessus de sa tête d'un air résigné. Tu te souviens de la crête de Frankie ?

— Une vraie palissade. Verte, aussi.

— Il n'en restait rien quand il est revenu de la guerre. Il était chauve comme un œuf à son retour. Ses cheveux n'ont jamais repoussé, pas complètement.

Grif mâchonne son cigare.

— De toute façon, Doc voudra probablement qu'Archy l'accompagne, à cause des chiens que Frankie a lâchés là-bas.

— Doc n'a jamais été fan, dit Thettie.

Elle fait tournoyer un de ses doigts en l'air, et Grif se détourne. Elle hausse les épaules, balance les pieds hors du lit et passe devant son fils pour se camper devant le plan de travail. Elle donne un petit coup avec son doigt à l'une des truites – sa peau n'est ni de soie ni de cuir, mais quelque chose entre les deux – puis elle se penche et sort une casserole du placard sous l'évier. Elle la remplit d'eau et entreprend de faire du café, sans se presser, pour retenir Grif – elle ne veut pas se retrouver seule avec la langue noire. Dehors les oiseaux se sont tus, et elle déteste toujours ces heures languissantes, cet entre-deux qui nourrit l'illusion que cela pourrait durer indéfiniment.

— Je ne sens pas cet endroit.

Grif hausse les épaules.

— Ce n'est pas nouveau. Tu ne pouvais pas le voir en peinture.

— Je m'y suis faite.

— Mieux vaut tard que jamais, répond Grif.

— Il n'est jamais trop tard.

— C'est ça. Rassemble tes affaires.

— Sois sympa, Grif. Parle à ton frère. Où est ta Thermos ?

Elle y verse le café.

— Quand il m'a maintenu sous l'eau à notre arrivée, il m'aurait suffi de tendre le bras pour lui arracher le cœur. Je l'ai fait au centre de détention pour mineurs. J'ai tué un violeur à mains nues. Tu le sais. Archy était là. C'est pour lui que je l'ai fait.

Thettie sirote son café.

— Tu aurais été prêt à tout pour nous sauver. Je sais, mon grand. Va parler à ton frère.

— On n'arrache pas vraiment le cœur. On le fait s'arrêter, c'est tout. Alors on pourrait l'arracher à condition de le vouloir vraiment, mais ce serait glauque. C'est le bibliothécaire coréen qui me l'a appris. Juste un petit coup sec bien placé, dit-il, et boum. J'ai fait le calcul pendant que j'étais sous l'eau, rien de plus facile. En finir proprement. Arracher le cœur de mon frère de sa poitrine, lui apprendre le respect.

— Tu n'as jamais été comme ça avec lui. Que s'est-il passé ?

Grif prend la Thermos.

— Doc.

— C'est peut-être l'occasion, murmure Thettie. Pour de bon.

Grif ne répond pas, mais il détourne le regard trop vite et, ce faisant, ses yeux étincellent telle l'eau miroitante d'un lac.

*

Bryce ne quitte pas des yeux l'avis de recherche du lézard de Lee. Thettie ne peut pas la laisser se détourner ainsi – ni aucun d'entre eux – de la tâche à accomplir : trouver Frankie. Elle claque les doigts devant le visage de la fille.

— Hé. Pas tes affaires. Si tu dois traîner dans le coin, je veux que tu parles à Archy et Grif. Gagne ta croûte.

— Que veux-tu que je dise ? demanda Bryce

— Dis-leur qu'aussi longtemps qu'ils continueront leurs conneries, on n'aura aucune chance.

— De quoi ?

— Quand on vivait ici, dit Thettie, Frankie a fabriqué leurs pantalons de pêche à partir d'une vieille lance d'incendie. Il l'a découpée en morceaux puis a cousu le tout avec l'aiguille à cuir et peau de Sarey. Il les a emmenés tous les deux à la rivière et leur a appris à taquiner la truite. Archy en a attrapé un plus grand nombre, mais celles de Grif étaient plus grosses. Aussi, quand il a cru que Frankie ne regardait pas, Grif en a échangé quelques-unes. Il a pris deux des plus petites d'Archy et lui en a donné deux de trois-quatre livres. Frankie me l'a dit plus tard.

Bryce se mordille la lèvre. De la fumée de bois flotte dans l'air. Un charmant jeune couple passe d'un pas nonchalant, leurs tenues automnales se détachant sur les façades sépia des magasins. La fille porte une jupe jaune et le garçon, qui mesure un centimètre de moins qu'elle, lui tient la main et lui sourit tandis qu'elle parle. Sur la crête derrière le village, les pins s'agitent et deviennent plus sombres.

— Pendant toutes ces années, j'ai reproché à Doc de nous avoir emmenés en Pennsylvanie, dit Thettie en allumant une autre cigarette avec le bout de celle qu'elle vient de terminer. Mais j'ai voulu partir. Si j'étais restée, j'aurais été accusée de complicité et mes fils m'auraient été enlevés. Hors de question que je reste sans rien faire. Une seule chose allait me séparer de mes fils, et plus d'une fois j'ai dû lutter pour repousser ce démon. Choisir entre tomber avec Frankie ou rester avec mes fils n'a jamais été un choix. C'était une maladie, un poison. Tout le temps que j'ai passé là-bas, je me suis détestée pour ce que j'ai fait à Frankie, j'ai haï l'idée qu'il était resté tout seul, qu'il n'était pas bien dans sa tête, qu'il ne comprenait pas mieux qu'un vieux chien pourquoi je l'avais abandonné lui, et j'ai dû vivre avec tout ça. J'ai enfin l'occasion d'arranger les choses avec Frankie, mais c'est tout sauf juste.

— Frankie le sait.

Bingo ! Thettie attend, mais les lèvres de la fille remuent toujours en silence en lisant mot à mot l'avis de recherche.

— Tu crois que je suis née d'hier, comme toi ? Frankie t'a envoyée nous trouver, pas vrai ? Ne crois pas que Grif et moi on ne t'a pas cernée depuis le premier jour. Tu as probablement crevé toi-même ce canot pneumatique. Qu'est-ce qu'il t'a offert pour nous faire revenir ?

Le lac lui saute aux yeux entre les maisons sépia. S'ajoutant à son épuisement et à sa peur, la nicotine donne à l'eau bleue un aspect gonflé. Thettie avait oublié à quel point le lac était grand et vivant. Cinquante kilomètres de rives, et des hameaux comme Little Ridge, Tinkers Glen, Union Falls et Henksville, tapis autour de la bouche affamée du lac.

Elle se penche vers la fille, si bien que le visage de Bryce n'est plus que cils et os.

— Pourquoi me faire revenir ? Pourquoi maintenant ? Il est mourant, c'est ça… ou mort ?

Bryce remue la tête d'avant en arrière et d'arrière en avant. La capuche de sa parka froufroute, sifflant tel un animal.

— Écoute-moi, Bryce-avec-un-y. Tu vas dire à Frankie que je le trouverai, où qu'il soit. Avec ou sans Doc. Je ne partirai pas sans lui, mais je ne resterai pas non plus, alors dis-lui de se ressaisir. Parce que ces taulards…

— Lomer et Hyle ?

— Je me fiche de leurs noms. Ils vont devoir faire avec, parce que Doc n'est jamais aussi bon qu'avec ses outils, et il aura besoin de ses outils pour sortir Frankie du merdier dans lequel il s'est fourré. Mais tu n'es là que parce que je te tolère, à cause de Frankie et parce que je ne supporte pas les outils, pour de vrai. Tu veux ma protection, tu dois la gagner. Frankie t'a confié une mission ? Voilà la mienne. Archy et Grif. Fais que ça s'arrange entre eux. Sur toi ou en dessous, ou un de chaque côté, je m'en fiche. Tu veux un abri pour l'hiver, voilà comment le gagner. En réconciliant ceux que tu as séparés. Hoche la tête pour dire oui.

Bryce hoquette, mais elle arrête de remuer la tête comme une folle. Son œil valide demeure rivé à celui de Vernon jusqu'à ce qu'ils semblent être parvenus à un accord – l'œil mort et froid de l'une et l'œil valide et fuyant de l'autre. Alors seulement, elle hoche la tête.

Tout à coup, Thettie a très faim, envisageant sérieusement de tuer pour un bon vrai plat d'œufs, de poisson et de tomates vertes comme en faisait Sarey. Elle fouille dans son sac et en sort l'argent que Doc lui a donné, tend la main et glisse les billets sous le bonnet, ses jointures effleurant le duvet crasseux.

— Prends ça et va manger quelque chose. Tu viendras me voir quand tu rentreras, pas dans la cabane, dans l'autre. Je déménage dans le grand mobil-home à côté de mes fils. J'ai quelque chose que je veux que tu donnes à Frankie.

— Pour son pied ? demande Bryce.

— Peut-être. *Respire.* Alors, quel est le problème avec ce lézard fugueur ?

Bryce redresse ses épaules étroites, les garde ainsi, de part et d'autre de ses oreilles.

— Il n'a peut-être pas fugué. On l'a peut-être volé.

— Eh bien, tu ferais bien de garder ça pour toi, ma fille, tu nous attirerais des ennuis… Attends, dit Thettie en sursautant comme si elle venait de prendre une gifle. Tu crois que c'est l'un d'entre nous ? Tu penses qu'un Harpur a pris ce foutu monstre ?

Bryce se retourne brusquement vers Thettie, son bandeau semblant quelque peu défraîchi et son œil valide aussi sombre que celui d'un roitelet. Et à l'intérieur, un reflet doré, une sorte de tranche d'ambre qui frappe Thettie avec une force étrange, comme si quelque chose brûlait vif derrière une porte – vivant et le regard aiguisé.

10. Dentelle

Lee frappe chez Jason DeGroot, plus fort cette fois-ci pour être entendu malgré le vacarme de l'aspirateur à l'intérieur. Il a conduit jusqu'au camping, puis il a changé d'avis. Il a continué sa route vers le sud après l'embranchement menant à l'ancien hameau Harpur jusqu'à pénétrer sur les terres des DeGroot. Avant de parler à Thettie de la disparition du lézard, il a décidé d'interroger Jason. En partie parce que, hormis Habib, Jason est le seul à Little Ridge à s'y connaître en reptiles et qu'il pourrait peut-être lui donner un conseil pour retrouver Vernon. Mais aussi parce que Lee ne veut pas être de ceux qui imputent aux Harpur tout ce qui ne va pas à Little Ridge. Il laisse cela au shérif. Que le lézard ait disparu la première nuit qu'il a passée avec une femme depuis des lustres, et que cette femme soit une Harpur, est une pure coïncidence ; avec un peu de chance, cette disparition a bien plus à voir avec le fait que l'atelier est resté plongé dans le froid et l'obscurité. Et si Vernon ne s'est pas carapaté de son plein gré, les stèles renversées et l'absence de toute trace sur le sol de l'atelier laissent penser que quelqu'un a profité de l'arrivée des Harpur pour couvrir son méfait. Quelqu'un qui, pour commencer, savait qu'il avait un lézard.

La seule personne qui le savait, à part Habib, est Jason. Comme Lee ne voit pas pourquoi celui-ci aurait pris Vernon – et déçu Habib –, il a décidé de lui demander poliment s'il a par hasard parlé du lézard à quelqu'un d'autre. Il a même apporté un pack de six bières en signe de bonne volonté. La science, il le sait, est dans les détails.

Une allée de gravier serpente entre la ferme, des granges récentes et des hangars propres à l'arrière. Sous les fenêtres, de part et d'autre de la porte d'entrée, sont plantés des massifs d'hortensias noueux. Des carottes sauvages, laissées à l'abandon, poussent de façon désordonnée le long de la clôture. Un rideau bouge à une fenêtre à l'étage. Une tête couverte d'un voile ou d'une capuche se hisse derrière la vitre et, tandis que Lee regarde, une langue apparaît sur la vitre embuée avant de battre en retraite derrière le rideau.

— Vernon a disparu, crie Lee en direction de la dentelle ondoyante. J'ai pensé que tu pourrais m'aider.

Il maudit son manque de maîtrise de soi, se reproche de succomber à ses vieux démons. Un bruissement derrière lui le fait pivoter en titubant sur ses talons. Un petit garçon sort de derrière un massif d'hortensias. Il paraît avoir une douzaine d'années, mais il souffre du strabisme propre au syndrome de Down. Lee sent une vague de froid l'envahir quand il voit que le gamin tient une nouveau-née, également atteint du syndrome de Down.

— C'est Crystal, dit le petit garçon. Mon poupon.

Lee chancelle, à deux doigts de vomir. Un poupon *American Born*, très précisément, inventé par Sunny Weeks, qui a vendu sa société de poupées à Little Tykes pour 17 millions de dollars. Elle a fait don d'une bonne partie de somme aux œuvres de bienfaisance auxquelles elle tient le plus, dont l'une est la ville agonisante de Little Ridge. Moulées à la main dans un caoutchouc de silicone dernier cri, les poupées sont grandeur nature, capables de faire semblant de boire et de faire pipi. Il existe, selon Sunny, des centaines de moules pour des modèles de toutes les couleurs et avec toutes les singularités connues. Pas seulement des poupées de toutes les races, mais aussi des poupées sourdes et aveugles, avec des membres manquants, des marques de naissance, des pouces supplémentaires. Lee regarde les bras crasseux du petit garçon passés autour de son poupon. Chaque modèle coûte deux cents dollars.

Léonard de Vinci – dont Lee a scrupuleusement étudié et copié les bébés pour pouvoir faire des dessins de son fils – recommande des traits courts et rapides de crayon ou de pinceau pour saisir les gestes et le dynamisme de l'enfant. Autrement, et entre de mauvaises mains, en peinture les enfants donnent souvent l'impression de ressembler à de petits bonshommes ratatinés ou à des poupées cassées. Les poupées *American Born* ne sont pas autre chose : des répliques fidèles, mais manquant de dynamisme, de toute trace de vie. À jamais figées en stase reptilienne et criant de leurs bouches dépourvues de lèvres, leurs orteils palmés recroquevillés en signe d'agonie, les poupées *American*

Born semblent maudites, abominations vouées à revivre une fraction de seconde de l'enfance pour l'éternité.

— Salut Crystal, dit Lee en se forçant à sourire au poupon. Est-ce que tu sais où est Jason ?

Après la disparition de son fils, il a brûlé la moindre esquisse, la moindre aquarelle, la moindre peinture à l'huile, tout.

— Tu dois être le frère de Jason, ajoute-t-il.

Au mot « frère », le visage du petit garçon s'adoucit comme de la pâte humide, et ses yeux obliquent vers le haut. Il a une égratignure sur le bout du nez, comme si un chat lui avait sauté à la figure.

— Jason, dit-il.

— Il est à la maison ? (Le petit garçon regarde vers les champs d'un air interrogateur.) Au travail ?

L'aspirateur cesse son vacarme et Lee entend alors un croassement, mais le ciel au-dessus est vierge de tout nuage. Il note son numéro de téléphone au dos de l'avis de recherche, avec un mot disant de l'appeler, et le donne au petit garçon. Il laisse la bière sur le pas de la porte. Il se retourne une dernière fois en regagnant sa voiture. Le gamin berce son poupon d'une main et de l'autre lui fait signe en agitant l'avis de recherche. Lee fait demi-tour et descend l'allée. Dans le rétroviseur, il voit des corbeaux se poser sur les épaules du petit garçon et sur le poupon qu'il tient dans ses bras, et tandis que le gamin agite la main encore et encore, d'autres corbeaux se posent jusqu'à le recouvrir entièrement comme à grands coups de pinceau. Telles des écailles.

*

Lee a encore un bon paquet d'avis de recherche à afficher avant d'aller voir Thettie. Il aura ainsi tout le temps de trouver ce qu'il va lui dire. Tout au sud de la ville, là ou Main Street cède la place à l'Interstate, il affiche des avis de recherche à la station-service, à l'épicerie, au magasin *Pottery Barn*, à la pizzeria *Papa Johns*, au restaurant *Rod'n'Reel* et à l'ancien Motel 6 dont on affirme qu'il était hanté. Il traverse le campus en voiture pour en coller sur le tableau du bureau des étudiants à côté d'autres annonces : affiches de concert, vélos à vendre et cours de yoga. Il fait de même à la bibliothèque et au village proprement dit – au *Pump Bar* désert, à *La Cuisine de Maxine* et au

Lake View. Vernon pointe son museau arrondi sur les cabines téléphoniques, les vitrines des magasins et au bureau de poste.

Habib disait que la peur n'est qu'une histoire qu'on se raconte à soi-même au sujet de l'avenir.

Lee se gare près du *Village Inn*. Entre les vieilles maisons, le lac coule tel du vif-argent. Il pulvérise le fluide de phéromones le long des rochers et des arbres du rivage. Il passe devant le *Village Market*, et scrute à travers les vitres foncées toutes les ombres qui ne ressemblent pas à des Harpur.

Quand il était enfant, et même étudiant, son attirance pour les filles frisait l'obsession. Il se plaisait à se considérer comme un romantique, pas comme un harceleur, et un jour, alors qu'il y faisait allusion, Habib lui avait rappelé que les grands romantiques avaient tous été des harceleurs. Plus ou moins. Avec deux camarades de classe de l'université du Nouveau-Mexique, Lee avait été guitariste dans un groupe qui jouait de reprises des années 1980. Ils avaient choisi de s'appeler *Loaf Meat*[15], et parfois une batteuse du département chimie se joignait à eux, une brune originaire de Little Ridge, une ville reculée dans l'Est. Le claviériste, le meilleur ami de Lee, était tombé amoureux d'elle. Cela n'avait pas été réciproque.

Lee et son groupe avaient passé toute une nuit avec le claviériste et plusieurs bouteilles de vodka, dans le désert, assis sur le toit d'une chèvrerie, sous le fouet de la ceinture d'Orion. L'amoureux délaissé avait soit chanté le refrain de *Bat out of Hell*, soit vomi de façon romantique, sur fond de bourdonnement des abeilles du désert s'affairant sur les onagres. Au cours de cette longue nuit, Lee avait été plusieurs fois incapable de dire où finissait le bourdonnement des abeilles sauvages et où commençaient ses bourdonnements d'oreilles. Il n'avait guère été plus capable ou désireux de s'arracher de l'esprit l'image de la biochimiste à la batterie, sa chevelure noire flottant. Ondulant.

*

De retour sur Main Street, le vent s'engouffre dans les avis de recherche qu'il tient dans ses mains nues. Une foule de gens se blottissent dans la chaleur fumante de *La Cuisine de Maxine*, et autour des tables

15. En référence au chanteur de rock Meat Loaf, littéralement « Pain de viande », dont le plus gros succès fut la chanson *Bat out of Hell* (1977).

derrière les vitres foncées du Lake View. Il se rappelle l'époque où Little Ridge était une ville universitaire oubliée du monde, mais depuis le renouveau initié par Sunny Weeks, elle s'est transformée en une communauté satellite prétentieuse, toute à sa bière artisanale et à ses mardis tapas. Une réunion des anciens élèves se tient à l'université. Sunny en est la principale intervenante – Lee a entendu dire qu'elle a des engagements pour un an. Les habitants de la ville s'arrêtent pour embrasser du regard la minable flottille qui se balance à la vieille jetée, dans le cliquetis discordant et frénétique de ses amarres sous le vent. L'Association pour le progrès, et en particulier Sunny Weeks, doit friser l'apoplexie.

Le vent décape le visage de Lee. Les avis de recherche claquent et glissent de ses mains gelées. Jusque-là, Vernon n'avait pris la poudre d'escampette qu'en été. Il avait eu l'air content qu'on le retrouve. Les Gila sont adaptés pour barboter dans les chaudes rivières brunes du désert de Sonora ou les arroyos de l'Utah, pas dans les lacs glacials de l'Est. Lee monte sur le trottoir. Les ombres de l'après-midi s'échappent des embrasures des portes, et certains de ses avis de recherche ont déjà été enlevés des poteaux téléphoniques. Il s'apprête à prendre la direction du camping pour trouver Thettie, quand une femme d'une cinquantaine d'années sort du *Village Inn*. Ses cheveux auburn sont élégamment coupés à la Jeanne d'Arc ; ses fossettes se creusent tandis qu'elle le salue.

— Bien le bonjour, monsieur.

— Salut Sunny. Et la peinture, ça avance ?

En plus d'être l'ancienne élève la plus sollicitée de l'université Sullivan et la philanthrope de l'année, Sunny Weeks suit les cours de peinture de Lee – depuis la mort de sa femme, elle est également la cavalière occasionnelle de sa queue esseulée sur la banquette arrière de son Audi.

— Je n'ai même pas le temps de me vernir les ongles ces jours-ci. Bonjooour.

— Moi non plus.

Ils restent plantés là un moment, le bout des doigts tendus vers l'autre, mais sans vraiment se toucher. Affichant un sourire, mais sans vraiment sourire. La femme de Lee avait lancé un recours collectif contre l'Association pour le progrès de Sunny. Ils avaient engagé des avocats de New York et écrit au *Times*, reprochant à l'Association pour le progrès de transformer Little Ridge en SunnyLand, un parc à thème de la période révolutionnaire oublieux de l'histoire sanglante de la région. Ils l'avaient accusée de caser au conseil plusieurs directeurs de sociétés inféodées à Sunny – le propriétaire d'une entreprise de décoration d'intérieur spécialisée dans la reproduction de textiles, ou encore des entrepreneurs dont l'activité principale était d'équiper les bâtiments historiques de tout le confort moderne – baignoires à remous et cuisinières à gaz, par exemple. Ils avaient eu raison, bien entendu, sur tout. Ils n'en avaient pas moins perdu.

La généreuse contribution de Sunny Weeks au coût des obsèques de la femme de Lee est restée anonyme.

En un clin d'œil, le regard de Sunny se pose sur l'arrière de son Audi, sur Lee, puis sur son téléphone.

— Je partais pour Les Acres pour y interviewer un chef végan.

Aménagé dans une ferme vieille de trois cents ans au beau milieu des vergers Six Nations, Les Acres est un spa pour les courtiers en bourse du New Jersey et les affranchis de Brooklyn. Bienvenue à SunnyLand !

Lee fourre une liasse d'avis de recherche sous le nez rose bonbon de Sunny.

— J'espérais que tu pourrais en mettre un exemplaire dans tes bureaux.

Elle regarde la photographie de Vernon et sursaute de façon théâtrale.

— Tu as un permis pour cette chose, monsieur ?

— Ce n'est pas une chose. C'est un monstre de Gila qui s'appelle Vernon. Je l'ai recueilli à la fermeture du labo.

Sunny écarquille les yeux telle une débutante.

— Vous n'avez jamais obtenu ce brevet, hein ? Quelque chose à voir avec les peptides ? Monstre-machin ou quelque chose comme ça.

Sunny, qui siège au conseil d'administration de Tantra, Sullivan et Cordell, connaît exactement l'intérêt de ce brevet.

— Helotide, précise-t-il.

Le trottoir lui paraît tout à coup très éloigné bien qu'il le sente fermement sous ses pieds. Il a l'impression d'être englouti par quelque chose qui lui échappe.

— Un équivalent. C'est un équivalent synthétique d'un peptide, présent dans le venin du Gila et qui augmente la mémoire et l'apprentissage. Et non. La demande de brevet n'a jamais été approuvée.

— Une histoire de scandale financier, c'est ça ? Un des membres du conseil pris la main dans le sac. C'est efficace ? Je veux dire, pas seulement sur les rats ?

Lee la dépasse d'une dizaine de centimètres. Une fois, à l'arrière de son Audi, elle lui a griffé le cul tellement fort qu'il n'a pas pu s'asseoir pendant une semaine.

— Doux Jésus, monsieur. En tant que spécialiste de la psychologie, je sais tout cela. Thérapie par aversion et que sais-je encore. Pôv tites bêtes.

La brise lèche le bord de ses cheveux châtains. Son rouge à lèvres est aussi épais qu'un cachet de cire.

Lee inspire et retient le plus longtemps possible son parfum poivré dans ses poumons.

— Les thérapies aversives sont passées de mode depuis les années soixante, Sunny. À présent, avec l'apprentissage par aversion, seules les pattes sont touchées. Un peu moins de deux volts pendant trois secondes.

Le fils de Lee avait passé beaucoup de bon temps après l'école sur le sol du laboratoire à jouer, à dessiner au crayon sur du papier imprimante, ou assis sur les genoux de son père pendant que Lee et les autres chercheurs jouaient à *La légende de Zelda*. Jason DeGroot laissait le gamin changer les réservoirs d'eau et les bacs d'alimentation. Jason avait montré au garçonnet comment les souris ainsi stimulées jouaient dans leurs tunnels aux couleurs vives et se défoulaient dans leurs roues vrombissantes. Il laissait le gamin donner aux rats des pépites de chocolat. Sauf qu'un après-midi ils avaient trouvé un sujet d'hypertrophie cardiaque allongé sur le sol de sa cage, la poitrine entaillée, et les autres rats en train de manger le cœur de leur congénère pendant qu'il battait encore. Jason avait affiché un air ravi, les mains posées sur les épaules du petit garçon, pendant que les yeux rouges du rat le regardaient se faire dévorer vivant. Lee avait hurlé, puis éloigné son fils en lui cachant les yeux. Jason était devenu rouge comme une tomate et avait disparu dans la nature pendant une semaine. Lee avait donné à son fils la permission de choisir un petit d'une nouvelle portée de souriceaux, et le gamin lui avait donné son propre prénom. Quand on s'était rendu compte que le souriceau était une femelle, le petit garçon avait déjà disparu.

Les muscles de la mâchoire de Sunny tressautent, creusant de profonds ravins dans son maquillage. Elle déverrouille l'Audi avec un cri rauque. Un homme à tout faire sort de l'ombre. Elle lui passe les avis de recherche.

— Affichez-les sur les distributeurs automatiques du bureau, dit-elle. Comme coupe-faim.

Le soleil de l'après-midi nimbe les érables noirs d'un feu glacé. Tandis que Lee se dépêche de rejoindre le camping, le lac se met à bouillonner. Il se penche sous le quai et en arrose les pylônes de phéromones, et il se rappelle que son fils et lui venaient ici chercher des éclats de verre. Morceaux de verres à bière ambrés, les bords émoussés par le va-et-vient des pierres. Fragments de vieux flacons de médicament, bleus et jaunes, dépolis par le temps. Un brin d'herbe du lac accroché à un éclat de rubis dépoli. Lee en tenait un devant les yeux de son fils et les siens, pour regarder le monde comme baigné de sang, ou vert comme les larmes d'un extraterrestre.

Lee se cogne la tête en rampant pour sortir de sous le quai. Il fait tomber ses lunettes dans les eaux brunâtres et un goût amer lui emplit la bouche. N'y voyant plus très clair, il les cherche à tâtons, et les verres et ses doigts en ressortent couverts d'un résidu noir peu ragoûtant – il se demande si de l'huile s'est échappée d'un des barils d'un bateau appartenant aux Harpur. Il essuie ses lunettes du mieux possible et essaie de s'orienter pour retrouver la cabane de Thettie. Elle est plus loin que dans son souvenir, séparée du camping par une bonne cinquantaine de mètres, et nichée, à moitié cachée, sous un pin sauvage. Elle est perchée sur une légère élévation et donne sur le lac, avec vue sur l'île et au-delà.

Lee se dirige vers la cabane d'un bon pas, les lunettes mouchetées de noir. Il ignore délibérément les regards électriques des Harpur. Une fumée âcre s'élève d'un barbecue où l'on grille de la viande pour le dîner. Des boîtes à rythme résonnent et un oiseau moqueur s'égosille sur une ligne électrique qui longe le parc. Lee a des élancements à l'endroit où il s'est cogné la tête. Vêtus de jeans, de sweats à capuche plus tout neufs empestant le cannabis et de fripes crasseuses, les Harpur se tiennent en groupes plus ou moins grands et l'observent de leurs yeux bleus. Il passe devant les mobil-homes les plus grands et s'arrête devant la cabane de Thettie. Un homme apparaît à la porte et s'immobilise sur le seuil étroit – un des gardes du corps que Lee a vu avec Doc à le *Way Out Tavern*. Le plus âgé et le plus maigre, avec l'avant-bras tatoué. Il exsude une force plus animale que musculaire, ses réactions au stress sont démesurées. Lee le reconnaît à son tatouage, car son visage disparaît derrière un masque « Jack à la lanterne »[16].

16. à l'origine un lampion fabriqué à partir d'une citrouille dans laquelle un visage grimaçant é été découpé. Ce masque est devenu le symbole d'Halloween.

— Tu veux quoi ?

La voix est étouffée par le masque, mais Lee sait reconnaître le ton nasillard d'un drogué.

Il répond qu'il cherche Thettie. L'homme masqué secoue la tête. Des ombres s'animent à l'intérieur de la cabane, pesamment mais étrangement féminines, le regardant à la dérobée. Irrité, Lee fait claquer ses avis de recherche.

— Je suis sûr et certain qu'elle était là hier.

De nouveau, l'homme masqué secoue la tête et pointe un de ses doigts tatoués. Lee se retourne pour voir la borgnesse debout derrière lui. Elle sourit sous son bonnet pelucheux. Elle le dévisage de son œil valide, dont la teinte ambrée se détache sur l'arrière-plan argenté du lac.

— Je vais vous montrer où afficher ces avis de recherche, dit-elle.

Elle le fait revenir sur ses pas, en direction des installations du camping. Elle ralentit pour lui permettre de la rattraper.

— Je cherche Thettie, explique Lee en relevant les cheveux qui lui tombent devant les yeux. Thettie Harpur. Elle était dans cette cabane-là, et maintenant elle n'y est plus.

— Elle a déménagé, dit la fille dès qu'ils sont hors de portée de voix. Doc et ses deux gars ont échangé pour mieux voir l'île où est Frankie.

— Donc elle n'est plus dans celle-là ? Elle est où ?

La fille lui indique un mobil-home miteux assez éloigné de la cabane.

— Là, celui du milieu. Plus près de ses fils. Mais je ne sais pas où elle est. Je suis passée prendre quelque chose, mais elle n'était pas là.

— Qui est l'homme masqué ?

— C'est Lyle. L'autre c'est Homer.

— Le gros avec une barbe et la cicatrice autour du cou ? (Lee trace une ligne imaginaire autour de son propre cou.) Comment peuvent-ils tous tenir dans cette cabane ?

Il s'efforce de s'en rappeler l'agencement. Le lit contre la fenêtre à un bout, deux banquettes-lits après une porte dans l'espace principal. Un coin repas à l'autre bout, près du bois.

Elle hausse les épaules.

— Doc aime les avoir tout près.

Lee examine la flottille pour y trouver le voilier, celui qu'il suppose appartenir à Doc Murphy. Il n'est pas là.

— Il est sur le lac, dit la fille, comme si elle lisait ses pensées. Avec Homer. À la recherche de l'île.

Ils continuent d'avancer et les yeux bleu électrique des Harpur crépitent derrière eux telles des ampoules sur le point de claquer. La majorité d'entre eux a le teint blafard et l'air hagard – avec pour seule différence un teint olivâtre là ou des pommettes saillantes ici, des lèvres charnues, des cheveux frisés, ou un nez en courbe de Sénèque –, et du lotissement de mobil-homes se dégage une atmosphère de réunion familiale élargie avec toutes les désillusions y afférant. Sur le quai, une bande d'adolescents les dévisagent à travers un nuage nauséabond du cannabis.

— C'est Marshall. Et ça, c'est la copine de Marshall et son amie Liz. Et ça, c'est Strike, le cousin d'Emilio, et la fille avec laquelle il sort.

— Elle a quoi, quatorze ans ?

— Quinze. Elle est enceinte. Lui, il a déjà trois mômes. Dont un avec sa demi-sœur, mais il n'y a que moi qui le sais. Moi, c'est Bryce avec un « y ».

Sa présence le démange. Le démange de partout. Comme si quelque chose rampait sous son Thermolactyl, comme s'il avait des teignes collées à ses chaussettes, et un gros mot sur le bout de la langue.

— Moi c'est Lee, avec deux « e ». (Une douzaine de paires d'yeux se tourne vers lui et il baisse la voix.) Quand Thettie revient-elle ?

— Elle et moi, on sait lire les signes. On a volé votre monstre.

Elle arrache une punaise du panneau d'affichage devant le bureau de location qui est fermé. Elle se tourne vers Lee, tend la main, et il lui donne un avis de recherche. Ses doigts effleurent les siens, qui sont gelés.

— Thettie pense que quelqu'un l'a volé ? (Ses lunettes ont glissé et il les relève. La fille redevient nette.) C'est ce que je venais lui demander. Enfin, pas exactement si quelqu'un l'a volé. Je n'en suis pas certain. Est-ce qu'elle a vu quelque chose ?

— Elle m'a dit de ne rien dire.

Elle punaise l'avis de recherche sur le mur. Elle a un bleu entre l'index et le pouce. Et un autre, remarque-t-il, sur le côté de son long cou pâle.

— Elle vous a dit de ne rien dire ?

— Vous pouvez l'attendre pour le lui demander, dit-elle sans se retourner. Mais elle n'est pas là pour le moment.

Le crépuscule baigne les touffes visibles de ses cheveux. Des lumières se sont allumées en ville et clignotent derrière les arbres. Les cloches de l'université ne vont pas tarder à sonner l'heure. Un groupe se rassemble autour du barbecue.

— Je ne peux pas attendre. Vernon, mon lézard, pourrait revenir en mon absence. Pouvez-lui dire de venir me voir ? Mon atelier est à la sortie de la ville, la dernière maison sur la gauche avant le promontoire. Ou de m'appeler, ou quelque chose comme ça ?

La fille hoche la tête et, quand Lee lui demande d'où elle vient, elle hausse les épaules et entreprend de le conduire vers la sortie du camping. Il a l'impression d'être chaperonné, éloigné des regards et de l'hostilité des Harpur.

— Je vais d'un endroit à l'autre. Comme tous les rats d'eau.

Lee sait. Des fugueurs, des drogués. Des voyous des banlieues et des ados désabusés des villes qui partent sur les routes et font de l'auto-stop d'un État à l'autre, seuls ou en groupe.

— Vous travaillez comme saisonnière ?

Elle ajuste la sangle de son bandeau. Un anneau noir, ou brun foncé, entoure le cercle ambré de son œil.

— Je fais des trucs pour les habitants des rives du lac et ils me payent.

Ils subsistent de vols, de trafics, et de ce que sa femme appelait « prostitution de survie ». De petits boulots, parfois. De cueillette ou de jardinage. Une rafale de vent frappe son bonnet pelucheux et ses touffes de cheveux ébouriffées.

— Est-ce que Frankie Harpur vous paie ? Pour faire des trucs ? Il vous a dit d'enlever Vernon ?

Des oies passent en V dans le ciel en cacardant. La borgnesse lève la tête pour les regarder survoler le lac et Lee voit qu'elle a d'autres bleus sur le cou. Et un filet de mucus clair coule de son nez.

— Je l'ai vu, dit-elle. (Derrière elle, l'île s'allonge sous la pluie dans une bouillie fondue de coucher de soleil.) Là-bas.

— Vernon ? Sur l'île ? C'est impossible.

Le vent arrache un avis de recherche et l'envoie sur le quai.

— C'est un arbre. (Dans la cavité noire de la bouche de la fille, on distingue à peine de petites dents rongées.) Le monstre du lac.

Lee vacille de soulagement.

— Ah, d'accord. Le lac du monstre. Je croyais que vous…

— C'est un arbre gigantesque. Avec un visage. Et des bras gros comme ça.

Elle lève les bras et les écarte le plus possible. Elle les étire plus qu'elle ne devrait, et sa parka découvre un léger pull qui lui colle aux côtes.

— Parfois, il s'enfonce profondément et reste là. Il dort dans l'une des grottes souterraines ou sous une saillie rocheuse. Puis il s'approche et c'est ça que les gens voient.

Lee en a peut-être déjà entendu parler, mais il ne se rappelle pas où. Un pin blanc géant déraciné, poussé par le courant, au fil des ans depuis des siècles, peut-être davantage.

— Écoutez, dit Lee. Ce n'est pas que je m'ennuie, mais je dois…

Elle hoche vigoureusement la tête.

— Il a un visage. Je l'ai vu. Je connais son nom et tout.

Lee va partir, mais la partie ambrée de son œil le cloue sur place.

— Quel est son nom ?

— Te-Cherche, dit-elle. C'est comme ça qu'il s'appelle.

11. Disparu

Des monstres de Gila partout. Accrochés aux troncs d'arbres, aux poteaux électriques, aux vitrines des magasins et aux boîtes aux lettres.

DISPARU.

Cette peau cloutée, froide. Ces griffes à la Kardashian. Thettie accélère le pas en direction de l'endroit où Bryce lui a dit que se trouve l'atelier de Lee, mais tant de lézards obstruent son champ de vision ! Coincés sous les essuie-glaces, des liasses d'affiches. Comment a-t-il pu mettre autant d'avis de recherche ? Elle doit l'arrêter. Elle doit essayer de lui dire que, quelques fois, ce qui s'en est allé est parti.

Le lézard a été volé cinq ans jour pour jour après la disparition de son enfant. *Mon fils*, disait-il. *Mon enfant*, disait-il. Thettie ne l'a pas obligé pas à prononcer son nom parce qu'elle avait compris que ce serait faire mourir l'enfant une seconde fois. Sarey disait que prononcer le nom des disparus attire la créature qui les a emportés. À l'appel de son nom, le monstre surgirait du lac de l'endroit même où il s'était évanoui.

Les taches sur les lunettes de Lee, avant qu'il ne les enlève, ressemblent aux traces laissées par une langue. Dans ses yeux, l'attente du retour du monstre s'apparente désormais à une avidité indescriptible.

Un cardinal glisse dans le ciel blanchissant. Thettie tripote les boutons du caban d'Archy. Elle est toujours frigorifiée. Frigorifiée et affamée, aussi. Le vieux mobil-home que Doc a échangé avec elle est plein de fissures et de trous, contrairement à la cabane, blottie sous des arbres qui lui permettaient de conserver la chaleur, avec une tabatière aussi granuleuse que de la gaze éclairant le petit monde que Lee et elle avaient fait leur.

Le duffle-coat militaire de Doc et le sac de sport déchiré d'Homer étaient encore là quand Grif l'a aidée à installer ses affaires dans l'espace cuisine, et il a dû aller les chercher pour qu'ils viennent les récupérer.

Toutefois, l'effluve de l'eau de Cologne de Doc a continué de flotter dans l'air, ainsi qu'une drôle d'odeur qu'elle n'est pas arrivée à identifier. Comme Grif semblait impatient de s'en aller, elle lui a dit qu'elle déballerait ses affaires plus tard. Il est parti chercher Archy pour se rendre sur l'île comme prévu, et Thettie est sortie faire des courses. Bryce l'a de nouveau rattrapée au village pour lui dire que Lee la cherchait.

Désormais, une chose est claire pour Thettie. Pour revenir, elle a fait bien plus que de seulement traverser la frontière entre deux États. Ce retour sur les lieux du passé ne correspond pas du tout à ses attentes, elle en est convaincue. Certains souvenirs... il suffit de les laisser enfouis assez longtemps pour qu'ils se sentent seuls et reviennent vous mordre, et sa peau frémit sous les assauts de ses petites mites temporelles.

Tout le monde connaît sa force. Tout le monde dépend d'elle, sait de quoi elle est capable, mais depuis qu'elle a remis les pieds ici, elle se sent si démunie, et si jeune. En imagination, elle revoit la fille maigrichonne d'autrefois se tenir sous un arbre ici, prendre un virage à vélo là, marcher sur la jetée ou faire du stop sur la grand-route – volontaire, affamée, égarée.

Le lac scintille entre les arbres tandis qu'elle se hâte vers la sortie de la ville. Ici, les maisons sont plus éloignées les unes des autres ; le lac déborde et envahit les intervalles entre chacune. Elle s'arrête à la pharmacie pour prendre du Pepto-Bismol, mais l'austère employé lui dit qu'ils sont en rupture de stock. Dans la nouvelle vitrine, de fausses fioles d'apothicaire se balancent fixées à des rubans à friser.

Sa gorge s'irrite de la fumée qui provient d'un feu de feuilles. Dans sa cour, un homme seul coiffé des cornes du diable ratisse les feuilles et la regarde passer. Au *Village Inn*, habitants de la ville, touristes et anciens élèves attaquent leurs steaks et leurs soupes. Les dents bien blanches. Les joues dorées par l'éclat du bon vin.

Pour se sentir désormais chez elle à Little Ridge, il lui faudrait être quelqu'un d'autre et cela l'ennuie. Thettie passe devant la dernière vitrine, un magasin de cadeaux qui vend des bougies et des animaux en cristal dans lesquels elle voit son reflet, fouettée par le vent et figée, paraissant la moitié de son âge et pas dans le bon sens. Comme si elle avait oublié de grandir, et c'est peut-être le cas. Qu'est-ce que cela fait d'elle ?

Ici, les arbres – des marronniers d'Inde et des ormes – poussent sur le bas-côté. Thettie enjambe une racine qui s'est frayé un chemin jusqu'au trottoir, craquelé et inégal comme dans ses souvenirs.

Elle s'approche d'une voiture abandonnée prise dans une nasse de feuilles mortes, rouges, jaunes ou prune, collées au toit, au capot, au pare-brise et à la vitre arrière, aux pneus. Aucune autre voiture de la rue n'est ainsi recouverte, et Thettie voit des formes dans cet entrelacs de feuilles, des gens peut-être, ou des animaux, qui se déplacent dans la trame du temps – *prisonniers*, se demande-t-elle. Quel pêcheur a attrapé dans son filet cette famille de fantômes noyés ? Elle s'éloigne, mais une vitre s'abaisse et un bras se tend pour l'attraper. Elle fait un bond en arrière et un cri perçant s'échappe de ses lèvres. Elle entend le rire de celui ou celle qui se trouve à l'intérieur la suivre tandis qu'elle poursuit son chemin sans s'attarder.

Elle tient son côté superstitieux de tante Sarey, qui, comme Frankie, est une Harpur jusqu'au bout des ongles – croyant aux fantômes, aux apparitions, aux *dopplegängers* et à toutes ces idioties. Son côté pratique, eh bien, elle le doit à sa propre mère, une Tully.

*

Quand elle était petite et qu'ils vivaient au bord de la rivière Triangle, Cassie et elle fumaient du cannabis, falsifiaient leur carte d'identité et achetaient de la bière. Cassie Tully était la cousine de Frankie, ou sa deuxième sœur ou quelque chose comme ça, musicienne comme lui. Elle travaillait comme femme de chambre au *Motel 6* et avait volé une carte de crédit laissée par un DeGroot après un coup d'un soir. Cassie et Thettie s'étaient maquillées, avaient mis de faux cils et des soutiens-gorge *push-up* qu'elles avaient achetés chez Mervyns. Elles avaient pris des Polaroïds de l'une et de l'autre en soutien-gorge, envoyant des baisers, chevauchant des arbres dans les bois. Des feuilles dans les cheveux. Elles s'étaient rendues à vélo en ville, s'étaient faufilées dans le *Village Inn* et avaient payé des cocktails avec leurs fausses cartes d'identité et la carte de crédit volée. Elles avaient fini au trou, le mascara dégoulinant sur les joues, à pisser dans un seau. Le DeGroot auquel appartenait la carte de crédit en avait signalé le vol, et le *Village Inn* les avait remises au shérif. Cassie était en passe de hurler qu'il était hors de question qu'elle retourne en maison de correction quand elles avaient été subitement relâchées et renvoyées chez elles.

Thettie avait découvert plus tard, bien plus tard, que Boyle – à l'époque il n'était qu'un adjoint parmi d'autres bénéficiant d'une prime de risque – avait un accord avec les DeGroot, conscient des bénéfices qu'il pourrait en tirer. Elle se rappelait le nouveau SUV de la femme de Boyle une semaine après que les DeGroot avaient retiré la plainte. Pendant un temps, personne n'avait su pourquoi Thettie et Cassie avaient été renvoyées chez elles, après avoir écopé d'un avertissement. Elles avaient cru que les choses allaient en rester là. Mais elles auraient dû savoir, car il en allait ainsi avec le lac, que rien n'était jamais fini. Et personne ne s'en tirait avec un avertissement.

Un des bébés Harpur, la fille de Randall Hill, cousin de Grif, fut gravement malade de la dysenterie et ses parents l'emmenèrent au *County Hospital*. Thettie n'avait pas anticipé l'absence totale de parents ou de gentillesse pour leur tendre la main, et elle en était venue à se demander si Doc savait quelque chose qu'elle ignorait quand il l'avait ramenée. Personne pour leur apporter de la viande, des médicaments ou de l'aide avec des camions ou des fusils, une caisse de bière ou des cigarettes, du sucre, des couvertures. Rien. Ils ne pouvaient compter que sur Doc, et il n'était ni de la famille ni gentil.

— Repartir de zéro, avait-il dit comme s'il était le maître du temps. C'est notre chance.

Elle se hâte vers la maison de Lee. Cela faisait un moment qu'elle n'avait pas eu de rendez-vous galant, si c'est bien de cela qu'il s'agit. Bon, ce n'est pas vrai. Elle a eu plein de rencards. Alors c'est quoi, cette fois-ci ? Elle s'en moque. C'est ce qu'elle désire maintenant. Si affamée. Si lasse de se nourrir d'elle-même. Il a commencé à dire quelque chose à plusieurs reprises, abordant des sujets dont elle ne voulait pas parler. Sa femme morte. Son enfant perdu. Son foutu monstre de *jilah* venimeux.

— Ne le prends pas mal, a-t-elle murmuré à son oreille.

— Y a pas de mal, a-t-il dit en se penchant vers elle.

Parce que selon son expérience, cela ne se fait tout simplement pas de parler lors du premier rendez-vous. Si c'en était bien un.

Là-bas en Pennsylvanie, dans un club de strip-tease nommé le *Landing Strip*, Grif disait fièrement à ceux qui le demandaient que Thettie était sa mère, et il leur intimait, tout aussi fièrement, de garder leurs distances.

— Circulez, les gars, disait-il aux chauffeurs et mécaniciens alignés au bar. Elle n'est pas pour vous.

— Hey, enfermez vos filles, n'en lançait pas moins Archy, dont les yeux à tête chercheuse étaient pareils aux siens.

Doc se fiche de ce qu'elle fait, ou avec qui, tant qu'elle répond présente quand il a besoin d'elle, et si c'est ce dont elle a besoin pour gagner du temps, il peut bien faire d'elle ce qu'il veut. Elle a besoin de temps, de temps pour trouver une place dans le plan qu'il échafaude, pour assurer un avenir à ses fils et aux filles qu'elle n'aura jamais. Leur apprendre à pêcher, à être gentils avec les animaux. Quoiqu'il en coûte. Elle a besoin de temps.

Elle avait dû expliquer à ses fils pourquoi Frankie n'était pas parti en Pennsylvanie avec eux. Frankie n'avait pas pu venir parce qu'il était malade, leur avait-elle dit, et ils le verraient quand il irait mieux. Sauf que ce n'était pas Frankie qui devait aller mieux. C'était elle.

Main Street s'est vidée en cette fin de lundi après-midi, chacun chez soi dans sa maison surchauffée attendant ses côtelettes de porc et *Game of Thrones*. Comme un fantôme, ou une survivante, elle a le monde pour elle seule. Le lac a viré au violet, meurtri par sa propre solitude, et les feuilles ruissellent des arbres, ensanglantées. Lundi 5 octobre. Le mois des masques.

Un immense manoir jaune lui saute aux yeux quand elle débouche de la longue allée en courbe.

Des nuages couleur lavande traversent les vitres de ses innombrables fenêtres. Les plates-bandes sont envahies de mauvaises herbes qui poussent autour des journaux et des avis de recherche épars. Le garage est couvert de gribouillages énigmatiques. Coup de grâce ou pas, la façon dont Frankie a acquis la propriété suffit à vous faire froid dans le dos. De plus, que les papiers de Zabriskie aient été en ordre ou pas, Frankie ne pouvait pas rester à Little Ridge après ce qu'il avait fait – si se réfugier sur l'île était un choix, il n'en avait pas eu d'autres. Thettie tend le cou pour voir l'île au loin, derrière le manoir, mais une énorme rotonde en cache la vue.

Avant de recommencer à boire la veille au soir, Lee a dit qu'il était sobre depuis cinq ans – depuis le jour où son fils a disparu. Pour Thettie, cela faisait dix ans – depuis que Doc avait sorti ses fils du lac et qu'elle avait décidé d'arrêter de boire. C'est une chose de plus qu'elle a en commun avec Lee. Le régime sec.

Elle pourrait descendre un bourbon, cependant, puis un deuxième. Alors, elle serait prête à laisser Lee parler de son lézard qui a disparu, et elle parlerait, elle aussi, de ce manque en elle, qui est si présent que parfois la seule chose qu'elle veut c'est ne plus vouloir.

Elle atteint la dernière maison sur Main Street avant le promontoire. Elle regarde du coin de l'œil les arbres noueux du verger laissé à l'abandon. L'avis de recherche claque au vent sur le pare-brise des rares voitures garées sur le parking isolé du *Gas'n'Go* de l'autre côté de la rue. Thettie tourne dans l'allée pentue qui mène à la maison de Lee et passe devant un garage en bois à l'ancienne. Des toiles d'araignée claquent sous son avant-toit. Derrière, s'étend un bois clairsemé et elle se rappelle la vieille école hantée quelque part en son sein – Cassie affirmait y a voir perdu sa virginité, et tout le monde s'accordait à dire que c'était avec Frankie, mais Thettie savait que ce n'était pas vrai. Cassie avait perdu sa virginité au *Motel 6* avec un individu qui se vantait d'être un homme mais qui n'en était pas un.

L'ossature rouillée d'une balançoire lui donne le tétanos rien qu'à la regarder. Le crépuscule obscurcit les yeux sans paupières des fenêtres de la petite maison et elle passe devant en vitesse pour rejoindre l'atelier dont Bryce lui a parlé, une ancienne serre en fer forgé remaniée avec du bois et de la tôle, d'où s'échappe un filet de fumée argentée de ce qui ressemble à une ancienne cheminée de locomotive. C'eût été une horreur si elle n'avait été l'œuvre d'un artiste. Mais Lee en a fait quelque chose de beau. Il a rivé des feuilles métalliques superposées à la charpente d'acier, laissant entre elles des panneaux d'un verre épais aux formes étranges – une véritable maison de conte de fées. Elle ressemble à l'un des dessins de la demeure fabuleuse que Frankie lui montrait autrefois et dans laquelle ils vivraient un jour. Elle, lui et les garçons.

À l'intérieur de l'atelier baigné par le crépuscule, Thettie respire l'effluve de café et de solvants, le parfum de Lee, et une mauvaise odeur familière qu'elle ne remet pas. La porte d'entrée est flanquée d'étagères où s'entassent des livres – des manuels, des livres d'art sur papier glacé et des ouvrages scientifiques avec en couverture des molécules et des tempêtes de sable. Le dos et les pages ouvertes sur une illustration ou un passage souligné de certains livres portent des empreintes de peinture. Il y a aussi des carnets à dessin et de simples carnets. Elle prend une boule à neige Vallée de la Mort et la dépose entre un masque calaca et un Spiderman en plastique.

Thettie trébuche sur un camion Tonka géant, assez gros pour qu'un enfant puisse le chevaucher, sauf que dans sa benne basculante jaune sont entassés des livres d'art et des toiles qui lui ont happé le tibia. Elle aura un bleu le lendemain. Elle sautille sur un pied, cherchant d'où vient l'odeur de café. Des étagères, qui font pratiquement le tour de cet espace réduit, servent à la fois de rangement et d'isolation. Lee a couvert de feuilles métalliques et de feuilles de bois la charpente en verre et acier de la serre d'origine.

La luminosité y est aveuglante et il y fait merveilleusement chaud. Sur le chevalet voisin d'une table basse est posé un tableau qui représente le lac. Des coups de pinceau composent des aplats gris, bleus et marron, avec des filets de rouge et de jaune. Il y a une île au loin, comme un trou dans la toile, ou un éclat d'os collé. Elle doit se pencher pour voir s'il s'agit, en réalité, d'un trou ou d'un accroc, mais c'est de la peinture, une épaisse goutte de blanc cassé.

Elle pivote lentement sur elle-même, émerveillée. Des toiles empilées l'enveloppent d'une spirale, vierges et recouvertes, achevées ou à peine ébauchées. Des tubes de peinture et des godets d'aquarelle, et différents pots. Des pinceaux sèchent à côté d'un évier. Des roseaux oscillent dans un seau d'eau en émail. Et tant de lacs. Partout des représentations du lac, à l'huile ou à l'aquarelle, au fusain, au crayon, au Polaroïd, en imprimés d'ordinateur. Le lac en été, bleu comme un mensonge. En hiver, tout en cheveux d'ange et glace souillée. En automne, cerclé de sang ; au printemps, une aube rose et jaune. Chaud et lumineux comme l'est l'atelier, on dirait que quelque chose a basculé. Un sentiment inversé de l'espace qui commence à la gagner, l'extérieur et l'intérieur ayant permuté. Ça et l'absence de tableaux représentant des gens. Pas de visages. Aucun. Seulement Lee au-dehors, nu et cherchant son fils. Le lac s'est agrégé et a élu domicile ici même, comme un troupeau ailé et anonyme. Sous les fenêtres, sur la table, à côté d'un sandwich au fromage grillé encore intact, après s'être agrégé et nourri, le lac l'a évincé.

La tête commence à lui tourner. Sa gorge se serre à cause de la mauvaise odeur et Thettie voit qu'elle provient d'un terrarium posé sur un socle assez bas dans le coin. C'est une grande cuve en Plexiglas recouverte d'un filet, et derrière la vitre il y a du sable et des sortes de pierres. Il est vide, mais il s'en dégage une puanteur diffuse semblable à du vomi séché, et un léger bourdonnement, qui provient sans doute d'un élément chauffant. Laissé allumé au cas où il reviendrait.

Vernon.

Quelque chose en elle lui dit que Bryce a raison, que quelqu'un a dû voler le monstrueux lézard, vieux et malade, mais qui ? Sarey disait que la peur peut motiver et que la peur peut détruire. La peur est l'émotion la plus puissante, affirmait-elle, plus puissante que l'amour ou la haine, parce qu'elle n'a pas de vie propre et qu'elle doit imiter la vie volée à d'autres sentiments. La peur, disait Sarey, est une histoire que l'on se raconte à soi-même au sujet de notre avenir. L'avenir a-t-il volé Vernon ? La propre peur de Thettie l'a-t-elle effrayé ? Est-ce, une fois encore, sa faute ? Et s'il elle arrêtait d'avoir peur de Vernon, et qu'il revenait, qu'exigerait-il en retour ?

Thettie farfouille partout bruyamment pour trouver du café. Elle souhaite que Lee ne tarde plus, et elle se demande combien de temps elle sera capable de l'attendre. Elle pose les yeux sur le terrarium. Il a à peu près la taille d'une pataugeoire pour enfant, ou d'un parc pour bébé. Sa peur a-t-elle chassé la seule créature à laquelle Lee tient encore ?

Cassie disait qu'elle était un singe de l'espace. *Ce n'est pas ta faute, Thet. Rien de tout ça ne l'est.*

En plus des tableaux, il y a aussi des Polaroïds partout – du lac, du rivage, du ciel, d'un geai bleu flou sur un nichoir – mais aucun d'êtres humains. Aucun de son fils ou de sa femme. Pas de visage humain. En regardant autour d'elle, elle commence à saisir l'onirisme qu'il y a à vivre deux fois la même chose. Une fois dans le présent quand la chose est là, puis une seconde fois après qu'elle a disparu.

Elle allume la cafetière. Elle se retourne et appuie sur une touche de l'ordinateur portable. La photographie de Vernon mangeant la croûte de pizza lui saute au visage. Elle pousse un cri et claque le capot.

Elle a besoin d'une cigarette, qu'elle irait fumer dehors, mais elle sait que si elle franchit la porte, elle ne rentrera pas. Les toiles se rapprochent toujours plus. Entre elles, Thettie aperçoit deux dessins de Vernon – davantage des croquis scientifiques qu'autre chose. Mais surtout des lacs, encore et toujours, vu des deux rives, et d'un bateau, avec toutes ses criques et ses grottes. Il a dû en explorer le moindre centimètre. Gelé, le rivage recouvert de neige, bordé de lumière automnale, ou d'étés grisants. Au fusain, à l'huile, à l'aquarelle, à la craie. De longues aubes enveloppées de brume ou recroquevillées sous la foudre. Sur l'une, l'île se dresse implacable, couronnée de vapeur. Sur une autre, elle est tapie, attendant le lever du soleil. Sur une autre encore, elle se dérobe à une lune malicieuse.

— Bordel de merde ! Elle ne te lâchera pas...

Elle ramasse un Polaroïd tout neuf sur la table. Les angles d'antan sont devenus des courbes high-tech. Les cadrans ont été remplacés par des LED. Mais c'est toujours le même appareil photo basique qui les a immortalisées Cassie et elle dans leur innocence chevauchant l'arbre.

Les images Polaroïd possèdent une qualité, surtout quand elles se dégradent, comme la mémoire, que Lee a dit apprécier. Elle sourit pour le petit oiseau. Un flash explose et elle est aveugle d'un œil pendant quelques secondes. Quand elle recouvre la vue, elle appuie sur un bouton et la photographie sort. Blanche et collante, et plus petite que celles de son enfance. Elle regarde son visage se matérialiser dans le cadre. Osseux et plein de taches de rousseur, encadré de mèches de cheveux couleur paille. Des yeux bleus comme un panneau devant un club de strip-tease – FILLES EN LIVE ! – un peu trop brillants, et ridés sur le bords.

— Nom de Dieu, s'écrie-t-elle. Parlons-en du temps qui passe !

Un bruissement se fait entendre dans le terrarium de Vernon. Thettie lâche son selfie comme si quelque chose l'avait mordue, et elle sort en courant.

12. Marionnette

Lee regarde la borgnesse disparaître entre les tourbillons de feuilles, un poids sur la poitrine. Dans la région, le gros temps s'abat sans crier gare, comme si tout ce à quoi l'année a péniblement tenté de s'accrocher se délitait brusquement. Il remonte son col et quitte le parking pour regagner sa voiture puis son atelier pour y attendre Thettie. Aspirées par ses chaussures, des feuilles dorées se glissent sous sa voiture. Il appuie sur la télécommande. Les serrures cliquettent au moment même où il avise le shérif Boyle et son adjoint Abbes dans un pick-up garé un peu plus bas. Il ouvre sa portière sans leur accorder la moindre attention.

— Vous cherchez quelque chose ? lance une voix à l'autre bout du parking.

Le shérif Boyle a baissé sa vitre, mais le coup bas a été porté par Abbes. Lee ferme sa portière avec une impassibilité feinte et attend que le shérif en vienne au fait.

Boyle porte des lunettes à monture noire et épaisse comme chez les stups. D'un doigt, il effleure sa moustache. Le bureau du shérif a saboté l'enquête sur la disparition du fils de Lee, prenant conscience bien trop tard de la culpabilité de Bud Wallace. Lee a essayé de faire tomber Boyle pour ses liens supposés avec les DeGroot, affirmant que ceux-ci avaient une bonne raison de ne pas vouloir qu'on enquête d'un peu trop près sur Wallace et qu'ils avaient fait pression sur Boyle pour classer l'affaire. Lee a accordé des interviews dans les journaux, engagé une action en justice, envoyé des lettres de réclamation au commissaire de police d'Ilium, sous-entendant que Boyle était coupable d'obstruction à la justice et qu'il était impliqué dans un conflit d'intérêt avec les DeGroot. Le shérif était en campagne de réélection, les DeGroot avaient donc dû lui demander de grands services, et Boyle comme les DeGroot ne cessaient de le lui rappeler. Au moindre faux pas, ne serait-ce qu'une contravention, Lee se retrouvait avec le bureau du shérif sur le dos, plus tout ce que les DeGroot pouvaient tirer d'une telle occasion pour s'en prendre à lui. Lee s'aventurait rarement en ville, s'occupait de Vernon, évitait les ennuis. Jusqu'à aujourd'hui.

Les cloches de l'université sonnent 16 heures. Lee observe les deux hommes par-dessus le capot recouvert de feuilles de son break. Il ressent une brûlure à l'estomac, comme pour une indigestion, mais sur la gauche, près du cœur.

— La dernière chose dont j'ai besoin avec ce qui se passe, dit Boyle en pointant son menton vers le camping et les Harpur, c'est d'un lézard venimeux qui s'est fait la malle. Une idée de l'endroit où il est allé ?

— À vous de me le dire et on sera deux à le savoir, shérif.

— Ce n'est pas la première fois qu'il s'enfuit. Vous êtes allé voir dans la pagode de Zabriskie comme la dernière fois ?

— Elle n'est plus à Zabriskie, shérif, ça vous revient ? Elle appartient à Frankie Harpur désormais.

Les DeGroot avaient soudoyé Boyle pour fermer les yeux et tenir un double langage. Moins il en savait sur ses patrons, mieux c'était. Lee avait reconnu la détresse de celui qui tourne en rond, et pour une fois ce n'était pas la sienne.

Abbes commence à dire quelque chose, mais Boyle l'interrompt.

— Tout est en règle, en ce qui nous concerne. C'est limite, je vous l'accorde, et j'avoue être un tantinet troublé quand on affirme qu'Eli avait toute sa tête quand il a rédigé le codicille. Mais Doc Burlington a dit qu'Eli n'avait pas d'autre problème que son cancer, qu'il était toujours malin comme un singe. D'ailleurs, ce vieux Frankie…

— Il n'était pas… n'est pas… si vieux que ça, le coupe Lee. Il a mon âge, je dirais. Grosso modo.

— Jeune, vieux, ou entre les deux, ce n'était qu'une merde qui sentait la merde. Il est parfaitement à sa place sur ce bout de rocher.

— Loin des yeux, loin du cœur, dit Abbes.

— Frances Washington Harpur est un héros de guerre. Vous êtes allés là-bas à sa recherche ? Voir s'il est encore en vie ?

— C'est une propriété privée, répond Boyle en se penchant par la vitre. (Il a l'air épuisé – les veines de son nez ressemblent à une vieille carte routière.) Quatre pancartes pour le rappeler – aux quatre points cardinaux.

— « Entrez à vos risques et périls », confirme Abbes.

— Vous pourriez obtenir un mandat, réplique Lee. Ou demander un droit de passage officiel…

— Plus facile à dire qu'à faire.

— « Terrain miné », ajoute Abbes. On a posé les pancartes nous-mêmes.

— L'île fait partie de l'histoire de Little Ridge…

— Quelle histoire ? demande Abbes.

Boyle se retourne vers les Harpur qui se pressent sur le rivage.

— C'est facile de se laisser dépasser par les événements quand on ne sait pas ce qu'on fait.

Lee rappuie sur la télécommande, ouvre la portière si lentement qu'elle en grince. Il perçoit de la nervosité dans la voix de Boyle, voire de la peur, mais qu'il s'inquiète des Harpur ou pour eux, Lee ne saurait le dire.

— Attendez. (Abbes descend du pick-up et d'un pas nonchalant va essuyer d'un geste théâtral un phare avec sa manche.) On a toujours un lézard venimeux sur les bras. Faudrait pas qu'il morde quelqu'un.

Lee se demande si Bryce avait transmis son message à Thettie. Il sent que le temps lui file entre les doigts.

— Les Gila n'ont pas pour habitude de mordre pour tuer, shérif adjoint. En admettant que vous soyez mordu, vous arriveriez à l'hôpital avant que le venin ne vous tue.

— Ça vous rend sacrément malade, pourtant, non ? Vomissements et tout ça. Asphyxie aussi, j'ai lu sur Internet.

— Il y a des enfants partout, dit Abbes. Halloween et tout ça. Faut qu'on attrape cet enfoiré et vite. À quoi a-t-on exactement affaire ici ?

— À un reptile frigorifié et affamé, voilà ce à quoi vous avez affaire, shérif adjoint. Pratiquement paralysé par le froid et l'humidité. Vous pouvez l'approcher et lui faire un bisou, il n'essaiera même pas de se sauver. La récompense devrait aider.

Boyle joue avec son rétroviseur.

— Vous croyez qu'un de ces Harpur l'a volé ?

— Qui a dit que quelqu'un l'avait volé ? demande Lee. Qui a parlé des Harpur ? Si vous voulez leur coller quelque chose sur le dos, vous pouvez trouver mieux que ça, non ?

Il revoit son atelier, le terrarium désert, les lacs qui y sont entassés.

— Ça m'a tout l'air d'une coïncidence, pas vrai ? dit Abbes en se curant une dent. Regardez-les. Ils crèvent de faim. Ils ont froid. Les mômes sont malades. Un reptile de valeur qui rapporterait un bon prix sur Craiglist disparaît pile après leur arrivée. Pendant que vous baisiez une de leurs femmes, si j'en crois la rumeur.

— Votre femme n'était pas libre. Maintenant, si vous voulez bien m'excuser.

Abbes éloigne sa main de sa bouche, juste avant de cracher. Il fait un ou deux pas en direction de Lee.

— Remonte en voiture, shérif adjoint, dit Boyle.

Lee se glisse derrière son volant. Il fait vrombir le moteur et contourne le pick-up du shérif.

— C'est peut-être vrai ! s'écrie Boyle. Cette femme n'est peut-être qu'un moyen de détourner votre attention, de vous occuper, une simple manœuvre pour s'emparer d'un reptile exotique. La bonne vieille tactique de la diversion.

Lee fait de nouveau vrombir son moteur et dérape en sortant du parking. Dans son rétroviseur, Boyle s'éloigne, et le premier des barbecues des Harpur se met à prendre.

13. Protection

Elle attend l'arrivée de Lee en faisant les cent pas sur la bande d'arrêt d'urgence. Appuyé contre la vitre sombre du *Gas'n'Go*, un visage blafard l'observe depuis l'autre côté de la rue. Au nord, des champs pelés s'étendent jusqu'à la ligne d'arbres dans l'ombre de la crête orientale de laquelle la ville tient son nom. Une ferme de couleur terreuse est accolée au bois – une des cabanes pour les employés saisonniers d'avant l'époque de Thettie. C'est dans cette cabane qu'a vécu Bud Wallace, le compagnon d'armes de Frankie et Doc, un radioamateur cinglé et louche qui gérait la came pour les DeGroot. Un amoncellement de nuages déverse de la pluie sur la crête orientale. L'atelier de Lee est aussi éloigné que possible des bars de la ville, et Thettie se demande si c'est sa femme qui a voulu qu'il en soit ainsi. Au bout d'un moment, Lee ne s'étant toujours pas montré, elle décide de renoncer. Elle regagne le camping à pied puis va directement au bar. Elle se recroqueville dans le caban d'Archy et prend la direction du sud, vers Main Street, contente d'avoir quitté l'atelier. En trouvant sa carte de visite, Lee comprendra ce qu'elle avait derrière la tête et viendra la retrouver au *Way Out* comme la dernière fois. Elle a envisagé de laisser un message au dos de ladite carte, mais les nombreux fantômes qui hantent ce fichu lieu l'ont fait fuir. Ce maudit camion Tonka n'ayant pas cessé une seconde de craquer.

Une petite Ford rouge s'arrête quelques mètres devant elle. Elle trottine jusqu'à la voiture, persuadée qu'il s'agit d'étudiants qui se rendent en ville. Ce n'est toutefois pas le cas et, quand elle s'aperçoit enfin de sa méprise, il est trop tard. Lyle, le mutilé, est au volant, avec à ses côtés Homer, le gros tatoué. Assis à l'arrière derrière Homer, Doc sifflote. Elle voit que le vent a enflammé ses pommettes, sauf là où la peau qu'on lui a greffée est aussi pâle et terne que d'habitude.

— Jolie caisse, dit-elle en s'éloignant de la voiture. Où tu l'as volée ?

— Monte.

Thettie secoue la tête et le vent lui ébouriffe les cheveux.

— Merci, mais je préfère marcher.

À ce moment-là, Doc a déjà ouvert la portière et Homer, qui en est descendu, l'a rejointe. Tandis qu'il la pousse à l'intérieur, Thettie évite de justesse d'atterrir fesses les premières sur le poing serré de Doc.

Elle tâtonne pour trouver la ceinture de sécurité et sourit de toutes ses dents.

— Tu vas sur l'île ? Comment va Frankie ?

L'intérieur de la voiture empeste l'eau de Cologne bon marché et les pieds. Personne ne moufte. Doc tourne la tête sur la droite, tend le cou pour jeter un œil à la maison de Lee, mais il n'a en réalité d'yeux que pour le manoir de Frankie, qu'il embrasse du regard – les fenêtres et l'allée de gravier incurvée, l'immense garage et le lac qui s'étend à l'arrière-plan. Thettie sait qu'il pense que quiconque vit dans ce foutu manoir est le roi du monde.

— Pour une fête, c'était une sacrée fête hier soir, dit Thettie. Comme dans le temps.

— Tu recommences les visites à domicile, ma fille ? demande Doc. Je parie qu'il n'y avait pas trop de dangereux reptiles au *Motel 6* où Cassie et toi aviez l'habitude de travailler. Dans le temps.

— Y avait plus dangereux que des reptiles dans cette taule, répond Thettie. T'as pas idée.

Sauf qu'elle sait qu'il ne l'ignore pas

— Je parie que tu n'aurais pas rendu visite à ton nouvel ami si son Gila était encore là, dit Doc.

— Comment sais-tu qu'il n'y était pas ?

Lyle croise le regard de Doc dans le rétroviseur.

— Les affiches partout en ville, intervient Homer. Voilà comment.

— *Come on Eileen*, chantonne Thettie.

Homer l'imite. Les deux autres gardent le silence, et au bout d'un moment elle s'arrête.

— Demain est un autre jour.

Elle se lisse les cheveux et attrape son poudrier – sa bouche est sèche comme du bois.

— Comment tu trouves le grand mobil-home ? demande Doc. Confortable ?

La petite bouche d'Homer ressemble à un nombril sur un ventre poilu – ses yeux sont assez petits et roses pour passer pour des tétons. L'épais bourrelet de son cou gras est tatoué d'un fil barbelé, au motif identique à celui de la prison *The Hill*, masquant partiellement le grossier collier de tissu cicatriciel laissé là par celui qui, aux Philippines, a essayé de lui couper la tête. Elle ne l'a pas encore percé à jour. Peut-être est-il plus tendre qu'il n'en a l'air, telle une truite sous la surface d'une rivière. *Chatouille-la et elle est à toi pour toujours*, disait Cassie.

— Regarde l'auberge, Doc. Tu te rappelles quand ce n'était qu'un bâtiment délabré et qu'on l'utilisait… bordel de merde, regarde la bibliothèque, on se croirait à Disneyland avec ces statues de personnages de dessins animés. Est-ce que c'est Bugs Bunny ? Quelqu'un a sacrément investi dans cette ville, pour sûr. C'était peut-être un endroit miteux, mais quoi qu'il en soit, c'était authentique. On s'entassait tous dans la caisse de Frankie, un beau grabuge. C'était avant ton arrivée.

Doc bâille, mais au moins il a arrêté de siffloter.

Plus personne ne pipe mot pendant qu'ils traversent le village transi qui, dans la lumière blafarde, paraît rapetisser sous le poids excessif du ciel. Thettie compte une demi-douzaine de « Jack à la lanterne ». Elle sent déjà le goût de sa première bière. Contrairement à ce qu'elle pensait, Lyle ne continue pas sur la Route 90, mais bifurque pour s'engager sur le chemin de terre qui mène à la ravine Triangle. L'aspect familier de cette ancienne route lui coupe le souffle et elle se presse contre la vitre. Le bosquet de trembles se trouve exactement là où elle l'a laissé, comme la rivière verte qui se fraie en dessous un passage jusqu'au lac telle une veine qu'elle sent palpiter contre sa tempe. Soudain, elle comprend que ce n'est pas parce qu'elle n'en a pas eu la possibilité qu'elle n'est pas revenue plus tôt – les bagnoles, le fric, et tout le reste. Toutes ces excuses n'ont jamais constitué la seule, ni même la véritable raison. C'est cette peur bleue qui lui colle à la peau d'y être à jamais retenue prisonnière, de ne jamais avoir la volonté d'en partir.

— Pourquoi on est là, Doc ? Je ne voulais pas venir ici, dit-elle d'une voix de petite fille.

— Je sais.

Ils avancent en cahotant encore un peu dans la petite voiture, puis ils s'arrêtent. Lyle et Homer sortent et, sans s'éloigner, fument une cigarette. Doc ne quitte pas la banquette arrière, sifflotant à nouveau, les épaules tassées comme des pamplemousses sous son manteau. Il regarde Thettie et laisse échapper un sourire de sa bouche à moitié paralysée. L'odeur âcre qui flotte dans la voiture lui donne la nausée. Elle pose la main sur la cuisse de Doc. Il se lave les cheveux avec un shampoing spécial et y met du gel pour donner l'impression d'avoir une couronne argentée sur la tête. Ses yeux enfoncés sont très proches l'un de l'autre, comme pour éliminer toute distraction périphérique. Comme s'il avait choisi qu'il en soit ainsi. Peut-être est-ce le cas.

— Pourquoi on est là, Doc ?

— Tu m'as eu, répond Doc en levant les mains comme s'il rendait les armes.

*

Un jour, Grif est allé à la bibliothèque de Millersville pour faire des recherches sur Daylin Murphy, espérant peut-être découvrir qui était ou avait été Doc avant d'immigrer en Amérique. Avant de devenir citoyen américain et d'intégrer les forces armées en se faisant passer pour un médecin. Grif a trouvé un homme portant le même nom, né en 1954 et enterré en 1990 dans un petit cimetière du comté de Sligo, en Irlande. Doc a dit que c'était vrai. Doc n'était pas son vrai nom, pas plus que Murphy.

— Tu m'as eu, a-t-il dit en levant les mains comme dans un faux hold-up. Imagine. Imagine qu'on t'ait abandonné à la naissance. Qu'en grandissant sans mère, tu sois vite devenu bon à donner des coups de pied dans les couilles des curés, à lécher des fonds de cuillères de Bovril et à pas grand-chose d'autre. Quelqu'un te tire du ruisseau, un riche gentleman, te lit ton avenir dans les lignes de la main. Il devient un père pour toi, imagine, et il s'appelle Paddy-le-crochet. Imagine que Paddy t'envoie à l'école de médecine et que tout ce qu'il te demande en retour c'est un petit boulot de nettoyage de temps à autre. Il s'ensuit des frasques impliquant un maquereau nommé Toeless Mears et une veuve qui ne se formalise pas d'en être une, ni d'avoir depuis peu cinq lardons à nourrir et, une chose en entraînant une autre, il est temps de s'éclipser discrètement. Entre alors en scène Daylin Murphy, qui n'a plus que faire de son identité vu qu'il repose six pieds sous terre à Sligo, et tu tiens ta chance. L'avenir appartient aux audacieux. Boum.

Grif a demandé ce que « s'ensuit » voulait dire, et Archy si « lardon » n'était pas un terme écossais, et Thettie « Où est Sligo ? ». Mais quand Archy a demandé à Doc quel était son vrai nom, celui-ci s'est contenté de le prendre par le bras et de dire :

— Quel genre de monstre tu crois que je serais, mon gars, si j'étais capable de faire porter un tel secret au fils de ta mère ?

Pas de la pire espèce, certes, et peut-être même pas un monstre du tout, mais pas loin.

*

— À propos de l'île, ma fille, dit Doc en se penchant en arrière sur la banquette exiguë, il y a un gros hic.

Les vitres se sont couvertes de buée.

— Crache le morceau ! s'écrie Thettie qui s'entend à peine tant ses oreilles bourdonnent. C'est l'heure de s'en jeter un, bon sang.

L'haleine mentholée de Doc emplit l'habitacle. Elle lui tapote la jambe et ouvre la portière, avec la sensation d'étouffer. Au-dessus d'elle, sur la crête, les pruches forment une masse verdoyante. Doc sort de l'autre côté et ils demeurent ainsi, séparés par la voiture, regardant la ravine, vestige des lieux où ils ont vécu autrefois. La plupart des maisons flottantes ont disparu. Une partie des quais subsiste. Un ou deux se sont effondrés dans la rivière tumultueuse. De vieux arbres s'accrochent à la colline par leurs racines à nu. La plaie béante de l'horizon ouvre sur l'ouest, d'où Thettie distingue le lac à travers une trouée dans les arbres. Dans une clairière en contrebas se dresse une maison de couleur terreuse. Des rideaux déchirés pendent aux fenêtres et, quand ils bougent légèrement, Thettie se mord les lèvres pour ne pas crier.

— Des pruches du Canada, dit Doc en se tournant pour balayer d'un geste la forêt qui couvre la vallée à l'est. *Tsuga Canadensis*. On les reconnaît à leurs branches réclinées.

Si l'on suit un chemin caché qui part de derrière les vestiges de la péniche de Doc, on arrive à la vieille cabane d'un bouilleur de cru clandestin avec, juste à côté, un conteneur maritime à l'abandon. Frankie et Doc y ont concocté leurs mélanges jusqu'à la descente du bureau du shérif, sur un tuyau, dix ans plus tôt.

— Je connais le nom botanique de tous les arbres de l'État, et j'ai toujours besoin d'un verre, rétorque Thettie. De toute façon, ces terres ne nous appartiennent plus, alors ça intéresse qui ? Mes ancêtres ont vécu ici, construit certaines des cabanes en rondins qui ont été rasées. Un peu plus haut dans la vallée, certaines sont toujours debout, édifiées en bois de pruche. Mon arrière-arrière-arrière-grand-père bûcheron s'est servi de la rivière pour acheminer les troncs jusqu'au lac, et pour les déplacer sur la glace vers toutes les villes le long du canal.

— C'était avant la meth, l'Afghanistan et la récession, ma fille. C'était avant que Boyle et ses hommes ne nous fassent fuir. Et si on pouvait tout récupérer ? Tu redeviendrais la reine des abeilles. Frankie et moi, on s'occuperait du business.

— C'est pour ça que tu m'as amenée ici, Doc ? Pour te foutre de moi ? Un mot : Expropriation. Maintenant, on va le boire ce verre ?

Thettie regrette d'avoir oublié ses cigarettes dans la voiture, d'avoir quitté l'atelier. Lee a-t-il eu son message ?

— Pas seulement pour me foutre de toi, grogne Doc du bout des lèvres. Je t'ai amenée ici pour que tu puisses voir, te rappeler ce que c'était et ce que ça pourrait redevenir, si on la joue finement.

Thettie sent des yeux braqués sur elle de derrière les arbres aux feuillages persistants, de derrière les sumacs et les érables, aussi. Comme si chaque feuille de chaque branche avait un œil qui lui envoyait un message, battant des paupières à l'adresse des autres feuilles. Lyle et Homer se tiennent d'un côté. Lyle fait se balancer un fusil de chasse. Homer a un fusil à l'épaule et arrange une casquette Steelers sur son crâne chauve, barbe au vent.

— Comment ? demande-t-elle, un œil rivé sur la cabane. Comment on fait pour tout récupérer ?

Le rideau flotte-t-il de nouveau ? Un éclair noir de suie jaillit-il de la cheminée, telle l'une des ombres qui peuplaient le lac ?

— Le Chemin Forestier, répond calmement Doc.

Le regard de Thettie se pose sur Homer avec son fusil, puis sur la petite cabane de couleur terreuse et aux rideaux déchirés, et enfin sur les seaux pour les chiens nichés dans les berces – une triangulation qui commence à faire sens. *La géométrie c'est le destin*, disait toujours Frankie, et jusque-là elle n'avait pas compris ce qu'il voulait dire.

— Le truc que Frankie concocte sur l'île, dit Lyle. Une drogue de synthèse.

— Le cul du diable ? demande-t-elle.

Doc secoue la tête.

— Les parieurs cherchent le prochain gros coup, ma fille. Les drogues intelligentes. Celle à laquelle travaille Frankie s'appelle « Chemin Forestier ». Le Mélange Mortel.

— Quel rapport avec moi ?

Lyle marmonne quelque chose en imitant le langage des signes avec un doigt, Homer s'efforce de ne pas sourire.

— Ça vient de tomber, dit Doc. Frankie veut te voir, toi et toi seule.

Elle le dévisage. Le vent s'est calmé. Il n'y a aucun bruit, à l'exception des gouttes de pluie qui dégoulinent des arbres et de la respiration lourde d'Homer dans sa barbe.

— Tu l'as vu ? Frankie ?

— Il nous a tiré dessus, ce qui revient au même. Le vieil effet « lance à incendie ». Frankie n'a pas perdu la main – tireur d'élite un jour, tireur d'élite toujours. Mais on n'a pas pu s'approcher pour faire coucou.

Derrière Doc, les doigts de Lyle s'ouvrent telle une fleur qui s'épanouit puis se ferment comme s'ils explosaient.

— Il pleuvait comme vache qui pisse là-bas, ma fille. Promis juré. L'île enveloppée de brume, des chiens qui aboyaient et tout. On y voyait que dalle.

Sur un signe de Doc, Homer allume une cigarette et la passe à Thettie.

Thettie a la langue pâteuse. Elle tire sur la cigarette pour ne pas chanceler, mais aussi pour couvrir une nouvelle odeur apportée par la brise humide.

— On se calme, dit-elle le plus lentement possible. Comment tu sais qu'il veut me voir ?

— Un messager sur un jet-ski. Sorti de nulle part.

Thettie remarque qu'Homer et Lyle échangent des regards. Homer articule silencieusement « nulle part ». Doc s'appuie sur la voiture, posant son avant-bras sur le toit, regardant les bois.

— Le grand Indien tout en muscles de Frankie sur un putain de jet-ski. Avec une bestiole enchaînée en croupe et tout. La pire chose qu'on n'ait jamais vue.

— Un chien-loup, dit Homer. Un gros chien de chasse argenté.

Les yeux de Doc ne sont plus que deux fentes minuscules. Ces fentes s'étrécissent et les disques gris à l'intérieur glissent vers la cabane de Sarey, les pruches au loin et le pistolet de Lyle.

— Il t'a parlé ? demande Thettie. Cet « Indien » ?

— Pas vraiment. Il a dit que Frankie voulait vous voir, toi et les garçons, et personne d'autre.

— Attends. Ils n'étaient pas avec toi ?

Doc esquisse un demi-sourire, comme Popeye, mais sans la pipe. Un bruissement agite les arbres et Lyle et Homer se redressent, pointant leurs armes face au vide.

— Au début, pas après. On les a perdus à cause des courants, qu'est-ce que j'en sais. Ils ont peut-être dérivé vers une crique. Comment je pourrais savoir ?

Doc s'éloigne de la voiture, s'approche d'elle pour ramasser la cigarette qu'elle a laissé tomber et la lui rend.

— Rien à ajouter, reprend-il. L'Indien a dit que tu devais y aller avec les garçons demain dans un petit bateau. Qu'il vous conduirait sur l'île pour voir Frankie. Il a dit que si moi ou mes gars on mettait les pieds sur le rivage, c'en serait fait de nous. Tss-tss, siffle Doc en ouvrant grand ses yeux rapprochés. Après tout ce que j'ai fait pour ce type.

Thettie lève la tête et sent la brise du crépuscule grésiller sur sa peau brûlante.

— On ne sait pas vraiment si c'est Frankie.

Mais elle le sait.

— Y a qu'une seule façon de le savoir. Tu dis à Frankie que je suis prêt à oublier le passé. Et quand Frankie rentrera au bercail, on aura tout ça ici qui nous attendra bien sagement. Je m'occupe de récupérer les terres, dit-il en montrant les ruines de sa main meurtrie.

Elle croit presque qu'il y croit.

— Qu'est-ce qu'il y gagne ? Ou moi ?

Ce qu'elle veut dire, et ils le savent tous les deux, c'est qu'est-ce qu'il lui en coûtera, à elle.

— Tu peux compter sur ma protection. Et toute ta famille, aussi. Sans poser de questions.

— T'es sérieux ? (Elle met une main sur sa hanche et penche la tête vers lui.) Depuis quand on a besoin de ta protection ?

— À partir de maintenant.

Lyle ajuste son arme.

— Alors c'est comme ça, Doc ?

Le silence se fait et Thettie garde les yeux rivés sur le rideau de la fenêtre de Sarey.

— Pas ça, mais quelque chose. Pas maintenant, mais des fois. Ça dépend de toi, ma fille. Mais, à mon avis, je suis le cadet de tes soucis. Les choses ont changé. Tu l'as dit toi-même. Entre l'association pour le Progrès, Boyle et les Hollandais… arrange les choses entre moi et Frankie, et je nous en débarrasse.

Frankie disait que nos ennemis ne sont jamais tous au même endroit.

— Allez, ma fille, poursuit-il. Frankie a besoin de toi. Il est en train de mourir là-bas, tout seul. Il n'y a que toi qui puisses le sauver. Et alors qui sait ? Chemin Forestier…

Boum.

— Pourquoi ce nom, Doc ?

Trouve l'angle mort, disait Sarey – ce qu'ils refusent de prendre en compte c'est ce dont ils ont peur. Sarey disait qu'il y a de la place pour s'installer dans les zones grises, de la place pour pousser telle une églantine derrière un appentis – toute en pétales et épines. Toutes ces années, et Thettie n'a toujours pas trouvé les pétales, mais il est temps encore. N'est-ce pas ?

Lyle lève son fusil à hauteur de son torse pour pouvoir se curer le nez.

— Bien, si c'est ce que tu veux.

Les croassements des corbeaux montent des bois. Sarey disait que certains hommes se laissent tellement bercer par le son de leur propre voix qu'ils n'entendent pas les cris des corbeaux.

— Pourquoi ce nom ? Chemin Forestier.

— À cause de ce qu'on a dans la tête, dit Lyle par-dessus son épaule.

Homer et lui sont consciencieusement tournés de l'autre côté – sous sa veste de chasse, le gras du dos d'Homer lui remonte jusqu'aux oreilles, et la colonne vertébrale tordue de Lyle est engoncée dans un Thermolactyl, avec des manches trop courtes pour ses longs bras animés de spasmes.

— La façon dont les nerfs se ramifient comme des arbres dans une forêt.

De sa main tatouée, Homer dessine un chemin dans l'air.

— Un moyen de parvenir à mes fins.

Doc essaie de cracher, faisant grimacer sa moitié de bouche.

— Rien de personnel, Thet. Frankie et moi, on est une équipe de choc. Ça a toujours été et ça le sera toujours. Toi, tu n'as fait que rendre ça possible. Tu es un catalyseur, comme disait Frankie.

Elle cogite la minute suivante, et encore la suivante, s'imagine réunie avec Archy, Grif et Frankie, peut-être. Sur l'île ? Pour un pique-nique, par exemple. Toutes les couleurs des feuilles, le jaune des trembles, la préférée de Frankie. Semblables à des gouttes de citron, disait-il. Il lui aura pardonné. Elle lui aura apporté du baume pour son pied. Sa crème MiraKil. Ils monteront en bateau – pour les accueillir tous, il faudrait que ce soit le *Black Crown* d'Archy – et iront vers le Nord, au Canada, laisseront cet endroit derrière eux. N'y reviendront plus jamais. Le lac, la crête orientale faisant obstacle à la lumière. Elle scrute le scintillement de ce moment, s'efforce de l'imaginer, y parvient presque, sauf que quelque chose cloche dans ce scénario.

— Qu'est-ce qui te fait croire que je trahirais de nouveau Frankie ? Mon propre cousin ?

— Qu'est-ce qui te fait croire le contraire ?

La première cartouche casse une branche à leurs pieds. La seconde éclate un pneu. Lyle riposte, et Thettie se retourne.

Une femme sort de la cabane de couleur terreuse avec un fusil Mossberg pointé sur eux. Thettie reconnaît l'arme avant de se rappeler le visage de la personne qui l'épaule. C'est Doc qui était visé. Les cheveux de la femme ressemblent à une toile d'araignée grise, et on voit la forme de son crâne à travers. Ses yeux sont bleu électrique, mais ils sont aussi hallucinés, hagards et larmoyants.

À présent Thettie pleure ; elle sort de derrière la voiture.

— Sarey, c'est moi !

Sarey fait de nouveau feu. Les narines brûlées de Doc frémissent, et il lève le 44 qu'il garde toujours sous le coude – elle peut ainsi voir *Semper Fi* tatoué sur son bras. Elle entend un *croa-croa* perçant, et voit au ralenti que Sarey a touché Lyle au cul. Quelque chose rampe dans les cheveux emmêlés de Sarey. Homer jette son fusil dans la voiture et prend son 9 millimètres, mais Thettie lui donne un coup de pied à l'arrière du genou et le coup part au hasard. Elle se redresse, agite les bras en direction de Sarey et court vers elle, glissant sur la terre sèche du chemin en pente.

— Arrête. Attends, je suis de retour.

Sarey fait feu. La balle atterrit dans les fougères à un mètre devant Thettie, soulevant une gerbe de terre et de branches, et Thettie s'entend hurler. Elle dérape pour s'arrêter et tombe sur les fesses. *Croa-croa,* crient les corbeaux, leurs croassements se répercutant entre le torrent caché et le ciel.

— Faut… faut… faut, dit Sarey.

— Sarey ! s'écrie Thettie. Non !

— Content de te voir, Sarey, dit Doc.

— On est là pour Frankie, dit Thettie en agitant des plumes devant son visage. Je suis de retour, Sarey, comme je l'ai toujours dit. Je vais aller sur l'île pour le voir demain matin. Ensuite, je reviendrai te voir.

La vieille femme arme son fusil. Son regard va de l'un à l'autre.

— Faut ce qu'il faut, Thettie Harpur, sou.. viens… toi…

Des yeux bleus de la taille d'une pièce de vingt-cinq cents saillent sur son visage ridé. Elle lève la tête et bégaie un *croa* en réponse aux corbeaux. Sa voix résonne d'une terrible dérision. *Croa-croa*. Quelque chose bouge dans ses cheveux.

— Me souvenir de quoi, Sarey ? De quoi ?

— Sou… souviens… toi de res… rester en vie !

Et alors qu'elle dit cela, le rideau s'ouvre sur ce moment que Thettie a essayé de cerner un peu plus tôt. Et elle perce Doc à jour. Pourquoi il l'a amenée ici. Pas pour lui montrer ce qu'il va faire pour elle si elle lui sert Frankie sur un plateau, mais ce qu'il lui prendra si elle ne le fait pas – qu'elle n'est pour lui rien d'autre qu'un moyen de parvenir à ses fins. Il a commencé avec Sarey, en la prenant en otage pour servir de rançon au cas où Thettie ne reviendrait pas de l'île, mais il ne s'arrêtera pas là. Ses fils viendront ensuite. Puis Frankie lui-même. Et Thettie, qu'il a gardée pour la fin, mais pas avant qu'elle ne connaisse l'enfer de leur avoir survécu à tous – la vie, l'amour, la mort. Il est venu là pour lui montrer une chose bien précise et rien de plus. Que, jusqu'à notre dernier souffle, et même après, il y a toujours plus à perdre.

— Laisse-la, Doc ! Tu m'as moi. Je parlerai à Frankie.

— Bien sûr que tu vas lui parler ! braille Doc. Mais tu crois que je vous laisserai partir seuls sur l'île sans prendre de garanties ? C'est pour ton bien, ma fille, et celui de Sarey. D'ailleurs, j'ai toujours eu un faible pour ton *soda bread*[17], Sare.

— Oh, Sarey ! (Thettie a l'impression d'être poignardée en plein cœur. Assise là telle une poupée, au milieu de la poussière et des feuilles, elle est secouée de sanglots.) Tu m'as affreusement manqué.

---

17. Pain irlandais à base de bicarbonate de soude (ou de levure chimique) et non de levure de boulanger. Ses ingrédients traditionnels sont la farine, le bicarbonate de soude, le sel et le babeurre.

Sarey garde les yeux fixés sur Thettie pendant un moment, puis elle se met à rire, en silence. Les branches jaunes grouillant de griffes et d'ailes. Le vent emporte les feuilles déchiquetées, appel de la mémoire. Les yeux de Sarey s'écarquillent. Ses épaules se secouent sous l'effet de son hilarité. *Croa-croa-croa.* Elle s'immobilise subitement et crache dans la poussière aphotique qui les sépare.

— Je vais poster des hommes ici, Sarey, pour te protéger, dit Doc.

Il se met à rigoler tel un lutin, mais il s'arrête net en entendant Sarey siffler. En un éclair, Thettie voit étinceler des crocs et des gencives rouges. Elle essaie de se relever et fait son possible pour rattraper Homer qui a déjà regagné la voiture. Doc rampe sur la banquette arrière et Lyle hurle du siège passager. Thettie se précipite vers la portière et monte en voiture, précédant de peu un mastiff bavant – blanc comme de la neige sale. De son œil droit, coule une substance noirâtre qui laisse des traînées irrégulières sur un côté de sa gueule, et dans son orbite gauche cligne un œil humain doté d'un globe oculaire mordoré parfaitement rond, cerné d'un blanc crémeux. Ses crocs dégoulinent de la même substance visqueuse noirâtre qui coule de son œil, et quand Thettie lui referme la portière sur la patte, il pousse un hurlement d'angoisse humain.

— Stop ! crie Thettie, mais Homer passe en seconde et lance la voiture sur le chemin sinueux, entraînant avec lui le chien qui hurle, jusqu'à ce que Thettie puisse entrouvrir suffisamment la porte pour le dégager – sa patte antérieure s'agite de façon obscène dans sa direction tandis qu'il file en bas de la colline.

Thettie croit tout d'abord qu'un des corbeaux s'est engouffré dans la voiture avec eux, mais ce n'est que Doc qui rit – nerveusement cette fois.

— Tu me scies, ma fille. Comme toujours.

*

Après avoir changé le pneu sur la grand-route, Homer retourne derrière le volant. Assise à l'arrière, Thettie demeure bouche cousue et s'abstient de croiser les petits yeux porcins d'Homer dans le rétroviseur. Des larmes amères lui encombrent la gorge. Homer ne cesse de la reluquer depuis que Doc les a, Lyle et lui, fait monter à bord. Guettant sa chance. Elle sera prête. Elle est toujours prête. N'est-ce pas ?

Lyle gémit assis à côté de Doc qui tourne en dérision l'attaque de Sarey.

— T'as vu ce vieux flingue, Lyle, t'as vu ce recul ? L'a bien failli se retrouver sur le cul.

— Ça va, Lyle ? demande Homer. Il a foutrement mal, Doc.

— C'est là que je descends, dit Thettie quand ils s'arrêtent devant le *Way Out*, parce c'est le cul de Lyle qui a été touché et que Doc ne manquera le spectacle pour rien au monde, qu'elle-même voit le côté comique de la chose.

L'intérieur du *Way Out* ondoie et brille, ses surfaces réfléchissantes se reflétant les unes les autres comme une géode. Bouteilles, miroirs, pichets, affiches encadrées étincellent et se cristallisent à travers les larmes et la poussière des yeux de Thettie. Elle se dirige droit vers les toilettes. Dans la glace, son visage est couvert de poussière. Elle retire une plume noire de ses cheveux. Elle regarde fixement la plume voleter vers le carrelage et tomber, puis elle va vomir dans la cuvette. Elle a du sang dans le coin de l'œil, là où une branche s'est enfoncée, et des égratignures sur les bras. Elle secoue sa botte pour en faire tomber un caillou, puis la balance contre le mur cinq, six fois, avant de la remettre. En pleurs, elle s'asperge d'eau le visage, recouvre les égratignures avec du maquillage et fume un joint, secouée de spasmes. Elle regagne le bar et voit que dans chaque miroir se reflète une partie différente d'elle-même, les pièces du puzzle ne s'assemblant plus.

Elle commande une bière et un double shot de la piquette d'Avery, puis va s'asseoir dans un box le long du mur. La première gorgée lui brûle les lèvres, comme si on lui roulait une pelle. Elle en prend une seconde et guette ses fils. Quelque part au plus profond d'elle-même, néanmoins, elle laisse les lumières s'éteindre et le rideau tomber. De très loin, le cliquetis diffus des boules de billard fait remonter le temps.

2012, Pennsylvanie. Le *Landing Strip* a fermé et cédé la place à un nouveau bar à bière artisanale. Les strip-teaseuses se rhabillent et se retrouvent sans emploi. Elles traînent pendant un temps dans le nouveau bar, faisant de leur mieux pour y faire tache. Cinq, six beautés tatouées, jupes trop serrées, talons cassés et avec des dents en moins, se tenant à l'autre bout du bar aseptisé tels des grains de poussière entrés par une fenêtre. Des gardes du corps, de jeunes gens à peine plus âgés que les filles elles-mêmes gravitent autour d'elles comme de nouvelles lunes à peine ébauchées. Et un beau jour, ils disparaissent. Les filles et les gardes du corps. L'une d'elles est élue députée. Quelques-unes refont surface dans un club proche du *Landing*. L'une d'elles, Joanie là-bas, finit par épouser Clay, un petit-cousin de Thettie.

Parce que c'est ainsi que cela finira, ce besoin à la lisière des choses.

Les yeux brûlants de Thettie battent des cils à la recherche de ses fils. Un chauffeur de camion et un représentant en boissons gazeuses sont assis au bar, tous deux au téléphone. Le barman est penché sur un journal et, au-dessus de lui, la télévision rediffuse du hockey. La foule des fermiers harassés et des accros du billard commence à arriver, si on peut appeler cela une foule. Plutôt quelques camionneurs et le personnel du magasin d'alimentation venus prendre un remontant ou se donner du courage avant de regagner leurs pénates.

Les filles Harpur – Joanie, Shelly, Leanne et les jumelles – se déhanchent pour jouer de leurs charmes, mais Thettie laisse échapper un soupir, son cœur battant au ralenti. *Cessez le feu, mesdames, c'est trop tard.*

Le stock de Pedialyte que Thettie a acheté à la pharmacie n'a pas affecté la bactérie intestinale qui se propage dans le camping. Quelqu'un a vandalisé le distributeur d'eau et chié dans les douches des femmes. La partie est terminée, les filles. On a cru qu'on pourrait rentrer chez nous, mais on est allés trop loin. Tel un ressort enroulé, une boîte à musique était si remontée que la ballerine sautillait sur ses pointes. *La danse de la mort*, disait Frankie.

Le lac avec ses profondeurs glacées et ses rives en pleurs sous le lavis du ciel, la croûte de rocher glacial qui apparaît à son gré et où Frankie est parti mourir – ou attendre son retour, la première éventualité prévalant. Que veut réellement Doc ? Si elle est la clé de son avenir, qu'est-ce cela dit de son passé ? Plus important encore : s'il perd la clé, ou qu'elle se perd toute seule ?

Quel avenir s'effacera, le sien ou celui de Doc ? Est-ce que cela fera une quelconque différence ? Ou est-ce que ce sera juste une autre occasion manquée ?

Les plumes noires dans les cheveux de Sarey. Seigneur. Ce gros chien blanc avec un œil humain, et les bégaiements des corbeaux.

Archy entre et s'assoit à côté d'elle dans le box.

— Ça va ?

— La journée a été longue, répond-elle.

Un hochement de tête de Thettie suffit pour qu'une des filles vienne leur apporter un pichet de bière fraîche et des verres propres.

— T'étais où ?

— Doc m'a emmenée faire un tour dans le passé, et tante Sarey nous y attendait avec un fusil et le fils de Cujo[18], ou sa fille.

— Il t'a attaquée ? Mordue ?

— T'as déjà vu un chien pleurer ?

— Les chiens ne pleurent pas, m'man, dit Archy pour qui les animaux n'ont aucun secret. Pas de larmes. Ils gémissent et parfois même pas. La plupart souffrent en silence.

— Eh bien, celui-là pleurait, rétorque-t-elle. Sarey a touché Lyle dans le cul avec son fusil vieux comme Mathusalem.

— Lyle a pas le cul pour ça, autrement je l'aurais fait moi-même.

— Son bégaiement a empiré.

Thettie souffle un mince filet de fumée, lance un regard oblique pour constater que son fils n'a pas touché à sa bière. À le voir, il a dormi tout habillé, avec du ketchup dans la poche de son blouson de cuir. Ses yeux sont injectés de sang sous ses sourcils bas. Belle gueule et barbe mal rasée. Elle tend la main pour lui toucher les cheveux, espérant qu'il va tressaillir, mais rien.

— Où ils sont tous ?

— Tu veux dire Grif ? Je croyais qu'il était avec toi, dit-elle, signifiant ainsi qu'elle l'a espéré.

— J'ai vu Bryce sortir du mobil-home de Grif ce matin, alors non je ne crois pas.

— À ce sujet, dit Thettie en prenant la grosse patte chaude de son ourson et en l'enroulant autour de son verre de bière froid, c'est juste en attendant qu'elle se trouve un mobil-home. Il ne l'a jamais touchée, Arch. Elle me l'a dit elle-même.

Archy porte le verre à sa bouche, puis essuie la mousse sur sa moustache avec ses doigts calleux.

— Je m'en doutais. Mais je n'en étais pas sûr.

— Eh bien, c'est sûr. Mieux vaut rester dans les bonnes grâces d'une fille comme elle.

Grif franchit la porte. Archy se raidit et se lève, mais Thettie pose la main sur son bras et il reste à sa place. Emilio et Dustin s'éloignent de Grif comme des drones d'un avion, et ce dernier s'avance seul vers

---

18. Référence au roman d'horreur *Cujo*, de Stephen King, dans lequel un énorme Saint-Bernard attrape la rage et se transforme en machine à tuer.

leur table. Thettie lui fait signe de s'asseoir à côté d'elle et lui verse une bière. Grif se débarrasse de son blouson de cuir, et le sombre parfum du lac s'en dégage. Il vacille légèrement sur son siège. Une boucle de ses cheveux mouillés lui tombe entre les yeux, cachant sa ride du lion. Il ignore son frère.

— J'ai vu les bouffons de Doc au camping, apparemment pas en grande forme. (Il ôte son cigare de sa bouche et le garde entre ses doigts argentés.) Ça va, m'man ?

Sur ce, Archy fait apparaître comme par magie une bouteille de Jack et des verres à shot, et c'est tout. D'une main, Thettie effleure celle d'Archy, de l'autre elle prend un verre de bière froid, Grif versant des shots. Elle est assise entre ses deux gars, le cœur plein de plumes.

Tant qu'ils sont à ses côtés, Thettie se sent en sécurité, et tant qu'elle est près d'eux, ils ressentent la même chose. Doc peut bien croire que leur avenir dépend de lui. Elle trouvera une échappatoire. Elle laisse ses paupières se fermer un instant, appuie la tête contre le repose-tête. Quelqu'un a lancé le juke-box et elle entend une chanson qui lui évoque vaguement quelque chose.

— Ça va ? redemande Grif.

Elle hoche la tête.

— Morte de fatigue.

Mais ce n'est pas de la fatigue. C'est une chance, un choix. Et elle a besoin de temps pour en mesurer les conséquences.

— Tu as défait tes affaires ?

— Pas encore. Y a une drôle d'odeur là-bas. Je continue de penser que j'entends quelqu'un à l'étage, mais il n'y a pas d'étage.

— On n'aimait pas te savoir exilée tout au fond, près des arbres, dit Archy en guise d'excuse. C'est plus grand, pas vrai ? La salle de bains est mieux, aussi. Un placard. Et c'est plus près de nous.

— Certes, répond-elle. Mais la vue n'est pas aussi belle.

Bryce entre et commence à enduire de craie une queue de billard.

— Bizarre, finit par dire Archy. La façon dont elle est comme qui dirait tombée du ciel, au *Landing*. Y en a un qui pense comme moi ? Je veux dire, pourquoi maintenant, au moment même où Frankie a ce nouveau mélange et recommence son trafic ?

Archy-le-penseur.

— Tu crois que Doc la connaît ? demande Grif. D'avant ?

— Pas Doc, dit Thettie. Elle travaille pour Frankie. (Archy grimace.) Pas comme ça, précise-t-elle en portant la cigarette à ses lèvres. Elle le ravitaille, joue les messagères, espionne.

— Il l'a envoyée nous chercher ?

— Je savais qu'elle cachait quelque chose, dit Grif, mais sur un ton d'admiratif cette fois. Toi aussi, m'man.

— Quoi qu'il en soit, vous allez lui foutre la paix, dit Thettie en portant la main à son cœur.

— Elle appartient à Frankie, dit Archy. Bizarre…

— Elle n'appartient à personne. C'est un rat d'eau. Elle appartient au lac.

— Frankie aurait dû lui apprendre à épeler son nom, dit Grif en faisant un grand sourire à son frère.

Thettie lui lance un regard d'avertissement.

— Qu'est-ce qui s'est passé sur le lac ? Doc a dit que Frankie vous a tiré dessus et qu'une sorte de géant à jet-ski est venu pour dire que vous et moi on devait revenir demain. Seuls.

— On n'y est pas allés. (Grif allume son cigare et en tire une bouffée avec lassitude.) On était juste à côté de Doc et de ses gars, et l'instant d'après notre bateau a failli rater un pylône de signalisation surgi de nulle part et on a été séparés.

— On a quand même entendu les aboiements, dit Archy. Et son fusil.

Ils lui confirment avoir vu le jet-ski près du bateau de Doc, avec une sorte de géant dessus, une bestiole en croupe.

Le bar est plus sombre. Thettie sent des odeurs de pizza en provenance de la cuisine, et elle en a l'eau à la bouche.

— Attendez, dit Grif.

Il prend son cigare entre son pouce tatoué d'une étoile noire et un doigt avec un R rouge sur la jointure – *il parle à son cigare chaque fois qu'il lui faut un auditoire plus idiot que lui*, disait Archy.

— Pourquoi Doc nous laisserait seuls avec Frankie ? Je veux dire, qu'est-ce qui nous empêcherait de nous tirer d'ici ? D'aller au Mexique ?

— Le Canada est plus proche, ducon, réplique son frère.

— Sarey ! dit Thettie en éclatant en bruyants sanglots comme si elle tombait en extase.

Ils attendent, Grif fumant tranquillement, et Archy jouant avec ses bagues en argent. Quand elle peut de nouveau parler, elle reprend :

— Il a pris Sarey en otage, mais il affirme que c'est pour nous protéger elle et moi. Au cas où Frankie aurait de mauvaises intentions. On doit lui dire que si on ne revient pas, Sarey est fichue. À l'en croire, si on s'y prend bien avec Frankie, qu'on le fait parler, il veillera à ce que personne ne nous touche. Ni les DeGroot ni le shérif, personne.

Tous gardent le silence pendant un moment.

— Une protection contre le protecteur, dit Archy.

— Dès le premier jour, ajoute Grif, le jour où il est revenu du désert...

— En nous ramenant Frankie, comme une offrande...

— Les dés étaient jetés. On était tous fichus.

— C'est moi l'appât, dit Thettie en séchant ses larmes. La clé pour ouvrir la porte. Le moyen de parvenir à ses fins.

Frankie dirait que c'étaient là deux métaphores pour le même échange abject. Sauf pour une chose.

— Et la carotte, m'man ?

— Moi, aussi. Toujours moi. (L'alcool lui monte à la tête trop rapidement, mais au moins elle n'a plus faim.) Le Chemin Forestier. Le nouveau mélange de Frankie. Doc le veut.

— Qu'est-ce c'est-y qu'ce Ch'min Forestier ? dit Grif en parlant comme un plouc pour la faire sourire.

Comme son frère, Grif se penche vers elle, et Thettie essuie ses larmes en pensant que, pour ceux qui entrent dans le bar à ce moment même, ils ont l'air d'un monstre à trois têtes.

Archy aligne les verres, verse la bouteille par-dessus dans un sens puis dans l'autre, puis se lèche les doigts.

— Bryce m'en a parlé. C'est une nouvelle drogue intelligente. Des peptides, des enzymes, des herbes et autres. Ça aide à l'apprentissage.

— Merde alors ! s'écrie Grif. Et le plaisir dans tout ça ?

Archy secoue la tête avec une pitié feinte.

— C'est le pied, selon Bryce. Une sorte de conscience exacerbée. Comme le speed, mais sans la descente.

Grif se rencogne dans le box. Ses yeux, qui ressemblent à des phares futuristes, regardent fixement dans le vide. Archy lance un regard à Thettie, les épaules voûtées en signe d'inquiétude, comme toujours depuis qu'il est enfant. Grif se penche vers son frère et essuie avec le poignet crasseux de son blouson un mince filet de salive que celui-ci a au coin de la bouche.

— Peut-être que Bryce n'est pas la seule à travailler pour Frankie, t'y as déjà pensé ? demande Archy à son frère.

Grif et Thettie le dévisagent, le premier avec incrédulité, la seconde avec une lueur d'espoir. Grif se rassoit et tire sur son cigare, attendant qu'on lui explique ce qu'il y a de drôle.

— Je dis seulement que Frankie sait que Sarey est toujours à la ravine, et qu'il connaît Doc mieux que personne. Quelqu'un comme Doc a toujours besoin d'une garantie humaine, toujours. C'est son côté sociable – un homme ne vaut que par les gens qu'il croit tenir. Sachant que Doc ne reculera devant rien pour obtenir ce qu'il veut, Frankie aurait une longueur d'avance sur ce coup-là. Peut-être.

L'équipe de choc. Thettie se redresse et accorde toute son attention à son Archy-le-penseur. Grif tire sur son cigare et réfléchit, ses yeux sont bleus comme de la gélatine Jell-O[19]. Il agite la main pour demander une autre tournée puis attend que la serveuse s'en aille.

— Tu es en train de dire que c'est peut-être Frankie qui se joue de Doc ?

— Le fait est, répond Archy, que Frankie a tout. Tout ce que Doc a toujours désiré. Un manoir, une île, le mélange qu'il concocte – ce qui est un piège d'enfer, si tu veux mon avis. Un super appât pour un gros poisson comme Daylin McMurphy. Tu piges, ducon ?

Grif hoche la tête et tire sur son cigare comme un malade.

— Mais il n'a pas m'man.

Archy fait tourner ses bagues. Grif rougit. Thettie s'apprête à dire quelque chose mais se ravise.

— M'man. Laisse tomber. N'importe qui aurait fait pareil. Tu as fait le seul choix possible.

— Je dois arranger les choses, Grif. Il le faut.

— Grif a raison, dit Archy. Tu n'es pas seule, tu ne l'as jamais été. On doit tous arranger les choses. C'est notre chance à nous, aussi.

— Et si ça avait quelque chose à voir avec l'île ? demande Grif. Un tas de cailloux qui s'affaisse de plus en plus chaque année, si bien qu'on peut à peine l'apercevoir désormais. Le lac l'avalera et le Chemin Forestier se transformera en Forêt Engloutie…

---

19. La marque de gélatine Jell-O est devenu un nom générique pour désigner des desserts de gélatine multicolores.

Thettie lui jette un regard cinglant et vide d'un trait le shot qu'il lui sert, la pièce se met à tourner.

— Vous avez vu quelque chose ? Dans les parages de ces pylônes de signalisation ?

Grif fait un mouvement en spirale avec son doigt – Thettie observe le « L » tatoué en noir tournoyer comme une toupie.

— On ne voit pas grand-chose. Seulement des rochers et des arbres à travers la brume. Et les courants sont traîtres. À cause d'une fosse peu profonde dans les eaux alentour.

Et tous trois essaient d'imaginer la chose, une île de dessin animé et les eaux du lac s'ouvrant pour avaler Doc, et la façon dont ils pourraient s'y prendre pour cela se produise.

— Peut-être que, dit Grif dans un grognement sourd, oncle Frankie nous a fait revenir pour nous libérer.

— Ou peut-être pas, réplique Thettie. Sarey est assignée à résidence, et je suis entre le marteau et l'enclume. Doc appelle protection ce qui n'est jamais que de la dissuasion, mais je dois aller voir Frankie…

La veine qui zèbre le grand front de Grif se met à palpiter.

— … pour de bon, achève-t-elle.

Archy tend la main et la pointe tel un revolver en direction d'Emilio et de Dustin qui sont au bar. Ils en prennent acte en faisant de même, puis se remettent à parler tranquillement tous les deux. Emilio a le teint pâle d'un sang-mêlé – en partie Harpur et en partie créole – et une mèche rebelle ; Dustin est massif et a des taches de rousseur, et il fait preuve d'une réelle habileté à manier les anciennes armes nordiques.

Grif est devenu songeur.

— Homer et Lyle… faut se demander ce que Doc a sur eux.

— En parlant de monstres, dit Thettie en écrasant dans le cendrier sa cigarette à moitié fumée, est-ce que l'un de vous a vu les affiches en ville. Le lézard qui a disparu ?

Archy et Grif répondent par l'affirmative.

Elle leur raconte comment, cinq ans auparavant, l'enfant de Lee a été tué, ses restes dispersés on ne sait où, si bien que Lee ne les a jamais retrouvés, et qu'il ne partira pas sans cela. Après qu'elle a révélé toute l'histoire, tous trois gardent le silence pendant un moment.

— Quoi qu'il se passe avec Frankie, déclare Grif calmement, je ne resterai pas dans ce trou à rats.

Archy tape sur la table, le juke-box étouffant le fracas de ses bagues.

— T'rappelles la fois où Frankie nous a fait remonter la rivière pour attraper des truites, et qu'il s'est fichu de nous en nous faisant croire que les truites dansaient au son de sa guitare ? Que plus il jouait vite, plus elles dansaient vite ?

— On aurait dit qu'elles dansaient, je le jure, répond Grif. Les Maskinongés à ressorts.[20]

— Iggy Truite.

— Et ce vieux chien, Scrappy, qui niquait tout ce qui bougeait. L'avait un faible pour toi, Archy, T'rappelles ? Tu avais environ neuf ans. Ce clébard était amoureux de toi, et toi : *Regarde oncle Frankie, il veut jouer à saute-mouton.*

Grif fait semblant de niquer la table. Archy est pris d'un fou rire irrépressible, tout en essayant de parler entre deux hoquets.

— Frankie a pété un plomb. Je croyais qu'il allait mourir. « Saute-mouton, » il répétait, « saute-mouton ».

Ils en pleurent de rire. Des larmes de monstre à trois têtes.

Thettie se mouche dans une serviette.

— La seule raison pour laquelle Doc me veut, dit-elle plus pour elle-même que pour ses fils, c'est parce que personne ne peut m'avoir. J'appartiens à Frankie. À vous.

— Tu n'appartiens qu'à toi, m'man. Des hommes seraient prêts à tuer pour ça.

— L'amour est aveugle, dit Grif. (Les yeux bleus d'Archy sont noirs comme de l'encre.) Doc croit qu'il est la seule option possible. C'est sa faiblesse. Il pense qu'il est le seul à pouvoir nous protéger, mais il ne connaît pas oncle Frankie ni ce dont il est capable. Il n'a jamais rien compris.

Et il ne nous connaît pas nous, songe Thettie. *Il ne connaît pas les Harpur, des fous d'amour.*

Archy verse une autre tournée et ils trinquent tous ensemble.

— Liberté, disent-ils en chœur.

La pluie redouble. Le bar se remplit, et Thettie laisse s'estomper les événements de la journée. Sa conversation avec Bryce, le terrarium béant du lézard dans l'atelier de Lee. Sarey se moquant d'elle tel un corbeau devenu fou, comme si la mémoire n'était peut-être qu'une

20. Jeu de mots sur le groupe de rock Sprung Monkey (singe à ressort).

blague, mensonge pour mensonge et rédemption à portée de tir ? Thettie aperçoit un petit groupe d'employés malpropres du *Rod'n'Reel* se frayer un chemin vers les tables de billard.

— C'est quoi ça ? dit Grif en retirant une plume des cheveux de sa mère.

— Dansons, dit Archy.

Il conduit Thettie sur la piste de danse. La foule s'écarte pour laisser passer l'homme-ourson et la maman ourse qui aurait pu être sa sœur, qui aurait dû être sa sœur, mais qui danse comme une femme venue du futur – tout en coudes et cou. Dans le box, Grif bat la mesure avec ses pieds, caché derrière un nuage de fumée de cigare, une fille de ferme se frottant à lui. Et Thettie savoure le faux espoir que Lee va arriver, d'un instant à l'autre, et que cela lui fera plaisir de voir à quel point elle déborde d'énergie dans les bras de son fils, combien elle est heureuse et libre.

14. Baignade nocturne

Il y a une forêt de plantes aquatiques là-dessous, élodées et hydrilla. Lee en écarte les tiges pour nager entre les feuillages pubescents. Sous la surface, l'eau réfracte la lumière des étoiles en une colonne blafarde qu'il prend soin d'éviter de peur de se faire aspirer et de se retrouver Dieu sait où.

Ses doigts se referment sur une plante qui lui reste dans la main, racine pourpre comprise. Face à cette ondulation reptilienne, son cœur se soulève. Il plonge pour s'en dépêtrer. Le temps ralentit sa course, et la racine s'accroche et s'entortille autour de son bras. Il regagne la surface d'une impulsion du pied et aspire de brusques bouffées de la nuit sans étoiles. Tout autour de lui, l'eau est d'un rose corrosif sous l'obscurité du ciel menaçant. Lee décrit un cercle étroit. D'abord à la brasse, puis sur le dos. Sa peau le brûle. Il doit être près de minuit, peut-être plus. La plante est toujours accrochée à son bras.

Il a désiré son retour. Il n'a pas pu aller chez elle au cas où Vernon reviendrait, aussi les a-t-il attendus l'un et l'autre en vain. Il a rallumé la cuisinière et refait du café, nettoyé le terrarium de Vernon pour en chasser les mauvaises odeurs. Mais elle n'est pas venue, et il a commencé par le lui reprocher avant de craindre qu'il ne lui soit arrivé quelque chose. Puis sa peur a pris corps jusqu'à le dévorer.

Il a essayé de le noyer dans l'alcool, ce monstre qui consume le temps. Et l'alcool lui a dit qu'il était temps de rencontrer enfin cette créature, quelle qu'elle soit, quelles que soient ses conditions.

Demain n'existe pas. Seul compte aujourd'hui.

Il se hisse sur le canoë, nu et dégoulinant. Il tombe une pluie fine. Avec un couteau à poisson, il taille dans la plante rouge qui lui enserre les poignets, se coupant en plusieurs endroits. Il lutte contre le froid engourdissant en lampant la bouteille qu'il a emportée, se réchauffant ainsi le sang. Une fois la plante détachée, il la jette par-dessus bord et le lac criblé de gouttes de pluie l'aspire. Il enfile son jean et un Thermolactyl, puis s'ouvre une autre bière. Thettie veut croire qu'elle n'a besoin de personne pour veiller sur elle. Que, n'ayant plus rien à perdre, elle ne risque rien. Qu'elle est libre. Lee a été dans le même état d'esprit, après que son fils lui a été enlevé. Mais même quand le monstre vous a arraché tout ce que vous aviez, il reste quelque chose. La mort n'est pas la fin, pas plus pour les morts que pour ceux qu'ils laissent derrière eux.

Sa femme, même une fois revenue dans l'Est, s'est baignée tous les jours. Elle revêtait une combinaison de plongée lors des mois les plus froids, sauf en janvier. Quand le lac était gelé, elle allait à la piscine de l'université. Sa femme, avec ses larges épaules, son ventre plat, ses cuisses galbées et musclées. Entre elles, le mont de son pubis relativement proéminent invitait à l'amour, si bien que dans ses rêves il le prend dans ses mains, glisse un doigt ou deux dans la fente vulvaire toute chaude qui s'offre, ou se fige au réveil.

Il lance la canette vide contre la paroi du canoë, comme les précédentes. Au-dessus de lui, les nuages se déchirent et les mâchoires scintillantes de Ganymède tournoient. A-t-il rêvé ses dieux ? Ne sont-ils que des hallucinations ? Sa femme a redécouvert les lieux de son enfance à Little Ridge, trouvant des tortues et des écrevisses dans le lac, des bosquets secrets où des satyres surgissent et hurlent en silence.

— Regarde, dit-elle. Le monstre du lac.

Leur fils, qui ne fêtera jamais ses huit ans ici-bas, agite solennellement la main en un point donné sur le lac où ils observent une créature née par magie dans les profondeurs du sang répandu par une autre mère. Le sang qui engloutira et noiera toute vie, à moins qu'*Aglaeca*[21] – la mère-louve du monde – n'arrive la première. Pour sauver son fils monstrueux et le sortir du lac de sang mortel qu'elle a elle-même créé, pour laver soigneusement l'abomination en la léchant. La mère-génitrice considérant centimètre par centimètre sa propre création, égoïstement, lentement, dans le but de découvrir le moyen secret de la détruire, et comment y parer. Danger et délivrance liés à la même chaîne

21. La mère de Grendel (dont le nom n'est jamais cité), dans *Beowulf*, premier poème épique en langue anglo-saxonne de la fin du premier millénaire.

de la vie et à des fins interchangeables. Sa femme a fait deux fausses couches avant que leur fils ne naisse enfin sans la moindre complication. Parce que chaque dieu doit créer son petit agneau, et que toute création abrite à l'intérieur des sentiers de sa mémoire un rêve de mort. Et sur la chair délicate, le Temps trouve toujours une autre veine où piquer.

Si Lee n'a jamais été à l'aise avec cette histoire de monstre du lac, sa femme et son enfant ont gobé toute l'extravagance de cette fable, comme si, au-delà des douces ondulations du lac et des pittoresques forêts et vergers à perte de vue, il existait un monde où les monstres peuvent être considérés comme des égaux, où une simple permutation de termes définit les règles du jeu.

À sept ans déjà, leur fils respirait la sérénité derrière ses verres épais, grand pour son âge, mais trop maigre. Parfois, il serrait ses pouces sur le côté de ses mains, abysse opposable, lieu de terreurs innommables. Croyant à tort, comme nous le faisons tous, que l'autodéfense est partout et toujours possible, y compris là où nos cœurs ne tiendraient pas.

Lee se tient devant le réfrigérateur ouvert dans la cuisine de leur nouvelle maison près du lac, d'où son fils sera enlevé quelques jours plus tard. Sa femme est penchée sur le dernier dessin du petit garçon – une créature mutante couverte d'écailles qui hurle des profondeurs – et lui-même la regarde esquisser une étoile chaude et brûlante dans son œil mort. Une drôle d'odeur émane du réfrigérateur et il en ferme aussitôt la porte, redoutant moins de se faire aspirer Dieu sait où que de le vouloir.

*

Après sa rencontre avec Boyle, Lee regagne son atelier en traversant le village désert. Des affiches de Vernon flottent çà et là. Faute de trouver Thettie, il découvre sa photographie par terre, comme si elle était partie précipitamment. Peut-être s'agit-il d'un SOS ? Une figure humaine où auparavant il n'y en avait aucune. Toutes ces photocopies de Vernon, toujours DISPARU. Toutes ces toiles représentant le lac. Idem. Lee va tout brûler. Et ensuite il ira la retrouver, l'invitera à dîner, tout ce qu'elle veut.

Mais d'abord il se met à peindre. Puis il se met à boire. Ou peut-être est-ce l'inverse. Et alors il commence à se souvenir et ne peut s'arrêter de peindre. Et il ne peut s'arrêter de se souvenir et de boire. Il boit et peint dans un délire fiévreux de petites taches pâles enfouies sous des bruns fécaux et des rouges d'arrière-faix. Une demi-heure avant minuit, la sueur sur son front se glace. Le pinceau vole de ses mains. Il est soudain saisi d'un besoin irrépressible d'aller sur le lac. Le lac ne cessera jamais de l'appeler, son désir est insatiable – sa quête également.

*

— Me voilà ! hurle-t-il en s'efforçant, mais en vain, de se relever.

À présent, le canoë bleu turquoise a dérivé presque jusqu'au milieu du lac. Un sillon creuse le fond du lac – à plus de cent cinquante mètres de profondeur, avant qu'il ne redevienne dangereusement peu profond à l'approche de l'île. Devant lui se dresse la balise de signalisation, monolithe incliné émergeant de l'eau. La police fluviale a ajouté des bouées avec des pancartes *Danger*, et à tout cela, Frankie Harpur, ou quelqu'un d'autre, a ajouté un panneau où il est écrit *Propriété privée. Entrez à vos risques et périls.*

Le canoë tournoie, pris dans une bourrasque, et Lee vomit par-dessus bord. Quand il relève la tête, il fait de nouveau face au village, tiré en arrière par le courant, si bien que les maisons blotties sur Main Street s'éloignent tel un morceau de banquise se déplaçant rapidement, que le clocher se brouille sur fond d'étoiles, et que les feux de camp des Harpur se réduisent à des points rouges sur le rivage.

15. Désir

Un nombre incalculable d'heures plus tard, ils sont toujours au *Way Out*. Les fenêtres sont devenues des miroirs, et Thettie est passablement soûle. Elle n'a pas cessé de guetter Lee, mais il n'est pas venu, et elle sent qu'elle commence à cogiter. *Est-ce à cause du Polaroïd ? S'est-il mépris sur ses intentions ? A-t-il vu dans cette photographie une promesse qu'elle ne pourra pas tenir, un appel auquel il ne pourra pas répondre ?* La taverne n'est qu'à moitié pleine, quelques DeGroot qu'elle ne connaît pas, des gens du coin, et des Harpur.

Elle parle avec ses fils de l'ampleur des transformations de Little Ridge, que tout désormais y semble factice. Ils parlent de trouver un moyen de s'affranchir des menaces et des promesses de Doc – y compris un moyen qui impliquerait de se débarrasser d'Homer et Lyle. Ils récupéreront Frankie et passeront l'hiver au camping si nécessaire, à moins d'avoir le temps de reconstruire à la ravine Triangle. Puis ils reviennent sur la disparition du monstre de Gila, sur le fait qu'il y a dans son venin quelque chose qui permettrait à Frankie d'obtenir son Mélange Tueur.

— J'ai lu quelque chose là-dessus, dit Grif. On s'en est servi sur les vieux, pour leur faire retrouver leurs fonctions cognitives, et puis le marché noir s'en est emparé, comme toujours.

— Promets-moi une chose, dit Thettie en s'efforçant de rester dans l'esprit qui a été le leur jusque-là, mais consciente que le froid gagne son âme. Si jamais je vieillis, pas de bave de lézard.

— Pas de bave de lézard, acquiesce Grif.

Elle termine sa bière jusqu'à la dernière goutte.

— Je suis sérieuse.

— Bave de lézard, s'écrie Grif en tapant du poing sur la table.

Archie l'imite aussitôt de ses doigts couverts de bagues, et ils se mettent à frapper le sol du pied. Une partie des Harpur présents se joint à eux et la salle tout entière résonne de martèlements, de piétinements et de scansions « Bave de lézard, bave de lézard », jusqu'à ce qu'Avery, le barman, doive leur hurler d'arrêter, menaçant d'appeler les flics.

Les yeux rivés sur la porte, Thettie se remet à penser à Lee, jusqu'à ce qu'Archy s'impatiente, ce qui est compréhensible. Quel enfant ne se sent pas menacé, ou du moins écœuré, par la vie amoureuse d'un de ses parents ? Elle n'a rien voulu savoir des aventures de son père, mais il lui a quand même tout raconté, et elle n'entend pas suivre ses pas. À sa droite, Grif chancelle et allume un cigare. Entouré de femmes, il renverse de la bière sur sa veste en laine. À sa gauche, Archy entre en transe, s'enflamme et parle d'avenir.

Ils commandent une pizza. Thettie en mange un morceau, car elle meurt de faim. Sa terreur croissante lui fait oublier qu'elle est piscivore, mais aussi quand et pourquoi elle a commencé toutes ces conneries de riche. Les pepperoni, ou quoi que cela puisse être, sont aussi chauds et corsés qu'à la maison, et tout aussi mortels. Et ils demandent d'autres pichets. Beaucoup de pichets. Thettie se noie un peu plus dans chacun d'eux.

Doc et ses sbires entrent pour boire un verre. Si Lyle boite, Doc est d'humeur joyeuse. Il fait un signe de tête à Thettie tout en gardant ses distances, comme pour prouver qu'elle peut être une femme libre à condition qu'il le tolère. Comme pour souligner que le choix qu'il lui a donné n'en est pas un. Le désespoir de Thettie s'accroît.

Elle a cru qu'elle était une protection. *Hubris*, disait Frankie. *Orgueil mal placé. Redescends sur terre, Thet*, disait Cassie.

Bryce gagne de l'argent en jouant au billard avec les employés du *Rod'n'Reel* et leur paie une tournée. Grif va lui parler un instant, mais tel un amoureux transi Archy se contente de lui faire un signe ; le cœur de Thettie se serre à la vue de son œil manquant, et elle s'agrippe au faux espoir qu'elle voit se muer en fol espoir. Mais l'alcool et la nourriture déroulent la scène en un ralenti à l'eau de rose, pour l'accélérer en un clin d'œil l'instant suivant. Et en un clin d'œil, la fille est partie, et avec elle son espoir d'une seconde chance. Et le juke-box joue toujours.

— Les Stranglers, dit Archy. Je viens de m'en rendre compte. Cette chanson que jouait Frankie, c'est *Golden Brown*, des Stranglers. Tu te rappelles ?

Le chien albinos qui hurlait à la ravine, avec un œil humain – mordoré[22] – revient à l'esprit de Thettie. Elle s'apprête à leur en parler avant de se raviser. Cela ne servirait à rien. Cassie et Frankie jouaient tout le temps cette fichue chanson. *Golden Brown, texture like sun*[23]. Des larmes alcoolisées lui brûlent les paupières. Frankie. Frankie ne veut voir qu'elle, a dit Doc. C'est elle qui les fera tous tuer. Sinon, à quoi joue Frankie, à supposer que ce soit un jeu ? Cela n'a jamais regardé qu'eux seuls – le pardon comme acquis, un jeu oublié. La main sur le cœur, Frankie, je suis coincée.

Elle se rappelle le rire de Doc dans la voiture alors que Sarey leur tirait dessus, que tout était joué dès le début. Mais les règles ont peut-être changé, ou elle peut les changer. Au lieu d'être un moyen pour Doc de parvenir à ses fins, peut-être peut-elle supprimer ce moyen. *Croa-croa.*

Sarey avait raison. T'es fichue si tu le fais, t'es fichue dans tous les cas. Mais, au final, on ne peut pas faire plus que ce que nous dit notre cœur. Peut-être que la seule façon de sauver les siens est de les libérer de Doc. Peut-être que Grif a raison. Que Frankie l'a fait revenir pour les libérer. Et peut-être est-elle la clé, pas celle de l'avenir de Doc, mais du leur – une chance d'échapper à ses choix déplorables. Ils comprendront certainement – et lui pardonneront – que c'était là leur unique chance de faire tourner celle de Doc. Qu'il faut parfois brûler la maison pour sauver les meubles.

Mais est-elle capable d'abandonner ses fils ? Le fera-t-elle ? *C'est ma dernière chance, Frankie, de leur en donner une seconde.*

Grif interrompt le fil de ses pensées impardonnables.

— Que Frankie aille se faire foutre. Je dis qu'il faut se tirer sans attendre. Tout de suite. Récupérer Frankie et Sarey, et laisser tomber Doc, de la même façon qu'on l'a fait avec Frankie. Peut-être amener Bryce à nous aider. C'est un rat d'eau, elle trouvera le meilleur moyen d'aller sur l'île, puis le meilleur moyen de rejoindre le Canada par l'Ontario.

Thettie détourne les yeux.

— Doc nous retrouvera, dit Archy. T'rappelles la dernière fois ? Doc nous retrouve toujours.

Archy dessine des œillères autour de ses yeux et louche comme le faisait Doc. Ils rient timidement.

---

22. « Golden brown », en anglais, comme le titre de la chanson des Stranglers.
23. « Texture mordorée comme le soleil », paroles de *Golden Brown.*

Thettie embrasse du regard la salle et ses recoins éclairés de néons.

— Tu as raison. J'ai jusqu'à demain pour régler ça.

Si ses fils en concluent qu'elle ira le lendemain rencontrer Frankie sur l'île, elle ne va pas les contredire.

Elle tend les bras pour prendre leurs mains et les rassembler dans les siennes.

— J'aimerais seulement m'en occuper toute seule. Je n'ai jamais gagné l'oscar de la meilleure mère de l'année, et voyez dans quel pétrin je vous ai mis. J'aimerais qu'il n'en soit pas ainsi. Je l'ai bien cherché, ça devrait être à moi seule d'en payer le prix.

— Grif l'a déjà dit, assène Archy. Tu n'es pas « toute seule ».

— Je rentre, répond-elle.

— Pas de coup d'un soir. Promis ?

Elle promet.

— Tu te rappelles où c'est ? Le grand mobil-home à côté du nôtre, loin de l'autre.

— Près de nous, dit Grif. Et pas au milieu de nulle part.

— Où personne ne peut t'entendre crier.

Archy fait grouiller ses doigts comme autant de bestioles à vous flanquer la frousse. Thettie les lui retient. Il éclate de rire.

Elle se souviendra de ce son. La musique de ses fils riant comme des enfants. Grif debout avec ses cheveux ébouriffés, et Archy à côté de lui, faisant grouiller ses doigts comme autant de bestioles à vous flanquer la frousse. Grif incline son verre. Archy lève le sien en réponse, et Thettie lève le sien une fois encore, et les trois verres poisseux se rejoignent en silence, captant la lumière.

— Demain, disent Archy et Grif. Demain !

Et elle le dit aussi, avec un léger décalage. *Demain.*

Elle proteste, mais ils la font raccompagner par Emilio, qui la prend sur son vélo. Pas de coup d'un soir, a-t-elle promis, et ils ont raison de ne pas lui faire confiance. Emilio la dépose devant le porche du mobil-home, où elle le remercie. Il la salue et regagne son propre mobil-home, de l'autre côté de celui d'Archy et Grif. Elle gravit le perron – à moitié enfoui dans la terre et bordé de géraniums mal entretenus – et regarde avec mélancolie le no man's land qui la sépare de la petite cabane nichée sous les arbres, dont une fenêtre donne sur le lac et l'autre sur les étoiles. Elle a toujours envie d'être avec Lee, flottant quelque part entre les deux.

Tel un prisonnier faisant s'entrechoquer ses clés, le vent cliquette contre les fragiles fenêtres du grand et laid mobil-home qui lui a été assigné. Tandis qu'elle titube jusqu'à la porte, elle sent des picotements dans sa gorge.

C'est fermé.

Elle ne se rappelle pas avoir fermé la porte, et malgré tous ses efforts la clé ripe sur le pêne de la serrure imbibé de pluie avant qu'elle réussisse enfin à rentrer chez elle. Perchée quelque part en hauteur sur un sapin, une chouette hulule.

À l'intérieur, il y a un petit salon – un simple canapé face à un téléviseur qu'elle ne se rappelle pas avoir allumé, mais qui l'est néanmoins, en mode silencieux et sur une chaîne pleine de parasites, une chaîne étrangère. Les poils du tapis, qui porte encore la marque des sacs de Doc et de ses sbires, sont ébouriffés comme si l'on avait marché dessus en traînant les pieds. Derrière le téléviseur, un petit coin-repas, des tulipes en plastique dans un vase. Elle n'a pas encore déballé ses affaires et sa valise est ouverte par terre. Elle se déshabille, prend une chemise de nuit et l'enfile. Doc a laissé une bouteille entamée de bourbon au miel sur le comptoir de la cuisine, comme cadeau de bienvenue. Sa perte. Doc sait ce qu'elle veut. Elle sent encore son eau de Cologne. Il a même laissé une serviette dans la salle de bains – essaie-t-il de lui envoyer un message ? Sèche-toi bien après la douche ?

Daylin Murphy. Un nom volé à un homme qu'il a tué dans le comté de Sligo pour pouvoir s'enfuir en Amérique, loin du fantôme de Toeless Mears, sans parler de sa veuve impitoyable. Thettie se demande, comme toujours, qui est le vrai Doc – l'étudiant en médecine qui a été renvoyé après s'être fait prendre les mains plongées jusqu'au coude dans un cadavre, ou l'enfant devenu orphelin derrière une salle de bingo ? Un gamin avec de mauvaises dents et un monosourcil.

Ça, il le lui a raconté : il a passé un jour et une nuit dans la voiture de son père derrière cette salle de bingo. Son père y était entré pour voir un certain Haha Malone à propos d'une carte de crédit qui avait disparu. Il n'en était jamais ressorti. À la place, Paddy-le-crochet s'était pointé.

— Et le reste, comme on dit, c'est son histoire, conclut-il toujours. Haha. Compris ?

Thettie se verse le verre de bourbon dont elle n'a pas besoin et prend un étroit couloir aux murs fissurés, avec un calendrier de l'année précédente suspendu à un clou. Au bout, il y a deux chambres : une qui donne sur les belles cabanes en bordure du lac, mais qui en est séparée par une rangée d'autres mobil-homes ; l'autre a une fenêtre qui s'ouvre sur le bois. Elle choisit celle qui donne sur le lac. Pas de lumière. Elle jure, mais décide qu'elle peut s'en passer. De toute façon, une lumière pâle venant du lac entre par la fenêtre ouverte. Elle envisage de la fermer, mais il flotte dans la pièce une mauvaise odeur à la fois gazeuse et terreuse qu'elle ne peut identifier, aussi la laisse-t-elle ouverte. Elle sort son flacon d'Ambien et le regarde fixement.

Elle s'allonge sur le couvre-lit en chenille, renflé sous ses mains. Le couvre-lit a une drôle d'odeur, lui aussi. Elle envisage de l'enlever. Elle appuie la tête contre la tête du lit et, même si elle n'en a plus envie, boit le bourbon à petites gorgées. C'est trop sucré, une fausse douceur due au miel artificiel, rien qu'une saveur bon marché qu'on peut commander en ligne. L'odeur nauséabonde de la pièce glisse sur la couverture de sa lassitude. Elle soupire de tout son corps, involontairement. Frankie. Qui l'attend sur l'île depuis tout ce temps. Dix ans. *From far away, stays for a day*[24]. Et ce que Doc attend d'elle. Est-ce le prix à payer ?

Car si elle est un moyen pour un homme de parvenir à ses fins, n'a-t-elle d'autre issue que de supprimer ce moyen ? Elle pose la bouteille de bourbon sur la table de chevet. Elle prend un flacon d'Ambien et le secoue pour en faire tomber une pilule. Puis une autre. Et d'autres encore. Elles s'accumulent dans sa main. Faut-il en passer par là pour être enfin libre, où y a-t-il une autre solution ?

Un bruissement se fait entendre non loin, peut-être de l'intérieur de la chambre. Thettie songe à regarder sous le lit, mais elle est bien trop épuisée. Peut-être est-ce Emilio qui fait un tour d'inspection. Elle fait comme si elle n'avait rien entendu, s'efforçant de ne pas avoir peur. Archy et Grif rentreront sous peu et s'ils sont son seul espoir, alors qu'est-elle pour eux ? *La reine des abeilles, Doc ? Dans tes rêves peut-être, mais pas dans les miens, Doc. Je n'ai rien à voir avec l'histoire que tu essaies de raconter.*

Derrière la vitre, avant l'orage imminent, le lac se transforme en une mer d'huile et le ciel au-dessus devient plus pâle que l'eau. Elle écarte les rideaux, scrute le no man's land qui sépare le mobil-home de la rangée des cabanes plongées dans l'obscurité. L'orage éclate, lui

24. « De loin, reste un jour », paroles de *Golden Brown*.

permettant d'apercevoir l'île au loin, la lueur rougeâtre sur le pylône de signalisation.

— Frankie, c'est moi, Thettie, je suis de retour.

From far away, stays for a day[25].

Il doit y avoir un moyen.

Thettie sourit. Cassie disait toujours que Frankie était un poète qui s'ignorait. Elle remet les pilules dans le flacon.

Parce que, désormais, elle n'est plus « toute seule ».

Doc a tort de croire qu'elle trahira de nouveau Frankie, mais il a raison de penser qu'elle n'abandonnera jamais ses fils. Ils sont le prolongement d'elle-même, impossible de dire où l'un finit et où commence l'autre. Quoi qu'elle soit, elle n'est pas plus un moyen de parvenir à une fin qu'une fin justifiant un moyen. Elle est quelque chose d'autre et il doit être possible de trouver ce qu'est ce quelque chose. Il doit être possible de se libérer du passé. De ne plus être la reine des abeilles, d'être tout simplement elle-même.

C'est toi le poète, Frankie, pas moi. Elle prend deux Ambien, en pose un troisième sur la table de chevet, au cas où. Elle n'a pas besoin de la protection d'un monstre. Elle est la protection. Elle l'a toujours été, et Doc n'a pas le pouvoir de changer ça. Elle relâche le rideau, avale les deux Ambien avec du bourbon et se laisse tomber sur le lit. Elle s'endort en quelques minutes.

*

La chambre est froide et le lit petit, aussi Vernon, attiré par la chaleur du corps de Thettie et par l'odeur de pizza qu'elle exhale, n'a pas beaucoup à ramper quand il quitte sa cachette sous le lit.

Le venin du monstre de Gila est mortel, mais il en produit une quantité si faible – sans oublier que c'est la mâchoire inférieure qui le distille – qu'il est normalement inoffensif. Il l'est toutefois moins que d'habitude, compte tenu de la quantité d'alcool et d'Ambien qui coule dans les veines de Thettie et du fait que les molaires recourbées du lézard mordent dans la chair molle de sa lèvre. Alors que son œsophage commence à gonfler, Thettie, qui ressent les effets nootropiques des peptides génétiquement modifiés, se met à rassembler

25. Paroles de *Golden Brown*, des Stranglers.

les souvenirs épars d'une mémoire enfouie. Des souvenirs tels que sa naissance, la pression de l'érection d'oncle Ike contre ses fesses de bébé de deux ans assis sur ses genoux, Frankie avec son sourire triste et niais la prenant par la main pour lui montrer une tanière de renardeaux albinos sur la crête qui surplombe les chutes – ces fragments de temps inoubliés lui traversent l'esprit en flottant sur une vague de venin. Des souvenirs déferlent et s'entrecroisent tels des courants, tous ne surgissant pas du passé, mais également d'un avenir encore possible. Des nuits inconnues, froides et effrayantes, des mains humides qui se referment sur son cou, et la pièce pleine d'étranges parasites discontinus ressemblant à du morse, entrecoupés par les pleurs d'un enfant. Son esprit fait un bond en avant – un petit bateau enseveli profondément dans la glace – puis en arrière – le parfum de gaufres brûlantes – et de quelque part entre les deux surgissent des flammes et des éclats de métal. Un effet d'entrelacs, ces souvenirs, telles des branches qui poussent les unes sur les autres sous la canopée. Un chemin percé dans la forêt d'où s'égarer – *from far away, stays for a day*. Une mélodie qui lui colle à la peau, cassant net les dendrites semblables à des brindilles pour que de nouvelles puissent prendre leur place. Sa chair se déchire de blessures qui ne guériront pas, arbres qui génèrent des racines d'amour souillé – tandis que son corps décrit un arc et se lacère en sa dernière aventure.

De sorte que, quand ses fils trouvent leur mère baignant dans le sang et le vomi – un flacon de pilules retourné et une bouteille de bourbon renversée sur la table de chevet – Vernon est parti depuis longtemps. Son énergie stimulée par un déclenchement neuronal, il se dirige vers l'ouest, où il est né dans un terrier sablonneux du pays navajo et qui lui paraît à présent l'endroit idéal pour aller mourir.

DEUXIÈME PARTIE

16. Vent obscur

L'île avance trop vite. Elle file comme une flèche vers le canoë, la masse verticale de roches et de mousse se dirigeant droit sur Lee. L'eau ne cesse de s'en éloigner comme elle s'écarte du Léviathan expirant. Le sombre bosquet d'arbres dans l'anfractuosité des rochers clignote sous l'effet stroboscopique des éclairs. Une ancienne narine rocailleuse se dilate, plus maléfique encore que dans ses rêves.

C'est alors que le courant emporte le canoë comme s'il avait changé de plan, et l'île disparaît soudain, cédant la place à la nuit noire. Le vent trempé gifle Lee et les langues noires du lac lèchent goulûment les bords du canoë – a-t-il son gilet de sauvetage ?

Il s'accroche haletant à la pagaie, se rappelant à peine avoir ramé jusque-là, ou pourquoi, sinon que le lac a ouvert une porte que, plus que tout, il a voulu franchir.

Des hurlements lui parviennent du rivage. Il lutte corps à corps avec le canoë, tendant le cou pour ne pas perdre l'île de vue. Il plante la pagaie dans la chair sombre du lac, qui contre-attaque. Lee est cloué sur place, telle une silhouette sur un de ses tableaux. Selon Habib, même si l'on est physiquement capable de franchir le courant structurel de cet étroit détroit autour de l'île, mieux vaut s'en abstenir si l'on ne sait pas ce que l'on fait.

Lee n'a pas la moindre idée de ce qu'il fait.

Un courant d'arrachement forme un corridor depuis la rivière Triangle. Il se met à bouillonner et l'eau commence à envahir le canoë, entraînant Lee dans un dernier remous. Ou pire. L'abîme au fond du lac est d'une profondeur d'au moins cent cinquante mètres, incommensurable par endroits et parsemée de grottes et de tunnels souterrains. Toute la place nécessaire pour que s'y cache quelque chose comme un pin pétrifié colossal, pour qu'il s'y terre pendant quelques siècles avant de refaire surface, condamné pour ses péchés à errer dans le lac sans jamais cesser de chercher la porte.

Lee ne peut pas s'arrêter de trembler ; il sent tout ce qui en lui est sur le point de basculer. Il a passé le lac au peigne fin. Il en a exploré les moindres coins et recoins. Il est allé partout, sauf sur l'île. Et maintenant, après avoir fait un cercle complet dans son canoë, la voilà, réémergeant de la nuit à son gré. Une éruption du sous-sol, un monstre qui attend Lee, comme il l'a toujours redouté, toujours espéré.

— Où est mon fils, enfoiré ?

Le cri de Lee se transforme en hurlement.

L'île, autant qu'il puisse en juger à travers ses larmes et la pluie battante, le dévisage méchamment en retour. Des grottes et des gorges en sillonnent la surface, contre laquelle l'eau du lac déferle et bouillonne. Il ne s'en est jamais autant approché, jamais d'aussi près, et à présent elle se jette sur lui avec toute la puissance de son incrédulité, de son désir, de son épouvante.

Il n'a plus pu attendre. À cause de ce qu'il savait enfin, et qu'il avait toujours su. Que la seule façon de vaincre le monstre est, en fin de compte, d'aller le trouver.

Le vent transperce son Thermolactyl trempé, la pluie battante imbibe ses cheveux. Le vent va de pair avec l'obscurité aveuglante et les étoiles dans le lointain. Il remonte la pagaie et la nuit l'emporte, puis il entend un coup sec au loin, comme si elle heurtait une balise de signalisation invisible. Lee hurle, mais ce n'est pas que la pagaie. C'est ce qui l'a prise. Un scintillement de dents.

Quelque chose attire le canoë vers l'œil rouge de la balise. Un œil unique, rouge et fixe. Lee glisse dans un tourbillon et voit que, devant lui, l'eau pâle se dresse comme un mur dont la structure génère son propre courant – le légendaire Z qui peut, selon Habib, vous jeter contre une paroi rocheuse ou vous engloutir pour mourir figé dans un sourire glacial.

— Frankie, enfoiré, rends-moi mon fils ! hurle Lee.

Sa gorge le brûle, mais le rugissement de la tempête rend ses cris inaudibles, même à ses propres oreilles. Il hurle de nouveau, et cette fois lui répond l'écho des aboiements déments de plusieurs chiens. Le courant du lac fait un bruit sourd sous la coque. Il attire et repousse tout à la fois, l'encourageant d'une voix et le dissuadant d'une autre. Les aboiements frénétiques sont portés par le vent tourbillonnant.

Lee sort la pagaie de secours et pique sur la droite. Il réussit à pousser le canoë sur le bord du courant et peut ainsi se retourner sur son siège en direction de la terre ferme. Les hurlements en provenance du rivage lui parviennent nettement malgré les kilomètres qui l'en séparent, malgré le promontoire qui fait obstacle. Les aboiements couvrent les cris qui viennent du rivage. Les hurlements et les aboiements semblent se superposer sous le déluge – comme des interférences. Lee pagaie comme un fou sur l'évasement du courant, dans un tourbillon qui lui permet de se reposer et de se retourner juste assez pour distinguer les minuscules lumières du camping au loin. Certaines lumières bougent vite, d'autres restent immobiles. Des formes floues brouillent l'obscurité. Tandis que Lee regarde à travers le rideau de pluie, l'une d'elles, nu-tête, s'éloigne des lumières et se dirige vers le quai, et Lee s'aperçoit qu'il ne pleut pas sur la terre ferme, alors qu'il pleut sur le lac.

Lee s'est peut-être pissé dessus. Sur le rivage, la lumière dessine la forme solitaire. Le cœur de Lee tressaille, mais le courant n'en fait qu'à sa tête. Il l'entraîne avec ses doigts d'eau par-dessus la ligne de remous dans le courant du détroit, piégeant son canoë entre les deux. Lee laboure les doigts d'eau avec sa pagaie, se rapprochant de ce qu'il espère être le centre d'un tourbillon, une oasis d'écoulement en amont. S'il peut tenir là jusqu'à ce que quelqu'un vienne le chercher, ou jusqu'à ce que le courant s'inverse, il a une chance.

Derrière lui, les aboiements se font plus frénétiques. Devant lui, la forme vaguement humaine agite de nouveau une lampe-torche, ou peut-être une lanterne. Une lanterne de camping, comme celle que Thettie avait dans sa petite cabane – sauf que ce n'est pas Thettie. Elle n'est pas venue le rejoindre. À la place, elle est venue ici – pour la porte. Lee a du mal à penser clairement, mais il souhaite que quelqu'un puisse lui expliquer ce qu'il fait là, et ce que cela a à voir avec elle. Pourquoi, quand elle n'est pas venue le rejoindre, il est allé la chercher – et ce qu'elle veut.

— Que veux-tu ? murmure-t-il.

Et le lac ne répond pas, mais quelque chose le fait. Quelque chose qui ne demande rien d'autre que du temps, dont l'appétit est insatiable et durera jusqu'à ce qu'il ne reste plus rien, et qui l'a déjà fait.

Des hurlements s'élèvent de la terre ferme et portent faiblement sur le lac, les hurlements des chiens mêlés à des cris humains. Lee s'efforce de passer par-dessus ce bruit, mais sa voix, comme dans un rêve, ne va nulle part. Une sirène hurle. Sur le rivage, la mince silhouette avec une lanterne – qui n'est pas Thettie, mais qui est à la fois trop loin et si près que Lee peut presque la toucher – lève une nouvelle fois la lanterne, comme un signe – salut – et Lee, oubliant toute prudence, lui répond par un signe de la main.

Au revoir.

*

Sa femme est partie un week-end pour assister à une conférence. Son fils s'est réveillé au milieu de la nuit et a appelé pour avoir un verre d'eau, mais personne n'est venu. Lee s'est réveillé affalé dans un fauteuil du salon avec une bouteille vide de Jameson à côté de lui, le téléviseur allumé, et son fils buvant le fond de whisky mêlé de glace fondue dans le verre de son père. Lee s'est emparé du verre et a mis sa main sur la bouche de son fils en disant *Chut. Ne dis rien.*

Lee crie une fois encore. Il perd l'équilibre et le lac clapote. Quelque chose de dur s'écrase contre sa tête et le projette dans l'eau. L'eau l'attire entre ses écailles et dans ses poumons aqueux, l'aspire avec une sombre extase, et l'obscurité au-dessous égale l'obscurité au-dessus, et il tourne dans la boule du monde tandis qu'elle roule vers le vide.

Lee se débat puis renonce. Combien de temps, com-combien de temps encore avant la fin ? Trois mètres, six mètres ? Le lac avale le corps de Lee et ses bras se lèvent vers la lumière qui diminue à la surface. Une sensation de picotement sur ses pieds, ses chevilles, des vrilles hérissées qui essaient de se fixer. Il essaie de les déloger. Il ne veut pas qu'on le sauve avant qu'il puisse se faufiler par la porte. Une porte s'ouvre au fond d'un puits et il descend en spirale ; l'eau est teintée de bronze, ombre grouillante – noir létal.

17. Chenille

C'est une aventure du corps, oui, toute cette douleur et cette exophtalmie, et elle ne souhaite à personne de voir sa mère vivre cela. Pas simplement les yeux saillant de leurs orbites, mais les ravages qui affectent sa bouche, une si belle bouche, autrefois.

La chemise de nuit souillée, bon. Vous vous feriez dessus, vous aussi, si un gros lézard essayait d'enfoncer sa langue dans votre gorge. Mais les pilules éparses sur la table ? La bouteille cassée couverte d'empreintes digitales pourpres, le sang recueilli dans le creux de ses mains comme dans un calice ? *Cela* elle pourrait s'en passer. À cause de ce que ses fils vont penser. Ses garçons, qui n'auront plus aucun respect pour elle. Cela lui est insupportable. Thettie veut leur dire de ne pas se fier aux apparences – la bouteille poisseuse de Jim Beam et les pilules éparpillées – et, faisant assaut de volonté, elle montre du doigt le monstre avec une queue géante qu'elle est la seule à voir.

*

— Disparue au combat, avait dit Frankie en l'emmenant au milieu du lac par une nuit de pleine lune et en désignant l'île, l'endroit où elle aurait dû se trouver. Mais elle n'était plus là. Et à sa place, la lune flottait éblouissante, cratérisée et folle de chagrin. Thettie en avait eu mal aux yeux de regarder sa douleur ainsi mise à nu. Ils avaient rebroussé chemin et elle s'était retournée – par pudeur – et l'île était là, son nez émergeant de l'eau comme toujours, couronnée du halo lunaire semblable à une pilule qui se dissout dans l'eau.

*

Car, comme le disait Sarey, en lavant les coupures toutes fraîches que Frankie avait sur les bras, le cou et les jambes, on ne le fait jamais pour soi-même – pas totalement. L'automutilation est peut-être de mise dans la famille, mais cela n'a jamais été le son truc à elle, Thettie. Car, le cas échéant, elle ne serait pas la seule concernée, n'est-ce pas ? Comme l'avait dit Archy, *Tu n'es pas toute seule.* Toutes les mutilations qu'elle s'infligerait, elle ne les inscrirait pas moins dans la chair de ses fils que si elle retournait le couteau contre eux, et cette idée lui était insupportable. Non, l'automutilation n'était vraiment pas son truc.

*

Archy est debout sur le seuil de la chambre – la délicatesse de son ossature, le charme de ses dents en avant. Grif se tient arc-bouté derrière lui, les genoux pliés comme prêts à se dérober sous lui, sa puissante mâchoire relâchée sous l'effet de la terreur – l'homme-enfant qu'elle a élevé comme la chair de sa chair. Elle veut lui dire à quel point elle l'aime comme un fils, même s'il est celui d'une autre, mais sa langue ne lui obéit pas. La voix lui manque donc pour lui parler. La voix lui manque pour lui ouvrir son cœur.

Si ses lèvres n'étaient pas dans un tel état, si sa langue n'était pas gonflée et bonne à rien, voilà ce qu'elle dirait :

Qu'elle y a pensé. Soyons honnêtes, c'est vrai. Que si les femmes sont un moyen pour permettre à un homme de parvenir à ses fins, alors quelle autre solution ? Quelle chance d'y échapper ? Quel autre choix que de supprimer le moyen d'un homme de parvenir à ses fins, et que ce n'est pas un choix. Mais Doc l'a conduite à l'ancien hameau en bordure de la rivière Triangle et lui a dit qu'il gardait Sarey uniquement pour assurer sa « protection », ajoutant que Frankie saurait ainsi que s'il faisait le moindre faux pas il perdrait tout à la fois Sarey et Thettie. Alors son âme s'est assombrie. Puisqu'elle était la clé de Doc – pour lui ouvrir la porte de l'île, de Frankie, et pour récupérer sa mainmise sur leur famille – alors la seule solution pour en finir avec toute cette merde était de se débarrasser de la clé. Donc, pour être honnête, elle veut dire à ses fils qu'elle y a pensé.

Mais le monstre l'en a empêchée, veut-elle ajouter. Pour de vrai.

Le monstre l'a sauvée.

Après que le monstre lui a ouvert les yeux, elle a commencé à voir les choses différemment.

Elle a écouté, le plus attentivement qu'il est humainement possible, son clan regagner le camping à pas d'heure – elle a entendu ses fils arriver d'un pas lourd devant son mobil-home, rire de concert de nouveau comme des frères. « M'man ? » Pousser la porte non verrouillée et traverser le salon, où elle a jeté son manteau et son sac à main, jusqu'à la porte sa chambre. Où ils se tiennent à présent sur le seuil. La voyant dans cet état. Tous les deux, Archy le cœur et Grif l'âme – agrippés l'un à l'autre comme des enfants – pensant qu'elle a renoué avec l'idée de mettre fin à ses jours, alors que ce n'était pas le cas, pas cette fois. Car un ou deux Ambien, voire trois, arrosés d'une bonne rasade de gnôle, ce n'est pas renouer avec quoi que ce soit. Mais un enfant imagine toujours le pire quand il s'agit de ses parents, et une mère doit savoir qu'elle est sans cesse jugée. Thettie louche sur sa langue en lambeaux. Elle le leur dira. Absolument. Que ce qui lui a mis ce foutu sourire à la place de la bouche n'est pas ce qu'ils pensent. Qu'il ne faut pas se fier aux pilules éparpillées et à l'alcool renversé. Elle le leur montrera avant qu'il ne soit trop tard – avant qu'ils n'envoient chercher Doc.

Parce que vautrée enfin réveillée sur le dessus-de-lit en chenille dans un mobil-home à côté d'un lac oublié, au milieu du vacarme et des sanglots, des cris et des gémissements de ses fils, du bruit sourd des pieds et du crépitement de la tempête naissante sur les vitres, on sent que le temps est aspiré dans un mécanisme que l'on peut enfin commencer à comprendre. Sa propre vie consumée par une bouche mystérieuse semblable au câble de l'Electrolux. Passant en un instant de la reine des abeilles à la femme de chambre de l'enfer.

Les autres Harpur, et ses filles aussi – leurs bouches brillantes hermétiquement closes sous l'effet de la peur et du choc –, se pressent dans la chambre pour mieux voir. Certains se tassent dans le petit coin repas avec le téléviseur poussé contre le mur. Quelqu'un l'a-t-il débranché ? Elle sent les fils brûlés et trente-six odeurs de vomi. Elle entend des voix qu'elle ne reconnaît pas.

— Appelez Doc ! s'écrie quelqu'un.

Non ! Le cœur de Thettie palpite comme les ailes détrempées d'un papillon.

Pas Doc. Pas encore. Non pas qu'elle ne lui doive rien, carrément. Sans lui elle ne serait pas là. Car c'est justement cela, la froide terreur de ses fils abandonnés aux griffes de cette vieille buse, qui l'a gardée en vie toutes ces années, quand il aurait été si facile de baisser les bras. La peur – Sarey avait raison – est le mensonge qu'on se raconte à soi-même au sujet de l'avenir.

Chaque chose en son temps, disait Frankie. Le petit Archy et Grif abandonnés à Doc ? Jamais ! C'est cela qui, en fin de compte, l'a arrachée à l'addiction. Une étape à la fois. Aux Alcooliques anonymes, on vous dit que ces foutues étapes sont au nombre de douze, car c'est un mensonge avec lequel on ne peut pas vivre.

— On verra jusqu'où tu iras sans moi, lui disait Doc au *Landing* dès qu'elle avait de telles idées.

Sans Doc, qui l'aurait sauvée d'elle-même et, comme il aimait à le lui rappeler, de ses propres limites chaque fois qu'elle essayait de les dépasser.

Cependant, elle a toujours gardé un œil sur le moment présent, et l'autre sur celui à venir, comme s'il y avait une différence.

*

Grif a bu plus qu'Archy, mais il tient mieux l'alcool. Ses hurlements font accourir les autres de tout le camping jusqu'à la chambre du mobil-home, jusqu'à l'épaisse chenille rêche et ensanglantée sous ses fesses nues et non, ce n'est pas ce qu'elle voulait, ni ce qu'elle avait prévu. Mais maintenant que c'est fait, ses souvenirs sont aussi nets que ses perceptions, aussi chauds et bleus que les étoiles, le passé, le présent et le futur offrent une Voie lactée de possibilités. Elle est anormalement sensible aux lumières autour du camping. Ses sens aiguisés sont en ébullition tandis que toujours plus de Harpur s'entassent dans le mobil-home. Elle goûte le sel épicé de la sueur des hommes, ses oreilles impuissantes perçoivent les cris amplifiés des femmes, que Joanie va de nouveau faire une fausse couche, et que, à cause de Thettie, les jumeaux deviendront un jour de célèbres réalisateurs de films d'horreur. Et grâce à un nouveau sens immodéré, suraigu, Thettie voit Bryce courir sur la jetée, non pour rejoindre le camping, mais en sens inverse. Elle tient une lanterne et fait un signe de la main à quelqu'un sur le lac.

Quelqu'un qui lui répond par un signe de la main.

Tout le monde est unanime pour envoyer chercher Doc, et sa pharmacie ambulante. Est-ce que quelqu'un peut me dire ou est parti ce maudit lézard, celui de l'avis de recherche ? Car il était là et maintenant il a disparu.

*

Il y a des années, quand ils vivaient encore à la ravine Triangle, Grif avait agité la main en direction de l'île.

— Le monstre du lac.

— Est-ce qu'il mord, Grif ? avait demandé le petit Archy.

Grif avait hoché la tête.

— Comme une chienne.

— Surveille ta langue, il a peur, c'est tout, avait dit Thettie.

Archy avait alors pris la main de Grif et celle de sa mère, et avait demandé :

— Peur de quoi, m'man ?

*

— Doc ! hurle une voix. Où diable est Doc ?

Car après que Doc est entré dans leurs vies, et qu'Archy est devenu trop grand pour ne pas croire aux monstres, il n'a plus posé de questions. Il lui a suffi d'être à l'école ou dans la rue, un œil sur sa mère et l'autre sur Doc, jamais à plus d'une dizaine de pas. Et Grif, également, ses poings d'adolescents serrés entre Thettie et Doc à la table familiale, ses mains déjà énormes, mais non encore tatouées, tenant sa fourchette et son couteau comme si c'étaient des armes. Elle veut donc dire à Grif que ce n'est pas sa faute à lui non plus, mais qu'il a eu raison dès le début. C'est le monstre du lac.

Mais ils ne le savent pas encore et elle ne peut leur reprocher de croire qu'elle a commis l'inconcevable. Il flotte une étrange odeur dans la pièce, monstrueuse, et une autre, médicale. S'y ajoutent d'autres sensations, révélant certains secrets, en enfouissant d'autres. Le mobil-home est à présent saturé d'odeurs du *Way Out*, de bière aigre et d'urine, et elle écoute les gouttes de pluie qui dégoulinent des blousons de cuir et des ourlets élimés sur le linoléum. Écoutez, les garçons, le monstre du lac ! Le précieux Ambien répandu, la couleur du ciel, bleu-vert, agité et poisseux. La bouteille de bourbon brisée et les coupures sur son corps, la fenêtre ouverte par où le monstre est sorti, mais par laquelle il n'est pas entré. Elle s'efforce de tendre le cou pour l'apercevoir sous le lit, mais il a, comme tant d'autres choses, disparu.

Pour l'instant.

Elle veut leur dire que c'est et ce n'est pas Vernon. Car s'il est grave de donner une fausse image de soi quand on est en vie, quand on est mort c'est odieux ! Le cœur de Thettie s'emballe. Que l'on puisse penser que c'est ça ce qu'elle voulait – être une clé pour la porte d'un homme plutôt que la lumière qui entre par la fenêtre ! Elle veut leur dire ce que Cassie lui a dit le jour où elle est partie pour de bon. *Écoute-moi, Thet. Vivre c'est tourner des pages.*

Elle veut leur dire qu'elle a essayé.

Son cœur brisé palpite une dernière fois, sans faire de bruit.

Les yeux de Grif s'assombrissent d'incrédulité. Des larmes coulent sur la maigre barbe de plusieurs jours d'Archy. Maman ! Un mot que l'on ne veut pas emporter avec soi quand on s'en va – le cri empreint de morve de son enfant que l'on laisse seul au monde.

Venant du lac, le froid s'insinue telle une créature affamée. Doc va entrer d'une minute à l'autre et, pitié, quelqu'un peut-il rabattre sa chemise de nuit sur sa porte secrète avant qu'il arrive ?

Grif, le télépathe, enlève son manteau pour l'en couvrir. La chaleur de la laine lui irrite la peau. Elle se concentre sur ses doigts, elle désire les entrelacer aux siens, rouges du sang de sa mère, et lui dire une dernière chose, qu'il entend enfin, ce que renferme son cœur impérissable.

La pluie fouette, et des feuilles s'engouffrent par la fenêtre qu'elle a fracassée en luttant contre le monstre après qu'il a rampé de sous le lit, mue par une pulsion surnaturelle qu'elle ne comprend toujours pas.

Ses yeux rejouent la scène – les griffes tentaculaires, les dents en forme de crochet. Le museau arrondi du monstre et son œil vide rivé sur les siens, incapables de se détourner de ce qui, une fois vu, ne peut plus être ignoré. Regardez ! Son bras déplié tend un doigt qu'elle désire pointer sur son âme qui la quitte. La peau de son visage se fige en une paralysie rampante. Regardez ! Mais Grif en est incapable et Archy ne le veut pas. Ils ne regarderont pas le sang sur leurs mains et sur les siennes.

La nuit ruisselle par la fenêtre comme du lait renversé. Des pas résonnent à l'approche de la chambre et la neige carbonique de l'eau de Cologne de Doc attise sa colère naissante.

— Regarde !

Dans un dernier effort, elle amène Archy à croiser son regard.

— Regarde !

Elle veut qu'il suive des yeux la direction de son bras tendu – trois doigts recourbés indiquant d'où elle est venue et un quatrième montrant où elle est partie. Vers l'autre issue de secours, la porte qu'elle n'a jamais ouverte sur elle-même. Homer et Lyle entrent en formation frontale. Quelqu'un a vomi dans un coin de la petite chambre qui donne sur le lac, et l'odeur de dégueulis se mêle à celle du bourbon renversé et du musc sous-jacent du reptile. La peau déchirée par ses mâchoires en manque. Pense, femme ! Car allongée là sur le lit souillé avec le cou formant un angle étrange et les yeux écarquillés à faire peur – ce qui compte à présent, ce dont il s'agit avant tout, c'est qu'elle va quelque part. Alors, pense. C'en est fini de la douleur du corps et du cœur. Entendent-ils ce qu'elle entend, le bruit assourdissant du ventre du Gila sur le sol… personne d'autre ne peut-il l'entendre ? Voient-ils que la langue du lézard, bleuie par l'Ambien, se pourlèche encore de son sang chaud ? Que son cœur cogne contre sa peau ? Boum-boum. Il siffle quelque chose en s'enfuyant. Écoutez…

Boum.

Doc est dans la chambre. Le temps s'enraye en un ralenti monstrueux.

— Ce n'était qu'une question de temps, lance-t-il d'une voix qui s'étire. Elle était une bombe à retardement.

Le con. La piqûre de rappel médicale sous son eau de Cologne. La seringue omniprésente. Toc. Toc. La gouttelette du fluide de la trempette de Doc. Dans la chambre, c'est le chaos. Archy et Grif se ruent sur Doc, mais Homer et Lyle les repoussent. Thettie est submergée de perceptions, pas seulement les siennes, mais aussi les souvenirs interconnectés d'Archy et de Grif, qui hurlent malgré le choc et la douleur que ce qui ne colle pas dans le tableau c'est… c'est…

Doc – où sont ses affaires ? Elles étaient dans le couloir. Le duffle-coat de l'armée et le sac Steelers d'Homer, sa fierté. Elle s'en rappelle. Une erreur a été commise et Doc punira Homer pour cela, mais elle ne sait pas comment elle le sait. Et voilà Doc avec son petit sac à malices, avec sur le côté la croix rouge délavée. De l'eau de pluie s'écoule de sa veste de treillis, de là où il est parti chercher quelque chose qu'il a perdu. Quelque chose. Égaré. Disparu.

Ses yeux sont gonflés de colère et des larmes de sang coulent sur son visage. Elle en sent le goût dans son arrière-gorge, à la base déchirée de sa langue. Son esprit se déploie dans la direction du lézard fugueur, tandis que ses doigts se tendent vers le sol. Et chacune de ses perceptions exacerbées est liée à une odeur ou à un sentiment distinct, à tour de rôle rattachée à ses souvenirs plus vite qu'elle n'en serait capable en temps normal. S'arrêteront-elles ? Elle a besoin de réfléchir. Pour établir des liens entre le semblable et le différent, pour distinguer le rêve de la réalité, parce qu'au final il n'y a que cela. L'immortalité est le vomi de l'âme, et la question est de prendre ses marques. De chercher les liens entre le liquide poisseux qu'elle sent s'échapper de son œil et de celui du chien albinos de Sarey qui l'a agrippée à la ravine Triangle. De quoi essayait-il de la sauver ? Ou de qui ?

Son esprit est une forêt. Il y a une rivière qui part de sa gorge et un marais dans son cul. Elle tend une main au-dessus du lit et essaie de remuer son doigt. La sensation est cataclysmique, et la chambre tangue. Ses fils vacillent et s'agitent dans tous les sens.

Accrochez-vous, les garçons, elle essaie de leur dire. Vivre c'est tourner des pages.

La mort, Thettie s'en rend compte à présent, est une aventure du corps, mais aussi – contemplant ses yeux écarquillés à faire peur et le manteau de Grif sur son intimité – une aventure de l'esprit, ce qu'elle préfère de beaucoup. Doc lui donnerait une chiquenaude sur un mamelon et la traiterait d'intellectuelle.

— Tu es une intellectuelle, Thettie, ça me plaît chez une femme.

Et il sortirait sa trousse médicale de l'armée et lui dirait qu'elle a les plus beaux seins du marché.

— Fais-moi confiance, dirait-il, en serrant la sangle autour de son bras. Je suis un médecin.

Mais on ne peut pas penser avec ses seins, pas plus qu'avec une sangle autour du bras et la sensation qui en découle. Donc pense, femme (avec ton cerveau), aussi fort que tu le peux, que tu touches les mains de tes fils une dernière fois, à la chaleur de leur peau pour l'emporter où que tu ailles. Parce que tu iras loin, pour de vrai.

Grif tente de relever Archy qui s'est jeté sur toi, pour te protéger de son corps, ses vêtements alourdis par la pluie et les sécrétions, m'man, m'man, m'man. Grif parcourant des yeux comme un fou la chambre pour trouver où sa mère est partie.

Ici ! Ici, avec toute la force de ton esprit et ce qu'il reste de ton cœur tu montres l'endroit où son regard saisi d'effroi passe du plafond à ton doigt dégoulinant de sang, un flux continu sur le sol, où dans une flaque pourpre qui ne cesse de s'étendre se trouve une petite dent de reptile, pâle et incurvée, et glissante de venin.

18. Retour

Lee crache de la fumée bleue du canot pneumatique.

— Je l'ai sorti du lac. Il est en vie, dit une voix féminine, aussi rauque que celle d'un bébé qui ne cesse de pleurer depuis des jours.

Le visage tourné vers le jour, Lee glisse dans la lumière dorée du petit matin. Il patauge dans le vomi froid et l'eau marbrée du lac. Ses doigts glacés rencontrent la pagaie – elle a dû la trouver dans le lac. Les bords du canoë saillent au-dessus de lui tel un cercueil bleu. Les vapeurs de l'aube lui brûlent les yeux. Il se redresse, la rive se dessine à sa vue entre deux trouées dans la brume. La borgnesse pilote le Zodiac vers une petite troupe de silhouettes qui se profile sur la plage plongée dans l'ombre. Lee chausse ses lunettes après les avoir récupérées tordues, mais flottant comme par miracle dans le vomi et les plantes aquatiques.

Les Harpur sont assemblés sur la plage de Lee, réunis grossièrement en une formation en fer de lance sur la rive rocheuse. Tous coiffés d'une capuche. Leurs manteaux noirs traînent dans l'eau argentée. La moustache et la maigre barbe d'Archy scintillent de gouttes de pluie. Il roule des yeux, remontant ses pupilles comme un aveugle. Son jean est détrempé et son visage taché de sang comme autant de peintures de guerre. La pluie qui ruisselle de ses cheveux est teintée de rouille.

La borgnesse coupe le moteur.

Le chant fantomatique d'une grive rompt le silence et les genoux d'Archy se dérobent tandis qu'il défaille. Un géant s'extrait du flanc droit et le prend par le bras pour l'empêcher de tomber. Ce géant, c'est Grif. Son jean est déchiré à la hauteur des genoux. Ses cheveux lui collent aux tempes et ses sourcils sont séparés par une veine en zigzag. Grif retire de la main de son frère une toile qui claque au vent.

C'est tout ce qu'il reste du premier visage humain que Lee a peint, ou essayé de peindre, depuis cinq ans.

Thettie, ses couleurs, le doré, le bleu et le vert – les couleurs de la terre –, dégoulinent sur la plage. La toile déchirée s'agite telle une peau écorchée vive dans les mains de son fils. Le regard de Lee va de la fille aux hommes et vice-versa. De l'eau ruisselle de son bandeau. Elle ne porte qu'une culotte et un sweatshirt secs, et ses jambes pâles sont couvertes de bleus.

— Il était là-bas jusqu'après minuit. Je l'ai vu ramer, puis chavirer. (Les hommes l'ignorent.) Il n'a pas pu la tuer. Il était sur le lac.

De l'eau jaillit du nez de Lee et, après l'avoir recueillie dans sa main, il constate qu'elle est striée de noir, comme s'il y avait des petits vers ou des parasites dedans.

— Tuer qui ?

Elle secoue la tête en le regardant et fait un petit geste avec la main, chut. Puis elle se retourne vers la petite troupe sur la plage. Les beaux yeux d'Archy sont toujours fixés sur le même point au-dessus de Lee, mais ils ne regardent rien de particulier. Il s'appuie sur son frère, qui se penche en arrière pour faire contrepoids et leur éviter de tomber.

— Qui sort sur le lac à minuit en octobre ? demande un Harpur incrédule en regardant Lee.

— Tuer qui ? répète Lee en se souvenant de la porte.

Le Zodiac danse sur l'eau et le canoë épouse ses mouvements. Les rochers ondoient sous la surface, paraissant plus gros qu'ils ne le sont en réalité, et les plantes aquatiques macèrent en une bouillie noire et grouillante. Grif lâche le bras de son frère, et Archy chancelle mais tient bon. Grif entre dans l'eau, agrippe le canoë. Lee essaie de se relever complètement avant que Grif ne lui décoche un premier coup de poing. Ce n'est qu'un aperçu de ce dont il est capable, mais c'est suffisant pour lui faire voir trente-six chandelles, saigner du nez et pisser dans son froc. Ses dents réduisent le creux des joues à l'état de viande hachée. Derrière Grif, la tête d'Archy pivote vers le bas et vers l'avant comme un automate. La coque du canoë racle les galets, et Archy se réveille et se précipite pour prendre son tour. Grif se décale pour laisser passer son frère et, à cet instant, Lee saute sur l'occasion. Goût métallique dans la bouche. Il s'agenouille et balance la pagaie à la tête de Grif. Le rate. Le touche à mi-corps. On entend un craquement, mais Lee ne saurait dire s'il vient de la pagaie ou d'une côte.

— Ouch, lâche Grif avant de s'affaler sur les rochers.

Sa bouche s'ouvre. Ses yeux se révulsent. Du fond de sa gorge s'élève un son semblable à un cliquetis. Il vire au gris. Archy s'élance vers Lee, et la fille démarre le Zodiac, fait marche arrière et entraîne le canoë hors de portée d'Archy. Lee atterrit sur les fesses, dans le sang et le vomi.

— Attendez.

Tous, y compris Lee, se figent au son de la voix, et on dirait que l'aube l'entend elle aussi et s'y dérobe. Un nuage passe devant le soleil non encore levé. Tous se tournent pour regarder Doc Murphy descendre posément l'escalier en bois aménagé dans la pente, en faisant se balancer sa trousse médicale. Son féroce petit garde du corps s'arrête bras croisés au sommet des marches, grimaçant sous la douleur. Le gros avec la cicatrice au cou, Homer, suit Doc jusqu'à la plage en se dandinant. Lee remarque qu'Homer a un œil au beurre noir.

— Vous vous donnez en spectacle, les gars, dit Doc. Continuez comme ça et on se retrouvera tous en prison.

La borgnesse éteint le moteur. Les Harpur se figent, déjà dans l'eau jusqu'aux hanches. Vikings de pacotille aux cuirs dégoulinants et balançant des chaînes. Doc pose sa trousse médicale sur la table de pique-nique de Lee et se dirige vers Grif. Il cherche à comprendre en regardant à tour de rôle les visages angoissés. Le portrait de Thettie flotte, face visible, sur l'eau peu profonde. Doc remet Grif sur pied et lui fait mettre les mains sur ses genoux. Grif aspire goulûment plusieurs bouffées d'oxygène. Doc lui dit qu'il a une côte cassée, peut-être deux. Qu'un coup de pagaie peut causer ça, même asséné sans beaucoup de force. Il sort un cigare de la poche de la chemise de Grif, l'allume et le colle dans la bouche du jeune homme. L'odeur âcre du cigare se mêle à celle du gazole.

— Qu'est-ce qui se passe, bon sang ? demande Lee. Où est Thettie ?

Un Harpur boutonneux ramasse la toile, les yeux pleins de larmes. Il la passe en tremblant à Doc. Doc baisse la tête et jette un regard en biais au portrait dégoulinant et abîmé. Le front bas de Thettie, ses yeux bleu électrique et ses dents en avant, le tout fondu comme un ange de Salvador Dali.

— C'est pas parce qu'il l'a baisée, dit Doc, que ça veut dire qu'il l'a tuée.

— Quoi ?

Lee descend du canoë et, prenant appui sur la pagaie, avance dans l'eau, d'un pas tremblant.

Dans le dos de Doc, Grif fait signe aux autres de se calmer. Lee a l'impression d'étouffer dans l'effluve automnal des ronces alentour.

— On pensait qu'il saurait peut-être quelque chose, c'est tout, dit Grif dans un grognement presque incompréhensible.

La terreur remonte en zigzag le long de la colonne vertébrale de Lee et du sang lui emplit la bouche. Il crache. Le sang se disperse dans l'eau, s'étend en rouges tentacules.

Doc incline la tête vers Lee, le coin intact de sa bouche tordu en un sourire féroce.

— On doit sacrément s'amuser avec toi, l'homme au lézard, à voir la façon dont tes femmes ont hâte de se suicider après coup.

Une fois encore, Lee dévisage les hommes l'un après l'autre. Les yeux bleus se baissent. Le voyou boutonneux serre les dents.

— Thettie ?

L'eau fait de son nom un poids mort.

Doc se tourne d'abord vers Grif, puis vers Archy.

— Donne pas l'impression de savoir grand-chose, pas vrai ? Elle s'est fait ça elle-même, les garçons. Vous le savez. On le sait tous. Le shérif l'a déjà constaté et le médecin légiste va faire de même. Juste une overdose de plus. Suffit de jeter un œil au mobil-home et même pas la peine de faire une autopsie.

Lee porte une main à son cœur, chancelle et tombe à genoux dans l'eau, mais il n'y a personne pour le relever. Les Harpur s'éloignent de lui comme s'il était contagieux. Tous sauf Doc, dont les yeux de buse se plissent sous ses sourcils, cherchant à distinguer ceux qui le soutiennent des autres, les traîtres des alliés.

— Tu ne savais pas, l'homme au lézard ? (Il fait comme s'il se tranchait les veines.) C'est de famille.

Les Harpur donnent des coups de pied dans les cailloux et font craquer leurs doigts.

— Pas m'man, dit Archy dans un bruit de gorge semblable au bourdonnement d'un réfrigérateur qui fait des siennes.

Le psy de Lee lui a dit un jour que ce bruit de gorge était une réponse au stress.

— Non, non, non ! rugit Lee.

Des filets de salive rouge provenant de ses joues meurtries fouettent son visage.

— Je crois qu'il y est pour que dalle. Ne culpabilisez pas, les garçons. Vous avez vu à quel point elle était désabusée après que je l'ai emmenée voir Sarey. En voyant ce qu'ils ont fait de nos maisons et du reste. Frankie absent. C'est à cause de tout ça, m'est avis.

Les Harpur murmurent entre eux, et Lee entend son fils disparu dire *chut*. La voix semble venir du canot pneumatique, mais quand il se retourne il ne voit rien d'autre que la borgnesse.

Doc se fait une visière en portant une main racornie au-dessus de ses sourcils manquants, le moignon de son doigt pendant telle une branche morte.

— Je lui ai dit que je récupérerai à la ravine, quand Frankie et moi on sortira ce nouveau mélange. Je le lui ai promis, les gars, et j'ai la ferme intention de tenir cette promesse. Ça pose un problème à quelqu'un ?

Il avance un menton combatif en direction de l'île, cachée par le promontoire.

— Laisse tomber, dit Grif. Frankie est une cause perdue.

— Je l'ai ramené à la maison une fois. Je peux le refaire. (Doc jette un coup d'œil à la toile puis à Lee et les écarte l'un comme l'autre.) Vous pouvez me croire.

Lee se jette dans les jambes de Doc avant que ce dernier ait pu l'en empêcher. Le gros Homer apparaît comme par miracle, mais d'un coup de pied Doc envoie Lee dans l'eau, et la pagaie lui échappe des mains. Homer se dresse au-dessus de lui. Bryce approche doucement le canot pneumatique vers la rive, mais Lee se relève en glissant sur les rochers visqueux. Homer s'avance. La veine en zigzag sur le front de Grif se gonfle. Archy est un guerrier fantomatique dans la brume tourbillonnante.

— Rentre chez toi, dit Doc à Lee. Tu l'as eue une nuit. Je l'ai eue un millier de fois. Dans tous les sens. Et ces garçons ont perdu leur mère. À présent, prends ta toile de merde et dégage. Ça ne te concerne pas.

Les bottes des hommes crissent sur les rochers.

— Allez les gars. Il est temps de ramener notre Frankie.

*

Longtemps après avoir fini de nettoyer son atelier qu'ils ont saccagé – en volant au passage le Polaroïd et le portrait de Thettie – Lee se tient devant le terrarium de Vernon avec une bière et un sandwich au fromage fondu auquel il n'a pas touché. Il penche la tête sur le côté, s'efforce de récapituler les événements de la journée et de la nuit, pour qu'ils puissent se reproduire encore et encore. Il penche la tête de l'autre côté. Il les revit à répétition à travers la lentille brisée du temps – comment la fille l'a sauvé ; comment elle a foncé vers lui dans l'obscurité teintée de bronze, tiré de l'abîme avec les deux yeux ouverts, sans le moindre bandeau.

19. Pont

Il la conduit sans ménagement le long des lignes sombres. Si solitaire en grandissant entouré de fusils et d'oncles hollandais, des exemplaires écornés de *Par-delà bien et mal* qui appartiennent à Jason et jonchent leur chambre commune. Thettie suit le petit frère de Jason à travers champs, du mieux qu'elle peut, consciente d'être mal en point, une jambe coudée et traînant péniblement. Les chaumes déchiquetés déchirent ses pieds nus. Elle ne se rappelle pas comment elle est arrivée là, ni pourquoi.

— Regarde.

Le petit garçon désigne une grange du doigt. Dans son autre bras, il berce un poupon nouveau-né semblable à la créature que Bryce a pêchée dans le lac. Thettie manque encore une fois de se faire avoir en pensant qu'il s'agit d'un vrai bébé, car sous ses paupières de silicone il la regarde en clignant de ses yeux reptiliens. Le poupon est enveloppé d'une couverture jaune sale maculée des sécrétions du gamin et d'autres choses encore, auxquelles Thettie préfère ne pas penser.

— Comment tu t'appelles ? demande-t-elle.

— Sac… répond le gamin d'un air perdu, avant d'ajouter… à viande.

Elle se demande s'il est somnambule. Il doit avoir onze ou douze ans, mais il est grand pour son âge, comme les enfants atteints du syndrome de Down qui étaient dans la classe spécialisée de l'école primaire Clinton. Ses yeux bouffis cernés de rouge clignent à une vitesse folle en la regardant, et sa bouche sourit et grimace tout à la fois. D'une de ses narines, une bulle de morve se gonfle et se dégonfle au rythme de sa respiration saccadée. La lune se fraie un chemin en bordure du champ en direction de la forêt d'épicéas, derrière un cimetière d'engins. La grange se trouve à côté de ce cimetière. Il lui fait franchir une porte battante en bois, dans l'obscurité et au bruit de l'envol paniqué d'un hibou qui s'échappe. Thettie lève les yeux et se rappelle aussitôt pourquoi elle est là : pour découvrir ce que le monstre du lac faisait dans sa chambre.

Jason DeGroot est né en 1987, la même année que Grif, ce qui lui fait vingt-huit ans, mais on ne s'en douterait pas en voyant la créature décharnée pendue aux chevrons de la grange. Thettie contemple son cou de poulet maigrichon que serre un nœud coulant, son visage sans âge affaissé que couronne une chevelure gothique en bataille. La bouche de Jason DeGroot laisse échapper un cri silencieux. Il tressaute suspendu dans le vide, son trench-coat battant l'air. À l'approche de Thettie, il lève un bras pour toucher les fragiles étoiles qui forment un halo autour de sa tête. On l'a roué de coups ; il a un œil gonflé par un coquard, des coupures et des ecchymoses sur le front et sur les avant-bras. Ses mains, qui s'agitent et fouettent l'air dans l'obscurité scintillante, sont couvertes de sang.

De sa chemise de nuit ensanglantée, Thettie retire un chapelet gluant de fils de toile d'araignée. Au pied du schizoïde qui se balance, le foin pue la pisse et pire encore. Elle tire la langue en signe de dégoût, impuissante à échapper aux autres émanations nauséabondes de la grange. Sang, essence, excréments. Sans compter des odeurs que l'on ne trouve pas dans la nature : crystal meth, solvant et pansements imbibés d'iode venant d'un endroit qu'elle ne parvient pas à situer. Au prix d'un grand effort, elle se rapproche de Jason en laissant une traînée de sang sur la paille moisie et les déjections, puis elle lève les yeux sur son jean taché de merde. Le gamin berce son poupon et suce son pouce.

— Arrête ! s'écrie-t-elle en se tournant rageusement vers lui. C'est mauvais pour les dents.

Le petit frère n'est pas un Harpur. Pas même en partie. Mais Jason, par contre… eh bien, Thettie distingue clairement chez lui les traits de Cassie, sa mère. Pommettes saillantes et bouche tombante – suspendu comme il l'est au plafond d'une grange, sans le moindre signe prouvant qu'il s'est hissé volontairement là-haut, sauf à considérer un vieux baril d'essence tiré d'une décharge. Ce sont surtout ses yeux bleus, les yeux des Harpur, même si Cassie était une Tully. Du pareil au même.

— Et le lézard ?

Avec sa langue en lambeaux, Thettie baragouine plus qu'elle ne parle. Elle glousse quand ses lèvres engourdies déforment le mot lézard en « slezza ».

Le petit frère sourit bêtement.

— Slezza, slezza.

Les lèvres reptiliennes du poupon s'étirent en un sourire obscène.

— Ferme-la, dit Jason.

C'est alors que Thettie se rend compte que s'il entend son petit frère, il ne l'entend pas elle, pas encore. Et il ne la voit pas non plus. Grâce à ses sens aiguisés, elle sent qu'il sait qu'elle est là, ou du moins que quelqu'un est là.

Quel que soit celui qui a placé là le baril d'essence après avoir battu violemment et accroché Jason, il a oublié de positionner le corps de façon à faire croire qu'il s'agit d'un suicide et non d'un meurtre. C'est trop haut pour que Jason ait réussi, seul, à atteindre le chevron auquel il se balance. Enfoirés. Thettie sent de nouveau l'odeur de bandage imbibé d'iode, elle provient du fond de sa pensée.

— Demande-lui s'il a volé le lézard, dit-elle au petit frère.

Les mains du gamin agrippent et relâchent nerveusement un pli de la couverture du bébé. Le poupon siffle pour marquer sa désapprobation.

— Dis-lui que je coupe la corde s'il me le dit, insiste-t-elle. Autrement, il devra rester ici à jamais.

Elle n'est pas encore sûre de la façon dont les choses fonctionnent, mais s'il y a un domaine dans lequel elle excelle, c'est l'improvisation. Jason se tortille au bout de la corde et pointe un doigt cassé en direction des étoiles qui volent dans toutes les directions. La tache brune s'étend sur le cul de son jean.

— Descends, Jason ! gémit le gamin.

Jason éclate en sanglots.

— Je ressens sa douleur, dit Thettie.

Ce qui n'est pas vrai, enfin pas exactement. Elle voit sa douleur, ou plutôt la douleur que lui-même ne sent plus. La douleur des coups qu'il a reçus, mais aussi la douleur de la trahison. La douleur ne pas pouvoir sauver celui ou celle qu'il a aimé. Mais Thettie n'est pas certaine de savoir s'il s'agit du monstre, Vernon, ou de sa mère, Cassie, ou de son petit frère, Sac à viande. Ces possibilités s'alignent sur les chevrons, séparées mais interconnectées comme des roitelets sur les fils de son esprit nouvellement mis en réseau.

Jason bredouille quelque chose à propos d'une forêt.

— Oh, putain de merde.

Thettie fait signe à Sac à viande, qui l'aide à remettre le baril d'essence sous le corps de son grand frère, puis elle retrousse sa chemise de nuit ensanglantée et grimpe dessus. Elle étouffe un cri de douleur tandis que son bras démis retombe sous son épaule. Avec son autre bras, elle attire Jason, se dresse sur la pointe des pieds et commence à ronger le nœud coulant. Même avec les crochets qui ont remplacé ses dents, cela prend du temps – des heures, voire des années, lui semble-t-il – mais Jason finit par tomber par terre.

— Je suis mort ? demande-t-il.

— Tu l'es maintenant, répond-elle.

Son petit frère se penche sur lui. Il tend la main pour toucher le cercle pourpre autour de son cou. Jason le repousse, essaie de s'asseoir, mais il doit s'adosser au baril. Il dresse la tête au bruit des sirènes et des cris qui s'élèvent du lac. Venant de toutes les directions, chaque note de chaque sirène lance son propre appel. Même d'ici, Thettie peut les distinguer. Et les voix, aussi. Les voix d'Archy, de Grif, des filles Harpur. La grange résonne d'une douleur muette.

Jason et son petit frère plaquent les mains sur leurs oreilles.

— Écoute ce raffut, espèce de taré, dit Thettie. Qu'est-ce que je t'ai fait ?

Jason articule quelque chose en silence, fendant l'air de son doigt ensanglanté, dont l'ongle arraché ne tient plus que par une cuticule. Frankie aimait parler ainsi, autrefois. C'est peut-être un truc de famille. Jason dégage même une odeur semblable à celle du pied infecté de Frankie. *Comme une merde qu'a coulé un bronze*, disait Doc. Même la crème MiraKil de Thettie ne pouvait en masquer la puanteur.

Elle lutte pour ne pas éclater en sanglots. Chaque mot lui revient en mémoire, en rêve. Comme le mot « merde ». Chacun avec une odeur différente du suivant. Elle peut désormais, pour ses péchés, se rappeler la moindre merde qu'elle a chiée, de la première à la dernière – quand elle agonisait. La date et l'heure exactes de toutes celles qu'elle a déféquées, ou à défaut celles de ses enfants, entre autres. Senties, écrasées ou essuyées, par exemple du cul de bébé de Jason avant que Cassie ne parte pour Los Angeles.

Sac à viande pousse un cri de lamentation à la fois rauque et aigu.

— Ferme-la, dit Jason. Ferme-la, ferme-la.

Le gamin se balance frénétiquement d'un pied sur l'autre. Thettie s'avance brusquement, l'agrippe par les épaules, puis recule avec horreur tandis que ses mains – pas encore complètement immatérielles, mais dont les molécules sont déjà compromises – passent à travers le corps du petit garçon. Il hausse les épaules et le poupon montre les dents en un sourire reptilien.

— Assieds-toi, dit Thettie en essuyant ses larmes et en s'efforçant de reprendre le contrôle de la situation. Va là-bas et assieds-toi à côté de ton frère.

Le gamin s'exécute et se laisse glisser contre le baril d'essence, à côté de Jason. Cela lui cloue le bec un petit moment. Mais Jason continue de soliloquer en silence, se repassant le film de sa propre mort – Thettie entend le nom de Vernon et se penche en avant. Puis il s'arrête pour chantonner un air de guitare, un riff qui déchire. Elle lève les yeux au ciel, ce qui lui fait suffisamment mal pour lui rappeler de ne pas recommencer.

À la place elle essaie de se repasser la soirée au *Way Out*, dimanche soir à l'occasion de la fête de retour, et de revoir Jason rôdant avec sa crête d'Iroquois décolorée, des rangers et son trench-coat – le même qu'il porte à présent. Elle l'a perçue, se souvient-elle, cette odeur rance sous la puanteur du tabac et de la meth. Il portait à l'épaule un sac à dos qu'elle se rappelle parfaitement – où est-il à présent ? Devant sa façon d'être, ses pommettes saillantes, elle a éprouvé une sensation de déjà-vu et elle en a frissonné, et Grif lui a demandé si quelqu'un avait marché sur sa tombe. Ça lui permet de revivre ce moment, ce parler démodé qui sort de nulle part quand il a un peu trop bu. Des expressions qu'il ne tient pas d'elle, ni de quelqu'un qu'elle connaît, mais d'une époque et d'un lieu dont il aime à penser qu'il les a laissés derrière lui.

— Jason DeGroot, tu as bien grandi. J'ai aidé à changer tes couches. Quand tu étais à la ravine Triangle avec Cassie. Et voilà comment tu me remercies, en me lâchant un lézard au cul ?

— Non ! s'écrie le gamin. *Faux pas* !

— Je vais t'en coller du *faux pas* si tu ne la fermes pas, réplique Thettie. Demande-lui pour qui il l'a volé. Et pourquoi.

Jason lève les yeux en entendant un signal sonore qu'il ne parvient pas à identifier. Pas encore. Mais ses mains s'agitent de nouveau, pour attraper les bribes de souvenirs qui lui tournent dans la tête. Elle les voit, elle aussi. Un rat de laboratoire en bikini. Les hommes de Doc qui lui parlent au *Way Out*, en lui payant des bières et des shots. Cassie, sa mère, qui s'enfuit pour devenir une rock star.

Thettie s'agenouille dans le foin, devant Jason.

— On arrive enfin à quelque chose, dit-elle. Pourquoi Doc a-t-il été le chercher lui pour voler le lézard ?

— *Faux pas*, répète d'un air malheureux le gamin.

— Un *faux pas* ? s'écrie Thettie en se relevant d'un bond. C'est comme ça que tu appelles ça ? Une bourde ? Une erreur ? Regarde-moi ! (Son bras s'est replié douloureusement derrière son dos, telle une aile cassée. Sa langue ne tient plus qu'à un fil et a déjà viré au bleu. Des sécrétions coulent le long de ses jambes.) Regarde-le. Une erreur !

Le petit garçon a pâli d'effroi. Telle une congrégation indisciplinée de l'Église de l'Oubli, la tête de Thettie fourmille des liens de cause à effet engendrés par son accès de colère. Elle se jette sur Jason en agitant sa langue ensanglantée. Elle se laisse tomber à quatre pattes et se met à courir le long des murs de la grange, et elle lui dit qu'elle va le tuer à son tour, et pas de Cassie qui tienne. Mais il ne peut ni la voir ni l'entendre, et elle fait une peur bleue au gamin. Il a arrêté de pleurer, mais il commence à mâchouiller la main de son poupon, de la bave s'écoule de sa bouche flasque.

— Ferme-la, dit Jason en étreignant le gamin et en se balançant d'avant en arrière sur la paille.

Sur son visage, le flot de sang s'est ralenti et ses yeux commencent à se voiler. De là où elle est, Thettie sent le froid de la rigidité cadavérique qui le gagne. Elle va devoir faire vite si elle veut le sortir d'ici à temps. C'est le moins qu'elle puisse faire. Pour Cassie.

*

Les seize ans de Cassie. La chambre du *Motel 6* jonchée de bouteilles et de pipes, de canettes de Red Bull, de paquets écrasés de cigarettes American Spirit, et de préservatifs. Thettie a les cuisses poisseuses et des miettes entre les seins. Elle pleure, et elle entend pleurer plus encore sur l'autre lit. L'esprit embué par les effets du Rohypnol, elle cherche néanmoins Cassie des yeux, et quand elle la trouve, elle le regrette. Une scène qu'elle n'oubliera pas de sitôt. Cassie qui fête ses seize ans, les yeux bouffis pressés contre un oreiller du motel pendant que Piet DeGroot s'enfonce en elle entre ses fesses écartées. Thettie détourne le regard. Elle ne veut pas voir ça, vraiment pas.

Thettie, qui n'a pas encore quinze ans – désireuse d'oublier à tout prix ce qui n'est pas encore un souvenir –, voit que la chambre est pleine de DeGroot. Il en sort de partout. Certains sont nus, d'autres en boxer. Des liasses de billets d'un dollar sont posées à côté de bouteilles de *jenever*[26]. Tous reniflent leurs doigts. L'air est lourd de l'odeur de cannabis, de sperme, de plats chinois à emporter, et de sang.

Pas du sang à proprement parler, mais du sang profondément enfoui qui s'écoule à travers les fissures du temps, se déversant au ralenti comme un rêve pour de vrai.

*

C'est inutile. Elle revoit Jason avec son sac à dos au *Way Out* et elle le regarde parler avec les sbires de Doc, Homer et Lyle, qui l'ont emmené dehors fumer une pipe ou deux. Sa perte.

— Jolies fréquentations, dit Thettie. Pour ta gouverne, ton nouvel ami Lyle a pris perpète pour avoir tué un professeur et un manutentionnaire de dix-sept ans. Ils t'ont payé combien pour voler le lézard ?

— Sac à dos, dit le gamin.

Thettie colle son visage contre le sien.

— Où est le sac à dos ?

— Voleur, dit le petit garçon en montrant du doigt la porte de la grange.

— Ferme-la.

Jason tente de lui mettre sa main en cours de dématérialisation sur la bouche.

Lee lui a donné sa version de l'histoire de Jason DeGroot. Sam Habib l'a embauché par une sorte de conscience sociale, jusqu'à ce que la maladie de Jason affecte son travail. Il lui est arrivé d'oublier de laisser de l'eau pour les souris ou de programmer la minuterie dans le cadre d'un protocole de recherche. Qu'il vouait un culte au monstre de Gila et qu'il n'a jamais pardonné à Lee de l'avoir recueilli après la fermeture du laboratoire.

— C'était donc ça ? s'écrie-t-elle. Une chance de récupérer Vernon ? Et qu'est-ce que ça a donné ?

Jason marmonne quelque chose à propos de Patti Smith, l'idole de sa mère. Une mer de possibilités[27].

— Voyez-vous ça ! siffle Thettie avec sa langue en lambeaux. Après ce que cet homme a traversé avec son petit garçon ? Ce foutu lézard était tout ce qu'il avait.

---

26. Genièvre, en néerlandais.

27. « a sea of possibility », paroles de la chanson *Land,* de Patti Smith.

— Doc, dit Jason. *Faux pas.*

— Attends. (Un froid terrible l'envahit de ses orteils tordus à la racine de ses cheveux imprégnés de sang.) C'est Doc qui t'a poussé à le faire ?

Est-ce le moyen qu'a trouvé Doc pour l'atteindre ? à travers Lee ? De tels enfantillages ne ressemblent pas à Doc, et il reste à savoir s'il a voulu que le Gila l'attaque ou pas. Un choix plutôt étrange étant donné qu'elle ne lui a pas encore apporté Frankie en victime expiatoire. Pourquoi aurait-il voulu la tuer avant qu'elle ne lui offre l'île sur un plateau ? Elle grogne, un bruit qui fait que quelque chose s'agite et siffle d'effroi dans les sombres recoins de la grange. Comme si elle allait abandonner Frankie – encore.

Quoi de neuf, docteur ?

Elle hurle et grince des dents. Sur son maquillage défait, des larmes coulent dans les trous que le monstre a faits dans sa chair. L'air de la grange est froid contre ses maxillaires à nu. Elle tuerait pour une cigarette.

— Jason ! hurle le gamin. Jason-Jason-Jason !

Thettie se fige dans l'obscurité de la grange. Il ne s'appelait pas Jason à l'époque. Cassie lui avait donné un autre prénom.

*

Piet DeGroot menace de se battre pour la garde de l'enfant. Au début, Sarey apporte son aide à Cassie et au bébé, mais Cassie sait qu'aucun tribunal ne statuera en faveur d'une Harpur, mère célibataire de surcroît, contre un riche fermier producteur de luzerne. Épouser son pire ennemi est sa seule chance de pouvoir élever son fils. Donc, elle s'exécute. Piet DeGroot l'aime à sa façon un peu tordue et ne lui refuse rien, sauf la liberté. Mais Thettie et Frankie ne la voient plus beaucoup après son mariage. Jusqu'au jour où, ne pouvant plus supporter d'avoir honte, Cassie décide de partir. Le petit Henry Jason – son prénom à l'époque – n'est pas encore malade. À douze ans, il a le goût de la musique, comme sa mère, et elle promet de le faire venir. Le jour où Cassie quitte Little Ridge pour de bon – elle a alors vingt-huit ans et est encore assez jeune pour devenir une célèbre punk-rockeuse –, ils passent la nuit tous les trois aux chutes. Thettie, Cassie et Frankie. Frankie joue de la guitare et Cassie chante *Space Monkey* avec lui pour la dernière fois. Cassie fait jurer à Thettie de veiller sur Jason, de l'aider à traverser l'adolescence ; elle-même versera tous les mois de l'argent sur un compte secret auquel lui seul aura accès.

Frankie devra le lui dire le moment venu. À l'aube Frankie conduit Cassie à la gare Greyhound, tous trois se tiennent par la main et chantent assis à l'avant de la Pontiac : *To distant lands / takes both my hands/ never a frown / with Golden Brown*, des Stranglers.

— Regarde ce que tu as fait, Henry Jason Harpur. Que dirait ta mère ? Regarde !

Jason lève les yeux en entendant son vrai nom. Il se passe la main dans les cheveux et ils tombent par touffes. Sa lèvre se fend à l'endroit où Thettie sent encore s'abattre le poing de Lyle – elle sait enfin que c'est Lyle, car elle a réussi à identifier l'odeur des pansements qui lui collent à la peau du cul depuis que Sarey l'a blessé avec son vieux Mossberg. La main de Jason se projette sur le mur en ombre chinoise et Thettie grince des dents. Elle frappe le sol en terre battue de ses pieds nus en sang, hurle de douleur. Le gamin enfouit son visage dans son poupon.

— Pourquoi ? Jason, pourquoi ? Pourquoi tu as pris le lézard, et il est où à présent ?

En vérité, Thettie n'arrive pas à se dégager de ses propres souvenirs pour se rapprocher suffisamment de ceux de Jason. Le passé est une vraie jungle, sillonnée de réminiscences contradictoires – les siennes, celles de Jason et de ses fils. Elle s'emmêle en elles comme ses mains s'emmêlent dans sa chemise de nuit, la tordant autour ses cuisses ensanglantées.

— *Faux pas*, répète tristement le gamin en poussant son frère du coude et en pointant Thettie du doigt. Jason ? *Faux pas*.

— Tu as raison, dit Thettie. C'est inutile.

Jason essaie de se relever, lève des yeux effrayés vers l'ombre d'un pendu en trench-coat. Son petit frère le fait se rasseoir sur la paille. Quelque chose bruit de nouveau dans l'une des stalles invisibles.

— Chemin Forestier, dit Jason.

Thettie regarde dans le vide. Sa langue trouve dans sa gencive un trou ensanglanté laissé par une dent qui est tombée. La dent manque toujours.

— Chemin forestier, dit-elle avec la langue sur la dent manquante.

Cela sonne comme « *faux pas* ». Du poison s'écoule du trou dans sa gencive, et ce n'est pas fini. Pas « *faux pas* », un mot qu'elle ne savait même pas qu'elle connaissait. Non, pas ça.

— Chemin Forestier.

Thettie, Jason et le gamin le répètent tous ensemble, le scandant encore et encore. *Faux pas. Faux pas.* Les colombes roucoulent de terreur.

Les araignées dansent sur leurs toiles et, des profondeurs de la grange, un opossum se réveille et s'éclipse en sifflant en direction de Thettie.

Alors ça lui revient lentement, par bribes à l'odeur de pizza. Que Doc lui a parlé du Mélange Tueur de Frankie. Qu'il s'appelle Chemin Forestier et que grâce à lui on se souvient de tout, même sans le vouloir, et que la salive de lézard entre dans sa composition.

La langue bleue au fond de sa gorge, l'œil noir étoilé de l'amour, bouche à bouche.

Combien de temps a-t-il passé dans le mobil-home, après avoir rampé par une porte sans nom pour émerger dans un rayon de clair de lune qui a éclairé sa peau rayée, un clair de lune qui a dénoué ses muscles dorsaux et transformé son étreinte griffue en une dernière caresse ? Sa tête monstrueuse baissée sur la sienne en un amour souillé.

Faux pas. Un faux pas. Un mauvais choix pour une bonne raison. Ou inversement. Parce qu'on ne peut pas toujours sauver ceux qu'on aime, Jason. Mais elle va essayer. Pour Cassie, elle ne l'abandonnera pas piégé ici. Se balançant à jamais au nœud coulant de sa propre perte. Voler le lézard par amour, un autre *faux pas* dans une vie ponctuée de mauvais choix. Thettie le comprend. Comment peut-elle abandonner à tout jamais un jeune homme – qui est après tout un Harpur, du moins en partie – ici, en terre DeGroot ?

— Dis au revoir, abruti.

Les yeux du petit frère de Jason se remplissent de larmes collantes. Ses lèvres frémissent, et il tapote le bébé, berce le bébé.

— Pas au revoir, dit-il. Jason, Ferme-la.

L'ombre qui se balance contre le mur derrière eux change de dimensions, de forme.

— Dépêche-toi, dit Thettie.

Jason se lève et attire son frère contre lui.

— À plus, p'tit gars.

Leurs poings se touchent dans l'obscurité, la matérielle et celle qui ne l'est pas, et ne se toucheront plus jamais.

20. Légende

La mort possède une obscénité que Lee trouve déstabilisante. Elle sent. Elle s'échappe. Elle rigidifie, gonfle et succombe à la trivialité. Elle ne se connaît pas elle-même, mais erre, nécessaire et solitaire, et en appelle à la chaleur du sang pour s'en souvenir. Pour l'appeler par son nom.

C'est mardi matin, le lendemain après que la borgnesse l'a sauvé de l'île. La tempête fait encore rage. Il envoie un texto à Habib pour lui demander ce qu'il sait de l'enquête, mais il n'obtient pas de réponse. Le lac donne l'impression de léviter sous la pluie.

Le shérif adjoint Abbes se présente à l'atelier, après avoir scrupuleusement rendu visite à tous ceux qui ont vu Thettie Harpur les jours précédant sa mort, ça fait partie de la procédure lui assure-t-il. Une simple affaire de suicide.

— L'état du mobil-home parle de lui-même, dit-il, à lui comme aux autres. Je doute qu'il y ait même une enquête.

Quand Lee lui demande froidement la raison de sa présence, Abbes se contente de se carrer d'aplomb, d'écarter un peu plus les jambes et de dire qu'aux dernières nouvelles on est en Amérique.

— Et ça veut dire quoi ?

— Ça veut dire bonne journée, enfoiré, répond Abbes.

Le téléphone de Lee vibre. C'est Habib, enfin, qui lui dit de venir sur-le-champ. Le message est ponctué d'un smiley triste.

Lee traverse le village en empruntant Main Street vers le sud. Ses phares percent des tunnels vaporeux sous le déluge, pixellisant les vitrines de façon surréaliste. Les Harpur déferlent sur la ville en voitures ou en deux-roues, volés ou échangés, collant au train des Lexus et des Audi. Les détonations assourdies des silencieux défectueux, les pots d'échappement rouillés et à bout de course de leurs bagnoles résonnent dans tout le village comme des troupes réfractaires à la défaite.

Lee s'arrête au *Village Market* pour acheter un pack de six de Moa, la bière préférée d'Habib, une bière artisanale néo-zélandaise qui était introuvable à Little Ridge avant l'apparition de l'Association pour le progrès. Le magasin bruit de rumeurs et de ouï-dire. Que la Harpur s'est suicidée, et que ses fils ont trouvé son corps, automutilé au point d'en être presque impossible à identifier. La bouche figée en un sourire amer.

Sur une note positive, la caissière dit à Lee qu'il faut que survienne une telle tragédie pour mettre un terme aux dissensions. Qu'un peu plus tôt, elle a vu un Harpur, celui qui a combattu en Afghanistan, le héros de guerre avec des brûlures et un doigt en moins, parler au vieux Piet DeGroot – les DeGroot et les Harpur ont toujours été des ennemis jurés, même après le mariage de Piet avec une de leurs filles.

— Les choses se sont un peu améliorées, mais ensuite elle l'a quitté, dit la caissière en rougissant. Non qu'on puisse le lui reprocher.

C'est l'absence d'enquête qui dérange Lee. Ce qui l'ennuie c'est qu'on se contente de croire que l'affaire est entendue – qu'on parte du principe qu'il y a des gens qui se soucient encore moins de leur propre vie que le reste du monde. Lee appuie sur la sonnette d'Habib, tapant du pied pour se dégourdir les jambes. Le professeur lui crie que c'est ouvert.

Lee entre et se débarrasse de sa veste, étale des gouttes de pluie poisseuses sur les verres de ses lunettes avec sa manche tachée du sang de Grif Harpur. Contrairement à son habitude, Habib n'est pas rasé et il est torse nu sous sa robe de chambre. Derrière lui, le lac bouillonne de l'autre côté de la vitre. De nombreux arbres ont déjà perdu leurs feuilles, par endroits un feuillage pourpre contraste avec le rivage monochrome. L'ordinateur portable d'Habib est ouvert et il discute des blessures de Thettie avec quelqu'un au téléphone. Du caractère « probant » et de l'emplacement des coupures sur son corps. De profondes entailles sur le visage, les bras et les jambes. Qu'elle a essayé de s'arracher la langue, etc., des blessures cohérentes avec les exemples les plus extrêmes d'automutilation, comme celles que l'on s'inflige sous l'emprise d'une psychose ou du crack.

— Bon, pourquoi des entailles sur son flanc gauche ? demande Habib, qui écoute ensuite la réponse. Cet élément constitue un doute raisonnable, non ?

Habib raccroche. Il prend la bière que lui tend Lee en s'inclinant d'un air triste et la verse soigneusement dans une chope en étain rutilante. Il la lève et trinque.

— À Thettie Harpur.

Lee boit la sienne à la bouteille.

— Où est le télescope ?

Habib a l'air déconcerté pendant un instant.

— Ah, ça, répond-il. Il était affreux, pas vrai ? Et il ne marchait pas. J'ai dû le ramener.

Lee fait le tour du bureau pour se placer devant la fenêtre et regarde le rivage à sa droite, où le ruban de la scène de crime claque toujours autour du terrain de camping. Dans le coin de son œil gauche, deux choses. La photographie encadrée de la famille d'Habib, ensevelie sous un immeuble bombardé au Liban, et, sur l'ordinateur, le rapport d'autopsie sur la mort de Thettie Harpur.

— Tu as quelqu'un au bureau du médecin légiste, Sam ?

— J'ai quelqu'un partout. Les vieilles habitudes sont tenaces.

— C'est quoi cette histoire de blessures sur le flanc gauche de son corps ? C'est pour ça que tu m'as fait venir ?

— Des nouvelles de Vernon ?

Habib rabat le capot de son ordinateur d'un coup sec et fait pivoter son fauteuil en direction de Lee.

Ce dernier secoue la tête.

— Il s'est probablement enfui pour mourir.

— C'est ce que font les mammifères, dit Habib. Pas tellement les reptiles, même si c'est plus ton domaine que le mien.

— Je suis allé voir Jason pour lui poser des questions. (Il vide la moitié de la bouteille tout en regardant une silhouette qui longe le rivage. C'est la fille au bandeau, celle que Thettie surnommait le rat d'eau.) Tu ne l'as pas vu ?

— Pas depuis des semaines, malheureusement. Je l'ai embauché à l'occasion pour me donner un coup de main – du jardinage, entre autres.

— Entre autres ?

— Exactement. La dernière fois que j'ai entendu parler de lui, il vivait dans un centre d'hébergement et de réinsertion à Ilium.

— Son petit frère était à la ferme, le gamin atteint du syndrome de Down. Bon sang, ça me revient. Il avait une des poupées American Born de Sunny. Avec le syndrome de Down, elle aussi.

— L'autovalidation est à la mode ces temps-ci. Ne me dis pas que c'est une mauvaise chose, Lee.

La conversation, une fois de plus, semble avoir pris une direction inattendue.

— Il m'a dit que Jason n'était pas là. (Lee va dans la cuisine et rapporte deux bières.) Tu te rappelles que le vieux cryostat avait disparu ? Du Labo. Tu te rappelles qu'on l'a retrouvé dans la chambre que louait Jason au-dessus de la station-service ?

Habib réfléchit, tourné vers le lac.

— Jason était le seul capable de le réparer. Il était doué avec les machines. Je lui accorde ça. Quelque chose qui n'allait pas dans le câblage.

— Sans blague.

Habib fait pivoter son fauteuil, jouant avec un crayon sur son bureau.

— Qui sait où il est parti cette fois ? Au fait, le gamin est son demi-frère. La première femme de DeGroot, la mère de Jason, était une Harpur. DeGroot ne s'est jamais intéressé à Jason. C'était juste un moyen d'avoir la femme qu'il voulait, comme souvent avec les enfants. Au bout du compte, il a reproché à Jason de l'avoir poussée à partir. Ou un truc du genre m'a dit Jason.

Lee se rappelle l'indifférence de son propre père à son égard, et qu'Habib l'avait sauvé, lui, de disparaître dans son sillage. Lee se retourne vers le lac, s'appuie contre la fenêtre et regarde son mentor.

— Je me suis toujours demandé : quelle est l'origine de cette querelle entre les DeGroot et les Harpur ?

— Tu crois que c'est un DeGroot qui a fait ça ?

— Je ne sais plus quoi penser.

Habib griffonne des calculs sur la condensation de sa chope.

— Qui connaît l'origine de telles rivalités ? Les DeGroot auraient tabassé un Harpur, empoisonné la rivière. Les Harpur auraient riposté en brûlant une voiture ou un tracteur. Les DeGroot auraient tabassé un toxico du coin, les Harpur auraient tendu une embuscade à un camion plein de cannabis à la frontière. Et avant ça ? Toute la région s'est construite sur la rivalité entre les Hollandais et les Iroquois. Tu y ajoutes les Français, puis les esclaves – les Harpur descendant de tout ce beau monde. Un sacré mélange.

Lee ferme les yeux et écoute Habib parler d'un ton monotone, avec un tremblement dans la voix qu'il n'avait encore jamais remarqué.

— Et plus récemment, les DeGroot ont remplacé le marché

déclinant de la luzerne par la culture hydroponique du cannabis, dont ils arrosent l'État. Je suppose qu'à partir de là, on peut dire que la meth et l'alcool de contrebande de Frankie ont alimenté la querelle – les DeGroot se débarrassent et voilà qu'il réapparaît avec un nouveau mélange… (Habib passe une main sur son visage comme pour chasser une pensée indésirable.) Mais je ne vois pas bien l'intérêt d'avoir fait une telle chose à Thettie Harpur.

— Un avertissement, peut-être ? Les DeGroot s'inquiétant moins de la concurrence que de l'agitation qui pourrait en résulter… ?

Lee repense au broyeur de végétaux, à Fie DeGroot avec sa hache, et au fait que personne ne sait où est Jason. Habib parle toujours de querelles, disant que Murphy s'est imposé à la tête des Harpur en jouant un clan contre l'autre.

— Le faux médecin irlandais ? Je l'ai vu au *Way Out*, dit Lee. Il parlait avec Jason.

— Doc Murphy est peut-être un faux Irlandais et un faux médecin, mais c'est un vrai gangster. Il a appartenu à un sinistre service d'ordre syndical à Liverpool – ils détestent les Irlandais, comme tu le sais…

— Des querelles. Compris.

— Cette querelle-là remonte au dix-neuvième siècle, famine, etc. – des hordes d'Irlandais mourant de faim débarquant à Slavers Bay…

Lee s'enfonce dans le fauteuil de l'autre côté du bureau. Il ferme les yeux pour ne plus voir les murs tourner et attend qu'Habib en revienne à Thettie. Au présent.

— Où en étais-je ? Très jeune Doc travaille comme homme de main ou je ne sais quoi pour un certain Hook, un baron irlandais du crime de Liverpool. Tout dépend de la source…

— D'où tu tiens ça, Sam ?

— Realcrime.net, comme tout le monde, non ? Doc manœuvre dans le dos de Hook, essaie de mettre sur pied une activité parallèle avec un rival du nom de Toeless Mears.

— Seigneur.

— Doc a une peur irraisonnée des chiens, donc à ce qu'on dit, Hook le punit en lui enduisant les doigts de graisse de cuisson et en les donnant en pâture à ses chiens de garde – seulement les index, remarque.

— Je ne comprends pas. À quoi peut bien servir un gangster qui ne peut pas appuyer sur la gâchette ?

Habib hausse les épaules.

— Cela m'échappe aussi, mais j'imagine que ça a quelque chose à voir avec les eunuques d'autrefois qui agissaient dans l'ombre. Le fait est que l'on s'adapte, comme l'a prouvé Doc en tuant Toeless.

— Comme c'est charmant.

— L'irlandais le lui a ordonné, avec ou sans index. Malheureusement, le seconde lune de miel entre les deux hommes a été de courte durée. La veuve de Toeless a tué Hook pour se venger, puis elle a traqué Doc, qui a réussi à s'échapper en prenant un faux nom – Daylin Murphy – et en émigrant en Amérique. Terre des braves.

Lee sait qu'il devrait être plus attentif. Habib pousse son ordinateur vers lui, mais il se contente de détourner la tête.

— Tu sous-entends qu'il aurait pu faire la même chose avec les Harpur ? Tenter d'organiser en secret quelque chose avec les DeGroot ?

— Quelqu'un a balancé.

Lee se rappelle la petite troupe sur la plage. De l'hostilité d'Archy et Grif à l'égard de Doc.

— Et aujourd'hui ? demande-t-il.

— En ce qui concerne Thettie, c'est ça ?

— En ce qui concerne tout ce qui se passe, répond Lee.

— Doc et Thettie étaient ensemble, dit Habib en fronçant les sourcils. Et puis tu as débarqué.

Une décharge d'électricité irradie le pied de Lee.

— Je n'étais pas le premier. Elle me l'a dit.

— Peut-être que c'était différent avec toi. Peut-être que Doc n'a pas apprécié ?

Lee repense aux postillons sortant de la bouche de Doc, aux cicatrices blanches et bosselées parsemant son visage comme autant de petites phalanges.

Habib joue avec un bloc de Post-it, ouvre un tiroir de son bureau et l'y laisse tomber.

— Que les choses soient claires, dit-il d'un ton mal assuré, ce n'est pas moi qui ai enlevé Vernon. J'ai assez d'helotide en lieu sûr pour le restant de mes jours.

Et si par « en lieu sûr » Habib sous-entend qu'il a un cryostat dans son sous-sol à côté du sèche-linge, alors qui est-il pour juger ? Le laboratoire ferme et le professeur s'empare d'un stock de stimulants du cerveau pour les mauvais jours ? Peut-être plus qu'un simple stock. Peut-être pas uniquement pour les mauvais jours.

— Elle ne s'est pas suicidée, dit Lee. Je pense que c'est un accident, ou un meurtre.

— Sur quelle preuve, une intuition d'amoureux ?

— Ce ne serait pas la première fois.

— Je sais. Désolé.

La main de Lee tremble et il renverse un peu de bière sur le bureau, qu'il essaie d'essuyer avec sa manche.

— Il me semble que tu as succombé à tes vieux démons, Lee, genre saut de l'ange ? (Habib lui passe ce qui ressemble à une serviette de sport.) Tu es sorti sur le lac la nuit ? En octobre. Encore ?

Il est fréquent, Lee l'a lu un jour, qu'en l'absence d'un père l'on vénère son oncle. Le père de Lee a divorcé de sa mère pour une collègue, mais de toute façon il avait cessé de s'intéresser à lui quand il avait eu quinze ans. Lee n'avait pas d'oncle. Jusqu'à Sam Habib. Ils s'étaient rencontrés grâce à Vernon, et Habib avait voulu tout connaître de Lee. Pas uniquement ses recherches, mais aussi ses équipes sportives préférées, ses amis. Il s'était arrangé pour aller avec Lee en randonnée, avait regardé à la suite avec lui plusieurs épisodes de *Sur écoute*, était allé aux terribles concerts de son groupe *Loaf Meat*. Étranger à sa propre famille et à ses condisciples avec leurs beuveries et leurs discussions de café du commerce, Lee s'était enfin vu à travers l'amour de quelqu'un d'autre. Sammi Habib, militant américano-palestinien, érudit et neuroscientifique révolutionnaire. Directeur fondateur du Centre pour les questions de l'esprit, sa vulgarisation des mécanismes de la mémoire récompensée du *Book Award* du *New York Times* en 2002, il trouvait néanmoins le temps d'intervenir dans les écoles des réserves comme bénévole pour l'aide à la lecture, flirtait avec les mères des étudiants et aussi avec leurs pères. Une fois à Little Ridge, il avait fait la même chose. Il avait rejoint le comité de rédaction de *Nature Magazine*, s'était intéressé au sauvetage des oiseaux, et avait assisté aux fêtes annoncées dans *The Village Dawn*. Il buvait des bières avec les employés du bureau du médecin légiste du comté à Ilium, jouait au football avec l'inspecteur de police qu'il avait, en fin de compte, pu convaincre de rouvrir l'enquête sur le meurtre de l'enfant de Lee. Il participait à la régénération des forêts, aux comités de recours collectif contre l'Association pour le progrès de Sunny Weeks, entraînait les jeunes footballeurs et accueillait les scientifiques de passage pour le brunch du dimanche au Sullivan Hall, sous le vitrail de six mètres de haut de Veritas, déesse de la vérité.

Connue également sous le nom d'Alètheia.

Le clocher de l'université sonne douze coups.

Lee chancelle. Tel un aveugle, il se repère dans le bureau d'Habib en touchant les éloges et les récompenses encadrés. Les photographies du professeur avec Dennett, Kandell, Ursula LeGuin. La bière n'est pas seule en cause, même si elle y contribue amplement. Lee n'a pas besoin de pleurer, car sa tête est noyée dans un sanglot, comme le noyau d'une cellule dans le cytoplasme. Il s'efforce de retracer les événements des derniers jours. Son unique nuit avec Thettie, le terrarium vide de Vernon, les stèles renversées du cimetière d'animaux traçant un chemin jusqu'à la porte de son atelier, le bandeau flottant du rat d'eau. Ses fils aveuglés par le chagrin, mais encore capables de voir clair dans le jeu de Doc. Il ne remonte cependant pas beaucoup plus loin que sa nuit avec Thettie.

La peau du visage non rasé d'Habib semble parcheminée, comme un masque grec, quelque part entre comédie et tragédie. Sa robe de chambre laisse apparaître de fins poils gris et clairsemés sur sa poitrine.

— Tu devrais peut-être rentrer, Lee. Dormir.

— Elle a reconnu avoir déjà pris des trucs – de l'Ambien et toutes sortes de choses –, mais elle ne m'a jamais donné l'impression d'être accro. Ni d'en être arrivée là.

— D'en être arrivée où ?

— J'ai essayé de la sauver. Je suis sorti sur le lac pour refermer la porte.

Sauf qu'il sait que ce n'est pas tout à fait la vérité. Il est sorti sur le lac pour, peut-être, franchir lui-même la porte – pendant qu'elle était ouverte – persuadé que ce genre de sacrifice était nécessaire. Un échange, en quelque sorte.

La pluie tambourine contre les vitres.

— Qu'est-ce que ça a donné ?

— Quelque chose m'a arrêté. La fille, celle avec le bandeau. Elle m'a sauvé.

— Le rat d'eau de Frankie Harpur ? J'ai oublié son nom.

— Je crois qu'il est peut-être trop tard. Je crois que ce que j'essayais de ne pas laisser entrer, ou contre quoi m'offrir en échange, a peut-être déjà traversé.

— Voilà qui est parler en vrai scientifique. Rentre chez toi et dors, mon ami.

— C'est à ça que sert l'helotide, Sam ? Pourquoi tu en conserves tout un stock ? Pour t'aider à aller sur l'île avant qu'elle ne vienne à toi ?

Habib se redresse, ses cheveux frisés plus sel que poivre.

— Parfois, ceux que l'on aime sont les plus difficiles à sauver, Lee. Je suis vraiment navré.

— Elle était la clé, répond Lee en entendant sa voix se briser. Dès que je l'ai vue devant le *Village Market*, je l'ai senti. Vernon l'a senti. Et maintenant, ils ne sont plus là.

— La clé de quoi ? demande lentement Habib.

Lee se penche en avant en marmonnant.

— Son unique peur ? Les lézards.

— Herpétophobie.

— Son plat préféré ? La pizza. Et maintenant, c'est aussi celui de Vernon. Était. Est. Peu importe.

— La science est affaire de précision, Lee, pas de spéculation.

La voix de Lee se brise et il s'éloigne du bureau en noyer italien.

— Je crois qu'on est devenus des gangsters.

— Rentre chez toi et termine ton tableau.

La voix d'Habib est ferme. Une voix d'entraîneur à un joueur qui s'étouffe.

— Tu as déjà entendu parler de Te-cherche ?

Lee envisage de prendre une autre bière, mais il ne veut pas courir le risque d'avoir des ennuis avec le shérif, et il a du chemin à faire aujourd'hui. Le tableau peut attendre.

— Qui ?

— Le monstre du lac. La borgnesse qui est avec les Harpur, elle m'a dit que c'était un arbre.

— Mais elle n'est pas l'une d'entre eux – bon sang, je ne me rappelle pas son nom, dit Habib avec irritation.

Le visage de Lee le brûle.

— Elle a dit que c'était un pin immense qui flotte sous la surface depuis des centaines d'années.

— Ah, ça. (Habib indique une bibliothèque de l'autre côté de la pièce.) Quatrième étagère, au milieu.

Lee traverse la pièce et sort de la bibliothèque un livre avec une couverture en tissu.

— Je l'ai trouvé à la foire du village, il y a des années.

Lee lit la page de garde. C'est *The Lake Gun*, une nouvelle de James Fenimore Cooper.

— C'est une légende iroquoise. (Habib se renverse dans son fauteuil, pose les bras sur sa tête et croise les jambes. Lee détourne les yeux tandis que la robe de chambre bâille.) Ou une légende de James Fenimore Cooper, en tout cas. Un démagogue haudenosaunee du nom de See-Wise devient trop gourmand et harponne un énorme saumon en dehors de la saison, ce qui est interdit par le grand Manitou. Dans sa lutte contre le saumon, le démagogue perd et est entraîné au fond du lac, pour ne jamais réapparaître sous sa forme humaine, condamné pour son orgueil mal placé à flotter parmi les saumons, les truites et les anguilles pendant un millier d'hivers sous la forme d'un immense tronc d'arbre brisé. Plutôt phallique quand on y pense.

Lee feuillette les pages toutes douces.

— Qu'est-ce que les canons du lac viennent faire là-dedans ?

Habib ravale un rot.

— Si je me souviens bien, le bruit des canons du lac est la voix du grand Manitou, l'accent tonnant de vérité, rappelant à See-Wise, et à tous les autres, les dangers de pêcher hors-saison. Non seulement de ne pas essayer de perturber l'ordre naturel des choses, mais de penser qu'on peut s'en sortir indemne. Je me demande pourquoi elle a dit que son nom était, non pas See-Wise, mais Te-cherche.

Lee replace soigneusement le livre sur l'étagère. Il ne répond pas à Habib, car ce n'est pas une question.

Pourquoi les entailles sur son flanc gauche ?

Car il y a autre chose.

21. Faire son chemin

— Je ne voulais pas te tuer, dit en gémissant Jason à la grive la plus bruyante.

— Aucune importance, répond Thettie, improvisant toujours. Tu as volé le lézard et c'est suffisant. Si je ne nous sors pas d'ici, on restera à jamais coincés dans ce lac. C'est comme ça que ça marche.

Jason secoue frénétiquement la tête, braque un pistolet imaginaire sur la grive insolente et Thettie fait semblant d'être touchée. Elle est excitée, impatiente de voir le regard de Cassie quand elle, Thettie, ramènera son fils à sa mère. Tout en surveillant discrètement les veines noires qui sillonnent le visage de Jason et les marques rougeâtres sur son cou, elle espère qu'ils arriveront à temps. Elle essuie les larmes de sang qui sourdent de ses yeux et, de sa main mutilée, tente de remettre sa langue dans sa bouche. Cassie saura comment la rendre de nouveau présentable. Cassie n'est pas aussi douée qu'elle en matière d'herbes et de potions, mais elle a un don pour appliquer du mascara et une pointe de blush. Elle étouffe un sanglot, et Jason jette un regard alarmé aux grives qui dansent comme des folles sur la branche en babillant *Teee-cherche, Teee-cherche !*

Thettie les invective et les oiseaux jaillissent des pruches, se regroupent et planent au-dessus de leurs têtes.

— Allons-y, abruti. Ça fait un bail que je n'ai pas été dans l'Ouest.

Encore un mensonge. Thettie n'a jamais été dans l'Ouest, jamais été nulle part.

Toutefois, le fait d'être mort ne signifie pas qu'on puisse défier toutes les lois de la physique et nombre des anciennes règles s'appliquent toujours. Ce n'est donc pas le fait d'être morte, mais la façon dont chaque instant lui revient à présent, l'un après l'autre, comme par magie. Des minutes qu'elle peut douloureusement ressentir, humer et entendre s'égrener dans son arborescence mentale. La brûlure glaciale de l'eau-pluie du lac entre la palmature de ses orteils. La pourriture douceâtre dans les enclos piétinés et collants – elle sent cela avec ses doigts. Ils traversent un ruisseau peu profond et elle indique les tiges pruineuses ramifiées d'une plante foncée, ses attaches gonflées, les pétales recourbés de ses fleurs couleur citrouille jonchant le sol sombre.

— Des impatientes, dit-elle. *Impatiens aurea*, de l'ordre des géraniales. Ça soigne les hémorroïdes, les ballonnements et certaines intoxications cutanées. Ça a marché à merveille sur le pied de Frankie.

Sauf que, là aussi, c'est un mensonge. En fin de compte, rien n'a pu soigner le pied de Frankie.

— Histoires de guerre, commence Jason. Les oncles hollandais racontaient des histoires de guerre.

Ses épaules s'affaissent sous le poids du ciel sous lequel, ramassée sur elle-même elle, elle conduit Jason, s'arrêtant de temps à autre pour lui permettre de la rattraper. Le fait de l'attendre lui donne une chance de gagner à quatre pattes une mare saumâtre. Elle nettoie le sang noir poisseux qui lui zèbre les bras et les cuisses. Mais dès que sa peau est propre, il revient aussitôt, lentement, telles des sangsues surgies de l'intérieur.

— On connaît tous une ou deux de ces histoires de guerre, dit-elle.

Ce que Lee a raconté de son enfant disparu, Vernon – sauf qu'il ne s'appelait pas ainsi – est une histoire de guerre. Des choses auxquelles elle aurait aimé prêter bien plus attention ressurgissent insidieusement. Que les effets mnémoniques de la séquence peptidique, HSEGTIFTSD dans la peptide synthétique helotide, extraite du venin du Gila, se manifestent vingt-quatre heures suivant l'administration et perdurent une semaine ou plus après une simple dose. Que son effet sur les humains n'a pas encore été testé. Inconnu.

Sur les rats, a dit Lee, l'helotide a pour effet d'ouvrir une nouvelle voie d'accès à la mémoire. Ou d'en activer une à titre compensatoire, tel un membre fantôme. Par exemple, si l'on perd l'usage d'un œil, l'autre devient plus fort, fait le travail pour deux. Par exemple, que l'un des sens – l'odorat – acquiert les compétences d'un autre – la vue –, et qu'en mémorisant de nouvelles compétences, il oublie certaines des siennes. De nouvelles voies d'accès clignotent une fois ouvertes dans la forêt dendritique de la mémoire, envoyant des signaux qui nous font perdre de vue ce que l'on était.

Faut faire avec.

Thettie se repaît de l'aube secrète, comme pour en aspirer la vie tant qu'elle le peut encore.

— Car on a du chemin à faire, ducon. Il faut s'en débarrasser.

Même en prenant en compte le fait qu'avec la dose combinée de venin et de benzédrine, qui est le principe actif de l'Ambien, elle a doublement voire triplement joué de malchance, Thettie sait qu'elle n'a plus beaucoup de temps. Combien de temps avant que l'effet « nouvelle voie d'accès-augmentation de la conscience » de la salive de lézard ne s'atténue ? Fin de l'histoire.

— Te-cherche, hurle Jason Henry Harpur de derrière un arbre. Te-cherche !

— Vernon m'a trouvé, dit-elle en se tournant vers le gamin fébrile pris à son propre jeu. À quoi il ressemble ? Mais ce n'est pas mon histoire de guerre. Pas même le début.

Jason s'interrompt en l'entendant. Marmonne quelque chose en réponse au chœur infernal des grives. Il gratte les boutons qu'il a sur la joue. Thettie soupire. Dieu sait que seule une mère peut aimer un tel visage. S'il n'était déjà mort, elle le tuerait une seconde fois pour avoir volé Vernon. Pauvre Lee.

— Le début de mon histoire de guerre est que j'étais morte avant de mourir, dit-elle en pointant sur sa tête un pistolet imaginaire. (Elle n'a pas besoin d'un drogué flippé pour le savoir.) Doc m'aurait tuée après avoir trouvé Frankie. Après ou avant, selon ce qu'il aurait trouvé. Il disait que j'étais la clé, mais en réalité j'étais l'appât. Tu comprends ? Un moyen de parvenir à ses fins. Trois façons différentes de dire la même chose…

Jason lève quatre doigts d'une seule main. Peut-être peut-il l'entendre, après tout.

— Qui tient les comptes, blondinet ? Une métaphore incohérente te fout dans la merde à tous les coups.

Il apparaît à Thettie, dans son état second, qu'on ne peut pas échapper aux métaphores, comme aux Doc de ce monde – l'un mène à l'autre –, et que ce n'est pas près de finir.

Frankie disait que c'est la beauté du langage. Que les mots sont plus qu'un moyen de parvenir à ses fins. Et moins. Elle commence à le comprendre, et elle en est émerveillée.

— De toute façon, ça ne s'est pas passé comme prévu, grâce à Vernon.

Vernon-pas-Vernon avait vomi dans sa bouche agonisante la salive d'une mémoire impérissable. Thettie ne peut s'empêcher de frissonner au souvenir des cinquante dents démesurées déchiquetant son visage. Inoculant dans le repliement rapide des protéines de son ADN le lait de cactus, de l'aube rose carné du désert qui se reflète dans le sombre arroyo, terrier lointain où un autre attend de transmettre la graine de la mémoire, et de la lumière. Si le monstre du lac était une métaphore, il lui avait poussé des ailes pour venir la sauver.

Lee – ce nom fait frémir ses narines à l'odeur de l'eau du lac, du whisky, et d'autre chose qui fait que ses mains glissent vers le bas, sous sa chemise de nuit et au-delà de son ventre, sur la chair familière, mais non. Pas encore.

Thettie coupe à travers un champ de luzerne, puis à travers des plants de maïs charnus, passant devant des bovins à la pâture qui mugissent et s'écartent sur son passage. Jason se rapproche. Ils longent Moonshine Road, séparés du village par les prés de mûriers sauvages et de belles-de-jour qui ont remplacé les vergers.

Il prend la tête en traversant un bois sur les terres des DeGroot, où un chemin émerge de sa mémoire. Un raccourci pour la gare routière de Tinkers Glen. Les oiseaux s'agitent et chantent en grec, en seneca[28] et en français. Elle pourrait botter le cul de Jason qui tente de la faire trébucher dans l'étrange forêt de sa mémoire dérangée, d'interférer avec la sienne, car il y a toujours un châtiment pire que la mort. Elle le sait à présent. Elle se penche pour ramasser un vieux noyau de pêche, graine du temps.

— Mauvaise métaphore, lâche-t-elle d'une voix rauque.

— Bon à rien, marmonne Jason devant elle.

Sa mère en avait pleuré, de cette façon qu'avait son père de le qualifier ainsi.

— Pour voler les lézards, oui, dit Thettie. À ce jeu, tu es nul à chier.

— Ta mère, Cassie, disait qu'elle détestait la façon dont DeGroot, ton propre père, te traitait de bon à rien. Elle a dit à Frankie qu'il fallait qu'elle parte pour ne pas le tuer.

Mais c'est encore un mensonge. Frankie aurait tué DeGroot pour Cassie. C'était la seule chose qu'ils pouvaient faire pour l'arrêter. En vrai, Cassie est partie pour ne pas se tuer elle.

---

28. Langue des Sénécas, un peuple d'Amérindiens d'Amérique du Nord qui faisait partie de la Confédération iroquoise (Haudenosaunee).

Elle s'en veut de le taquiner, mais elle n'a pas de temps à perdre avec les toxicos. Jason remonte un sac à dos qui n'existe pas.

— Ton sac à dos, voilà ce qui manque – et tu hanteras le lac à jamais, à sa recherche, sauf si je te fais sortir d'ici sans attendre, halète-t-elle en crachant des gouttes de sang. Parce que c'est une preuve, comme le sac Steelers qu'ils y ont caché. Steelers avec deux « e ». Stèle avec un « e », c'est un autre mot pour pierre tombale.

— Voleur, dit Jason avec la voix exaspérante de Frankie, avec un seul « e ».

Finalement, Cassie avait dû tout abandonner pour pouvoir vivre, pour pouvoir être d'une quelconque utilité à Jason tôt ou tard. Thettie veut dire à quel point Cassie lui a manqué après son départ. À quel point elle était perdue sans elle. Elle a même rêvé d'elle une fois par mois, comme les règles. Des rêves agités de Cassie refusant d'emprunter un chemin inconnu, encore et encore. Ou nue et coiffée d'une perruque sur sa coupe punk au rasoir, une perruque afro d'Halloween qu'elle était toujours à deux doigts d'enlever, ce qu'elle ne faisait jamais avant que le rêve ne se termine. Ses bras nus éternellement levés et cachant son visage. Étrangère à elle-même.

— Hey, Henry Jason ! lance Thettie. Au *Way Out* ce soir-là, c'était toi, pas vrai ? Magouillant et rêvant avec Doc. Je ne savais pas que c'était toi, je veux dire le petit garçon de Cassie. Devenu adulte et tout, je n'ai pas reconnu ton cul de schizo.

— Quoi de neuf Doc ? Quoi de neuf Doc ?

Jason court en bondissant au rythme des mots, en une petite valse grotesque.

— Lee t'a montré du doigt. Il m'a dit que tu as travaillé au labo et que tu aimes les animaux, que tu pensais que c'était à toi de les sauver. Je suis végétarienne, moi aussi. Ralentis.

— Vagin… quoi ? bredouille Jason.

— Ouais, eh bien j'ai probablement eu plus de chattes que toi, pour de vrai. Pas *vagintarienne*, abruti. *Végétarienne*. Comme toi. À cause de toutes ces mignonnes petites souricettes que tu as sacrifiées, pas vrai ? Moi, c'était à cause de Frankie. À cause de ce que je lui ai fait, en le laissant pour mort. J'avais déjà renoncé à la drogue, mais c'était pour mes fils. Tout ce qui me restait c'était la viande. Donc, fallait y renoncer, pour Frankie. Sauf que c'est le milieu de mon histoire de guerre. Les garçons en sont le début. La fois où ils ont failli se noyer.

Les mains de Jason se portent à son cou et s'accrochent au nœud coulant imaginaire.

— C'est exactement ça. Tu veux faire ça jusqu'à la fin des temps ? Je ne crois pas. Allez, en route.

L'histoire commence, ou continue, avec Thettie malade à cause d'un quelconque remède que Doc lui a donné.

— Tu connais la maladie dont je parle ? Pas la dope, ce qui est assez grave en soi, mais la haine de soi qu'elle laisse derrière elle pour se nourrir si tu la laisses faire ?

Parce que le truc, c'est qu'Archy a voulu emmener le chien, Scrappy, avec eux. Et ce sont les aboiements de Scrappy que Thettie a entendus, perdue dans ses rêves. Mais Doc les a bel et bien entendus et c'est pourquoi il était allé au lac alors que les garçons commençaient à couler.

Parler la fatigue et elle prend de nouveau du retard. Jason tourne à la lisière des arbres pour fuir la lumière argentée de l'aube, et tout autour d'elle un goutte-à-goutte improbable provenant des feuilles bat un rythme irrégulier pour le chant matinal des oiseaux. Sa chemise de nuit traîne un cortège de feuilles mortes et ses bras s'agitent derrière elle, suspendus à un petit morceau d'os à nu.

— Voilà comment se déroule mon histoire de guerre. Je suis dans la maison, accrochée à quoi ? Ma troisième ou trois centième tentative de décrocher, et Doc fait des visites à domicile avec sa trousse médicale, et il n'y a pas assez à manger. Les garçons décident d'aller pêcher pour me rapporter du poisson. Pour me guérir.

Sa voix se brise et Jason regarde avec terreur les tiges stériles écrasées dans son sillage immatériel.

— Il y avait eu une fuite sur le côté de leur petite barque à fond plat et ils n'avaient pas pu l'utiliser pendant plusieurs semaines. Doc avait fini par arranger ça, par leur trouver un deux-temps bon marché sur Craiglist. Ils l'ont donc pris pour sortir. C'était un quatre mètres, parfait pour eux, mais trop petit pour naviguer en eau profonde.

Jason s'arrache ses cheveux décolorés.

— Ils vont sur la rivière avec Scrappy, mais le poisson qu'ils cherchent, du saumon de l'année ? C'est celui-là qu'ils veulent pour moi. Grif sait que je déteste la truite. Le saumon c'est un poisson avec tout plein de vitamines, je le leur ai toujours dit. Il n'y en a aucun dans la rivière. Leur mère doit guérir, c'est ce que dit Grif. Ils partent donc chercher du saumon, juste à l'embouchure de la rivière, où ils n'ont pas le droit d'aller avec leur petit bateau. Et c'est alors que Scrappy se met à aboyer.

Jason lui sourit méchamment de ses dents noircies et dit :

— *Le poisson est mon plat préféré.*

— Ton plat préféré ? Tu peux enfin me voir, ducon ? Non, je ne pense pas. Ouais, et pas n'importe quel poisson. *Le saumon.* (Elle ne sait pas pourquoi elle parle tout d'un coup français, sinon que cela lui vient de l'une des voix dans la tête schizo de Jason.) Même si tu n'arrêtes jamais de penser que le mot français *poisson* est presque identique au mot anglais *poison* ?

Jason met ses mains sur ses oreilles et se met à pleurer. Pas simplement quelques larmes, mais en longs sanglots déchirants. *Mamannnn !* Il tombe à genoux en martelant le sol glacé. Ses yeux sont deux bols noirs de désespoir.

— Lève-toi ! Tu as déjà raconté ton histoire de guerre. C'est la mienne, alors attends ton tour. Ils vont trop loin. Au plus profond de l'embouchure de la rivière, là où elle se déverse dans le lac et où les saumons se nourrissent. Le moteur lâche, et le bateau prend l'eau, bien entendu, parce que le courant l'entraîne en le faisant pencher sur le côté, à fleur d'eau, et même Grif – qui sait déjà naviguer – il ne peut pas le manœuvrer, avec Archy et le chien à bord. Scrappy devient dingue. Ils tombent à l'eau tous les trois. Doc entend Scrappy et prend son bateau, plonge à son tour et les remonte. Sauf Scrappy. Et sauf leur petite barque. Dieu seul sait où elle s'est échouée.

— *Trofi gia ta psaria.*

Jason se tourne et recommence à courir en bondissant.

— La nourriture pour poisson est bonne, dit Thettie.

Elle ne sait pas davantage comment elle parle le grec, sinon que cela ne lui vient pas des voix de Jason. Mais d'un ancêtre albanais de sa mère qui a voyagé clandestinement à bord du *San Antiago* en 1946.

— Archy ne s'est jamais pardonné d'avoir perdu Scrappy, Grif ne s'est jamais pardonné d'avoir failli perdre Archy. Frankie ne s'est jamais pardonné de ne pas s'être occupé des garçons comme il avait promis de le faire. Et je ne me suis jamais pardonné quoi ?

La tête de Jason penche en direction d'une foule de réponses désincarnées. Elle se dégage lentement de la façon dont ses souvenirs affectent le visage de Jason – les veines noires sous sa peau s'étendent comme des racines, pendant que des branchages poussent de son crâne à vitesse grand V, s'entrecroisant au-dessus de sa tête. Sauf que ce ne sont pas des branchages. Ses dents grises percent ses lèvres puis s'allongent, et dans ses yeux bouillonnent des mers de noir.

— Ce que je n'ai pas pu me pardonner c'est la raison pour laquelle je me suis vendue à Doc. Deux vies, trois en comptant la mienne. Trois existences qu'il m'appartenait de rembourser, sans compter les intérêts, et ne va pas croire qu'il ne me le rappelait pas tous les jours. Car le prix à payer en cas de manquement ? Mes fils. Si je me retournais contre Doc, il me les prendrait. L'État les lui accorderait sans hésiter – médecin militaire décoré contre quel que soit le nom dont ils m'auraient affublée – et je ne pouvais pas laisser faire ça. Mais je l'ai payé cher.

— *Faux pas*, dit Jason en traversant un carré de citrouilles et en s'appliquant à les écraser une par une avec son talon.

— Pas d'erreur, blondinet. Toi et moi on ira loin.

22. Une question stupide

C'est la seconde fois que Lee se rend chez Jason cette semaine, soit autant de fois que depuis son arrivée à Little Ridge dix ans plus tôt. Il descend une troisième bière tout en conduisant sous la pluie qui tombe dru, d'où l'impression qu'elle lui transperce les paupières. Des champs décolorés aboutissent à des bois noircis et des pruches se massent le long de la crête vers l'est. Lee ne veut pas penser à Jason – abandonné par sa mère, rejeté par son père, transparent pour tout le monde, Lee compris. Le laboratoire avait été toute sa vie. Il avait été toute leur vie à tous. Mais Lee n'avait pas suivi Habib depuis l'Université du Nouveau-Mexique, traîné sa famille à l'autre bout du pays, dans la ville natale de sa femme qu'elle détestait, uniquement pour trouver son mentor fasciné par un jeune homme sournois et mentalement instable. Voûté comme Igor[29] dans l'ombre du grand professeur, rapide et vigilant tel un rat.

Il avait tort.

Lee zigzague le long de l'allée de gravier de la ferme DeGroot, descend de voiture et claque la portière. Il appuie la tête contre la porte d'entrée, le pouce sur la sonnette. Aucun bruit d'aspirateur cette fois, juste un grondement de machine que Lee sent dans ses pieds. Il pense à un grincement souterrain d'engrenages montant du sol durci par l'hiver.

Quelle machine vrombit des entrailles de la terre par un jour de semaine pluvieux d'octobre ?

Lee frappe à la porte et écoute. Des voix de dessins animés lui parviennent de quelque part à l'intérieur. Lee redescend les marches. Bob

---

29. *Igor, film d'animation de Tony Leondis (2008).*

l'éponge, Dora, Bugs Bunny – ce que préférait son fils les jours de pluie. Il avance en titubant sur le gravier mouillé pour gagner l'arrière de la maison et frappe à la porte du garage. Puis il se dirige vers l'une des granges. Derrière elle, près d'un bosquet d'épicéas, se trouve un tas de vieux engins et de bidons rouillés, et à côté se dresse une grange considérablement plus ancienne et décrépite que les autres. Lee plisse les yeux derrière ses verres mouchetés de pluie. La porte est entrouverte et il distingue des hommes tout près.

— Hé !

Ses pieds s'enfoncent. Le champ sur lequel il s'est avancé est miné de pousses charnues et il trébuche sur quelque chose de mou. Il coupe en une diagonale hasardeuse à travers les plants sournois. Il bute encore contre quelque chose de mou et les poils de sa nuque se hérissent.

De la pointe de sa basket, il a envoyé bouler une tête de poupée à quelques pas. Lee a l'impression qu'il va vomir, et il ferme les yeux. Quand il les rouvre, elle est toujours là. C'est une tête de poupon, un de ces cauchemars de silicone. Il tourne les talons. Derrière lui, une toute petite jambe avec de minuscules orteils recourbés. À côté de lui, sur un tas de gravats foulé par des bottes, gît un bras avec des doigts mâchouillés. Lee se penche pour le ramasser, toujours avec la chair de poule. Quelqu'un crie. Lee laisse tomber le bras du poupon dans la poche de sa veste.

— Besoin d'aide ?

Ses épaules crispées le lancent et il sollicite aussitôt le savoir-faire de l'alcoolique, comme on fait du vélo. L'homme semble très loin et très petit, comme si Lee pouvait le ramasser avec ses pinces à dissection et le lâcher dans une boîte de Petri. Ce n'est pas le père de Jason, mais peut-être l'un de ses oncles. Un fermier à la mâchoire proéminente, avec le nez rougeaud, le dos voûté et des cheveux blonds virant au gris. Les yeux cachés dans l'ombre qui l'enveloppe. L'homme manie une hache. Évidemment. C'est ce que font les fermiers en octobre. Ils coupent du bois à brûler. Lee reconnaît le grondement à présent. C'est le broyeur de végétaux. Lee demande après Jason.

— Jason n'est pas là, dit l'homme en regardant la grange derrière lui. Qu'est-ce qu'il a fait ?

— Une idée de quand il est parti ? demande Lee. Ou quand il sera de retour ?

D'une main désinvolte, l'homme fait tournoyer la poignée de la hache, tel un bâton de majorette.

— Peux pas dire.

— Je m'appelle Lee Montour. Jason et moi, on a travaillé ensemble au labo il y a longtemps. Est-ce que Piet… Son père est-il là, par hasard ?

L'homme semble réfléchir à sa réponse.

— Je suis son oncle. C'est pour du travail, *ja* ?

— Ça dépend. Peut-être. J'ai juste besoin de lui parler d'abord, c'est urgent.

— Vous êtes le type au lézard ?

Lee fourre sa main dans sa poche, enroulant ses doigts autour de la main mâchouillée du poupon. L'homme marque un temps d'arrêt, comme s'il puisait dans un réservoir tari de phrases baroques et de compléments bancals d'utilisation contestable.

— Il est venimeux, *ja* ? Le monstre de Gila ?

— Les Gila ne sont pas agressifs, dit Lee.

— C'est comme ça que vous dites ? Gillah ?

— Jilah.

— Vous pouvez l'appeler, comme ça : *Jilah ? Jilah ? Où es-tu, petit jilah ?* Mais ces lézards, ils n'ont pas d'oreilles, *ja* ?

L'homme montre ses grandes oreilles, qui pointent à travers de fines mèches de cheveux blond-blanc strié de gris.

— En fait, dit Lee, si. Ils…

Un téléphone portable sonne dans la poche du fermier. Lee a l'impression que l'appel vient de quelqu'un qui les observe. La sonnerie lui est vaguement familière, mais il ne parvient pas à l'identifier. La pluie lui tombe dans les yeux.

L'oncle DeGroot – Lee s'efforce de se rappeler s'il s'appelle Pim, ou Fie – pose la hache et plonge la main dans la poche de sa chemise.

— Je dois répondre. Ne revenez pas, s'il vous plaît. Jason est très occupé à la ferme. Beaucoup à faire.

Lee suit l'arc que décrit la hache dans la main de l'homme et remarque un grand opossum pendu par les pieds sous l'avant-toit dégoulinant de la grange, la tête tournée vers Lee, avec des dents pointues semblables à des aiguilles barbouillées de rouge.

23. Laissez-passer

Jason prend de l'avance, gardant un ou deux pas entre eux, parfois plus.

Thettie n'est pas bien dans son corps. Elle se retrouve à ramper un moment, à onduler l'instant suivant, ou à courir malaisément de côté, ou à bondir après lui, en suspension dans l'air tel un virus. Elle concentre toute son attention sur la silhouette d'oiseau blessé du jeune homme qui la précède. Sa taille mise à part, il ne ressemble pas aux autres DeGroot avec leurs traits de Hollandais myopes, leur peau translucide et leur mâchoire imposante. Il tient plus des Harpur. Elle s'en aperçoit à présent. Sombre et rêveur. Il ressemble plus à sa mère, Cassie, ce qui fait de lui, quoi ? Son petit-cousin à un quelconque degré ?

Mais Jason ne la voit toujours pas, du moins pas complètement, aussi quelle que soit la raison de ce nouveau désarroi qui lui fait froncer les sourcils, elle ne peut en être la cause. Il lève les bras et touche les dendrites cauchemardesques qui se ramifient sur sa tête. Puis il dévale le champ à un train d'enfer. Thettie se précipite à sa suite aussi vite que possible, à quatre pattes, ses seins à nu sortant de sa chemise de nuit déchirée. Elle a une question à lui poser, mais avant qu'elle n'ait le temps de le faire, elle comprend en le voyant pencher la tête qu'il attend une foule de réponses restées en suspens.

Elle s'arrête, haletante.

— Pas celle-là ? Ce n'est pas une histoire de guerre. De plus, je l'ai déjà racontée.

Jason la pointe du doigt. Bingo.

— La fin.

— Le début, rectifie Thettie. Le jour où tu as été conçu.

— La la la la, chante Jason, les mains posées sur ses oreilles.

— Les lézards ont des oreilles, dit Thettie. Je parie que tu ne le savais pas.

Jason appuie plus fort sur ses piercings bouchons d'oreille et clous de tragus pour ne pas l'entendre. Il se met à courir, mais l'histoire, qui s'échappe de la tête de Thettie comme une branche, le happe et le fait tomber à genoux.

— Ta mère, Cassie…

L'histoire qui commence par une blague stupide et, au milieu, dévie vers une chambre du *Motel 6*, des plaquettes thermoformées de Rohypnol, Cassie pleurant et mouillant les draps.

— Fie DeGroot raconte des histoires de fantômes tordues sur des auto-stoppeurs avec des crochets à la place des mains, des nonnes manchotes, des explosions de pus, des mains sous le lit, des murmures dans la nuit et du sang qui s'enflamme.

Thettie qui se tourne sur le côté pour vomir sur le tapis, roule trop loin et tombe sur un tas de Cheez Doddles renversés. La vulve en feu.

— Revenons en arrière ce jour-là. Des citrouilles d'Halloween sous les porches. Les garçons DeGroot dans leur F-150 pour nous rejoindre, Cassie et moi. Sifflotant aux fenêtres. Nous offrant à boire. Disant pourquoi ne pas aller au motel pour faire la fête ? Y a pas de mal. Visa a crédité la carte bancaire que Cassie a volée au *Motel 6* où elle travaille – c'est pas un drame. Ils font genre… (elle prend une voix plus ou moins masculine.) on ferait pareil, qui trouve garde. Ils font genre, c'est ton anniversaire ? Quel âge ? Seize ans ? Bon sang, les filles, que la fête commence !

Jason hurle, ses branches neurales extériorisées traînant son visage dans la boue. Il crache de la bile noire, semblable à la sombre substance visqueuse du lac.

— Plus tard, les DeGroot se balancent d'avant en arrière sur les chaises en plastique du motel, échangeant des farces et des friandises, moi déjà soûle. Les rideaux tirés et les branches de deux érables jumeaux griffant la fenêtre. Cassie disant la bonne aventure, convaincue de maîtriser parfaitement la situation.

Elle s'interrompt, revoyant Cassie sur la grosse main carrée de fermier de Piet DeGroot, sa ligne de vie noire de crasse. Quand Thettie se remet à parler, c'est la voix de petite fille de Cassie qui sort de sa bouche :

— Il y a une route sombre, et un tournant inattendu.

Jason se fige au son de la voix de sa mère. Des larmes coulent sur son visage hagard.

L'ongle verni de vert de Cassie s'est arrêté à l'endroit où la ligne de vie de Piet change de direction. Thettie se rappelle le claquement des bites des DeGroot gémissant de peur entre leurs cuisses. Certains sont en caleçon, ou en jean. Thettie ne sait pas trop combien d'entre eux étaient dans la chambre en même temps. Dans ses souvenirs, ils sont légion.

— Piet n'a pas aimé son avenir, poursuit-elle avec sa propre voix. Ça veut dire quoi ce tournant inattendu ? dit-il à Cassie.

— Par la suite, après qu'ils se sont servis de la fille en sucre, Fie, le frère de Piet – ils ont tous à peine plus de vingt ans à l'époque – recommence à raconter des histoires de fantômes. Piet a toujours les nerfs rapport à sa ligne de vie. Les effets du roofie qu'il a donné à Cassie s'estompent et elle se met à flipper.

Jason se relève en titubant.

— *Pourquoi tu t'intéresses autant à ces histoires craignos ?* demande Piet à Fie. Et Fie se tourne vers son frère et dit : *Parce que c'est tout ce que j'ai.*

Et tout ce dont Thettie se souvient c'est à quel point ça a eu l'air de remonter le moral de Piet. La façon dont il a regardé la fille qu'il a dû droguer pour la baiser, et la tendresse avec laquelle il a ajusté le préservatif collé à son front.

Dès lors, c'est ainsi que Thettie reverra toujours Cassie. Le clair de lune entrant de biais par la fenêtre ouverte pour se poser sur sa bouche écumante et ses yeux vides. Les branches des érables jumeaux babillant des conneries effrayantes pour attiser le vent.

*

Jason ravale un sanglot devant le silence soudain de Thettie, et quand elle se remet à marcher, il prend place tranquillement à ses côtés. Il empeste cette substance visqueuse et noire qui lui recouvre désormais le visage, qui lui dégouline du nez. Et la fin de l'histoire lui revient à présent. Une fin qui n'a rien à voir avec celles des histoires de fantômes qu'elle a écoutées tout en somnolant de temps à autre sur les Cheez Doddles, mais la vraie fin, qu'elle revisite le long d'un chemin caché de sa mémoire qui s'ouvre devant elle comme le vif-argent propulsé dans les ramifications au-dessus de la tête de Jason. Comment, finalement, après avoir baisé et parlé, les hommes ont dit qu'il était tard et que demain il ferait jour. Comment, finalement, la chambre de motel non loin de l'Interstate est devenue silencieuse et que Thettie n'a plus entendu que le bruit de Cassie marmonnant doucement dans son sommeil, éclairée par un rayon de lune qui entrait par une déchirure dans les rideaux. Thettie a voulu enlever le préservatif du front de Cassie, mais elle a été incapable de bouger, et elle a dû finir par s'endormir, elle aussi, car l'instant d'après, une aube crayeuse a pointé derrière les lourds rideaux. Cassie, allongée à plat ventre sur le lit, le préservatif encore collé sur le front. Thettie a balayé d'un revers de main les Cheez Doodles et retiré le préservatif du front de Cassie. Les yeux bouffis, elle a ouvert les rideaux. Sur le parking, plus aucune trace des voitures et pick-up des DeGroot. Elle a rangé la chambre, pour que Cassie ne perde pas son travail, déposant les détritus dans des sacs-poubelle, jetant les plaquettes thermoformées et les papiers de bonbon dans les toilettes, vidant les bouteilles de gin dans l'évier. Thettie et Cassie se sont aidées à se doucher et s'habiller. Elles se sont glissées de la réception au parking, puis de la grand-route à la station-service où elles ont appelé Frankie pour qu'il vienne les chercher. Thettie s'est assise à l'arrière pour laisser le siège passager à Cassie – Frankie a dû s'arrêter à plusieurs reprises pour qu'elles puissent vomir sur le bas-côté, et il a évité l'Interstate.

— Frankie nous emmène toutes les deux dans les bois, dans un endroit que nous seuls les Harpur connaissons, un bassin secret à la source des chutes Harpur. Les troncs d'arbre sont couverts de cette mousse qui brille dans l'obscurité. L'eau du bassin contient ces minéraux qui ont la particularité de brûler, et de briller aussi. Des luciférines, comme les appelle Frankie. Des minéraux qui nettoient et purifient. Frankie nous dit de nous laver dans les chutes, que même les mauvaises graines de DeGroot ne peuvent résister à la pureté singulière d'une telle eau.

Mais Thettie n'en était pas si sûre. Elle s'est rendue à la clinique du Planning familial d'Ilium avant de manquer un cycle et a essayé de convaincre Cassie d'y aller, elle aussi. Cassie a dit qu'elle savait tout de la contraception d'urgence, et qu'elle irait là-bas bientôt – jusqu'à ce que trop de lendemains se soient écoulés et qu'il soit trop tard. Cassie a haussé les épaules et dit qu'elle aurait presque dix-sept ans, en fin de compte. Un an de plus que sa propre mère quand elle-même était venue au monde. Quand Frankie lui a demandé comment elle allait faire pour être une punk-rockeuse avec un enfant à charge, Cassie a dit que beaucoup de rock stars emmenaient leurs enfants en tournée. « Les bébés des célébrités sont l'accessoire ultime », lui a-t-elle répondu, comme si elle en savait quelque chose.

*

— Donc, la fin est le début, dit Thettie à Jason. Tu es un Harpur mort de plus, comme moi.

Question de musculature médiocre, d'yeux d'un bleu caractéristique. Bien sûr, les dents de Jason sont en train de tomber, mais c'est juste le crystal meth, que Thettie peut sentir, avec sa froide puanteur chimique sous les gencives pourries.

Jason la voit la première fois quand elle le conduit finalement à Tinkers Glen. Elle ne peut pas encore se matérialiser à son gré, si l'on peut dire, mais elle y parvient sous la forme de parasites, comme quand on se branche sur une fréquence inutilisée sur un vieux poste de télévision. Jason crie et entreprend de s'éloigner d'elle à quatre pattes, comme un singe de l'espace. Thettie bat en retraite, s'efforce de la rassurer, mais il se détourne d'elle terrifié et s'engouffre en sanglotant dans le bâtiment de la Coach USA.

Le rideau du guichet est encore baissé. Sur un banc, une femme énorme en short jaune et chemisier vert et blanc qui ronfle se réveille en sursaut, lance un regard furieux à Thettie puis se met à parler.

— Y a rien à voir, chérie, terminus on descend, dit en riant la grosse femme. Ça urge, poulette ? Par là les cabinets à poupées !

La femme lui indique la direction des toilettes et se retourne vers Jason de tout son énorme corps, empêchant ainsi Thettie de le voir. C'est vrai, songe-t-elle. Elle devrait se rafraîchir avant de partir – après tout ce temps, aucune envie de voir Cassie encore plus décatie qu'elle ne l'est en réalité.

Tinkers Glen lui paraît plus loin que dans ses souvenirs – étiré dans le couloir kaléidoscopique du temps. Elle ravale un reflux amer de panique, et pas qu'un peu, de devoir autant s'éloigner de chez elle, mais elle fera avec. Elle apprendra, car c'est à ça que sert la mémoire. Cette route, cette longue veine sinueuse qui circule à travers le corps du temps comporte nombre d'impasses, raccourcis et autres passages. Le truc, elle le sait à présent, c'est de ne pas s'arrêter.

Dans le miroir des toilettes, ses mains volent sur ce qui reste de son visage. Un œil est fermé, plissé derrière un voile de larmes. L'autre est tellement écarquillé que de petites fentes se sont creusées à chaque extrémité. La langue dans sa bouche autrefois si séduisante pend tel un tapis rouge entre des lèvres noires, crevassées comme des écailles. Sa chemise de nuit Victoria's Secret, celle que les garçons lui ont achetée pour son quarantième anniversaire, est raide de crasse et bâille, ce qui n'est pas à son avantage. Elle enrage, elle pleure, et elle se griffe les joues de ses ongles recourbés, patine et glisse sur ses propres sécrétions, martèle les murs et la porte. Pourquoi, hurle-t-elle, ne pourrait-elle pas mourir en restant jolie ?

Mais personne n'est là pour lui répondre. Jason est déjà dehors dans la rue endormie, jonchée d'ordures. Il bondit dans le bus et disparaît à l'intérieur. Thettie serre sur sa poitrine les lambeaux de sa chemise de nuit et sort en un éclair de la gare routière. Elle monte dans le bus au moment où le chauffeur ferme la porte, qu'elle maintient ouverte avec sa version dématérialisée d'elle-même. Elle scrute l'allée à travers ses cheveux emmêlés. Le bus est vide, à l'exception de Jason. Bien que le jour se lève déjà, les néons au plafond brillent de mille feux et les fenêtres sont des carrés noirs et plats, comme un film vierge, qui ne reflètent rien.

— Mmh mmh, dit le chauffeur de derrière l'ombre qui l'enveloppe. Toi, tu restes ici.

Il enclenche le levier de vitesse et le bus gronde en revenant à la vie. La porte pneumatique se rouvre.

— Je dois l'accompagner, m'assurer qu'il arrive à destination.

— Il y arrivera sans problème. C'est mon boulot. Le tien n'est pas terminé. Maintenant dehors.

Thettie regarde sa chemise de nuit tachée, sa chair nue au-dessous. Elle pose une main sur sa toison en ticket de métro.

— Tu me vois ?

Le chauffeur laisse échapper un petit rire sans joie.

— Je vois une fausse blonde, je le jure devant Dieu. Mais je sens de l'argile, et tu empestes, ma belle. Maintenant dehors.

— Je n'ai plus envie de rester. Ça ne me plaît pas d'être ici. Regarde-le. Il doit y aller.

Le chauffeur hausse les épaules.

— Il a un laissez-passer et pas toi. Pas moi qui décide. Et j'ai un horaire à respecter.

Jason semble s'être endormi sur un siège vers le milieu du bus.

— Comment tu peux conduire un bus en étant aveugle ?

— Aveugle et mort, dit-il. Hé hé.

Un souvenir se met aussitôt à détaler tel un pickpocket dans la ramification des chemins neuraux de l'esprit de Thettie : un engin explosif improvisé qui a emporté la plateforme du chauffeur non loin de Falul, à l'été 2006, par un paisible lundi matin. Aucun survivant.

— On a tous un boulot à terminer. Le truc c'est de trouver ce que c'est. Tu dois rentrer et te fixer un but.

Le chauffeur lève ses yeux voilés vers le rétroviseur. Jason est affalé sur le siège, touchant sa couronne de branches entrelacées et murmurant aux voix de ses rêves.

— Quel est le tien ? demande Thettie. Transporter les morts ?

— Et les mortels, ma belle, dit-il en levant les mains. Tu piges ?

— Pige donc ça, connard.

Le chauffeur écarte d'un geste les débris d'os et le sang qui flottent, sortant de la plaie de ce qui fut sa bouche.

— Tout doux, ma belle, n'en fous pas partout.

— Comment je trouve un but ? gémit-elle. Mes fils étaient toute ma vie.

— C'est toi ton but, femme. Tu dois briller de ta propre lumière.

Thettie éclate en sanglots, sans chercher à se retenir.

— Henry J. Quand tu verras Cassie, demande-lui pourquoi elle m'a abandonnée quand j'avais le plus besoin d'elle ? Dis-lui qu'elle me manque. Elle était la lumière qui brillait à la fenêtre.

Jason tressaille et se met à bafouiller. Thettie s'affaisse dans l'embrasure de la porte. Le chauffeur du bus lui lance un regard noir et fait tic-tac avec sa langue.

— Assume ton âge pour une fois, femme, pas la taille de ton soutien-gorge.

— Du 36B, voilà ce que je suis. Pareil pour mon âge, hoquette-t-elle.

— 36B, mon œil !

Perché sur son siège, le chauffeur attrape sa canne blanche et la frappe à la poitrine, l'éjectant du bus. La porte pneumatique se referme avec un sifflement de colère. Thettie atterrit sur son cul nu, mais ses dendrites ont déjà adhéré à celles de Vernon, qui la rappelle sur le chemin qui serpente et croise d'autres routes et désirs sur les stations de son envie. Le voyage la fait souffrir, une douleur qui se perd dans d'autres blessures dont elle souffrira encore sur le chemin. Elle se tient sous la pluie, regardant le bus rapetisser, ses feux arrière s'estomper. La pluie trempe sa belle chevelure et brûle son horrible langue, et les lumières et les roues et les bruits du monde s'éveillent à la pluie, à la lumière, aux étoiles qui pâlissent et aux sifflets des trains en partance, une multitude de signes inutiles et entremêlés.

24. Morceaux de myrtilles

Lee est debout devant la fenêtre de l'atelier. Il regarde du coin de l'œil le terrarium de Vernon sans savoir que faire d'autre. Téléphone à l'oreille, il se penche et colle son front brûlant sur la vitre glacée. Plus bas sur la pente, la balançoire de son fils tressaute une ou deux fois dans la nuit calme de pleine lune. Habib, à l'autre bout du fil, dit quelque chose au sujet de l'ampleur de l'attaque.

— Attaque ? demande Lee.

— J'ai dit attaque ? Bref, ses blessures prétendument volontaires. (Habib s'éclaircit et la gorge et poursuit.) Les égratignures et les coupures, etc., se situent principalement, ou pour l'essentiel, sur le côté gauche de son corps.

Lee décolle son front de la vitre.

— Je t'ai déjà entendu au téléphone avec le médecin légiste.

— Son cousin, Frankie, s'automutilait. Morceaux de verre, cutters, lames de rasoir, miroirs, couteaux de cuisine, agrafes, crayons taillés…

— J'ai vu les coupures de Frankie, Sam. Où veux-tu en venir ?

Ces marques appliquées consciencieusement, à différents stades de scarification – croûtes rouges et enflées ou violacées, ou stries blanches et pâles semblables à des caractères cunéiformes sur ses pommettes. Sur ses avant-bras, également, et ses mains, et sur les parties visibles de ses pieds et chevilles. Au début, c'est compulsif, et puis ça devient une sorte de méditation. Un assemblage méthodique et dissimulé de douleur, Lee le sait bien, lui qui peint et repeint sans cesse le lac. Chaque tableau, chaque coupure, découpe un autre partie de soi. Ou en recolle une.

— Je crois qu'on peut affirmer, reprend Habib, que le geste de Thettie va dans le sens de la prédisposition pathologique des Harpur. Ce dont personne ne va douter.

— J'en doute, moi, dit Lee. Et toi aussi.

— Tu n'y as jamais songé ? à mettre un terme à tout ça ?

Pour Habib, ces moments de confusion teintée d'agressivité sont devenus plus fréquents ces derniers temps – Lee ne sait pas pourquoi, mais ils lui rappellent les siamois vieillissants de sa mère. Il y voit une sorte de crise de panique existentielle et non une attaque personnelle. Il se dit qu'il n'y a pas de quoi fouetter un chat.

— Tu connais la réponse, Sam.

— Je sais. Désolé.

— Mais je ne l'imagine toujours pas se suicider. Elle était, trop… trop…

— En colère ? avance Habib.

— Présente, répond Lee.

Avant d'en avoir conscience, il se met à pleurer contre la vitre. Ses larmes laissent des traînées sur le verre embué.

— Malgré les antécédents familiaux, reprend Habib par-dessus les sanglots silencieux de Lee, ses coupures ne collent pas. Elles ne sont pas horizontales, ni même en diagonale comme on pourrait s'y attendre avec les tessons de bouteille, les couteaux de cuisine, ou je ne sais quoi, qu'elle est censée avoir utilisés. Même si un gaucher pouvait ou voulait atteindre son flanc gauche – fesse, omoplate, etc. – des morceaux de verre ou des lames feraient des entailles, ou creuseraient des sillons. Là, ce n'est pas le cas.

C'est une voie dangereuse et Lee en cherche une autre. Habib disait que la métaphore du chemin est non seulement une bonne description de la pensée humaine, mais de sa structure. Les humains se souviennent en associant une chose à une autre. La métaphore du chemin qui fourche, si chère à la littérature, est moins une métaphore qu'un excellent moyen de décrire le fonctionnement de la mémoire.

Lee se mouche avec sa manche. Brusquement, Aristote surgit du sentier mnémonique de Lee, comme s'il se tenait en embuscade avec sa toge et ses sandales, et se reflète dans la fenêtre striée de larmes et de morve, d'où il commence son numéro sur la métaphore, tout en faisant les cent pas entre les toiles entassées et en dribblant et talonnant le camion Tonka. Aristote dit qu'il s'est peut-être trompé sur la nature, qui se nourrit des mutations et des différences et non – comme il l'a affirmé – des ressemblances. Sa toge tombe de son épaule et Lee aperçoit ses mamelons violacés. Ari déclare qu'il a toujours eu raison sur le fait que les humains donnent du sens en établissant des analogies où il n'y en a pas. Une épine dans le pied, par exemple, est une métaphore pour exprimer qu'une petite contrariété devient un gros problème jusqu'à ce qu'on l'enlève – comme Jason DeGroot. Le cerveau humain fonctionne en comparant des choses dissemblables et en se ménageant de l'espace pour évoluer entre elles. Entre une épine minuscule et l'immensité de la souffrance humaine – le vieux philosophe pince alors son pouce et son index. Entre une goutte de sang et les tréfonds perfides de la culpabilité filiale – il déplie son bras et remonte sa toge. Entre soi et autrui, dont on ne sait rien sans recourir à la métaphore. *Je comprends ta douleur*, dit Ari en rabattant sa toge, *mais seulement en la comparant à la mienne.*

Mais mon fils était mon autre moi-même, répond Lee, et c'est là qu'Aristote disparaît sous la pluie en levant les mains en signe de défaite.

Lee ressent le moindre outrage infligé à son fils, la moindre insulte à sa chair, comme s'il s'agissait de sa propre chair. Il éprouve, se déroulant dans un présent perpétuel, l'effroi et l'épouvante de son fils, le faux espoir qui s'évanouit. Il regarde par l'œil de son fils – le seul qui lui reste – les dieux qui finissent par se détourner, impuissant à les retenir. Et, surtout, Lee sait l'horreur de la captivité, car, chaque fois qu'il essaie de passer à autre chose, il sent une aiguille lui vriller le cœur, l'épingle non métaphorique qui le cloue ici, vivant ou pas, pour toujours.

Pour de vrai, dirait Thettie.

— Allô, la Terre ? Ici Sam !

Le bruit de la pluie qui tambourine sur les feuilles métalliques, d'un camion sur la grand-route, du léger bourdonnement de l'élément chauffant dans le terrarium de Vernon, de la télévision dans le salon d'Habib. Le téléphone est chaud contre son oreille, diffusant dans son cerveau des radiations et des rayons mortels.

— Tu as vu Jason ? demande Lee.

— Oublie Jason un instant. (Habib s'interrompt pour boire un peu d'eau.) Concentre-toi sur les coupures. Elles sont chaotiques, aléatoires – sur ses fesses par exemple – et je ne dirais pas que ce sont des coupures.

— Et ce serait quoi ?

Lee entend grince le fauteuil d'Habib.

— Quelque chose comme des trous. Des plaies perforantes. Des déchirures.

Non. Ne me dis pas que tout ça a le moindre sens.

— Quoi ? Comme des morsures ?

— J'ai dit morsures ?

Lee regarde fixement son reflet dans le miroir, son visage pâle, son nez enflé et ses yeux noirs qui se sont matérialisés sans qu'il s'en aperçoive sur la vitre veinée de pluie. Alentour, tout est blanc, impossible désormais de distinguer l'intérieur de l'extérieur.

— Elle a pu le faire, murmure Lee. Se défoncer suffisamment, se laisser ronger de l'intérieur. Ça arrive.

— J'ai dit ronger ?

Le silence dure si longtemps qu'Habib s'est peut-être évanoui à l'autre bout de la ligne. Lee entend la respiration laborieuse du vieil homme.

— Le fait est, finit par dire Habib, que nous n'en avons jamais parlé. Je ne t'ai rien dit.

— à qui en parlerais-je ?

*

Little Ridge est une palette de plaies. Les feuilles vermillon se suturent elles-mêmes sur la chaussée. Les sycomores et les chênes contusionnés bordent Main Street tels les réfugiés d'une explosion. Partout l'odeur de la pourriture et du feu. Le shérif adjoint Abbes reste trois voitures derrière lui. Il est ravi que Lee ait demandé aux deux frères de le rencontrer en public. Il a quelque chose à leur dire.

À l'heure du déjeuner, sur Main Street, *La Cuisine de Maxine* est plus qu'à moitié remplie, pour l'essentiel de membres du personnel administratif de l'université qui s'efforcent d'éviter tout contact visuel avec les Harpur dévastés et débraillés qui se sont entassés dans deux box contre le mur. Maxine voit d'un mauvais œil les motos attachées au-dehors tels des chevaux couverts de poussière. Elle fait un signe de la main au shérif adjoint et lui fait porter un sac de griffes d'ours[30].

Lee se dirige vers Archy, assis dans un box et penché sur une tasse de café. Sa bouche ne fonctionne pas comme elle le devrait et la majeure partie du café a coulé sur sa barbe ou sur le côté de la tasse. Face à lui, Grif émiette son deuxième morceau de gâteau, faisant tomber la cendre de son cigare sur les moraines de crème. Emilio, Dustin et

30. *Bear claws*. Pâtisseries sucrées levées à la levure, une sorte de *danish* (proche du pain aux raisins), généralement avec de la pâte d'amande et des raisins secs.

quelques autres sont entassés dans le box derrière le leur. Dustin est un Blanc imposant avec des lunettes à monture d'écaille, qui joue nerveusement avec son alliance ; Emilio est un Latino à l'air menaçant, constamment au téléphone. Lee emboîte le pas à la serveuse qui apporte des gâteaux, des beignets et du café aux deux tables.

Lee attend qu'ils le remarquent.

— Assieds-toi.

C'est la voix de la borgnesse derrière lui. Elle porte son bonnet enfoncé sur sa coupe de cheveux « de garçon » et un sweat-shirt par-dessus une robe ample. Sa parka, note-t-il, est sur la chaise voisine d'Archy. Son œil valide lui désigne une place à côté de Grif, et elle se perche sur le siège en face, à côté d'Archy, qui s'appuie contre elle tel un arbre abattu contre un arbrisseau. Les cils d'Archy sont collés, ses doigts ornés de bagues sont jaunis par la nicotine. Grif sent tellement mauvais que Lee en pleure.

Grif se décale.

— Pourquoi tu nous as fait venir dans ce trou à rats ?

Lee essuie ses mains moites sur son jean et commande du café et de la tarte aux myrtilles. Après le coup de fil d'Habib, il est allé au camping et a laissé un message aux Harpur, mais ce n'est que maintenant, cerné par leur rage et leur chagrin tectoniques, qu'il prend conscience de ce qu'il a initié. Un verre l'aiderait. La serveuse apporte sa commande, et la borgnesse glisse une main dans la poche de la veste d'Archy pour en sortir une petite flasque plate qu'elle passe à Lee. Il verse de la gnôle dans son café, et la fille reprend la flasque si vite qu'il se demande s'il n'a pas tout imaginé. La morsure bienvenue du café, toutefois, lui affirme le contraire.

Grif s'installe à son aise et coince son cigare entre ses dents. Un bandage autour de sa tête, résultat d'une banale altercation, lui donne un air de bandit hollywoodien, d'un Indien de pacotille. Archy lève les yeux en direction d'un bourdonnement qui provient du plafond, et Lee l'entend lui aussi – on dirait le gémissement d'un insecte qui n'est pas là.

La coupure sur l'arête du nez de Lee, à l'endroit où Grif l'a frappé, est toujours gonflée, il lui faut donc porter ses lunettes au-dessus ou au-dessous. Cette coupure a la forme d'un petit œil rouge. Œil pour œil, un coup de poing dans le nez pour un coup de pagaie dans les côtes. Une poignée de main un brin perverse, peut-être ? Mieux que rien.

— Le shérif me suit, dit Lee. J'ai pensé à un lieu public pour donner l'impression que tout se passe dans les règles.

— Pour m'man ? s'étonne Grif. Qu'est-ce qu'ils en ont à foutre ? Juste une paria de plus qui fait une overdose et nuit à la réputation du coin. L'affaire est classée.

— Peut-être, dit Lee en tirant sur un fil de son jean. Mais Boyle n'a pas vraiment besoin d'excuse pour essayer de se débarrasser de nous deux.

Grif lance un sourire narquois à son frère, qui ne le lui rend pas. Il se tourne donc vers la fille, mais elle garde les yeux rivés sur un immense milk-shake vanille.

— Attends. Tu dis qu'ils veulent chasser un « artiste » de Dodge ? Pourquoi toi ?

— Ouais, pourquoi toi ? répète Archy d'une voix sourde.

Il se tourne et regarde fixement le mur, comme un vieux chien aveugle suivant une odeur trompeuse.

La fille boit bruyamment son milk-shake, son œil valide baissé, mais l'autre regardant Dieu sait où. Lee le sent posé sur lui, s'insinuant dans son esprit de derrière le bandeau, serpentant mince et incorporel vers une sorte de compréhension. Une ébauche de question.

— Boyle a mal géré l'enquête sur la disparition de mon fils. Il se peut que son incompétence ait coûté la vie à mon enfant. Peut-être pas, mais elle n'a pas été sans conséquences.

Archy frappe au ralenti la source du bourdonnement autour de sa tête.

— Et ?

— Je ne me suis pas contenté de l'accuser d'incompétence. J'ai allégué qu'il y avait eu conflit d'intérêts. Que les DeGroot l'avaient prévenu que le kidnappeur, Bud Wallace…

— Le type qui était à l'armée avec Doc ?

— Oui. Mais Bud Wallace était déjà lié à eux par leurs… cultures. J'ai pris un avocat, contacté la presse, le procureur, la mairie, les fédéraux. Personne n'a rien pu faire contre leurs avocats, ou leur fric – mais ça ne les a pas empêchés d'essayer de me faire quitter la ville. Et ils se sont assurés que, dans tout l'État, aucune université digne de ce nom, aucun centre de recherche, ne m'embaucherait plus jamais.

— Tu étais une épine dans leur pied, dit Grif, la bouche pleine de tarte.

Et le bourdonnement cesse brusquement, comme si quelqu'un avait écrasé une mouche.

Sur un signe de tête de Grif, Emilio tend le bras par-dessus le box et passe le Polaroïd que Thettie a laissé dans l'atelier de Lee. Les deux frères détournent la tête, comme pour laisser à Lee un peu d'intimité.

La table se met à tourner. Tout ce qui l'entoure a disparu. Lee entend le clapotis régulier du lac contre les rochers, les soupirs de Thettie, le bruit des Harpur imbibés d'alcool regagnant leurs pénates. Il voit les motifs tremblotants que projette la bougie sur les murs de la cabane, et au-dessus de Thettie et de lui, la tabatière embuée encadrant les étoiles.

— C'est là qu'elle était passée, dit-il enfin. Je me posais la question.

— Pourquoi tu as pris cette photo ?

Grif se concentre en regardant la poitrine de la serveuse. Les yeux d'Archy percent des trous au travers des cheveux de son frère. Lee regarde le visage sur le Polaroïd, front bas, cheveux dorés comme les blés et moue sérieuse. Des yeux bleu électrique un peu étonnés.

— Elle l'a prise elle-même quand elle est venue à l'atelier lundi. J'ai été retenu par Boyle. On s'est loupés de peu.

— Pourquoi elle a pris cette photo ?

Lee remonte ses lunettes sur son nez écrasé et grimace.

— Je ne sais pas. J'aimerais le savoir. Merci de l'avoir rapportée.

Dans le box voisin, les gardes du corps râlent et gigotent.

— Dis-nous ce que tu as à nous dire, dit Archy. Et qu'on en finisse.

Lee jette un œil à la salle. Il baisse la voix.

— Le shérif affirme que c'est un suicide, pas vrai ? Qu'elle s'est coupée volontairement.

— Peut-être, dit Grif. Peut-être que tu lui as brisé le cœur, l'homme au lézard. Peut-être que tu as raté un rendez-vous – comment ça se fait que tu n'es jamais venu au *Way Out* ? Peut-être qu'elle t'y attendait, tu y as déjà pensé ? Et c'est quoi ce truc du lézard disparu ?

— Ferme-la, Grif, dit Archy d'une voix menaçante.

Un train de marchandises rugit dans les oreilles de Lee.

— C'est quoi cette blague du lézard qui disparaît ? Comme par hasard lors de la première nuit que je ne passe pas dans mon atelier depuis cinq ans ?

Emilio et Dustin se sont levés, mais Grif le regarde bouche bée.

— Tu dis que cela fait cinq ans que tu n'avais pas été avec une femme ? Vraiment ? Pas étonnant que m'man avait l'air crevée.

Quelques bouches esquissent un faible sourire, mais cela a pour effet de faire retomber la tension. Emilio et Dustin se rassoient.

— Tu ne penses pas sérieusement qu'on a volé ton lézard ? demande Archy en cillant. La dernière fois que j'en ai ramené un à la maison, m'man a flippé.

Grif fait craquer ses doigts.

— Tu ne penses pas sérieusement que j'ai tué ta mère ? dit Lee. J'étais sur le lac, à sa recherche.

— Bon sang, pourquoi le lac ?

Lee avale son morceau de tarte et s'essuie la sueur qui perle sur son front avec une serviette poisseuse.

— J'ai senti, quand elle n'est pas revenue, c'est comme ça que j'ai interprété le Polaroïd, j'ai senti que quelqu'un, ou quelque chose avait brusquement changé sur le lac. Qu'avec la disparition de Vernon le jour même du cinquième anniversaire de la disparition de mon fils, qu'une porte s'était ouverte là-bas. Une porte dont j'attendais qu'elle s'ouvre pour pouvoir la franchir et trouver mon fils. Mais Thettie m'a amené à y repenser. Je ne sais pas. C'est confus. Mais je crois que j'ai pris conscience qu'elle était menacée par la chose ou je ne sais quoi qui rôde là-bas, et j'ai tenté d'y aller pour essayer peut-être de fermer la porte, ou peut-être de renvoyer cette chose ou je ne sais quoi d'où elle vient. Quoi qu'il en coûte. Je n'étais pas prêt à le faire avant de la rencontrer. Fermer la porte.

Il regarde Grif puis Archy. Des yeux bleus flottant sur des visages féroces.

— Maman disait toujours que le lac est plein de mal et de douleur, dit Archy. Que chaque fois que tu essaies de sauver ton âme, le lac est là pour te dire d'arrêter tes conneries.

Grif dévisage son frère avec une jalousie indicible qui fait monter les larmes aux yeux de Lee.

— Elle t'a dit ça ?

La borgnesse repousse en douceur Archy de l'épaule.

— Cette chose dont tu parles. Cette chose dans le lac. C'est pour ça que tu nous as fait venir ? à cause de Te-cherche ?

Grif sursaute tel un poisson au bout d'une ligne et Archy dévisage la fille comme si elle était un chien ou un chat qu'on veut peut-être échanger contre quelque chose de plus gérable.

— Te-cherche ? C'est quoi ?

— Peu importe, dit Lee aussitôt. (Tout d'un coup, il a peur pour la créature enfantine qui souffle des bulles de lait. L'endroit va bientôt fermer. Il manque de temps. Il lutte pour prendre le contrôle de la rencontre.) Le shérif, pour je ne sais quelle raison, préjugé ou paresse…

— Ou corrompu par les DeGroot, dit Emilio du box voisin.

Lee soupire

— Ou peut-être pour ne pas attirer l'attention des médias… Quelle qu'en soit la raison, le shérif dit qu'elle s'est suicidée, pas vrai ?

— Elle était bouleversée par Sarey, dit Grif en traçant des motifs dans sa glace avec sa cuillère. Elle disait qu'elle était piégée, qu'elle n'était qu'un jouet. Ce qu'on aurait pu lui dire depuis longtemps.

La fille se penche en avant.

— Laisse-le parler. La nuit commence à tomber.

— La raison pour laquelle je vous ai demandé de venir, reprend Lee, c'est pour vous transmettre des informations d'une, euh, source fiable, qui semble penser que ses blessures ne sont peut-être pas compatibles avec l'automutilation. Peut-être. J'ai pensé que vous deviez les avoir.

La veste en cuir d'Archy craque.

— Ils ont trouvé une pipe usagée par terre. On ne l'a pas vue, mais Doc a dit que le shérif l'avait trouvée.

— Quelqu'un a pu l'y mettre. (La fille incline son bandeau vers Lee, la tache dorée dans on œil valide danse comme une flamme.) Et les couteaux et les morceaux de verre, aussi.

Les lunettes de Lee glissent sur son nez, mais il est incapable de les relever.

— Cette source fiable ne serait pas cet Arabe qui vit en dehors de la ville ?

Et Lee ne prend pas la peine de demander comment ils le savent. Ou de dire qu'il sait qu'ils le surveillent.

— Qu'est-ce qu'il sait au sujet des blessures ? demande Grif.

— Beaucoup de choses, répond Lee. Il est psychiatre de formation, ce qui exige d'être médecin pour commencer.

— Personne ne se tue soi-même, dit doucement Archy.

Dans le box voisin, le langage corporel d'Emilio et de Dustin change de façon presque imperceptible.

— Eh bien Habib serait d'accord avec Archy sur le fait que le mot « automutilation » est une contradiction dans les termes.

— Tu vas être une contradiction dans les termes, lance Grif en crachant la fumée de son cigare, si t'accouches pas.

— D'accord, dit Lee, donc le médecin légiste a mentionné des coupures, des entailles. Ce genre de choses. Le rapport du shérif parle de somnifères et d'alcool, et de traces de drogue.

Les yeux des deux frères brillent.

— Mais les coupures posent problème, même si c'est un trait de famille.

La fille rote sans complexe. Dans son box, un Harpur se retourne pour leur faire face.

— Ce n'était pas son genre, et tu sais que dalle de la famille.

Dustin et Emilio se lèvent d'un bond.

La Cuisine de Maxine est pratiquement vide à présent, derrière les fenêtres le ciel est bas et sombre.

Lee pose ses mains sur la table, paumes vers le haut, comme en signe de reddition.

— Quoi qu'il en soit, les coupures de Thettie indiquent une violence d'une nature…

— D'une nature ?

La sueur coule le long des côtes de Lee sous sa chemise. Maxine arrive et dépose une grande boîte à gâteaux sur la table.

— Toutes mes condoléances, dit-elle en s'essuyant les mains sur son tablier. Je connaissais votre mère, c'était une femme bien, et c'est terrible ce qui lui est arrivé, mais on ferme.

— Qu'est-ce qui lui est arrivé ? demande Grif en adressant un sourire farouche à ses seins et en attrapant du Sweet'n'Low[31]. On peut avoir encore du café ?

— On ferme, répète Maxine, qui pousse l'addition devant Lee et s'éloigne d'un pas raide.

Le cœur de Lee vibre comme une bombe sur le point d'exploser. Boum, boum.

— Une violence d'une nature ?

Emilio s'interpose entre Lee et la porte.

— Il y avait sur son corps des signes d'une violence pas nécessairement… de blessures qu'il serait difficile, voire impossible, qu'elle

31. Marque d'édulcorant artificiel fabriqué principalement à partir de saccharine granulée.

se soit auto-infligées, même si elle y était prédisposée. Des blessures aléatoires.

— Sans déconner.

— Et elles étaient du mauvais côté.

Archy glousse, un brin hystérique.

— Pourquoi tu nous dis tout ça à nous et pas à Boyle ?

— L'assassin de mon fils était droitier, répond Lee en évitant le regard asymétrique de la fille. Quand les preuves qui ont commencé à s'accumuler se sont révélées gênantes pour Boyle, car elles impliquaient quelqu'un qui avait eu des liens avec ses patrons, les flics ont fait la sourde oreille. Ils ont essayé de mettre ça sur le dos d'un fermier du coin, qui était gaucher et qui n'aurait sans doute pas pu infliger certaines des blessures présentes sur le corps de mon fils. Selon les preuves photographiques.

Grif s'est figé, en oubliant la cendre de son cigare sur le point de tomber. Des larmes coulent sur son visage.

— Putain de merde ! s'écrie-t-il.

La place à côté de Lee est vide, la borgnesse s'est brusquement envolée.

— Donc, ce que tu essaies de dire c'est que m'man a pas fait ça toute seule, dit Archy.

Lee leur raconte brièvement qu'il a vu Jason parler aux hommes de Doc au *Way Out* et qu'il semble avoir disparu.

— Je ne sais pas qui ou quoi lui a fait ça, mais non. On l'a aidée.

— Fin de l'histoire ?

— À vous de me le dire, répond Lee en s'enfonçant dans son siège.

La fille revient de là où elle a bien pu aller. Grif ouvre un sachet de Sweet'n'Low et le verse dans son café. Il passe le sachet vide sous la table, et fabrique on ne sait quoi.

— On a trouvé ce qu'il y a dans ce sachet sur le sol du mobil-home où m'man… où ce qui lui est arrivé est arrivé. Regarde à l'intérieur. Ne dis rien. Ne fais rien. Ne touche rien. Emilio est là pour t'aider à faire ce qu'on te dit. Tiens l'Arabe à l'écart de tout ça. Ne lui parle pas ce que tu vas voir, ou Emilio pourrait lui montrer quelques blessures dont il n'a jamais entendu parler.

Emilio se tient au-dessus de lui. Comme les autres, il pue la transpiration. Il croise les bras sur sa poitrine. Lee fait ce qu'on lui a dit de faire. Il regarde dans le sachet rose de Sweet'n'Low. Il ne vide pas sur la table ce qu'il voit. Il ne touche à rien. Il regarde la dent recourbée de reptile parsemée de minuscules cristaux de saccharine et de cyclamate, puis il rend le tout.

Archy se rassoit, toujours en gloussant de façon incontrôlable. Sa moustache est mouchetée de morve. Grif laisse tomber le mégot de son cigare dans son mug. Il coule puis réapparaît, petite crotte qui flotte et siffle à la surface du café faussement sucré. C'est alors que Lee vomit sur les bottes d'Emilio, sur le carrelage à damiers façon drugstore de Maxine, et des morceaux de tarte aux myrtilles recouvrent le chrome rutilant du box à l'ancienne.

25. Valseuses

Thettie a progressé par cercles concentriques dans les bois sombres qui entourent l'atelier de Lee, mais sans jamais trop s'approcher. Ses pieds nus foulent les stèles du cimetière d'animaux. Elle trébuche sur une croix artisanale qui se prend dans l'ourlet de sa chemise de nuit. Les ossements d'un rat de laboratoire s'entrechoquent dans une boîte à chaussures. Elle la prend délicatement dans ses mains maculées de boue, caresse les étranges excroissances osseuses de son crâne, et la berce dans ses bras.

— Allez, petit, pleure-t-elle. Allez, petit-petit.

Elle a envie d'entrer dans l'atelier. Elle a besoin de retourner dans cet endroit où il fait bon, blotti sur la colline dans le noir, où les reflets du lac dansent sur les vitres. Quelque chose ou quelqu'un l'en empêche. Mais à présent, du promontoire, elle voit l'île. Elle est baignée par le clair de lune, si proche qu'elle peut presque la toucher. Elle tend les bras vers Frankie, son ombre déployée sur le lac.

— Frankie, c'est moi. Thettie. Rentre à la maison.

*

— Toute ma vie, j'ai eu l'impression que tout ce que je suis se résumait à ce que les autres me donnaient ou me retiraient. Je ne suis même pas capable de me voir sans regarder à travers d'autres yeux que les miens.

— Je te vois, dit Lee.

Ils sont dans la cabane, la nuit est loin d'être terminée.

— Qu'est-ce que tu vois ? Je recommence, tu vois ?

Thettie éclate de rire. Qu'un homme aussi bien puisse la remplir d'une joie jusque-là inconnue. Tant d'attente dans ses yeux.

— Ce que je vois n'a aucune importance. Qu'est-ce que tu vois ? En toi ?

Il bande de nouveau, et ça aussi ça la fait rire. Cela faisait un bail qu'il n'avait pas pris son pied. Il lui donne l'impression d'avoir de nouveau dix-neuf ans, et en bien – cela faisait un bail que le sexe ne lui réservait plus aucune surprise. Il éclate de rire à son tour. La cabane est glaciale, mais le lit est chaud. La tabatière rayée rend les étoiles un peu floues et déformées – la constellation de la Balance lui apparaît plus étendue. Tous deux frémissent sous le dôme encrassé de la nuit, réunis pour toujours dans ses vérités fragiles et fluctuantes.

— Dis-moi, demande-t-il d'une voix légèrement enrouée. Qu'est-ce qui est seul en toi ?

— Rien, répond-elle. Tout.

— Avant d'avoir Archy et Grif ? précise-t-il en lui passant la bière et en la dévisageant. Avant que tu ne sois empêtrée dans tout ça ?

— Tu veux dire Doc ?

— Oui. Et avant ça aussi. Avant tes fils.

— Je ne sais pas. (Elle comprend ce qu'il lui demande, mais aussi ce qu'il se demande à lui-même.) Je ne sais pas si j'ai envie de me rappeler cette personne. J'étais un sacré numéro, j'imagine. Asociale. Ma cousine Cassie et moi avions l'habitude de branler des types au *Motel 6*, où elle travaillait. Représentants, garçons de ferme, professeurs de l'université. Puis on a eu peur, des types ont versé quelque chose dans nos verres lors d'une fête dans une des chambres, et j'ai arrêté. Et ensuite, elle est partie à Los Angeles. Un moment, je suis même devenue encore plus enragée, puis je me suis calmée, plus ou moins.

— Elle te manquait ?

— Je n'arrivais pas à lui pardonner de m'avoir abandonnée. J'ai essayé de la punir en ne m'occupant pas de son enfant, Jason, contrairement à la promesse que je lui avais faite. Ma mère disait que Cassie et moi, on n'allait pas ensemble. L'aveugle guidant l'aveugle, disait-elle.

— Les aveugles font de grands leaders. Harriet Tubman, Teddy Roosevelt.

Elle le regarde sans sourire.

— C'est ce que disait Frankie. Tu me fais penser à lui parfois.

— Qu'est-ce tu penses faire quand tu le reverras ?

Elle a eu du mal à lui répondre tout de suite, à cause de la boule qu'elle a dans la gorge.

— Je lui dirai que je suis rentrée au bercail. Si je peux. S'il veut de moi.

— Tu crois qu'il est mort ?

Lee se décale sur les oreillers, la flamme de la bougie vacillant sur sa poitrine.

— Je ne sais pas. Il m'a fait revenir en quelque sorte. En quelque sorte. Par l'intermédiaire de Bryce, peut-être, ou peut-être que je savais que le moment était venu. Il disait toujours qu'il faut affronter ses démons.

— Quels sont ses démons, selon toi ?

Lee sait écouter et c'est l'amant le plus attentionné qu'elle ait jamais connu, mais Thettie est un peu gênée et elle ne sait pas à trouver les mots, ni même si elle doit essayer. Est-ce que c'est à elle, ou à n'importe qui d'autre, d'évaluer la vie d'un individu en fonction de ce que cet individu a passé son temps à fuir ? Elle attrape les valseuses de Lee sous les draps. Ça le fera peut-être se tenir tranquille pendant qu'elle s'efforce de trouver les bons mots pour dire que, quels que soient les démons de Frankie, il les a réveillés en allant sur l'île, pour commencer. Leur heure n'est peut-être pas venue. Les démons aiment mener la danse.

— La fois où il est allé là-bas, où il n'aurait pas dû ? Où il a jeté un coup d'œil, avant de reprendre son bateau et de rentrer à la rame ? Il croyait seulement s'en être tiré. Comme en Afghanistan. Certains lieux, tout d'abord ils ne veulent pas de nous, et si on y va quand même, ils nous punissent en nous empêchant de partir. Au cas où on penserait qu'on peut aller et venir à sa guise.

— Hubris, dit Lee. Orgueil mal placé. Oh.

Elle serre une nouvelle fois ses bijoux de famille, comme ça il garde les yeux fermés, ne voit pas son visage mouillé de larmes.

— Je suis allée voir Frankie en prison avant de partir. Je ne l'ai jamais dit à Doc. Je ne l'ai jamais dit à personne. J'y suis allée en douce une nuit, j'ai payé le gardien comme il se doit. J'ai passé dix minutes avec lui en dehors des heures de visite. Je lui ai dit que je devais partir, mais que je reviendrais. Il a dit qu'il n'y avait pas de problème. Il comprenait. Il a dit qu'il l'avait appris à ses dépens, et j'ai demandé, quoi, Frankie ? Qu'est-ce que tu as appris ?

— Tu sais ce qu'il m'a répondu ? *On croit qu'on fabrique nos propres monstres, Thet. Mais ce sont eux qui nous fabriquent.*

Elle essuie ses larmes de sa main libre. Lee lui dit que c'est le même orgueil mal placé qui lui a fait croire qu'il pouvait quitter le

Nouveau-Mexique et y revenir un jour, qui l'a fait traîner sa famille en dépit de toute raison. Juste parce qu'il avait peur d'échouer en tant que mari et père. Juste parce qu'il ne supportait pas l'idée qu'Habib – le père qu'il n'avait jamais eu – l'abandonne.

— Mais c'est différent, dit-elle. Je serais allée en prison si j'étais restée.

— Tu as fini dans une autre sorte de prison, quand tu es partie.

*

Elle comprend le truc des prisons à présent. À rôder autour de l'atelier, à piétiner les tombes des animaux et à essayer de s'arranger le visage dans le reflet d'une flaque d'eau – à lécher le sang de ses plaies. Tellement seule, tellement dans l'obscurité des bois. Elle jette un œil au fils de Lee dans la petite maison, quasiment camouflé sous un doux tapis de feuilles mortes.

Le cœur est une bouche. Elle veut montrer à Lee qu'elle comprend à présent, tout déposer à ses pieds. Mais aussi lui dire autre chose. En décrivant des cercles autour de lui sans jamais s'approcher, parce que la cage est verrouillée et qu'elle ne trouve pas la clé.

— Réveille-toi, dit-elle à l'enfant endormi. Il faut que j'entre. J'ai besoin de le lui dire. Que ce n'est pas grave d'oublier. Ce n'est pas grave. On a tout le temps de se rappeler quand on est mort.

26. Terre d'ombre

T-toc. T-toc.

Lee passe son pinceau en poils de martre préféré sur la terre d'ombre. S'il se tient dos à l'entrée, il est plus facile d'ignorer les coups mollement frappés à la porte. Le bras mâchouillé du poupon, qu'il a trouvé dans la ferme de Jason, est posé sur sa table de travail.

Toc-toc. T-toc.

Il n'arrive pas à se sortir ce bras de la tête. Tout comme la dent. Moins une métaphore qu'une métonymie. Pas une figure de ressemblance, mais plutôt une figure d'association. Une partie de quelque chose qui vaut pour un tout. Lee secoue la tête, peu désireux de voir Aristote réapparaître. Grif aurait pu trouver cette dent n'importe où. Dans l'atelier, peut-être quand ils l'ont mis sens dessus dessous. Tenant pour acquis que c'était une dent de Gila (Lee l'aurait reconnue n'importe où), nettement recourbée avec des sillons longitudinaux pour injecter le venin. Mais, à cause du rapport « alternatif » du médecin légiste d'Habib, Lee a encore moins de raisons de croire Grif – qui dit l'avoir trouvée dans la chambre de Thettie.

Aucune sous-espèce de monstre de Gila n'aurait pu infliger de telles blessures.

— Allez-vous-en ! crie-t-il en entendant frapper à la porte. Allez-vous-en !

Sur le chevalet est posée la nouvelle toile de Thettie, dos tourné en signe de dénégation. Lee fouille parmi les esquisses et les Polaroïds sur la table, à la recherche d'un croquis au fusain de Vernon qui date de l'année précédente. Une miniature. Il le trouve sous un tableau qui représente une crique couverte de givre et bordée de saules, et le pose sur le chevalet devant Thettie. Les Gila ont une queue boudinée qui stocke la graisse et l'eau comme la bosse d'un chameau. Leur corps pataud, mais étonnamment athlétique, leur permet de se traîner sur de longues distances pour trouver de la nourriture et de l'eau. Alors qu'il était en troisième cycle à l'université du Nouveau-Mexique, Lee a suivi par télémétrie leurs pistes sinueuses, mais curieusement orientées au sud. Le crâne effilé du Gila est inchangé depuis des millions d'années. Son museau noir et son centre de gravité bas, comme les bulldogs, lui permettent de mordre longuement les bas-ventres mous. Lee fait quelques pas en arrière. Le dessin au fusain rend bien la texture granuleuse du corps magnifiquement rayé de Vernon, mais pas sa couleur – au naturel, le rose orangé poussiéreux du coucher de soleil du Sonora. Mais même au fusain, il a réussi à restituer la taille disproportionnée des griffes, les pattes courtes et puissantes faites pour grimper et se battre en duel avec ses congénères mâles, mais sans tuer.

Toc-Toc. Lee ne saurait dire si les coups frappés à la porte sont plus faibles ou plus forts. Ni ce qu'il faut en déduire.

Le dessin montre en détail l'armure dorsale tachetée de Vernon, ou heloderma – du grec *helos* pour « clou », et *derma* pour « peau ». Sur le croquis, la longue gorge extensible est ouverte pour que l'on voie la façon dont il siffle en présence d'un prédateur – notamment un prédateur plus grand que lui.

La langue bleu foncé du monstre de Gila, ou heloderma suspectum, est bifide et lui sert à boire et à transporter la nourriture. Elle lui permet, par exemple, d'avaler et de lécher le contenu d'un œuf. Mais elle sert avant tout, comme chez tous les lézards, à obtenir des informations – en captant les odeurs – qu'elle transmet ensuite à deux petites cavités situées au-dessus de la voûte palatale. De là, les informations sont transmises à l'organe de Jacobson, où les composés olfactifs chimiques s'attachent à des molécules réceptrices, envoyant des signaux au cerveau.

C'est sa femme qui a vu que ses esquisses étaient bien plus que de simples croquis scientifiques. Elle lui a suggéré de suivre des cours de dessin à Albuquerque, mais Lee ne l'a prise au sérieux qu'après leur installation à Little Ridge et la fermeture du laboratoire. Trop tard, en d'autres termes.

Les coups frappés à la porte semblent avoir cessé. Lee boit une gorgée de café tiède mélangé à du whisky. Il a étale une ombre sur la gorge de Vernon. Au cours de ses recherches, il a dessiné l'heloderma des centaines de fois – son fils dirait des milliards – sous tous les angles. Il l'a dessiné en entier, mais aussi par morceaux. Écartelé sur la table de dissection, les organes présentés sur des plateaux – chaîne d'ostéoderme, glandes à venin. Ovule pour les femelles, double pénis rétractable pour les mâles. Il a retiré, observé et décrit leurs canaux à venin, qui sont en fait des lobes sur des glandes salivaires modifiées de la mâchoire inférieure. Chez l'heloderma suspectum, ces canaux acheminent le venin par les gencives pour se protéger d'un agresseur, mais pas, dans la plupart des cas, pour neutraliser une proie.

Qu'est au juste Vernon ? Une proie, un prédateur ou quelque chose d'autre ?

Toc. T-toc.

Lee ne se rappelle pas le nombre de morsures avérées de monstres de Gila qui ont été constatées au cours des soixante dernières années. Il ouvre son ordinateur portable et cherche sur Google « attaques de monstres de Gila ». Environ une centaine, des morsures principalement au doigt ou à la main, généralement par des lézards domestiques, ou d'un Gila sauvage cherchant à s'enfuir. D'autres morsures au cours de démonstrations – conférences dans des zoos ou des écoles. Plus la durée de la morsure est longue, plus le venin se distille dans le corps de la proie. Comme les bulldogs – dont la mâchoire est conçue à dessein pour causer un maximum de dégâts, quand, par exemple, on leur faisait affronter des ours enchaînés à l'époque élisabéthaine –, une fois que le Gila tient une prise, il ne la lâche plus et se met à mâcher, répandant son venin de façon continue pendant quinze minutes, voire davantage. La mastication de la mâchoire inférieure pompe le poison vers le haut par capillarité.

Dans la nature, très peu de sang s'échappe des morsures de Gila, qui sont rarement à l'origine d'entailles, de lacérations ou de mutilations.

Qu'est-ce qui lui a pris ?

Toc-toc. Toc-toc.

Parce qu'il y a autre chose, les monstres de Gila perdent rarement leurs dents quand ils mordent. En cas d'attaque, il est conseillé aux victimes d'allumer une flamme sous la mâchoire du Gila, ou de les plonger dans l'eau. Il est déconseillé de chercher à arracher le lézard, ce qui est pratiquement impossible, pour la bonne raison que s'il laisse une dent dans la plaie, il peut s'ensuivre une infection, une septicémie ou un hématome sous-dural – ce qui se produit quand le poison atteint et infecte le cerveau, comme avec l'éclat d'obus de Frankie. Dans les rares cas de morsure, il est primordial de s'assurer qu'il ne reste pas de dent dans la plaie.

Lee a essayé de fermer la porte cette nuit-là sur le lac, mais qui l'a ouverte, et qu'en est-il sorti ?

Toc. Toc.

La douleur est atroce. Comme si l'on vous enfonçait des clous brûlants dans la chair, d'après les témoignages. Mais ce n'est pas la douleur qui vous tue. Les deux effets les plus dangereux d'une morsure de Gila sont le gonflement, y compris celui la gorge, et la chute spectaculaire de la tension. Cette chute de tension est encore plus dramatique quand, comme dans la majorité des cas avérés de morsure de Gila, la victime est sous l'emprise de l'alcool ou de la drogue.

Il se fige, le mug ébréché au bord des lèvres. À quel point étaitelle soûle ? Il essuie le whisky de sa manche et se remet à peindre en tremblant.

Le dernier accident mortel recensé s'est produit en Arizona en 1930, dans une salle de billard, quand un dénommé Reap est entré dans le bar où les clients et le barman étaient attroupés, bouche bée, autour d'un lézard qui venait d'être capturé. Pour attirer l'attention du barman et se faire servir un whisky, Reap s'est tant bien que mal accroupi et s'est mis à frapper le monstre de Gila sur le nez.

Toc-toc. Toc-toc.

La pluie a transformé en pâte à papier les avis de recherche placardés dans tout le village. Lee devra en refaire. Il note au crayon « DISPARU » sur un Post-it pour ne pas oublier.

Les recherches sur la peur ont montré que celle-ci est la plus puissante de toutes les émotions. La peur de la douleur ou de la mort est plus forte que l'envie de vivre. Les monstres de Gila mâles sont plus disposés à copuler avec des femelles originaires de leur propre territoire – même s'ils croisent par hasard une femelle consentante sur un territoire autre que le leur, ils perdront tant de temps à marquer leur nouvel environnement par peur d'éventuels intrus qu'ils peuvent en oublier de s'accoupler. *Quand les choses se gâtent*, disait Habib, *Thanatos l'emporte toujours sur éros.*

Thettie, habituée à rencontrer le monde selon ses propres règles, avait pâli quand il lui avait montré la photographie de Vernon sur son téléphone. Dans la cabane, à la lumière vacillante de la bougie, elle était devenue aussi blanche que les draps qui couvraient à peine sa poitrine. Lee avait rapidement rangé son téléphone, désolé de lui avoir montré la photographie de Vernon, de lui avoir laissé voir ce qui ne s'oublie pas.

*

Lee se lève et se dirige vers la fenêtre de l'atelier pour scruter à travers la pluie, au milieu du lac, l'endroit où se détachent les contours incertains de l'île. La nuit où il est allé à la rencontre de son monstre, elle se dressait plus grande que nature, plus grande que ce n'était matériellement possible, plus proche aussi, tout comme le rivage paraissait bien plus éloigné qu'en réalité.

Les coups frappés doucement à la porte persistent, aussi déterminés que les battements d'un cœur.

27. Mementomorium

Lee était peu loquace, aussi parfois Thettie a-t-elle oublié d'écouter, oublié de s'arrêter aux choses qu'il a dites, pour les garder pour plus tard. Heureusement pour elle, certaines de ces choses lui reviennent d'elles-mêmes.

— Les gènes, dit-il.

C'est entre deux ébats amoureux, quand elle l'interroge sur l'helotide, ainsi nommée, précise-t-il, d'après le monstre de Gila, alias heloderma suspectum.

— Les gènes sont importants dans la reproduction, et aussi dans la duplication – deux choses différentes. La reproduction a faim de différence, elle est affaire de création. La duplication a soif de ressemblance, elle ne cherche qu'à recréer.

Il est allongé sur le dos, partiellement en diagonale sur le petit lit, à un bout de la cabane. Sa voix est douce et sa poitrine se soulève et s'abaisse au rythme de sa respiration. C'est ce qu'elle préfère chez lui – sa façon de prendre son temps.

— Comme les souvenirs, dit Thettie tout en attrapant négligemment le briquet et le paquet de cigarettes écrasé à côté du lit.

— Exactement. Oui. Comme la mémoire, acquiesce Lee en ôtant son bras de devant ses yeux pour regarder la Voie lactée à travers la tabatière. Sauf que ce que fait l'helotide, ce que l'on a compris quand on a découvert une nouvelle voix neuronale…

— Dans le cerveau. Ces embranchements.

— Exact. Dans ces embranchements, les peptides présents dans le venin du monstre de Gila activent les gènes responsables de la duplication des souvenirs à court terme, mais ils permettent à un gène d'acquérir une nouvelle fonction pour fabriquer quelque chose de différent – pas seulement de la mémoire à long terme, mais aussi de l'apprentissage à long terme. Une mémoire pleine et entière, cumulative, pas immédiate.

Pleine et entière, car toujours présente.

Pleine et entière, car plus grande que la somme de ses éléments.

— Pleine et entière, car elle voit la forêt et les arbres, ajoute-t-elle.

Et Lee rit et la regarde avec sa cigarette non allumée entre ses lèvres, et il dépose un baiser sur un œil puis sur l'autre.

— Tant de métaphores, si peu de temps, dit-il en riant et en retombant sur les draps, comme s'il était enfin libre.

*

La mémoire de Thettie est gorgée de souvenirs. Caisse de résonance. Omniprésente, sa mémoire est désormais un arbre-réceptacle qui s'étend et bifurque. Sur chaque branche, chaque feuille bariolée à outrance est une expérience à part entière. Chaque éclair de lumière est distinct du suivant, même si la feuille se déroule, ou tombe, ou est emportée par le vent, ou rongée par la moisissure ou un insecte nuisible, ou entoilée de soie, ou recouverte de pluie, ou enveloppée de glace – une lumière différente pas seulement entre chaque feuille, mais aussi entre chacune de ses pensées, de ses peurs ou de ses envies autodestructrices.

La sensation du caillou dans sa Converse montante gauche – à douze ans, tandis qu'elle déambule dans le camp d'été désert après avoir dévalisé le distributeur automatique – comparée à celle du bout de bois dans sa Keds droite usée – à neuf ans, tandis qu'elle suit Frankie depuis les chutes Harpur, dans un silence plein de ressentiment après qu'il a refusé de lui expliquer, même en théorie, ce qu'est un rêve humide.

Plus grande que la somme de ses éléments brisés. En sixième – ils sont encore à Little Ridge –, Grif a économisé pour acheter des graines de citrouille qu'il entend faire pousser pour vendre des citrouilles à Halloween. Mais le terrain en pente derrière la maison flottante à la ravine Triangle est trop petit. Grif sème les graines et le jardin devient un champ de citrouilles cauchemardesque. Il se transforme en forêt de citrouilles, un enchevêtrement de fruits malades, pourris de l'intérieur, la chair pâle et duveteuse ulcérée et laissant échapper des graines noires et collantes qui s'entassent au bas de la pente, au pied de la maison, avant de fermenter. Le bourdonnement des mouches s'élève des fruits pourris, et de féroces petits moucherons l'attaquent chaque fois qu'elle sort. Archy ne s'en approche pas.

Abattue, comme cela lui arrive souvent à cette époque, Thettie est encore au lit à midi, vaseuse à cause de l'excès d'Ambien, écoutant le gémissement détrempé de la pourriture, le bourdonnement des mouches. Grif finit par prendre sa houe et couper les tiges tordues et la chair suintante, jusqu'à être couvert de pulpe de la tête aux pieds et qu'il ne reste plus rien, même pour donner aux poissons.

Thettie repose à jamais dans ce midi interminable, un moment qui a duré des heures et pourtant se réduit à un battement de cils, au bruit de la houe et aux sanglots d'Archy dans sa chambre. Elle se demande, toujours au lit à midi, s'il lui reste assez de forces pour mourir. Jusqu'à ce que tante Sarey apparaisse sur le seuil de la porte avec un bouquet de bleuets – Thettie se souvient des dix-sept fleurons de chaque fleur. Sarey porte une tourte au poisson enveloppée dans un torchon jaune. Deux autres filles se pressent derrière elle et, l'air grave, lui disent qu'il est temps de se réveiller. Réveille-toi.

*

La veillée ! à tourner autour de l'atelier de Lee en essayant d'y pénétrer, en vain, elle en oublie sa propre veillée funèbre. Il n'y aura pas de funérailles. Les Harpur ne font pas des obsèques en bonne et due forme, une aversion superstitieuse que Doc a oubliée ou dont il n'est pas au courant. En signe de ce qu'il nomme « bonne foi », ce qui fait rire Thettie au point d'en mourir une seconde fois, il a casqué pour que son cadavre soit conservé dans la glace à la morgue. Ayant perdu son moyen de parvenir à ses fins, il pense qu'il peut acheter Archy et Grif en offrant un enterrement décent à leur mère, à condition qu'ils l'aident à aller sur l'île, à parvenir jusqu'à Frankie. Les deux frères font semblant d'y réfléchir. Ils font semblant de lui être reconnaissants. Doc saurait que ce n'est qu'une façade s'il était réellement l'un des leurs. Ce qu'il n'est pas. Les Harpur n'ont aucune raison d'être reconnaissants de quoi que ce soit, à qui que ce soit. Jamais.

Comment Lee qualifiait-il l'aveuglement de Doc ? C'est quoi déjà ? De l'orgueil mal placé.

Thettie arrête de tourner autour de l'atelier de Lee et prend le chemin du *Way Out,* où se tient sa propre veillée funèbre. Plus elle se rapproche du mobil-home dans lequel elle est morte, plus elle se sent attirée, tel un ours qui après avoir brisé sa chaîne retourne de façon inexplicable dans sa cage. En d'autres circonstances, la veillée aurait donné lieu à un après-midi de beuverie dans le salon de quelqu'un à la ravine Triangle, mais plus personne n'habite là-bas à part Sarey, qui s'y terre. Quelques filles apportent des tourtes et des ragoûts dans l'arrière-salle qu'Avery a aménagée pour eux. Il doit avoir du sang Harpur dans les veines, car il leur accorde tout ce qu'ils demandent.

Ses filles ont vraiment fait de gros efforts pour être décentes. Liz dans son pantalon blanc moulant, celui qu'elle portait pour son entretien d'embauche à Bucksport. Shellie avec son chapeau de paille noir. Elles ont recouvert la table de billard de planches puis d'une nappe à carreaux et y ont disposé sandwiches et gâteaux. Liz apporte ses fameux brownies à la canneberge et au chocolat blanc, et Joanie sa salade de riz. Étonnant ce que l'on peut faire sur un réchaud, un barbecue ou dans un micro-ondes. Shellie prépare des sandwiches au poulet et à la noix de pécan, et Rianne, la femme de Randall, mélange deux types de punch. Les jumelles détachent des filets de poisson et Mamie V. les fait frire au barbecue installé sous le sycomore. La borgnesse, Bryce, n'est bien sûr pas là, il n'y a que les vraies filles de Thettie, ou ce qu'il en reste – les yeux bouffis et reniflant. Les hommes arriveront plus tard, mais c'est un moment entre filles.

Thettie flâne autour des tables. Elle aime ce moment-là, quand aucun homme n'est là pour leur dire quoi faire ou comment se tenir. Elle déambule parmi elles, mutilée et puante, et elles lèvent la tête sur son passage et elles évoquent des souvenirs qui les font rire ou pleurer. Les citrouilles monstrueuses de Grif, la fausse couche de Shellie, le second mariage de Brianne, la naissance des jumelles. Elles revivent les nuits du mercredi de tante Sarey, à l'époque du hameau Harpur. À préparer des baumes et des sérums pour vendre aux foires et sur les marchés, avec sur la langue le goût de l'eau-de-vie de pomme de Sarey. C'en est trop pour Liz. Elle tombe à terre et ses genoux s'entrechoquent, et pour la deuxième fois ce mois-ci elle a ses règles, qui souillent son pantalon blanc. Rianne est plus belle que jamais dans sa dentelle noire, mais elle a mis sa robe devant derrière, et ses mamelons dépassent de l'encolure. Encore adolescentes, les jumelles sont asthmatiques, accrochées à leur inhalateur, des tâches pourpres sur les joues. Thettie les a gardées un nombre incalculable de fois, les a emmenées cueillir des baies, et a regardé avec elles *New Girl* sans en souffler mot à leur père. Elle pleure pour elles, ses larmes coulent pour elles toutes.

— C'est moi ! Thettie ! s'écrie-t-elle en agitant la main et en tortillant sa chemise de nuit ensanglantée. Je ne suis pas là !

Elle tourbillonne vers la table et plonge la louche dans le premier bol à punch, jaune citron pour se souvenir, puis dans le second, bleu myrtille pour oublier. Chaque fois, elle porte la louche à ses lèvres et boit, et chaque fois, une toile d'araignée de sang se débobine dans la louche, s'épanouit telle une fleur dans le punch, et l'altère. Une chaîne de protéines et d'acides aminés, du sang dans un bol et du venin dans l'autre, dans l'un une potion et dans l'autre un poison. Un pour se souvenir et l'autre pour oublier.

Les filles disent que ses fils refuseront de venir, furieux qu'elle se soit suicidée, et Thettie a envie d'applaudir ce faux-semblant. Elle est sincèrement fière qu'ils ravalent leur – c'est quoi déjà ? –, leur orgueil mal placé. Elle imagine combien il leur est difficile de ne pas hurler à tous que leur mère ne s'est pas suicidée, qu'elle n'y est pour rien ! Ce doit être dur pour Archy, le cœur, et Grif, l'âme, de ne pas crier haut et fort : *Notre mère n'est pas comme ça ! Ce n'est pas comme ça qu'elle est morte.*

Il est possible qu'elle y ait pensé. Il est même possible qu'elle l'ait souhaité. Pour se débarrasser de la maudite clé qu'elle a été aux yeux des hommes tout au long de sa pitoyable vie. Mais elle ne l'a pas fait. Elle a douté, n'a vu que la croisée des chemins, n'a pas pu se résoudre à rester ou partir. Archy et Grif doivent le savoir dans leur cœur, qu'elle n'a fait que regarder la clé. Elle a vu la porte. Et puis elle en a vu une autre.

La dent.

— Une idée de génie ! dit-elle en souriant.

Mais ça a fait mal. Ça a fait mal de retirer cette dent. De l'arracher de sa propre bouche, là où le monstre l'avait mordue, et de la laisser par terre pour que ses fils la trouvent.

La vérité.

Mais ce n'est pas ce que dit Doc. Pas ce que disent les filles, un peu envieuses. Pas une seule de ces bombasses qui n'y ait déjà pensé, du moins, qui ne se soit pas demandé ce que ça ferait, de lâcher prise. Juste une entaille, un cachet, ou un coup de feu. Regarder cette porte s'ouvrir en soi, sa vie contenue dans des mains en coupe.

— Tu aurais dû la voir, chuchotent les filles à la fois effrayées et admiratives. On ne souhaiterait ça à personne, de voir sa propre mère nue et souillée comme ça, et de ses propres mains.

C'est encore douloureux, là où elle a arraché la dent du monstre. Et même s'il est parti, elle le sent encore la mordre de l'intérieur. La dent du temps, rainurée et venimeuse.

Doc fait ce qu'il appelle « une apparition », comme Donald Trump. Lui et ses sbires s'arrêtent dans la Ford rouge merdique que Lyle a piquée à Ilium. Homer transpirant, cuisses écartées, derrière le volant, et Lyle, troué de chevrotine – son cœur défaillant en feu. De simples instruments, Thettie se permet un rire jaune. Oreilles dressées en direction de ce qu'ils prennent pour un animal enchaîné. Crétin de Doc, pour penser qu'ils augmentent sa force ou lui donnent des pouvoirs particuliers, tels des monstres dans un jeu vidéo.

C-c-certains petits monstres font des humains leurs compagnons, leurs guides ou leurs gardiens, et ainsi de suite, en c-ce r-r-royaume terrestre, non parce qu'ils le doivent, mais parce qu'ils le peuvent. Parce que c'est facile, disait Sarey. Elle ne cessait de répéter que Doc choisissait toujours la facilité. Le chemin le plus rapide pour aller du point A au point B.

Tu savais, Sarey. Tu as toujours su.

Homer déshabille les filles de ses yeux inquisiteurs. Lyle pince les lèvres, la mine lugubre. Thettie saute sur la table improvisée, se verse des louches de punch jaune et bleu dans la bouche, se souvenant d'une main, oubliant de l'autre.

Dans son fauteuil roulant, Mamie V. fait « tss » en voyant le punch renversé et va chercher un torchon. Honteuse, Thettie descend de la table pour se glisser en dessous. Doc est flanqué de ses gorilles. Son unique mamelon se dresse sous sa chemise à la vue du clan Harpur qu'il aspire à diriger. Oh, au début, la mort de Thettie a été un terrible contretemps, mais on ne l'appelle pas le nettoyeur pour rien, et Doc sait par-dessus tout s'adapter.

Thettie s'accroupit sous la table et met ses mains griffues sur sa tête, les souvenirs de Doc voletant telles des lucioles le long du chemin qui se dessine dans la forêt. Paddy-le-crochet, par exemple. Patrick Horkowitz a dit à Doc qu'il était le meilleur nettoyeur en activité.

— Je n'ai jamais vu ça. Tu nettoies jusqu'à l'écorce des arbres.

Paddy, un fan d'horreur, disait que Doc ressemblait à un vampire. Jusqu'à ce qu'il lui retire ses crocs.

— Tu t'adapteras, avait dit Paddy. Futé comme t'es. Lames, griffes de doigts, etc.

Homer et Lyle sont les crocs et les fausses griffes de doigts de Doc, mais ce sont des imposteurs. Ce qui ne veut pas dire qu'ils sont inoffensifs, et Thettie commence à avoir peur pour ses fils. Elle serre les poings et ses propres griffes lacèrent sa chair, pour de vrai. Elle se calme en lâchant un pet silencieux mais redoutable.

À l'odeur, Homer hume l'air et rajuste son jean à l'entrejambe, son esprit tout à la partie de son anatomie qu'il ne peut voir que dans une glace ces temps-ci. Lyle se lèche les lèvres et se rappelle les seins durs et dressés d'une enseignante décédée. Et Doc apparaît momentanément à découvert dans sa monstrueuse faiblesse, avant qu'ils ne le lui offrent de nouveau leur protection derrière leurs regards voraces.

Les yeux de Thettie s'emplissent de larmes de gratitude envers le chauffeur de bus aveugle, pour avoir refusé de la laisser partir. Il avait raison. Il lui reste des choses à régler ici et elle a besoin de se fixer un objectif, ou de passer l'éternité à lécher le sang qui coule de ses mains. Elle se balance d'avant en arrière sous la table et renifle ses doigts, se laissant aller à pleurer ses belles mains et ses pieds menus. Laissant ses larmes couler sur son visage autrefois joli qui doit apprendre à affronter ce monde, comme il l'a fait avec le dernier, à ses propres conditions.

28. Hippocampe

La recherche scientifique repose sur l'hypothèse discutable que le stimulus aversif affecte davantage la mémoire que le stimulus appétif. L'opinion générale, si on peut l'appeler ainsi, veut que les animaux d'expérimentation apprennent plus vite et se souviennent plus longtemps, si on les punit – par une décharge sous les pattes, mettons – que si on les récompense – avec un morceau de chocolat, par exemple. Il ne s'agit pas seulement de l'opposition entre éros et Thanatos, comme Habib aimait à le dire à ses étudiants, mais aussi du fait que la distinction entre la peur et le désir n'est pas aussi nette qu'on pourrait le penser.

— Aristote par exemple (Habib n'était pas, dans ses cours, du genre à s'en tenir au texte.) catégorisait le monde réel en termes de similarité et de différence. La peur engendre la peur. Le désir nourrit le désir. Aristote pensait que tout ce qui se trouve entre les deux, un composé de peur et de désir, était dangereux, voire impossible. Et, à franchement parler, monstrueux.

Lee porte à son nez ses doigts maculés de peinture. Il sent l'odeur de Thettie. Il sent son goût. Le terrarium de Vernon se dresse vide, désert de pacotille. Il prend son téléphone et le regarde fixement, souhaitant que quelqu'un lui dise comment pénétrer sur la scène du crime pour chercher Vernon. Il fait un pas en arrière et heurte du talon le camion Tonka qui va valdinguer contre le mur, où il bascule sur le côté, ses roues continuant de tourner.

Un des étudiants d'Habib avait levé la main.

— Quel est le rapport entre la reproduction – le désir de propriétés identiques – et la mémoire ?

— Nous désirons la différence parce que notre avenir en dépend, avait répondu Habib qui n'était pas du genre à répondre directement à une question.

Les coups frappés à la porte sont devenus hystériques. Un toc-toc incessant, régulier, sans le moindre répit. Le tonnerre gronde à l'ouest. On est dimanche, mi-octobre, et il est presque quatre heures. Trop tôt pour Netflix. Sur l'aquarelle, il a représenté Thettie sur le promontoire, dos tourné. Elle est nue. L'île se dessine au loin et, si on regarde de plus près, on y voit une silhouette, mais Lee a laissé planer le mystère, car ses contours sont flous. Il appréhende mieux la géographie de l'île maintenant qu'il a vu cette dernière à travers la porte ouverte par le monstre du lac. Des ruines blotties les unes contre les autres. Des murs écroulés et d'anciens escaliers de pierre ciselés par la lumière froide de la lune. Comme si la surface de l'eau s'était écartée tel un rideau, et que l'île lui était apparue.

Dans ses aveux, Bud Wallace, qui n'est ni un Harpur ni un DeGroot, a parlé de la façon dont il a essayé de faire taire le petit garçon de Lee. En écrasant des sédatifs – Rohypnol, ou Flunitrazépam, de la famille des benzodiazépines – dans de la crème glacée, chut. Sur les photographies trouvées dans le sous-sol de Bud, son fils fixait Lee du regard, un œil au beurre noir et gonflé, l'autre ouvert à jamais.

Les pinceaux tombent des mains de Lee. Il renifle ses aisselles. La journée est bien avancée, mais il décide de la laisser entrer finalement, car le dimanche n'est de loin pas achevé.

Encore le temps de se noyer.

Elle se tient sur le seuil de la porte, les jointures de ses doigts rouge vif prêtes à frapper, toc-toc.

— C'est l'heure, dit-elle.

Quand il comprend qu'elle veut qu'il se rende à la veillée de Thettie, il lui dit :

— Je ne vais jamais à ces choses-là. Je ne suis même pas allé à l'enterrement de ma femme. *Nada*, *niet*, non.

Mais il la laisse entrer malgré tout, car elle a l'air d'attendre depuis longtemps. Ses jointures sont rouges d'avoir frappé à la porte. Les cils de son œil unique sont collés par les larmes et ses cheveux pendent en touffes grasses autour de son bandeau. Elle se rend aussitôt à l'une des fenêtres embuées et, avec un doigt, trace lentement un gribouillage grossier. Cela lui demande un effort et, quand elle a fini, elle colle son œil valide tout contre, pour regarder au travers.

Le poêle à bois a fonctionné tout l'après-midi, mais elle frissonne dans sa parka et, dans un premier temps, refuse de l'enlever. Il lui prépare une tasse de chocolat chaud, et après quelques gorgées, elle cesse de trembler. D'un mouvement fluide, elle retire sa parka et la laisse tomber par terre. Elle porte un tee-shirt rose trop petit et son habituel pantalon de treillis. Le cœur de Lee se soulève à la vue de la cicatrice en forme de croissant sur sa clavicule gauche.

Elle berce son chocolat chaud et jette un regard en biais au terrarium de Vernon.

— Tu penses qu'on l'a volé ?

— Peut-être.

Elle se penche par-dessus le bord du terrarium pour toucher le mesquite nain. Son tee-shirt lui remonte dans le dos et Lee lâche un gémissement. Il y a des bleus déjà anciens sur ses hanches étroites.

— Tu l'utilisais pour tes expériences ? Vernon ?

— Pas lui. Son venin. Il contient des peptides. On les a extraits, copiés, nommés. On l'a administré à des rats et des souris, et leur mémoire s'est améliorée. Ils ont appris plus vite.

— Le venin de Vernon permet d'apprendre plus vite ?

Elle passe sa langue sur la surface mousseuse du chocolat. Elle prend le bras de poupon mâchouillé puis le repose.

Lee se tourne vers son chevalet et regarde la peau trop jaune de Thettie.

— Helotide. Tous les monstres de Gila ont des peptides, pas seulement Vernon.

— Mais le sien était spécial ?

Lee passe la langue sur ses dents couvertes de mousse.

— Peut-être. On a apporté quelques modifications à son ADN, on lui a donné des compléments alimentaires, on a affûté ses aptitudes et instincts naturels dans un environnement enrichi par le biais de stimuli programmés. Alors, oui. Peut-être que son venin est spécial.

— Ça marche comment ?

Elle se précipite vers l'étagère, prend la boule à neige de Monument Valley, provoque une tempête de sable.

— Les cellules dans une partie du cerveau qu'on appelle l'hippocampe, dit-il en montrant du doigt l'arrière de sa tête, qui est en gros une forêt de connexions nerveuses appelées dendrites. Quand des protéines messagères circulent dans cette forêt, elles créent un chemin…

— Comment tu le sais ?

— Les dendrites s'allument – à l'IRMf.

— C'est quoi le message ? Dans les protéines.

Il la regarde pour voir si elle s'ennuie, ou se moque de lui, mais il n'arrive pas à se décider et décide de poursuivre malgré tout.

— Les protéines disent au cerveau de se souvenir.

— Elles s'appellent comment ?

— Ces protéines messagères s'appellent des AMPc, mais elles se lient à des CREB, des protéines d'activation des gènes.

— Des creb ? Avec un « c » ou un « k » ?

Sa parka, jetée sur une chaise, glisse sur le sol, et s'y étale, soupirant et bruissant tel un animal.

— Un « c ». CREB pour *C-AMP Response Element-binding protein*, l'équivalent anglais de « protéine se fixant à l'AMPc ».

Elle fait le tour de l'atelier comme si elle avait un but bien défini, s'arrêtant pour prendre un livre, ou une massette dans un bouquet qu'il conserve dans un pot de peinture, comme si elle cherchait quelque chose. Lee est de plus en plus embarrassé. Il s'humecte les lèvres. Il ne veut pas qu'elle reste, mais il ne veut pas non plus qu'elle s'en aille.

— Qu'est-ce que ce hélo-machin fait au CREB ?

— L'helotide change les messagers, et en faisant cela il change le message. En gros, il change les protéines liantes, les AMPc, en les rendant plus puissantes.

— Pour faire quoi ?

Son pinceau plane au-dessus de Thettie sur le promontoire.

— Elles se souviennent davantage, car elles apprennent de manière plus efficace. Comme quand tu réussis un exercice, tu deviens plus fort. En gros. L'helotide permet au CREB d'aider les protéines liantes à activer les gènes qui à leur tour produisent de nouvelles protéines, des protéines qui font que les cellules nerveuses apprennent de façon différente. Hé, attention à l'appareil photo. Ma femme me l'a acheté au Japon.

Elle pointe l'objectif sur lui et appuie sur le déclencheur. Ses manches roses glissent et révèlent des brûlures de corde aux deux poignets.

— Comment ça, elles apprennent différemment ?

Elle attend et passe la photographie à Lee. Sur le Polaroïd, il chancelle vers elle avec une main tendue, comme pour amortir sa chute. Une silhouette floue passe devant le tableau derrière lui. Lee la regarde fixement, se demandant s'il s'agit d'une image rémanente, tout en sachant que ce n'est pas le cas. Il pose soigneusement le Polaroïd.

— Bon. En gros, l'helotide fait que certaines cellules tracent de nouvelles voies neuronales qu'on ne pensait pas jusque-là liées à la fabrication de souvenirs. Tu cherches quelque chose ? Attends, je vais chercher un chiffon pour le chocolat. Non, c'est bon. J'allais jeter ce dessin de toute façon.

— Des voies ? Comment ?

Elle trouve le camion Tonka et s'accroupit devant, son visage pâle captivé.

Lee se rappelle la métaphore du chemin forestier qu'Habib lui a servie il y a longtemps pour le convaincre d'abandonner la biologie pour les neurosciences dans le cadre de son doctorat. Il pose son pinceau et s'assoit en tailleur par terre à côté de la fille, faisant rouler le camion Tonka entre eux, en avant et en arrière, en avant et en arrière. Au-dehors, le vent se lève.

— Disons que tu habites dans les bois. Chaque jour, tu prends le même chemin pour aller de chez toi au ruisseau ou ailleurs. À l'aller et au retour. Tu ne t'écartes jamais du chemin. (Il fait marcher ses doigts sur le sol à côté du camion jaune renversé.) Ce chemin possède tout ce dont tu as besoin. De l'eau à une extrémité, un abri à l'autre, de la nourriture en cours de route. Sauf qu'un jour, alors que tu empruntes ce chemin familier, peut-être en revenant chez toi, tu aperçois une autre cabane un peu plus loin dans les bois. Et tu décides d'aller voir.

— Il y a un chemin pour y aller ?

Son œil valide trahit son scepticisme.

— Non, répond Lee. Il n'y a pas de chemin qui y mène. Il faut que tu en traces un.

Elle se met à quatre pattes et pousse le camion Tonka sur le sol autour de la petite table basse voisine de la banquette-lit.

— Oui. C'est difficile de tracer de nouvelles voies. Mais tu n'y es pas obligée. Tu peux rester sur le bon vieux chemin que tu connais. Mais en faisant ça, l'inconvénient est que tu ne vas nulle part. Tu fais du sur place.

— Je ne veux aller nulle part.

— Je sais, dit Lee doucement. Mais parfois, il le faut.

Elle se lève brusquement et se campe devant le tableau, scrutant l'île derrière une Thettie un peu trop jaune.

— Et si l'eau s'évapore ? Ou si, un jour, tu cherches à manger le long de ton chemin habituel et que les oiseaux ont mangé toutes les baies, ou si tu te sens seule ? Ou si tu as peur ?

— Mais s'il y a des choses mauvaises là-bas ? (Elle fait un bond en arrière et heurte la table, renversant les pots à eau et répandant son chocolat sur les Polaroïds et les esquisses du lac.) Des choses dont on ne veut pas se souvenir ?

La vision de Lee s'assombrit. Il se lève et se tourne vers le chevalet. L'atmosphère de l'atelier est électrique. Il y a une silhouette sur l'île qu'il n'a pas peinte. Elle est floue et indistincte, comme la silhouette du Polaroïd, comme si elle était passée d'un support à l'autre. Il la désigne d'une main tremblante, mais la fille ne regarde pas.

— Tu as le choix, finit-il enfin par répondre. Tu ne retournes pas là où tu as peur. Tu essaies d'oublier cet endroit, de prétendre qu'il n'existe pas.

— Mais il est là, dit-elle. C'est difficile à oublier.

Il éponge l'eau et le chocolat, sans quitter des yeux la silhouette sur la toile.

— Oui, il est là. Et parfois, les souvenirs font mal.

Peut-être devrait-il essayer de *scientiser*, comme disait sa femme quand ses esquisses étaient trop lyriques, ou trop fantasmagoriques – des arbres de Josué avec des jambes, ou des monstres de Gila ressemblant à des dragons, ou encore le sourire de leur fils figé dans le temps.

— Le fait est que si c'est bien, si c'est une bonne chose pour toi de retourner en ce lieu effrayant et douloureux qui est à l'écart du chemin, tu y vas. La deuxième fois, c'est moins difficile, ça l'est encore moins la troisième fois, et ainsi de suite jusqu'à ce que ce nouveau chemin te devienne familier, que tu n'aies plus à le chercher ni à y réfléchir. Plus tu empruntes ce nouveau chemin, plus c'est facile. Moins effrayant. C'est la même chose avec les messages qu'envoie ton cerveau.

Elle semble perdue.

— Et le premier chemin ?

— Il est toujours là si tu en as besoin. Parfois, tu n'en as pas besoin pendant un moment, et il s'obscurcit progressivement, les mauvaises herbes l'envahissent peut-être. Mais il est toujours là. Si tu en as besoin, il suffit de le rallumer.

— Comme avec l'électricité ?

— Oui. Avec de véritables impulsions électriques appelées synapses.

— Le venin fait ça ? (Elle est retournée à la fenêtre – sans qu'il l'ait vue bouger – et regarde à travers le gribouillage sur la vitre embuée.) Il éclaire le chemin ?

— Chez les animaux, oui. On ne sait pas exactement ce qu'il fait chez les humains.

— Faut que je fasse pipi.

Il lui montre où se trouve la salle de bains, essaie de ne pas écouter.

Il considère le tableau de Thettie. Il est parfait à présent, avec cette silhouette solitaire et floue sur l'île en arrière-plan. Il se tourne vers le robinet pour nettoyer ses pinceaux. À travers la porte fermée, il l'entend dire :

— CQ. CQ.[32]

Il fait volte-face. La porte de la salle de bains est ouverte, et elle a l'air si petite, comme un personnage de ces films surréalistes allemands qu'il allait voir avec sa femme à Albuquerque.

— Qu'est-ce que tu as dit ?

— CQ. C'est du norse.

— Du morse, murmure Lee.

— Les lumières sur le chemin, dit-elle. Les dendrites qui permettent de trouver ce que tu cherches. Ce que tu cherches. CQ. CQ.

Son œil valide devient vitreux.

— Où tu as appris le morse ? demande Lee en articulant bien le mot.

Tout à coup, elle est à côté de lui, sortant les pinceaux de l'évier pour les poser dans l'égouttoir. Leurs bras se touchent. Les os minuscules du poignet de la fille frottent contre sa manche et ses doigts effilés effleurent les siens tandis qu'ils ôtent la peinture des poils de martre. Il garde la tête baissée pour qu'elle ne puisse pas voir le sang qui coule dans l'évier et tourbillonne dans la bonde, mélangé à la peinture. Elle pivote pour le regarder en face, la tête tellement tournée sur la gauche qu'on la croirait à l'envers.

— Pourquoi tu as un nom de fille ? demande-t-elle.

— Ma mère voulait une fille. (Il crache du sang dans une serviette en papier qu'il jette aussitôt.) L-e-i-g-h. Ou L-e-a-h. Résultat, j'ai un nom de fille et tu as un nom de garçon. Tu l'as toujours épelé de cette façon ?

— Archy me l'a dit. (Son haleine sent le chocolat et une sorte de légume que Lee n'arrive pas à identifier.) Archy a dit que c'était avec

---

32. Les lettres CQ, quand elles sont prononcées en français, ressemblent aux deux premières syllabes de « sécurité » et ont donc été utilisées comme raccourci pour ce mot. Dans les pays anglophones, le sens en a été changé en « seek you », soit « te cherche ».

un « y » parce que c'est Bryce pour une fille. Il a dit que si j'étais un garçon ce serait avec un « i ».

— Archy t'a dit comment épeler ton nom ? Tu ne savais pas ?

Elle gratte une croûte juste au-dessous de son oreille.

— J'ai oublié.

— Tu sais lire et écrire ? demande Lee en regardant les mots qu'elle a gribouillés sur la vitre, mais il n'y a presque plus de buée et il ne peut pas les déchiffrer. Tu es allée à l'école ?

— Un peu. (Son bandeau se plisse au-dessus de ses sourcils froncés.) Pourquoi on appelle la forêt un hippocampe ?

— L'hippocampe signifie « cheval de mer » en grec ancien. En gros. Monstre cheval marin est une traduction plus exacte. J'imagine qu'on a pensé que ça y ressemblait.

Elle prend un stylo-feutre sur la table et dessine un hippocampe sur son bras.

— Comme ça ?

— Presque, répond-il en souriant.

— Si une personne prend le venin de la mémoire, elle se rappellera comment épeler son nom ?

— On ne connaît pas vraiment les effets sur les humains. (Il regarde l'hippocampe sur son bras.) Les rats trouvent plus vite une plateforme immergée.

— Comme une île ? dit-elle en se touchant le nez. Dans la tempête. Je sais où la trouver.

— Trouver quoi ?

Il passe sa langue sur ses lèvres pour en enlever le sang.

— L'île. Je sais où elle est.

— Tu m'as trouvé là-bas la nuit où Thettie…

— Je savais ce que tu voulais.

— Tu peux m'y ramener ? (Il tire sur un des faux boutons de sa chemise et l'entend rouler par terre.) Pour voir mon fils ?

Elle remue son bras et fait ondoyer l'hippocampe.

— Et si ce n'est plus lui ?

— Ce sera toujours lui.

Le bras de la fille retombe, son œil valide roule et disparaît dans son orbite. De l'écume sort de sa bouche.

— Techerchetecherchetecherche, grogne-t-elle d'une voix qui grésille.

Il ne sait pas quoi faire.

29. Voie lactée

C'est la fin du monde, et ils sont dans la cabane, et ils n'arrêtent pas de baiser, car c'est ce que l'on fait quand c'est la fin du monde.

Sauf qu'elle est toujours sous la table, à sa propre veillée funèbre. Le dessous du plateau est moucheté de crottes de nez, de papiers mâchouillés, et de chewing-gums dont certains sont suspendus par des fils, telles des étoiles filantes. Une force gravitationnelle de salive maintient en place des pluies météoriques de saleté, dans un système solaire de planètes et de lunes de gomme. Et oui, elle peut être en deux endroits à la fois, car quand on est mort les lois de la physique peuvent être légèrement assouplies. Donc, elle est à la fois sous la table à sa propre veillée funèbre sous un cosmos de crachats, essayant d'échapper aux phéromones de deux gardes du corps sadiques – ce qui n'est pas chose aisée quand votre peau commence à ressembler à des feuilles de tremble en bouillie – et elle est aussi au lit avec Lee dans la petite cabane. Ils regardent la Voie lactée à travers la tabatière patinée, entre deux parties de jambes en l'air.

*

— Combien d'étoiles dans la Voie lactée ? demande-t-elle.

Le sourire constellé d'étoiles du firmament tourne au-dessus de leurs têtes, comme la crevasse dans le trottoir dont Frankie disait toujours qu'elle se riait de leurs peines – et Sunny Weeks et son Association pour le progrès pouvaient bien la recouvrir autant de fois qu'ils voulaient, elle était toujours là et y serait toujours.

— Dans la Voie lactée, environ deux, trois cents milliards d'étoiles, répond-il. On pensait jadis qu'il y avait à peu près autant d'étoiles dans le ciel que de neurones dans le cerveau, mais c'était avant de connaître le nombre de galaxies, des millions en fait. Pour seulement quelque quatre-vingt-six milliards de neurones dans le cerveau.

Les cheveux de Lee ont la couleur du sable ombragé et lui collent au crâne. Sur son épaule droite, il y a un petit tatouage du Nouveau-Mexique, un carré bleu scindé en deux par une rivière pourpre, telle une veine. Thettie aime fumer une cigarette après avoir fait l'amour, mais cette habitude peut disparaître comme tant d'autres dans ce tour d'horizon de sa vie qui s'est ralentie et mise sur pause.

Une lumière flamboie à travers la tabatière, comme un œil qui s'écarquille, comme si l'on avait appuyé sur un interrupteur.

— Quand même, dit-elle. Presque toute une galaxie dans le cerveau.

— Au moins. (Il entrelace une mèche de ses cheveux entre ses doigts olivâtres.) On a aussi quelque cent mille milliards d'épines dendritiques.

— Cent suivi de douze zéros. (Elle a toujours été bonne en maths, et elle a été la première de sa classe en science. Des uns et des zéros… Elle se pelotonne tout contre lui, fait glisser sa main vers le bas de son ventre.) Les épines dendritiques, ce sont des sortes d'embranchements ?

Elle a sa tête sur sa poitrine. Les étoiles s'ouvrent et se ferment, des uns et des zéros, son cœur battant au rythme de leurs clignotements. Par intermittence. Il y a des trous noirs entre certaines de ces lumières qui clignotent, comme des interruptions dans le signal. Un fracas résonne soudain à l'extérieur et ils se redressent et se regardent, un feu pâle brille dans les yeux de Lee. Thettie va à la fenêtre et regarde au-dehors, mais elle ne voit rien d'autre que le vide noir du lac et, au-dessus, le rire désinvolte du cosmos.

— Il y a quelque chose là-dehors, dit-elle. Je le sens, ça se rapproche.

— Moi aussi, répond-il.

Quand elle se tourne vers lui, il est pâle et ses cheveux sont en bataille, et elle sait que ce n'est plus elle qu'il voit, mais l'homme qui a pris son fils et qui, bien qu'il soit en prison, est toujours là-dehors et le restera jusqu'à ce que l'on retrouve son fils.

— Reviens, dit-il.

Elle le rejoint, et ils parlent de la matière noire.

Elle parlait aussi de la matière noire avec Frankie et Cassie – comment un système aussi complexe que l'univers se déchire parfois, créant des trous noirs, une sorte de structure fantôme, comme disait Frankie – un squelette gravitationnel qui maintient tout ensemble. Cassie adorait parler de l'univers. Ça la faisait se sentir petite, disait-elle, et elle frissonnait. Frankie faisait de la physique et essayait d'expliquer ce qu'était un système « auto-organisé ». Il disait que c'était simplement un système capable d'apprendre.

Quand elle demande à Lee ce que tout ça a à voir avec la mémoire, il lui dit que les systèmes auto-organisés ont la capacité d'apprendre, par la mémoire, comment être eux-mêmes.

Thettie regarde la fenêtre.

— C'est toujours là-dehors, dit-elle.

On dirait que ça essaie de grimper sur la cabane, comme pour trouver une ouverture. Ils l'écoutent sillonner les murs extérieurs. Elle en a la chair de poule.

— Les systèmes auto-organisés font malgré tout des erreurs, reprend Lee. Des planètes s'effondrent sous leur propre poids. Des étoiles s'atomisent avec tout ce qui les entoure. Mais le système travaille à se maintenir en vie. Le cerveau et la galaxie sont tous deux d'une complexité infinie, des systèmes auto-organisés. Un échange de lumière sans fin.

— Comme un cerveau géant ?

Sa voix résonne dans le silence qui s'est brusquement installé. À ce bruit, la chose qui est à mi-hauteur de la cabane s'arrête de bouger. Lee tend les bras, le bras libre comme celui qu'il a passé autour d'elle, la pressant tout contre lui, et avec ses pouces il encadre les étoiles à travers la tabatière, un cadre dans un cadre, un monde dans des mondes.

— Un univers de cerveaux, dit-il.

Ça se passe lentement. Le vent arrache la branche du pin, qui se brise dans un long crissement et tombe avec fracas sur le toit de la cabane. Ils se regardent et sourient. Elle prend sa main et regarde à travers le cadre la branche en travers de la tabatière, qui les dérobe à la Voie lactée concupiscente. Il baisse la main et passe doucement son pouce sur ses lèvres, puis plus fort, et alors il prend son visage dans ses mains et elle le laisserait lui arracher le cœur s'il le voulait.

Une partie d'elle-même aimerait qu'il le fasse.

30. Fiasco

Lee conduit, la borgnesse est assise à ses côtés.

— J'aimais ma femme, mais je ne crois pas que j'étais très doué pour ça.

— Comment s'appelait ton fils ?

Elle s'appuie contre la vitre, son bandeau maculé de peinture.

— J'étais au bord du lac, en train de préparer le barbecue. Le ciel était du rose le plus doux, je m'en souviens. Mais les nuages, je m'en souviens aussi, étaient d'un gris cendré qui faisait tache sur ce rose d'une telle pureté. Ma femme mettait les assiettes, la salade et tout le reste dans le panier à pique-nique. Il était sur la balançoire. Et puis il n'y était plus.

Elle ne répond pas, elle garde simplement son œil valide rivé à la fenêtre. Le temps des échanges est désormais révolu, et ils font le reste du trajet sans avoir besoin de parler. À mi-chemin du village, Lee a oublié sa présence et se demande comment il va pouvoir éviter de rester plus longtemps que nécessaire à la veillée funèbre de Thettie.

Il lui vient une idée. Il fait un détour par le parking du camping. La fille semble s'être endormie contre la vitre. Lee sort, attrape le pulvérisateur de phéromones dans le coffre et se précipite dans le camping. Bien qu'une faible lumière brille à la fenêtre d'Archy et de Grif, les mobil-homes et les cabanes sont pour la plupart plongés dans l'obscurité, car les Harpur sont tous au *Way Out*. Le ruban qui délimite la scène de crime claque au vent, encerclant le mobil-home où Thettie est morte. Lee l'évite, préférant se rendre directement à la cabane. Il n'y a personne, mais la porte est verrouillée, comme il s'y attendait. Il tombe à genoux et rampe en dessous en chuchotant le nom de Vernon et en vaporisant des phéromones. Des vers se faufilent entre ses doigts, et il s'agenouille dans les excréments et les mégots. Il écarte une vieille couche qui traîne, mais il n'y a pas trace du Gila. Lee ressort et s'époussette du mieux possible. Il se dirige vers le mobil-home, mais au même moment les gardes du corps de Doc apparaissent au bout du camping, suivis par Doc au téléphone. Lee vaporise rapidement le reste de phéromones sous le ruban jaune. Puis il se fond dans l'obscurité des arbres et regagne sa voiture.

*

À l'entrée du *Way Out*, Lee ouvre la bouche pour dire qu'il a changé d'avis, mais les lèvres de la fille frémissent par-dessus son épaule tel un chien hargneux, aussi la suit-il sans discuter. Ils passent devant quelques habitués, mais Avery a réservé l'arrière-salle et le jardin pour la veillée funèbre. Quelques ouvriers agricoles et employés saisonniers se présentent pour boire gratuitement de la bière. Aucun homme Harpur n'est encore là. Les femmes paraissent très pures dans leur chagrin, leurs yeux bleus scintillent comme des vitraux dans le noir de leur épais maquillage. Elles se tiennent en groupes, cousines et tantes – des jumelles vêtues d'un même blouson en simili cuir sont accrochées à leur inhalateur. Avery sert une bière à Lee et du cidre à Bryce. Cette dernière a récupéré de sa crise, ou quoi que cela puisse être, et s'il n'y avait pas de peinture sur son bandeau – Lee a essayé de retenir sa chute –, il pourrait se dire qu'il a tout imaginé.

Doc, en treillis soigneusement lavé et repassé, ses médailles faisant un bruit de ferraille, accueille les invités flanqué de ses gardes du corps. Sa coupe en brosse est aussi impeccable que d'habitude, mais ses greffes de peau paraissent plus marquées, semblables à des fragments d'os détachés de son crâne qui poussent sur son visage. Ses yeux rapprochés se posent brièvement sur la fille à côté de Lee, puis il se détourne d'eux. Homer et Lyle paraissent plus menaçants qu'ils ne le devraient, comme s'ils avaient attendu assez longtemps pour faire ce pour quoi ils sont venus et que leur numéro à la Laurel et Hardy avait fait son temps. Lee en vient à penser que, quelle que soit la raison de leur présence, elle n'est peut-être pas sans rapport avec les fils de Thettie. Ou peut-être ne font-ils qu'honorer une dette et qu'ils sont impatients de déguerpir.

Quoi qu'il en soit, le monstre qui a tué son fils n'était pas si compliqué. L'assassin de son fils était un introverti, avec un désir tellement totalisant que toute conscience de soi était superflue.

Doc et ses gardes du corps accueillent les invités sous l'entrée voûtée de la salle de billard.

Les hommes Harpur commencent à arriver, mais Archy et Grif ne sont toujours pas là. Lee trouve la table avec le punch et n'en bouge plus. Le coin de la table lui rentre dans l'arrière des jambes et il sent que des chewing-gums sont collés sous le plateau. Un morceau de papier, peut-être un emballage de chewing-gum, se retrouve entre ses mains et il ne sait qu'en faire. Les pleureuses s'abandonnent à leur douleur, coulures de mascara et bras tatoués entrelacés. Beaucoup sont déjà ivres et Lee trouve cette réalité triviale bien trop théâtrale. Il y a deux punchs différents, l'un d'un bleu aqueux et l'autre d'un jaune sale. Des glaçons surnagent à la surface en compagnie de tranches d'orange et de pastèque, dont certaines ont l'air entamées.

Archy et Grif entrent dans la taverne dans une rafale d'air froid. Lee croit comprendre que ce n'était pas prévu. Les femmes sont aux petits soins pour eux et les hommes leur passent des boissons, mais les deux frères restent sur le seuil, sans enlever leurs lunettes de soleil, et refusent la nourriture et les boissons qu'on leur offre.

Lee empeste d'avoir rampé sous la cabane. Il a des excréments et des insectes écrasés sur son pantalon et de ses cheveux émerge ce qui ressemble à un demi-ver de terre. Les deux frères vont s'asseoir dans un box, et une lueur bleu vif scintille au bord de son œil.

Après avoir vu la dent de reptile et vomi sur le carrelage en faux marbre de Maxine, Lee leur a demandé si quelqu'un avait fouillé le mobil-home. Archy a répondu : *Une centaine de fois. On a fouillé le mobil-home et la cabane quand on a pu. Pas de lézard. Rien.* Lee leur a ensuite demandé comment ils pouvaient croire ce qu'il pensait qu'ils croyaient. Devant leurs barbes de trois jours striées de larmes et leurs yeux brillants, il a alors demandé en murmurant (il aurait voulu hurler, frapper quelqu'un, casser quelque chose, mais la fille a posé un doigt sur sa bouche, *chut*, aussi son murmure hurlé a-t-il résonné comme un crissement) comment ils pouvaient imaginer que Vernon, un lézard de quarante-cinq centimètres de long au soir de sa vie, épuisé par une vie de sacrifices et nostalgique du désert, ait été capable d'un tel carnage ? Vernon n'aurait jamais pu faire une telle chose, a dit Lee, jamais au grand jamais.

Et Grif a acquiescé, mais alors qui ?

31. Larme

À la veillée, Thettie essaie de s'approcher suffisamment de Doc et de ses sbires, Homer et Lyle, pour les écouter comploter, mais les Harpur lui bloquent le passage et elle entend les mots « overdose », « somnifères », « déprimée ». Que Lee l'a rejetée et qu'elle n'a pas pu le supporter. Qu'elle a vidé tous les tiroirs de la cuisine et s'est tailladée, et que même ça elle l'a foiré, qu'elle a fait d'elle un monstre. Épouvantable, pourtant tous ne parlent que de ça. Qu'elle est plutôt la victime d'une mauvaise mère qui n'en a jamais rien eu à foutre de personne. Toutes ces choses que l'on dit des femmes qui meurent de mort violente.

Elle veut leur dire qu'elle a toujours su qu'elle mourrait de mort violente. Parce que la mort est un système auto-organisé dans lequel l'échec n'est pas sans conséquences. Certains chemins sont des impasses, mais le système ne peut pas toujours le savoir à l'avance et c'est alors que ses mécanismes auto correcteurs entrent en action. Elle veut leur dire qu'il ne faut donc pas se fier aux apparences, mais même ses filles ne l'écoutent pas. Elle est certaine d'une chose : il est temps pour elle de partir. Il y a quelque chose de contre nature à assister à sa propre veillée funèbre, et Thettie décide que c'est à éviter.

Lee écoutera sa théorie de l'implication. Elle veut aller le voir, mais elle craint que le même champ de possibilités qui la repousse ne l'attire jusqu'à un point de non-retour. C'est un étrange effet secondaire de sa nouvelle condition – la logique quantique s'est emmêlé les crayons et Lee-le-scientifique pourrait avoir une idée.

Ou il pourrait la baiser à n'en plus pouvoir. Ça lui irait.

Elle pousse la porte de la taverne, laissant entrer une rafale d'air glacé, et Avery hurle quelque chose sur le coût du chauffage. Thettie est ravie d'être partie.

Elle cavale à quatre pattes jusqu'à l'atelier de Lee, pâle apparition sur la grand-route déserte, sur un trottoir qui se fend de nouveau dans son sillage. Des odeurs d'impatientes en décomposition la prennent à la gorge et elle se dresse sur ses deux jambes pour gratter les pluies de météores[33]. Elle écrase les « Jack à la lanterne » sous les porches, laisse une traînée d'une matière visqueuse noirâtre sur les pierres tombales en plastique dans les jardins et, dans sa colère, se retrouve prise au piège d'une fausse toile d'araignée.

Quand elle arrive chez Lee, le champ de force qui l'empêchait d'approcher a disparu. Elle avance sans encombre jusqu'à la fenêtre embuée, sur laquelle elle voit de grossiers gribouillages pratiquement illisibles. Pauvre idiote ! Mais elle a dû les écrire à l'envers – pas facile – car de l'extérieur, en plissant les yeux avec sa langue pendante et son cou incliné de façon grotesque, Thettie arrive enfin à distinguer les deux mots qu'elle attendait : *entre donc*.

La porte s'ouvre et elle s'avance dans l'étroite entrée, entre les étagères pleines à craquer. La petite pièce est vide et plongée dans l'obscurité, à l'exception de la lueur du terrarium vide de Vernon, qui éclaire un tableau posé sur le chevalet. Elle y est représentée nue sur le promontoire, faisant face à l'île où marche une silhouette floue, ni homme, ni femme, ni bête.

Elle regarde tous les lacs autour d'elle et ressent aussitôt un profond désir. Elle glisse une main entre ses cuisses et de l'autre fouille dans les papiers posés sur le bureau de Lee. Sa capacité d'interagir avec le monde physique va et vient en fonction des fluctuations de sa matérialité. Tout est une question de timing, et elle a beaucoup de choses à apprendre sur cette nouvelle vie. Frankie disait qu'elle apprenait vite, mais qu'elle n'avait aucune patience. La chaleur monte dans son ventre. Les papiers lui échappent et s'éparpillent sur le bureau. Certains flottent dans les airs, d'autres tombent par terre. C'est le bazar. Un paragraphe d'un article photocopié attire son œil parce qu'il est surligné en rose.

La fonction première de la mémoire, lit-elle, *est de concilier la conception intégrée des propriétés projetables de l'environnement – la forêt – avec les expériences intégrées qui fournissent des propriétés non projetables du chemin. Ainsi, à travers la mémoire, le chemin qui traverse la forêt devient le chemin du retour.*

---

33. Décorations lumineuses, notamment pour Halloween.

Les doigts de Thettie glissent dans sa fente. Des vagues de chaleur battent ses cuisses. Elle lève le nez et hume l'air. Il y a une odeur dans l'atelier, une odeur qui n'était pas là avant, mais qu'elle reconnaît. Du chocolat, ou quelque chose d'autre. Un mug de chocolat renversé est posé sur le bureau. Elle le contourne, trébuche. Une parka sale est posée sur une chaise.

Bryce.

Thettie doit l'admettre. Elle éprouve de la jalousie, probablement.

Bryce.

Remplacée, probablement.

Bryce.

Morte, indéfiniment.

Thettie lève la tête et hurle l'indicible. Par une fuite dans le toit, de l'eau de pluie tombe sur sa langue distendue et forme une plaque au sol.

32. Trou

Lee finit par s'éclipser de la veillée funèbre. Il se glisse derrière le volant et s'apprête à jeter l'emballage de chewing-gum dans le porte-gobelet. Le papier est taché et déchiré, mais quelque chose est écrit à l'intérieur. Il allume la lumière de boîte à gants et aplatit le papier sur son genou. Des lettres sont tracées au stylo-bille bleu, presque effacées, et il doit les regarder fixement quelques instants avant de pouvoir être sûr de ce qu'il lit : *Minuit CH.*

Il range délicatement le papier dans la boîte à gants faute de savoir qu'en faire. Il hésite, la tête complètement vide, incapable de se rappeler comment faire démarrer la voiture. Son cerveau reptilien entre en action et il quitte le parking plongé dans le noir pour rejoindre la grand-route dans le gouffre sans étoiles d'un dimanche de plus. Des phares le suivent à bonne distance. Tout d'abord, il est sûr que c'est encore le shérif adjoint Abbes. Le ciel est aussi noir que de la toile goudronnée et la route devant lui est liquide sous la pluie. Un huard pousse un cri perçant. Lee, se sentant plus soûl qu'il ne devrait l'être, baisse sa vitre et sort la tête pour apercevoir des étoiles. La voiture fait une embardée. Les phares derrière lui s'éloignent toujours davantage et il en arrive à douter qu'ils le suivent, jusqu'à ce qu'ils émergent à nouveau dans l'obscurité. Ce doit être des Harpur, peut-être des hommes dont Doc pense qu'il peut se passer. Le rire de Lee couvre le cri du huard. Il appuie sur l'accélérateur, dérape sur les graviers en tournant à gauche dans son allée et voit la voiture poursuivre sa route et disparaître – et il se demande combien de temps il va devoir attendre avant qu'elle ne fasse demi-tour.

— Enfoirés !

Il se gare dans le garage, descend le chemin qui serpente entre la maison vide et l'atelier. Il frissonne, mais quelque chose le retient de mettre une autre bûche dans le poêle. Il prend la parka de la fille et la pose, soigneusement pliée, sur l'étagère près de la porte. Il essuie le chocolat qu'elle a renversé. Il se tourne vers le chevalet, mais glisse dans une flaque noire qui s'étale sur le sol. Il ressent un élancement dans le dos tandis qu'il perd puis retrouve son équilibre. Il examine la flaque. Il y a de la boue, une odeur musquée, séveuse, qui emplit l'atelier et le fait larmoyer comme lorsqu'il marche dans le bois de trembles. Il cherche une fissure dans les feuilles métalliques, mais n'en voit aucune. Il n'en sort pas moins son pistolet à silicone et monte sur l'escabeau pour mettre de l'enduit le long de la charpente en acier, juste au-dessus de la flaque.

Une fois qu'il a terminé, il s'allonge et regarde les nuages défiler devant la fenêtre. Quand il se met à rêver, il se rappelle que lorsqu'il était à l'université, il est tombé sur un terrier de lézard dans le désert et s'en est approché sans faire de bruit, avant d'éclairer de sa lampe de poche un couple de monstres de Gila entrelacés à l'entrée. Le mâle était au-dessus, sa queue sous celle de la femelle. Sauf que dans ce rêve, c'est Thettie qu'il savoure. Sa sève et son musc ont le goût de larmes, et quand il se réveille son caleçon est collant, tout comme la taie d'oreiller.

33. Reflet

Elle est de retour dans le mobil-home, sans trop savoir ce qu'elle va faire. Le jour, c'est l'enfer. Le jour, elle ne peut que se risquer tant bien que mal au-dehors, comme un chien en laisse. Elle se rend avec difficulté jusqu'à la crevasse sur le trottoir, et chaque fois son sourire un peu fou la fait trébucher. Elle ondule à travers la ville oubliée et se recroqueville dans le caniveau, se glisse derrière un arbre creux. Le problème n'est pas que les gens ne puissent pas la voir. Le problème est qu'elle ne peut pas se voir.

Elle a espéré que la dent la délivrerait. Elle a cru qu'en l'arrachant de l'endroit où elle s'était logée dans sa bouche pour l'offrir à Archy et Grif, ils la verraient telle qu'elle a toujours été, qu'ils verraient qu'elle était rentrée à la maison, qu'elle avait tenu parole.

Mais non. La dent ne leur est d'aucune utilité.

Elle pose une main sur son visage, sa langue se fend en deux et glisse entre ses doigts. Ses gloussements se transforment en larmes d'écume. Comment briser la chaîne qui la maintient entre deux mondes, qui fait d'elle une créature de la nuit – une horreur qui plus est ?

Devant le *Village Market,* des clients choisissent des gueules-de-loup dans des seaux en étain.

Une ombre la suit, un maître des bêtes qui se déplace entre elle et le monde, la tenant à l'écart. Son geôlier, spectre de l'enfance. Sorcière chauve, démon avec un œil jaune explosé semblable à une citrouille écrasée. Il les poursuivait, Cassie et elle, sur leurs vélos Costco, Cassie la dépassant, une cigarette Kool aux lèvres. *File !* criait Cassie. *File !*

Mais tu ne peux pas. Tu ne peux pas semer le monstre.

*

Le jour, Thettie ne peut pas rester longtemps dehors. Elle regagne son mobil-home, serrant dans sa main un papier de chewing-gum trempé de sueur, sur lequel Frankie lui demande une dernière fois de le retrouver à minuit aux chutes Harpur – *Minuit CH* – où il l'attendra pour l'éternité, car elle n'y est jamais allée. Et quand elle arrive au mobil-home, le message a disparu et sa main est vide, rongée jusqu'à l'os par cinquante dents de lézard, à jamais effilée et creusée pour permettre l'écoulement du venin. Le souvenir de la puissante mâchoire et de la morsure prolongée de Vernon brûle sa chair immatérielle, sa langue palpite dans sa gorge déployée pour le baiser de la mort.

Mamama.

Elle écoute des réponses, des instructions de la part des aiguilles du sapin qui tapent des messages sur le toit du mobil-home. *Toc t-toc toc t-toc.* La pointe des aiguilles est blanche, comme les pointes de l'os brisé dont Doc lui a parlé et qui émergent du sable dans le désert. Doc lui a parlé de Moloch dans le désert, de ce dieu juif qui, disait-il, exigeait qu'on lui sacrifie des enfants en échange de son amour infini.

Des touristes vêtus de doudounes passent devant la fenêtre du mobil-home, vérifiant l'heure pour ne pas manquer le plat du jour au *Village Inn* – omble grillé sur lit de courgettes et de céleri-rave avec du jus d'orange sanguine.

Thettie regarde un film pour passer le temps. C'est un film muet, une guerre dans le désert. Il tourne en boucle sur le petit téléviseur du salon. Doc « Quoi-de-neuf » Murphy interprète le héros. Le film le montre sortant la victime, le soldat Frances Washington Harpur, d'un bâtiment en flammes. Le bâtiment est une école toute neuve à l'extérieur de la base de Bagram, qui fort heureusement était encore vide. Le héros est brûlé et tout fumant, comme quelque chose que l'on retire du barbecue, parce qu'il était de repos et ne porte donc qu'un tee-shirt et son pantalon léger réglementaire. Frances Washington Harpur, l'homme dans les bras musclés du héros, est ingénieur et a été envoyé là suite à une alerte à la bombe. Heureusement, il porte sa tenue de combat ignifugée, mais il est malgré tout en sang et blessé par l'explosion, avec un morceau de fer à béton rouillé fiché dans le pied.

Le film à la télévision dans la pénombre de l'antre de Thettie passe indéfiniment. Le plan suivant montre une petite voiture jaune fondue, tellement tordue qu'elle en est méconnaissable, dans la rue devant l'école dynamitée en Afghanistan. Au coin, un certain Bud

« Radio » Wallace s'éloigne de la voiture, rangeant dans sa poche un téléphone prépayé Nokia et une liasse de billets dans un journal plié qu'il vient de récupérer sous une porte. Bien qu'il soit filmé de dos, l'esprit de Thettie parvient à lire, par-delà les dunes de sable et les années, les quatre chiffres qu'il a composés pour déclencher l'explosion. 2727.

CQCQ

En langage militaire, CQ signifie *Charge of Quarters*, une tâche qui consiste à garder l'entrée principale d'une caserne, et qui exige également de faire de la surveillance radio et du nettoyage. Mais Wallace est déjà un radioamateur chevronné, et en langage radio, CQ veut dire tout autre chose.

*

Un après-midi de mai vers 1986, au lycée Clinton, toutes les classes doivent assister à la projection d'un film, un classique, comme dit Cassie. Il s'agit d'*Hamlet*, un film rasoir et flou, en noir et blanc, sur l'écran sale suspendu entre la carte de l'Amérique et le tableau périodique. Les stores ont été baissés, mais pas suffisamment, et Thettie essaie de distinguer les formes noires comme la suie. Aucun d'entre eux ne comprend un traître mot, excepté Frankie.

Mais une scène du film reste gravée dans l'esprit de Thettie, dans sa mémoire. La scène dans laquelle Hamlet, le prince au destin tragique, qui a l'air tout aussi vieux et ennuyeux que peut l'être un prince dans l'idée qu'elle s'en fait, se saisit d'un crâne dans le cimetière et le regarde fixement.

Et le crâne fait de même.

Et sourit de son sourire reptilien.

Et dit : *Souviens-toi de moi.*

Souviens-toi, écrit ensuite au tableau le professeur. *Souviens-toi que tu mourras aussi.* Voilà ce que symbolise le crâne, dit le professeur, leur rappelant de toujours parler des livres et des pièces au présent.

— Pourquoi ? demande quelqu'un.

— Parce que l'univers narratif n'est pas semblable au nôtre, répond le professeur. Ce qui se passe dans le livre ne peut être au passé, car ce n'est jamais vraiment arrivé. C'est pure spéculation – et si. La fiction est toujours dans le temps de la narration, lui-même toujours hors du temps. Chaque fois que l'on ouvre le livre, l'histoire recommence à partir de l'endroit où l'on ouvre ce même livre.

— Et quand un personnage meurt ?

— Les personnages peuvent mourir sur le papier, mais ils ne meurent pas vraiment. Ils vivent d'une façon différente.

— Comme la mort permanente, chuchote Frankie sans grande discrétion, et tous comprennent, car Rogue[34] est à la mode cette année.

Thettie décide de l'interroger plus tard au sujet du crâne. Cassie est alors en première et Frankie en terminale. Il a sauté une classe, car il est très intelligent. Elle ne connaît personne de plus intelligent que Frankie. Il a simplement du mal à en parler, sauf à elle et à Cassie. Bien plus tard, Doc qualifiera Frankie de « génie universel », comme si c'était une bonne chose.

Memento mori, explique Frankie. (Ils sont aux chutes Harpur, après s'être mis d'accord – par messages interposés sur des papiers de chewing-gum – pour sécher les cours de l'après-midi.) Souviens-toi que tu vas mourir ou que tu ne vas pas mourir, c'est ce que dit le crâne, et Hamlet n'arrive pas à décider lequel choisir.

Est-ce que c'est ça que Sarey a essayé de lui dire ? De se décider ?

— À qui était le crâne ? demande-t-elle à Frankie, un peu perdue. Qui était Yorick ? Je veux dire, qui est Yorick ?

— Yorick est déjà mort dans la pièce, soupire Frankie, donc tu peux parler de lui au passé. C'est compliqué, tu comprends ? Bref, ce n'était sans doute rien qu'un vieux pédophile.

Frankie a dix-sept ans. Elle a quinze ans, et elle sera mère dans trois ans. Cassie a seize ans, et elle est déjà enceinte du bébé de DeGroot. Frankie a les côtes saillantes et il a déjà commencé à s'automutiler. De minuscules entailles, plutôt des égratignures, couvrent peu à peu ses bras. De l'eau coule de ses épais cheveux noirs – un héritage iroquois du côté de la famille de Sarey – dans ses yeux injectés de sang, comme des éclats de verre bleus au fond d'un lac.

Frankie, à moitié essoufflé, essaie d'expliquer.

— On s'en fiche de qui était Yorick, tu comprends ? C'est un personnage mineur, du passé d'Hamlet. Ce qui fait de lui, eh bien, une

34. Jeu vidéo. Pour chaque session de jeu, le joueur ne dispose que d'une seule vie et d'une seule sauvegarde, empêchant les retours en arrière – un système de mort permanente.

métaphore du temps. Yorick rappelle à Hamlet que le choix d'être ou de ne pas être n'est qu'une illusion. Le choix est une fiction, tu comprends ? Temps plus choix égale mort. Fais le calcul.

Il m'a fallu quarante-deux ans, Frankie, mais j'ai compris. Mieux vaut tard que…

Frankie ?

Avant même que Frankie parte faire la guerre, une guerre se déroule dans la tête, une guerre dont il n'aime pas parler, mais qui le mine. Des cernes rouges sous les yeux et de gros boutons douloureux sur la joue. Des voix qui lui murmurent de faire certaines choses. La seule façon de les faire taire est de les couper. Sarey met des tubes et des tubes de baume MiraKil sur ces coupures, mais Thettie est la seule qui parvient à faire taire ces voix. Quand elle comprend que ces voix résonnent dans la tête de Frankie (elle ne pouvait pas les entendre comme elle le peut désormais, mais elle pouvait les voir s'agiter derrière ses yeux cascade), que perle un filet de sueur grasse sur son nez, Thettie lui crie à l'oreille « Fermez-la ! » et elles s'en vont. Elle est la seule que les voix écoutent.

— Si tu n'étais pas là pour faire taire ces voix ? dit-il. Alors quoi ?

— Je ne vais nulle part, répond-elle.

*

— Frankie ?

Ils sont presque sur l'île. Dans les derniers feux du soleil, elle la voit devant elle, avec sa narine de pierre surmontée de son feuillage de poils. Frankie coupe le moteur et le bateau dérive vers la petite baie.

— *Mori*, est l'infinitif présent du verbe « mourir ».

Elle l'entend, mais elle ne le voit plus. Ils sont dans son petit hors-bord argenté. Il n'est pas encore parti pour l'Afghanistan, mais c'est pour bientôt. Elle veut l'en empêcher. Elle ne veut pas qu'il la laisse toute seule ici. Sa voix est rauque et douce, et quand il chante, il a l'oreille absolue.

— Chante pour moi, Frankie.

Mais Frankie n'est pas en train de chanter.

— Tu vois, *memento mori* veut dire en fait « souviens-toi que tu vas mourir », voire, « souviens-toi comment tu vas mourir. »

— Comment se souvenir de la façon dont on va mourir si on a oublié comment vivre ?

Tout ce qu'elle voit c'est le contour de ses frêles épaules penchées sur sa canne à pêche frémissante, ligne coupant en deux le coucher de soleil.

— C'est la clé, Thettie. La dent. La dent te libérera.

Sa silhouette sur la proue est sombre et cerclée de feu.

— Frankie ?

Thettie penche la tête pour écouter sa réponse. Elle n'entend rien d'autre que le clapotis de l'eau contre le rivage, et elle prend conscience qu'il n'est plus là. Elle se protège les yeux du soleil mourant pour scruter l'île, mais il n'y a rien derrière la balise de signalisation. Rien que l'eau noire et agitée striée de rouge.

— Frankie ? C'est moi, Thettie. Rentre à la maison.

Elle pleure à nouveau, des larmes de sang coulant entre ses dents.

Mais il ne revient pas.

34. Mélange Tueur

Lee 0 – Solitude 1

Habib envoie un texto disant que Jason semble avoir disparu – les derniers à l'avoir vu sont son petit frère, dimanche soir dans le lit superposé qu'ils partagent dans la même chambre, et un passant, qui dit l'avoir aperçu le lendemain sur la grand-route s'éloignant de la ferme familiale vers le sud, une petite Ford Focus rouge à ses trousses.

Lee ne répond pas.

En partie parce qu'il ne veut pas savoir comment Habib a réussi à savoir tout ça – la Ford rouge, par exemple, qu'il a vue garée devant le *Way Out* et qui appartient curieusement à Doc Murphy. Mais aussi à cause de ce qu'Habib sous-entend. Que Jason est vraisemblablement mort. Que ce sont très certainement les rangers de Jason qui ont renversé les stèles du cimetière d'animaux. Que quiconque était en train de pailler du bois derrière la grange chez les DeGroot ne paillait peut-être pas que du bois.

Mais pourquoi ?

Si Jason était avec son frère la nuit où Thettie est morte, et si Doc et ses hommes étaient au *Way Out* à minuit, comme Archy et Grif, et si Lee était sur le lac, alors il ne restait que Vernon. Un monstre de Gila, pas un vrai monstre.

Le jour, ce n'est pas facile. Les Harpur se terrent, y compris les femmes. Il les observe sur le lac, en train de pêcher, en jet-ski suivant le voilier de Doc jusqu'à l'île et revenant dans la tempête. Il entend le grondement lointain de leurs motos. Mais personne ne vient le voir. Il est tout seul, une fois encore.

La nuit, c'est mieux. Il s'allonge dans le noir et attend qu'elle vienne lui rendre visite dans ses rêves éveillés. *Réveille-toi*, dit-elle. Mais il ne dort jamais.

Quelques nuits sans sommeil après la veillée funèbre, il brûle les lacs, comme il a brûlé les dessins de son fils. Il les jette dans le poêle l'un après l'autre, et il boit de la bière en les regardant brûler. La fumée finit par le chasser. Il efface les textos d'Habib.

Comme toujours, les Harpur restent entre eux, mais faute de pouvoir se réfugier dans leur ancien hameau, ils n'ont d'autre choix que de hanter les rues de Little Ridge. Lee conduit lentement, les bras sur le volant, derrière un convoi de Honda Shadow et de Kawasaki. C'est très exactement tout ce bordel que redoutent les habitants de Little Ridge, si jamais les Harpur revenaient un jour dans le coin avec leurs pontons des surplus de l'armée et leurs dépôts de ferraille. Ils ont saccagé la plage et le parc voisin du port du village est désormais jonché de papiers d'emballage et de gobelets en carton. Les Harpur ont ravivé les querelles entre les DeGroot et les étudiants. Les Harpur ont fait craquer le vernis de supériorité suffisante et cultivée. Ils ont anéanti la réalité collective – en révélant les failles, les peurs et ses préjugés – si bien que sous l'effet de leur présence haute en couleur, chacun lève le masque et en revient à son véritable moi oublié. Tous, du commerçant au doyen de la faculté, crachent leur colère et comptent les jours en attendant Halloween, quand les autorités pourront chasser les Harpur, quand chacun pourra recommencer à vivre dans sa bulle autosatisfaite de conscience sociale et d'inclusivité durable – sans la réalité de la présence concrète des Harpur pour la mettre à l'épreuve. L'Association pour le progrès accélère sa préparation de la parade d'Halloween. Des citrouilles par camions entiers arrivent au *Village Inn* pour être évidées et découpées.

Lee lâche un petit rire nerveux. Sacrés Harpur !

Ayant désormais l'impression d'être encore plus invisible et doublement mis à l'écart, il sort du village. Il s'arrête au *Rod'n'Reel.* Il se persuade que c'est pour acheter d'autres pulvérisateurs de phéromones. Mais la véritable raison est qu'il pourrait y rencontrer les deux frères. Archy et Grif. Il veut leur demander de le faire entrer dans la cabane de Doc pour y chercher Vernon lui-même. Pas parce qu'il croit le Gila coupable, mais parce qu'il veut le sauver. Le récupérer, si possible, tant qu'il reste un « il » à récupérer.

Les murs du magasin sont couverts d'une débauche de poissons, comme l'intérieur d'une boutique de cadeaux d'un aquarium, et l'atmosphère est saturée de l'odeur de bougies parfumées. Des écrans de télévision passent des vidéos YouTube de poissons que l'on ne trouve plus – saumons de la taille d'un chien et de truites arc-en-ciel de la taille d'un chat –, d'hommes blancs réjouis aux prises avec leur Moby Dick.

En parcourant les allées, Lee manque de percuter Piet DeGroot. Il bifurque vers la porte, mais son panier est rempli d'articles qu'il a pris sans s'en rendre compte. Il va attendre dans la file. DeGroot vient se placer derrière lui et Lee, dans un accès de colère, se retourne pour lui parler de Jason. Mais tout à coup, quelqu'un s'interpose entre eux : la fille. Son bandeau est toujours maculé de peinture. Elle lui fait un clin d'œil.

Lee pourrait la bénir, mais sa gorge est trop sèche pour pouvoir parler. Elle fait des courses pour fabriquer des appâts. Elle a une liste. Son panier est rempli de plumes et de perles brillantes, de paquets de vairons en caoutchouc et d'hameçons. Elle montre du doigt les brassards gonflables couleur flamant rose dans le panier de Lee, et son œil valide s'écarquille.

— Pas question, dit Piet DeGroot. Le bout de la file c'est par là.

Et à ce moment-là, on dirait qu'il a une attaque. Sa mâchoire se décroche et il bave, ses yeux pâles deviennent blancs et il montre d'un doigt tremblant les portes vitrées coulissantes qui ouvrent sur le parking. Mais quand Lee se tourne pour regarder, il n'y a qu'Archy et Grif qui glandent sur leurs motos.

DeGroot porte ses mains à sa gorge et, quand un employé vient à son aide, il le repousse, essaie de regarder par-dessus son épaule quelque chose derrière la vitre. Lee et la fille avancent dans la file. Après avoir payé, elle lui dit qu'elle aimerait le voir, mais quand il ouvre la bouche pour demander « quand », elle lui fait au revoir de la main et s'en va. Et Lee n'entend plus que le rugissement des motos, ne sent plus que la puanteur que dégage DeGroot qui s'est fait dessus et que même les bougies parfumées ne peuvent masquer.

*

La porte d'Habib est ouverte. Lee a finalement décidé de passer le voir, au cas où le professeur pourrait lui suggérer un moyen de franchir le ruban de la scène de crime pour qu'il aille chercher Vernon lui-même. Le ciel couvert au-dessus du lac obscurcit la fenêtre à l'autre bout du couloir. Lee se rend dans le bureau où Habib est assis en train de regarder les images de Vernon que Lee a tournées au cours des premiers jours de ses recherches. Le Gila était alors en liberté, avant d'être capturé et emmené au laboratoire. La vidéo le montre engagé dans un rituel de domination avec un autre mâle qu'ils avaient suivi, et qu'ils avaient baptisé Meatloaf. Cela ressemble beaucoup à de la lutte olympique – les lézards se tournent autour, en sifflant. Ils chargent, se battent et renversent leur adversaire à l'aide de leurs puissantes pattes antérieures et de leurs énormes griffes, le corps bien stable grâce à leur queue épaisse et à leurs lourdes pattes postérieures. L'interminable bagarre dans le sable, la confrontation finale riche en respirations rauques, claquements de langues et grognements remplit la pièce tandis que Lee et Habib regardent en silence.

Habib est torse nu, en train de fumer.

— Je croyais que tu avais arrêté.

Lee s'assoit de l'autre côté du grand bureau italien. Il remarque qu'un nouveau télescope a remplacé le précédent. Mais celui-ci est moderne. Tout en émail blanc et acier brossé, et orienté vers l'île.

— J'avais oublié à quel point c'est bon.

— On dirait que tu as aussi oublié d'enlever le garrot autour de ton bras, mais que sont quelques traces de piqûre entre amis, pas vrai ?

— C'est ce que nous sommes ?

La voix d'Habib est rauque. Son sifflet d'entraîneur gît dans une flaque de salive sur le bureau. À côté se trouvent la seringue et un briquet en argent gravé, cadeau de Lee et de sa femme.

— C'est quoi ?

— Des antalgiques, Lee. Des opiacés. Pour un vieux dur à cuire.

Habib passe ses doigts enflés dans ses cheveux raides, les redresse comme dans *Eraserhead*, le film de David Lynch qu'il est allé voir avec Lee et sa femme à Albuquerque.

— Je les ai chopés à Frankie il y a des années. Je n'en ai pas eu besoin, jusqu'à présent.

Lee écoute les sifflements de Vernon et Meatloaf qui luttent sur le sable. Il va dans la cuisine, verse deux cafés et se rassoit.

— Il faut que je trouve Vernon – s'il est encore là, si celui qui l'a pris l'a toujours, il faut que je le trouve. Je suis allé chez les DeGroot, pas de Jason. Il me faut quelqu'un avec un mandat de perquisition pour le mobil-home ou le camping. Voire les deux.

Habib ne répond pas.

— J'ai vu Piet DeGroot au magasin de pêche, reprend Lee. Il n'a pas l'air au mieux de sa forme.

— Comme nous tous, non ?

Lee voit son reflet dans le grand oculaire ovale du télescope. Ses yeux sont cernés de rouge et sa bouche est en sang à force de se mâchouiller les joues. Dehors, des branches noires se balancent dans le vent.

— L'automne est arrivé trop tôt cette année, dit Habib.

— Je ne savais pas que Frankie et toi étiez potes de drogue.

— Fais pas chier.

— Donc je fais chier parce que je n'approuve pas que tu chopes des opiacés pour ton usage personnel dans le cadre d'un protocole expérimental ? (Habib se mordille les lèvres, regarde par la fenêtre.) Tu as chopé à Frankie de l'oxy au marché noir en échange d'helotide aromatisé au Cheracol à refourguer en vrac dans des rave-parties ? Sam ? Sans déconner ?

— Si la cour le permet, répond Habib en s'efforçant de s'éclaircir la gorge sans y parvenir. Un dosage précis d'enzymes et de vitamines, de guarana, de caféine et de peptides de venin. La drogue récréative de toute personne sensée.

— Alors, tous les deux, vous avez trouvé le mélange ? Qu'a-t-il donc de si tueur ?

— Ça aurait pu. (Habib plisse les yeux en regardant le lac, et du poing se frappe doucement la poitrine.) Entre de bonnes mains.

— Ou de mauvaises.

Lee regarde les Gila s'écrouler dans le sable rose, leurs queues gonflées et éternellement en action. La gueule entrouverte de Vernon émet un sifflement qui ressemble à quelque chose entre le ricanement d'un vieillard et le soupir d'une jeune fille.

— Le Chemin Forestier. Brevet en cours d'homologation. Une drogue qui brouille la frontière entre conscience et activité neuronale.

La bande-son de la vidéo du combat des monstres est *Bat out of Hell*[35]. Habib pince le garrot autour de son bras comme un banjo. Il sourit à Lee.

Lee lui rend son sourire et bat l'intro au piano sur son genou.

— Et une drogue pour brouiller la frontière entre la vie et la mort ?

— Si tu prends assez d'helotide pur – pas le Mélange Tueur, mais un équivalent pur –, tu pourrais oublier la différence. Je veux dire, tu pourrais te souvenir de tout à la fois, de ta naissance à ta mort.

— Par « tu », tu entends un être humain ? Et par « se souvenir de ta mort », un paradoxe, c'est ça ? Comme un voyage dans le temps.

35. Premier album de Meatloaf (*À fond de train*).

Préparé par Lee, le café artisanal d'Habib est trop fort. Il se sent fébrile, l'intro de *Bat out of Hell* à peine esquissée sur les touches de son piano imaginaire.

Habib – ou l'un des Gila – fait un petit bruit de gorge.

— Le souvenir de notre propre mort est en chacun de nous, Lee. Les Grecs le savaient depuis le premier jour. Le fleuve Léthé coule dans nos veines, c'est le passage que l'on ouvre en nous pour passer de l'autre côté. Afin de revivre, il nous faut d'abord oublier ce que l'on était – ou ce que l'on pense que l'on était – pour réapprendre une fois de plus comment être soi-même. En un sens, je suppose que l'on doit oublier comment on est mort, même si l'on n'est pas encore mort.

— *Un jour sans fin* est donc un film d'horreur.

Habib éclate de rire, mais il est pris d'une quinte de toux et ne peut s'arrêter. Son visage vire au rouge, puis devient blême. Lee se lève, verse un peu d'eau dans un verre et le pousse devant son ami.

Entre gorgées et toussotements, Habib lui dit :

— Léthé, qui en grec ancien veut dire « oubli » ou « dissimulation », est en fait apparenté au mot *alètheia* par le « a » privatif, un préfixe qui exprime la négation ou l'absence – littéralement non-oubli, ou non-dissimulation, ou plus précisément « pas un mensonge ».

— *Alètheia* ?

— *Veritas* en latin. La déesse de la Vérité. (De l'eau coule sur le menton d'Habib, et de là sur sa poitrine pour se répandre dans ses poils.) Cela dit, le terme grec laisse plus de place à l'interprétation. *Alètheia* implique que la vérité est toujours, en un sens, non divulguée.

— *Alètheia* est donc moins la vérité que le moyen de la découvrir.

Le cœur de Lee vacille soudain – il revoit Thettie lui parler de cette créature noire qui rampe sous la surface du lac et qui laisse dans son sillage la puanteur de la mémoire.

— Ou de la perdre, précise Habib. Le problème est que l'helotide pur – pas le Cheracol trafiqué que je prévoyais pour assurer mes vieux jours, mais le vrai, tiré directement des glandes à venin du Gila – bloquerait l'oubli au cours du processus d'amélioration de la mémoire. Chez les humains, l'helotide pourrait théoriquement interrompre l'oubli nécessaire au profit d'un recouvrement total de la mémoire, même au point de se rappeler des vies antérieures.

— L'oubli nécessaire ? (Il frissonne en dépit de la fournaise qui l'embrase.) Des vies antérieures ? C'est ridicule.

— La vérité éternelle est un oxymore, mon ami. Tout ce qui est non dissimulé est une chimère. Pourquoi la mort serait-elle la fin de la mémoire ? (C'est la voix d'Aristote qui sort à présent de la bouche maculée de bave d'Habib.) Et si la traversée du Léthé est interrompue d'une manière ou d'une autre ? Et si, par exemple, une tempête éclate brusquement, et que tu perds pied, et que le processus de l'oubli ne peut être mené à son terme ?

De l'autre côté du bureau, le visage hagard d'Habib se réduit à une tête d'épingle. Sur l'écran, les monstres se mêlent.

— Nous avons besoin d'oublier, Lee, dit Habib qui a retrouvé sa propre voix. Vivre c'est oublier. Nous avons travaillé tous les deux sur l'hypermnésie et la mémoire eidétique. On ne peut pas vivre en se souvenant de tout. C'est un enfer.

Un petit plaisantin du laboratoire avait fait un GIF de l'IRMf du cerveau d'un sujet eidétique parce qu'il ressemblait à la passerelle du vaisseau *USS Enterprise* attaquée par des extraterrestres. Tout illuminé, avec de petits champignons atomiques parsemés de jaune et de bleu au beau milieu d'une explosion infernale de lumière.

— Donc, ce que tu dis, c'est que si l'helotide…

— Les eaux de Mnémosyne, disons, ou la mémoire…

— Si Mnémosyne contamine l'oubli…

— Léthé.

— On se retrouve, en fait, bloqué de l'autre côté. Comment revient-on ?

Habib laisse échapper un rire timide.

— Comme disait Jimi Hendrix, ce n'est pas le voyage qui compte, c'est ce que tu en fais. (Il se rassoit brutalement dans son fauteuil zéro-gravité, si bien qu'il fait vibrer la photographie encadrée de sa famille disparue.) Qui sait ce que cela ferait vraiment chez les humains ?

— Mais tu as testé toi-même le Chemin Forestier, je veux dire le Cheracol machin, n'est-ce pas ? Avec Frankie ?

De nouveau, la morsure de la jalousie. Pourquoi n'a-t-il pas été invité à une de leurs séances sur les nootropes ? Des trucs à grignoter. Radiohead en fond sonore.

— Cet Adderall enrichi en protéines ? Je ne pensais pas que ça t'intéressait. Perception augmentée, Lee. C'était amusant, mais rien d'extraordinaire.

Lee s'approche de la fenêtre. Sur la jetée, des hommes embarquent sur le voilier de Doc. D'où il est, Lee ne peut en être sûr, mais il soupçonne qu'il s'agit de Doc flanqué de Laurel et Hardy, ses gardes du corps.

— Soit, mais de là à dealer, Sam ? Je ne t'imagine pas…

Les monstres soupirent. Leurs halètements épuisés emplissent la pièce.

— Ni drogué ni dealer, Lee. Mais, s'il te plaît, un concepteur de réactifs haute performance des sciences de la vie.

— Avec Frankie Harpur.

Habib regarde Lee puis montre l'île du doigt.

— Frankie m'a approché, dans un premier temps. Il avait déjà – depuis des années, quand il était encore dans le coin – la formule d'un analogue peptidique. Il s'agissait juste de le mettre au point, selon lui. Quelques acides aminés çà et là. Du glutamate. De la taurine. De la MDEA. Frankie avait plus de contacts que moi dans le domaine de l'art, d'amis dans des banques de peptides, etc. L'idée était que je reçoive les produits chimiques pour les lui faire parvenir par l'un de ses hommes.

— Et moi ?

— Toi Lee, oui, et je t'aime, mon petit. Vraiment. Mais après la mort de ton fils, tu t'es éloigné. (Habib ne regarde plus l'île.) Bien sûr. Mais je ne pouvais pas te suivre. Là-bas. Et je ne pouvais pas te sauver, non plus. C'était ton voyage.

Les lézards reprennent leur souffle, se ruent l'un sur l'autre.

— C'était mon enfant.

— Toujours. Où que tu sois.

Une averse s'abat subitement, et des éclairs blanchissent l'horizon. Le télescope tressaute légèrement.

Les épaules nues d'Habib, couronnées l'une et l'autre d'une épaulette de poils argentés, se soulèvent et retombent.

— L'île s'affaisse. Et même sa taille initiale est sujette à controverse, pas vrai ? D'après les cartes, on peut difficilement dire qu'il s'agit d'une île, juste un tas de caillou, et à présent le lac essaie de la faire disparaître. Léthé en guerre contre Mnémosyne. Ce n'est pas naturel.

— Rien n'est naturel concernant une île à la vue de tous, où personne n'a jamais mis les pieds, réplique Lee.

— Hou, le vilain menteur.

Le silence qui suit est rempli par les grognements des lézards et les grondements du tonnerre.

— Tu n'as pas une amie à Ilium ? Une inspectrice de police ou je ne sais quoi ? Elle peut peut-être t'aider à obtenir un mandat pour chercher Vernon. Mais je ne voudrais pas que tu te fasses des illusions, mon ami.

35. Rod'n'Reel

Bryce est la clé pour ouvrir la porte. Thettie ne sait pas exactement pourquoi, mais quand Bryce est dans les parages, elle a plus de chances qu'on la voie et de se voir elle-même. Pour ce qu'elle est désormais.

Thettie n'en peut plus de passer des journées interminables dans le mobil-home. Aussi, un jour, au cours de la troisième semaine d'octobre, elle se précipite dehors au bruit des motos de ses fils sur le parking. Autour de son cou, la chaîne qui la maintient entre deux mondes la ramène en arrière. Elle met toute sa volonté à en délier un maillon, juste assez longtemps pour pouvoir se traîner à l'arrière de la moto d'Archy. À la soudaine pâleur de son fils, à l'ombre dans ses yeux, elle comprend qu'il sait qu'elle est là.

Ils vont chercher Bryce au *Rod'n'Reel.* Ils l'y ont déposée un peu plus tôt pour acheter du matériel de pêche avec le produit de la prise qu'ils ont fourguée au *Village Inn.* Thettie se cramponne à la selle de la moto qui tourne au ralenti, mais elle porte une main à son cœur quand elle aperçoit Lee à l'intérieur du magasin, faisant la queue à la caisse. Derrière lui, Bryce fait se balancer son panier rempli de leurres, et Thettie grince des dents en voyant la façon dont la fille minaude et sourit à Lee. Salope !

— Retourne geler en enfer, rat d'eau ! siffle-t-elle.

Bryce se contente de lui faire un clin d'œil. Thettie est outrée de voir des taches de peinture sur son bandeau. *Des taches de peinture ! Lee !*

Derrière la fille se tient le père de Jason, Piet DeGroot, l'air énervé. Thettie saute de la selle, alerte dans son corps changeant. Elle s'élance vers l'entrée du magasin dans sa chemise de nuit blanche qui flotte au vent, une substance noire comme du charbon s'échappe des trous de son visage. De la paume de sa main disloquée, elle tambourine aux portes vitrées coulissantes, qui restent fermées.

Lee n'a vraiment pas l'air bien. Ses yeux sont bouffis et ses vêtements sont froissés, avec des taches grasses aux coudes et aux genoux. Dans son panier, il y a des brassards pour un enfant déjà disparu. Sans prêter la moindre attention à DeGroot, Thettie tend son bras valide vers Lee, les manches de sa chemise de nuit ressemblent aux ailes d'un ange. Elle presse sa poitrine, ses cuisses, contre la vitre. Mais Lee ne la voit pas. DeGroot dit quelque chose à Bryce, et Lee se retourne, dos à Thettie. DeGroot ajoute quelque chose en montrant Bryce du doigt. Lee lève ses deux mains en l'air comme s'il se rendait.

Thettie doit se retenir de briser la vitre, de rejoindre Lee à quatre pattes pour aller baver à ses pieds. Elle sent le poids de la chaîne et tire dessus. Les feuilles pourpres tourbillonnent à ses pieds.

Lee. La façon dont il regarde Bryce. Horrible. Avec une telle peur, un tel désir. Une envie effroyable, mortelle.

Mortelle. A-t-elle dit ça ? Non. Elle ne ferait jamais de mal à Lee. Jamais.

Bryce ! Elle crache un mollard venimeux. Il atterrit sur la porte et coule misérablement le long de la vitre. Si Lee est toujours de dos, la fille et DeGroot sont de face. Thettie, avec l'éternité devant elle et Bryce qui l'y pousse, se force à se matérialiser, semblable à des parasites, devant l'homme qui les a violées, Cassie et elle, au *Motel 6*. Il reste bouche bée devant la terrible beauté de cette apparition – avertissement ou promesse, une rafale de feuilles couleur rubis pour éclairer sa chemise de nuit blanche, avec la voluptueuse entaille qui lui sert de bouche et son halo de cheveux blonds. Sa mâchoire se décroche comme s'il faisait une attaque.

Son fils fait vrombir le moteur et Thettie n'est plus là.

*

Patti Smith est l'idole de Cassie. Pour lui faire plaisir, Frankie joue les accords de n'importe laquelle de ses chansons. Et Cassie veut toutes les entendre, insatiable.

— Le destin est un paradoxe, tu comprends ? dit Frankie, en grattant doucement des accords que l'on n'est pas censé jouer ainsi. (Cassie se penche en équilibre instable à la balustrade du pont

Triangle, en fredonnant les paroles au-dessus d'un océan de possibilités.) La seule façon de savoir ce qu'est la mort, c'est de n'être plus soi-même pour le savoir. C'est comme voyager dans le temps. Ça défie toute logique.

— Quelle ironie ! s'exclame Cassie d'une voix traînante à travers un nuage d'herbe. On est là et tout d'un coup on n'est plus là.

*

Quelques jours après la veillée funèbre, Fie et Piet DeGroot viennent rendre visite à Doc pour présenter leurs condoléances. Fort à propos pour eux, Archy et Grif, ainsi que leur garde rapprochée, sont absents. Mais Thettie est là, et elle sera les yeux et les oreilles de ses fils, et elle sera leur vie, parce que même une fois morte, on reste une mère.

Et parce que, Doc. Parce que je suis dans ton vide sanitaire, Doc. Parce que tu ne l'as pas vu venir.

Thettie rampe sur ses coudes ensanglantés du mobil-home jusqu'à la cabane, traînant son cul rongé sous le poids de la chaîne. Si en un sens la chaîne autour de son cou est existentielle, elle est aussi métaphorique, mais c'est une plaie dans un cas comme dans l'autre. Homer et Lyle sont postés à l'extérieur de la cabane ; elle pose une main sur la grosse jambe d'Homer et appuie pour voir ce que ça fait. La réaction est immédiate. Les yeux d'Homer s'écarquillent et sa grosse langue humecte ses lèvres, et à l'endroit où se trouve la main de Thettie se dessine une empreinte ensanglantée dont il s'étonnera plus tard. Lyle regarde d'un air triste le parking, souhaitant être ailleurs. Toute cette histoire de lézard qui n'en finit pas lui donne la nausée. Homer cherche dans sa poche les pilules pour son cœur, et Thettie enlève sa main de sa jambe pour se glisser à côté de Lyle. Elle lui chuchote, « À plus », et laisse tomber de la salive dans son oreille, y déposant une matière gluante noirâtre qui en coulera pendant une semaine. L'attention d'Homer et de Lyle étant ainsi détournée, Thettie se faufile sous la cabane pour entendre ce que disent Doc et les DeGroot.

Elle n'entend pas grand-chose. Les amarrages s'entrechoquent sous la pluie et il y a de la circulation sur la grand-route. Il fait sombre et humide dans le vide sanitaire, et elle rampe avec les cloportes et les limaces remontés à la surface sous l'effet de la pluie. Doc débite la thèse officielle selon laquelle la mort de Thettie est un accident qui devait arriver.

Il a désormais une grande famille sur les bras, mais les DeGroot ne semblent s'intéresser à rien en dehors de Frankie et du Mélange Tueur.

— Je me charge de lui, chef, dit Doc. Comme je te l'ai dit en Pennsylvanie. Frankie est du genre à pardonner, pas rancunier.

— Bizarre qu'il n'ait pas assisté à l'enterrement de sa cousine, *ja* ? dit Fie.

— Certes, ce n'était pas un enterrement à proprement parler, plutôt une veillée funèbre.

— Pourquoi une veillée funèbre avant l'enterrement ?

— Ah, vous connaissez les Harpur. Plus malins que tout le monde, toujours. L'enterrement n'aura pas lieu avant qu'on ait récupéré Frankie, répond Doc en surjouant suffisamment le dur à cuire irlandais pour que Thettie ait envie de vomir.

— Comment tu comptes faire ? demande l'un des DeGroot. Sans elle ? Tu nous as dit qu'elle était la clé. Maintenant que t'as plus la clé, t'es baisé.

— Il me reste ses fils, réplique Doc d'un air offensé. Je suis comme un père pour eux. Je les ai élevés comme mes propres lardons. Ils sauront convaincre Frankie. (Il baisse la voix pour lancer un semblant de menace.) Au pire, j'ai les deux gros bras tout droit sortis de *The Hill*.

Les DeGroot se hérissent, et Thettie se débarrasse avec dégoût d'une limace sur son doigt.

— Lardon c'est pas de l'irlandais, glandu. Même toi tu sais plus ce que t'es !

— Laurel et Hardy, t'es sérieux ? raille un des DeGroot. Y sont là pour t'aider ?

Doc laisse échapper un petit rire espiègle, et Thettie est à deux doigts de vomir.

— Homer et Lyle peuvent se montrer persuasifs s'il le faut. Je les ai vus convaincre plus d'un jeune gars en bonne santé de renoncer à vivre – pour tout vous dire, je leur ai promis les neveux de Frankie quand tout sera fini. Voilà. Je savais que ça vous ferait sourire. Le stress vous tuera, messieurs. Croyez-moi, je suis médecin.

Thettie roule sur le dos et frappe le dessous de la cabane avec son pied ensanglanté. Elle sort illico presto du vide sanitaire et essaie de grimper jusqu'à une fenêtre, ou jusqu'à la tabatière, se concentrant de toutes ses forces pour se matérialiser. Mais son temps est écoulé. La chaîne l'arrache à la cabane et la ramène dans son mobil-home pour regarder la télévision.

*

Sur le petit écran saturé de bleus et de jaunes, elle observe Piet et Fie, évidemment bien plus jeunes alors, prendre dans leur pick-up les virages en lacets qui mènent à la ravine pour rencontrer Doc dans la cabane où Frankie « cuisine ». Certain d'être seul, Doc ne s'est pas rendu compte que Sarey rôde à la recherche de persil sauvage tardif pour ses maux d'estomac. Plus tard, elle essaie de rapporter à Thettie ce qu'elle a vu. Mais Thettie n'y prête guère attention. Doc joue à l'ambassadeur entre les deux familles rivales depuis son arrivée à Little Ridge – encore une chose dont les Harpur lui sont redevables. Thettie pense donc que l'entrevue a quelque chose à voir avec ça, car il est amené à s'interposer entre les jeunes DeGroot et les Harpur conduits par Frankie sur un marché saturé incapable de choisir entre deux poisons. Mais Sarey dit que la réunion a mal tourné. Que les poignées de mains hostiles à la fin, et le départ en douce de Doc comme un voleur, ont peut-être quelque chose à voir avec la descente de Boyle dans la cachette de Frankie dans les bois, et avec l'incarcération de Frankie et tout le reste.

*

Le corps de Thettie se rigidifie à la morgue d'Ilium. Il n'y a pas de quoi payer une entreprise de pompes funèbres, ni pour lui refaire une beauté. Les membres du clan encore présents sont inquiets. Ils évitent le monstre à trois têtes Doc-Homer-Lyle qui menace leurs vies, exigeant des sacrifices qui leur sont intolérables. Emilio et Dustin demeurent fidèles, toujours vigilants. D'autres se tournent vers Archy et Grif pour avoir des explications, des conseils, un prêt. Les deux frères n'ont rien à donner, et un par un les Harpur se dispersent.

Thettie écoute Archy et Grif à leur insu. Bien qu'elle sache que c'est mal, elle sait aussi que c'est pour une bonne raison, et que les mères doivent prendre de telles décisions, vivantes ou mortes.

Archy continue de vouloir partir pendant la nuit, de passer prendre Sarey et de tenter leur chance.

— Et Frankie ? demande Grif.

Archy répond qu'Oncle Frankie peut probablement mieux s'occuper de lui que quiconque s'oppose à Doc, et en plus, il ajoute :

— Frankie a m'man.

Et Grif lui demande s'il pense sincèrement qu'ils pourraient partir, vivre, sans que justice soit faite pour ce qui est arrivé à leur mère, et Archy ne répond pas parce que ce n'est pas une question.

— Il faut que Doc croie que l'on est de son côté, dit Grif. Qu'il fait de nous ce qu'il veut.

— Et ses deux enflures ?

— Homer et Lyle ? Je m'en occupe, les garçons, dit Thettie.

Sa véhémence fait s'entrechoquer les tasses sur la table. Ils s'entre-regardent et sourient.

Doc essaie d'obtenir la prolongation de leur location, mais la direction refuse au prétexte que l'assurance ne les couvre plus à partir du 31 octobre. Doc dit que, comme les locataires permanents, il va prendre sa propre assurance, et payer pour celle d'Archy et de Grif tant qu'ils l'aident à convaincre Frankie de revenir. Les deux frères acceptent de sortir sur le lac dès que le temps s'éclaircira pour essayer de récupérer Frankie, mais Thettie sait qu'ils ne font que gagner du temps tout en s'efforçant de trouver une solution. Comment Vernon est-il entré dans son mobil-home, et qu'est-ce qui l'a poussé à l'attaquer. Et que s'est-il passé ensuite. Ce dernier point est la clé, les garçons.

Elle souhaite ardemment qu'ils la voient. Mais les hommes sont aveugles. Vous avez beau leur dire que le ketchup est dans réfrigérateur, ils ne verront rien d'autre que le réfrigérateur, pas ce qui est à l'intérieur. Voilà le problème. Les hommes ne voient pas que l'arbre cache la forêt. La possibilité dans la mer.

Bien sûr, tous les hommes ne se ressemblent pas. Prenez Lee, par exemple, le scientifique. La science est dans les détails. Regardez ses dessins. Pas uniquement le lac, qu'il voit d'une façon qui offre assez de possibilités pour se noyer – chaque représentation du lac semble totalement différente de la suivante, pas seulement à cause d'un bosquet de massettes chargées de pluie là, de fleurs sauvages dans un remous ici, d'une volute de brume ou d'un clair de lune. Mais aussi, en fonction des huiles qu'il utilise, ou des aquarelles, et du pinceau ou de la palette, ou s'il s'est servi de son pouce pour estomper un contour, ou d'un chiffon, ou s'il a projeté de la peinture avec une tasse de café, ou utilisé du fusain, ou des pastels. Et ses Vernon, idem. Se dressant dans son terrarium, ou dans un terrier avec une femelle, ou ouvert en deux sur une plaque de dissection, les rabats cuirassés de son crâne retroussés pour dévoiler son cerveau reptilien. Le cœur du Gila à nu et figé, ses glandes à venin excisées pour une étude plus approfondie.

Thettie sait qu'il y a une infinie variété d'hommes et que le diable est dans les détails. Dites à Lee que le ketchup est dans le réfrigérateur et la dernière chose qu'il verra est le réfrigérateur – mais plutôt un univers de possibilités qui le clouera sur place.

Néanmoins, elle devra venir chercher le ketchup elle-même.

Si seulement elle pouvait leur montrer qu'elle est bien vivante ! Sa tête résonne comme l'intérieur d'un vaisseau spatial. Elle ira loin à présent, a-t-elle envie de dire. Elle se transforme – regardez-moi ! Elle sautille dans le mobil-home, tourne en rond, laissant une traînée ensanglantée.

*

Après l'entrevue avec les DeGroot, elle observe Doc rejoindre le barbecue pour retrouver Archy et Grif. Il parle de dépression ou d'autres stupidités du même genre, essayant de dire à tous ce qu'elle est, alors qu'elle est parfaitement capable de le leur montrer toute seule. Elle a besoin d'un peu de temps, c'est tout.

— Ça peut arriver sans prévenir, dit Doc en prenant une bouchée du sandwich mou à la viande qu'Homer lui a acheté au Market. Tu laisses le cafard s'installer en pensant qu'il a compris la leçon, sauf qu'il finit par mordre la main qui le nourrit.

Car, la beauté de la chose, Doc, c'est que j'ai trouvé une solution ! Une solution pour n'être ni un moyen ni une fin, mais quelque chose pour m'assumer. Je suis la forêt et les arbres.

Mais elle pleure surtout pour l'effet que produisent les paroles de Doc sur ses fils. Parce qu'ils n'ont pour l'instant aucune réponse. Parce qu'ils doivent mentir pour découvrir la vérité. Les yeux d'Archy sont noyés de larmes. Grif renifle et se gratte les joues des deux mains.

Les pupilles d'Archy se fondent dans l'immensité bleue de ses yeux. Un bleu pur et glacial, sans aucune île en vue. Juste deux orbes liquides de rage étincelante. D'un coup d'épaule, Grif remonte sa capuche sur ses cheveux gras, et les deux frères s'écartent pour lui laisser plus de place.

Doc aime dire aux gens ce qu'ils sont, pour éviter d'être vu pour ce qu'il est, mais à présent Thettie, debout entre ses deux fils, comme toujours, le voit tel qu'il est. Se cachant derrière ses dents de vampire, Homer et Lyle, sauf qu'il y a désormais une gencive pourrie dans cette métaphore. Homer, gras, lent et excité, avec son collier de sutures, et Lyle le tueur mutilé au palpitant qui flanche. Thettie porte deux doigts griffus à ses yeux et le montre du doigt, et il blêmit en sentant soudain couler son oreille. Il y enfonce un doigt et regarde avec horreur la substance visqueuse qu'il en sort. *Je sais que tu as fait une crise cardiaque, pas seulement à cause des statines que tu manges comme des bonbons, mais aussi à cause de ces trois mois à l'hôpital de la prison, renvoyé au mitard avec une cicatrice de quinze centimètres de long au sternum.* Elle en a l'eau à la bouche rien que d'y penser.

Lyle et Homer sont comme une famille depuis qu'ils se sont rencontrés dans les rues de Manille en 1998. Après une altercation en fin de soirée, Lyle a trouvé Homer ligoté à l'arrière d'un entrepôt de tissu, sur le point de se faire décapiter par un gangster de Burgos Street qui l'a attrapé en train d'essayer de vendre du DMT à des mineures dans des boîtes de nuit. Lyle a descendu le gangster, un gamin de quinze ans, puis il a conduit Homer chez un avorteur à l'étrange accent, du nom de D. « Quoi-de-neuf » Murphy, planqué dans Bagoong Silangar. Quoi-de-neuf a recousu le cou d'Homer et l'a rendu vivant à son âme sœur reconnaissante. Le bon docteur a attendu une quinzaine d'années pour qu'on lui rende la pareille.

Quand Homer a été mieux, Lyle, qui a été pendant des années dans la marine marchande et a parcouru tout le Pacifique, lui a acheté un Karambit, un couteau de défense asiatique, et lui a appris à s'en servir.

Thettie ne s'explique pas comment elle se souvient de l'entrepôt, mais le fait est. Les rouleaux de tissu empilés en rangées verticales. Le quai de chargement où les camions arrivent avec des pilules d'ecstasy cachées dans les fentes du carton ondulé des rouleaux. Elle fait glisser un doigt griffu autour de son propre cou, ouvrant un collier de sang noir.

*

Doc veut s'entretenir de l'île avec Archy et Grif. Thettie leur donne un coup de coude dans les côtes. Ils écoutent Doc parler des prévisions météorologiques et du prix des Zodiac Amorflate sur Craiglist. Il dit qu'il pourrait mettre la main sur du matériel amphibie appartenant aux DeGroot, qui sont toujours réservistes, mais il ne dit pas pourquoi ceux-ci accepteraient, et Archy et Grif ne prennent pas la peine de demander pourquoi les anciens ennemis des Harpur sont soudain des amis, parce que c'est inutile. Archy fait craquer ses doigts, une habitude qu'il a prise depuis leur retour à Little Ridge.

Thettie applaudit, pulvérisant de l'os, et leur dit combien elle est fière, que se sont de bons garçons. Vifs comme l'éclair. *Attendez la nuit*, chuchote-t-elle. *Alors vous verrez Doc tel qu'il est. De la viande hachée molle pour un homme avec une moitié de bouche.* À présent, Thettie se damnerait pour une part de pizza. Lee a de la pizza. Il la garde congelée dans son petit réfrigérateur, là où il rangeait la viande hachée. Il la garde pour Vernon, pour son retour.

Doc est si fier de la façon dont il a nettoyé le mobil-home après coup pour couvrir ses traces, pour faire croire qu'elle s'est tailladée avec cette bouteille brisée, ce couteau à steak, qu'il peut à peine se retenir de dire au monde entier qu'elle s'automutilait. Quelle ironie ! Oh, le *faux pas*.

Doc est flanqué d'Homer et Lyle. Thettie se penche entre ses fils et siffle :

— Pourquoi faudrait-il que je m'automutile, Doc ? Comment tu as pu faire un tel *faux pas* ? Eh bien, si tu étais un vrai Harpur, tu saurais que j'avais assez de stramoine, de cicutaire et de tout ce que tu veux dans la serre de Sarey pour me tuer dix fois, et ne va pas croire que je n'y ai pas pensé, connard. Ne va pas croire qu'il ne m'est pas arrivé de penser que c'était la bonne chose à faire, surtout après avoir fait ta connaissance. Le geste altruiste à faire pour mes garçons. Les libérer une bonne fois pour toutes.

Et elle se rappelle que c'est le caractère insaisissable de la question qui, en fin de compte, a fait qu'elle a arrêté de chercher la réponse. Voilà la vérité, Doc. Thettie regagne son mobil-home, seule et sans être vue, et grimpe furtivement sur le toit. De là, elle peut sentir l'hubris de Doc, sentir son propre réseau intriqué, et mesurer les possibilités qu'il ouvre.

Car la vérité est encore plus étrange que la fiction de Doc. Ce qui s'est glissé hors du sac de sport Steelers égaré, c'est Vernon et ce n'est pas Vernon. Quand le Gila est sorti, un autre s'est glissé pour le rencontrer par une porte ouverte dans la mer de possibilités.

Et en oubliant comment vivre, il lui a fait oublier comment mourir.

36. Habib, interrompu

— Au fait, c'est Ginsberg, pas Hendrix, qui a dit ce truc sur le voyage.

Le professeur a du mal à garder les yeux ouverts et Lee se dit qu'il est temps de rentrer chez lui.

— Si ça se sait que tu as de l'helotide, Sam, il se peut que Doc Murphy s'en prenne à toi. Débarrasse-t'en, si tu veux mon avis, et offre-toi de longues vacances.

Habib rit sans grande conviction.

— J'espère bien. J'échangerais volontiers un peu de cette salive de lézard que je garde en bas au congélateur contre de la bonne vieille morphine.

— Tu souffres vraiment beaucoup ?

— C'est comme ça, mon ami.

Habib lui redemande s'il a vu Doc et Jason parler au *Way Out* ce fameux dimanche. Tous les trois – Doc et ses sbires. Lee s'apprête à répéter quand s'interrompt.

— Ses fils ont trouvé une dent par terre, Sam. Vernon…

Habib hoche la tête, les yeux à moitié fermés.

— Ce n'est pas un scoop.

— J'ai promis de ne le dire à personne. Je crois que Jason y est pour quelque chose. Je sais que tu es friand de…

Habib hoche de nouveau les épaules.

— Ma première idée serait de penser que Doc – je ne vois pas qui d'autre – a vendu la mèche, ou menacé de le faire, et que le gamin a pris peur et s'est enfui.

Lee revoit une fois encore le broyeur de végétaux et la hache fraîchement essuyée danser dans les mains de Fie DeGroot, mais il décide qu'Habib souffre déjà assez pour ne pas en rajouter avec de telles spéculations.

— Doc ? Pour l'helotide ?

— Quoi d'autre ? (Habib toussote.) Pour faire pression sur les DeGroot au cas où Frankie poserait un problème. Ou l'île.

— Ça ne serait pas la première fois.

Habib tend la main pour prendre un tee-shirt posé sur le télescope et l'enfile sans enlever le garrot autour de son bras.

— Mais même si Vernon… je veux dire ces blessures dont tu m'as parlé, Sam. Même si Thettie a perdu connaissance à cause de l'alcool et des somnifères, et même si elle n'a pas pu se les infliger toute seule, Vernon n'est pas… n'était pas… tout ça n'a aucun sens.

Habib donne un coup de pied à un nœud dans le tapis.

— Ce n'est pas parce qu'une telle attaque semble peu probable qu'elle est impossible. Sens ou pas, c'est toi l'expert. Les marques sur son flanc gauche, les lacérations, etc. On sait tous les deux que si on le provoque, le Gila attaquera, surtout un animal de laboratoire modifié génétiquement. Vernon est plus gros qu'un Gila à l'état sauvage, plus fort, et aussi plus intelligent. Si elle était assez défoncée, ou assez effrayée, elle a pu avoir une réaction violente. Ce qui l'a poussé à attaquer pour se défendre. Suffit de voir ces deux-là. (Ils regardent la vidéo sur laquelle Vernon et Meatloaf se livrent un combat à mort.) Ou alors quelqu'un d'autre, je ne sais pas. On l'aurait lâché sur elle. Une sorte de torture ou de rituel, Dieu nous en garde. Il n'aurait pas pu faire autrement. Plus fort que lui.

— Sam. Reséquencé ou pas. On parle d'un lézard d'environ cinquante centimètres en sursis. Il aurait pu la blesser méchamment, mais pas assez pour la tuer sans lui laisser une chance de se lever du lit et d'appeler à l'aide. Il n'a pas fait ça. Pas tout seul.

— Et si elle était morte de peur ? demande Habib qui a retrouvé un regard vif. Tu ne peux pas toujours défendre ceux que tu aimes, Lee. Vernon était… est… un animal sauvage, quoi que tu puisses vouloir ou ne pas vouloir imaginer.

— Imagine. (Lee a la langue pâteuse, l'esprit confus.) Imagine une sorte d'hybridation avec échange de fluides, une sorte de symbiose entre Thettie et Vernon. Quelque chose qui les a transformés l'un comme l'autre. Une sorte de mélange tueur ?

Le silence se fait brusquement, comme si les lézards eux-mêmes retenaient leur souffle.

— Tu parles d'une chimère ?

Le fils de Lee adorait dessiner des monstres. Il aurait pu devenir artiste. Lee aurait essayé de le détourner de la science. Il aurait pu rencontrer une fille. Ou un garçon. Il aurait pu avoir des enfants. Il leur aurait appris à être gentils avec les animaux.

Habib joue avec la seringue, la fait rouler dans un sens puis dans l'autre.

— Elle est où maintenant ? demande-t-il avec douceur. Ton faux espoir.

Sur la vidéo, Vernon et Meatloaf recommencent à se battre. Les Gila ne s'entre-tuent pas délibérément, mais le combat ne s'arrête que lorsque l'un des deux est trop épuisé pour continuer. Le rituel peut durer des heures, voire des jours. La femelle attend seule dans l'obscurité de son terrier d'accueillir le vainqueur. Souvent elle attend en vain.

Lee sent le regard affûté d'Habib posé sur lui, telle la lunette d'un fusil. Le vieil homme se lève avec raideur et se dirige vers le classeur à tiroirs. Il en sort un dossier, fouille à l'intérieur, puis tend à Lee une coupure de journal en lui disant de la lire plus tard. Les yeux d'Habib sont cernés d'un noir de suie.

La sonnette retentit.

— Voilà la pizza, dit Habib. Ils font une croûte d'une finesse à mourir au *Henksville Napoli*.

Lee empoche la coupure de journal et se retourne vers la vidéo où Vernon se tient seul sur une pierre, à bout de souffle, le cœur battant à tout rompre sous sa peau couleur coucher de soleil, le museau en sang. Meatloaf gît immobile dans le sable.

Et même si Habib devait le lui demander, ce qu'il ne fait pas, Lee n'a pas la tête à manger de la pizza. Il lève la main pour saluer les monstres de Gila.

Vernon 1. Meatloaf 0.

37. Monstre du lac

Une chose à propos d'Homer et Lyle. Ils ont l'air troublés, nerveux, comme s'ils ne savaient plus à quel saint se vouer. Ils râlent et chuchotent entre eux, lancent des regards constipés à Archy et Grif. Comme si, peut-être, ce qu'il restait de leurs âmes ratatinées en avait assez de jouer les faire-valoir pour Doc. Thettie se jette sur eux du toit du mobil-home.

— Tu te souviens de Manille ? chuchote-t-elle à Lyle. Les nuits tropicales ? Les petites filles ?

— Tu as dit quelque chose ? demande Lyle.

— Et toi ? répond Homer.

Et alors, au souvenir des nuits de Manille, Homer se lève et entre en se dandinant dans la cabane pour se branler.

Quand elle était vivante, elle pouvait appâter tout ce qui mordait, et leurrer, aussi.

Appâter et leurrer. Elle ne va pas se gêner.

Il n'est pas facile d'avoir les idées claires quand seuls les cris des souvenirs résonnent dans votre tête, et elle sait qu'elle va manquer d'espace mémoire, mais qui sait combien de temps il lui reste ? Elle regagne en renâclant le mobil-home qui, auparavant, lui semblait trop grand pour elle, et qui, à présent, est une cage qui ne cesse de rapetisser.

Le mauvais temps dure depuis des jours. Doc fait les cent pas sur le rivage, nu-tête sous la pluie. Il s'assoit sous une bâche accrochée devant la cabane pour consulter des cartes détrempées. Une ou deux fois, avec ses sbires, ils ont chargé leurs maudites armes à bord du Sundeck. Ils sont ensuite partis tirer à l'aveugle en direction de l'île jusqu'à ce que le vent tourne, puis ils sont rentrés bredouilles une fois de plus. Thettie observe Doc boire les milk-shakes verts protéinés que lui prépare Homer, un peu de ceci, un peu de cela. Son propre mélange spécial de vitamines et de poudres. C'est alors qu'elle a un flash.

Il faut un tueur pour faire un mélange tueur.

Elle se recule de la vitre fêlée, le souffle coupé. Comment a-t-elle pu ne pas voir la mer des possibilités ? Elle tâte du doigt le trou laissé par sa dent manquante, la gencive rendue glissante par le venin. Son doigt dégouline d'une épaisse substance noirâtre et elle peut à peine se contenir. Elle rit aux éclats, ce qui l'oblige à claquer une main griffue sur sa bouche.

— Ferme-la, glousse-t-elle. Ferme-la, ferme-la.

Son rire s'interrompt dès qu'elle entend Grif et Archy revenir de leur chevauchée sauvage. Elle se rue vers la fenêtre et, entre les voilages de la cuisine, regarde le parking. Les Harpur ont acheté, emprunté ou volé des bécanes – Clay et Joanie ont une Kawasaki rouillée ; Randall s'est payé une Nighthawk et un scooter pour Mamie V. Les motos poussiéreuses et les quads donnent au parking un air de fête foraine, ou d'un rassemblement monstre. Pas un seul silencieux dans le lot. Aussi bruyants que les pets du lac. En réponse, elle souffle une framboise[36] venimeuse.

La journée, donc. Mieux vaut rester à l'intérieur, prise au piège d'une rage qu'elle a déclenchée, plutôt que de hanter le village – en clopinant et bavant tel un ours dansant – à poser des questions auxquelles personne ne répond, voire n'entend. Elle souffle une bulle de bave fictive sur sa langue et attend la nuit.

Because the night ![37] à la lumière des étoiles portée par le vent, Thettie est libre de flotter par les pelouses ondulées, les cuisines des restaurants et les balançoires des jardins. Jusqu'au lac, où elle s'agenouille dans l'eau peu profonde pour se laver, ôter le sang et le poison de ses écailles. Pour se refaire une beauté et, si possible, à force de volonté, pour ramener sa langue derrière ses dents à découvert entre ses lèvres noires et remettre en place son bras affreusement disloqué, pour que tout cela ne soit pas une farce grotesque.

Elle s'arrête, autour de ses jambes l'eau bleue s'étoile de traînées noires qui ondulent. De l'eau et du sang lui coulent du nez, entre les cuisses. Elle glisse à quatre pattes. La lumière est allumée dans le mobil-home d'Archy et Grif, peut-être pour repousser quelque chose.

36. Souffler une framboise : faire un bruit semblable à une flatulence en signe de dérision.
37. *Because the Night (« Parce que la nuit »), chanson de Patti Smith, dans l'album Easter.*

Les garçons regardent-ils ? Que voient-ils ? L'île derrière elle avec ses secrets muets ? Ou autre chose ? Quelque chose de plus proche qu'on ne devrait jamais voir ? Quelque chose non enseveli, rejeté par le courant, un enchevêtrement ou une masse d'immondices, qui n'est ni mort ni vivant, ni perdu ni trouvé ?

Deux silhouettes émergent de la petite cabane près des arbres – Homer et Lyle toujours de garde. La masse d'Homer et la carcasse bancale et guindée de Lyle. Elle renifle l'acier froid des lames courbes qu'ils cachent accrochées à la cheville et l'huile de leurs flingues coincés dans la raie des fesses. Elle inspire un grand coup et se tapit dans l'eau sale, sa chemise de nuit déchirée et ensanglantée tournoyant autour d'elle. Ils ont les yeux écarquillés, mais ils ne la voient pas.

Un des livres préférés de Grif était *Le Chat chapeauté*[38]. Il y a une scène dans laquelle le chat, dans un effort désespéré pour attirer l'attention, essaie de poser sur sa tête plein de trucs dingues – un bocal à poisson, un parapluie, un bateau, un livre, un gâteau – tout en faisant du sur place sur un ballon en caoutchouc qui tourne.

— Regarde-moi, regarde-moi, regarde-moi ! dit le Chat chapeauté en fanfaronnant.

Il entasse toujours plus de trucs, tout en tournant sur place de plus en plus vite. Et, comme jongler devient trop compliqué et qu'il croule sous le poids d'une fierté mal placée, le chat finit par perdre l'équilibre et tomber.

Mais avant de tomber, il déchirait vraiment.

Les yeux fourbes de Doc ne la voient pas encore, mais ça viendra.

Car Thettie comprend que c'est elle le monstre du lac. Il n'y en a jamais eu d'autres.

---

38. *The Cat in the Hat*, livre pour enfant du Dr Seuss.

38. Matière noire

En rentrant de chez Habib, Lee aperçoit Archy et Grif en train d'acheter des costumes d'Halloween au drugstore – un chapeau et une étoile de shérif pour le premier ; une fourche et une salopette de fermier pour le second. Un costume de Spiderman pour enfant est exposé en vitrine. Un peu plus tard, il se réveille sur le sol de son atelier. Il se redresse pour s'asseoir à côté du camion Tonka jaune et sort la coupure de journal qu'Habib lui a donnée.

3 novembre 1986

Un fermier se retrouve à l'hôpital après avoir été percuté par un homme au volant d'une Pontiac bleue de 1978. Piet DeGroot, de Little Ridge, souffre de blessures légères après que Frances George Washington Harpur aurait essayé d'envoyer dans le décor son pick-up Ford. Au début du mois, Mr Harpur a porté plainte auprès du bureau du shérif pour l'agression présumée de ses cousines, Thetis Harpur et Cassandra Tully, dans une chambre du Motel 6, *à l'extrémité sud de Main Street. Selon Mr Harpur, les jeunes filles auraient été droguées et violentées à maintes reprises dans une chambre louée au nom du frère de Mr DeGroot, après que les jeunes filles auraient été prises en flagrant délit d'utilisation d'une carte de crédit appartenant audit frère, Piet DeGroot, pour acheter des articles d'épicerie et de l'alcool. Aucune accusation n'a été portée.*

Lee froisse la coupure de journal et la jette par terre. Il sort de l'atelier et, sur le seuil, glisse sur une flaque d'une matière visqueuse noirâtre – d'autres flaques identiques parsèment le sentier qui mène au lac. Il se penche et la touche, en renifle l'odeur. Il s'accroupit et, pour une raison ou pour une autre, lève les yeux. Une feuille est éclaboussée de cette même substance, qui frémit également à l'extrémité des hautes herbes. Plus loin, cette matière gluante, mais noire comme du goudron cette fois et avec la consistance du mercure, frémit entre les racines d'un grand érable et dégouline d'un coin de la balançoire. Non sans hésitation, il suit les traces de cette matière noire jusqu'au rivage. Il y en a partout sur la plage rocailleuse, comme une nappe de pétrole. Elle dégage une odeur aquatique, mais aussi de quelque chose de partiellement digéré – elle est veloutée au toucher, et granuleuse. Elle a quelque chose de voluptueux, d'à la fois liquide et métallique, d'obscène et de rassurant. Son cœur bat la chamade. Il se sent nauséeux et excité. Il ôte sa chemise. Puis son jean. Il s'agenouille, nu sur la rive glaciale, et promène les mains dans cette substance poisseuse et squameuse. Il se déroule tel un serpent, rampe dans la nappe noire. Il roule sur le dos, sent cet épais liquide gluant s'immiscer entre ses fesses. Il s'en frotte les cheveux et le visage, puis le cou, les bras et les chevilles, recouvrant son corps de la matière visqueuse de sa propre chimère, de tout ce qui lui reste de son faux espoir.

Il remonte de la plage tout en remettant ses lunettes et en se rhabillant. Il monte en voiture, le visage encore barbouillé de noir. Il descend lentement Main Street en s'arrêtant chaque fois que nécessaire pour enlever des poteaux électriques et des boîtes aux lettres les avis de recherche de Vernon. Les couleurs des affichettes ont coulé et se sont estompées, si bien que le Gila a l'air fourbe et obscène. Lee les enlève, car si lui-même ne reconnaît plus Vernon, alors personne ne le pourra, y compris Vernon lui-même.

Il entre dans le bureau de poste et les gens le regardent retirer les avis de recherche du tableau d'affichage communautaire avec ses doigts maculés de noir. Sur les vitrines des magasins, le blanc de ses yeux lui renvoie son reflet. Il va à l'université déchirer les affichettes et les étudiants le dévisagent avec un sourire narquois, le prenant pour un vieux gothique, à cause de son maquillage noir. Il se rend au camping et écarte les derniers adolescents Harpur maussades encore présents pour enlever l'avis de recherche épinglé au bureau de location. Dans le reflet de la vitre du panneau d'affichage, ses lunettes semblent flotter sur un masque anonyme de matière noire.

Pour l'avis de recherche, il s'est servi de la photographie de son téléphone, celle qu'il a voulu montrer à Thettie et sur laquelle Vernon mange de la pizza. Il voulait la remercier de lui avoir dit que la pizza est un remède pour tout, car elle semble bien avoir guéri Vernon. Il a utilisé cette photographie parce que c'est la plus récente. Il pensait que ce serait ainsi plus facile de reconnaître le Gila, car le problème avec les disparitions c'est que les gens ne savent pas toujours ce qu'ils cherchent.

39. Dégâts

— Frankie était la clé de son cœur, les gars, et réciproquement. Je l'ai su dès le premier jour. De la minute où j'ai vu son visage sur l'ordinateur de Frankie, là-bas, la première chose que je me suis dit, j'ai dit quoi qu'il arrive, je vais ramener ce gars dans sa vie…

Il se martèle la poitrine.

À l'intérieur de sa cage, qui fait parfois office d'amplificateur géant, Thettie se bouche ses oreilles de lézard et donne un petit coup de langue dans le vide. *Quoi de neuf, Doc ?*

— Étrange, dit Grif. Qu'un ingénieur de formation comme Oncle Frankie soit appelé pour une alerte à la bombe juste pour se retrouver entre la vie et la mort.

— Ironique.

Les pupilles d'Archy sont deux trous d'épingle. Grif chique sur les planches de la jetée et continue de réparer une cuillère de pêche.

— Je n'étais pas mieux préparé pour autant, poursuit Doc, à cette façon qu'ils avaient d'être si proches. Trottinant dans les bois comme deux petits lutins pour cueillir leurs maudites plantes. Frankie grattant sur cette fichue guitare. Tous ces miaulements.

Injuste, pense Thettie. *Frankie avait l'oreille absolue.*

— Et quand elle n'était pas avec lui, elle en avait que pour vous deux.

La tension est perceptible dans la voix de plus en plus aiguë de Doc, son accent traînant trahissant ses origines obscures. Homer et Lyle font obstacle derrière lui, séparant Thettie de ses fils.

— Sauf qu'elle était où, pareil pour Frankie, quand vous avez bu la tasse ? Mais moi, les gars, au bon endroit au bon moment, comme d'habitude. Si je n'avais pas été là… bon, on forme une famille à présent. Une vie pour une vie.

— Je ne m'en rappelle pas vraiment, dit Archy en haussant les épaules. M'man en a jamais parlé.

Doc se pince ses demi-lèvres.

— Eh bien, fallait pas, pas vrai ? Se le reprocher, pôv' chou ? Même si je lui ai dit que ça pouvait arriver à n'importe qui. Cette vieille bique de Sarey a bien des comptes à rendre, si on me demande mon avis.

Mais personne ne le lui demande.

Doc fronce les sourcils.

— On aurait dit que c'était ton propre frère vu comme t'as pleuré ce clebs, Scrap.

— Scrappy, dit froidement Archy, sa rage aiguisée en chagrin. Ces pilules que tu as données à m'man quand elle a décidé de décrocher… qu'est-ce que c'était ? Elles ont fait d'elle un légume pendant une semaine, voilà ce dont je me souviens. On a cru que le saumon la sauverait, tu te rappelles Grif ?

— Chuuuut, siffle Thettie.

Archy regarde le mobil-home. Grif essaie de faire taire son frère d'un coup d'œil. Ils sont allés trop loin pour dévoiler leur jeu.

— Ah. Ça fait quand même un bail, dit Doc pensif. C'était peut-être de l'halopéridol qu'il me restait de mon psy d'avant l'armée. Un bon antipsychotique, à la rigueur. Et votre mère, elle en avait sacrément besoin. C'est une chose de vouloir se désintoxiquer, que je dis, mais une étape à la fois, que je dis. Elle n'était pas taillée pour arrêter d'un coup, que je dis. Certains peuvent, d'autres pas. Pas besoin de souffrir à cause du manque – ça fait du bien à personne, que je dis. Faut connaître ses limites, que je dis. À Dublin, on appelait toujours l'Haldol « le petit remontant de la mère ».

— Je croyais que c'était le gin, réplique Archy en abaissant ses lunettes de soleil sur son nez. Et je croyais que c'était à Liverpool.

— Ça suffit, Arch, dit Grif.

— Vous êtes tout ce qui me reste, dit Doc en chassant des larmes d'un clignement d'œil à deux cames. Jusqu'à ce qu'on retrouve Frankie. Le moins qu'on puisse faire c'est de le ramener pour Sarey.

— Et eux ? Truc 1 et Truc 2 ? (Archy s'essuie le nez avec sa manche.) Ils font aussi partie de la famille maintenant ?

Lyle découvre ce qu'il reste de ses dents, et Homer se cure le nez. Du mobil-home où elle attend la nuit, Thettie vomit des plumes noires, puis elle cogne à la porte verrouillée de l'extérieur. Elle aimerait bien savoir quel est son but, pour reprendre les mots du chauffeur de bus aveugle. Il semblerait que ses fils aient trouvé le leur – découvrir la vérité sur sa mort –, mais elle se demande s'ils posent les bonnes questions. Ce n'est pas la vérité qui se cache derrière sa mort qu'ils ont besoin de connaître, ce sont les mensonges qui entourent sa vie.

En première, Frankie et Cassie avaient dû lire ce livre intitulé *La Métamorphose*. Pendant tout l'été, Frankie n'avait cessé de répéter *Tu crois que tu es un cafard, tu es un cafard*, jusqu'à ce que Cassie lui dise que s'il n'arrêtait pas avec ses cancrelats elle l'exterminerait elle-même. Frankie avait éclaté de rire, mais pas Thettie, pas parce que ce n'était pas drôle, mais parce qu'elle avait cru que Frankie voulait dire que le choix était une illusion et que l'autodéfense n'était qu'un mensonge.

*

De la crypte où elle attend seule et oubliée d'elle-même, Thettie regarde ses fils passer par les rituels de la mémoire et, ce faisant, elle commence à s'oublier. Elle farfouille dans le mobil-home à la recherche d'une clé de la porte, cachée sous la traînée noire des écailles sur le matelas et l'odeur de venin dans ses cheveux. Doc a fait nettoyer le mobil-home, bien entendu, parce c'est ce qu'il est : un nettoyeur. Elle rit sottement, ce qui se traduit par un sifflement, de la façon dont il s'est plaint d'avoir à retourner à la petite délinquance quand ils ont fui en Pennsylvanie – rien que des mineurs et des maquereaux, avait-il dit. Daylin « Quoi de neuf » Murphy, nettoyeur de son état.

Encore et encore, de sa cachette dans un placard sombre, elle se repasse le nettoyage, la dispersion de fausses preuves. Elle observe son corps, sans vie dans sa nudité humiliante, et sent des mains posées sur elle, posées « là où le soleil ne brille pas ». Disposant et redisposant son cadavre, Homer la tripotant pendant que personne ne regarde, surprise surprise, ce n'est pas ton doigt, Homer.

Doc, choqué que le lézard qu'il a volé pour son venin puisse faire tant de dégâts, charge Lyle de le retrouver, pendant qu'Homer met les tiroirs de la cuisine sens dessus dessous pour faire croire qu'elle a tout remué en cherchant quelque chose pour se taillader. Car si quelqu'un en vient à soupçonner que sa mort a été causée par un lézard aux dents acérées, alors il y aura des questions qui mèneront à Doc. Thettie hurle de joie devant le *faux pas* de Doc, ce que Frankie aurait appelé « une comédie des erreurs. »

— C'est ton œuvre, Frankie, n'est-ce pas ? J'espère que tu n'as pas fait de mal à ce fichu lézard.

Car si c'est une comédie, alors Doc est le dindon de la farce et il ne manque plus que Bugs Bunny. Mais Frankie a toujours été gentil avec les animaux, et ils le lui rendaient bien.

*

— Quoi de neuf, Doc ?

Thettie est pliée en deux d'entendre Doc et ses gardes du corps dire qu'ils ont dû sous-estimer le force du lézard.

— Tu pensais qu'il avait des superpouvoirs, Doc ? Après ce qu'ils lui ont fait au laboratoire ?

— Quoi ? Comme Godzilla ? Comme *L'étrange créature du lagon noir* ? Sois pas stupide, gros lard.

Mais Homer n'est pas stupide, et Lyle n'aime pas quand Doc traite Homer de gros.

Thettie rit à en pleurer. Oh, quelle ironie !

Doc explique pourquoi il préfère croire que Vernon est un lézard tout petit tout mignon génétiquement modifié pour être un véritable tueur – imagine les possibilités ! Il lance à plusieurs reprises Homer et Lyle à la recherche du fuyard. Thettie se retourne sur le dos et jubile en agitant frénétiquement ses pattes griffues. Elle se fige au son d'une guitare, la tête sous sa chemise de nuit.

— Frankie ?

La direction dit que le mobil-home est hanté. Thettie déchire un rideau et le drape sur sa tête, lance une chaise contre la vitre, qui ne fait que rebondir. La direction dit qu'il ne sera plus possible de le louer, pas un mobil-home dans lequel quelqu'un s'est suicidé. Elle contacte maison-hantée.com pour organiser des visites hors-saison.

— Je vais te leur en donner de la visite.

Thettie laisse échapper un panache de fumée graveleux qui lui déchire la gorge en sortant.

Les grains générés par le lac soufflent encore et elle se précipite sur le rivage pour chercher quelque chose susceptible d'attirer Homer et Lyle loin de Doc. Lui rendre la monnaie de sa pièce. Toujours entravée par le poids de sa chaîne, elle se traîne jusqu'au bateau de Doc et vide le réservoir, taillade le caoutchouc de plusieurs bateaux pneumatiques, bloque les moteurs de deux bateaux équipés pour la pêche à la traîne. Elle ne touche pas à ceux d'Archy et Grif, et Doc est furax. Comme prévu, il envoie Homer et Lyle voir ce qu'il en est avec eux, d'où s'ensuit une bagarre, qui entraîne l'intervention du shérif Boyle. C'est un début, mais ça ne lui fait pas gagner assez de temps. Halloween n'est plus très loin. Tout sera fini dans une semaine. Pas assez de temps pour que ses fils puissent découvrir la vérité avant qu'elle-même ne manque de mémoire, car malgré tout ce que Vernon lui a donné, trop n'est jamais assez.

Cela la frappe soudain, ce qu'est son but, et elle tombe à genoux, en pleurs de l'avoir trouvé. Son but est de se ressouvenir d'un nouveau chemin dans la forêt, d'un moyen d'y pénétrer sur de toutes nouvelles bases.

Une nuit, la pluie se lève sur le lac tel un rideau. Elle voit Frankie suivre ses propres traces aller-retour, dans et en dehors du petit bois dense sur l'île. Lee et Bryce sont sortis sur le lac. Bryce montre Frankie du doigt, mais Lee ne le voit pas encore. Il ne voit qu'une ombre qui marche. Inoubliée et seule.

*

Doc parle avec Homer et Lyle, leur dit d'être gentils jusqu'à ce qu'Archy et Grif réussissent à faire quitter l'île à Frankie. Ensuite, les garçons seront à eux. Doc fait des cadeaux à ses fils. Des femmes pour Grif un jour, du whisky pour Archy le lendemain. Il achète à ce dernier un téléphone portable bon marché et de nouveaux écouteurs. Accepter ou refuser les cadeaux de Doc. Savoir quelle est l'attitude la plus crédible de leur part, et si c'est important.

Personne d'autre que Thettie ne voit Grif essuyer des larmes de ses yeux.

— Bon, on ferait mieux de s'y mettre. Ces maskinongés ne vont pas se pêcher tout seuls, et Avery en offre cinq dollars la livre.

Archy fait craquer ses doigts. *Frankie a le mélange tueur*, dit-il à Grif. La nouvelle drogue qui va tous les rendre riches. Suffit d'aller sur l'île, Doc ou pas Doc. Frankie va se demander ce qui les en empêche.

— Les chiens posent problème à Doc, répond Archy. Tant qu'il ne peut pas les abattre ou les empoisonner, ou les deux, et je ne vois pas le grand Indien laisser faire ça. Il a promis de nous conduire à Frankie.

Thettie regarde et écoute par la fenêtre, mâchouillant sa main. Archy et Grif savent que le temps presse avant que Doc n'arrête d'être gentil et ne les force à choisir entre Frankie et Sarey.

— Keg, Crab ? (Les yeux de Grif étincellent d'un froid glacial.) L'enfoiré qu'on a vu le premier jour ?

— Kreb, siffle Thettie.

— Il doit y avoir un moyen de doubler Homer et Lyle, dit Archy. On met la main sur Frankie et à nous la belle vie. Doc dit que tout ce que possède Frankie, ou possédait s'il est mort, nous revient.

Grif, 1 mètre 95, prend son frère, 1 mètre 98, par la gorge, le soulève et le porte au-dessus de l'eau. Emilio et Dustin sortent de l'obscurité des cabanes en bordure du lac, s'avancent et se tiennent en retrait.

— Espèce d'abruti ! Tu crois que Doc ne sait pas comment trouver un moyen pour empêcher ça ? Il a pris tout ce qui est à nous, y compris notre propre mère. Tout ! Tu crois qu'il va s'arrêter en si bon chemin ?

Grif repose son frère sur la jetée, le prend dans ses bras, et les deux hommes restent accrochés l'un à l'autre, chancelant et en pleurs.

— J'en ai plus rien à foutre, sanglote Archy. Je veux juste que ça s'arrête.

— Chuuut, murmure Grif, la bouche dans les cheveux sales de son frère, pour que seule Thettie puisse l'entendre. On ne peut rien faire sans mettre Sarey en danger.

Sarey !

Thettie a oublié Sarey.

*

Elle attend la nuit. Sous couvert de la pâle phosphorescence du lac, Thettie se rend sur le rivage rocailleux. Au bout de six cents mètres, elle se retrouve à l'embouchure sombre de la rivière. Elle monte la pente, laissant derrière elle une traînée d'écailles couleur obsidienne pour retrouver son chemin, puis se jette sur une branche qui flotte pour passer de l'autre côté. Elle rampe sur la rive en véritable commando, dégoulinante, et s'approche de l'ancien hameau. Une voiture qu'elle ne reconnaît pas – quelqu'un que, sur les instructions de Doc, Lyle a engagé pour surveiller Sarey – est garée sur la route en lacets.

La maison de Sarey est plongée dans le noir et deux de ses chiens – un Shiloh Shepherd descendant de Scraps et le mastiff blanc qui les a poursuivis la fois précédente – gisent dans des mares noires de sang dans la cour. Le premier est allongé dans ses propres entrailles, et la tête du second est suspendue à un nœud de tendons sectionnés. Thettie se rapproche. Sarey creuse dans la terre, avec le seul chien qui lui reste, une femelle pointer brun roux. La terre vole tandis qu'elle creuse une tombe pour le Shepherd et le mastiff. Thettie renifle. La chienne attend des petits. Elle se rapproche encore. La chienne retrousse ses babines et étouffe un grognement. Les griffes de Thettie s'accrochent dans le sol meuble. Elle s'approche de l'albinos mort. La pelle de Sarey projette de la terre noire et froide jusqu'à l'endroit où se trouve Thettie. Une pluie de poussière s'abat sur ses cheveux et dans ses yeux. Elle se rapproche encore.

Le chien mort ouvre son œil. Un œil humain. Il cligne en regardant Thettie qui soutient son regard. Quelqu'un a pris le chien à la tête – pendant que quelqu'un d'autre l'attachait à un arbre, sans doute – avec une lame inégale, sectionnant son œsophage et sa trachée, s'arrêtant juste avant d'atteindre la colonne vertébrale. Thettie caresse la tête blanche déjà froide. Elle pose un doigt sur son museau, constate que le sang qui coule des crocs jaunâtres s'est figé. Le chien n'aboiera plus jamais, mais Thettie vérifie pour s'assurer que la colonne vertébrale est intacte et, une fois convaincue, se penche et chuchote à l'oreille couverte de sang coagulé : « Réveille-toi, saloperie. »

Et alors Thettie mord. Pas fort, mais une morsure bien acérée sur le museau rose du chien, presque un baiser. Elle ne s'attarde pas suffisamment pour savoir ce qu'elle a fait.

*

De retour dans le mobil-home, le temps s'écoule bizarrement, comme les rêves des vivants. Des heures passent en un clin d'œil ou durent des jours, que la terreur rend interminables. Elle pourrait prendre du Xanax, comme au bon vieux temps. Mais le Xanax n'est plus le bon poison. Le temps se réduit à quelques secondes de paranoïa. Elle pourrait se servir un verre. En sueur dans le noir, sur le matelas nauséabond sur lequel elle est morte, elle a l'impression que les murs se détachent, flottent tels des éclats de verre dans le décor, puis reprennent leur place, acérés comme des éclats d'obus.

Le poison est la clé. Il est en elle désormais, lui fait revivre l'attaque du monstre, encore et encore. L'horreur de cet instant figé pour toujours dans une goutte de sang qui ne tombera jamais. Elle est piégée dans une boule à neige, sauf que la neige est noire et que le ciel est rouge. Sa matérialité va et vient comme la marée, ses mouvements accélèrent en avance rapide ou traînent au ralenti en fonction du courant du temps. Il y a le fait, avant sa mort, que Doc a payé Jason pour voler le lézard et le garder dans son sac à dos. Vernon devait être un moyen d'assurer ses arrières, au cas où Frankie refuserait de coopérer, ou il serait déjà mort faute d'être sur le point de l'être réellement. Mais, de toute façon, il y a le fait que Doc a payé Homer et Lyle pour voler le lézard à Jason, Jason qu'ils ont tué lui aussi, en cadeau, pour convaincre les DeGroot. Le lézard-dans-un-sac-à-dos se retrouve dans le mobil-home qu'occupait Doc avant elle, mais il s'est déjà sauvé et réfugié sous le lit au moment de l'échange. Que voulait-il ? Quelle est la raison qui, bizarrement, l'a poussé à attendre ?

Ou qui ?

La nuit. Car ce qui est sorti du lac est plus grand que la nuit. Plus gros qu'un monstre de Gila, plus méchant que l'orgueil mal placé et plus affamé que le faux espoir. Il est entré par la porte déverrouillée par le retour des Harpur, et ouverte par le retour d'un autre.

Car l'envie est la clé.

La nuit tombée, elle est enfin libre de vagabonder. Elle se laisse porter vers le quai et, à travers les courants cachés, cherche l'île des yeux. Parfois, ce n'est rien d'autre qu'un non-espace dans l'eau, comme ces taches foncées dans le ciel nocturne que désertent les étoiles elles-mêmes – matière noire où rien ne se déploie. D'autres fois, elle la voit bien, un tas de cailloux et de broussailles posé telle une cicatrice sur le rêve de la nuit. Frankie marche en boitant du phare où il dort jusqu'aux poteaux qu'il a installés au large du récif, puis jusqu'aux pièges qu'il a tendus au bout du chemin dans les bois. À l'écart d'un autre chemin se dresse une petite cabane garnie d'étagères d'où elle saisit le reflet de bouteilles et de vases à bec, le rabat de carnets griffonnés. Mais elle ne distingue pas ce qu'il y a sur les étagères, car quand il y entre, il ferme la porte derrière lui.

Des chiens fantômes rôdent. Ils creusent des trous noirs où toute signification disparaît. Quand Frankie sort de la cabane, ils se remettent à le suivre. Et il y en a d'autres. Vieillards insensibles, métis et bouilleurs de cru clandestins, qui le dépassent sur le chemin, et un autre, aussi. Une silhouette familière que l'on distingue à peine, à cause de la nuit, et Thettie a son nom sur le bout de la langue, si seulement elle pouvait se rappeler. Petit et cassé, il suit Frankie en portant une lanterne, ou parfois le devance en zigzaguant, peut-être à la recherche de quelque chose. Thettie voit ce que voit le porteur de lanterne, que Frankie se sert d'une béquille d'hôpital rouillée pour marcher. Quand le porteur de lanterne s'approche assez près de lui, Thettie voit que Frankie est émacié, qu'il n'a que la peau sur les os et que son crâne chauve grouille de bestioles. Ses dents sont noires, beaucoup sont tombées. Il sait où se trouvent tous les pièges, même ceux qu'il n'a pas posés, et il les trouve dans le noir. Il en a cartographié l'emplacement au moyen d'astuces mnémoniques qu'il a apprises en buvant aux sources de l'île, une source pour se rappeler et une autre pour oublier. Là où il n'a pas vérifié un piège depuis quelque temps, des broussailles recouvrent le chemin, et il doit s'y frayer un passage. Là où l'eau a formé une mare noire à l'endroit où il a laissé un poteau, il lui faut patauger dans la vase jusqu'au cou avant de pouvoir regagner le chemin.

Il regagne toujours le chemin.

40. Balançoire

Elle est assise sur la balançoire à côté de la maison. À première vue, et sous cet angle, elle ressemble à son fils. Son cœur se soulève et un faux espoir le gagne.

Il s'apprête à dire son nom, mais s'arrête de lui-même, choqué de la voir ainsi. Curieusement, elle semble bien plus affectée qu'Archy ou Grif par la mort de Thettie, et ce n'est pas simplement parce qu'elle s'est attachée à lui, qu'ils sont devenus amis. Les cernes bleus sous ses yeux contrastent avec la pâleur de son visage. Ses cheveux couleur cannelle sont emmêlés autour de son bandeau maculé de peinture. On a du mal à croire que c'est la même personne que la gamine sexy qui a débarqué en ville avec les Harpur voilà près d'un mois. Mais plus que son apparence, c'est son attitude qui a changé. Maussade et mystérieuse un instant, obstinée et puérile le suivant.

Un vieux geai bleu est resté sur la propriété après le départ de ses habitants – en partie à cause d'une mangeoire à oiseaux que le fils de Lee a construite avec l'aide d'Habib. La mangeoire est tombée lors d'une tempête, mais le geai bleu est resté et s'est entiché de la fille. L'oiseau attend son retour et la suit où qu'elle aille, sautillant de branche en branche. Il attend avec inquiétude quand elle est dans l'atelier, voletant devant les fenêtres pour voir comment elle va. Perché à présent sur le portique rouillé, le geai regarde Lee avec méfiance.

La fille se pousse d'avant en arrière sur la balançoire qui gémit.

— On dirait une mule, dit-elle. Hi-han, hi-han.

Le geai bleu s'ébouriffe les ailes.

— Je suppose que je devrais la vendre, dit Lee. Plus personne ne l'utilise.

Il retire sa main, elle est couverte de rouille. Il s'essuie sur son jean, appuie sur le dossier du siège et la fille s'élève dans les airs, ses longues jambes pendantes. Son jean Goodwill claque au vent, et Lee distingue des bleus sur ses chevilles blanches et maigrichonnes.

— Moi si.

Elle bat des jambes, suspendue sur la balançoire, des branches noires en arrière-plan.

La balançoire métallique démodée était là quand ils ont acheté la propriété, mais sa femme n'aimait pas que le petit garçon joue avec. C'est une horreur presque rouillée que Lee avait promis de remplacer par un modèle en plastique que sa femme avait choisi sur catalogue. Elle a dit à la police qu'elle était en train de préparer le panier de pique-nique quand elle a entendu le grincement caractéristique. Elle a jeté un œil par la fenêtre de la cuisine et constaté que le garçonnet était dessus, et elle a tapé au carreau pour l'en faire descendre. Comme il ne semblait pas l'entendre, elle a aussitôt glissé la Thermos dans le panier, fermé celui-ci, puis elle a fait le tour de la maison pour l'appeler pour le dîner. Mais il avait disparu.

Lee la laisse retomber en douceur. Elle se soulève et fait un bond d'une soixantaine de centimètres pour atterrir devant lui. Il cligne des yeux l'air gêné derrière ses lunettes tachées. Elle éclate de rire. Ils longent le cimetière d'animaux qu'il n'a pas eu le temps de réparer depuis que Jason DeGroot (probablement) l'a piétiné pour s'emparer de Vernon.

Ils entrent dans le bois clairsemé. Elle paraît plus petite et marche d'un pas inégal. Parfois, elle se cogne à son bras ou vient heurter ses talons. La vieille école est à peine visible à travers les branches qui se déploient comme pour la protéger de toute intrusion. Elle l'interroge à ce sujet.

— École publique de Peachtree.

— Peachtree ?

Elle répète le mot, s'en rappelant le sens, ou le retrouvant peut-être, à partir d'une autre conversation.

— Comme un pêcher, dit-il. L'arbre fruitier. Des soldats révolutionnaires ont brûlé tous les vergers indigènes quand ils ont détruit les villages à travers l'État.

— Pêchers.

Elle s'arrête pour observer le toit pentu, les pignons néo-gothiques. Ses poignets irrités, entre ses manches trop courtes et ses mitaines, sont couverts de bleus, pas récents, mais pas totalement disparus. Lee prononce silencieusement son nom et tend un doigt pour toucher l'intérieur d'un de ses poignets, et elle sursaute comme s'il l'avait mordue.

— Cette terre appartenait aux Iroquois, s'empresse-t-il de dire. Après la guerre, George Washington l'a divisée en lots pour les soldats, à titre de compensation.

— Hein ?

— Paiement pour l'avoir aidé à gagner la guerre.

— Et l'île ? demande-t-elle en montrant un endroit juste derrière le promontoire.

— Ce serait un vieux cimetière. Il y avait un phare autrefois. Les anciens évoquaient sa lumière bleu pâle. L'armée et les colons s'en sont servi de fosse commune. Des anciens combattants, des orphelins hollandais, des suicidés, des infanticides, des fuyards et des pécheurs morts noyés, des esclaves, des victimes de la grippe espagnole, des gangsters. Tous ceux qui n'ont pas droit à une stèle.

Elle se penche pour ramasser la feuille jaune d'un orme, regarde une petite araignée courir dessus. À cause de la pluie et de leur situation exposée sur le promontoire, la plupart des arbres du petit bois ont déjà perdu leurs feuilles et leurs branches noires forment un enchevêtrement sous le ciel sans soleil.

— C'est quoi une stèle ?

Ils s'arrêtent à l'endroit où l'on peut voir le courant tourbillonner autour des balises de signalisation, l'île étant comme toujours cachée par le brouillard. Depuis peu, Lee a envie d'une bière à l'heure du déjeuner, parfois plus tôt. Il est presque quatre heures à présent, et il est complètement à l'ouest. Ils tournent et poursuivent leur danse, lui et la fille, le long du chemin qui mène à la chaleur de l'atelier.

— Une stèle, c'est quelque chose que l'on place sur une tombe, comme une pierre. Généralement, le nom de la personne est inscrit dessus.

— Ah, ça ! Frankie dit que ça s'appelle des cippes.

Lee s'arrête et se tourne vers elle, les jambes engourdies par le froid.

— Frankie a dit ça ?

Elle poursuit son chemin.

— Il dit que les pierres tombales ont besoin d'une tombe et qu'une tombe a besoin d'un corps. Il dit que l'île est pour les corps égarés qui ne savent pas ce qu'ils sont. (Elle semble réfléchir à cela un moment.) Certains d'entre eux vivent dans des grottes. Il y a tout un tas de grottes.

— Sous l'eau ?

Lee se met à trembler. Il en a entendu parler – l'île serait née d'une éruption sous-glaciaire et criblée de bulles d'air qui se sont solidifiées en une base souterraine poreuse.

Elle ajuste son bandeau.

— Frankie dit que sous l'eau c'est autre chose.

Le chemin se rétrécit, l'obligeant à marcher seul loin derrière elle. Il pense qu'il va vomir.

— Si Frankie en sait autant, crie-t-il, est-ce qu'il sait qu'ils sont revenus ? Tu le lui as dit ?

— Je ne veux pas y retourner, dit-elle presque en criant.

— Bon, bon. Mais Frankie… il est malade ? Bon sang, c'est son manoir là-bas. Sa famille dort dans des mobil-homes alors que l'hiver approche et il y a vingt-six pièces inoccupées.

Lee sait que les questions sont inutiles. Il essaie de se représenter Frankie sur l'île avec des chiens qui semblent ne jamais mourir, une réserve inépuisable d'os à disposition.

— Pourquoi Frankie ne rentre pas ? Sa famille a besoin de lui. Tu le lui as dit ?

— Je ne veux pas y retourner tout de suite. Je veux rester avec toi.

Il est à bout de souffle, sent l'odeur de l'alcool dans sa transpiration.

— Moi ? Pourquoi moi ?

Elle se retourne pour qu'il la rattrape et une larme crasseuse coule de sous son bandeau.

*

C'est un autre jour, ou une autre heure, et ils sont sur un autre chemin dans les bois. Elle montre la côte qui mène au manoir de Frankie et l'interroge sur les Zabriskie.

— Quand on est arrivés à Little Ridge, on est allés à des soirées à l'université, des séminaires, des lancements de livres et ainsi de suite. Chaque Noël, les Zabriskie donnaient une réception privée, uniquement sur invitations. L'année précédant l'enlèvement de notre fils, on y a été invités. On n'avait pas très envie d'y aller. Ce n'était pas notre style. Mais Habib a insisté. Il a dit que ça pourrait nous être utile. Il nous a même proposé une baby-sitter, une de ses étudiantes. Alors, on y est allés. La réception était connue à la fois pour être ennuyeuse et pour le gâteau aux fruits de Mrs Zabriskie. Elle passait la moitié de l'année à en cuisiner pour les organisations locales, les collectes de fonds, les associations de bienfaisance, etc. Chaque gâteau était cuit avec un dollar en argent à l'intérieur. Mais elle en préparait un spécial pour cette soirée.

— Qu'est-ce qu'il avait de spécial ?

Elle n'est peut-être pas allée au lycée, mais Lee admire sa soif de détails.

— Je ne sais pas exactement, peut-être y mettait-elle un rhum plus cher que dans les autres gâteaux. On en sentait l'odeur dès qu'on avait franchi la porte. Elle l'apportait pour le dessert, servi avec une crème caillée particulière, faite avec le lait de sa propre vache – qui, soit dit en passant, s'appelait Eleanor – et il y avait toujours un heureux invité pour avoir le dollar.

— On pouvait le garder ?

— Eh bien… (Lee rougit – ça fait longtemps qu'il n'en a pas parlé à quelqu'un.) Il fallait le mériter. Chanter une chanson ou réciter un poème, voire exécuter une danse – une année, il me semble qu'Habib a fait une danse du ventre. Quoiqu'il en soit, j'ai passé la majeure partie de la soirée à avoir des sueurs froides en espérant qu'aucun de nous deux ne trouve le dollar.

— Mais tu l'as trouvé.

— Exact.

— Et tu ne savais pas quoi chanter ?

— En fait, si. Ma femme m'a accompagné au piano. On a chanté *Bat out of Hell.* (Lee joue les accords sur un piano invisible.) C'était une sacrée musicienne. Enfin, pour une biochimiste.

— J'adore cette chanson.

— Ouah ! Cette chanson est plus vieille que toi.

Elle éclate de rire et gratte une guitare invisible en chantant le refrain, mais Lee l'interrompt pour ne pas pleurer. Aux Alcooliques Anonymes, il y avait toujours quelqu'un pour fondre en larmes.

— Ma femme et moi, on faisait partie d'un groupe à l'université. Avec d'autres gars, des scientifiques intellos. Ils étaient tous amoureux d'elle.

— Mais c'est toi qui l'as épousée. (Lee renifle et remonte ses lunettes.) Et tu lui as donné une stèle quand elle est morte ?

Derrière le fouillis des branches enchevêtrées, le soleil semble s'être sali pendant sa descente. La fille se tourne vers lui, la moitié de son visage en feu, l'autre moitié de glace.

— Je voulais l'enterrer dans les bois. C'était l'endroit qu'elle préférait. Sa famille voulait qu'elle repose au cimetière catholique. Ils ont choisi la stèle.

— Qu'est-ce que tu as fait du dollar en argent ?

— Je l'ai donné à mon fils. Il l'a gardé dans sa poche, mais on ne l'a jamais retrouvé.

— Tu lui as donné une stèle ?

Lee secoue la tête.

— Pas encore. Il faut d'abord que je le retrouve.

— J'ai froid.

Les coins de ses lèvres sont bleus.

Ils se sont écartés du chemin et sont arrivés devant un arbre tombé, noir et couvert de champignons. Des fleurs sauvages enserrent le tronc géant et de jeunes arbres graciles poussent déjà alentour. La fille s'arrête pour se reposer, mais Lee regagne le chemin qui permet de sortir du bois.

Il entend ses pas derrière lui, mais quand il arrive à l'atelier, elle est déjà là. Elle a toujours été déjà là.

41. Crystal

Lee est à la fenêtre. Depuis le lit, il regarde Thettie sculptée dans le marbre ou la glace, telle une statue.

— Pourquoi tu ne dis pas son nom ? chuchote Thettie. Ça pourrait aider.

Le souffle de Lee embue la vitre. Il ne tourne pas la tête.

— En cinq ans, je n'ai jamais prononcé son nom.

— Il dit le tien ?

— Je l'entends, quelques fois. Je me précipitais vers l'endroit d'où venait sa voix, dans la salle de bains par exemple, ou dans sa chambre – c'est pour ça que j'ai quitté la maison. Ou j'allais dans le rayon céréales au supermarché, pour l'entendre dire que c'était ça ou ça qu'il voulait, ou je m'arrêtais dans le bois quand je l'entendais dire qu'il voulait me montrer quelque chose. Une araignée rouge sur une feuille, ou un gland double, ou des serpents enchevêtrés, ou une pointe de flèche – on en a trouvé deux dans un des ruisseaux derrière l'école. Ou… ou en jouant il m'appelait *Hé ! Hé papa !*, mais quand j'arrivais à l'endroit d'où il m'avait appelé, il n'y avait personne.

— Et aujourd'hui ? Quand il appelle, qu'est-ce que tu fais ?

— Je poursuis mon chemin.

*

Depuis les rebords des fenêtres, le vide sanitaire et le toit du mobil-home balayé par les branches, Thettie observe Doc sortir de la petite cabane et claquer la porte derrière lui. Ses yeux rapprochés sont toujours aussi méfiants, mais à présent ils sont profondément cernés. Le héros de guerre a laissé place à ce qu'il est vraiment : un avorteur clandestin qui pue la prison et dont le corps est couvert de cicatrices de brûlures luisantes. Il vérifie l'état du ciel et confère avec Homer et Lyle, puis il vérifie les provisions à charger sur le Sundeck qui se balance sur le lac. Il appelle Archy et Grif. Homer et Lyle font le guet, toujours de part et d'autre, sur les côtés ou devant-derrière. L'un devant et l'autre derrière. Ils ne la voient pas, mais ils sentent qu'elle tape au mur qu'ils ont érigé autour de Doc. Un mur qu'elle ne peut pas traverser tant qu'il n'y a pas de nouvelle transmission. Un nouveau signal sur le chemin. Quelque chose de plus qu'une dent. Quelque chose qui ne soit ni une particule ni une onde.

Donc, elle attend. Et à l'horizon, pendant qu'elle compte en silence les jours qui la séparent de la fin de cette lutte acerbe entre son âme et celle de sa famille, l'île apparaît et disparaît, s'allume et s'éteint. Ses mutilations cicatrisent et elle devient toujours plus elle-même. Moins disloquée et fuyant de partout. Plus lisse, plus ferme et plus près du sol. Mais combien de temps encore avant que les effets mnémoniques de l'helotide ne se dissipent et ne la laissent seule et perdue avec rien ni personne à l'exception des affaires qui lui restent à régler ?

Le temps change, aussi, et plus tôt que prévu. L'expédition du jour sur l'île revient juste avant la tempête, et Homer et Lyle se tiennent à distance pendant qu'Archy, Doc et Grif font le point. Ils parlent des chiens qu'ils ont entendus aboyer des côtes inaccessibles de l'île. Ils ont entendu les coups de feu habituels et une charge a explosé dans l'eau à moins de cinquante mètres devant eux. Au bout d'un moment, Doc et ses hommes s'en vont et Archy prend son frère par le bras.

— Il faut qu'on parle de maman à Frankie. (Il s'interrompt brièvement.) Doc ou pas Doc, il doit savoir.

— Comment ? demande Grif en prenant à son tour son frère par le bras, ce qui fait qu'ils donnent l'impression de danser comme deux ours blessés. Même si on pouvait y aller sans Doc, même si chaque fois qu'on s'approche le vent ne nous repoussait pas – Dustin est passé par-dessus bord hier. L'eau est presque gelée, tu peux me croire. Même si on pouvait aller là-bas, ce que Doc ne nous laissera pas faire, quelque chose nous arrêterait. On dirait que le lac ne veut pas qu'on y aille.

— Ou peut-être que Frankie ne veut pas de nous là-bas. Tu y as déjà pensé ?

La bouche de Grif est si proche de l'oreille d'Archy qu'elle la touche presque, mais celui-ci n'écoute pas. Il regarde fixement le lac par-dessus l'épaule de son frère.

— Nom de Dieu ! s'exclame-t-il. Elle est partie où ?

C'est alors que Bryce sort de son minuscule mobil-home pour accueillir les fils de Thettie avec une Thermos. Thettie grince des dents.

Grif relâche son étreinte.

— Courbure terrestre ou quelque chose du même genre. Mirages froids, j'ai lu un truc sur le sujet. Comme ces lacs de l'île du Sud en Nouvelle-Zélande, des lacs glaciaires aussi bleus que la mer Égée, des particules de glaces préhistoriques ou quelque chose en suspension à l'intérieur. Tu regardes à travers et tu ne vois pas l'autre côté, même si ce n'est qu'à deux ou trois kilomètres. Tu ne vois qu'une eau bleue et lisse qui s'étend à l'infini.

Ils sont tous les deux à boire un café en regardant le lac. La brise caresse les longs cheveux emmêlés de Grif et porte doucement au nez de Thettie l'odeur des aisselles non lavées d'Archy.

Le lendemain, le Sundeck de Doc est de nouveau de sortie. Doc et ses hommes s'arment de fusils et emportent de la mort-aux-rats mélangée à de la viande hachée pour la catapulter sur l'île. Thettie secoue la tête. Les DeGroot leur fournissent de quoi désarmer grenades et explosifs. Thettie grince des dents, crache de l'os et du cartilage. Le bateau rapetisse tandis qu'il vire, puis il disparaît.

Ils rentrent les mains vides, comme d'habitude. Doc, flanqué d'Homer et Lyle, explique le plan du lendemain à Archy et Grif. Et du surlendemain. Le temps qu'il faudra, les garçons. Ses yeux sont vitreux. Son accent est plus prononcé de jour en jour, si bien qu'il porte de l'autre côté du lac et vers l'horizon noir, où les oies s'enfuient contre vents et marées. Des gouttes de pluie tremblotent sur les épaules en cuir strié du perfecto de Grif, qui a une main posée sur son ventre et l'autre sur l'épaule de son frère ; de sa cage, Thettie ne saurait dire lequel des deux s'appuie sur l'autre.

Thettie compte les larmes qui coulent des yeux d'Archy tandis qu'il se remet au travail. Elle les dénombre et les classe en fonction de leur volume, de la vitesse à laquelle elles glissent et de la distance qu'elles parcourent. Et quand Archy se tourne pour regarder par-dessus l'épaule de Grif, comme il le faisait petit, pour s'assurer que sa mère était toujours là, elle sourit et fait au revoir de la main de la prison où on l'a enfermée.

*

Bryce dort dans un mobil-home à la lisière des arbres, un York minuscule, aussi petit qu'une maison pour enfant. Il luit après la tombée de la nuit. Thettie attend et compte les heures jusqu'à ce que, le soir venu, elle puisse voir cette lueur et observer l'observatrice. Bryce, endormie, se perd dans de noirs souvenirs embrouillés, impossible de distinguer les arbres qui cachent la forêt.

Contrairement à Thettie, l'idéaliste, Bryce, peut vagabonder de jour comme de nuit. Mais après son service au *Way Out*, elle se retrouve souvent piégée sans rêves dans une nuit interminable, ou dans un rêve de nuit. Son bandeau est posé sur la table de chevet, parce que seul son œil valide se ferme dans son sommeil. L'autre reste fixé dans le vide, dépourvu de paupières et voué à éclairer la forêt où il fait toujours nuit. Dans cette obscurité embrouillée et ramifiée, un ombre épaisse se déplace dans une odeur d'excréments et de sperme. Se mouvant dans les parasites omniprésents (CQ, CQ, 6KSZ, tu es 59, QSU)[39], cette ombre épaisse, cette puanteur matérialisée, s'approche du matelas et s'insinue dans la mémoire de l'observatrice. L'observatrice oppose une faible résistance, mais la puanteur se fraie un chemin dans son corps et sa mémoire, toujours plus profondément, comme un couteau s'enfonce dans une entaille qu'il a lui-même creusée.

Un bruit venant de la jetée interrompt Thettie dans sa surveillance de nuit. Archy s'éloigne lentement avec le *Black Crown*. Elle le voit très précisément, bien qu'il soit trop loin pour un œil humain. Sa coupe de cheveux ne ressemble plus à rien, sa barbe autrefois peu fournie est désormais broussailleuse et en friche. Il s'éloigne lentement, silencieusement, et Thettie, tirée de sa torpeur, sort de son mobil-home pour observer de la jetée. Il regarde en arrière une dernière fois et fait un signe de la main, et elle lui répond de la même façon. Regarde-moi maintenant !

Les étoiles disparaissent derrière les nuages, même s'il ne pleut pas encore, et la surface du lac scintille du sombre éclat du charbon. Les petites lumières du bateau d'Archy, rouges et vertes, clignotent par intermittence dans l'obscurité, à gauche et à droite – échange d'informations

39. QSU : code pour « Dois-je transmettre sur la fréquence actuelle », selon le code Q, un ensemble de codes de trois lettres, au sens bien précis, utilisé par les opérateurs radio.

le long du chemin. Les lumières faiblissent à l'approche de l'île, et Thettie observe le bateau ballotté par le courant se rapprocher toujours plus de ce qui semble être une ride sombre sur le pli de la nuit. Le *Black Crown* fait une embardée et elle tend la main. Il tire à tribord et, au lieu d'approcher l'île de front, il en fait le tour dans le sens des aiguilles d'une montre, puis il repart en sens inverse après avoir fait demi-tour. En procédant ainsi, la lumière verte de tribord cède la place à la lumière rouge de bâbord. Il fait plusieurs fois le tour de l'île jusqu'à ce que la pluie commence à tomber du ciel chargé d'éclairs.

Thettie quitte précipitamment la jetée pour s'accroupir au bord de l'eau, ses griffes noires étincelant dans la nuit glaciale. Elle garde un œil sur la rangée de petits mobil-homes parmi lesquels celui de Bryce scintille sous la lune, et paraît si petit, semblable à une maison ou à une cachette secrète d'enfant. L'autre œil de Thettie est rivé sur l'horizon dégagé. Sa chemise de nuit traîne dans l'eau peu profonde, bruissant sur ses écailles sales.

Archy revient en milieu de matinée sous la pluie, sa prise s'agitant dans des seaux. Thettie se précipite sur le ponton pour l'accueillir, mais découvre que Doc l'a précédée et attend avec du whisky. Elle lui fait lâcher la bouteille. Doc regarde sa main vide avec incrédulité. Son visage blêmit, ses ongles soigneusement manucurés empestent une pourriture noire et d'aspect métallique. Thettie est ravie de cette petite victoire. Lyle et Homer ne devaient pas être très attentifs. Mais ils le sont à présent. Ils attribuent l'incident à la nervosité de Doc et leur confiance s'en trouve renforcée. Lyle tapote son poignet tatoué – le temps presse.

Thettie recule, de nouveau affaiblie et craintive.

*

— Je n'y suis pas arrivé, dit Archy en se frottant les mains pour se réchauffer. Je suis allé là où je la voyais du rivage et je l'ai vue devant moi tout le temps et puis le courant m'a emporté et elle a disparu. Je me suis retiré pour faire le tour des pylônes et je l'ai vue de nouveau, comme si elle s'était cachée derrière la balise ou je ne sais quoi – elle brille trop quand on s'en approche, on est trop ébloui pour voir quoi que ce soit.

— Le brouillard, mon gars, dit Doc d'une voix aiguë et fatiguée. Et la lumière. Voilà ce que je pense. Faisons sauter ce putain de rocher. Et bien fait pour sa gueule.

Mais Bryce arrive derrière eux, les fait sursauter. Le bandeau de travers, elle brandit le Thermos de Thettie plein de café au whisky.

— Frankie serait furieux, dit-elle posément. Vous ne voulez pas le mettre en colère.

Archy se tourne vers elle, les yeux pleins de rage.

— Ferme-la, Bryce. M'man avait vu juste !

— Non ! braille Thettie. C'est faux. Je me suis complètement trompée !

— Là, dit Bryce en montrant les côtes battues par la pluie qui surgissent tel un atoll du milieu du lac. Écoutez.

Au-dessus d'eux des oies passent en un V ininterrompu, et ils entendent distinctement résonner au loin le fusil de Frankie, les jappements féroces des chiens. Archy se retourne vers Bryce et lui arrache la Thermos des mains.

— C'est celui de m'man, dit-il en guise d'excuse. Cinq dollars dans un vide-grenier à Bucksport. Ton café est merdique.

— Je déteste le café ! lui hurle-t-elle au visage. Je veux un Jamba Juice ! Le café, ça me fait gerber !

Thettie applaudit la théâtralité de Bryce. Mais Doc a-t-il mordu à l'hameçon ?

Doc boutonne sa veste de treillis et s'avance vers Bryce en bombant le torse comme il sait si bien le faire. *Comme un lutin avec un balai dans le cul*, avait dit un jour Grif quand, à seize ans, il avait cru que Doc ne pouvait plus lui faire de mal. Homer et Lyle lui emboîtent le pas. Il leur fait signe de reculer, mais rien que de les voir Thettie s'étouffe une nouvelle fois dans son invisibilité. Un faible gémissement s'échappe de ses lèvres. La tête de Bryce pivote lentement en direction du bruit.

— Appâter, chuchote-t-elle.

— Et leurrer, murmure Thettie en retour, tout en prenant place dans l'angle mort de Doc.

Doc passe un bras autour de la fille.

— T'es au régime, petite ?

C'est vrai. Bryce semble rétrécir.

— J'étais en train de penser, poursuit-il. Le temps presse. Ces garçons sont au bout du rouleau. Ça pourrait dépendre de toi et moi, petite. L'avenir appartient aux audacieux.

— Archy et Grif seront furieux, répondent Bryce et Thettie d'une même voix.

Doc tique à cette bizarrerie, à cette voix familière dans une bouche qui n'est pas la sienne, mais la nécessité balaie ses doutes. Les doigts de Thettie et Bryce se rejoignent derrière Doc. Cet échange suffit à les unir à tout jamais.

— Je t'ai déjà dit ce que j'étais avant de m'enrôler ? commence Doc. Je suis né à Dublin, d'une pute de Baltimore et d'un coursier qui travaillait pour un parrain des jeux nommé Patrick Goldberg. Son nez ressemblait à un crochet, c'est pour ça qu'on le surnommait Paddy-le-crochet. Ça sonnait mieux que Paddy-le-Juif comme on pouvait l'appeler si on avait envie de mourir. Mon vieux était complètement dingue. Y croyait qu'y pouvait mordre la main qui le nourrissait. Un jour Paddy l'a invité dans une salle de bingo après la fermeture pour rencontrer un dénommé Haha, et le vieux l'est jamais revenu. Moi, j'attendais dans la voiture. *Veille sur ta mère*, c'est la dernière chose qu'il a dite. *J'en ai pour une minute.*

Bryce se frotte le nez à vif et regarde la pluie tomber sur le café renversé.

— Toujours est-il que le vieux est jamais ressorti, mais Paddy si, et il m'a recueilli comme si j'étais son propre fils, m'a envoyé faire médecine, vrai de vrai. Je suis devenu quelqu'un dans la firme. J'ai commencé comme charcutier. Puis suis passé nettoyeur – c'est merveilleux ce qu'on peut faire avec une scie à métaux et de l'acide fluorhydrique. Grâce à votre serviteur, en cinq ans le business de Paddy s'est étendu aux putes et à la blanche. On avait la moitié des parrains du Merseyside dans la poche, Paddy avait une super baraque à Woolton – moi j'étais bien installé dans la petite maison du gardien. C'était le bon temps.

— Oh que oui, acquiesce Homer d'une voix sourde.

Lui et Lyle ont entendu ces mensonges des centaines de fois. Thettie laisse un noir tourbillon dans son sillage et le lac vient lécher les chaussures Oakley de Doc. D'un geste il indique l'île, balaie du doigt l'horizon, s'arrête sur le grand manoir jaune de Frankie au loin, avec sa pagode entourée de mauvaises herbes et ses hangars à bateaux dont la peinture s'écaille.

— Ça aurait dû être moi, dit-il. Ça aurait dû être moi, sauf que j'avais la famille de Frankie sur les bras. Qu'est-ce que je pouvais faire ? Avec Frankie en prison, c'était à moi de m'occuper d'eux. On a combattu ensemble, tu le sais. Ça vous lie un homme. *Semper Fi* bla-bla-bla. Quel genre d'homme j'aurais été si je les avais laissé crever de faim ? Et regarde où ça m'a mené. (Il agite une main marquetée en direction de la minable flottille, des quelques Harpur toujours présents qui font frire du pain sur les grilles, derrière les mobil-homes.) Bien loin du Merseyside.

— Je suis perdue, moi aussi, Doc.

Il se tourne et se presse contre elle. Thettie lui décoche un coup de pied dans le creux du genou, ce qui le fait chanceler puis trébucher dans l'eau. Homer et Lyle se regardent.

— Qu'est-ce que t'en dis, petite ? Toi et moi. On va là-bas et on ramène Frankie. Je ferai semblant de pas être gentil avec toi s'il refuse. Il tombera dans le panneau. Et ensuite, on se partage le butin. Je prends le manoir et l'île, tu prends l'argent.

— Tu vas me faire du mal ?

— Bien sûr que non. Est-ce que j'ai l'air de vouloir te faire du mal ?

Thettie passe du ricanement à la jubilation. Elle ne l'a pas vu venir, mais elle aurait dû. *Appâter et leurrer, Frankie ? Tu le savais. Tu as toujours été trop malin pour vivre.* Les hommes comme Doc ne voient pas ce qui est sous leur nez. Ils ne voient que ce qui les arrange. Ils ne voient qu'eux-mêmes. Frankie l'avait compris dès le début.

Bryce passe un doigt sous son bandeau pour se gratter.

— Quel argent ?

— T'en fais pas, petite. Je me suis occupé de tout jusque-là, pas vrai ? Tu verras.

— Je ne sais pas, Doc. Archy et Grif vont être furax.

— T'occupe pas d'eux, dit-il en redressant la tête. Qu'est-ce qui te faut ? Donne-moi ton prix, petite.

— Je veux un nouveau bateau, dit-elle.

Thettie danse la gigue sur la rive, en battant des mains et en riant, et en déployant sa langue fourchue.

— On va causer affaires maintenant, d'accord ? Qu'est-ce qui ferait plaisir à un rat d'eau rusé comme toi ? Un *runabout* tout neuf, ou un hors-bord avec une petite cabine. Un toit sur ta tête, un endroit pour voguer au fil de l'eau en toute sécurité et au sec. Ça te dirait que je rajoute des cannes à pêche, flambant neuves sur Craiglist ?

— Je veux ton bateau, Doc.

Doc s'éloigne prudemment d'une langue d'eau noire et rampante. Thettie sautille pour voir par-dessus Lyle et Homer qui sont venus s'interposer entre Doc et elle.

— Qu'est-ce qu'une petite chose comme toi ferait d'un bateau grand comme le mien ? demande Doc d'une voix de fausset. Tu ne pourrais pas le piloter. Choisis-en un autre. Lyle a un super *runabout.* Un comme celui de Grif ? Je pourrais t'avoir un joli petit…

— J'aime bien ton bateau. Je veux vivre dessus.

— Nom d'un chien, petite ! Je vais vivre sur quoi, moi ?

Bryce prend un air confus.

— Sur l'île, Doc. Ce n'est pas ce que tu veux ?

*

Bryce a si bien détourné l'attention de Doc qu'Archy et Grif réussissent à s'en aller sans se faire remarquer. Archy se retourne une fois et Thettie se balance gauchement d'un pied sur l'autre. Mais il n'a d'yeux que pour Bryce, qui semble écouter attentivement le nouveau plan foireux de Doc, dans lequel il s'agit de lui faire traverser la zone dangereuse, puis de la mettre dans un kayak pour franchir les courants près des parois rocheuses.

Doc adore s'écouter parler, et cela ne changera jamais. *Qu'on le laisse faire*, disait Paddy, *et il parlera jusqu'à plus soif.*

L'histoire de guerre de Doc est la suivante. Il a rencontré Frankie le 1er avril 2002. Avec un autre ingénieur nommé Bud Wallace, il se rendait de Kaboul à Bagram où des insurgés menaçaient de ruiner un projet de reconstruction.

Doc adore décrire la façon dont Frankie a émergé du tourbillon de poussière sur la base de Bagram. Si l'on en croit Doc, Frankie leur a offert de boire un coup à sa gourde qu'il gardait toujours fraîche, et l'eau était délicieuse. Comme de la meth liquide.

Lors de ce premier déploiement en Afghanistan après le 11 septembre, Bud Wallace, qui vient aussi de Little Ridge, fait partie du 443e Corps des ingénieurs basé à Fort Drum. Doc pense à lui comme garde du corps après leur retour à la vie civile, mais il renonce à le lui proposer à cause de son goût pour les enfants.

— Mais bon, rappelle Doc à Thettie, ce qui s'est passé là-bas est resté là-bas.

Doc dit à Thettie que, contrairement à Wallace, il a compris que Frankie tenait à sa famille. Il gardait des photographies de ses neveux et de deux de ses cousines – Thettie et Cassie – sur son ordinateur. Les filles, qui avaient les mêmes yeux bleus et le mêmes bouches sensuelles, auraient pu être jumelles, sauf que Cassie paraissait bien trop arrogante avec ses cheveux aux pointes rouges et son rouge à lèvres noir – du moins pour Doc.

— Frankie n'a pas arrêté de me parler de toi, ma fille, si bien qu'à la fin j'avais presque l'impression de te connaître.

Quand Frankie n'est pas à la base, Doc emprunte son ordinateur pour regarder Thettie avec ses yeux d'un bleu glacé et sa bouche qui ne sourit ni ne fait la moue. Il ne cesse de la regarder et la photographie ne lui rend jamais son regard, mais elle semble parfois considérer quelque chose de plus intéressant juste derrière lui.

— J'avais beau essayer, tu ne m'as jamais regardé. Tu ne me voyais jamais. Ça me rendait fou.

À l'extérieur de Bagram, où ils sont stationnés pour reconstruire une école, et où Frankie a l'une de ses nombreuses crises d'angoisse, Doc lui donne de la benzédrine mélangée avec des opiacés, et il l'écoute expliquer que la chimie est de la poésie, du moins en esprit… Des fragments de chant dionysien… Le tableau périodique des éléments est une danse apollinienne.

— Je n'avais aucune idée de ce qu'il baragouinait, dira Doc à Thettie par la suite. Tu me regardes, ma fille ?

— Bien sûr, Doc. Je suis là.

— Eh bien, arrête un peu de caresser ce chat, tu veux, et regarde-moi quand je te parle. C'est trop demander ?

Elle sourit.

— Je te regarde Doc. Juré.

Doc fait semblant de savoir qui est Dionysos. Le mélange qu'il donne à Frankie, ni le premier ni le dernier, remplit ce dernier d'amour pour son sauveur, dont les cheveux roux coupés en brosse se détachent telle une tour de feu sur le ciel blanc du désert. Doc fait semblant d'approuver la diatribe de Frankie, *oui, oui*. Apollon, pourquoi pas, bordel ?

— Mais ensuite, tu ne devineras jamais. Il a pris une poignée de terre du désert et m'a dit de la porter à mon oreille.

— Tu entends ça ? demande Frankie.

Il explique que le principal composant du sable est la silice, SiO, liée à quatre atomes d'oxygène dans une charpente tétraédrique continue de cristal de quartz – SiO4 – le deuxième minéral le plus abondant sur la planète après le feldspath, et l'un des plus indestructibles et musicaux.

— C'est à cause de sa perfection, de ses propriétés piézoélectriques.

— Quelqu'un a dit pizza ? demande Thettie en étouffant un bâillement.

— Piézoélectrique, répète Doc. Frankie a dit que ça voulait dire capable de convertir la contrainte mécanique ou le champ électrique. C'est pour ça qu'on utilise le quartz pour les montres, les instruments électriques sensibles comme les sonars et les émetteurs radio. C'est parce que le cristal pur chante, ou pleure, quand on le frotte, ou quand on le presse, ou quand on le perce. Pas de défauts internes pour absorber les vibrations.

Thettie a déjà entendu tout cela, mais Doc n'aime pas qu'une fille l'interrompe. Aussi n'a-t-elle jamais pu lui dire qu'en Amérique on vous apprend à l'école que Benjamin Franklin a inventé l'harmonica de verre, un instrument de musique composé de bols en cristal, qu'il a adapté de la harpe de verre des anciens Grecs.

Frankie dit à Doc qu'écouter trop longtemps les sons émis par les vibrations du cristal peut vous rendre fou, vous donner l'envie de vous suicider. C'était à cause de la basse fréquence de ces vibrations, 1000-4000 hertz, ce qui n'est pas assez haut pour situer le son dans l'espace, ni assez bas pour en identifier la source. En d'autres termes, selon Frankie, le cerveau n'a aucun point de repère pour la douceur surnaturelle du chant du cristal.

Et, pour faire taire Frankie, Doc dit :

— À propos de douceur, je pourrais baiser un singe, soldat. Allons aux putes.

Frankie représente un fort beau crabe pour montrer à Doc la façon dont le sable partage son oxygène avec d'autres composants – sa structure cristalline ressemblant à un petit crabe avec ses pinces, ses pattes et deux atomes de silicium pour les yeux.

Cela fait rire Doc, qui écarte les jambes et marche en crabe vers Chicken Street.

— Le truc avec le cristal, tu vois, dit Doc à Thettie, c'est qu'il peut supporter une pression d'enfer et continuer à chanter. Chacune de ses surfaces supporte une partie de la charge, répartit le poids et disperse les effets de la destruction et de la décomposition. C'est le quartz qui donne au sable ses paillettes cristallines, sa dureté et son éclat intemporel.

Au milieu de cet hiver afghan, Bud Wallace – à la fois radio amateur passionné et obsédé de pédopornographie – rend même Doc mal à l'aise, malgré le potentiel que ce dernier voit en lui. Mais pour Doc, celui qui a un véritable potentiel c'est le caporal Francis George Washington Harpur, génie universel et chimiste. Doc prend soin de souligner que du fait de ses propres connaissances médicales ils partagent un « point commun », pour que Frankie comprenne bien. Doc lui pose de plus en plus de questions au sujet du petit laboratoire dans les bois à la ravine Triangle, mais aussi à propos du réseau de distribution des Harpur et de la culture hydroponique des DeGroot. Il lui demande de lui montrer encore une fois la photographie de Thettie, s'assurant qu'ils sont cousins et rien de plus, du moins rien que Frankie ne puisse exprimer. Doc se renseigne sur les enfants de la jeune femme, sur d'éventuels maris ou petits amis.

— Tu lui posais des questions pour nous piéger ? avait demandé Thettie.

Doc se contente de secouer la tête.

Voici le reste de l'histoire, comme Doc la raconte :

Un matin, en sortant de la caserne, il passe devant une voiture inconnue garée devant le site de construction dans le quartier sécurisé d'où les talibans ont été chassés depuis longtemps. Il s'apprête à signaler le véhicule à son sergent-chef quand la voiture explose, soufflant l'école. Heureusement, il n'y avait pas d'enfants à l'intérieur, juste Frankie et un autre soldat.

Doc explique qu'il est hors de question qu'il ne ramène pas Frankie vivant pour Thettie. Il est en civil, mais il se rue à l'intérieur – *là où les anges n'osent pas s'aventurer* – et traîne Frankie hors des décombres, truffé d'éclats d'obus. Thettie s'est toujours demandé où pouvait bien se trouver Bud Wallace à ce moment-là, mais Doc ne s'appesantit pas sur ce détail, noyant le poisson comme il sait si bien le faire, avant de reprendre son récit.

Il agite les bras pour imiter la chair fumante. Il tend ses mains pleines de cicatrices pour montrer la taille du gros morceau de fer à béton qui sort du talon de Frankie.

— Je l'ai fait pour toi, ma fille, dit-il. J'ai sauvé ce fou furieux rien que pour toi.

Et parce qu'elle ne veut pas en entendre davantage sur tout ce que Doc a fait pour elle, ce qui ressemble à un simple prétexte pour parler de lui et de Frankie, Thettie essaie de changer de sujet, de la manière habituelle.

Mais Doc la repousse et sort du lit.

— Regarde-moi, salope, lance-t-il. Et dis-moi ce que tu vois.

*

Il est temps. Il fait presque noir. Thettie se pavane et sautille dans sa cage en attendant que la nuit tombe.

42. Steelers

La fille tire fièrement une bière pour Lee. Elle a commencé à travailler au *Way Out* mercredi, à la fin de la semaine elle maîtrise. Elle aide Avery à tendre le bar de draps noirs et à installer des bougies orange à piles autour des box. Martin Squelette, le squelette grandeur nature d'Halloween, vacille dans un cercueil dressé. Chaque soir, Avery doit changer les piles de Martin et retirer cigarettes, chewing-gums, préservatifs et morceaux de pizza de ses dents à moitié fondues, de sa cavité anale ou des articulations de ses doigts – une fois, on lui avait même passé une corde autour du cou.

Lee se fait du souci pour Habib et sa réserve secrète d'helotide que Doc va probablement découvrir, si ce n'est déjà fait. Il a envie de demander à Archy et Grif d'assurer la protection du professeur, et aussi de faire diversion pour pouvoir fouiller la cabane de Doc à la recherche de Vernon. Quelques Harpur sont toujours au camping, soit par loyauté envers Thettie, soit parce qu'ils n'ont nulle part où aller. La fin du mois est proche et ils vont être forcés de vider les lieux. La fille dit à Lee que Doc a dû faire demi-tour une fois de plus, à mi-chemin de l'île, à cause du mauvais temps.

Lee et la fille sont devenus inséparables. Il va la chercher et la ramène après le travail. Elle va le voir tous les jours, mais la nuit elle dort quand elle ne travaille pas. Ils sont amis le jour. Rien de plus.

Comme beaucoup de femmes de Little Ridge, l'épouse d'Avery est jalouse de la fille, du moins au début. Elle lui demande à quoi peut bien servir d'avoir une Harpur défigurée derrière le bar. Il hausse les épaules et répond :

— Un gadget, peut-être. Les choses étant ce qu'elles sont.

Sa femme n'insiste pas. Le gadget s'avère être un atout. Cela fait des années que la taverne n'a pas connu une telle affluence lors du week-end qui précède Halloween.

Le *Way Out* a vu le jour en 1908. Les chasseurs s'y réunissaient pour troquer des fourrures contre de l'or et des munitions. Après la prohibition, la taverne a connu son heure de gloire quand des objecteurs de conscience en route pour l'Ontario s'y arrêtaient les poches pleines de comprimés d'acide et d'ampoules d'huile de cannabis. Pendant un temps, elle a de nouveau attiré les jeunes. Puis Sunny Weeks a acheté le *Pump Bar* au village et l'a modernisé en proposant de la bière artisanale à la pression, et depuis Avery aime à dire avec un rire jaune :

— Ça a été la grande dégringolade, jusqu'au bout. Jusqu'à leur retour. Et surtout le sien.

Avery aura cinquante-deux ans le matin de Noël. Il ne dort plus avec sa femme, Irene, à cause de son masque pour l'apnée du sommeil. Il porte les mêmes lunettes à monture écaille de tortue qu'il a toujours portées, sauf qu'à présent elles sont à la mode. Et Irene, sa fiancée de Manille, lui coupe les cheveux comme Johnny Depp.

— Tu as le même âge, chéri. Pourquoi pas ?

Avery et Lee regardent la fille avec son œil en moins et sa peau de la blancheur du plâtre aligner les verres à shot derrière le bar.

— On ne voit qu'elle, pas vrai ? dit Avery.

Lee ne répond pas, car il sait que ce n'est pas une question.

— On dit qu'elle est du coin, mais je ne l'avais encore jamais vue, poursuit-il en passant un torchon sale sur le comptoir. Pourtant elle a quelque chose de familier. On voit passer des gosses de la campagne qui vont vers le sud, d'Albany et Schenectady à Baltimore, Jersey City et la région de Washington. Ce genre de chose. Des voyous, des fugueurs. Dans le temps, on les trouvait sous le pont de la rivière Triangle. Chaque année, il y en avait un ou deux qui mouraient de froid, ou qui tombaient du pont et que l'on retrouvait aux chutes. Boyle a eu sa part de noyés à l'époque, façon de parler.

— Que s'est-il passé ? demande Lee en s'agrippant.

Lee s'agrippe au bar à s'en faire blanchir les articulations des doigts.

— Tu as oublié ? On a fermé le pont. On a mis ces, comment qu'on dit, barrières. Des fils barbelés.

Sans tourner la tête, Lee voit la foule grossir derrière lui.

Avery le regarde en haussant les sourcils.

— Hé, comment ça se fait que je ne t'aie pas vu ici pendant toutes ces années ?

Lee essuie la mousse autour de sa bouche.

— J'étais sobre, répond-il. Cinq ans. Depuis le mort de mon gamin.

Avery gonfle ses joues et expire lentement.

— Bryce dit qu'elle connaît le dingue qui a tué Zabriskie, celui que cherchent les Harpur. Elle dit qu'elle sait comment le trouver. Semble un peu jeune pour lui, mais qu'est-ce que j'en sais.

La bière ressemble à de la soupe dans la bouche de Lee, difficile à avaler. Il se demande si elle raconte à tout le monde qu'elle est proche de Frankie, mais en voyant le reflet de Doc sur le réfrigérateur à appâts, il a une idée.

— Peu importe, reprend Avery. Elle est bonne pour les affaires. Sans mentir. Les clients lui font confiance. Je lui fais confiance. Peut-être à cause de ça, dit-il en montrant ses yeux.

Avery s'approche de la fenêtre percée dans le mur, lance une commande et revient. Lee essaie de se rappeler son dernier repas, ce qu'il a mangé et quand.

— Où j'en étais ? Soupe de poisson. Mais les goûts changent, qu'est-ce que tu veux que je te dise. Aujourd'hui, c'est sans gluten par-ci et bio par-là. Kale et citrouille… sur une pizza ? Le fils de la morte, le Harpur. Je l'ai vu sur le lac quand je suis allé pêcher le poisson d'Irene. Sa soupe de poisson… une tuerie. Façon de parler.

— Sans doute Archy, dit Lee.

— Tournant en rond dans son petit bateau de pêche. En cercles concentriques autour d'un point fixe. Le voilà qui vient vers moi et crie : *Tu l'as vue ? Où elle est ?* J'ai eu de la peine pour lui. Il avait l'air fou, presque comme s'il n'était pas là. Comme s'il ne pouvait rien faire d'autre que tourner en rond. C'est le chagrin, j'ai dit à Irene. Le chagrin prend toute la place, et parfois c'est comme ça.

Les mains de Lee se mettent à trembler.

— Peu importe. La fille est bonne pour les affaires. Va savoir pourquoi.

— Peut-être parce qu'elle sert des doubles, dit Lee.

— Quoi ? Attends ! (Avery marche en crabe derrière le bar jusqu'à la fille.) C'est du 80 degrés, jeune fille, pas de l'H2O !

Il plaît à Lee que la petite taverne minable au bord de la grand-route ait renoué – à sa façon et dans son style – avec la prospérité. Le vendredi soir, fermiers et ouvriers agricoles débarquent en pick-up, à vélo ou en

Chevy, récurés des pieds à la tête, les bottes propres comme un sou neuf. Leurs sœurs arrivent avec leurs décolletés et leurs nouvelles coupes de cheveux pour regarder bouche bée la serveuse borgne et choisir un cocktail parmi tous ceux qu'elle ne cesse d'inventer. FrankenFalls (whisky de maïs et jus de canneberge avec un trait de citron vert). Super 8 (un mélange improbable de gin, de vodka, de tequila, de rhum blanc et de jus de pamplemousse avec un filet d'orange sanguine.) Nirvana, qui semble toujours différent, mais n'est rien d'autre qu'un Mai Thai. Et le Monstre du lac, bien sûr : un tiers de curaçao – bleu pour se souvenir – et deux tiers de Galliano – jaune pour oublier – servi pur dans deux verres à shot.

Un soir, au beau milieu du week-end qui précède Halloween, Doc et ses sbires coincent Lee au bout du bar, là où il attend que la fille ait fini son service. Archy et Grif sont censés arriver plus tard et s'asseoir où ils s'asseyent toujours, dans le box hanté où ils étaient tous ensemble la nuit fatale.

Doc crache ses mots comme autant de dents cassées par le coin de sa bouche qui peut encore bouger.

— Ton enturbanné de patron avait l'habitude d'acheter de la drogue à Frankie Harpur à la ravine Triangle. Tu es au courant ?

Lee respire le parfum bon marché de Doc et la mauvaise odeur de ses gardes du corps.

— Bien le bonjour, Mr Murphy. Alors, comment se passent les excursions sur l'île ?

Lyle se balance sur la plante des pieds et Homer tire le col de sa chemise.

— Laisse tomber l'île, dit Doc. À ton avis, de quel œil les autorités verraient-elles un étranger qui trafique de la drogue avec un repris de justice ?

Lee se penche et se verse un autre shot, le faisant mariner.

— Premièrement, Sam Habib est un citoyen américain, et deuxièmement, il a l'accord du comité d'éthique pour se procurer tous les médicaments qu'il veut.

En disant ça, il compte sur ses doigts en commençant par le majeur. Il sent une présence dans son dos, une main sur son épaule, mais quand il se retourne il n'y a personne. Pas encore.

Doc lui donne un petit coup avec son pouce.

— Le comité d'éthique n'a jamais approuvé ses combines avec Frankie Harpur.

— Écoute, répond Lee. Si tu es encore remonté contre moi et Thettie…

— Toi, tu écoutes.

Doc se penche en avant jusqu'à ce que ses rangers se retrouvent nez à nez avec les baskets délacées de Lee. Il est exactement de la même taille que Lee et son accent nasal commence à ressembler à un mélange explosif de Colin Farrell et Sean Connery.

— Je me fous complètement de toi et de ta vieille. Je suis venu pour cette bave de lézard que l'Arabe livre à Frankie, et je ne vais pas partir sans. Alors tu le dis à l'Arabe et on en reste là.

Une idée traverse la tête de Lee. Si Doc a pris Vernon, cette nouvelle scène veut-elle dire que le Gila est mort ou mourant ? A-t-il blessé Vernon en essayant de lui prélever du venin ? Tout devient flou autour de lui.

— Où est mon lézard, Mr Murphy ?

Homer et Lyle se raidissent, et Lee n'arrive pas à décider si c'est parce qu'ils savent où est Vernon ou parce qu'ils ne le savent pas. Un calme effrayant s'empare de lui.

— Lézard ? s'étonne Doc. Aucune idée. J'espère que tu trouveras ce que tu cherches. Moi ? Je m'y entends à obtenir ce que je veux. Ton patron peut me le donner parce que je le demande, ou je peux le prendre tout seul, mon gars. Tu imagines les petites têtes tristes de tous ces jeunes prostitués à Ilium… plus de visites de papa ? Choqué ? (Doc porte une main cloquée à son cœur.) Pas le dieu que tu croyais ? Crois-moi, homme au lézard, les dieux nous déçoivent toujours.

Une sobriété soudaine fouette Lee comme une serviette froide. Il saisit Doc par le col et l'approche tout près de lui, si près que ce dernier ne peut plus bouger, que les lèvres de Lee effleurent le tissu cicatriciel de son oreille.

— Tu t'approches de Sam Habib et je dis à Archy et Grif comment tu as piégé Frankie en 2005, juste pour avoir Thettie pour toi seul.

Soudain, derrière eux, dans une odeur de ciré et de tabac à pipe s'élève un rire mélodieux.

— Quoi de neuf Doc ?

Grif fourre un Monstre du lac sous le nez de Lee, le bleu flottant dans une mer de jaune. La voix de Grif monte et descend en une menace chromatique. Doc tapote les épaules de Lee d'un air paternel.

— J'étais en train de dire au chéri de ta mère que son vieux patron pourrait peut-être nous aider à trouver un moyen de parvenir à Frankie.

Lee lève le Monstre du lac pour mieux le voir à la lumière. Les deux couleurs tourbillonnent l'une autour de l'autre sans se mélanger. Il boit le cocktail jusqu'à la dernière goutte, puis il s'essuie les lèvres.

— Où est Archy ?

Grif secoue légèrement son verre en direction de la fille.

— Je croyais que Bryce allait nous mener à Frankie, en échange de ton gros cul de voilier ?

La porte s'ouvre et Archy entre. Il va directement au box des Harpur.

Doc tourne la tête lentement, encadré par Homer et Lyle légèrement décalés. On dirait qu'ils forment un champ de force humain et létal, et Lee se demande comment il – ou les deux frères – va pouvoir s'en débarrasser pour aller à la recherche de Vernon.

La veine en zigzag sur le front de Grif palpite.

— Allons prendre un vrai verre.

Dans le box des Harpur, où personne d'autre qu'eux n'ose s'asseoir, Archy les attend, devant plusieurs verres à cocktail vides. Des ombrelles de papier et des hippocampes flottent dans une mer poisseuse de bleu et vert. Sur la banquette est posée une pile d'avis de recherche trempés que quelqu'un a oublié d'afficher ou s'apprêtait à jeter. Si les cheveux d'Archy sont rasés dans la nuque, une longue frange lui tombe en désordre sur le front. Il tambourine sur la table avec ses doigts ornés de bagues. Grif s'assoit d'un côté, Lee se glisse de l'autre. Grif a laissé une place vide entre son frère et lui, celle qu'occupait toujours leur mère et qui bée désormais comme une blessure. Comme une plaie évidée ou tailladée sur un corps. Un doigt ou un membre. Ou un œil.

Archy se mord les lèvres.

— On était le monstre à trois têtes. T'rappelles, Grif ?

— Attention au message que tu veux faire passer là.

Grif a les yeux mi-clos, les pupilles submergées de bleu. Sa bouche s'étire en un grand sourire fou et il allume un cigare, ce que personne ne lui interdit. Comme de juste, Emilio et Dustin ont pris place dans le box voisin, entourés des fidèles de leur petite équipe, dont Lee connaît désormais les noms : Brandon et Don, Randall et Clay.

— Il y a quoi entre ton ancien patron et Frankie ? demande Grif.

Et de nouveau, ce bourdonnement dans sa tête, qui résonne après un verre de Monstre du lac, un infâme mélange s'il en est.

— Je crois que, d'une façon ou d'une autre, Doc est derrière la disparition de Vernon, peut-être par l'intermédiaire de Jason, peut-être pour l'helotide.

— Tu crois qu'il l'a toujours ? Le lézard ?

Lee presse son verre contre son front brûlant.

— Non. Pas vraiment. Il s'est enfui, ou il est mort, ou autre chose, à mon avis. Je crois que c'est pour ça que Doc est aux abois – Plan B : convaincre la fille de le conduire à Frankie ; Plan C : faire chanter Habib, ou pire. Mais je veux toujours essayer de le retrouver.

— On a déjà fouillé le mobil-home.

— Je voudrais juste retourner sur place. Il est peut-être effrayé, blessé. Je sais ce que je cherche.

Son fils a eu peur. Son fils a été blessé. Quand a-t-il compris que personne ne viendrait l'aider ? Lee sent un picotement dans la nuque, sa vue se trouble. Archy et Grif sont deux vides noirs et la place qui les sépare devient rouge. La vision disparaît presque aussitôt.

Archy et Grif s'agitent.

— L'helotide, dit Grif. C'est l'ingrédient du Mélange Tueur, c'est ça ?

— Mais pourquoi il aurait eu besoin du lézard ? demande Archy. S'il a Frankie ? Je veux dire, ce n'est pas pour ça qu'il voulait aller là-bas ? Pour s'associer avec Frankie ?

— Doc n'est pas du genre à faire équipe et il ne l'a jamais été, répond Grif. Il n'avait pas l'intention de s'associer avec oncle Frankie. Il avait l'intention de se débarrasser de lui. Tu le sais, Archy. On l'a toujours su, toi et moi. D'abord Frankie, puis nous.

— Et Vernon en est la preuve. Pourquoi s'encombrer de Frankie s'il a sa propre réserve d'helotide ? dit Lee. Sauf que maintenant ce n'est peut-être plus le cas.

— Et tu es sûr de ça ?

— Non. C'est pour ça que je veux fouiller le mobil-home. Pourquoi il s'intéresserait à la réserve d'helotide d'Habib s'il avait la sienne ? Vernon est peut-être toujours dans le mobil-home…

— T'emballe pas. (Archy secoue la tête.) Il pensait peut-être que Jason l'aiderait à extraire le venin, ou un truc du genre.

— Et peut-être que Jason a refusé, réplique Lee en se souvenant du broyeur de végétaux et de l'oncle à la hache. Habib a dit qu'il avait quitté la ville à la hâte.

— Il est où maintenant ? demande Archy. Je suis sûr que ce camé est trop explosé pour s'évanouir dans la nature.

Mais Grif suit une autre piste.

— Doc a promis son propre bateau à Bryce si elle le conduisait là-bas. Ça nous paraît désespéré. Ça veut dire qu'il a que dalle. En revenant du lac ce matin-là, je suis allé voir m'man et je l'ai aidée à déménager ses affaires chez Doc. J'ai regardé partout. (Grif tape du poing sur la table.) J'ai même regardé dans sa valise. Je ne sais pas ce que je cherchais, mais j'avais un mauvais pressentiment.

— De la merde de lézard, dit Archy.

— Pas de traces de reptile. Rien qu'un flacon à moitié plein d'Ambien et ses Tampax. Mais je n'aurais jamais dû la convaincre de déménager. C'est ma faute.

— Pas seulement, Grif. (Archy a dit cela d'une voix si faible que Lee l'a à peine entendu, et il souhaiterait lui aussi avoir quelque chose à déplorer et à se reprocher, mais ce n'est pas le cas.) Il y a autre chose.

Archy se gratte l'intérieur de la cuisse ; Lee fait un bond en arrière en voyant de nouveau l'obscurité du box se teinter de rouge.

— On roulait vers le sud sur l'Interstate pour aller chez Sarey, poursuit Grif. Bryce avait fait diversion.

Ils lèvent des yeux attendris vers la mince silhouette enfantine derrière le bar. La fille sent leur regard et leur tire la langue en clignant de son œil valide. Ils rougissent comme des écoliers. Malgré l'inimitié qui régnait entre eux à son égard, elle a su gagner leur affection comme une sœur adoptive que tous désirent, en secret ou non, baiser sauvagement.

— Le gosse – un petit garçon – fait du stop sur le bas-côté. Il nous paraît si jeune qu'on s'arrête. Il dit qu'il est le frère de Jason DeGroot et qu'il veut rentrer chez lui.

La place entre Archy et Grif prend vie et rougeoie. Un visage se dessine sous le rouge, essayant d'en percer la surface. Lee se tasse contre le dossier du box, met ses mains en visière comme s'il avait des œillères.

— Sans blague.

— Tu vas bien ? demande Archy.

— Le gosse avec le syndrome de Down, dit Grif.

Archy tripote sa barbe et boit le fond de l'un des restes de cocktail.

— Le gosse dit qu'il attend tous les jours son frère, qu'il vient là dès qu'il sort de l'école et attend jusqu'au dîner. Pigé ? Tous les jours.

Donc, on lui demande où est parti son frère. Le gosse ne sait pas. Travailler, il répond. Ou pêcher, peut-être. Mais Jason sera bientôt là. Jason doit revenir. Ouah. La barrière de l'enclos a besoin d'être réparée. Daisy a besoin d'un parage, bla-bla-bla. Maman fait de l'olly quelque chose.

— *Oliebol*, grogne Grif. J'ai vérifié. C'est un beignet hollandais.

— On lui dit qu'on va le ramener chez lui. Mais alors il nous dit d'attendre, qu'il va nous montrer quelque chose. Il nous conduit – il est vif comme l'éclair – jusqu'au ruisseau qui coule derrière sa ferme, du côté sud, et se jette dans la rivière, je suppose. On cache les vélos pour que le shérif ne les voie pas, et on le suit.

Grif s'interrompt.

— Genre, c'est en bas d'une pente, et il y a des arbres, des saules, des trembles et des arbustes. Et il nous emmène à ce tronc creux qui relie les deux rives, comme un pont. Il fourrage à l'intérieur avec un bâton et en sort tout un bric-à-brac. Pierres, insectes morts, des herbes et une pointe de flèche. Des clous. Le fourbi habituel d'un gosse solitaire.

— Fourbi ? s'étonne Archy qui en reste bouche bée. Tu fais des mots croisés maintenant ?

Grif rougit.

— Possible. Peu importe. Puis il prend son bâton, l'enfonce plus loin dans le tronc et accroche quelque chose qu'il tire.

Lee prend l'un des restes de cocktail en essayant de ne pas regarder les gouttes colorées qui tourbillonnent comme un nuage phtisique. Ce qu'il boit a le goût d'un mélange de réglisse et de corned-beef. De derrière l'ombrelle en papier, il observe la fille, se retrouvant dans ses yeux couleur d'ambre tandis qu'ils balaient la foule des visages concupiscents. Elle pâlit à la vue du brouillard pourpre entre les deux frères et articule en silence le mot reconnaissable entre tous : *Thettie*.

Archy se penche en avant et dit à voix basse, entre ivresse et hystérie :

— C'est un sac Steelers, tout mouillé et dégueulasse.

Grif passe la main sous son blouson, en sort un sac en plastique du Market et dit à Lee de regarder à l'intérieur. Lee se penche entre les deux frères. C'est le même sac Steelers qu'il a vu à l'épaule d'Homer le jour de leur arrivée. Même fermeture Éclair cassée. Il pense qu'il va avoir la nausée.

— Tu veux le sentir ? propose Archy.

— Pourquoi le voudrais-je ? demande Lee en déglutissant.

— Le gros adorait ce foutu sac. Il y a des autographes de l'équipe dessus. Ben Roethlisberger. Je ne sais pas comment il l'a eu. Il a dit qu'il avait eu un genre de laissez-passer pour les vestiaires en échange d'un service rendu. Aucun doute, pas vrai ? L'a probablement tué quelqu'un pour ça. Il trimballait ce sac partout où il allait. Regarde-moâââ. Regarde mon sâââc. Même s'il n'avait besoin de rien, il trimballait quand même ce foutu sac. Y mettait sa serviette dedans, ou son maquillage, ou sa poupée gonflable, ou un débardeur de rechange…

— Accouche, ducon.

La mâchoire de Grif se crispe. Les lettres rouges et noires flottent sur ses doigts et Lee les regarde danser telles des lucioles sans lumière.

— Ça vient. (Archy bascule en avant comme un ivrogne, si bien que son menton touche presque la table.) Il ne l'a plus.

— Bordel de merde ! s'écrie Grif.

— En fait, il l'a perdu la nuit où m'man… On lui a même demandé ce qu'il en a fait. *Hé, le gros, il est passé où ton sac à langer ?* Et il a simplement répondu qu'il ne l'avait plus. Sauf que le gosse, le frère de Jason, il l'a trouvé. Échoué au bord de la rivière Triangle, à l'endroit où se jette le ruisseau des DeGroot. Et le gosse le ramène. Le cache parce qu'il sait que c'est important.

— Pourquoi il aurait pensé ça ? demande Lee lentement.

— On le lui a demandé, dit Grif. Il a juste répondu *faux pas*.

Lee jette un regard en coin à un frère puis à l'autre, relevant que si Grif ne savait pas alors ce que voulait dire *faux pas*, maintenant il le sait.

— Je me souviens de ce sac, moi aussi. Mais qu'est-ce qui te fait croire que c'est important ?

Sans prévenir, Thettie apparaît entre ses fils. Les cheveux de Lee se dressent sur sa tête et il étouffe un cri. Ses yeux le brûlent. Elle est à la fois effrayante et belle. Ses cheveux sont presque blancs et lui tombent devant les yeux, où se tortillent des vers. Un voile imbibé de sang recouvre sa bouche. Elle tend son bras gauche parsemé d'entailles où bouillonne une substance visqueuse et noire, la même matière semblable à du mercure qu'il y avait sur la plage.

Ses fils font un bond en arrière, se regardent.

— Ça va ? Nom de Dieu ! Il fait une attaque ?

Entre eux, Thettie lui fait un signe de la tête. Ses doigts griffus se tendent vers lui et l'effleurent, ce qui le fait frissonner des pieds à la tête, comme s'il trempait les mains dans de la neige carbonique. Il se met à trembler.

Mais avec son aide, il parvient à articuler :

— Doc apprend pour Vernon, découvre qu'il est la source de l'ingrédient secret du mélange de Frankie. Il apprend aussi que Jason est le pigeon idéal, pas seulement parce qu'il sait comment manipuler les reptiles dangereux, mais aussi parce qu'il m'en veut. Jason pense peut-être que Vernon devrait être libre, par exemple, ou c'est peut-être juste pour le fric. Qui sait combien Doc lui a offert pour voler le lézard au cas où Frankie ne céderait pas sa formule, ou ses ingrédients. Jason pense peut-être que cet argent lui permettra de rejoindre sa mère, Cassie, à Los Angeles. Donc, il drogue et libère Vernon la nuit où Thettie et moi sommes… ensemble. (L'épaisse matière noire dans les yeux de Thettie coule telles des larmes.) Ensuite, quand Jason met Vernon dans son sac à dos, mais qu'il apprend Dieu sait comment ce que Doc prévoit de faire à Vernon, il essaie de s'enfuir avec lui, de l'emmener à l'ouest. Ce qui est exactement ce qu'attend Doc. Homer et Lyle le cueillent au passage – quelqu'un les a vus l'embarquer – et, je ne sais pas… enterrent les preuves.

— Tu crois qu'ils l'ont tué.

Lee leur dit qu'il a vu Fie DeGroot avec une hache, qu'il a trouvé les morceaux du poupon sur le chemin de la grange.

— La première fois où je l'ai vu, le gosse avait ce poupon. Il en a peut-être éparpillé des morceaux pour laisser des indices, une piste à suivre.

Lee ne leur dit pas qu'il a gardé le bras.

— Tu crois que le cadavre de Jason était dans la grange ce jour-là ? Qu'ils ont tué un des leurs ?

Et Lee se rappelle qu'Habib lui a dit que Doc avait été nettoyeur.

— C'est bien comme ça qu'on appelle celui qui fait le boulot que les méchants ne veulent pas faire, non ?

— Neeetttoyyyeuuur, siffle Thettie.

Lee tremble de terreur, mais aussi d'envie. La sueur imbibe son entrejambe. Sous le voile de sang, la peau de Thettie est aussi pâle que les étoiles. Elle écarte le voile et lui sourit, sa langue jaillit entre une double rangée de dents, déchiquetée et dégoulinant de venin.

Et alors elle commence à s'estomper. Lee se penche en avant, plonge dans l'obscurité pourpre.

Archy et Grif redeviennent nets, dévisageant Lee les mains tremblantes. *Je l'ai vue*, il a envie de dire. *Je la vois*. Elle n'est pas partie. Elle n'est pas morte. Mais ils le regardent comme s'ils le savaient déjà, et il comprend qu'ils l'ont vue eux aussi.

— Ce… bafouille Archy. Il fait craquer ses doigts et recommence. Ce que tu dis c'est… qu'ils ont pris Vernon à Jason, l'ont mis dans le sac Steelers et l'ont ramené au mobil-home, car m'man était encore dans la cabane. Quand ils ont déménagé – et qu'ils ont pris leurs affaires – le lézard s'est faufilé par la fermeture Éclair cassée du sac et s'est caché dans le mobil-home ?

— Oui. C'est ça.

Grif secoue la tête.

— Comme s'ils n'avaient pas pu trouver mieux… planquer la marchandise dans un putain de sac pourri. Sérieux ?

— Sérieux ? répète Arch. T'es quoi maintenant, un hipster ?

Avery hurle à la borgnesse de se remettre au boulot, car, terrifiée, elle s'est figée devant l'apparition nébuleuse de Thettie.

— Je veux aller dans le mobil-home, dit Lee. Et je veux que vous postiez quelqu'un devant chez Habib, le petit chalet à l'extrémité sud de Main Street.

— On sait où c'est.

À présent, Thettie n'est plus qu'une silhouette vaporeuse entre ses fils. Ils boivent bruyamment leurs cocktails. Martin Squelette titube dans son cercueil. La borgnesse prépare une nouvelle série de Monstres du lac, son œil valide rivé sur Thettie, laquelle rajuste son voile.

— Non ! s'écrie Lee en tendant vers elle une main tremblante. Ne pars pas !

Archy et Grif semblent de nouveau perdus, séparés par un vide incomblable, une blessure qui ne guérira jamais. La taverne est bondée. Le juke-box joue sans interruption. Derrière ses montures écailles de tortue, le front d'Avery luit de sueur tandis qu'il cherche des verres propres. La fumée de tabac pénètre depuis le porche et l'odeur des urinoirs vous prend à la gorge. Lee étale avec ses doigts le résidu noir vaseux. Grif s'essuie les mains sur les jambes de son pantalon, et Lee sait qu'ils en ont sur eux, eux aussi. Ils en ont tous sur eux à présent, et c'est tout ce qui reste de la souffrance de Thettie à l'exception d'une ombre bleue entre ses garçons, déchiquetée, semblable à une écharde géante qui sera toujours avec eux.

Les joues d'Archy sont irritées et ses lèvres sont gercées à force d'être exposées au mauvais temps.

— La bave qui tue. Ce qui a tué m'man. Voilà qui va ouvrir à Doc de nouvelles perspectives.

Grif pointe Lee du doigt.

— Sauf que tu ne crois pas que ce soit ça, pas vrai ? Tu ne crois pas que ça puisse être le Gila. Donc, si ce n'est pas ça qui l'a tuée et qu'elle ne s'est pas suicidée, alors quoi ?

— Quelqu'un l'a droguée, peut-être, ou l'a charcutée ? demande Archy avec de l'écume au bord des lèvres.

— Mais quoi ? (Grif tambourine sur la table.) Qu'est-ce qui aurait pu faire ça, bordel ?

Lee frémit de répulsion et de dégoût, mais aussi d'un violent désir. Thettie réapparaît, convoquée par la rage de ses fils ou la flamme de son amant, ou les deux. Du sang coule sur ses joues et ses épaules. Elle porte ses mains à son visage, un geste tellement empreint de faux espoir et d'affliction que Lee en gémit. Mais la fille apparaît soudain derrière lui, et sa main froide se pose sur ses lèvres.

— Avery vend des billets de tombola pour une danse avec Martin, dit-elle. Ça vous dit ?

Thettie trépide devant lui, masse de sang et d'os. Archy et Grif cherchent distraitement de la monnaie, et la fille leur tend les billets perforés avec ostentation.

— Le tirage est à minuit, lance-t-elle.

Thettie siffle en direction de la fille, mais ne lâche pas l'affaire.

— Je n'ai pas dit que ce n'était pas le venin. (La voix de Lee semble venir de très loin, comme si quelqu'un d'autre parlait à sa place. C'est peut-être le cas. Son cœur bat la chamade.) Je crois que ça pourrait être plus compliqué. On ne connaît pas encore exactement les effets de l'helotide. On ne sait pas tout, notamment l'effet des peptides sur l'être humain.

Une lueur de rage flamboie dans les yeux de Thettie puis disparaît. Dans son sillage, le coin sec d'un des avis de recherche laissés sur la table se soulève. Archy regarde l'affichette et esquisse un étrange sourire. Grif va de l'un à l'autre.

— Pizza, dit-il. Ce foutu lézard avait un faible pour la pizza. C'est juste là, sur les avis de recherche. (Il en brandit un sous leur nez.) M'man a mangé de la pizza ce soir-là.

Archy se contente de secouer la tête et de regarder la fille qui s'approche de la table avec un plateau rempli de verres.

Ils sont tous d'accord sur une chose : Thettie est morte dans d'atroces souffrances et cela seul semble avoir placé le curseur plus haut sur l'échelle du mal, le rapprochant du Mal incarné.

Grif tape doucement du poing sur la table, ce qui règle la question.

— On va mettre une voiture devant la maison de ton pote Habib. La petite là-bas va faire mariner Doc en attendant qu'on trouve un moyen de te faire entrer dans le mobil-home.

Les jointures des doigts d'Archy blanchissent.

— On aurait dû la ramener à la maison, Grif. Nous-mêmes.

Il est debout dans le box, sa tête occultant la lumière des ampoules qui se balancent.

On s'adapte, essaie de leur dire Lee. On apprivoise le chagrin. On crée des poumons pour respirer, on fait pousser des nageoires pour nager. On surmonte son deuil. On le surmonte en refusant de prononcer son nom. On le surmonte en peignant le lac à l'envers. En se remettant à boire. En se retrouvant dans le lit d'une inconnue et en partageant ses souffrances. En marchant dans les bois avec une fille assez jeune pour être votre fille. On attend seul dans son atelier que le lac vienne vous prendre. Ne jamais dire son nom. Ni même le chuchoter.

Lee vient se placer à côté d'Archy. De l'autre côté de la table, Grif titube pour se mettre debout. Grif lève un poing, puis Archy l'imite. Lee lève les deux poings et les laisse retomber. Avec douceur.

À présent, l'important est de regagner l'atelier. Lee titube jusqu'au bar et jette un coup d'œil par-dessus son épaule, mais il n'y a plus qu'Archy et Grif dans le box. Il veut être seul tout en ne le voulant pas. Il a la bougeotte, commande une bière dont il n'a pas envie, attend que la fille finisse son travail pour la reconduire sagement chez elle. Elle bouge à la manière d'un invertébré, avec fluidité, ses mouvements sont aussi mesurés et hésitants que ceux d'un enfant. Dans la pénombre du bar, sa peau est le blanc de la lune. De minuscules coupures et bleus – dus à sa maladresse, dit-elle en plaisantant – blanchissent ou noircissent quand elle se penche, ou quand son tee-shirt glisse de son épaule. Elle lui fait un clin d'œil de derrière le shaker qui étincelle devant son buste comme du mercure, et les fermiers et les camionneurs agglutinés s'emploient à la faire se pencher, pour pouvoir reluquer ses nichons de gamine. Elle dort mal, dit-elle, fait des cauchemars depuis sa plus tendre enfance.

— Rentre, articule-t-elle en silence. La nuit va être longue.

Il obéit, pas seulement parce qu'il aime boire seul, même s'il y a de ça. Mais aussi, parce qu'à présent il se peut qu'il ne soit pas seul. Il regarde par-dessus ses épaules en partant, désirant que Thettie le suive et redoutant qu'elle le fasse.

43. Chimère

La découverte du sac Steelers a élargi son rayon d'action, elle peut donc déambuler davantage le jour. D'abord la dent, et maintenant le sac du gros – l'un et l'autre permettent de desserrer son carcan, si bien qu'elle est désormais moins esclave de la nature. Elle scintille dans les rues à la lumière du jour strié de pluie. Elle est un sifflement dans les feuilles brunes, un regard concupiscent dans la fissure du trottoir.

Little Ridge est perdu dans la rêverie. Les gens lèvent le nez au vent tels des lapins dans la neige, les narines frémissant au parfum du sang et de l'instant. Ils se hérissent devant la puanteur des souvenirs qu'ils ne peuvent pas ou ne veulent pas situer. Les souvenirs prennent une vivacité égale à une sensation physique – elle regarde une jeune mère s'arrêter pour jeter un sac de couches – et les sentiments passés se confondent facilement avec la douleur présente ou le plaisir sexuel. Étonné, le rédacteur en chef vieillissant du *Village Dawn* baisse les yeux sur l'entrejambe tendu de son chino.

Pour nombre d'anciens voisins, amis d'enfance ou ennemis jurés de Thettie, la réalité s'apparente à un rêve composé d'objets jadis perdus et à présent retrouvés. Elle se déplace à travers la ville en répandant le venin de la mémoire, une potion qui, comme les cocktails de Bryce, est à la fois l'agent infectieux et l'antidote. C'est par le *Way Out* qu'elle termine presque tous les soirs, hantant le box où elle a passé sa dernière nuit en compagnie de ses fils. Bryce lève les yeux pour la saluer d'un regard, car les deux femmes s'entendent désormais sans avoir à parler. Un partenariat établi au-delà de la pitié, au-delà de la peur.

Thettie attend Doc, mais il n'est jamais seul, jamais sans Homer et Lyle – sorte d'exosquelette Twin-Cam militarisé, pour citer Archy. Cependant, si la découverte du sac Steelers par le frère de Jason l'a désinhibée, elle a également désinhibé ses fils. Elle a suffisamment éveillé leur perception (à laquelle elle est reliée) pour lui permettre de se déplacer librement le jour afin de se rapprocher de Doc, au point qu'il a commencé à éprouver le besoin de surveiller ses arrières, de regarder à travers la fumée de barbecue ou de renifler l'air glacial. *Le destin, Doc. On fabrique nos propres monstres, Doc. Et tu m'as fabriquée.*

Les habitants de Little Ridge tendent l'oreille pour essayer d'entendre le murmure dans les arbres, une note bleue dans le chant des oies sauvages. Samedi soir, en rejoignant le box de ses fils, Thettie passe devant Avery et lui évoque l'odeur des aisselles de son institutrice de CM2 tendant la main au-dessus de lui pour ramasser les crayons éparpillés. Terre de Sienne brûlée. Bleu cobalt. Il ne distingue pas un crayon d'un autre par sa couleur – Mango Tango, Inchworm[40] –, mais à la façon dont l'institutrice tend le bras à dix heures du matin le jeudi de l'assassinat de Robert Kennedy, qui n'a absolument rien à voir avec la façon dont elle a tendu et tendra le bras avant et après ce jour-là.

Pour Avery, Thettie est une sensation. Un martèlement dans sa tête, une brûlure d'estomac, un supplice à endurer, un passager assis à l'avant. Ne la laisse pas prendre le volant. Pour certains clients, elle est moins une présence qu'une perception. Assise dans le box à éviter, car c'est le box (hanté) des Harpur, elle boit à la tasse de leur mémoire collective et non à celle de l'oubli. Elle est moins une apparition qu'une suggestion voilée qu'avec le temps ils élèveront au statut de légende urbaine.

Mais, d'un autre côté, c'est à Bryce qu'ils sont accros, collectivement, urgemment et intuitivement. Chaque soir, ils se précipitent au *Way Out* pour la voir, elle, la prêtresse borgne ou peut-être la scientifique givrée, leur verser ses potions. Douce rédemptrice qui, pour leurs péchés, exigera un lourd tribut.

Thettie montre ses dents pointues et un lambeau de peau se détache de sa mâchoire. Elle ajuste le voile et lève – où lèverait si elle le pouvait – son verre de Monstre du lac jaune et bleu à la fille, et derrière son bandeau la fille lui fait – ou ferait si elle le pouvait – un clin d'œil. Thettie s'est enfin faite à l'idée de distinguer ce qui est là de ce qui ne l'est pas. Que ce qui reste entre les deux, entre toi (avec un « pourquoi ») et moi (œil pour œil), est le vide dans lequel Doc l'a poussée, le con. Elle trie

40. 2 couleurs des crayons Crayola : nuance d'orange (Mango Tango), de vert (Inchworm).

les perceptions comme jamais auparavant, en distinguant les siennes de celles des autres – de la même façon qu'Archy et Grif triaient leur butin d'Halloween, échangeant parfois (mais rarement) une barre chocolatée contre une autre. C'était important alors, comme cela l'est aujourd'hui, de distinguer le bien et le mal, de savoir avec certitude ce qui peut vous être enlevé de ce qui ne le doit pas, et de ne jamais baisser la garde. Comment Doc a-t-il réussi à déjouer ses défenses ?

Elle se rappelle ce qu'a dit Cassie cette nuit-là au motel, après le départ des DeGroot, pendant que Frankie les conduisait aux chutes Harpur, une dernière fois. Cassie fumant cigarette sur cigarette à l'arrière de la Pontiac de Frankie, la graine de DeGroot germant en elle pour donner l'enfant qui un jour se retournerait contre eux tous. En un clin d'œil, a dit Cassie, tout a changé.

*

En un clin d'œil, Thettie est sur la jetée, au-dessus du lac. L'île se profile à l'horizon, et de la fenêtre du phare désaffecté Frankie lui fait signe.

— Pourquoi tu as fait ça, Frankie ? C'était toi, pas vrai ? Insuffler le monstre du désir à Vernon, puis venir me chercher. Pourquoi ? gémit-elle. Regarde-moi, Frankie. Je n'aurais jamais cru mourir de cette horrible façon.

Frankie allume la lumière et clignote un long, un court, un long, un court, deux longs, un court, un long.

— CQ ? Mais, Frankie, je dois me souvenir pour mes fils.

Il lui souffle une framboise.

— Je sais. (Elle cligne des yeux pour chasser ses larmes. Elle ne veut pas lui reposer la question, mais elle se fait violence.) Mais pourquoi, pourquoi ça, Frankie ? ça fait mal de changer.

Il met deux doigts sur ses yeux puis les pointe vers elle, pour être bien clair. Comme si elle ne connaissait pas déjà la réponse, il souffle une deuxième framboise qui résonne plus comme un coup de tonnerre.

— Quoi de neuf, Doc ?

— Je m'en occupe, Frankie, soupire-t-elle. Inutile de t'énerver.

*

Tout ce qui autrefois appartenait à Thettie lui revient, reprend sa place en elle, exactement comme Lee l'avait prédit. Mais Lee la hante avec son désir. L'autre nuit au *Way Out*, quelle envie terrible, effrayante. Cependant, elle trouve difficile de se matérialiser à son gré, mais c'est en forgeant qu'on devient forgeron. Aussi, en regagnant le camping de bonne heure le dimanche matin, Thettie s'arrête en voyant Sunny Weeks se garer devant le manoir Zabriskie, sous un ciel d'octobre dont le bleu éclipse la propre perception affaiblie de Sunny. La bienfaitrice de la ville sort une nouvelle fois pour évaluer l'imposante demeure victorienne couleur beurre avec ses vingt-six pièces aux volets fermés, sa salle de bal poussiéreuse, sa pagode et la maison du gardien. Le bleu du ciel ne soutient guère la comparaison avec le bleu d'une grenouillère qu'elle a commandée à son senior designer pour sa dernière création American Born, la poupée-enfant de réfugiés syriens, contre la peau mate de laquelle le vêtement a l'air dur et crayeux.

Brusquement, Thettie surgit de derrière l'immense érable voisin de l'allée de gravier, drapant sa chemise de nuit déchirée sur les écailles qui recouvrent sa poitrine. Sur le visage de Sunny, les torsades des capillaires éclatés, qui sont du même bleu mat que le ciel, ressortent tandis qu'elle pâlit. Thettie s'éloigne davantage du tronc de l'arbre, et sa chemise de nuit imbibée d'eau traîne dans les feuilles brunes entassées. Sunny est tétanisée, ses jambes sont en plomb. Le vent s'est levé dans les arbres fruitiers stériles. D'un geste machinal, Sunny place son sac à main sur sa poitrine, comme une poupée mécanique. Thettie éprouve une telle joie en la voyant ainsi choquée et terrorisée qu'elle ajoute une pulvérisation radioactive à son regard perçant. L'intensité bleu électrique de ses yeux indique clairement, comme si elle l'avait dit, qu'elle a meilleure mine morte que Sunny ne l'aura jamais vivante.

44. Claustrophobie

Lee appelle son contact à Ilium pour se renseigner sur la démarche à suivre pour obtenir un mandat afin de fouiller le mobil-home dans lequel Thettie est morte, et son contact lui suggère de retourner à son coffret de *Sur Écoute. Ce n'est pas facile*, dit l'inspectrice Fabiana Brown. *Monsieur Tout-le-monde ne peut pas obtenir un mandat de perquisition quand bon lui semble. Pourquoi tu ne vas pas y faire un tour et voir par toi-même ?*

Le camping a un air de scène de crime à l'abandon, et le cœur de Lee bat la chamade tandis qu'il approche du mobil-home où elle est morte, où elle n'aurait jamais dû aller. Les mauvaises herbes prolifèrent dans les géraniums, un rideau déchiré pend à la fenêtre. Depuis que l'endroit a été décrété hanté, il a certes été laissé à l'abandon, mais on ne peut pas dire qu'il se soit dégradé. Le mobil-home palpite à la lumière des étoiles, son avant-toit s'affaissant sous le poids de sa propre rage. Des tagueurs ont gribouillé des obscénités sur les façades et les portes. Quelqu'un a écrasé une citrouille sous le porche en acier rouillé.

Lee frotte les marques avec la manche de son manteau, grinçant des dents sous ses larmes. Il tente la porte. Elle s'ouvre. Ses chaussures soulèvent des panaches de poussière et de feuilles profondément incrustées dans la terre. Il sent le lac bien que toutes les fenêtres soient fermées, mais également une forte odeur de cheveux propres et de cigarette. La porte se referme doucement derrière lui, et il se fige en l'entendant cliqueter sèchement tel un claquement de langue. Il a la chair de poule et ses jambes sont froides.

— Vernon, chuchote-t-il.

Il fait briller son téléphone dans l'obscurité, puis il l'éteint.

La seule lumière vient d'un petit téléviseur dans le coin repas. Mais il n'est pas branché et le câble est emmêlé sur le tapis. Un canapé lui fait face, palpitant à la lueur insolite, et derrière se trouve le coin cuisine. Il y a un mot collé au réfrigérateur par un aimant. Il dit : *Maman sera bientôt de retour. Gaufres au congélateur.* Sur le bar un cendrier, une lunch box pour enfant. Alors qu'il marche dans le couloir, le mobil-home semble se dilater.

Une vapeur parfumée s'échappe par la porte ouverte de la salle de bains. Il pousse la porte et entre – la baignoire brille dans le noir comme la Voie lactée et lévite au-dessus du sol. Elle est éclairée par des dizaines de bougies collées à la porcelaine. L'odeur est grisante, exotique et entêtante. Il s'approche de la baignoire.

— Vernon ?

L'eau est étale comme un lac, d'un bleu crayeux surnaturel, et quelque chose nage au fond, semblable à un rat. Lee se penche pour regarder. C'est un petit bateau noir qui tourbillonne sous le bleu blafard. Il sort en reculant lentement.

La porte de la chambre sur la gauche est entrouverte et Lee entend haleter. Le battement d'une queue sur les planches, une odeur de chien mouillé. Il frissonne. Il glisse sur quelque chose de pulpeux. Il l'éclaire avec son téléphone. C'est un morceau écrasé de citrouille pourri et duveteux. La porte de la chambre claque.

Il y a une lumière au bout du couloir, dans sa chambre, celle où elle est morte. Il est pris de panique à l'idée de ce qu'il va voir. D'où il est, il sent déjà l'odeur de Vernon, un léger remugle de vomi avec quelque chose de métallique. Il appuie le bout de ses doigts sur la porte, qui s'ouvre en grinçant. L'obscurité et, contre la fenêtre, un matelas nu sur un sommier. Deux yeux le regardent de sous le lit.

— Vernon !

Lee se met à plat ventre, mais il n'y a rien. Il passe les mains sous le lit, à la recherche du corps trapu de son ami, mais rien. Il frappe le plancher avec les mains, s'assoit contre le lit et fond en larmes sans pouvoir s'arrêter. Il pleure enfin, interminablement.

Il s'endort en pleurant. Il se réveille, recroquevillé sur le sol, au bruit du téléviseur.

Il se relève avec raideur et s'assoit sur le bord du lit. Sa chemise est trempée de larmes. Son nez est bouché et ses yeux à demi clos sont brûlants. Les étoiles brillent à la fenêtre, éclairant le chemin emprunté par Vernon, les traces de ses griffes et de son ventre sont imprimées distinctement sur le sol. Dans le sillage de ses rêves enfuis, Lee est là à se demander comment le chemin de Vernon et celui de Thettie ont convergé, et quelle est, en lieu et place d'une autre alternative, la destination finale à chercher.

Il regagne le couloir en revenant sur ses pas, passe devant la chambre d'enfant. L'odeur fétide du cafard. Des gaufres grillées, vaguement, et surtout du bourbon. Le bruit lointain d'un hors-bord. Des ombres s'agitent sur l'écran du téléviseur. Un film de guerre. Lee s'assoit sur l'unique fauteuil, un Relax cassé. Des images criardes, comme dans un film de série B. Ou un téléfilm sur le câble. Lee hoquette, sa poitrine tremblant sous le poids de toutes ces larmes. Le film montre une école en construction à l'extérieur d'une base en Afghanistan au début de la Guerre contre le terrorisme. Lee sait qu'il doit s'agir de Bagram. Une voiture s'arrête dans la lueur d'avant l'aube du désert et Doc Murphy en sort. Il attend dans l'embrasure d'une porte. L'homme qui l'accompagne sort à son tour, mais un keffieh cache son visage et Lee ne peut pas l'identifier. L'inconnu s'éloigne et tourne au coin. Un Humvee arrive au point du jour et deux soldats vêtus d'une combinaison anti-explosion en descendent. Ils entrent dans l'école et, quelques instants plus tard, le bâtiment explose. Doc se précipite dans les flammes et ressort tout fumant en portant un des hommes en combinaison. Plan de coupe sur la ruelle dans laquelle l'inconnu a disparu. Lee pose une main sur sa bouche pour retenir le vomi qui glisse entre ses doigts. On voit Bud Wallace retirer son keffieh et jeter un téléphone portable dans une bouche d'égout, laissant derrière lui un monde en flammes.

45. Plan cul

Pas facile de garder l'estime de soi quand on n'a rien d'autre qu'une pince à épiler, un rideau déchiré pour couvrir une bouche informe, et un reste de poudre de riz séchée trouvé au fond du placard de la salle de bains. Quand votre plus jolie chemise de nuit est veinée d'une substance gluante. Quand, alors que vous longez la voie ferrée près du rivage pour aller à un plan cul, une bande d'imbéciles vous arrête en poussant des hurlements à faire s'enfuir les écureuils dans les arbres.

Halloween approche. Il faudra que tes fils t'enterrent ou t'incinèrent, ta réputation ternie par le mensonge. Ta chair se décomposant sur une table métallique à la morgue, il n'y a aucune raison de te mettre dans de la glace – affaire classée aux dires du médecin légiste. Affaire classée, répètent les DeGroot qui veulent vous voir disparaître, toi et les tiens. À l'exception de Doc. Doc peut encore leur être utile. Surtout si les Harpur refusent de partir. Tu auras perdu. Frankie t'aura sauvée pour rien.

Tu cherches le lézard qui a disparu. Tu regardes partout, sauf dans le miroir.

Les porches grouillent de squelettes en caoutchouc et les pelouses débordent de citrouilles. Où est ta famille ? Où sont les tiens ? Qui veillera à te venger ? Tous ne parlent que d'organiser sans attendre ton enterrement, cercueil fermé – et tant pis pour partir en beauté.

Bryce coupe les cheveux d'Archy sur l'herbe jonchée de glands devant le mobil-home. Le cœur te serre. Archy se soumet aux cliquetis des ciseaux. Des mèches de ses cheveux s'éparpillent sur les feuilles et les noix aux couleurs bariolées, et tu les ramasses. Tu maudis cette idiote de dépasser les bornes et tu la remercies de les retenir ici, de les garder près de toi pour un temps hors du temps. Ils peuvent ne pas t'écouter, mais ils écoutent ses promesses, les plans et les combines chuchotés – et ils la remercient de tenir Doc en laisse, et aussi ses gardes du corps patibulaires. D'une voix qui couvre à peine les coups de ciseaux, Bryce dit à Archy que si ça tourne mal, Doc croit qu'il pourra l'enlever et se servir d'elle comme bouclier humain. Elle trouve ça si drôle qu'elle se tord de rire. Archy a un rire gêné, les cheveux plus courts d'un côté que de l'autre.

Bouclier humain.

Bryce. La fille que tu n'as jamais eue. C'est elle qui vient parfois te rendre visite la nuit, frappe à la porte et, quand tu la laisses entrer, c'est Bryce et ce n'est pas Bryce, ni l'une ni l'autre. Ni là, ni pas là. Elle arrive enveloppée d'une couverture Spider-Man, nue en dessous, avec un œil au beurre noir. Si jeune. Si petite. Elle tient une lanterne pour s'éclairer jusqu'au mobil-home. Elle l'agite dans l'espace en forme d'hippocampe, qui va s'évasant, comme si elle savait ce qu'il faut trouver. Elle veut regarder la télévision. Elle s'assoit en tailleur devant l'écran inerte, enveloppée dans sa couverture Spider-Man comme une gosse devant des dessins animés par un jour de pluie.

Il pleut toujours. Thettie déteste les dessins animés.

Rembobine : la dent. Rembobine : le sac Steelers. Rembobine : il y a plus.

Il y a toujours plus.

Rembobine : Te cherche.

*

Frankie parle de l'île comme s'il savait. Elle l'effraie et elle le voit, tel un œil gigantesque. C'est le fait d'être vu qui le met à genoux. Il disparaît toute une journée et revient avec des pommes de pin et des plumes dans la poche, des morceaux de verre – ou de quartz, peut-être – et la bouche tachée de jus de baie. Il a faim, se justifie-t-il, et quand on lui demande où il est allé, il répond : *Je crois comprendre.* Il ajoute : *Quand on veut, on peut.*

*

Pauvre Lee. Toujours affamé. Thettie dévale le chemin qu'elle a percé à travers les broussailles. Elle a appris par cœur le nom et l'espèce de chaque plante, grimpante ou rampante, et pour celles qu'elle ne connaît pas, elle regarde dans l'un des livres de Lee, ou sur son ordinateur. Elle aime penser à lui en consultant des onglets qu'il n'a jamais ouverts. Sites botaniques. Flore et Faune. Trolle, gentiane. Elle prend note des pluies de météorites sur le lac. Elle les compare, dans sa mémoire, au verre brisé d'une bouteille de vinaigre sur le sol de la cuisine à la ravine Triangle trente ans plus tôt, et aux gouttelettes d'eau dans les longs cheveux d'Archy après une baignade dans la rivière, la veille du jour où OJ Simpson a été acquitté par un jury de Los Angeles.

Si on veut vraiment aller quelque part, on ira, a expliqué Frankie. Il faut le vouloir vraiment, le vouloir si fort qu'on n'a pas besoin de savoir exactement ce que l'on veut. La certitude de l'incertain. Une foi dans le factice. Elle passe rapidement devant la pagode, derrière le manoir dont Frankie a hérité, puis en contrebas de la balançoire pendue au vieux chêne, et elle frappe à la fenêtre de l'atelier de Lee avec le plat de sa main, exigeant qu'il la laisse entrer, exigeant, alors qu'il se tient là vaseux d'un sommeil imbibé d'alcool, exigeant ce qu'il désire.

Lee se frotte les yeux avec les paumes de ses mains.

— Vernon ?

Non.

Les yeux de Thettie se reflètent dans le moindre recoin de l'atelier, des fenêtres, des toiles, du terrarium en Plexiglas de Vernon ; ses yeux lui disent ce qu'elle veut, si seulement il comprenait. Le bleu de la glace, du ciel.

— Le nom ?

À présent, il arrive quelque part, mais elle ne sait pas où, sauf que ce n'est pas au fond d'une bouteille, aussi elle ouvre les mains et laisse tomber la bière par terre, et tous deux regardent fixement la flaque ambrée. Golden Brown.

From far away / stays for a day[41]

Elle ne demandera jamais à Lee de la venger. Ce n'est pas dans les habitudes des Harpur. Si tu veux que quelque chose soit fait, fais-le toi-même, c'est comme ça. Mais elle attend quelque chose de lui, quelque chose qu'elle ne peut pas faire elle-même.

— Te vois. (Lee pousse du pied ce qu'il y a par terre. Des livres, le camion de son fils, des pansements, les écouteurs de Bryce.) Te cherche.

Tu chauffes, pense Thettie.

---

41. *Golden Brown*, chanson des Stranglers.

— J'ai essayé, marmonne-t-il. J'aurais tout donné. Je n'ai pas compris.

— Moi non plus. Je pensais que si c'était faisable, je pouvais le faire. Quoi qu'il en coûte de sauver ceux que j'aimais, j'avais ça en moi. Mais c'est le paradoxe que je n'ai pas compris, que ça me coûterait tout ce que j'avais, si bien qu'à la fin, le « je » n'était pas suffisant.

Il ne l'entend pas, pas encore. Mais ce n'est pas ce qu'elle attend de lui, pas maintenant. Ses visites sont facilitées parce qu'il s'est remis à boire. Il fait une fixation sur la fille, bien sûr. Mais cela la touche moins qu'elle ne l'aurait pensé. Après tout, la nuit Bryce est coincée dans son mobil-home comme un enfant interdit de sortie, comme un rat en cage. Donc, non. Les nuits leur appartiennent à elle et à lui – quand leur soif d'amour commune est encore plus forte que leur besoin combiné de pardon. Quand Lee, malade de solitude et de whisky, achève encore un autre tableau d'elle et qu'il jette une fois encore les pinceaux, éclaboussant le mur de ses couleurs à elle – les bleus et les ors. Quand il dit son nom – Thettie, d'après Thétis, la déesse de la mer – et qu'il la veut pour lui, elle qui ne désire que cela. Et avec son halo de cheveux blonds comme les blés, sa pâle chemise de nuit enserrant ses cuisses et ses seins aux taches de rousseur argentées, ses cils foncés encadrant ses yeux azurite, sa langue fourchue humectant la blessure rouge de sa bouche – c'est alors qu'elle aime à croire que dans la mort elle est encore plus ravissante à ses yeux qu'elle ne l'était dans la vie. Pas seulement dans les tableaux qui se divisent et se multiplient dans l'atelier, mais dans les injonctions qui la font exister. Quand les doigts de Lee cherchent sa peau lisse, qui n'est pas tant immatérielle que poreuse – une collision de l'esprit et de la matière, du corps et de l'âme, du cerveau et de l'esprit. L'étreinte de son intimité autour de sa chair à lui, tellement gorgée d'amour qu'il ne saurait l'exprimer par des mots. Ce ne sont pas des mots qu'elle attend de lui à présent, mais qu'il invente de toutes pièces un rêve éveillé d'amour, de chair, où elle attend, offerte et mouillée comme la rosée, et où ils peuvent tous les deux réussir, avec un peu de chance et un miracle de circonstances.

46. Écharde

L'écharde est alternativement nette et floue. Ses pieds sont glacés d'être allés dans le lac. Ils sont couverts d'herbe coupée, de brindilles et de feuilles en putréfaction d'être allés là où elle s'est enfoncé l'écharde. Sous la crasse, pourtant, ses pieds sont tout roses, sans la moindre callosité, comme ceux d'un bébé. S'ils sont presque spongieux au toucher, si ses orteils sont doux et souples sous les doigts inquisiteurs de Lee, c'est sans doute dû au fait d'avoir été si longtemps dans l'eau. Elle a une petite écharde sous le quatrième orteil du pied droit. Elle est assise avec une jambe tendue et l'autre posée sur le genou de Lee, et il essaie de retirer l'écharde avec une pince à bout arrondi provenant de sa vieille trousse à dissection.

— Arrête de bouger, dit-il, les mains tremblantes.

— Enlève-la ! Elle m'empêche de marcher.

Il est perturbé après le plan cul de Thettie. Le rêve – la visitation, que sais-je encore – reste accroché à lui, aggravant sa gueule de bois, son chagrin, son plaisir aussi. Il aurait aimé qu'elle l'évite presque autant qu'il désire ardemment son retour.

La fille lève son œil valide au ciel et se gratte distraitement sous son bandeau. Elle n'arrête pas de bouger sur sa chaise. Avec son pied libre, elle fait aller et venir le camion Tonka.

— Et le travail ?

— Dingue. Martin est tombé à plat ventre, s'est cassé le nez.

— Content qu'il ne se soit pas cassé autre chose. Tu t'es encore cognée dans la porte du frigo ?

Elle arrête de jouer avec le camion pour suivre son regard posé sur les bleus qu'elle a au mollet de sa jambe tendue. Elle hausse une épaule et regarde nerveusement autour d'elle.

— Tu as fait tellement de tableaux d'elle. Ceux qui l'ont vue nue ne sont pas si nombreux.

— Ce n'est pas ce que j'ai entendu dire.

Elle glousse.

— Arch et Grif n'aimeraient pas que tu lui manques de respect.

— Je n'ai rien dit.

— Ça ne t'ennuie pas ? Ce qu'elle était ? Tu l'aimais bien. Juste un peu.

Il lève des yeux troubles.

— Certes.

— Peut-être plus qu'un peu.

— Comme si j'allais t'en parler.

— Aïe.

— Désolé. (L'éclat dans son pied fait de la résistance, envoyant une petite décharge électrique à travers la pince.) Je ne sais pas ce qu'il y a là-dedans. C'est trop tranchant pour être du bois. C'est blanc, presque. Tu as marché sur une assiette cassée au bar ?

Elle secoue la tête catégoriquement.

— Tu m'aimes bien, moi aussi ?

Lee se concentre avec une intensité redoublée sur le pâle éclat dans son pied.

— Oui. Mais pas de la même façon.

Son cœur accélère, ralentit, puis s'arrête presque. Entre deux battements, il a l'impression de flotter en apesanteur. Son estomac se serre par anticipation, comme une voiture qui essaie de distancer ses propres phares. Le poêle à bois dispense une chaleur soporifique. En temps normal, il ne l'aurait pas mis aussi fort, mais elle a toujours froid. Un autre effet secondaire de passer autant de temps dans l'eau, selon elle.

— Où en est Doc à propos de l'île du Nez ?

— Il va me donner son bateau. Il dit que je devrais dire à Frankie qu'il me fera du mal sauf si Frankie le laisse aller sur l'île.

— Il te fera du mal.

Elle secoue la tête.

— C'est déjà fait.

Lee se détend, l'œil rivé sur l'orteil blessé comme s'il s'agissait d'un pâle bourgeon dans sa pérule de crasse. Les vitres sont embuées et les mots qu'elle a griffonnés se détachent, flash bleu sur les lettres. Il entend les niveaux d'oxygène varier d'une façon presque familière, tel un gémissement – de plaisir ou de douleur, c'est difficile à dire.

Elle lui donne un petit coup de pied dans la cuisse en signe d'impatience. Il sort de son hébétement, retourne à l'écharde.

Elle hoche la tête avec véhémence.

— Je suis Bugs Bunny.

Lee fronce les sourcils.

— C'est trop dangereux. Je ne crois pas que tu devrais y aller.

Elle gratte ses cheveux sales. Lee est certain qu'elle a des poux.

— Frankie veillera à ce qu'il ne m'arrive rien. Il l'a promis.

Il regarde l'orteil doux et blessé à travers les verres tachés de ses lunettes, puis marmonne que Frankie a aussi promis de veiller sur eux, autrefois. Que Doc a dû les sauver.

— Doc a réparé leur bateau. (Elle glousse.) Il l'a réparé, il l'a ré-pa-ré.

La pince touche un nerf et tous deux sursautent. Il se mord la joue, se dégage sans ménagement et se plante devant le chevalet pour regarder Thettie à moitié nue qui se détourne de lui. Sur l'île, la silhouette indistincte s'assombrit et se précise de jour en jour, mais il n'arrive toujours pas à l'identifier. Il avale du sang.

— Frankie a dit que c'était notre petit secret, dit-elle. Chut.

Elle pose un doigt crasseux sur ses lèvres. Dehors, la pluie redouble. Les canons du lac grondent leurs mensonges.

Il pose la bouilloire sur la cuisinière. Il boit trois verres d'eau devant l'évier éclaboussé de peinture, va pisser longuement, puis revient avec du thé. Elle repose confortablement son pied sur son genou.

Il sirote son thé et écoute son histoire. Qu'elle est née avec un œil. Qu'elle a grandi dans d'innombrables familles d'accueil. Qu'elle a fugué de nombreuses fois et eu des tas d'ennuis. Elle préfère ne pas en parler. Il y a eu un homme horrible. Beaucoup d'hommes horribles. Elle a vécu quelque temps à Ilium – avant ça elle ne se rappelle pas. Il y a eu cette saloperie de crystal meth. Un ami lui en a fait prendre sous le vieux pont des chutes Triangle. Ce n'était pas terrible. Mais ensuite, elle a nagé et s'est sentie mieux. Sauf qu'il faisait trop froid, aussi quelqu'un est venu la réveiller. Quelqu'un qui connaissait son nom.

Et puis elle a rencontré Frankie Harpur. Frankie lui a donné du travail. Frankie lui a donné un but. Il l'a fait arrêter de tourner en rond.

— Quel était ce but ? demande-t-il à voix si basse qu'il ne s'entend pas lui-même par-dessus le vacarme de la pluie sur le toit métallique.

— Je ne me rappelle pas. Thettie me l'a dit, mais j'ai oublié.

Tous deux ont les yeux rivés sur son pied nu. Une enfant sale avec un œil en moins et un nom à coucher dehors. Elle tend une main, lui enlève ses lunettes et les nettoie avec son tee-shirt, puis les lui rend impeccables.

Frankie n'aime pas quitter l'île à cause de son pied, raconte-t-elle. C'est son boulot à elle. La douleur est moindre sur l'île, comme la puanteur. Il a commencé par faire des allers-retours, mais il ne bouge presque plus. Elle va lui chercher ce dont il a besoin.

— Et ce dont il a besoin c'est Thettie. Il a besoin de retrouver sa famille, dit Lee à voix basse.

La fille hoche la tête. Il s'est efforcé de les tenir éloignés de Little Ridge le plus longtemps possible, parce que cet endroit a un mauvais karma, mais le temps est venu, il a dit. Ça l'ennuie qu'ils ne soient pas en sécurité. Ils sont avec un homme mauvais, selon lui. Pas un monstre, mais mauvais quand même, sans pour autant être le Mal incarné.

Frankie a appris à tirer à l'armée. Il peut descendre tout ce qui bouge. Et ce n'est pas ce qui manque sur l'île. Pour chasser.

Lee a arrêté de chercher à retirer l'écharde, mais il garde la tête baissée pour se concentrer sur ses paroles, qui s'estompent, se perdent dans les craquements du poêle à bois, ou du vent au-dehors. Il tend l'oreille.

Il y avait un monstre du nom de Bud, un monstre différent de celui du lac, qui apportait des trucs à Frankie pendant un moment. Ce n'était même plus un homme, parce qu'il mangeait les enfants. C'était le Mal incarné. Frankie en était malade rien que d'y penser. Il disait qu'il avait regardé le monstre sans que celui-ci ne sache qu'il était observé, et qu'il avait vu ce qu'il jetait dans le lac. Des morceaux dont il ne voulait pas, de tous les enfants qu'il mangeait. Elle est restée avec Frankie après que le monstre a jeté les morceaux d'enfants dans le lac, elle n'est pas retournée au pont. Elle en a eu l'intention, mais elle ne l'a pas fait. Frankie est devenu son ami, mais il y a aussi un autre ami, la personne qui l'a trouvée sous le pont. Elle a oublié son nom.

Elle aime bien l'île et elle veut rester avec Frankie, ne plus le quitter. Mais elle peut toujours aller et venir, et ça rend service à Frankie. Il l'a aidée et elle veut l'aider, parce que c'est son but.

Elle souffle sur son thé et regarde Lee recommencer à creuser sous son orteil.

— Je lui ai demandé pourquoi je peux aller et venir et pas lui, et il a dit que c'est à cause de mon nom.

— C'est ça le secret ?

Lee fouille avec la pince à dissection. Les orteils de la fille n'arrêtent pas de lui échapper. Il fait couler plus de sang qu'il ne le voudrait.

— Frankie a peur que s'il essaie de quitter l'île il oublie comment revenir. Il dit qu'il est trop faible.

— Et l'Indien ? demande Lee. Le type qui est venu à la rencontre de Doc sur son jet-ski ?

La fille hoche la tête. Kreb peut aller et venir à sa guise, lui aussi. Mais il ne lui parle pas. Même quand elle se perd sur l'île, ce qui lui arrive encore, il ne vient jamais à son aide. C'est toujours Frankie.

Lee transpire sous sa chemise à carreaux et il sait qu'il creuse trop profondément, qu'il lui fait mal. Mais il y est presque.

Elle crie tandis qu'il enfonce la pince à l'aveuglette, s'accroche au bord de la chaise.

— Frankie dit que Doc n'a jamais coupé les ponts avec les DeGroot, même quand il était au *Landing*. Il dit que Doc était au courant pour l'île de Frankie et le Mésange Tueur…

— Mélange.

— … avant de revenir. Frankie savait que Doc dirait à tout le monde que c'était par moi qu'il l'avait su. C'est comme ça que Frankie m'a envoyée, pour que personne ne sache. Pour que les Harpur ne sachent pas qu'il agit dans leur dos pour permettre aux DeGroot de mettre la main sur Frankie.

— Grif avait donc raison, dit Lee.

— Frankie dit qu'ils étaient tous foutus dès que Doc s'est ramené. (Elle hausse les épaules comme si elle avait le double de son âge, et c'est la voix de Thettie qu'il entend à présent.) Frankie dit que c'est le destin.

— On peut toujours faire la nique au destin.

Elle essaie de retirer sa jambe.

— Ça fait trop mal.

Mais il ne peut plus reculer. La pointe blanchâtre de l'écharde sort juste assez pour l'attraper avec la pince et s'il ne réussit pas maintenant, elle disparaîtra à jamais. Il est trop abasourdi par la vérité qu'il vient d'apprendre, trop concentré sur l'écharde noyée dans les bulles de sang.

— Presque fini, dit-il sans desserrer les dents. Ça vient. (Ses jambes sont glacées. La pince pèse une tonne dans ses mains moites.) Tu essayais de m'arrêter, pas vrai ? La nuit où elle est morte. Tu essayais de fermer la porte.

— Je ne sais pas ce que je fais la moitié du temps.

— Je veux voir mon fils.

— J'ai l'impression de tomber, sanglote-t-elle. La plupart du temps, c'est ce que je ressens. Je ne sais plus où j'en suis. Comme si on m'avait abandonnée.

L'écharde échappe à la pince. Lee arrête de creuser et lève les yeux.

— Dis-moi, par pitié. Il est où ? Il va bien ? Je peux le voir ? Bryce ?

En entendant son nom, elle enlève les mains de son visage. Il est strié de larmes et de crasse.

— Je ne sais pas… si je peux ?

Ses lèvres sont mouillées de larmes, car elle se noie.

Il y a comme une lampe à souder au fond des globes oculaires de Lee, et il croasse plus qu'il ne parle.

— Je suis désolé de t'avoir blessée. Mais je ressens la même chose. Comme si j'avais perdu quelque chose.

Il pique à l'aveuglette dans le petit trou plein de sang, chacune de ses secousses se répercutant dans son bras et dans son cœur. La pince finit par attraper quelque chose et, tandis qu'il la remonte doucement, d'un mouvement brusque la fille dégage son petit pied de sa main. Il brandit la pince qui enserre un éclat d'os pâle et de belle taille qu'il vient de retirer de son orteil.

— Gagné !

Elle se penche en gémissant. Mais avant qu'il ait eu le temps de dire qu'elle l'a peut-être attrapé au cimetière d'animaux, avant qu'il ne puisse lui mentir (et se mentir à lui-même) une nouvelle fois, elle a disparu. Le laissant seul avec la pince et l'os. Les feuilles s'engouffrant par la porte, et la pluie battante.

47. Fouillis

Thettie n'aime pas les bonnes résolutions, car elles sont trop difficiles à prendre et trop faciles à oublier.

Sarey aide à mettre au monde Archy par une aube pluvieuse de septembre en 1991, cinq ans avant que Thettie ne se voie confier la garde de Grif, alors âgé de neuf ans. Ayant à s'occuper de deux petits garçons, elle décide qu'il était temps de décrocher. Dix ans plus tard, Frankie revient de la guerre, brisé mais vivant, grâce à Doc Murphy. À peu près un an plus tard, Doc débarque avec sa sacoche médicale à malices, ses cheveux roux devenus blancs comme neige suite à son acte héroïque. Il a certes ramené Frankie vivant, mais il a aussi quelque chose qui la fait fondre et lui redonne goût à la vie. Quelque chose dans ses yeux enfoncés qui dit qu'il est là pour elle, que leur rencontre est prédestinée. Qu'il est de son côté.

Les cicatrices, peut-être ? Il a été brûlé. Toute une couche de peau évaporée. Il s'est sacrifié pour Frankie parce qu'il est de leur côté. Ça l'a secouée. Un beau dimanche, ça l'a amenée à boire trop de bières au barbecue d'anniversaire de Sarey, puis à descendre dans la semaine une bouteille de bourbon au miel laissée sur le buffet de Doc, et à fumer de l'herbe. De l'herbe estampillée DeGroot.

Doc s'éloigne rarement du disque rayé qu'il joue pour lui-même, au sujet de sa vie avant de rejoindre l'armée, de sa vie en Irlande (ou Dieu sait où), de son boulot de nettoyeur à Liverpool pour Paddy-le-juif. Il évoque ces choses-là avec le détachement d'un fanfaron, comme si c'était arrivé à quelqu'un d'autre, comme dans un film ou dans un livre. Des histoires à la gloire de celui qu'il a été.

Mais il y a une histoire qu'il raconte par fragments, qu'il a racontée en entier une seule fois, et que Thettie a totalement oubliée jusqu'à aujourd'hui.

Elle lui revient comme un chapeau d'enfant accroché à une branche dénudée par l'hiver, ou pris dans la glace et qu'elle ramasse, brisant la glace, l'exhumant fil après fil de sa mémoire. Doc – qui ne s'appelle pas plus Doc que Daylin, mais seulement de son nom de baptême – attend son père devant une salle de bingo, convoqué dans une arrière-salle par des hommes auxquels il doit de l'argent. Doc – avant d'être Doc, créateur de mondes à détruire, et qui n'est alors qu'un petit garçon de dix ans la tête pleine de faux espoirs – dort cette nuit-là et la suivante sur la banquette arrière de la Vauxhall de son père. Trop effrayé pour sortir, à cause d'un chien enchaîné devant la salle, qui aboie sans répit jusqu'à n'en plus pouvoir. Thettie n'a encore jamais entendu parler d'une Vauxhall. Elle se rappelle cependant sa carrosserie vert foncé et son intérieur habillé de bois. Paddy-le-crochet (ou Paddy-le-Juif, selon à qui l'on s'adresse) sort pour fumer et voit la voiture. Il se penche pour regarder le petit garçon affamé et en pleurs. Pas-Doc regarde à son tour le beau visage allongé de Paddy. Le chien-monstre tire sur sa chaîne. Paddy ordonne à son lieutenant, Haha Malone, de casser la vitre et de sortir le gamin, de le porter se débattant et hurlant dans sa Rolls-Royce. Haha lui dit gentiment de se boucher les oreilles et de ne pas se retourner, mais Doc-en-gestation entend malgré tout l'unique coup de feu – et il l'entend encore aujourd'hui.

Et quand Thettie demande s'il sait si ce coup de feu était pour le chien ou pour son père, Doc se contente de hausser les épaules et de dire qu'il n'a jamais revu ni l'un ni l'autre. Mais aujourd'hui, elle sait que c'est la véritable raison pour laquelle il déteste les chiens, et que son histoire de guerre, celle avec les chiens qui lui dévorent les index, n'est qu'un tissu de mensonges. Doc a perdu ses doigts à l'hôpital militaire après l'explosion à Bagram. Il s'attend néanmoins à ce qu'on le croie capable de s'être enrôlé, ne serait-ce que comme médecin, avec deux doigts en moins.

Les hommes faits peuvent être défaits, marmonnait Sarey, qui détestait Doc depuis le premier jour. Ce n'était qu'un vœu pieux. Frankie disait toujours qu'il fallait avoir quelque chose que personne ne pouvait vous enlever. La chose que Thettie croyait que personne ne pouvait lui enlever, elle-même, est ce que Doc a pris. C'est elle qui est défaite.

48. Tache

Tout au long du week-end qui précède Halloween, Lee veut qu'elle revienne. Il regarde Archy sillonner le lac, se demandant ce que savent les deux frères au sujet de Doc et Frankie, et si c'est à lui de leur dire la vérité. Il attend une réponse, posté à sa fenêtre pendant que les fils de Thettie tournent interminablement en rond.

L'île.

Archy part pendant des heures, parfois toute la nuit. Lee sait que ce n'est qu'une question de temps avant qu'il ne se présente à sa porte. Mais quand il le fait – un dimanche après-midi –, Lee est tellement absorbé par son nouveau tableau de Thettie qu'il ne l'entend pas arriver. Dos à la porte de l'atelier, il sent le vent froid et se retourne vers un tourbillon de feuilles. Le « petit d'homme » Harpur se tient sur le seuil, son corps imposant occupant l'encadrement de la porte, la pluie dans son sillage. La lumière crue éclaire une mâchoire relâchée par le chagrin, des miettes dans sa barbe.

— Je ne peux pas y accéder.

Ses yeux sont deux taches de bleu, comme un Polaroïd flou.

Il respire bruyamment par la bouche. La pluie forme des flaques autour de ses bottes.

— Elle ne veut pas de toi, dit Lee.

— C'est quoi ce délire, l'homme au lézard ?

Le vent aplatit les poils du tapis herbeux qui monte du rivage. Son gémissement emplit l'atelier. Pendant un moment, ils écoutent les détonations étouffées des fusils de Frankie résonner derrière la brume. Lee retourne à sa toile et humecte son pinceau, le passe sur le flanc dénudé de Thettie qu'il est en train de peindre.

— Elle doit être là quelque part.

Archy s'avance d'un pas lourd vers la fenêtre. Dans son sillage, il laisse des feuilles brunes éparpillées, recourbées sur elles-mêmes comme des mains griffues.

— Elle est où bordel ?

— Là.

— Conneries, lâche Archy avec férocité.

— La brume empêche de la voir. (Le pinceau de Lee se fige alors qu'il s'apprête à effacer une petite tache sur la nuque pâle de Thettie.) Le promontoire, aussi, selon l'angle de vue.

Sauf que ce n'est tout à fait exact, car, indépendamment de l'angle, parfois l'île est là et parfois non. Archy ferme la porte derrière lui. Il ramasse la main mâchouillée du poupon que Lee a trouvée à la ferme DeGroot, esquisse une mine de dégoût, puis la repose. Il a pris un coup de vieux ; il n'est plus l'amoureux transi qu'il était quelques semaines plus tôt. Il a l'air encore plus dangereux ainsi, les traits tirés, pitoyable. Il pousse du pied le gros camion jaune – sous le châssis le nom d'un enfant mort a été rayé.

— Mais Frankie. Frankie est là-bas, derrière tout ce brouillard.

— J'ai rencontré Frankie une fois. (Lee pose son pinceau et verse deux cafés, y ajoute du whisky et en passe un à Archy.) Deux fois, en fait. Une première fois quand je lui ai acheté de la meth pour le labo, et une deuxième fois quand il m'a demandé à emprunter du café. Avant sa mort, Zabriskie a acheté cette maison à l'université, et quelques autres aussi. Frankie possède donc une bonne partie de Little Ridge, et un de ces jours il va falloir que tu te penches là-dessus. Tu es son plus proche parent.

Archy porte un sac en toile à l'épaule. Il le prend et en sort son Thermolactyl, laissant échapper une odeur de gasoil et d'eau du lac. Il fouille dans le sac à la recherche d'un sachet, roule un joint et le passe à Lee.

— Cool. Ce n'est pas du cul du diable. Juste de l'herbe ordinaire de Pennsylvanie.

Lee inhale et son regard est attiré par la complexité des tatouages d'Archy. Toute une ville flottante sur un bras, des personnages forniquant avec des voitures, des méchants adversaires de Rorschach, et des Transformers filant sur les remparts du château du docteur Caligari. Lee fume, subjugué. Archy arpente l'atelier. Ses cheveux sont sales, sa barbe emmêlée. La pluie creuse des veines blanchâtres sur la crasse qui recouvre sa gorge. Ses yeux ont la couleur de l'oxyde de cuivre. Non sans douleur, Lee remarque que ses pommettes sont couvertes de taches de rousseur semblables à celles de Thettie. Lee lui repasse le joint, la main d'Archy tremble si fort qu'il peut à peine le porter à ses lèvres.

— Je ne comprends pas, dit-il.

— Peut-être que tu ne le veux pas, tousse Lee, qui se frappe la poitrine au-dessus du cœur avec le poing.

— M'man m'a dit qu'elle pensait que Frankie avait déjà été là-bas. Il y est allé en douce et il a mangé des baies ou un truc du genre, et après il n'a plus jamais été le même.

— Peut-être. (Lee souligne de façon obscène la courbure des fesses de Thettie, se rappelant qu'elle lui a dit que Sarey avait été furieuse quand elle l'avait appris.) Il a peut-être emporté un petit morceau de l'île avec lui quand il a fait ça. Et elle voulait le récupérer.

Jusqu'à ce qu'il le dise, Lee n'a pas conscience du ridicule de la chose, mais Archy hoche la tête avec gravité, comme un écho, ou une image rémanente de sa mère.

— Je ne pense pas qu'il veuille revenir, Archy. Il l'a peut-être fait avant, mais plus maintenant. Il l'aurait déjà fait, sinon. L'île est l'endroit où il veut être. Elle l'a eu. Cœur et âme, je ne vois pas d'autre explication.

— Mais Bryce, d'accord ? Elle a été là-bas. Elle a rencontré Frankie. Elle lui a parlé.

— Tu ne sais pas où elle est allée, tu te rappelles ?

Lee nettoie ses lunettes avec un chiffon, étalant de la peinture bleu glacier sur les verres.

— C'est ce que dit m'man. Disait.

— Elle avait raison.

Le téléphone d'Archy sonne, celui que Doc lui a donné. Il parle d'un ton las avec son frère, puis il raccroche.

— J'ai appris à peindre à la maison de correction, dit-il en se tournant vers la toile de sa mère nue et loin de chez elle. Grif et moi, on y a passé quelque temps en Pennsylvanie. Mais les tableaux que j'ai faits, ils n'étaient pas comme ça.

Lee s'éloigne de la toile qui représente Thettie allongée sur le ventre, sur leur lit dans la cabane, avec un rai de lumière tombant sur son dos plein de taches de rousseur. Le drap est tiré sur la courbe de ses fesses, ses cheveux sont ébouriffés et son visage tourné, mais de telle façon qu'on a l'impression qu'elle regarde, ou qu'elle parle, à quelqu'un en dehors du cadre du tableau, quelqu'un dont l'ombre informe semble moins se projeter sur le sol que s'en élever.

— Tu peignais quoi ? Des tableaux abstraits ?

— Ouais, ils ont essayé ça avec nous. Cubisme et tout ça. Peindre ses peurs et des trucs du même genre. Mais ce n'était pas pour moi. Nan, moi, mon truc c'était les gens. Des gens que je ne connaissais pas, mais que je voulais connaître un jour. Comme Beyoncé. J'ai fait un tableau d'elle pour m'man.

— Ça t'a plu ?

— J'aimais bien Beyoncé. Mais m'man l'adorait.

— Je parle de la peinture. Tu aimes peindre ?

— Ça va.

Tout en parlant, Archy s'est approché de l'ordinateur et a fait s'afficher une carte du lac Funes. Il tape avec son doigt sur l'écran.

— La voilà, s'écrie-t-il. Sur la carte. Alors pourquoi je ne la trouve pas ?

— Si quelque chose doit t'inquiéter (Lee inhale un bon coup, plissant les yeux à la vue de l'homme représenté sur l'avant-bras d'Archy, qui danse dans la fumée tourbillonnante et odorante.), c'est qu'elle ne te trouve pas.

49. Gribouillage

Dimanche matin, 1997. Après une mauvaise passe, Thettie dort encore, d'un sommeil sans rêves dans le brouillard de ce que Doc a bien pu lui prescrire pour la calmer, le mal pire que le remède. Quelque chose fait qu'elle se réveille, une absence semi-intuitive, et elle saute du lit pour découvrir que ses fils ont disparu. Il est à peine six heures du matin. Scrappy a également disparu. Elle n'a pas les idées claires à cause du remède de Doc. Avec Sarey et d'autres filles, elle fouille le ravin et sillonne la rivière en bateau avant de décider de se rendre au lac. La peur a brûlé ses larmes. Où est Doc ?

Quelques heures plus tard, le docteur Burlington appelle de la ville pour dire que les garçons sont avec lui, sains et saufs, mais que le chiot s'est noyé. Heureusement, ses fils sont en vie grâce à Mr McMurphy.

Murphy, entend-elle Doc le corriger à l'arrière-plan. *Docteur Murphy*.

Thettie écoute distraitement le médecin lui dire qu'il serait préférable que les garçons aillent se faire examiner aux urgences. Le docteur Burlington dit qu'il serait ravi de lui conseiller plusieurs ateliers réputés sur les compétences parentales, ici même à l'université Cordell, destinés en général aux parents sur décision du tribunal, mais qu'il peut tirer quelques ficelles.

Thettie lâche le combiné du téléphone-hamburger que Frankie lui a offert pour son anniversaire. Douze ans plus tard, elle se souvient des sept degrés de son va-et-vient, ce qui lui permet de calculer précisément l'heure de l'appel – 11 h 28 – et de comparer l'oscillation du combiné au bout de son fil à l'ancienne avec le mouvement de la balançoire poussée par le vent derrière l'atelier de Lee. Elle cherche à tâtons ses vêtements sur le sol encombré, puis monte à l'aveuglette dans la Pontiac de Frankie pour aller en ville.

Archy et Grif l'attendent au cabinet du médecin. Doc « Quoi de neuf » Murphy s'y trouve, lui aussi. Mrs Burlington a lavé et séché ses vêtements – un honneur pour un héros de guerre, selon elle. Doc détourne les yeux quand elle essaie de croiser son regard. Thettie caresse les cheveux de ses fils, qu'elle prend dans ses bras. Archy sanglote contre sa poitrine parce que Scrappy s'est noyé dans le lac. Un peu à l'écart, Grif se ronge les ongles de culpabilité. Il a manqué à son unique obligation envers sa mère adoptive : prendre soin de tout ce qui lui est cher. Thettie se rappelle que pour eux, à huit et douze ans, c'était là une première entorse. Doc propose de les conduire à l'hôpital dans son SUV. Le tout jeune docteur Burlington serre encore une fois la main de Doc et dit à Thettie, dont il prononcera la mort par overdose douze ans plus tard, qu'il espère que les garçons se remettront totalement et que, comme elle, ils retiendront la leçon. La leçon ? Que tout comme leur mère ils sont redevables à Doc, et qu'il ne se passera pas un jour sans qu'ils l'oublient.

La peau provisoire de Thettie ondule, se rappelant que, assise sous l'éclairage fluorescent de la salle d'attente, une femme vêtue d'un manteau en similicuir se tenait derrière la rangée de chaises voisine du distributeur automatique et émettait de temps à autre un bruit de gorge semblable à un sifflement, tandis qu'elle-même s'efforçait de reconstituer toute l'histoire et de compter sur ses doigts les questions qui surgissaient. A) Pourquoi un bateau réparé tout récemment a-t-il pris l'eau si vite ? B) Pourquoi un chien d'eau n'a-t-il pas réussi à gagner la rive ? C) Qu'y avait-il dans le remède que Doc lui a prescrit pour la calmer et qui l'a fait dormir trente-six heures d'affilée, sans même émerger pour donner à manger à ses fils ? D) Alors qu'elle a l'ouïe fine, pourquoi ne s'est-elle pas réveillée en entendant son chien aboyer, un bruit qui ne cesse de la hanter après toutes ces années ?

Thettie n'a pas rechuté, pas une fois de plus, du moins pas réellement, et elle conserve un stock d'Ambien et parfois de Xanax juste au cas où. Elle a du mal à dormir, refuse de prendre du Haldol depuis qu'elle en connaît la composition, mais elle recourt aux somnifères bien plus qu'elle ne veut l'admettre. Mais c'est à peu près tout. Plus d'herbe, et plus de coke. Plus de crystal meth ni de speed.

Mais après l'épisode de la noyade, un fossé se creuse entre elle et Frankie. Parce qu'elle appartient à Doc et que Frankie se le reproche. Sans Thettie pour les arrêter, les voix dans sa tête reviennent, au bout d'un moment, elles la remplacent. Cassie partie, Thettie n'a plus que ses fils. Qui eux-mêmes s'éloignent toujours plus l'un de l'autre, une situation que Doc envenime. Archy se renferme sur lui-même. Grif fréquente d'autres amis, en proie à sa propre culpabilité. Thettie dit à Archy qu'il n'est pas responsable de la mort de Scrappy. Elle dit la même chose à Grif. Ils sont tous deux de braves garçons, et c'est elle qui a eu la peur de sa vie et que cela ne se reproduira plus.

Sauf que dans la vie, comme dans la mort, il faut du temps pour changer. Doc réussit à s'immiscer dans le foyer qu'il a réduit en cendres. Il sait nourrir l'inimitié entre les hommes, et il attise les tensions entre Archy et Grif du mieux qu'il peut. Il patauge dans le fossé de culpabilité et de rage qui les sépare, utilisant Bryce pour attiser leur rancœur. La fille n'est pourtant pas la cause de leur rivalité, celle-ci est bien antérieure et elle est imputable à Doc. C'est alors que tout change. Dès lors, où qu'ils aillent, Doc est là. Et là où est Doc, Doc se nourrit de sa peur pour tenir à l'écart tout ce qui lui rappelle la salle de bingo. Ce qui l'attend.

Après que ses fils ont failli se noyer, Thettie développe une phobie étrange et glaçante des reptiles, ainsi qu'une fâcheuse tendance à la mélancolie. Sarey lui prépare des tisanes et des remèdes à base de plantes, et Doc invente de nouvelles façons de la « guérir » avec un tuyau en caoutchouc et des menottes. À Noël, il lui offre un flacon d'Oxycodone contre la douleur – des petites pilules dont le prix unitaire dépasse dix dollars – qu'elle accepte sans broncher, mais qu'elle recrache dès qu'il tourne le dos. C'est un jeu avec Doc, et parfois il est préférable de se prêter au jeu.

Sauf quand on se perd en chemin. Alors il n'y a plus de jeu qui vaille.

*

À présent, tandis qu'elle se déplace dans sa ville natale qui n'est plus sa ville, elle observe Archy sortir sur le lac à la recherche de l'île, le regard de plus en plus hagard chaque fois qu'il rentre bredouille. Elle suit Grif sur la grand-route où il passe prendre le petit frère de Jason pour l'emmener pêcher, ou lui acheter un milk-shake chez Maxine. Thettie voit son fils aîné enseigner à ce laissé-pour-compte comment appareiller, remonter et nettoyer le maskinongé. Le gamin dit quelque chose, et Grif lève la tête et éclate de rire. Ils cuisinent et mangent le poisson qu'ils ont pêché. Leurs silhouettes, l'une immense et l'autre minuscule, se détachent en formes sombres sur la bioluminescence du lac, l'extrémité du cigare de Grif gribouillant son étrange message dans la nuit.

Parfois, elle est dans son mobil-home, et parfois non. Maintenant qu'elle n'est plus enchaînée, le temps lui donne la nausée. Elle est dehors et veut rentrer, mais elle ne peut pas et se rend compte qu'elle est devant le mauvais mobil-home – celui de ses fils. Elle colle son visage à la vitre et voit que Doc a commandé de la pizza pour tout le monde. Dans la vie, il sentait sa présence et s'en nourrissait comme d'une obsession. Pourquoi cela changerait-il dans la mort ? Aussi, il se retourne et regarde dans la nuit. Il s'imagine la voir. Il rit au visage de ce monstre désinvolte. Contre toute attente, il s'approche brusquement de la fenêtre et secoue la tête. Il n'a pas besoin d'elle après tout. Il a Bryce – cachée à la vue de tous pendant tout ce temps. Homer et Lyle rient eux aussi. Ses fils essaient de regarder par-dessus son épaule ce qui peut bien causer une telle agitation, un cerf peut-être ou un renard. Homer se dandine devant eux, les empêchant de voir. Ils appartiennent à Doc désormais – non ! Thettie se réfugie dans les bois, en se grattant les dessous de bras. Nononon. On ne connaît pas quelqu'un tant qu'on ne sait pas à quel point il est dangereux.

La seule peur qui lui reste est son dernier lien avec les vivants – et elle ne disparaîtra pas.

Elle suit Bryce chez Lee. Elle suit Bryce dans les bois, où elle cueille des fleurs sauvages et les dispose dans le cimetière pour animaux de Lee. Parfois, elle est l'ombre de Bryce dans l'atelier où elle entre pour échapper au froid et boire une tasse de thé chaud, ou pour regarder Lee peindre à la chaleur du poêle à bois. Elle joue avec les babioles de Lee. Le camion Tonka et la figurine de Spider-Man. Le dimanche qui précède Halloween, elle voit Bryce émerger du lac, nue et couverte de saletés, claudiquant à cause d'un éclat d'os dans un orteil.

Parfois, la nuit, Thettie accompagne Bryce au *Way Out* pour la regarder composer ses cocktails magiques derrière le bar, et parfois ses fils sont là, eux aussi, dans leur box, et ils sont de nouveau réunis. Ensuite, Thettie se rend chez Lee et, au petit matin, surveille Bryce dans le petit mobil-home, attendant que reviennent ses rêves oubliés.

La nuit après que Lee a retiré l'éclat d'os dans son orteil, Bryce se réveille tôt à cause d'un rêve. Un rêve mensonger, une chimère. L'aube est encore loin de se lever. Dans son rêve mensonger, elle se dirige vers l'île dans son canot pneumatique qui prend l'eau. Thettie, qui n'a pas de bateau, doit piquer un sprint pour sauter à bord du canot et aller avec Bryce jusqu'à la balise de signalisation verte et rouge. Un trou s'ouvre dans l'épais brouillard et Frankie se tient sur l'île.

— Tu y es presque, dit Frankie, et Thettie ne sait pas s'il lui parle ou s'il s'adresse à Bryce.

Frankie est chauve. Ses dents sont noires et sanguinolentes, et il boite en s'aidant d'une canne mobile qui sautille et se tord. Elle n'est pas sûre de vouloir aller vivre avec lui sur l'île en fin de compte. Un homme immense apparaît – un Iroquois, semble-t-il – et Thettie présume qu'il doit s'agir de Kreb, et elle entend des aboiements, mais ce ne sont pas des chiens. Ce sont des créatures furieuses, affamées, faites de la même boue noire qui macule la poupée que Bryce a sortie de l'eau, cette boue qui s'accroche à la chemise de nuit de Thettie, ou sous ses ongles, et elle hurle de terreur.

— Non, Frankie ! Je t'en prie ! C'est moi. Thettie. Je me suis perdue.

Elle frappe le rebord du canot avec toute la force dont elle est capable pour faire demi-tour, pour fuir Frankie et l'île. Docilement, la fille change de cap et fait glisser sans bruit le bateau sur le lac, dans le brouillard, jusqu'à la ravine Triangle. Elle bifurque dans la rivière, la remonte au-delà de leurs maisons, puis s'enfonce dans le ravin où les berges sont plus abruptes et le chenal plus étroit. Elle ralentit avant d'arriver aux chutes Harpur. En amont, au détour d'un coude caché, se trouve le pont Triangle, où Bryce traînait autrefois.

Un saut en arrière dans le temps, et Thettie est plus jeune, ses griffes ont disparu, sa nouvelle peau n'a plus ni taches de rousseur ni contusions. Elle ne porte pas sa chemise de nuit ensanglantée, mais un court pyjama et un sweat à capuche des Mets. Elle bondit hors du canot, folle de terreur. Elle se recroqueville dans le lit asséché de la cascade, sur la berge. La fille conduit le canot de l'autre côté de la rivière, où il s'accroche à des saules rabougris, un enchevêtrement sombre et hostile de racines et de débris recouverts tout au long de l'année d'une fine couche de glace.

Le brouillard se referme sur la fille et le vent nocturne bruit dans les trembles, dont un bosquet se dresse derrière Thettie, sur la crête bordant les terres des DeGroot. Elle entend des aboiements sauvages, mais ce sont les hurlements des hommes, pas des chiens – qui réclament du sang. Thettie est sans défense. Elle a de nouveau ses dents, sa langue. Quand elle touche sa peau, celle-ci est chaude, matérielle. Son cœur bat. Comment est-ce possible ?

Thettie va et vient sur la rive dans tous ses états, attendant que la fille réapparaisse.

— Je veux rentrer à la maison ! crie-t-elle. À la maison !

Elle scrute l'étroite rivière. Le brouillard se lève et elle aperçoit un petit enfant agenouillé au bord du lac. C'est un petit garçon et il est nu. Son regard est rivé sur une main qui essaie de se libérer de l'emprise de la glace. L'ombre des doigts qui grattent, creusent, la saisit d'effroi. Elle tente de hurler, en vain. Des doigts transpercent la glace, puis une main. La terreur paralyse Thettie. Ses jambes sont en plomb. Elle avance lentement une jambe, puis l'autre. Entre les deux, un ruisseau glacé. Après tout, Thettie n'est qu'un être humain soumis aux lois de la physique et de la psychologie. La main se dégage suffisamment pour que le petit garçon puisse se pencher dangereusement et l'attraper. Il tire sa propriétaire de la glace. C'est Bryce. Puis il disparaît.

— Bryce ?

Thettie l'appelle d'une voix rauque. Elle est blême d'épouvante. La fille regarde autour d'elle, perplexe. Elle aussi est nue, la chair de poule recouvre son corps de garçon.

— Papa ? appelle-t-elle d'une voix rauque.

Mais alors, tandis que les étoiles commencent à pâlir au-dessus de la crête orientale, un terne reflet métallique attire le regard de Thettie. Elle gémit. Elle force ses jambes engourdies à patauger dans la boue glacée pour l'atteindre. C'est une barque à fond plat de quatre mètres de long, embourbée dans un marécage et maintenue par deux amas de racines. Elle est en aluminium, ses rivets sont rouillés, son moteur a depuis longtemps disparu, mais Thettie la reconnaîtrait entre mille. C'est la barque d'Archy et Grif quand ils étaient enfants. Celle qu'ils ont prise pour aller pêcher du saumon pour leur mère, malade à cause du remède que Doc lui a donné. Thettie sent ses genoux se dérober et, les mains tremblantes, s'agrippe au bord du canot. Elle claque des dents. Là, le collier de Scrappy. Ici, sous le banc à l'avant, un morceau de plomb facile à détacher du rivet rouillé cache un trou découpé dans le fond de la barque. Thettie y insère le bout de son doigt effilé. L'œuvre d'un fou. Elle passe le collier de Scrappy autour de son cou et se lève, le corps de nouveau chaud, électrique.

Bryce est de retour dans le Zodiac, enfilant son treillis et son sweat-shirt rose. Elle se dirige vers la rive pour aller chercher Thettie.

— C'est ici que je suis née, dit-elle. Et c'est ici que je suis morte.

— On est deux, répond Thettie en s'éloignant de son propre enchevêtrement de racines et de temps.

*

Plus tard dans la matinée, quand Bryce a regagné son mobil-home et Thettie le sien, et qu'elle est une fois encore disloquée – immatérielle –, elle observe Doc aller jeter un œil aux bateaux. Elle le voit se pencher au plus près pour examiner la boue noire qui coule du Zodiac endommagé de Bryce, et la façon dont celui-ci a été attaché à la hâte et se balance encore dans ses propres remous résiduels. Puis il se redresse et regarde l'île, et elle sait, à la façon dont il se retourne pour convoquer ses sbires, Homer et Lyle, et à la façon dont ils ont compris eux aussi, qu'il a pris sa décision et que son temps à elle est écoulé.

50. Tabou

Dans l'obscurité de l'atelier, Lee lit le texto par lequel Habib l'invite à prendre le petit déjeuner le lendemain.

Impossible, répond-il. *Vais pêcher. Je te rapporterai des truites arc-en-ciel, quoi que ça puisse être.*

Des truites. Famille des salmonidés.

À propos d'arc-en-ciel. Où en sont tes projets de voyage ?

Quels projets ?

Ceux que tu es censé faire rapport à l'Impala bleue garée devant chez toi ces jours-ci.

Hum. Mes nouveaux gardes du corps, merci. Il se trouve que l'un d'eux est « blend », l'autre « single origin ». Alors, on alterne.

Dangereux, Sam. Jette ta réserve d'helotide dans les toilettes et va-t'en…

… over the rainbow[42] *?* ☺

Lee reste songeur un moment puis il regarde le lac, suit la faible lumière d'un petit jet-ski qui se dirige vers le rivage avant de continuer vers le sud, jusqu'à disparaître à l'horizon.

*

Ils se rencontrent sur la jetée, à l'aube. Les lattes de bois sont zébrées de flaques arc-en-ciel ; des nuages noirs assombrissent le ciel couleur abricot. Lee se frictionne les bras avec ses poings. Il aurait dû penser à mettre un bonnet comme Archy et Grif. Malgré leur gueule

42. Référence à la chanson *Over the Rainbow (« Au-delà de l'arc-en-*ciel ») interprétée par Judy Garland dans *Le Magicien d'Oz*.

de bois, tous deux secouent la tête en voyant sa fine veste en velours côtelé passée sur son Thermolactyl et le Polaroïd qui se balance à son cou. Il se demande s'ils regrettent de l'avoir invité. Peut-être ne l'ont-ils fait que pour leur mère, comme par pitié. Grif est déjà à bord. Il cherche un bonnet de rechange dans la cale et remonte avec une casquette des Giants, qu'il lance à Lee. Elle est trop grande et lui tombe sur les lunettes, la douleur sourde sur son nez a au moins le mérite de lui faire oublier sa gueule de bois.

Archy remonte son col. Il sort les gaspareaux, commence à gratter le gel. Avery a dit qu'il achètera des achigans et des flets s'ils en attrapent. C'est une idée de Bryce – ils le savent – pour remettre la soupe de poisson d'Irene au menu du *Way Out*. Et peut-être d'autres recettes d'origine philippine. Avery est prêt à faire son possible pour sortir la taverne du lot. Il a déjà compris que les Harpur se resteront pas indéfiniment, du moins pas tous. Du moins pas elle.

— Des plats sans produits laitiers et d'autres végans ? (Avery avait écarté ces deux propositions d'un geste de la main.) Attends qu'ils goûtent la soupe de poisson d'Irene.

— Avery nous paiera notre prise, ont-ils dit à Lee. Ça nous fera gagner du temps dans ce trou à rat. Tu viens ?

Lee a accepté, suggérant qu'ils pourraient le déposer à Ilium où il a un contact qui pourrait les aider.

Les meilleures truites arc-en-ciel sont au sud, dans les eaux les plus froides, près des cascades autour d'Ilium. Oublier l'île ne serait-ce qu'une journée, tel est le plan.

— Comment vous vous êtes débarrassés de Doc ? demande Lee.

— On n'a pas eu à la faire. Il s'est débarrassé de nous. Je crois qu'il veut filer en douce voir les DeGroot. Il nous a dit de prendre notre journée. On les a entendus partir tôt ce matin.

— Attends. (En entendant ça, Lee se fige sur la jetée.) C'est dangereux.

La grande bouche de Grif dessine un rictus sinistre.

— Pour Bryce ? Elle t'a eu, toi aussi ?

Ils lui disent qu'ils ne l'auraient jamais laissée, mais qu'elle fait des heures sup, d'ailleurs Emilio et Dustin n'ont pas l'intention de la perdre de vue.

— Tante Sarey leur a prêté un de ses chiens. (Grif grogne sans lâcher son cigare, tout en traînant des seaux, en arrimant des lignes et en larguant les amarres.) Un grand rottweiler albinos – une sale bête qu'en a vu d'autres. Il a une sale gueule et a perdu son larynx en cours de route. Peut-être en se battant ou en se prenant la balle d'un chasseur. Sarey a toujours recueilli les animaux abandonnés et les fugueurs. Après l'avoir vu, Doc est devenu blanc comme un linge. Le gros Homer en a chié dans son froc.

— Votre tante n'a pas besoin de ce chien ? Pour se défendre ?

— Elle en a toute une meute, dit Archy. Chaque fois qu'elle en enterre un, un autre rapplique.

Lee se retourne vers le rivage. Thettie est là, une main levée, la peau de son bras en lambeaux. La substance visqueuse noirâtre progresse vers ses épaules et son cou, collier d'écailles noires renvoyant une lumière aveuglante. En réponse, il lève une main tremblante.

— Hé Grif ? (Archy regarde en direction de l'île, protubérance rocheuse sur l'horizon blafard.) C'est quoi ça ?

Grif suit le point indiqué par son frère. Il enlève son cigare de sa bouche, le tient non allumé entre ses doigts tatoués.

— Je ne vois rien d'autre qu'un manoir maous avec notre nom dessus, mon vieux. Doc ou pas Doc.

Tous frissonnent au vent.

Lee s'essuie le nez avec un doigt glacé.

— Vous aurez besoin d'un avocat.

Archy indique une corde sur la jetée pour que Lee la prenne et la jette dans le bateau.

— Bryce m'a dit que quand Doc a appris que Frankie était vraiment riche, il a essayé de convaincre m'man de faire un testament. Et elle l'a toujours envoyé balader. Dernièrement, je l'ai entendu dire à Homer et Lyle d'établir la preuve de leur situation *de facto*. Ce qui veut dire qu'il a la moitié et nous l'autre, avec ou sans avocat.

— Eh bien, je ne m'en ferais pas plus que ça, répond Lee. Il y a avocat et avocat.

— Quoi qu'il en soit, grogne Grif, Frankie n'a peut-être rien laissé à m'man. Frankie n'est peut-être même pas mort. Va savoir.

L'inspectrice Fabiana Brown le sait peut-être, songe Lee. *Si on a de la chance*. Il est le dernier à monter à bord, se retournant une dernière fois pour constater que quelqu'un leur a lancé une pierre, mais qu'il n'y a personne en vue.

*

Filant vers le sud, le Lund cabossé de Grif glisse à la surface marbrée de l'eau. La rive est toujours plongée dans le noir, quelques lumières scintillant çà et là. Grif ralentit puis vire en direction d'une crique. Le visage de Lee est trempé, ses lunettes sont aspergées d'embruns. Sa langue est couverte d'aphtes et il a mal quand il fait pipi.

— Le seul remède à la gueule de bois sur cette bonne vieille Terre, dit Grif en allumant un cigare, c'est la pêche.

— Tu n'as pas des lentilles ou un truc du genre pour aller sur l'eau ? demande Archy. (Ils lui donnent un morceau de fil à pêche pour attacher ses lunettes. Archy ne s'est pas rasé depuis la mort de sa mère. Sa barbe, qui lui recouvre la mâchoire et le cou, est striée de gris.) J'ai entendu dire que tu faisais du rafting dans le temps, lance-t-il d'un air dubitatif.

— Avec ma femme, oui. On allait camper et faire de la randonnée en Pennsylvanie, on emmenait les kayaks. J'étais plutôt bon.

— Qui l'eût cru, mon vieux.

Lee rougit de l'attention qu'ils lui portent. Qu'ils l'appellent « mon vieux ». La crête noire qui surplombe la ville s'estompe au fur et à mesure qu'ils vont vers le sud à contre-courant. La brume se lève momentanément pour dévoiler le clocher du campus, puis elle le réenveloppe tel un bandage. Le camping est plongé dans l'obscurité. La plupart des Harpur sont partis chercher du travail et des logements bon marché dans les villes voisines. Certains ont renoncé et sont retournés au *Landing*. Le hors-bord se rapproche de la petite crique qui forme un S vers une zone humide. La ligne d'Archy se tend. Grif se place à côté de son frère avec un filet pour recueillir le poisson, mais c'est un achigan trop petit pour être mangé. Ils le rejettent à l'eau.

— J'ai entendu dire que tu es allé au mobil-home, dit Grif. Tu as trouvé quelque chose ?

Lee se demande comment il va pouvoir leur dire qu'il a vu Doc tuer Frankie – enfin presque – pour le ramener d'entre les morts et apparaître comme un sauveur, qu'il a vu ça comme s'il regardait un journal télévisé sur un téléviseur débranché dans le mobil-home de Thettie.

— Bon, commence-t-il, je n'ai pas trouvé Vernon, mais…

— Ça mord ! s'écrie Archy.

Grif s'avance, avec son filet dans une main et son cigare allumé à la bouche.

— C'est une fario… une grosse, non…

— C'est une fario, siffle Archy entre ses dents. Une sacrée bestiole.

— Holà. Tu voulais attraper une fario ? C'est fait.

— Remonte-la, Grif. Tu la tiens.

— Non. Elle s'est barrée. Tu la vois ? Putain !

— Pas aussi grosse que celle quand on était gosses, tu te rappelles ? Douze livres ? (Grif se tourne vers Lee, les mains écartées.) Fallait voir ça. Soixante-quinze centimètres, facile. On avait quoi, neuf ou dix ans, elle était aussi grande que lui. Personne ne nous a crus. Mais je le jure.

— Celle qui s'est barrée, dit Archy. Je me rappelle.

Ils dérivent un moment tandis que la nuit disparaît à l'horizon. Le soleil se lève au-dessus de la crête, mais le lac est aussi plat qu'une feuille de papier d'aluminium froissée. Grif sort des bières de la glacière.

— Elle n'est jamais sortie avec moi, dit-il. Bryce. Ça t'ennuie qu'elle soit sortie avec Archy ?

— Sans doute. Un peu, répond Lee.

Ils ont enlevé leurs manteaux ; Grif ferme les yeux et lève la tête vers l'est. La faible lumière du soleil éclaire son large front et ses pommettes saillantes.

— Elle me manque, dit Archy. Et elle n'est même pas partie.

— C'est son truc à elle, dit Grif. Elle ne part pas vraiment.

— Elle me fait peur. Mais j'ai encore plus peur de moi.

— Vous ne savez rien d'elle ? demande Lee. D'où elle vient ? Où est sa famille ?

— Enfant solitaire. Sœur mystérieuse.

— Elle m'a dit qu'elle avait fugué, de plusieurs foyers d'accueil, dit Archy. Elle traînait sous le pont avec d'autres voyous aux chutes Triangle.

— Elle me l'a dit aussi, dit Lee. Et son œil ?

— Elle est née comme ça, répondent en chœur Grif et Archy.

— Je suppose qu'il y a née et née, dit Lee.

Grif s'appuie contre le bord.

— Et toi, docteur Doolittle ? Tu as couché avec elle, toi aussi ?

— Tu veux que je te brise une autre côte ?

— Tu as brisé que dalle, l'homme au lézard.

— Je crois que je me suis cassé le cul quand je suis tombé dessus.

Ils l'écoutent rire de lui-même dans l'immensité alentour. Tout le lac, et pas une île en vue. Ils passent devant des grappes de vieilles cabanes à l'ombre des opulentes villas en bordure du lac. À chaque méandre jaillit une cascade. Pour certaines, un simple filet d'eau argentée dans une crevasse. Pour d'autres, des bouches écumantes de fines gouttelettes glaciales.

— Je suis assez vieux pour être son père, dit Lee, avant de s'interrompre.

Les garçons agitent leurs bières et échangent un coup d'œil électrique tout en regardant le lac.

— Ce qui est arrivé à ton petit garçon… c'est dur. M'man nous l'a dit. Perdre quelqu'un de cette façon.

Le soleil matutinal brille de tout son éclat sur la coque en aluminium du bateau, comme s'il savait que sa lumière sera de courte durée. La masse nuageuse lui donne un effet Polaroïd, telle une explosion de lumière dans l'avenir de Lee où il n'y aura aucun Harpur pour l'emmener pêcher, ou le faire planer, ou lui claquer les mains, ou l'appeler « mon vieux ». Un avenir morne où il sera de nouveau seul, en tête-à-tête avec le lac. La lumière se déverse du sommet de la crête et le lac se déploie devant lui dans sa terrible beauté ; pas un galet sur la rive, une feuille sur un saule, une tige sur une massette ou un arc-en-ciel sur un saumon, qui ne lui donne envie de hurler. L'enfer est une splendeur quelle que soit la saison, il le sait.

— Le truc c'est que je sais que Bryce est une menteuse, dit Archy en appuyant sa canne à pêche contre sa cuisse. M'man l'a toujours dit. Grif, aussi. Et ils avaient raison. C'est juste que je ne sais pas quel genre de menteuse.

— Moi non plus, dit Grif en se tournant pour faire face à Lee. Et toi ? Tu es du coin, tu étais là tout le temps contrairement à nous. Et tu sembles plutôt proche d'elle. Ne te méprends pas. Personne ne dit que c'est louche ou je ne sais quoi. On sait que tu les préfères plus âgées, comme m'man. On se demande juste ce que vous mijotez. Ou ce qu'elle mijote, elle.

— Ouais, acquiesce doucement Archy. Qu'est-ce qu'elle cherche, Lee ? Vous êtes vraiment proches ? Elle te parle ?

Le bateau passe devant les chutes Byrsa. Le rugissement de la cascade est assourdissant et la beauté des lieux leur coupe le souffle – l'eau verte chute d'une trentaine de mètres dans le profond bassin creusé dans la roche, où elle mousse et bouillonne. À l'extrémité sud du lac se niche la ville d'Ilium, qui s'étale devant eux, toute en briques et lierre, en crimes et méfaits de la guerre d'indépendance.

— Par ici, hurle Lee quand le bruit de la cascade faiblit. Donnez-moi une heure, et j'aurais peut-être quelque chose pour vous.

Archy se dirige vers la petite marina. Lee saute maladroitement du bateau, les bras écartés, en perdant ses lunettes qui restent suspendues à la canne à pêche. Archy et Grif secouent la tête et l'appellent Docteur Doolittle, puis gesticulent en se moquant gentiment.

— Une heure, crie Grif.

*

Il est midi pile quand ils s'éloignent, et les cloches de l'église sonnent. Lee traverse la jetée et passe sous les auvents en lambeaux des Communes où, tels des zombies, des drogués s'agitent sous des couvertures dans l'ombre de la peinture murale des arcades coloniales et des embrasures poussiéreuses des portes datant du New Deal. Lee s'arrête devant le palais de Justice. Il en franchit la porte à deux battants et entre dans le hall, où il s'enregistre avant d'être dirigé vers le premier étage. Il sort de l'ascenseur, pénètre dans une salle d'attente bondée et demande à parler à l'inspectrice Fabiana Brown.

Puis il s'assoit pour attendre.

— Salut, Lee.

Il se lève pour serrer la main de la femme qui a repris l'enquête sur la disparition, l'enlèvement et le meurtre de son enfant. Mais elle s'approche et le serre dans ses bras. Il se raidit puis la serre à son tour. Trop fort. Trop longtemps. Elle échappe doucement à son étreinte. Elle dit qu'elle s'apprêtait à aller déjeuner – un nouveau *Papa John's Pizza* vient d'ouvrir. C'est elle qui invite.

— Impossible, répond Lee. Je vais à la pêche.

Elle l'invite à entrer dans son bureau, mais il préfère rester sur le seuil à la regarder, elle, à qui il a dit pour la dernière fois le nom de son fils cinq ans plus tôt.

— Tu as eu ton mandat de perquisition ?

— On peut dire ça, répond-il.

— Bien. Que puis-je faire pour toi ?

L'inspectrice Fabiana Brown est une grande femme athlétique avec de grandes dents et des cheveux teints en rose. Sur son poignet est tatoué un chapeau melon. Lee n'a pas mis les pieds au commissariat depuis qu'on l'y a conduit pour l'interroger après la mort de sa femme. Jusqu'à ce qu'il entre, il ne sait pas exactement pourquoi il est là. Pas plus que Fabiana Brown.

— Tu te rappelles, commence-t-il, l'affaire sur laquelle tu travaillais à l'époque où tu as repris l'enquête sur la disparition de mon fils ?

Il est dévoré par l'angoisse. Il est pris de nausée. Il s'adosse au mur. Désemparé.

De sa main droite, l'inspectrice arrange des fleurs sauvages dans un vase, des trolles et des gentianes.

— Rappelle-moi, dit-elle.

— Quelqu'un avait signalé un corps. Ça a fait la une du *Village Dawn*.

Fabiana Brown s'assoit et regarde son bouquet.

— Sous le pont Triangle. Je me souviens. Et ?

— C'était une adolescente. Pas de la région, d'après le journal.

— Une vagabonde, probablement. Une fugueuse. Ça a quelque chose à voir avec la mort de cette Harpur ?

L'inspectrice ramène ses mains derrière sa tête et croise une cheville sur son genou, et Lee se rappelle qu'elle et Habib ont joué dans la même équipe de football pendant quelques saisons. Quand Boyle a classé l'affaire, Habib lui a demandé si elle avait rencontré Lee et sa femme. Sur le bureau, il y a un muffin à moitié entamé à côté d'une photographie de sa famille. Deux enfants, un chat dont Lee ne se rappelle pas le nom. Une boîte de Kleenex.

Lee respire un grand coup et commence à mentir.

— J'ai une exposition. Une grande, à Ilium. Je suis bloqué sur un tableau. Il manque quelque chose.

— Manque.

— Je veux dire… Je suppose que c'est juste un peu plat. Comme s'il manquait quelque chose dans l'atmosphère.

— L'atmosphère.

— L'état d'esprit. Ou le ton. Et je me suis rappelé cette affaire. Qu'il s'était passé quelque chose. Quelque chose de bizarre. À propos du corps. Je fais juste quelques recherches, j'essaie de donner de la consistance.

L'inspectrice esquisse un sourire figé.

— On ne l'a jamais trouvé, Lee. Tu peux consulter les archives de la police à la bibliothèque. Le *Dawn* a couvert l'affaire. C'est accessible par Internet. Je suis contente de te voir, mais je ne suis pas sûre de pouvoir t'aider.

— Internet ne donne pas la chair. Ni le sang. Le souffle de la vie. Je pensais que le fait de te parler me permettrait d'imaginer. Si tu pouvais me donner des détails.

— La chair et le sang.

Son thérapeute faisait comme ça. Lui renvoyant des mots pour qu'il puisse entendre que ce qu'il disait était irrationnel. Détaché de la réalité.

— Parce que ça s'est passé à la même époque que la disparition de ton fils ? Tu veux vraiment ressentir ce que tu éprouvais alors ? Raviver certaines blessures pour pouvoir peindre avec du sang ? C'est tout ce que tu as trouvé, Lee ? Est-ce que ça vaut la peine de te rouvrir les veines ?

Étape numéro six : Reconstruction et analyse. C'est là que l'inspectrice veut en venir.

— Oui, répond-il doucement. Ça en vaut la peine.

À sa tête, il est évident qu'elle le croit. Elle soupire, baisse les bras et claque les mains sur son bureau.

— Il n'y a pas grand-chose à dire. Des randonneurs nous ont appelés. Il y avait un corps dans les saules. On y est allés dès qu'on a pu. Peut-être une heure après. Les randonneurs étaient partis. Le corps avait disparu. Plus tard, on a trouvé les randonneurs au *Pump Bar*. On les a conduits ici. Ils nous ont dit qu'ils avaient eu la frousse en nous attendant. Tu prends des notes ? Ils ont entendu toutes sortes de bruits, comme si quelqu'un cherchait quelque chose. Ils ont cru que c'était peut-être l'agresseur qui était revenu, alors ils se sont enfuis.

— Mais il n'y avait pas d'agresseur, c'est ça ? (Il transpire comme un malade.) Je veux dire, vous n'avez trouvé personne.

— Exact. On a interrogé les randonneurs. Ils étaient réglos. Après enquête, on a conclu qu'il s'agissait probablement d'une des gamines qui traînaient près du pont. Elle était défoncée et était tombée, ou Dieu sait quoi. Le lac avait emporté le corps, l'avait englouti, déposé ailleurs. Affaire classée.

— Elle est donc toujours classée.

— Absolument, Lee. C'est tout ? Tant qu'on y est, qu'est-ce qui se passe à Little Ridge ? ça ne sent pas bon, si tu veux mon avis. (Lee regrette d'avoir à mentir à l'inspectrice qui s'est toujours montrée loyale à son égard. Qui l'a tiré d'un beau merdier. Cette fois, il va devoir se débrouiller tout seul.) Je me souviens de Thettie Harpur, reprend-elle. Son cousin vivait à la ravine avec sa tante.

— Frankie, dit Lee.

— Elle a fait une overdose et s'est ouvert les veines. Elle a saigné à mort, doux Jésus. Un suicide, à en croire mon estimé collègue le shérif Boyle.

L'inspectrice a craché le mot « shérif », sous prétexte de retirer une miette de muffin coincée entre ses dents.

— Clair et net. Qu'ils disent.

Fabiana Brown examine ses ongles.

— Ce genre d'affaires n'est jamais clair et net, voilà ce que je dis. Je l'ai rencontrée une ou deux fois. Une femme intelligente, pas le profil. (Lee entend quelque chose qu'il ne saisit pas dans l'admiration de l'inspectrice.) Quoi qu'il en soit, quelqu'un a volé ton étrange petit compagnon. Il a de la valeur ? Tu veux que j'enquête, ou tu t'en charges ?

— Monstre de Gila. (Lee enlève son Thermolactyl par la tête. Il a un mouvement de recul devant la mauvaise odeur qu'il dégage.)

— Je m'en occupe. Merci quand même.

L'inspectrice regarde sa montre. Lee ne serait pas étonné qu'elle fouine. Elle l'a déjà fait. C'est peut-être ce qu'il veut. Mais il doit gagner du temps. Dans l'immédiat, il est content de l'ennuyer. Étape un : Le choc et le déni sont ennuyeux. Étape deux : La douleur et la culpabilité sont ennuyeuses. Puis, la colère et le marchandage sont (extrêmement) ennuyeux. La dépression, le rejet et la solitude sont chiants. La reprise en main, l'étape quatre, est carrément pesante. La reconstruction et l'analyse, mieux vaut ne pas en parler. L'acceptation et l'espoir, étape sept ? Un immense soulagement pour tout le monde, car le chagrin est foutrement chiant.

Lee jette un œil à une photographie aérienne du lac, roule son Thermolactyl.

— Une dernière chose, inspectrice. Le détail manquant dans mon tableau. Enfin pas au sens littéral, mais en termes de vue d'ensemble… le corps avait-il quelque chose de particulier ? Que les randonneurs auraient remarqué ? Qui leur aurait fait penser qu'il y avait eu agression ? Qui leur aurait fichu… la frousse ? Quoi que ce soit…

— On dirait que tu cherches quelque chose de flippant, Lee.

— Little Ridge est un endroit pour le moins flippant, pas vrai ? J'essaie simplement de capter l'atmosphère.

— Si tu le dis. (Elle croise les mains sur le bureau.) Rien dont je me souvienne. Mais sait-on jamais.

Il se lève.

— Tout ce dont tu te rappelles. Quoi que ce soit.

51. À travers

Mardi soir, on célèbre Halloween au *Way Out.* Mais comme Bryce a fait un double service, Avery la laisse partir plus tôt. Toutefois, il est plus de minuit quand Thettie entend Lee la déposer au camping. Bien que prise au dépourvu, Thettie est tout excitée. Elle ne sait pas exactement ce qui va se passer, sinon que c'est quelque chose qu'elle désire et qu'elle attend depuis longtemps. Elle s'allonge sur le matelas souillé de son mobil-home et regarde fixement dans le noir jusqu'à ce que les étoiles s'estompent puis disparaissent.

Elle s'est peut-être endormie. Un coup frappé doucement à la porte la réveille juste avant l'aube. Thettie va ouvrir, convaincue qu'il s'agit de la fille, comme convenu. Mais c'est un enfant qui se tient sur le seuil. Un petit garçon de six ou sept ans, grand pour son âge, vêtu d'un costume de Spider-Man.

— Réveille-toi, dit l'enfant.

Le costume de Spider-Man est taché et couvert de boue. Il est déchiré au niveau de la tête et troué à un coude. Les pieds du gamin sont crasseux. Des vers se tortillent entre ses orteils, et son petit visage blême est couvert de bleus.

— C'est l'heure ? Halloween n'est que dans quelques jours.

— Farce ou friandise, répond-il d'une voix étouffée par le masque.

Il lui fait signe d'avancer avec sa menotte contusionnée et disloquée. Thettie attrape son voile d'invisibilité et veille à fermer la porte derrière elle. Elle suit le petit garçon jusqu'à la cabane de Doc, où il frappe à la porte à plusieurs reprises. Elle attend dans l'ombre.

Le gros Homer vient ouvrir, torse nu et chancelant, avec des poches sous ses yeux porcins. Il regarde l'enfant et éructe.

— Un peu tôt, connard. Hé, Lyle, viens voir ça.

Au moment où Homer tourne le dos au petit garçon, Thettie franchit la porte, à sa manière.

Le salon est plongé dans le noir, mais une faible lumière brille au-dessus de l'évier du coin cuisine. Ça empeste les déjections, la pizza et les produits chimiques éventés. Lyle va à la porte, mais le gamin déguisé est parti et, comme hypnotisé, Homer descend le petit porche dans le sillage de l'enfant. Lyle se moque de lui et l'appelle, mais Homer s'éloigne toujours davantage jusqu'à n'être plus qu'une grande forme pâle dont la lueur vacille dans l'obscurité.

— Hou ! lance Lyle avant de refermer la porte.

Doc est dans la chambre dont la porte est fermée, casque sur les oreilles, toujours en train de regarder sur Internet des cartes topographiques du lac Funes, des documentaires YouTube sur les pluies du lac, et des avocats spécialisés en droit de l'immobilier. Il écoute de la musique classique et Thettie lui est reconnaissante de porter un casque. Elle attend que Lyle reprenne de la drogue et s'affale sur le canapé, dans les vapes, oubliant à moitié Homer. Il lui reste une heure avant le lever du jour, peut-être moins.

Elle attend sous le lit d'Homer que Lyle ait envie de pisser. Quand il se lève, elle l'attrape par la cheville. Il se fige et pousse un râle muet. Sa cheville est si fine et fragile que Thettie en brise l'os après l'avoir enveloppée deux fois de sa griffe. Il hurle, mais seul s'échappe un faible râle. Il pisse un liquide couleur tabac qui rend sa cheville cassée caoutchouteuse et coule sur les doigts de Thettie. Elle s'extirpe de dessous le lit et, uniquement pour faire son petit effet, balaie le bordel qui se trouve sur la table basse. Lyle met un genou à terre et cherche un couteau sous le matelas. Thettie se jette en avant, laboure son torse de ses griffes venimeuses, se frayant un chemin jusqu'à son cœur qui bat de façon erratique. Lyle pâlit et sa bouche lâche un « o » silencieux. Il porte machinalement une main à sa poitrine ouverte ; ses doigts touchent son cœur qui palpite, puis s'en écartent comme s'ils s'étaient brûlés.

— Je vais te donner une longueur d'avance, dit-elle.

Il sort tout en enfilant ses vêtements et dévale le chemin où il trouve Homer assis tout nu sur un carré de sumac vénéneux en train de mâcher une main de poupée. Le petit garçon en costume de Spider-Man est introuvable. Les cheveux bouclés d'Homer sont devenus blancs comme le lait, et de la cicatrice qui ceint son cou suintent des gouttes de sang luisantes. Lyle traîne Homer dans la petite Ford rouge et prend la direction de la grand-route, tandis que Doc ronfle bruyamment sous le podcast du *Huffington Post* qui le réveille chaque matin à 4 heures. La dermatite sur les fesses d'Homer, ainsi que sa psychose induite par le traumatisme, survivront à la voiture volée, qui rend l'âme juste après que le cœur de Lyle a flanché de l'autre côté de la frontière avec l'Ontario. La dermatite réapparaîtra régulièrement, donnant de gros furoncles autour de l'anus, mais aussi un goût de silicium à tout ce que mangera le gros Homer. Cela l'amènera, des années plus tard, à se souvenir de choses qu'il préférerait oublier. Sa bite, par exemple, qu'il n'a plus vue depuis 2010. Un chaton qu'il avait autrefois, sa grand-mère dans sa cuisine, le *cobbler*[43] pêche-pomme en boîte du vendredi au centre de détention pour mineurs. Les visages animés du désir de vengeance de ses victimes – une petite danseuse indonésienne experte dans l'art martial philippin de Kali, et son gangster de frère encore adolescent – assises dans une salle d'audience bondée, pendant que lui, l'accusé, nu, doit exposer sa gorge encore et encore à la lame incurvée du *karambit*, debout sur un sol en fusion, suppurant dans le crépitement des flammes.

---

43. Dessert composé de fruits déposés dans un plat, recouverts de biscuit.

52. Rédempteur

Dans le restaurant *IHOP* le plus proche, Lee, frissonnant dans son Thermolactyl trempé de sueur, avale en vitesse une bière avec un shot avant que les deux frères ne viennent le chercher. Ils ne lui demandent rien avant d'être de nouveau au milieu du lac, et cette fois c'est Grif qui tient la ligne et Archy le filet. Entre deux prises, Lee leur dit qu'il n'a pas encore réussi à découvrir grand-chose, mais qu'il ne perd pas espoir.

— Tu es allé chez les flics ?

Grif renifle, déçu.

— C'est quelqu'un que je connais bien.

— Je ne veux pas impliquer les flics là-dedans. Ils sont tous vendus aux DeGroot.

— Ce n'est pas un homme, dit Lee. Elle déteste les DeGroot et elle sait qu'ils ont Boyle dans la poche. De plus, elle m'a sauvé la vie dans le temps.

— Bon, dit Archy. Qu'est-ce qu'elle a dit ?

Il leur dit en bref que le pont Triangle a été fermé pendant leur absence à cause de tous les fugueurs qui s'y retrouvaient, crevant de faim ou de froid en hiver – mais le simple fait d'en parler semble provoquer un changement d'humeur et de temps. Grif remonte son col et fait faire demi-tour au bateau.

— On ferait mieux de rentrer de toute façon. Je n'aime pas laisser les psychopathes de Doc trop longtemps seuls.

Lee s'accroche sur le côté, referme sa veste sur son Polaroïd et demande le plus calmement possible :

— À propos, c'est qui ces deux-là ? Homer et Lyle ? Ils viennent d'où et qu'est-ce qu'ils font avec vous ?

Grif est face au vent, aussi Lee ne perçoit que des bribes de ce qu'il dit.

— Doc a demandé à son avocat véreux de faire libérer Homer sur parole après vingt-deux ans, condamné à perpète pour meurtre. Avant ça, il a failli se faire couper la tête aux Philippines par le grand frère d'une petite fille qu'il a essayé d'acheter sur Internet. Lyle a tué un prof à Pittsburgh. Qui l'a vu cambrioler un entrepôt de matériel informatique, après avoir tailladé le vendeur, un gamin de dix-sept ans.

Lee ferme brièvement les yeux pour ne pas vomir, mais il chancelle et manque de passer par-dessus bord.

Archy l'attrape par le bras.

— Doucement, mon vieux. C'est comme ça.

Grif forme une visière avec ses mains pour protéger ses yeux bleus de la lumière aveuglante. Comme il se met à pleuvoir, il se redresse puis se penche en avant, son large visage inquiet tendu en direction de l'île au loin. Il se retourne pour dire quelque chose, mais le vent se met à souffler sur le lac et contre la coque du bateau et, avant que les deux frères ne ferment leurs vestes, Lee entrevoit une lame gainée sous le bras de Grif et un pistolet dans un holster à la taille d'Archy. Une légère panique lui vrille les entrailles. Le cigare de Grif dégage une odeur âcre.

— Je pense qu'on devrait aller toucher un mot à ton ancien patron Habib, lance Grif sur un ton hostile. Il est peut-être le dernier à avoir vu Frankie. Il sait peut-être comment accéder à l'île. Ça veut dire quoi nootropique, au fait ?

— Stimulant neurologique. (Le vent est brusquement tombé et Lee parle trop fort.) ça rend plus intelligent, ou on apprend plus vite, ou on se rappelle mieux, ou on se rappelle différemment. C'est un autre des effets des peptides.

Archy, l'air ennuyé, coupe le moteur.

— Peptides ? demande Grif tout en se redressant, ses deux jambes massives solidement campées dans son jeans déchiré.

— Dans le venin des Gila, précise Lee. Les peptides produisent un profil d'expression génique unique.

— Traduction ?

Lee sort son Polaroïd et se penche devant Grif pour faire la mise au point sur l'île, puis il appuie sur le déclencheur.

— Ça veut dire que le venin active un gène de la mémoire dont on ignorait la présence, sur un réseau neural dont on ignorait qu'il avait un lien avec la mémoire.

Grif grimace contre le vent tout en observant la photographie sortir.

— Est-ce que le venin du monstre fabrique des souvenirs à partir de rien ?

— Non. Il rend simplement le processus plus efficace et plus rapide. Les gènes du cerveau sont plus aptes à tracer de nouveaux chemins dans la forêt de neurones de notre cerveau. Des chemins qu'on ne savait pas qu'on pouvait prendre et des chemins qu'on pensait qu'on pouvait prendre mais en fait non. Comme entre un mobil-home et la route, sauf qu'entre les deux il y a un tapis de sumac vénéneux. Donc on ne passe plus par là, mais la connexion n'en demeure pas moins, à la fois puissante et dissuasive.

— Comme un feu rouge ? demande Grif.

— C'est ça. D'autres connexions s'établissent entre, mettons, l'orme et le buisson de mûres au-delà du ruisseau, ou entre les tombes indiennes à côté du champ et la cabane dans les bois en passant par l'affleurement de schiste et le pruche frappé par la foudre. Les connexions positives ont autant de valeurs que les connexions négatives.

— Le buisson de mûres, merde, dit Archy.

La cendre du cigare de Grif tombe dans l'eau. Ses yeux bleus sont noyés de larmes.

— Tu crois que c'est ce qui est arrivé à m'man ? Tu crois qu'elle est là quelque part et qu'elle se souvient de toute cette merde ? Comment elle est morte ? Comment elle faisait la fête avec nous, à manger de la pizza et à boire des shots, avant d'être attaquée par un lézard tueur ? Ton lézard tueur ?

Lee comprend tout d'un coup. Il comprend dans quel état ses fils ont dû la trouver, et que l'ayant vue ainsi, ils n'oublieront jamais ce qu'ils ont vu. Le sourire ensanglanté en lieu et place de sa bouche.

— Ça mord ! s'écrie Archy.

Les oreilles de Lee se bouchent. Les deux frères reprennent précipitamment leur place à tribord.

— Oh ouais ! (Grif attrape la canne à pêche.) On avait juste une grosse fario, maintenant on a un gros saumon.

— Regardez-le sauter.

— Ils sautent bien.

— Tu vois ce saut, l'homme au lézard ?

— Je vois. Je vois !

Lee est à présent juste derrière eux, le cœur battant, et esquissant un grand sourire, le vent s'infiltrant sous ses lunettes et arrachant des larmes à son nez.

— Où il est ? demande Archy.

— Sans doute sous le bateau.

Grif tire sur la ligne.

— C'est un saumon ? demande Archy.

— Ne l'esquinte pas. Il doit faire vingt livres, peut-être vingt-cinq.

— Je fais gaffe, Grif. Tiens-le droit.

— C'est parti. On l'a.

Archy ramène le filet, le gros poisson frétille et scintille, attirant et renvoyant la lumière.

— C'est ma plus grosse fario.

— C'est un saumon.

— Bon sang ! Mon plus gros saumon.

— Ouah, Archy ! T'as perdu la fario et maintenant t'as chopé un saumon.

— Tu l'as dit, mon vieux. Chopé notre rédempteur.

— Sacré rédempteur. Saint saumon.

— Ne bouge pas !

Lee lève son Polaroïd et prend une photographie des deux frères sur fond de ciel platine avec le rédempteur, immobile et scintillant entre eux avant qu'ils ne le relâchent.

53. Répétition générale

L'énergie s'écoule de Thettie telle la lumière d'une ampoule électrique. Peut-être parce que s'étant enfin débarrassée d'Homer et Lyle – et même si elle n'aurait pas pu le faire sans l'aide du petit Spider-Man – elle irradie ! Ses yeux sont des phares sur une route plongée dans le noir et son corps est électrique, toute l'énergie de ses synapses désincarnées est concentrée sur ses désirs. Elle se matérialise et disparaît à sa guise. C'est en forgeant qu'on devient forgeron. Voilà ce que l'on doit ressentir quand on va au bal du lycée au lieu de branler des inconnus au *Motel 6*.

Elle fait un signe de la main aux feux arrière de la voiture d'Homer et Lyle. Jusqu'à ce qu'elle ne les voie plus. Puis elle entre dans la cabane – sa chère petite cabane – pour attendre Doc dans le coin repas. Il sort de la chambre en ôtant son casque. Interloqué, il regarde l'espace négatif qu'elle occupe. Il cherche des yeux son ogre et son lutin. Où est son café ? Ils sont censés voir les DeGroot aujourd'hui, bon Dieu. Il jure et les appelle. Il regarde dehors, balaie des yeux le camping endormi. Personne ne répond, alors il fait une toilette toute militaire, mais en deux fois plus de temps. Chier, se doucher, se branler et se raser en dix minutes. La routine, a-t-il coutume de dire, le moyen mnémotechnique le plus vieux du manuel.

Elle le suit tandis qu'il se dirige d'un pas lourd vers le parking. Quand il s'aperçoit que la Ford a disparu, il se passe la main sur le visage, et de joie Thettie danse le shimmy[44] sur un érable mort. Doc essaie de comprendre ce qui se passe. Ils sont peut-être sortis tôt pour faire des courses, ou peut-être partis en douce pour aller aux putes, et de rage ses

---

44. Danse syncopée ayant pour particularité un mouvement alternatif avant-arrière des épaules, les coudes légèrement pliés, le tronc le plus immobile possible.

index amputés le démangent. Mais elle sait qu'il flaire un piège et s'efforce de ne pas paniquer. Au tic qui agite le côté indemne de sa bouche. Au mouvement exagéré avec lequel il redresse les épaules. Il recalibre. Du calme, soldat. Il fait demi-tour en claquant les talons, tête droite, le regard toujours droit devant, seul compte le « on fait quoi maintenant ». Un bon soldat garde la tête froide. Il regagne la cabane, où elle est allée l'attendre.

— Quoi de neuf, Doc ?

Car la suite dépend d'elle. Elle n'y est pas encore prête, mais on ne peut pas toujours attendre le moment opportun. Quoi qu'il en soit, il est important qu'il voie ça comme une démonstration, un mot dont on croyait autrefois qu'il dérivait du latin *monstrare* – montrer ou présenter. « Démontrer », Thettie le sait désormais, appartient en réalité à la même famille étymologique qui a donné le mot « monstre », que les dictionnaires actuels font descendre du mot *monere* – avertir d'une catastrophe imminente par une vision prophétique. Elle a hâte de parler de tout cela avec Frankie.

— Quoi de neuf, Doc ? répète-t-elle.

Le sang se retire du visage de Doc, et il cherche d'où vient la voix. Ses yeux chavirent quand Thettie se matérialise. Elle ne savait pas exactement comment elle allait s'y prendre, mais ça marche. Les genoux de Doc se dérobent sous lui. Toujours d'humeur théâtrale et, il faut bien l'avouer, légèrement excitée de s'être débarrassée d'Homer et Lyle, Thettie se met à léviter à quelques centimètres du sol et plane de toute sa terrible présence.

— CQ, dit-elle en portant deux griffes à ses yeux pleins de boue puis en les pointant sur le crâne de Doc, à l'intérieur duquel se trouve le cortex préfrontal – siège de notre précieuse et très exposée mémoire à court terme.

Puis elle disparaît, pas d'un coup, mais en s'évanouissant telle l'apparition d'un esprit, avec la satisfaction d'une représentation certes moins bien chorégraphiée ou répétée qu'elle ne l'aurait voulu, mais une bonne prestation tout de même, une prestation qui lui deviendra peut-être naturelle avec le temps.

54. Dernier appel

Le dimanche, quand Lee rentre de la pêche, il trouve un message vocal de l'inspectrice Brown. Elle lui dit qu'elle a consulté les registres et qu'il y a des descriptions contradictoires concernant le visage du corps trouvé dans la glace. Un des randonneurs a dit que le cadavre n'avait pas de visage à proprement parler. Qu'il était presque lisse, comme s'il avait été décapé ou brûlé par le gel. Mais l'autre randonneuse a dit qu'elle se rappelait qu'une seule moitié du visage était dans cet état. Comme si l'œil avait disparu, mangé par un mérou. Ou un truc du genre. Le message se termine, et Lee s'apprête à la rappeler quand il reçoit un texto.

Quand on les a interrogés, les gosses qui traînaient près du pont se souvenaient d'une jeune fugueuse, douze ou treize ans, avec un bandeau. Mais personne ne connaissait son nom.

Quand Lee essaie de rappeler l'inspectrice, il tombe sur sa boîte vocale et, bien qu'il attende, elle ne le rappelle pas.

*

Lee sort de la salle de bains essoré de pied en cap. Une sueur aigre et salée goutte de la pointe de ses cheveux. Il nettoie les verres de ses lunettes. Il repasse le message de Brown. Il passe en revue sa journée avec les deux frères et prend un pinceau propre. Il voit un corps avec un œil qui décongèle sous les saules. Il voit de petits pieds invisibles s'en approcher. Il voit une petite main briser la glace. Il se met à peindre.

55. Lourd tribut

Au cours de la dernière semaine d'octobre, il n'y a pas une âme à Little Ridge qui ne l'ait vue. Flottant dans les bois près du rivage, cueillant des fleurs sauvages à la lueur de la lune dans les champs des DeGroot à l'est, sur le campus près des distributeurs automatiques dans le Old Dorm Building, aux fenêtres du *Village Inn*. Son murmure si singulier, entre sifflement et fredonnement. Et, aussi, son haleine imprégnée de tabac dans la librairie de l'université, soupirant après les âmes de ses fils, tangibles et imaginaires, ou après la sienne qui s'altère peu à peu.

Tandis que le temps passe, la volonté de Thettie commence à faiblir. Elle est habituée depuis longtemps à ne craindre personne d'autre qu'elle-même, mais elle constate un changement, comme une contusion de l'âme. Du bleu zébré de rouge et du rouge zébré de noir. Pour la première fois, elle n'a pas seulement peur d'elle-même, elle a aussi peur pour elle-même.

Au *Rod'n'Reel*, Piet DeGroot organise au téléphone une nouvelle rencontre avec Doc. Il sent l'odeur du pied gangrené de Frankie tandis que Thettie l'observe derrière une palette d'engrais. La puanteur entre par la porte automatique à deux vantaux comme si Frankie était juste là dans le magasin, et non sur l'île du Nez où le shérif Boyle a promis aux DeGroot de le tenir à l'écart.

Depuis peu, Piet DeGroot a pris l'habitude de parler tout seul. Il marmonne qu'on pouvait voir Frankie, avant qu'il ne parte sur l'île, retirer à la poste des livres qu'il avait commandés en ligne. Ou à la pharmacie. Focalisé sur le sourd martèlement de son pouls, sur les élancements dans son pied et dans le bas de sa jambe, sur la douleur qui est sa seule amie. Il s'y était encore attaqué avec son couteau de pêche. Thettie sort de sa cachette pour se camper aussi près que possible de DeGroot, pour que leurs souvenirs s'infectent mutuellement – qu'elle conduisait Frankie au County Hospital où on le gardait un ou deux jours sous perfusion de pénicilline, que ça l'aidait. Cependant, un mois plus tard, le douloureux gonflement réapparaissait, et avec lui, l'odeur de chair pourrie et la contagion de l'âme. DeGroot hume l'air avec dégoût.

Il commence à avoir chaud. À s'énerver. Irradiant le magasin de ses souvenirs infectés. C'est elle. Debout trop près de lui. Elle se rapproche, l'empoisonnant de son âme menacée. Il a oublié ce qu'il cherchait, ce qu'il est venu acheter. Il sort du magasin, Thettie sur ses talons.

La crystal meth a aidé Frankie. Thettie s'efforce de le faire comprendre à DeGroot. On essaie tout. Tout ce qui aide, et ça aide pendant un temps. Les siens l'abandonnent après que Doc l'a balancé à Boyle. Le shérif subissait la pression de Washington, tenu de faire nettoyer ostensiblement certaines de ces petites villes sur le déclin. Il subissait la pression des DeGroot pour se débarrasser des Harpur – l'empire familial du cannabis était une chose, le crystal meth en était une autre.

DeGroot va à sa voiture, ouvre la portière, et Thettie saute à l'intérieur. Il s'affale derrière le volant, souffle sur ses mains et démarre.

Au début, les DeGroot ont cru que Doc était celui qu'ils attendaient. Celui qui diviserait et viendrait à bout de ces ploucs aux combines ringardes. Il faisait peur avec son visage squameux et ses yeux malicieux, belliqueux, rivés sur l'horizon. On ne pouvait jamais dire de quel côté il était. Le vieux DeGroot, le père de Piet, disait que Doc était un *Zeilloos* – un loup affamé. Dieu seul sait ce que fait le désir d'avoir une âme à qui est né sans.

Doc a semé la discorde entre les Harpur tout en entreprenant de forger de nouvelles alliances – la vieille stratégie de diviser pour régner, rien de nouveau. Ses manœuvres l'ont amené à dénoncer au shérif son meilleur et loyal ami, Frankie. Les DeGroot ont offert à Boyle un nouveau pick-up pour avoir fait décamper les Harpur. Et Doc a eu la fille. Mais la fille n'était pas du tout ce dont elle avait l'air, même alors. Sur la banquette arrière, Thettie sourit de façon suggestive. Frankie a porté le chapeau, mais il a obtenu une libération conditionnelle anticipée, car un inspecteur d'Ilium qui aimait bien Thettie a passé quelques coups de fil. DeGroot essaie de se rappeler le nom de cet homme.

— Fabiana Brown, dit Thettie. Et ce n'est pas un homme.

DeGroot ouvre la boîte à gants dans laquelle il garde une bouteille de gin. Il reprend la grand-route où il va chercher Doc pour l'emmener chez Fie pour parler réajustement, peut-être lui fournir des hommes après tout. Thettie se met à l'aise, essaie de faire taire une voix rauque qui monte en elle.

— Parle-moi de Frankie, l'exhorte-t-elle.

Sans elle, sans les siens, les voix sont revenues peu à peu. Il n'avait personne à qui s'adresser, sinon aux gens du coin. Il fallait que quelqu'un ressente sa douleur. Une douleur si grande, si dévorante, qu'il lui fallait tout un village pour témoin.

Piet DeGroot sent que son diabète le ronge. Le combat permanent pour un remède, la peur d'une rechute, le cœur défaillant, la façon dont l'âme en vient à être justifiée par une souffrance qui se perpétue. En fait, DeGroot a essayé de parler à Frankie. Au début, il l'a pris sous son aile, pour Cassie, pour essayer de la faire revenir. Ils l'ont invité à dîner, même si Frankie bredouillait et se lamentait avec des mots que Piet ne comprenait pas parce que c'était le langage intraduisible de la douleur.

Un langage que Frankie enseignait à ses ratons laveurs, à ses écureuils et à ses chiens.

— Oui ! s'écrie Thettie. Ses compagnons.

DeGroot sent sa présence mais, perdu dans ses pensées, il se méprend sur le sens de ses paroles. Ces créatures s'entassaient à l'arrière de la Pontiac de Frankie, ou à ses côtés dans son bateau quand il pêchait sans prendre le temps de souffler. De retour pour vendre sa prise au supermarché et aux restaurants, il croisait les gens du coin qui essayaient d'être corrects, mais cette puanteur ! Ils voulaient l'aider, vraiment. Mais le cœur n'y était pas. D'ailleurs, comme ils le faisaient remarquer entre eux, il n'était pas l'un des leurs, pas vraiment. C'était un Harpur après tout. Et si les siens revenaient ? Quel camp choisirait-il ?

— Froussards, siffle Thettie.

Quand DeGroot se tourne en l'entendant railler, pensant qu'une pierre a frappé la vitre latérale, elle remarque qu'il a retiré l'appui-tête pour pivoter plus librement, à 180 degrés du pare-brise au plateau, sans laisser d'angle mort. Vue imprenable, *ja*.

Au début, Frankie a dit à tout le monde que sa famille reviendrait, se rappelle DeGroot. À l'arrière, Thettie colle ses mains sur ses oreilles et chantonne « la la la la ». Mais après quelques années, il s'est senti perdu et ça s'est vu, avec ses yeux flamboyants sous ses cheveux noirs. Et ses clebs le suivaient servilement où qu'il aille.

Même la *schadenfreude*[45] de DeGroot s'est réduite comme peau de chagrin. Face à cette chevelure si noire qu'elle semblait absorber la lumière, face aux postillons et à la puanteur, la honte l'envahissait. Certains des jeunes DeGroot se mettaient à plusieurs pour malmener Frankie au point que DeGroot ne pouvait ou ne voulait pas les retenir. En attendant leur tour au *Village Market*, les femmes gardaient les yeux rivés sur les rayonnages quand il entrait dans le magasin. L'endroit s'assombrissait dans le sillage de la peur qu'il générait, des plaisanteries à ses dépens. Il n'avait pas toute sa tête, disait-on. Et quand on n'a pas toute sa tête, que devient-on ? L'odeur parvenait jusqu'à vous avant même d'en avoir conscience. Et derrière la puanteur, la grimace édentée, brillait un moignon de dent en un sourire mi-désolé mi-dangereux. Inconscient de l'effet qu'il produisait, impatient de parler de la pluie et du beau temps, de pêche ou de politique. On avait un mouvement de recul. C'est humain, non ? Allait-il vous rentrer dedans ou, pire, vous prendre dans ses bras ?

Et cette puanteur.

Thettie hoche vivement la tête dans le rétroviseur. Oui, oui. Les gens comme Frankie et Jason avec leur puanteur de solitude qui vous met mal à l'aise.

Une caricature d'homme sur une jambe gangrenée, entourée de mouches, la blessure béante et l'odeur à mi-chemin entre un castoréum et les chiottes du *Motel 6*.

— Un castoréum ?

Thettie se penche en avant, ouvre la bouche pour attraper une goutte de gin qui gicle de la bouteille de DeGroot.

— Une sécrétion des glandes anales du castor, dit-il comme s'il parlait tout seul. Dont il se sert pour marquer son territoire, mais qu'on utilisait aussi en parfumerie. La haute société européenne en raffolait, une fois diluée.

DeGroot a averti ses frères. Il a averti Boyle. Les Harpur vont revenir. On pouvait bien (et on l'a fait) brûler leurs maisons, prendre leurs terres, leurs femmes, leur gagne-pain. C'était inutile, car, dans leurs têtes, ils n'étaient pas partis. Ils ne pouvaient pas mourir.

— Tu crois que tu es un cafard, tu es un cafard, claironne Thettie.

---

45. Terme allemand : Joie malsaine que l'on éprouve à se délecter du malheur d'autrui.

Cassie était partie, pourtant. Piet a pensé – ou espéré – qu'elle reviendrait peut-être s'il gardait Jason avec lui, ou du moins s'il l'empêchait de la rejoindre chaque fois qu'il voulait partir. Si Piet rappelait au garçon qu'il en était incapable en raison de son « état », et qu'il y avait fort à parier qu'il échoue une fois encore – il n'atteindrait peut-être même pas le Wisconsin cette fois – eh bien, Cassie finirait par revenir.

Rock star ! Putain de reine des abeilles, tu parles ! Piet frappe sur le volant et se rappelle qu'il a essayé de lui faire prendre conscience de ses limites, dès le départ. Bon Dieu, il lui a donné un gamin pour compenser. Mais non. Ce n'était pas assez. Ce n'est jamais assez pour un Harpur. Ils n'apprennent jamais rien.

Prenant part à la conversation, Thettie lui rappelle que, quand on est un Harpur, survivre est la seule chose que l'on apprend. Les Hollandais croient qu'ils sont là depuis le début. Depuis Les Nouveaux Pays-Bas[46]. Ils croient qu'ils savent tout ce qu'il y a à savoir sur la survie. Mais les Harpur, eux, viennent du sang des âges, et de la colère aussi. Du sang du premier peuple, et des peuples précédents.

— Ce sont des histoires ? C'est dans notre sang, mais là-haut aussi. Dans notre tête.

Thettie donne des petits coups de griffe à l'arrière du crâne de DeGroot, et le pick-up fait une embardée sur la bande d'arrêt d'urgence, soulève de la poussière au clair de lune. DeGroot se redresse et appuie sur le frein.

— C'est ça, glousse Thettie, qui en perd l'équilibre. Pied au plancher, soldat.

Piet DeGroot et ses frères, tous des patriotes, détestaient la façon dont les Harpur faisaient corps.

— Un cœur avec un esprit qui lui est propre, acquiesce Thettie, en suçant le sang sur sa langue.

Ces vieux clans, contaminés par le sang indien, le sang d'esclave, le sang mexicain, le sang gitan, le sang japonais – ils sont tous pareils. Moins ils sont nombreux, plus ils sont soudés. Et surtout, ce qui tue DeGroot et ses frères hollandais, c'est qu'il y a toujours une femme à leur tête. D'abord Sarah Tilly, puis Thettie Harpur.

---

46. Colonie nord-américaine néerlandaise de 1609 à 1674, qui englobait plus ou moins les États américains de New York, du New Jersey, du Delaware, du Vermont, de la Pennsylvanie et du Connecticut.

— Queen B[47], putain de reine des abeilles ! hurle Thettie si bien qu'il pense que ce sont les freins.

Les DeGroot ne croient pas à ces conneries de femmes-au-sommet. Le père de Piet représentait une force à ne pas sous-estimer, et un autre avant lui. Et ce, en remontant jusqu'à un capitaine en second du nom de Jan DeGroot à bord du *Halve Maen*, qui avait été quelqu'un d'important aux Pays-Bas, quand on utilisait le castoréum aussi bien pour composer des parfums que provoquer des avortements, entre autres choses. L'Europe ne pouvait se passer des castors du Nouveau Monde.

— Et comme antidote, claironne Thettie, en cas d'empoisonnement. Où trouve-t-on un bon castor quand il nous en faut un ?

Frankie disait que les DeGroot sont rongés par le complexe du castor. Moins ils en ont, plus ils pensent qu'ils y ont droit. Et enfin, Thettie a amené la conversation sur le sujet qu'elle voulait aborder. Cassie Tully.

Avec ses mèches rouges de rock star et ses yeux couleur saphir – la seule façon que Piet DeGroot avait pour qu'elle le remarque était de l'y forcer.

— La carte de crédit t'a servi d'appât ? Tu voulais qu'elle la prenne ?

— Connasse ! s'écrie DeGroot en balançant son gin d'une main et en conduisant trop vite de l'autre.

À l'arrière, Thettie laisse échapper un gémissement étouffé par les larmes. Pas trop fort, mais suffisamment pour faire taire la voix froide et grinçante dans son dos, la renvoyant d'où elle vient.

Au-dehors, il fait noir comme dans un four. La grand-route est vide et les champs de part et d'autre forment des mers noires à perte de vue. DeGroot fonce vers l'embranchement qui mène à la ferme.

— J'aimais Cassie, hoquette-t-il. Je la détestais, aussi.

— L'amour peut se transformer en haine, dit Thettie. C'est le résultat d'une mécanique complexe.

Et ce n'est pas uniquement ça, comprend Thettie en regardant DeGroot descendre son gin en s'apitoyant sur son sort, bloqué sur la vision d'amant maudit, de sauveur contrarié, qu'il a de lui-même. Tel un chien, elle sautille sur la banquette arrière. Des larmes coulent sur le visage de DeGroot, et Thettie voit qu'il se souvient de Cassie avec ses yeux bleus chantant du Patti Smith en s'accompagnant à la guitare.

---

47. Queen B : surnom de la chanteuse Beyoncé. (« b » se prononce « bee » en anglais, comme « abeille ».)

— C'est bon, dit-elle. La résistance est vaine.

Il hoche la tête, se lèche la morve sur sa lèvre. Des bribes de souvenirs envahissent l'habitacle – cette nuit-là au motel. Lui et les cousins, Fie et Pim, et les autres, avec les filles dans la chambre. Cassie leur a lu les lignes de la main. Il ne se rappelle pas ce qu'elle a prédit aux autres, mais elle a suivi la ligne de vie sur sa grosse main de fermier et lui a montré où elle s'interrompait.

— Il y a une grand-route sombre, a-t-elle dit. Un éclair bleu. Et un virage auquel tu ne t'attends pas.

Thettie lève la tête pour qu'il la voie dans le rétroviseur, qu'il voie son cou couvert d'écailles et ses yeux incandescents. Il fait une embardée, percute un arbre et l'airbag se gonfle à temps pour que sa poitrine ne vienne pas s'écraser contre le volant, mais pas assez vite pour empêcher son cou de craquer sous le choc, à cause de l'appui-tête manquant.

La dernière chose qu'il voit avant de descendre en enfer, c'est un animal rock'n'roll avec un regard électrique et une bouche rouge de colère qui lui envoie un baiser qu'il attendra éternellement.

56. Scène de crime

Impossible de peindre. Lee s'installe sur une chaise longue dans le jardin, dos au lac, une bière à la main. Le cœur froid du soleil couchant transforme son sang en une glace cassante. L'ombre de la balançoire danse sur la pelouse devant lui. C'est le week-end d'Halloween.

Les nuits ne lui suffisent plus. Il la désire tout le temps. Il veut son fils. Quand cela cessera-t-il ? Et où ? Ses doigts dans ses cheveux, ses mains sur sa queue, sa langue sur son cœur – enfin un nouveau départ. Mais où cela s'arrêtera-t-il ?

Il se redresse, la seule chose qui lui reste à faire est d'aller la voir une dernière fois. De s'allonger là où elle s'est allongée, et peut-être viendra-t-elle pour lui. L'emmener où elle est désormais.

Il se lève, va prendre ses clés dans l'atelier et roule jusqu'au camping en traversant un monde de citrouilles « Jack à la lanterne » et de fantômes en plastique rougeoyants. Il sort de la voiture et écoute l'eau sombre laper et lécher les pylônes, les bateaux chanter au mouillage. Le doux chant menaçant d'une grive l'appelle, ou peut-être le dissuade. Elle semble trop près, puis presque au-dessus son épaule et loin au-dessus de sa tête l'instant suivant.

Il franchit le ruban de la scène de crime qui claque au vent. Il pénètre dans le mobil-home et ferme la porte derrière lui.

57. Démo

Choisir le bon moment ? Ce n'est pas son truc et cela ne l'a jamais été. À peine a-t-elle fait quitter la route à DeGroot que Thettie rentre chez elle pour trouver Doc sur le parking, en train de piquer le pick-up de Rianne. Elle n'en peut plus. Elle a l'impression qu'elle vient de l'échapper belle avec toute cette histoire d'âme, mais pas de repos pour les méchants, comme disait Paddy-le-crochet.

Aussi, au lieu de regagner son mobil-home pour se reposer, il lui faut se glisser sous le pick-up, comme au bon vieux temps. Épuisée après DeGroot, ravie mais crevée, elle s'efforce de garder de l'énergie pour ce qui l'attend très certainement. Partant sur la grand-route au point du jour, Thettie est brinquebalée à l'arrière, comptant à rebours à partir de cent. Car seule compte désormais la visite qu'elle lui rend, à lui. La seule et l'unique visite – toutes les autres étaient de simples répétitions pour le grand soir. Elle procède par étapes dans sa tête, comme on répète ce que l'on va dire au garçon dont on ne veut pas pour cavalier au bal du lycée. Que l'on va laisser tomber en douceur. Dire que ce n'est pas sa faute, mais la vôtre.

Quatre-vingt-dix-huit, quatre-vingt-dix-sept.

À partir de maintenant, et mieux vaut tard que jamais, il ne fait aucun doute que Doc n'est pas le cavalier qu'elle souhaite pour le bal du lycée. Non, Doc n'est pas un poisson d'eau douce, ni un invertébré de lac et encore moins un sauveur, mais un requin qui depuis longtemps infeste ses eaux et affaiblit son espèce. Ses yeux sont tellement enfoncés et rapprochés qu'ils semblent par moments se rejoindre telles les lumières d'un train. Aucune perspective, juste droit devant. Toujours à guetter l'occasion, le coup suivant, le moyen d'atteindre un but, une chambre avec vue. Si elle est le monstre de la mémoire, alors il est le dévoreur du temps.

Et ce temps, elle veut le récupérer.

Par conséquent, la dernière visite qu'elle va lui rendre doit être différente des précédentes et sans aucun rapport avec ses banales apparitions en ville – elle ne va pas faire preuve de subtilité. Pas d'effets spectaculaires. Non. Elle va donner une représentation de gala, une représentation mémorable. Elle va moins jouer qu'infliger, hors du temps et pour l'éternité.

Soixante-dix-sept, soixante-seize, soixante-quinze.

Œil pour œil. Bouche à bouche. Que les choses soient claires. À vos marques. Alors oui, décide-t-elle en traînant un nuage de vapeur ferreuse derrière le pick-up qui file sur la grand-route. Rock'n'roll. Donne tout ce que tu as.

Tout ce qui lui reste c'est ce désir. Ne pas désirer.

Il regarde nerveusement dans le rétroviseur, tambourine sur le volant avec les moignons de ses index, ceux que le chien de Paddy n'a pas arrachés. Doc renifle sa bague de marine. *Semper Fi*, enfoiré.

Thettie s'accroche au plateau du pick-up. Sa langue ensanglantée flotte au vent.

Bien sûr, elle sait où il se rend en premier, le vieil avorteur. Chez ses copains secrets, les DeGroot, pour demander du renfort. Pour feindre l'allégeance. Pour leur faire un doigt d'honneur. Regardez – il lui en reste six.

Doc sort à la ferme DeGroot. Le soleil s'est levé sur la crête et la rivière Triangle gazouille de l'autre côté du bois de trembles. Elle compte à rebours à l'arrière du pick-up jusqu'à ce qu'il soit entré, et elle se retrouve à la fenêtre derrière le massif d'hortensias, derrière la citrouille d'Halloween sous le porche.

Ce n'est pas parce qu'on est mort qu'on ne peut pas écouter aux portes. Si elle arrête de compter pour se concentrer suffisamment, elle peut entendre ce que disent les hommes à l'intérieur, pas au moment où ils le disent, mais dans le sillage de l'animosité qui coule sous la porte, dans lequel elle danse jusqu'à s'écrouler.

Les DeGroot attendent que Piet les rejoigne – ils s'attendaient à ce qu'il ramène Doc, pas à ce que l'ancien charcutier se pointe tout seul. Il dit qu'il ne sait pas où est Piet.

— Bon, quoi de neuf, Doc ?

Pim dit qu'on ne s'en lasse pas. Le gin hollandais circule.

Thettie pousse un soupir qui flétrit les hortensias. Pauvre Doc. Il tente d'attraper la bouteille, mais ils la gardent hors de sa portée. Ce que Fie DeGroot veut savoir, ce qu'il veut absolument savoir, c'est ce qu'ils ont à y gagner. Pourquoi devraient-ils lui fournir du renfort ? Pour qu'il puisse mordre la main qui le nourrit ? Faut-il lui rappeler qu'ils l'ont laissé revenir à Little Ridge en toute bonne foi et qu'il s'est pointé avec deux psychopathes ? Et la confiance dans tout ça ?

Elle écoute Doc expliquer qu'il a fait une erreur. Homer et Lyle étaient un obstacle, un *faux pas*. Il a dû s'en séparer.

Thettie est littéralement pliée en deux de rire.

Il leur rappelle que c'est lui qui a éliminé Frankie en premier lieu, en organisant cette descente à la ravine dix ans plus tôt. Ce n'est pas sa faute si Frankie est revenu dans le jeu. Doc a amené du renfort pour franchir le système de sécurité de Frankie, et se débarrasser des fils de Thettie, le dernier obstacle. Mais il reconnaît qu'Homer et Lyle étaient trop de la vieille école, assume la responsabilité de l'échec. Doc lève les mains comme en signe de reddition. Il plaide coupable. Il faudrait une approche plus sophistiquée. Genre opération secrète. Qu'ils lui donnent un homme et il leur servira Frankie sur un plateau.

Les DeGroot rient à s'en décrocher la mâchoire. Ils en pleurent, trépignent à en réveiller les morts. Sauf que Thettie commence à s'endormir. Elle bâille bruyamment, et un visage apparaît d'une fenêtre à l'étage. Le petit frère de Jason. Elle lui fait un signe de la main et il lui répond de la même façon. Puis Fie redevient sérieux. Il tambourine sur la table pleine de bouteilles tout en réfléchissant. Thettie l'entend de l'extérieur. Doc aura ce qu'il voudra pour son « opération secrète ». Fie ajoute qu'il y a des kayaks, du matériel de vision nocturne et tout le nécessaire au QG des réservistes. Qu'il fasse une liste. Comme une liste de courses pour le *Rod'n'Reel*. Mais pas de renfort. Pas de renfort pour se retourner contre eux comme le bâtard de traître irlandais qu'il est. Qu'il ramène un bout de bidoche, ne serait-ce qu'un petit. Avec des traces de coupures, pour qu'ils sachent qu'il s'agit bien de Frankie. *Gagne notre confiance, Doc. On n'a rien sans rien. Et ensuite tu bénéficieras de notre protection.*

Doc se met au garde-à-vous, salue comme un marine en portant son doigt manquant au front.

— *Semper Fi*, dit-il.

Fie, Pim et tous les oncles hollandais éclatent alors d'un rire tonitruant et se tapent dans le dos pour ne pas s'étouffer, tout imbibés de gin qu'ils sont déjà. Doc est en quelque sorte congédié.

Il hausse les épaules pour rajuster sa veste de treillis et sort dans le matin teinté du violet des prunes pourries. Épuisés par la pluie, les oiseaux chantent à peine. Thettie doit admettre qu'il y a encore quelque chose chez lui qui l'attire et la repousse. Sa coupe en brosse gris d'étain, son nez camus entre ses yeux de prédateur. Ses épaules larges et létales – il a la soixantaine bien tassée – et son tronc aussi dur qu'un socle en granit, ses jambes longues et agiles. Il allume une cigarette et se dirige vers le bois de trembles où elle s'est matérialisée et l'attend. Repos, soldat.

Doc trébuche. Il essuie de la bave aux commissures de ses lèvres. Elle darde ses yeux bleus sur lui. La peur et le désir lui coupent le souffle, car après tout, même morte, elle est à la fois une femme dans la fleur de l'âge et une vision, et elle le sait.

Il lève une main, mais pas pour saluer cette fois.

— Je le jure devant Dieu, je ne savais pas que le vieux lézard était sorti du sac, ma fille, quand on a fait l'échange. Je n'aurais jamais… Je t'aimais. Je t'ai toujours aimée. Je l'ai fait pour nous. Au cas où Frankie serait mort. Pour les peptides, le Mélange Tueur, notre assurance. Et quand je t'ai vue comme ça, Seigneur. J'ai essayé de te sauver, ma fille. Mais tu étais morte.

Elle pose une griffe sur ses lèvres.

— Chut.

Il laisse échapper sa cigarette. Thettie l'éloigne des fenêtres inquisitrices de la ferme et le conduit à travers bois en direction de la rivière. Elle se fraie un chemin entre les arbres frémissants et entend au craquement des feuilles qu'il la suit. Elle avance avec la régularité d'un métronome, sa chemise de nuit moulant ses fesses nues, le rideau-voile masquant l'entaille qui lui sert de bouche tandis qu'elle regarde par-dessus son épaule, le conduisant vers les eaux tumultueuses. Elle effleure de ses doigts les branches des trembles, faisant pleuvoir une averse d'or. Puis elle descend vers la rivière où le murmure des arbres se fait plus doux et le chant des oiseaux plus sourd. Le silence est irréel, la lumière surnaturelle. Une fine couche de glace recouvre les affleurements et des créatures sans nom sont accrochées aux mottes racinaires charnues que n'atteint jamais la lumière du soleil.

Il est derrière elle, et elle sent dans son ventre la chaleur de son regard. Elle se rappelle qu'il l'a trouvée embourbée dans une histoire compliquée, l'a aidée à décrocher pour mieux la faire replonger, qu'il l'a guérie pour pouvoir prélever son dû. Elle grimpe sur un arbre abattu qui fait office de pont et continue d'avancer, faisant ainsi se détacher un petit bateau à moteur rouillé des racines emmêlées d'un châtaignier abattu.

Il regarde fixement l'embarcation.

— C'est quoi ça ? demande-t-il d'une voix geignarde.

Thettie se retourne, au milieu de l'arbre-pont. Doc s'est arrêté, mais il la regarde à travers les branches. Tandis qu'elle pivote pour lui faire face, elle prend conscience de tout ce qu'elle a accompli depuis qu'elle est morte. Elle a arraché la preuve ultime de son existence, qui se reflète dans le regard effrayé de son ennemi.

— Tu te rappelles ? murmurent les trembles. Celui qui s'est enfui ?

Le temps d'un moment électrique, ils se dévisagent. Elle attend. Elle doit savoir.

— C'est Frankie qui a réparé cette fichue barque. Ce n'est pas ma faute.

Elle siffle.

— Bon, d'accord. Je ne savais pas qu'ils iraient si loin.

Elle déploie ses griffes. Il blêmit, pose une main sur son cœur. Son visage est livide.

— D'accord. C'est moi. J'ai piégé cette maudite barque. Tu t'attendais à quoi ? Je t'ai ramené ton Frankie et tu ne m'aimais toujours pas. Ce n'était toujours pas assez. Pas assez bien pour toi. Tout ce qui me restait pour t'atteindre c'étaient tes fils. Un moyen pour une fin.

Elle desserre son rideau-voile. Il reste bouche bée devant ce qui s'offre à sa vue. Le collier de Scrappy autour de son cou, des écailles à la place de la peau. Elle met une main entre ses jambes. Une matière noire coule le long de ses cuisses, forme une flaque à ses pieds et tourbillonne autour de ses chevilles.

— Pitié ! s'écrie-t-il d'une voix stridente. Je n'ai pas pu sauver le clebs ! Il était foutu, en train d'aboyer et de gémir, crachant de l'eau par tous les pores. Même si j'avais pu le repêcher il aurait fallu l'achever… ses intestins étaient foutus. Je lui ai rendu service. Je vous ai rendu service. Tu ne serais même pas là sans moi.

Il hurle à présent. À genoux. Thettie sent l'odeur d'urine.

— Salope ! Salope-salope-salope !

Dans un accès de colère, Thettie le réduit au silence en lui jetant un regard brûlant auquel peu d'hommes, quel que soit leur âge, sont capables de résister. Les lèvres de Doc tressautent. Ses yeux s'égarent. Il s'agrippe à la terre de la berge et ses cicatrices blanchissent sur son visage congestionné.

Il cherche à reprendre son souffle. À dire quelque chose. Son tatouage *Semper Fidelis* se détache sur la pâleur de sa poitrine, et sur son visage les morceaux de peau luisante virent au gris. Il se relève lentement.

— Qu'est-ce que tu veux ?

Voilà ce qu'elle attendait. Elle s'y est préparée, lavant sa chemise de nuit dans le lac pour faire disparaître jusqu'à la dernière trace de rose. Le vêtement se retrousse à la naissance de ses cuisses, son *mons veneris* transparaît sous l'étoffe humide. Thettie remet en place son épaule disloquée avec difficulté et étouffe un cri en se redressant. Elle enroule le rideau-voile autour de son cou, une touche de romantisme, pas trop cucul. Elle se hérisse un peu devant son regard concupiscent, sa langue crayeuse qui se lèche les babines. Elle ne sait pas quoi dire. On ne sait jamais ce qu'on désire vraiment. Pourquoi cela changerait-il après la mort ?

Les trembles murmurent par à-coups, délivrant ainsi leur message, comme en morse. Long court long court long court long long court long. Dévorés d'envie, comme le chant nuptial d'un monstre.

— Te cherche, dit-elle.

Il entend son appel et la rejoint. Il se lèche les lèvres au chant voluptueux de son monstrueux sifflement. Elle est irrésistible, elle l'a toujours été. Elle fait un pas en arrière. Il continue d'avancer. Elle lui sourit avec des yeux qui ont la couleur de l'enfer à son degré le plus froid. Sa langue fourchue surgit, alléchante, entre deux rangées de dents pointues. Il sent cette langue fourchue sous son pénis, dans sa gorge, autour de ses dendrites. Si bien que lorsqu'il la prend dans ses bras, que leurs langues se touchent et que ses crocs rainurés viennent racler ses dents, il gémit dans une sorte d'extase. Il ouvre tout grand la bouche et sa langue inquisitrice s'enfonce plus profondément dans sa gorge et dans son cerveau, et puis elle mord. Ses crocs s'ancrent dans sa bouche et commencent à mâcher. Il essaie de hurler, mais sa bouche est sur la sienne. Plus il essaie de hurler, plus elle mord.

58. Abstrakt

Il se réveille dans le mobil-home et cherche ses lunettes. Les paumes de ses mains effleurent quelque chose qu'il n'a pas remarqué la veille au soir. Il s'en saisit. C'est une petite pilule bleue. Un « a » minuscule est gravé sur le dessus.

Lee court à sa voiture, manquant trébucher sur les branches cassées qui jonchent le terrain devant le mobil-home. Il monte en voiture, met le chauffage à fond et traverse lentement le village encore endormi. Les vieux manoirs dissimulés derrière les sycomores et les ormes. Le *Village Inn*, la bibliothèque à colonnade, le *Lake View* et le quartier victorien rénové de Sunny – le tout bâti avec l'argent du chemin de fer, du bois de construction, du sel ou de la poudre à canon ; le tout témoignant qu'une poignée d'hommes blancs ont réussi en s'écartant du droit chemin.

Lee court du garage à l'atelier, pressé de se mettre à peindre, de tracer une intersection entre les rêves de Thettie et les siens. Par habitude, il passe la tête dans le terrarium de Vernon et laisse s'évanouir son faux espoir.

— Au revoir, dit-il. Bon voyage.

Les mots impriment l'absence un peu plus profondément en son cœur, comme ce chemin qui s'imprime dans la terre, ou dans la forêt, un chemin que l'on peut prendre aussi bien dans un sens que dans l'autre. Il fait du café mécaniquement, mélange ses huiles machinalement.

Puis il se met à peindre. Son premier tableau abstrait, si l'on peut dire, une composition lyrique en trois mouvements d'une chanson inachevée. L'un d'un blanc sale, l'autre d'un vert marbré bleuâtre, et enfin une bande d'un brun terreux percée d'insoutenables éclats de bleu Ambien. Ainsi six heures plus tard, une fois la toile pratiquement terminée, c'est comme sortir d'un rêve.

59. CQ

Bryce dort comme une souche. Rompue et haletante, avec un œil qui est un croissant doré et l'autre un puits sans fond. Le bandeau flotte dans une flaque de glace fondue sur la table de nuit. Thettie grimpe sur le lit étroit au fond du mobil-home, où Bryce repose comme dans un cercueil. Qu'elle est petite, qu'elle est menue, semblable à un petit garçon. Elle est nue. Le duvet clairsemé entre ses cuisses est d'une teinte cannelle plus pâle que sa chevelure. Sur sa poitrine plate, les mamelons sont petits et d'un brun roux. Thettie voit qu'elle est couverte d'ecchymoses qui virent au jaune et de petites brûlures rouge vif. Une cigarette ? Une allumette ? Ses doigts sont d'un blanc bleuâtre et, parce qu'elle cauchemarde, tressautent tels des vers luisants.

Thettie soupire. Un gémissement irrégulier, râpeux. Elle recouvre le corps de Bryce d'un vieux sac de couchage Spider-Man, puis va à la fenêtre qui donne sur le bloc des douches. Sa tête s'affaisse dans ses mains. Elle ne veut pas réveiller Bryce, bien que le temps soit compté. Thettie se cache le visage dans ses mains ; sa langue se déploie de désarroi et de rage.

— Break, break[48], dit Bryce de son lit.

— Chut, siffle Thettie. Ce n'est pas encore le moment.

Mais dans son âme, elle sent que la fin approche. Son cœur cherche à se faire pardonner par Bryce et déborde sans retenue de souvenirs bons ou mauvais, car l'heure est proche. Elle lui envoie un baiser d'adieu et ferme doucement la porte derrière elle. Inutile de la verrouiller.

L'aube n'est plus très loin et Thettie doit se dépêcher. Elle attend de la visite.

---

48. En langage cibiste, demande d'insertion dans un contact radio

Elle regagne le mauvais mobil-home pour la dernière fois. Le parfum de Lee flotte comme une caresse en ce lieu toxique. Reconnaissante, elle touche le côté du lit où il a dormi. Où il est venu faire sa connaissance, découvrir les vérités et les mensonges qui composent sa vie. Et puis elle s'assoit pour attendre, à côté de la marque qu'il a laissée.

Doc arrive pile à l'heure. Thettie entend marcher au-dehors. Le pas est laborieux et s'accompagne d'un grognement glaireux. Thettie se balance. Elle n'essaie pas de se matérialiser ni de se dématérialiser. C'est inutile désormais. Elle sera toujours là.

Elle s'avance sur le seuil et ouvre la porte. Doc, en tenue de camouflage, pointe sur elle un 45 de l'armée équipé d'un silencieux. Elle se garde bien de rire. Elle l'invite à entrer. Il vise et tire sur le téléviseur. Il penche bizarrement sur la droite au niveau de la taille, ses yeux ternes de requin louchent de terreur, sa bouche est encore gonflée et ensanglantée du baiser qu'elle lui a donné. Thettie sourit d'un air suffisant. La bouche de Doc, du moins la partie visible, guérira. Les vrais dommages sont à l'intérieur. Là où le soleil ne brille jamais.

Elle le contourne et bloque la porte. Il tire sur la lueur vacillante qui la fait exister.

Thettie le nargue de l'entaille moqueuse qui lui sert de bouche, découvre des dents brillantes et ensanglantées.

— Où que tu ailles, me voilà.

Il hurle et elle le laisse faire ; il troue le plafond de balles jusqu'à ce que le chargeur soit vide.

Elle a hâte de regagner sa cabane. Elle n'a pas besoin d'emporter quoi que ce soit. Tout ce qu'elle possède est en elle désormais, comme Lee l'avait dit. Elle sort du mobil-home empoisonné où, après tout et en définitive, ne se trouve pas son destin. Elle ferme la porte. Et jette la clé.

60. Ambien

Lee se tourne vers son nouveau tableau. Comme tout artiste, il a essayé de révéler ce qu'on ne peut pas révéler. Il se met à donner des coups de racloir sur la couche supérieure de la glace sale, pour mieux suggérer son regard glacial. Bleu Ambien pour l'assortir à la petite pilule posée sur le chevalet.

Ambien. Lee se glisse jusqu'à son ordinateur. Ambien est la marque commerciale du Zolpidem, un hypnotique pour lutter contre l'insomnie et certains troubles mentaux. C'est, lit Lee, une molécule apparentée aux benzodiazépines.

L'Ambien appartient à la classe des imidazopyridines. Pas des benzodiazépines.

Lee lève les yeux de l'écran et va à son chevalet. Il ramasse la pilule. Il sait à présent que certains hypnotiques (comme le Zolpidem) agissent sur l'acide γ-aminobutyrique (GABA), un neurotransmetteur. Pour cette raison, ils ont tendance à avoir une durée d'action plus limitée que les benzodiazépines, ce qui explique que ces derniers – Rohypnol, etc. – sont plus fiables quand on veut violer quelqu'un. Conclusion : les benzodiazépines font dormir plus longtemps, mais l'Ambien fait dormir plus vite. L'Ambien peut provoquer de fortes hallucinations visuelles et auditives, des illusions, une faim insatiable et des parasomnies pendant lesquelles l'individu demeure dans un état transitoire entre la veille et le sommeil.

Il sait que ce qui a tué Thettie – quoi que ça puisse être – n'était pas une hallucination. Ce qu'il ne sait pas c'est quel genre de monstre est sorti de ses rêves, sans que personne ne soit là pour la sauver.

61. MiraKil

Une étroite colonne d'eau éclairée par la lune se déverse dans un bassin vert foncé au cœur d'un à-pic d'ardoise scintillante. Si autrefois l'eau y cascadait en grands panaches moussants, ce n'est plus le cas aujourd'hui. Bien plus profond que les chutes ne sont hautes, le bassin est alimenté par une source minérale souterraine. C'est un secret Harpur bien gardé aussi loin que Thettie s'en souvienne, ce qui fait désormais quelques siècles dans un sens comme dans l'autre.

— La flèche du temps est une pute !

Thettie fait la roue et des sauts périlleux, sa chemise de nuit remontant le long de son corps immatériel. Elle est libre ! Doc est parti où le soleil ne brille jamais, et elle – la clé de sa propre âme – est libre. Elle déambule autour du bassin dont les bords s'enfoncent pour rejoindre la paroi d'ardoise. Elle scrute l'obscurité veloutée à la recherche d'une fissure dans la roche. Le rugissement de l'eau couvre tous les autres bruits.

L'ancienne eau glaciaire des chutes Harpur est le secret qui se cache derrière leur alcool de contrebande, célèbre pendant la plus grande partie d'un siècle et demi. Après la légalisation de cet alcool qui avait fait fureur, ce secret a conservé toute son utilité pour leurs baumes et potions. Sarey avait sa propre marque : Shine. Le sérum de jouvence Shine, par exemple, est composé essentiellement de l'eau des chutes, de lait de chèvre en poudre, de café, de cynorhodon et d'huile de saumon. Sarey avait affiché un large sourire édenté. *C'est un moyen de gagner sa vie.*

Il y a cependant un produit, la crème MiraKil, qui est un secret de famille, et Thettie entend que cela continue.

La crème MiraKil est composée de miel de fleurs sauvages, de résine de pin pour ses qualités antimicrobiennes, de balsamine, et d'eau des chutes dans laquelle la résine est moins soluble que dans l'eau normale, ce qui accroît sa durée de conservation. Ils vendaient les produits de Sarey dans les pharmacies de la région et sur les marchés fermiers, mais Thettie gardait la crème MiraKil pour son propre usage.

Elle y ajoute un ingrédient secret sans que personne ne le sache, pas même Sarey – qui dit ne pas vouloir savoir, ce que Thettie ne croit pas. Et surtout pas cette pipelette de Frankie qui ne comprend qu'il doit la fermer que lorsqu'il est trop tard et qu'il n'y a de toute façon plus personne pour l'écouter.

Thettie franchit à quatre pattes le voile de vapeur d'eau et avance à tâtons le long de la paroi rocheuse, de la même façon qu'elle le faisait quand elle était petite fille, puis jeune mère, et toujours et à jamais une Harpur. Enfin, ses mains trouvent ce qu'elles cherchent. D'une fissure dans la roche jaillit une faible source de boue noire et douceâtre, lisse et graveleuse à la fois. Thettie en recueille dans un pot à remèdes dont elle ferme ensuite le couvercle. Elle lèche la matière visqueuse sur ses doigts. Elle se redresse et tient son visage cassé et blessé sous la cascade transparente jusqu'à ce qu'il cicatrise. Puis elle regagne lentement le camping, en prenant tout son temps. Elle déteste les adieux.

*

— Farce ou friandise, chuchote Thettie. Bryce, réveille-toi. Tu dormiras quand tu seras morte, mon enfant. Réveille-toi. C'est Halloween !

La dormeuse sort du sommeil au son de sa voix et se redresse, nue et frissonnante. Thettie trouve le costume de Spider-Man et l'aide à l'enfiler, en se baissant comme elle faisait avec ses fils, puis à le boutonner. Elle prend le bandeau sur la table de chevet.

— Tu n'en auras plus besoin, dit-elle.

Elle l'enroule autour de son poignet et promet d'en prendre soin. Elle place une citrouille en plastique dans sa petite main, pour faire la collecte des bonbons.

Thettie ouvre la porte du mobil-home et s'en va, suivie de près par le petit Spider-Man. Ils arrivent au lac. Des gens déconcertés sourient au petit Spider-Man – qui est là puis qui n'est plus là l'instant d'après.

De là, en direction du sud, on peut presque voir jusqu'à la plage de Lee et au-delà, bien sûr, jusqu'à l'île, sa narine poilue qui apparaît très clairement. Elle laisse tomber un pot de sa crème MiraKil dans la citrouille évidée.

— Pour Frankie. Dis-lui que ce n'est qu'un début.

Elle se penche vers l'enfant, regarde dans son orbite semblable à une flaque de boue givrée.

— C'est bon. N'aie pas peur.

Elle embrasse la petite créature sur le front, inhalant toute douleur et toute peur pour ne laisser que la chair froide et humide d'une promesse qu'elle sait désormais être vraie par-dessus tout.

— On vit de l'oubli, mon enfant. Tu auras disparu le jour venu.

62. Visite

Le vendredi qui précède Halloween, Lee descend lentement Main Street illuminée pour aller voir Habib une dernière fois. Il tressaille devant le flot de phares venant en sens inverse, ses lunettes sales rendant la lumière plus aveuglante encore. Au magasin de vins et spiritueux, la caissière enregistre son achat et lui dit que c'est la deuxième bouteille de single malt qu'elle vend cet après-midi, et qu'à cent dollars l'unité, ce n'est pas tous les jours qu'on voit ça. Lee lui demande si ce n'est pas l'assassin souriant qui a acheté l'autre bouteille.

— L'entraîneur de foot de ma fille ? Je ne l'ai pas vu depuis deux bonnes semaines, pour tout vous dire. Non, monsieur. Je ne connais pas l'homme en question. C'est un Indien. Grand et musclé. Cheveux noirs, boucles d'oreille. Comme sur cette photo.

La caissière se tourne et montre un calendrier défraîchi où est représenté le célèbre portrait peint par Bartoli de Handsome Lake, chef religieux de la nation iroquoise et alcoolique repenti qui conduisit son peuple à un renouveau.

— Mais il avait l'air un peu plus vieux que celui-ci. Le visage buriné par les intempéries. La pêche, peut-être. Que savez-vous de l'accident sur la grand-route l'autre nuit, avec le vieux Mr DeGroot ?

Devant son regard étonné, elle lui apprend que Piet DeGroot a pris un mauvais virage deux jours plus tôt, ou qu'il a trop bu, et que de grandes funérailles seront célébrées à l'église presbytérienne la semaine prochaine.

Lee pose le single malt sur le siège passager, à côté d'une tarte aux myrtilles de chez Maxine.

Le garde du corps n'est plus devant chez Habib et la porte est ouverte. Une ombre apparaît dans l'embrasure de la porte. Lee fait un pas en arrière pour lui céder le passage. L'homme qui s'avance mesure bien deux mètres dix, comme un joueur de basket-ball. Lee voit son crâne sous une crête iroquoise dégarnie d'un profond noir velouté. Des plumes pendent à des anneaux en or aux lobes allongés des oreilles de l'inconnu. Un autre anneau en or est accroché à sa cloison nasale. Il porte un petit frigo, de ceux dont on se sert pour transporter du plasma. Il salue Lee d'un signe de tête et poursuit son chemin vers l'arrière de la maison. Lee dévale le couloir jusqu'à la fenêtre du bureau et voit l'homme descendre la pente qui mène à la voie ferrée près du rivage, puis s'avancer sur la jetée d'Habib jusqu'à un jet-ski. L'homme attache le conteneur, enfourche le scooter des mers et file en direction de l'île.

Lee pose la tarte et le whisky dans la cuisine. Il trouve son vieil ami au sous-sol, où l'on accède par une porte dans le couloir, à côté de la chaufferie. Il voit la porte en plastique blanche du congélateur MedSci où Habib conserve sa réserve d'helotide, des échantillons de plasma, diverses enzymes et des réactifs. La porte du congélateur est ouverte et Lee constate que celui-ci est vide. Habib repasse des chemises, qu'il plie avant de les déposer dans une valise. Le fer à repasser siffle.

— Les sous-sols américains, mon ami. Creuset de la psyché nationale, comme le hangar australien, le pub irlandais, le *jacal* mexicain ou…

— Tu t'en vas ? dit Lee d'une voix hésitante, ce qui fait que c'est plus une question qu'une affirmation.

— Pendant un certain temps. En Espagne, peut-être. Je n'y suis jamais allé. Sur les traces du Chevalier de la Triste-Figure.

— Et autrement ?

— On verra. Tu ne pourras jamais rentrer, Lee. On le sait tous les deux. Tu veux venir ? L'Espagne, c'est le paradis pour un peintre.

Lee répond qu'il va y penser.

— Il paraît que les gardes du corps de Doc ont été virés, reprend Habib. Au vu des circonstances, j'ai dit à mes amis dehors qu'ils pouvaient faire une pause. Quelles nouvelles de Doc ? Selon eux, il n'est plus le même depuis sa dernière entrevue avec les DeGroot.

— Je vais voir au camping. Je te tiens au courant.

— Ça me ferait plaisir.

Lee éclate de rire en pensant qu'il y a de fortes chances pour que le vieil espion, quelles que soient les nouvelles qu'il lui donnera, ait une longueur d'avance sur lui.

— Le type que je viens de voir, qu'est-ce qu'il faisait là ?

— Ça devait être Mr Kreb. Il m'a fait une offre que je ne pouvais pas refuser. Ou c'est moi qui lui en ai fait une. J'ai oublié. Je suis fatigué. Tu as raison, Lee. J'ai besoin de vacances.

Habib approche doucement le nez du fer d'une couture d'épaule.

— La guerre d'un homme, tu sais, ne se déroule jamais au même endroit. Demande à Doc Murphy.

— Attends. Tu as vendu l'helotide à l'Iroquois ? Comme une sorte d'assurance ?

— Pas vendu, Lee. Comme je l'ai dit, Mr Kreb m'a fait une offre que je ne pouvais pas refuser.

— Sam. Non.

— C'est vrai, dit Habib en souriant. Ma propre île. Fini de souffrir, mon ami. Plus jamais.

— Je ne te laisserai pas faire ça, Sam.

— C'est une tarte aux myrtilles que je sens ? Parfait avec un single malt, tu es un génie. Oh, Lee, calme-toi. Je ne vais rien faire. (Habib pose le fer à repasser sur son support et glisse soigneusement la chemise sur un cintre. Il se recule pour admirer son œuvre.) Mais un homme doit assurer son avenir.

*

Lee retourne au camping, sans zigzaguer sur la route mouillée. Il se gare sur le parking et coupe le moteur. Il souffle sur ses mains. Tel un rêve au réveil, la petite cabane surplombée de branches de pin paraît très loin.

La porte s'ouvre. Elle sort sur le perron, le salue de la main sous la pluie fine. Elle est en train de changer. Ses blessures s'estompent, sa peau retrouve des couleurs. Sa crinière d'épais cheveux blonds flotte au vent et ses yeux bleu électrique l'invitent. Lee répond à son salut. Il s'avance vers la cabane, là où est sa place. Où elle est revenue. De fines volutes de fumée s'élèvent de la cigarette qu'elle tient entre ses doigts. Plus près, le cœur de Lee s'emballe devant le chatoiement des taches de rousseur sur sa gorge, sur ses longs bras pâles. Il continue d'agiter la main, encore et encore, et il ne sent plus ses pieds. Il trébuche sur une racine en travers du chemin, et elle sourit. Il tend une main vers elle et se dirige en titubant vers le mobil-home. Les yeux bleus de Thettie irradient une flamme froide et sa poitrine se gonfle sous son pull décolleté. Elle montre du doigt le mobil-home où elle est morte. « Merci » articule-t-elle avant de disparaître à l'intérieur en souriant.

Il s'arrête net. Il est à côté du mobil-home. Des ombres dansent à l'intérieur. Il entend des verres tinter.

Il y a un bol d'eau pour chien dans les géraniums.

— Qui est là ?

La voix est celle de Doc Murphy, mais elle est différente. Elle possède un timbre qui ne lui est pas familier, d'autres langues viennent parasiter son accent.

— Où est le whisky, Selena ? (Le garde du corps muet de Doc répond à de multiples noms.) Prépares-en un double pour ton bon maître. Et verse-t'en un, il y a un *koritsi mou. Ich gehe nicht.*

Lee entend le froissement d'un épais papier. Le sourd cliquetis d'un clavier. Il poursuit son chemin et s'arrête sous le petit porche, attendant que ses yeux s'habituent à l'obscurité qui règne à l'intérieur.

— *Sláinte*, dit Doc.

Un grognement guttural résonne et Lee se retourne pour voir le rottweiler albinos se lever de l'endroit où il était allongé au soleil. Il entraperçoit des dents jaunes.

Doc, dont la large carrure et les cheveux coupés en brosse sont à peine visibles dans le noir, est affalé sur un fauteuil La-Z-Boy devant le téléviseur cassé. La lumière qui entre par la fenêtre éclaire la table basse jonchée de cartes, de cendriers et de tasses à café. Lee ne franchit pas le seuil, en partie parce que le chien a toujours les babines retroussées et tremblantes. Il écoute Doc commencer à énumérer, en gaélique, en hindi et en anglais, les cas d'affaissement de terrain recensés dans l'État. Il remonte l'origine du verre de gnôle bon marché (son troisième) jusqu'aux pousses, herbes et gerbes de blé qui sont entrées dans sa fabrication, qu'il compare au paddock herbeux derrière la salle de bingo où il a pour la dernière fois vu son père en vie, aux multiples visages de Toeless Mears tout au long de son agonie, à l'avancée silencieuse des caries dentaires et de l'arsenic. La voix de Doc s'élève du mobil-home pendant que la chienne se recouche au soleil, sans perdre Lee de vue. Il se retourne au bruit de grosses motos qui vrombissent et pétaradent sur le parking. Archy, Grif, Emilio, Dustin et d'autres encore s'arrêtent, la pluie étalant la boue sur les bavettes de garde-boue et les carénages. Ils descendent et s'approchent du mobil-home, disposés en fer de lance comme à l'accoutumée, sauf que cette fois Archy et Grif sont en tête, côte à côte.

— On sait qu'Homer et Lyle se sont tirés, dit Grif. Il est à nous, maintenant.

— Il est à quelqu'un, acquiesce Lee, mais pas à vous.

— Tire-toi, docteur Doolittle. Ce n'est pas ton combat.

Archy brandit un démonte-pneu. Son frère agite une chaîne de vélo. Ils ont gardé leur casque sur la tête.

Lee s'écarte et là, sur la rive du temps, apparaît Thettie. Ancrée jusqu'aux chevilles dans les héliotropes des eaux peu profondes du lac, la jupe remontée et la peau incandescente dans le crépuscule. Le vent rabat ses cheveux en bataille sur son visage, sur ses yeux et sur sa bouche.

Immense sous son casque et dans son cuir noir, Grif garde une voix grave et posée, tel un juge.

— Allons-y.

Mais alors la chienne se lève et les Harpur se figent comme un seul homme. Elle émet un grondement sourd, poils dressés. Derrière elle, du fond du mobil-home, continue de s'élever le marmonnement de Doc. Les garçons hésitent à la vue de la bête. Pas étonnant que Sarey n'ait pas voulu la récupérer. Mieux valait l'assigner à Doc et l'avoir ainsi sous bonne garde. Thettie glousse.

Ils écoutent encore un moment Doc réciter des passages de *L'Iliade*, en grec. Tapotant sur le clavier, et étudiant les coordonnées de l'île du Nez, et comment un tunnel creusé plein ouest au départ de Tinkers Glen aboutirait très probablement dans une grotte souterraine située juste en dessous du vieux phare. La chienne franchit le seuil, sa queue commençant à frétiller.

D'un bond, Doc vient se camper derrière elle, sa coupe en brosse un peu trop longue, du sang coulant de son nez, son majeur sur la détente de son calibre 44 vide.

— Je crois que vous n'êtes pas au bon endroit, les gars.

Et parce que la chienne lève la tête et lâche un hurlement muet, mais terrible, ils le reconnaissent. Que oui, c'est bien possible.

Doc dit alors quelque chose sur le baiser du tueur et, tout en parlant, met une main dans sa bouche et en sort une dent ensanglantée. Et quand Lee regarde autour de lui, les garçons ont regagné leurs mobil-homes respectifs, et Thettie, elle aussi, a disparu du rivage.

63. Tatouage

Thettie est assise sur le lit pendant que son fils aîné fait son sac. Il dit qu'il pourrait aller en Nouvelle-Zélande. Il a entendu dire que la pêche y est bonne. Un pote à lui a une chaîne YouTube et une GoPro. Il pourrait lancer une petite série sur la pêche. Le petit frère de Jason est une bête en informatique.

Elle observe Grif enfiler la dent de Vernon sur un cordon et l'attacher autour de son cou.

— Je reviendrai, peut-être pour achever Doc, dit-il en souriant.

Je crois que je me débrouillerai très bien sans toi.

— Tu es ravissante, m'man.

Il met le Polaroïd de sa mère dans sa poche.

N'oublie pas ton frère. Rien de tout ça n'est ta faute.

Un autre Polaroïd est posé sur le lit. C'est celui que Lee a pris de l'île disparue alors qu'ils étaient partis pêcher. Archy s'en est servi pour tenter d'expliquer l'île, qu'elle n'est qu'une extériorisation de la mémoire, une éruption partagée de peur et de honte.

Grif a dit : *Comme une malédiction ?* Et Archy a répondu : *En quelque sorte.* Grif décide donc de laisser là le Polaroïd.

— M'man, dit-il. À propos de Scrappy et… de tout ça. Je sais. C'était Doc. La descente et Frankie laissé en arrière. Arch et moi, on a percé Doc à jour depuis notre retour – pas entièrement – mais on a compris qui il était. Seulement, on ne savait pas comment te le dire. Comment te sauver.

Je suis désolée.

— Pas la peine.

Grif ?

— Tu as été une bonne mère. Tu m'as sauvé la vie. Je me balancerais au ventilateur de plafond d'un foyer d'accueil si tu n'avais pas été là.

Tu reviendras ?

Il lève deux poings. Les lettres rouges du mot SANS sur les articulations d'une main ; les lettres noires du mot PEUR sur celles de l'autre main. Son regard croise celui de sa mère dans le miroir, où elle restera à jamais.

64. Jaune

L'atelier a l'air différent. Lee met ses mains dans ses poches. Il s'approche de biais du terrarium, sans oser espérer. Mais bien sûr, il est toujours vide. Une nouvelle odeur d'herbe mouillée et de shampooing en émane, affaiblie par le souvenir du musc nauséabond de Vernon. Mais il manque aussi quelque chose d'autre.

C'est le camion Tonka. Plus de jaune vif. Avec la figurine Spider-Man, c'était le dernier vestige physique qu'il avait osé amener de la maison, un jouet que son fils avait déjà délaissé à l'époque de sa disparition. Lee s'était habitué au doux cliquetis de ses roues animées par une main invisible, mais à présent le calme règne.

Il aurait aimé faire ses adieux.

Mais Bryce lui a laissé deux choses. La première : les mots qu'elle a gribouillés à l'envers sur la vitre embuée de l'atelier. Il peut regarder au travers certaines nuits, et voir l'île, si la lumière s'y prête. Ce soir, il observe une faible lueur effectuer sans cesse un mouvement de va-et-vient le long d'un chemin à travers les bosquets de cyprès chauves, et suivant les deux ou trois mêmes trajectoires. Hypnotisé, il contemple une lumière mouvante, dansante, sur l'île. Progressivement, ses yeux s'accoutument à l'obscurité et à la distance. Et dans une étrange compression du temps et de l'espace, l'île semble plus proche qu'elle ne l'est, comme déformée par un champ gravitationnel – la faute aux lettres, en un sens. La brise fait défiler les nuages dans le ciel et, quand ceux-ci se déchirent, le jaune de la pleine lune se déverse sur les arbres qui se dressent sur un affleurement rocheux. Un homme et un petit garçon marchent sur le chemin. L'homme n'est pas mauvais, pas toujours bon certes, mais plutôt bon. Il s'appelle Frankie Harpur. Le petit garçon tient une lanterne pour l'éclairer. Parfois, il marche derrière

Frankie. D'autres fois, il passe devant lui, ouvrant le chemin. Le petit garçon porte un costume de Spider-Man et quand il entend approcher un bateau à moteur sur le lac, il tend la main à Frankie pour qu'ensemble ils puissent descendre jusqu'au rivage où la borgnesse ne tardera pas à accoster.

Lee garde dans sa poche la deuxième chose qu'elle lui a laissée. Un dollar en argent qui a disparu avec son fils âgé de sept ans, Brice-avec un « i ». Qui lui est rendu.

65. Monstre

Thettie se déplace au crépuscule, entre chien et loup. L'été, elle les rejoint parfois à la pagode au bord du lac ; certaines nuits d'hiver, elle leur tient compagnie dans l'atelier. Lee apprend à peindre à Archy – cela la rend dingue de les observer. Son fils peint toutes sortes de choses. Il aime peindre des rock stars et des personnages de fiction. Lee lui dit qu'il est sur la bonne voie, mais Thettie en doute.

— Le visage ressemble davantage à Bryce qu'à Beyoncé, dit-elle.

Ainsi, en plus des dessins de Lee – parfois juste des mains ou un visage de gens ou d'animaux – l'atelier se remplit de tableaux de rappeurs, de joueurs de base-ball et même de monstres, c'est dans ces derniers qu'Archy est le meilleur selon elle. Il y en a un en particulier, une créature qui est à la fois femme, chien et reptile. Elle a des ailes comme un papillon brisé, mais pas de bras, et sa bouche est garnie de crocs. Un voile de chair recouvre ses yeux. Thettie aime ce tableau. Elle aime aussi que Lee l'aime – il l'a fait encadrer. Elle fait le tour de l'atelier en attendant d'entrer et de lui dire ce qu'elle aime.

Archy fait de longues randonnées à vélo – Thettie ne sait pas où il va. Il fait de longues promenades à pied, aussi. Certaines nuits, il dort à la belle étoile. Il se rend sur la tombe de Thettie, reste assis là sur le promontoire pendant des heures, sous le pin géant au pied duquel ils ont fini par enterrer ses cendres parce que c'est toujours mieux que rien, comme elle le sait désormais. Bryce est là, elle aussi, ou du moins son bandeau. Lee l'a jeté dans la tombe de Thettie au dernier moment, et même si cela lui a brisé le cœur de voir briller des larmes sur son visage, elle est contente qu'il l'ait fait.

Archy et Grif ont apporté un rondin de pin et y ont gravé le nom de Bryce pour le placer à côté de la stèle de Thettie, et Archy aime s'asseoir sur ce rondin et contempler le lac. Il revient de l'atelier avec un bouquet de fleurs sauvages – des gentianes, des lis tigrés et des myosotis. Thettie sait qu'il s'efforce de comprendre ce que Lee lui a expliqué au sujet de Bryce, ce qu'elle était et qu'elle ne reviendra pas, qu'en réalité elle n'a jamais été vraiment là. Archy préfère néanmoins penser à elle à sa façon. Se rappeler qu'elle est venue vers lui avec sa coupe de cheveux « de garçon » et ses conneries, et apaiser sa colère. La première amante qu'il n'a pas pu retenir, la seule sœur qu'il ait jamais eue.

Quand Archy en a la force, ils appellent Grif par Skype. Ils lui racontent la dernière tentative de Doc pour aller sur l'île en parachute, ou le bobsleigh qu'il a acheté sur Craiglist pour le transformer en sous-marin. Grif rit de son rire doux. Ou les dernières nouvelles des avocats à propos du manoir. Grif leur dit de regarder son dernier épisode de pêche, et ils zappent sur sa chaîne YouTube. Le fils aîné de Thettie, déformé par l'objectif fish-eye, lui adresse un clin d'œil des rives du lac Pukaki, en Nouvelle-Zélande, d'un bleu surnaturel en raison de l'extrême finesse des particules de silt à l'origine de sa formation.

Quand le crépuscule s'estompe, laissant place à l'obscurité, elle est une silhouette floue qui se tient seule sur la jetée et se détache sur la lumière. Elle aime prendre des nouvelles de Doc. Grâce à son baiser de la mort et aux deux petits verres qu'elle lui accorde chaque soir, complété de deux-trois Halopéridol – voire trois-quatre, qui s'en soucie – il a mis au point un système complexe de dénombrement. À la place de vingt-trois, par exemple, il dit *pomme de terre*. D'autres nombres sont à l'avenant.

D'autres nuits, elle hante le *Way Out*. Doc s'y faufile en douce, en quête d'un shoot, et elle l'appelle de son regard-pistolet laser. Elle l'écoute parler tout seul, coupé de partout et édenté. Frankie se joint parfois à eux de son île d'où il fait résonner ses canons du lac.

— Boum, dit Doc d'une voix rauque.

Un jour, il part à la recherche de l'île dans le kayak militaire de feu Piet DeGroot, convaincu qu'elle est là quelque part, qu'il va la trouver et amener Frankie à épouser son point de vue. Il revient et harcèle les gens du coin à son propos ou, une autre fois, il erre dans les champs à la fin de la journée – appelant l'un ou l'autre des DeGroot encore en vie – s'efforçant d'être assez bourré ou défoncé pour pouvoir regagner le mobil-home, pour pouvoir affronter la chienne albinos qui est désormais sa gardienne. Pour se donner du courage, comme il dit, mais ce n'est jamais suffisant.

66. Île

Archy est un étudiant en art passionné, mais un châtelain parfois irresponsable et souvent absent. Lee ne l'en blâme pas. Vingt-six pièces, c'est beaucoup trop pour un seul homme – surtout quand l'homme en question a une demi-douzaine d'adorables chiens et autant de petites amies. Après plusieurs bières et un bon cigare, Lee évalue le dessin de Beyoncé exécuté par Archy, qui, vu de près, se compose de uns et des zéros superposés.

Il faut beaucoup d'explications pour amener Archy à comprendre l'île.

— J'ai ratissé le lac pendant des années, dit Lee. Exploré le moindre recoin. Chaque crique. Chaque grotte. Ramé jour et nuit. J'ai acheté du matériel de plongée à un Australien d'Albany, en Australie-Occidentale, qui s'est installé à Albany, dans l'État de New York.

— C'est pas les Albany qui manquent, répond Archy.

— Mais peu de gens peuvent se vanter d'avoir vécu à Albany dans les deux hémisphères.

— Je ne te suis pas. Je crois que j'ai compris et puis non. L'idée je veux dire, pas l'île. C'est n'importe quoi. Elle est là, mais pas là.

— Selon d'où l'on regarde sur le lac elle est toujours juste pas là.

— On ne peut tout simplement pas la voir du rivage. Tout le monde croit la voir.

Avec son doigt, Archy étale les uns et les zéros le long de la mâchoire de Beyoncé.

Au début, Lee a été surpris du talent inné d'Archy. À présent, cela lui procure une joie sereine.

— J'étais convaincu que Wallace avait transporté en douce les restes de mon fils sur l'île dans l'un des fûts de produits chimiques qu'il chargeait sur le bateau de Frankie. Je l'ai peinte sous tous les angles sous lesquels elle m'apparaissait parfois.

Instinctivement, Archy semble appréhender le jamais-néant de l'île. Ni île ni pas-île. Ils ont beau continuer, et quelques fois c'est le cas, à accumuler les ni-ni toute la nuit, Archy n'en refuse pas moins de voir l'île pour ce qu'elle est, ce qui est une bonne chose. Car quand cela arrivera, y retourner deviendra une obsession, comme pour Frankie.

— Après qu'il y est allé, et qu'elle l'a vu manger ces baies ou quoi ce soit d'autre, tu crois qu'elle n'a pas pu le laisser partir ?

— J'imagine.

— Mais Zabriskie savait.

Zabriskie avec le crâne explosé sur l'avenir de Sunny Weeks.

— Je ne peux pas répondre à ça. Mais je ne serais pas surpris que cela ait été leur secret, peut-être, à ces deux vieux grognards. Peut-être qu'ils ont tous deux, chacun à sa façon, réussi à s'approcher assez près pour savoir que c'était un aller simple.

— Certaines personnes peuvent faire des allers-retours.

Ils pensent à son fils, à qui l'île a permis d'aller et venir, et à Bryce.

— C'est temporaire, dit Lee. Ils n'en sont jamais partis, pas vraiment. Juste assez pour se retrouver sous la glace.

— Il devait te délivrer. Elle lui a prêté son corps, et en échange il lui a donné son nom. C'était de l'amour…

— Je n'ai pas l'impression d'être délivré.

— Mais tu te sens différent. C'est la même chose. Tu ne tournes plus en rond.

Les mains de Lee recommencent à trembler, comme c'est toujours le cas quand il dit (ou pense) son nom, et Archy se détourne pour lui permettre de se ressaisir.

— Prends ton temps, mon vieux.

— Bryce avec un « y » n'était pas qu'un corps d'emprunt, Arch. Elle était elle-même. Elle avait sa propre histoire. Ses propres souvenirs. Ses propres affaires à régler. Il y avait un vrai elle dans ce corps qui t'aimait toi. Je sais qu'elle t'aimait.

Archy se calme.

— Je l'aimais, moi aussi. Elle est venue vers moi et m'a transformé.

— Tu l'as transformée, toi aussi. Tu lui as permis de rentrer chez elle.

Puis seul résonne le crépitement du poêle à bois. Ils continuent de travailler. Archy se moque discrètement de la couleur verte du matériel de Doc pour sortir sur le lac, un spectacle qui n'est pas rare les nuits d'été. Le kayakiste est aussi invisible que son embarcation grâce au camouflage militaire, sans oublier les lunettes de vision nocturne du temps où il était un marine. Ils se passent le joint. Doc est plus drôle quand on est défoncé.

— Est-ce que Frankie est délivré maintenant ? Et Bryce ? Tous les deux ? (Archy hachure la chevelure de Beyoncé avec des uns et des zéros.) Elle ressemble plus à Bryce que n'importe qui.

— On n'est pas libre quand on est en vie. Je ne vois pas pourquoi ça changerait une fois mort.

Le soleil plonge dans le lac avec sa rage habituelle. Archy s'interrompt pour le regarder en caressant sa barbe argentée.

— Et si, dit Archy. Et s'il était arrivé quelque chose de grave ici il y a très longtemps. Peut-être humain, ou pas.

— Comme une malédiction ?

— Peut-être. Et ce trou s'est ouvert juste là à Little Ridge. (Il tapote la table avec son doigt bagué.) Le lac Funes, si profond que personne n'en connaît la profondeur. Et de quelque part au fond où le froid règne, il a craché le monstre du lac et le monstre du lac a vécu sur l'île jusqu'à ce qu'il devienne trop gros pour elle. L'île est la mémoire et le monstre est le dévoreur de mémoire et sa place est ici. Pour nous rappeler qu'on n'est jamais libres. Le temps est avide. Comme disait m'man, désirer ne pas désirer.

Lee ouvre le poêle à bois, ravive le feu.

— Une malédiction ou une bénédiction ?

— Les deux. Ni l'une ni l'autre. (Archy recule pour admirer sa Beyoncé.) Des uns et des zéros, tu vois ? Entre un et zéro, quelque chose et rien, voilà.

La nuit tombe sans prévenir.

— À plus, mon grand, dit Lee en posant une main sur l'épaule d'Archy.

Même avec un fin tee-shirt, c'est aussi dur et épais que l'armure dorsale de Vernon.

— À plus.

Après le départ d'Archy, Lee attend Thettie. Dans l'atelier émergeant d'un bouquet printanier de fleurs sauvages, ou à moitié enfouis sous la neige, sous la Voie lactée, les mots que Bryce a gribouillés à l'envers sur la vitre ne s'effacent jamais. *Rentre.*

*

Une fois par semaine, il se rend au cimetière où il a enterré une esquille de l'os de son fils sous une simple stèle. C'est un morceau plat de schiste provenant du bois qu'ils aimaient tant près du lac, sur lequel sont enfin inscrites les lettres de son nom : Brice.

67. Impitoyable

Sarey Harpur est toujours à la ravine. Thettie va lui rendre visite. Doc se cache à son approche – il rend aussi visite à Sarey, il essaie, pour mendier ou acheter un de ses baumes ou une de ses potions pour guérir les migraines causées par son hyperthymésie qui le rend progressivement aveugle. La chienne albinos avec un œil humain est l'œil de Doc désormais. Et parfois ses oreilles. Il lui explique son alphabet : un système sans fin de symboles ayant chacun son propre nom – qui diffèrent selon le moment de la journée, qu'ils soient écrits ou parlés – dont le sens change en fonction de leur association avec les symboles voisins. La chienne blanche lève au ciel son œil humain et étouffe un halètement muet tandis qu'elle essaie de dire à Doc que c'est un tissu d'âneries, tout le contraire de n'importe quel système cohérent, mais Doc ne comprend pas ou prétend ne pas comprendre. Sa mémoire à court terme est détruite à cause du venin, mais il se rappelle chaque moment de chaque jour de sa vie jusque-là, et revit – comme dans un rêve – sa propre mort dans le moindre détail.

Il dit qu'il voit, par exemple, de très haut, le futur vol transatlantique d'un jeune étranger qui achète, à son arrivée, un pistolet Glock 30 à un homme dans un hôtel de l'aéroport de Newark. Suit ensuite la photo souvenir incontournable à Times Square et/ou à la statue de la Liberté, que préfigure la propre arrivée de Doc à New York d'on ne sait où trente ans plus tôt. Il regarde comme si c'était déjà arrivé, l'enquête ciblée mais patiente du tireur dans les bars et salles de billard, auprès des livreurs et des dealers entre Paterson et Poughkeepsie, avant de gagner enfin Little Ridge, à l'ouest. Le tireur est le seul passager de cette dernière étape du voyage, qui se fera en bus. Le chauffeur du bus est un ancien combattant mort qui porte des lunettes de soleil réfléchissantes, qui laissera échapper régulièrement un rire fantomatique. Doc prédit que le tireur arrivera sans se faire remarquer et s'assiéra tranquillement au *Way Out*, ou – et c'est là que les choses deviennent un peu floues, car il ne voit pas encore très bien ce qui va se passer – le tireur pourrait plutôt attendre dans le mobil-home, ou sur la jetée, ou sur un chemin dans le bois de la ravine. Mais une chose est sûre : il sait que cela ne pourra pas être sur l'île. Alors il part à sa recherche encore et encore, le seul endroit sur notre bonne vieille planète bleue où se mettre à l'abri de l'arrivée imminente, certaine puisque inévitable, de la veuve impitoyable de Toeless Mears.

Car les monstres n'oublient jamais.

APRÈS

La femelle attend dans le terrier. Le terrier est plongé dans l'obscurité. L'endroit est sûr et chaud. Elle attend longtemps. Le mâle s'approche après avoir combattu, péniblement et avec une joie âprement méritée. Ses ennemis sont morts. Lui seul a survécu. Il a survécu à la science et à l'art, et peut-être même à Dieu. Il est vieux à présent, sa peau couleur coucher de soleil a viré au terre d'ombre tacheté. Il est une bête de mémoire, un échange de lumière. Il est à la maison.

REMERCIEMENTS

Avant tout, je tiens à remercier John, mon héros s'il en est. Merci pour tout à mes enfants, Isabella et Jack – ce qui bien sûr ne suffit pas. Mais quoi que je puisse dire ou faire, dussé-je décrocher la lune, cela ne serait toujours pas suffisant.

À Matt Bialer – mon agent et mon ami – inégalable et multiple : merci.

Je remercie également J. David Osborne, mon premier répondant, pour ses suggestions judicieuses et sa lecture attentive qui ont permis de finaliser le « titre provisoire » en *Alètheia*. Je ne saurais jamais remercier assez Andiee Paviour pour sa première lecture et pour son amitié indéfectible. Merci également, avec ma gratitude infinie, à Julie-Ann Robson pour cette version définitive – une belle victoire ! Merci à Angela Slatter pour tous ses conseils avisés ; mes humbles remerciements à Angela, Paul Tremblay, Sébastien Doubinsky et Richard Thomas pour leur lecture en amont et leurs encouragements.

Helen Kouloutsis et Sarah Klenbort, mes sœurs d'arme : merci à vous deux pour votre présence chaleureuse à mes côtés à chaque étape.

À mes sœurs, Cathy Stern et Anne Montiero, pour leur soutien, pour leur bon sens quand tout bon sens semblait s'être évanoui – pour les ombres que nous avons liées à la croisée des chemins. Merci à ma guerrière de mère, Margaret Reichenberger pour son amour et son combat, et merci à ma courageuse tante Joan Stern pour son support inconditionnel et pour me lire bien plus qu'elle ne devrait.

Merci à Sébastien Doubinsky (encore) et D. Foy pour leur talent d'écrivains – mes amis dans le besoin, qui ont su me tirer des ténèbres vers la lumière plus de fois que je ne saurais dire.

Merci à Ben Baldwin pour ce beau et mystérieux visage qui orne la couverture, et à mon éditeur Joe Mynhardt pour m'avoir accueillie dans l'univers du lac.

Je dédie ce livre à Michael Stern, pour les margaritas, son sens aigu de la réalité, et pour avoir été de mon côté depuis le premier jour. S'il y a un Tony's Jacal au paradis – et j'espère qu'il y en a un – puisses-tu ne jamais manquer de chips de maïs. Tu me manques tous les jours.

Table des matières

Collection Domaine étranger

Parle, continue ! Justin Grimbol
Boire jusqu'au matin, Justin Grimbol
Pactes mortels, malices et maléfices, John Wayne Comunale
Vu à la télé, John Wayne Comunale
Le cafard ronge la ville, Chris Kelso
Le vieux au cœur froid, Jim Nisbet
Absinthe, Sébastien Doubinsky

Résolument engagées dans la littérature de genre, celle qu'on dit populaire ou grand public, **les Éditions du 38** développent des collections autour d'auteurs qui savent raconter de belles histoires, emporter le lecteur dans leurs univers et lui donner envie de partager ses lectures.

Le catalogue se répartit en 6 collections fortes :

38 rue du Polar – Polars et Thrillers
Collection du Fou – Science-Fiction, Fantastique et Fantasy
Fiction Historique – Romans et grandes sagas historiques
Domaine Étranger – Traductions
38 Lignes blanches – Fiction contemporaine
Les Classiques du 38 – Sélection de grands classiques de la littérature

38 rue d'Alger
31290 Villefranche de Lauragais

Soyez informé de l'actualité et des nouveautés **des Éditions du 38** et abonnez-vous à notre **newsletter** en vous rendant sur notre site internet : **www.editionsdu38.com**

Nous écrire :
contact@editionsdu38.com

La version numérique de ce roman est disponible sur les principales plateformes de téléchargement